Cuore nero

ALESSANDRA NEYMAR

Cuore nero

Libro dos

Grijalbo

Papel certificado por el Forest Stewardship Council®

MIXTO
Papel procedente de
fuentes responsables
FSC® C117695

Penguin
Random House
Grupo Editorial

Primera edición: julio de 2023

Printed in Spain – Impreso en España

ISBN: 978-84-253-6473-0
Depósito legal: B-9.421-2023

Compuesto en Comptex&Ass., S. L.

Impreso en Liberdúplex
Sant Llorenç d'Hortons (Barcelona)

GR 6 4 7 3 0

1

MARCO

Regina sonreía. Lo hacía como si no le importara nada más que el contenido de su copa y la mirada devoradora de aquel hombre de espalda ancha, que intuía ya lo cerca que estaba de terminar la noche entre las piernas de la joven.

Con las mejillas sonrojadas, los labios hinchados y las pupilas embriagada, el mundo veía en ella a una mujer dolorosamente bella e insolente, con una mirada capaz de poner a todo un reino de rodillas. Pero aunque sus habilidades para embaucar eran refinadas y a pesar de que lograba atrapar a cualquiera en su seductora tela de araña, a mí no podía engañarme.

Analicé el ambiente. Lo comprendí demasiado rápido.

El sofisticado y suntuoso pub del hotel Romeo apenas contaba con clientes en su elegante penumbra. Solo quedaban los rezagados. Tres tipos en un rincón, junto a los ventanales que mostraban una panorámica nocturna de la costa napolitana. A una distancia prudencial se encontraba una pareja convencional, quizá celebrando su aniversario; lo intuí por el anillo que ambos lucían en el dedo anular y la excesiva confianza con la que se hablaban. Un poco más a la izquierda vi al típico cincuentón adinerado tratando de disimular la torpeza con la que su mano escalaba por el muslo de la mujer que había contratado como acompañante. Y en la barra había otro hombre, vestido con un traje de firma, perdido en el tintineo del hielo que bailaba en su vaso mientras un maletín de cuero negro reposaba a sus pies.

No era un escenario molesto ni áspero.

Lo que me irritaba era que mi esposa estuviera dispuesta a herirse a sí misma entre los brazos de un amante que no la apreciaba, que jamás entendería el grado de dolor que ella guardaba bajo su piel. Ni una sola caricia, por delicada que fuera, le haría olvidar que su hermana pequeña estaba siendo velada a tan solo unos kilómetros de allí.

Regina no soportaba la idea de ver a Camila dentro de un ataúd, tan inerte y fría, mientras los invitados murmuraban plegarias que ayudaran al alma de la cría a encontrar su camino hacia el paraíso eterno. Y yo había creído que la ayudaría si nos hospedábamos en un hotel, lejos de la casa que tantas desgracias le había regalado.

—¿Desea una copa, caballero? —preguntó el camarero de sala bloqueando mi perspectiva del objetivo.

—No.

Me obsequió con una pequeña reverencia y se alejó. Fue entonces cuando lo vi. Regina inclinó la cabeza ligeramente hacia atrás, lo suficiente para darle acceso a su acompañante a hundirse en su clavícula. El hombre rozó la zona con los labios y murmuró algo que ensanchó la sonrisa de mi esposa. Volvieron a mirarse. Un poco más atrevidos y ardientes. No me gustó lo que detecté en los ojos de Regina. Certeza, arrogancia, embriaguez. Apenas se había esforzado por cautivar a ese tipo. Lo supe por su mueca engreída y también por el sutil temblor en la yugular, fruto de sus apresuradas pulsaciones.

Mentir se le daba bien. Demasiado bien. Incluso a sí misma. Pero aquello no erradicaba el dolor. Y Regina solo sabía acallarlo a través de la frivolidad más impúdica. Porque a veces se creía que solo era un mero objeto con el que cualquiera podía jugar.

Me acerqué con decisión, a tiempo de evitar que la mano de aquel tío descansara sobre su trasero. No la miré a ella, sino a él, y me inundaron unas terribles ganas de partirle el cuello allí mismo.

Era corpulento, de músculos firmes y bien desarrollados. Piel bronceada, ojos verdes, labios gruesos, mejillas perfiladas y nariz recta. Se trataba de un atractivo muy específico. Masculino y vigoroso.

Fruncí el ceño. La sospecha se asentó en mi estómago. Un nombre llenó mi mente. Regina había escogido a alguien concreto, buscaba un reflejo de aquel mercenario al que le robó un beso. El mismo sobre el que insistía en sus escritos y al que no podía olvidar. Apreté los dientes porque, en cierto modo, sentí rabia ante las intenciones que escondían sus actos.

—¿Nos disculpas? —espeté mirando al tipo.

—Lárgate de aquí —gruñó él, que veía como la oportunidad de follarse a Regina se le escapaba de las manos.

Entorné los ojos y adopté una mueca severa. Mi gesto cruel causó el impacto habitual, un pequeño escalofrío que terminó inundando de inseguridad su mirada.

—Puedo llamar a mis hombres y dejar que ellos mismos te expliquen el problema que supone que estés flirteando con mi esposa —rezongué agrio mientras mis dedos se enroscaban en torno al brazo de Regina—. Créeme, sus métodos no son muy ortodoxos.

Y entonces entendió bien con quién trataba. No sabía mi nombre, no conocía mi reputación, ignoraba cuán grave podía ser desafiarme. Pero reconoció a la mafia y su maldad. Así que tragó saliva, suspiró frustrado y se largó de allí plenamente consciente de que no le quitaría ojo hasta verlo desaparecer.

La sonrisa de Regina atrajo mi atención.

—Me acabas de fastidiar la cacería, Berardi —me reprochó antes de vaciar su copa de un trago.

—Hablas como si hubieras olvidado estas últimas semanas conmigo.

Esa frialdad y desapego no eran habituales en ella.

—Olvidar no es fácil. —Se encogió de hombros y chasqueó los dedos en dirección al camarero para que le rellenara la copa—. Pero con varias de estas se crea la ilusión de estar consiguiéndolo. Aunque a veces se necesita una ayuda extra...

Metió la mano en el bolsillo trasero de su vaquero y extrajo una papelina. Por la forma arrugada de sus pliegues entendí que ya la había usado. Tal vez en un par de ocasiones. Ese tamaño solía equivaler a tres o cuatro rayas de cocaína.

Se la arrebaté de las manos antes de que tuviera ocasión de abrirla.

—No te favorece consumir —protesté con tibieza. Me asombró lo mucho que me costó contener la irritación.

—Solo lo hago cuando la vida se vuelve demasiado insoportable.

—Vámonos.

Tiré de ella, pero me empujó con las pocas fuerzas que todavía le quedaban.

—¿Adónde? ¿Al velatorio de mi hermana? —preguntó con amargura, y los ojos se le empañaron al tiempo que se dilataban y se perdían en algún rincón de sus recuerdos—. Ella odiaba el rosa y su puñetera madre la ha vestido con un trajecito rosa con el que se pudrirá en ese agujero en el que la enterrarán mañana. ¿No te resulta irónico? No, irónico no… Más bien es una putada.

Me impactó aún más que lo dijera empleando una sorna tan desconcertante e hiriente. Regina sufría de un modo devastador, pero no estaba dispuesta a reconocer por qué le aterrorizaba.

Volví a cogerla del brazo.

—Suéltame. —Esa vez la intención de empujarme se quedó en un amago que la hizo tambalearse.

—Te vas a caer.

—No pasaré del suelo. —Me sonrió—. Yo nunca muero. A mí solo me castigan.

Apreté los dientes de nuevo. Era tan frustrante la exasperación que sentía en aquel momento acechándome como un viejo fantasma…

—He dicho que me sueltes, Berardi.

—Marco. No me llames así —gruñí amenazante.

Regina tembló. Por un instante olvidó que yo era el hombre que se había tendido junto a ella en la hierba a observar el cielo estrellado. Pero terminó alzando el mentón toda arrogante y trató de desafiarme con la mirada.

—He olvidado tenerte miedo.

—Te equivocas si crees que pretendo intimidarte —susurré antes de arrastrarla fuera de allí.

Me dirigí hacia el vestíbulo asegurándome de mantener el cuerpo de Regina pegado al mío para ayudarla a caminar. No hablamos hasta que el ascensor abrió sus puertas en el último piso.

—Dijiste que podía tener mis aventuras, que nunca te interpondrías, y eso es precisamente lo que acabas de hacer —se quejó mientras la moqueta amortiguaba nuestros pasos.

—¿A ti te parece que estás en condiciones?

—No entraré en esa habitación.

—Y tanto que lo harás.

Abrí la puerta, empujé a Regina dentro y cerré tras de mí. No prendí las luces. Dejé que la penumbra de aquella suite se cerniera sobre nosotros y nos convirtiera en sombras contoneadas por los destellos de la ciudad que había visto nacer a mi esposa. Y pensé que no conocía la manera de ahorrarle sufrimiento, que haber pasado por el altar conmigo la había convertido en una mujer un poco más desdichada de lo que ya era. Un hombre como yo jamás sabría hacerla feliz.

—Déjame salir, Marco —masculló.

—Estabas dispuesta a hacerlo con ese tío hace un momento. ¿Qué tiene esta habitación de distinto a la suya?

El paso de los minutos hizo que nuestra vista se adaptara a la penumbra y logré vislumbrar su ceño fruncido y sus ojos clavados en mi silueta.

—Que no me juzgará.

—Yo tampoco.

—Esto es diferente.

—Yo no veo la diferencia.

—¡Porque tú no sabes sentir! —gritó al tiempo que tiraba al suelo la decoración que había sobre el mueble más cercano. Un jarrón de cristal se hizo añicos—. ¡No eres más que un ser sin corazón que obedece a su tía, Dios sabe por qué! —Se acercó a mí. Sentí su cálido aliento—. Pero no tienes que fingir conmigo, aquí no.

—Te contradices, Regina. No sé fingir —zanjé con contundencia y clavé las manos en su cintura para empujarla con suavidad contra la pared—. Pero se me ocurre que podríamos jugar a ese juego que te has inventado —la desafié, mucho más molesto de lo que imaginaba—. Buscas a alguien que te devore para centrarte en la rabia que te produce ser usada y sometida. Crees que así olvidarás que has perdido a tu hermana y que el dolor te resulta insoportable. Bien. —Deslicé una mano por su cuello y la obligué a inclinar la cabeza hacia atrás—. Así son las emociones, ¿no? Te esclavizan hasta la irracionalidad. Debería valerte cualquiera, ¿me equivoco? Cualquiera dispuesto a ser un hijo de puta en tu cama.

Tragó saliva. Podía sentir sus pulsaciones precipitadas. Allí, atrapada por mi cuerpo, Regina respiraba entrecortada, me observaba aturdida y un poco intimidada. No entendía qué le proponía. Ni yo tampoco. Pero de una cosa estábamos seguros ambos. Jamás le haría daño. Antes prefería hacérmelo a mí.

—Te valgo yo, ¿no es cierto? —murmuré amenazador—. No soy corpulento ni varonil, aunque puedo ser salvaje si me lo pides. Puedo tocar a una mujer. —Regina contuvo el aliento cuando sintió mis labios rozando los suyos—. Solo así nos ahorraremos que una mirada indiscreta cace a la esposa del heredero de la mafia sarda intentando follarse a un desconocido.

—A ti eso te importa una mierda —jadeó.

—Cierto.

La besé como un hombre recto besa a la mujer de sus sueños. Como yo mismo había deseado hacerlo en el pasado, cuando todavía me creía capaz de ignorar mis instintos, de corregirlos o, quizá, silenciarlos para siempre.

Regina no era la primera mujer a la que besaba, pero sí la primera a la que me atrevía a tocar de verdad y no porque quisiera ponerme a prueba a mí mismo.

No dejé espacio a los recuerdos, me prohibí pensar en los primeros labios que probé, aquellos que me arrinconaron cuando todavía era un crío inocente que confiaba en las manos de su tía.

Esa no era la boca de una arpía, sino la de mi esposa, la persona que me necesitaba, la que no sabía rogar ni reclamar, pero que requería de esa caricia que la hiciera olvidar. Yo no era el indicado para lograrlo porque, aunque se lo había prometido, la metería en mi cama con la intención de atesorarla, de protegerla de una piel fiera.

Sería amable. Tan intenso como una tormenta de verano, pero el Marco Berardi que solo Regina Fabbri había descubierto, que le pertenecía solo a ella. Ese hombre que había empezado a entender que la amaba, más allá de la carne.

Caímos presos del contacto. Mi lengua salió al encuentro de la suya. Gemí al dar con ella, tan húmeda y cálida, tan tímida y aturdida. Noté que las manos de Regina ascendían por mis brazos y se enroscaban a mi cuello. Me empujó contra ella, me invitó a que ese beso se tornara un poco más demente y cautivador.

No mentiré, su boca me fascinó. Me encandiló hasta tal punto que no tuve más remedio que devorarla, ansioso y excitado. Y dejé que mis caricias se embarcaran hacia sus pechos. Los envolví con mis manos, Regina se alejó un instante para coger aire. Aproveché para frotar mi entrepierna contra la suya. Ella no respondió, pero volvió a besarme, y esa vez fuimos un poco más apasionados.

—¿Me llamarás por su nombre? —suspiró con voz trémula, y un espasmo me atravesó el cuerpo al pensar en ese crío enjuto que habíamos dejado en Porto Rotondo—. Dilo, Marco...

Tragué saliva. Sentí que la presión en mi pecho crecía. Apoyé la frente en la de Regina y cerré los ojos. Lo vi con tanta claridad... Su bonito y cándido rostro, su cuerpo delgado de estrecha cintura. Aquellos labios colmados.

Me resigné.

—Gennaro...

—Eso es... —Regina sonrió triste y sollozante—. Qué suerte saberlo... Qué suerte...

Sabía a qué se refería. Yo tenía la suerte de conocer el nombre del objeto de mis deseos, pero ella no. Ella solo sabía que existía un único hombre capaz de atravesar todos los muros de seguridad que había alzado entre el mundo y su corazón pensando que estaba a salvo tras ellos.

—Él no podría cambiar nada —dije bajito.

—Me llenaría. Porque es cruel. —Acarició mis mejillas. Estábamos tan cerca que pude notar la humedad de sus lágrimas—. Porque es un cazador.

Eso era lo que quería. Ser castigada, aunque fuera a través de las manos del hombre con el que en realidad soñaba. Buscaba crueldad en las caricias, violencia, dolor físico. Buscaba confirmar que era una mala mujer porque se había atrevido a desear a un mal hombre y merecía una condena: la de anhelar algo imposible.

«Para olvidar que ha perdido a su hermana», pensé. Y me conmovió.

—Lo siento... —gimoteó. No se contuvo de llorar entre mis brazos.

—No, no te disculpes, Regina. —La abracé con fuerza—. Ahora no hay nada que perdonar.

—Hubieras caído conmigo, ¿verdad? Hubieras caído porque yo te he obligado a ello.

—Hubiera caído porque yo mismo lo he escogido.

—¿Por qué ibas a elegirme a mí?

No respondí. El alcohol que todavía corría por su torrente sanguíneo no le permitiría aceptar que alguien como yo había caído rendido ante ella solo porque sí, a pesar de todas mis taras emocionales. Que no me costaba serle leal, que me apetecía serlo, además de explorar con ella todas las virtudes que conllevaba el permitirme sentir. Con Regina no tenía que esconderme ni interpretar a una bestia. Podía ser yo, aunque en el fondo no supiera quién demonios era en realidad. Quizá una maldita bestia orgullosa de serlo.

Sin embargo, admitir todo eso me exponía como nunca antes, me hacía vulnerable. Y, asombrosamente, no me importaba si era con ella, pero al menos quería contar con la certeza de saber que ambos estábamos en igualdad de condiciones. Eso me daría un poco más de tiempo para asumir que esa mujer se había metido en mi corazón de hielo.

Más tarde, cuando cayó presa de un sueño exigente, la observé un instante y lamenté no tener ocasión para obedecer a mis ganas de refugiarla entre mis brazos. El rincón más oscuro del puerto de Nápoles esperaba, y no era un encargo que pudiera rechazar.

Saveria Sacristano tenía por costumbre aprovechar cualquier oportunidad. Un viaje a la península para asistir a un funeral no la persuadió de activar su maldito plan de conquista. Y este empezaba por incautarse de los suministros de droga que tenían previsto que llegaran esa madrugada. Mercancía que había sido adquirida por los grandes proveedores de la Camorra como lo eran Casavatore, Castagnaro y Ponticelli.

Solo uno de esos grupos era realmente preocupante: el capo de Ponticelli, Cecco Marchetti, quien además era uno de los miembros Confederados más influyentes y poderosos. Pero ese hombre nunca asistía a las entregas. Conocía muy bien los riesgos que conllevaba hacerlo, y la guerra con Secondigliano lo convertía en un blanco muy fácil si decidía poner un pie en el puerto. Por ello enviaba a sus hombres, manteniéndose en las sombras.

Para asaltar un carguero se necesitaba sangre fría y mucha mano de obra, además de estar muy especializado en el tráfico de drogas. Pero Saveria había sido muy perspicaz a la hora de escoger a su cabecilla: Igor Borisov, jefe de la Kirovsky Bratvá, el carnicero de Nóvgorod, que había pasado quince años en una cárcel chechena por delitos de crimen organizado y violencia extrema. Al salir, decapitó a su superior y desposó a su única hija convirtiéndose así en uno de los hombres más temidos del este.

Estaba acostumbrado a trabajar con monstruos. No me asombraba ninguna de sus fechorías y tampoco albergaba una opinión personal sobre ellas, porque me daban absolutamente igual. En mi mundo, lo contrario a eso era lo aturdidor. Así que no me intimidaba mirar de frente al ruso y tratar con él.

Con lo que no estaba tan de acuerdo era con involucrarlo en los planes de mi tía. Acorralar a un perro conllevaba un riesgo muy alto.

—Jefe. —Draghi me sacó de mis pensamientos.

—Sí.

Lo miré. Se hallaba sentado a mi lado, detrás del chófer, evitando exteriorizar la incertidumbre. Draghi era muy reservado y estricto con sus labores, pero en ocasiones se revelaba como alguien completamente ajeno a los asuntos de la mafia. Porque, en el fondo, la detestaba. A veces me preguntaba qué demonios hacía sirviendo a un hombre como yo.

—La zona está controlada. Tenemos luz verde.

—Bien. —Asentí con la cabeza y fruncí el ceño al verlo cargar un arma. Me la entregó—. No hará falta.

—¿Estás seguro? —preguntó impertérrito.

—Lo conoces tan bien como yo. —Y no me refería a Borisov, sino al mercenario que nos cubriría las espaldas esa noche.

Me bajé del coche. Me ajusté la gabardina. Apreté los dientes de pura incomodidad. Corría un viento frío y húmedo que me heló las mejillas. Olía a miseria, a desdicha y podredumbre. Ese aroma a indigente que amenazaba con pegarse a mi piel hasta calarme. Tan ácido e insoportable.

Respiré, contuve el malestar que me producía estar allí, y con ello las ganas de despreciar a mi tía, y comencé a caminar. No había mucha luz, solo la estrictamente necesaria en ese rincón de la ciudad tan solitario. Provenía de las estrellas, de la luna creciente que reinaba en un cielo despejado, de los edificios de la costa y los decadentes faroles que colgaban de los postes. Draghi incluso recurrió a una linterna para alumbrar nuestro camino entre los contenedores que conducían hacia el sector privado de carga y descarga.

Sonó mi teléfono. Un timbre que alertaba de la entrada de un mensaje.

«Te veo», leí. Y miré hacia arriba barruntando la estrategia de seguridad a la que había recurrido Jimmy. No se lo había preguntado, pero sabía que disponía de francotiradores ocultos en las sombras, tan hábiles como lo era él. Pero no entrarían en acción. De hecho, no estaban allí para protegerme de la muerte, sino para algo mucho más profundo.

El murmullo llegó un instante antes de que yo me mostrara ante el extenso grupo de hombres que se afanaban en vaciar los contenedores del buque para cargar los camiones que esperaban cerca. Iban ataviados con el chaleco reflectante de la Guardia di Finanza y dos policías supervisaban la zona. Era una maniobra propia de la Camorra. Persuadían a los vigilantes y a los posibles testigos fortuitos que hubiera por los alrededores para que intervinieran. Desde fuera aquello parecía una operación policial. Incluso yo me lo habría creído.

Avisté a Borisov, situado bajo el toldo que los suyos habían alzado para que se resguardara de la humedad. Estaba sentado en una silla plegable, junto a una mesa sobre la que habían dispuesto algunos papeles y una botella de vodka. Tenía las piernas cruzadas y balanceaba una de ellas mientras silbaba una molesta melodía.

No había rastro de la barba que lucía la última vez que nos habíamos visto, hacía unas semanas. En cambio, reconocí su habitual peinado hacia atrás, que hacía que sus rasgos faciales fueran un poco más amables. Solo un poco.

Borisov era muy atractivo. Cuerpo fornido, belleza interesante. Una siniestra elegancia. Vestía bien, se movía bien, era culto y un buen orador. Tenía esa habilidad para engatusar con demasiada facilidad. De algún modo, era admirable en su corrupción. Pero los que entendíamos lo que la degeneración comportaba no pasábamos por alto ese halo siniestro de pura maldad que habitaba en sus estrictos ojos azules.

Sonrió al verme, y emprendí mi camino hacia él como si fuera un depredador más que listo para engullir a mi presa. Borisov se puso en pie y aplaudió emocionado y sonriente.

—Así que la Sacristano me envía a su adorado sobrino para supervisar mi labor —se mofó con ese grave acento ruso tan notable.

Me encogí de hombros.

—Créeme, a mí tampoco me hace mucha gracia deambular por esta zona.

Más bien, sentía la urgencia de regresar a la habitación, darme una ducha y enterrarme en la cama junto a Regina. Pero lo disimulé bien. Tanto que casi logré engañarme a mí mismo.

—Aunque me gusta aún menos visitar Oriente Medio —admití.

—¿Emiratos Árabes?

—Catar.

—Ah, tú tía es de lo más peculiar —sonrió.

—Siempre le ha gustado ser agasajada por los emires más retrógrados. Sobre todo si estos le tienen miedo.

Sus negocios en el golfo Pérsico le habían dado muchas alegrías. Más que nada porque contaba con varios amantes que satisfacían a la perfección esas tendencias sadomasoquistas con las que ella disfrutaba en la cama.

No obstante, sus viajes a la zona dependían en gran medida de su agenda, los programaba con cierta antelación, y no podía negar que me extrañaba que aquel hubiera coincidido precisamente con un momento tan decisivo para el que sin duda era el negocio estrella de la temporada. Aunque confiaba en mí y no dudaba de mi capacidad, a Saveria siempre le había gustado controlar el asunto y hacerme sentir como si fuera un títere en sus manos.

—¿Y de verdad esto te parece peor que presenciar el momento en que tu tía decide poner de rodillas a unos cuantos autócratas?

En realidad no. Y Borisov lo sabía. Por eso sonrió de nuevo.

—Piensa que has llegado en el mejor momento, Berardi.

Le dio una calada a su cigarrillo y lo lanzó al suelo antes de tragarse todo el contenido de su copa. Entonces, se apartó un poco y me señaló lo que se ocultaba tras él.

Seis hombres arrodillados en el suelo, con las manos maniatadas y una mordaza en la boca. A centímetros de sus nucas, el cañón de un fusible empuñado por tres tipos de la Bratvá, dispuestos a apretar el gatillo en cuanto su jefe lo ordenase.

—¿Qué te parece? —sonrió.

—Interesante. Y atrevido.

Los derramamientos de sangre me parecían un maldito engorro. Era agotador tener que supervisar la limpieza de los estragos y verificar que todo estuviera en orden.

—Ah, eres un aguafiestas, Berardi —protestó Borisov, y añadió algo en su lengua natal que preferí ignorar—. Pensaba que te haría más ilusión. Te he puesto en bandeja a los cabecillas de Casavatore y Castagnaro, y tú solo me ofreces esa cara de estreñido.

Insistí en mirarlo impertérrito, con las manos escondidas en los bolsillos de mi gabardina. El frío arreciaba.

—¿Limpiarás tú todo el desastre? —indagué.

—Tranquilo, seremos mucho más cuidadosos de lo que esperas.

Señaló a sus hombres y chasqueó los dedos. Estos obedecieron de inmediato y cogieron a los presos, ignorando sus reclamos ahogados. Los arrastraron hacia una lancha y, unos minutos después, los vi desaparecer mar adentro. No era complicado suponer que hundirían sus cuerpos con piedras en los bolsillos tras haberles disparado en la cabeza.

—Ponticelli no ha aparecido, como cabía esperar —observó Borisov—. Pero Marchetti comenzará a preocuparse cuando vea que sus hombres no llegan. Se me había ocurrido que podríamos enviárselos como ofrenda. Pero qué importa...

Hizo un gesto con la mano como queriendo quitarle importancia. Y es que para la gente mi fama de hombre despiadado iba intrínsecamente ligada a la barbarie, y solían decepcionarse cuando descubrían que prefería métodos más sutiles y discretos.

—Llama a las cosas por su nombre, Borisov. Sería una declaración de guerra.

—¿Y qué más da? ¿Acaso esto no lo es? —Señaló el carguero.

Nos miramos en silencio, ambos estudiando nuestras frías pupilas con la esperanza de hallar algo con lo que atacar. Pero éramos demasiado inflexibles para ceder. Él, porque cada uno de sus cuarenta y tres años lo habían convertido en un ser feroz. Yo, porque había sido moldeado para manejar su fiereza. Y, joder, se me daba muy bien.

—No te fías de mí. Nunca lo has hecho —rezongó.

—No me fío de nadie. Ni siquiera de mi sombra.

Desveló una sonrisa escalofriante.

—Es una suerte que tu sombra no aparezca en plena noche cerrada, Berardi. Pero, para ser tan inteligente y conocer tan bien los riesgos de esta operación, has venido muy solo. —Apenas se molestó en mirar a mi segundo, que esperaba unos metros detrás de mí.

Borisov sabía amenazar. Le salía natural, era un modo de vida, tan necesario como eyacular o respirar. Lo hacía instintivamente, incluso cuando se enfrentaba a alguien que no sentía ni un atisbo de temor hacia él.

Me acerqué un poco más, hasta notar su denso aliento con aroma a alcohol y nicotina.

—¿Quién ha dicho que lo estoy? —murmuré con los ojos clavados en los suyos.

Se me ocurrió que podía partirle el cuello. Dos movimientos imprevisibles, y su cuerpo se desplomaría en el suelo. Sería hermoso ver a un hombre como él, de piel pálida y salpicada de tatuajes, ahora ocultos bajo su traje de firma, perdiendo la vida de un modo tan fugaz.

Lo pensaba a menudo. Fantaseaba con ser un animal. Y me gustaba la idea, lo que me acercaba un poco más a ese territorio de pura demencia que tanto temía.

La tensión se cortaba con un cuchillo. Podía imaginar, sin necesidad de girarme, a Draghi apoyando los dedos sobre el mango de su arma, por si acaso. Pero mi labor esa noche no tenía nada que ver con mis repentinas ganas de matar. Así que decidí recuperar el tono trivial que habíamos mantenido hasta ahora.

—¿Acaso debería tener miedo? —inquirí con gracia mientras me servía un poco de vodka.

—Oh, en absoluto. —Borisov sonrió mientras observaba mi garganta al tragar. Esa mirada me dijo tanto… Delató perversiones que sus amantes nunca le entregarían. Porque él exigía que fueran mujeres—. De sentirlo, la zorra de tu tía lo descubriría, y yo vomitaría las consecuencias.

—Qué graves son si tú eres quien teme. —Yo no lo hacía, al menos no por ese motivo—. Verás, Borisov, esta es una conversación muy interesante. —Me volví a servir y me lo bebí de un trago—. Pero solo estoy aquí para supervisar, como tú bien has dicho hace un rato. Así que, si no te importa, muéstrame los albaranes y vayámonos cada uno por nuestro lado.

Cogió un dosier de la mesa y me lo entregó.

El carguero provenía de Honduras. La mercancía se había cargado cuando el buque hizo un alto de dos días en Marruecos antes de zarpar hacia la capital napolitana con más de seis mil kilos de cocaína y unos tres mil de hachís en sus contenedores.

—Incluyo los cien kilos de fentanilo que pactamos. De mi cosecha, querido —se pavoneó.

—¿Solo cien?

—Saveria no quiere invertir hasta saber que cuenta con todo el control sobre la zona. Ya sabes, para evitar competencias. Es una mujer muy egoísta. —Lo dijo con sorna y cierto desdén.

Pero no me importó.

—Hablas como si tuviéramos un trato contigo —comenté sin dejar de estudiar los informes—. Pero detecto que tiendes a olvidar que solo estás a prueba. No te convertirás en el principal proveedor de la Camorra hasta que demuestres que puedes manejar la presión que eso supone.

Se echó a reír. Lo miré extrañado.

—Ah, Berardi —suspiró—. Yo no he rogado participar en esta locura. Me bastaba con pertenecer a los Confederados. Nápoles es un mercado extremadamente atractivo para cualquier traficante. —Fue él quien se acercó esa vez y se tomó la impertinente licencia de acariciarme la mandíbula—. Pero cuando Saveria Sacristano propone algo, no deja alternativa al rechazo. Y tú lo sabes, por eso estás aquí, ¿no? Escondes en esa bonita cabeza la clave que desbloquea todo mi patrimonio.

Contuve mis ganas de apretar los dientes. No me gustaba que me tocaran. Y mucho menos un hombre como él. Cogí su mano y la alejé de mi cara. No me convertiría en las migajas que su homofobia le permitía tomar.

Sí, sabía bien a qué demonios se refería. Saveria había congelado su patrimonio aprovechándose de la confianza que el ruso había depositado en el Marsaskala para ocultarlo del mundo legal. Pero ahora estaba atrapado, a merced de las decisiones de mi tía, y no podía negarse a nada si quería evitar las diversas condenas que pesaban sobre él en, al menos, nueve países diferentes.

—Satisface bastante tener tanto poder sobre la gente —confesé.

Su sonrisa se convirtió en una mueca oscura.

—Cuidado, Berardi —gruñó—. La arrogancia no es bienvenida en la casa de la Camorra. Esto es la jungla. Aquí solo sobrevive la fuerza bruta. ¿Tú la tienes?

Sonreí con cierta inocencia, como si no supiera a qué coño se refería.

—No dejes que os dé el amanecer.

—A sus órdenes, príncipe de Cerdeña.

Me alejé de allí y le entregué el dosier a Draghi en cuanto encaré el camino de regreso al coche.

—Has tentado demasiado —dijo mi segundo.

Sus pasos se acompasaron a los míos.

—Me gusta agitarle las plumas.

Se detuvo de golpe. Yo continué, pero su voz me alcanzó, severa, más estricta que nunca.

—Marco.

Jamás se había atrevido a mencionar mi nombre. Mucho menos con semejante autoridad. Pero al girarme para mirarlo, no aprecié en él ningún atisbo de insolencia. No. Draghi no buscaba desafiarme.

—¿Qué? —pregunté.

Detecté preocupación en él. Esa dichosa lealtad que me profesaba, tan incorruptible como admirable. Me molestó demasiado saber que podía pedirle cualquier cosa, incluso que se jugara el pescuezo por mí. Lo haría. Draghi haría todo lo que yo pidiera. Incluso guardar silencio, a pesar de su evidente necesidad de hablar.

—Nada, volvamos.

Esa vez yo iba detrás, y observé su espalda evitando recordar que una vez lo deseé en mi cama.

—No soy un buen hombre. Ni siquiera sé cómo demonios se consigue, pero...

—¿Me estás dando permiso para opinar? —me interrumpió.

Silencio. Era exactamente eso lo que intentaba hacer y esperé que Draghi lo entendiera, aunque el gesto fuera escandalosamente inédito.

Mi segundo se dio la vuelta y me enfrentó con una mueca de seriedad. Estaba molesto.

—Puedo aceptar esta nueva dinámica en la que obedeces las pretensiones de tu tía como si fueras una puta marioneta, a pesar del rechazo que te produce. Tú nunca has pedido ser rey y mucho menos extender tus dominios. Pero no deberías olvidar los riesgos a los que te enfrentas. Y por un momento eso es justo lo que has hecho.

Me desafió con la mirada. Parecía que estuviera a la espera de recibir un ataque, como si yo fuera un maldito depredador que se había pavoneado delante del ruso. Algo de mí me empujó a serlo también con Draghi y a advertirle de las consecuencias de hablarle a un superior como él acababa de hacerlo.

Pero no quise. No me apetecía recordarle que solo era un subordinado más en la extensa lista de hombres que trabajaban para el Marsaskala.

—Así es como dicen que habla un amigo —dije ronco.

—Quizá lo soy y todavía no te has dado cuenta.

Reanudó la marcha. Me dejó allí, congelado, pensando en la cantidad de cosas que habían sucedido a mi alrededor y de las que yo no era consciente. Como esa mirada que escondía cierta admiración y respeto.

No volvimos a hablar. Lo más probable era que el silencio fuera una constante hasta que llegáramos al hotel, y no me importaba, porque era precisamente eso lo que nunca había dejado de exigirle. Pero la noche todavía me deparaba un instante más de confusión.

Ahí estaba Jimmy Canetti, apoyado en la carrocería de mi vehículo, y yo no pude evitar pensar en la boca de Regina.

Enfundado en su indumentaria de asalto negra, el mercenario permanecía de brazos cruzados y me clavó una mirada de lo más arrogante. Ese maldito rostro suyo, de un atractivo insoportablemente seductor y violento, dibujó el amago de una sonrisa que incrementó la contundencia de su silueta recortada por las sombras.

—Estaré en el coche —anunció Draghi antes de dejarnos a solas.

Cogí aire y me acerqué a Canetti.

—Lleva razón —dijo.

Alcé las cejas.

—¿Quién?

—En realidad, ambos. Pero me centraré en Borisov. Nápoles no es tu castillo de cristal.

Metí la mano en el bolsillo interior de mi gabardina y cogí un cigarrillo. Me tomé mi tiempo para encenderlo y expulsar el humo con los ojos fijos en el horizonte que asomaba entre los contenedores.

—Lo sé, pero está hablando con un hombre que no conoce las emociones, ¿recuerdas? —No supe por qué la ironía no sonó tan ácida como pretendía.

Quizá influía que Jimmy tuviera la incómoda habilidad de meterse en mi mente. Me inquietaron todas las cosas que podía descubrir sobre mí.

—Aun así, me has llamado —concluyó robando el cigarrillo de entre mis dedos—. Y respiras un poco más tranquilo porque sabes que un equipo de mercenarios sin escrúpulos te protege desde las sombras. —Aspiró una calada y se inclinó un poco hacia mí para susurrar—: A eso en mi mundo se le llama miedo.

No me gustó que Regina volviera a asaltar mis pensamientos. La vi ante mí con una claridad pasmosa. Descubriendo esa belleza ahora atormentada por la tristeza, rogándome que le entregara aquello que un desconocido le daría sin tan siquiera dudarlo, más dolor y perversión, como si no tuviera bastante con lo que le había tocado vivir. Y después me vi a mí dispuesto a ofrecérselo, creyéndome capaz de hundirme en ella con saña, dejando atrás todas esas cosas hermosas que habíamos compartido.

—No temo por mí. Sino por ella.

A Jimmy no se le podía mentir, y en realidad no me apetecía hacerlo. Con ese hombre, esconderse era de necios.

—Entonces, amigo mío, empiezas a saber lo que es sentir.

Le arrebaté el cigarrillo.

—¿Vas a psicoanalizarme, Canetti? —gruñí frustrado.

—¿Por qué no? —Se encogió de hombros antes de enderezarse y comenzar a caminar a mi alrededor—. Veamos, la posibilidad de que tú llamaras para proporcionar seguridad a terceros era inexistente hasta hace unas semanas. Pero resulta que, de pronto, esa tendencia ha cambiado. —Se inclinó hacia mi oído—. Y no te dejará conciliar el sueño a partir de ahora.

—No te pago para que te metas en mi vida. —Le encaré con calma.

Él torció el gesto.

—No, me pagas para proteger a tu esposa porque temes que otros descubran que se ha convertido en tu punto débil —espetó.

Había hecho todo lo posible para evitarlo. De hecho, ni siquiera me había permitido pensar en ello, a pesar de notar su influencia danzando por mi sistema nervioso. Pero el hecho de que Jimmy les diera voz a mis inquietudes me frustró demasiado y me recordó que ese hombre había tocado a mi esposa.

—Y es por ella que no has dudado en venir —ataqué—. Razón de más para pensar que tus motivaciones van más allá del dinero. Y créeme, para un tipo como yo, esa es una razón que pronto necesitará respuestas. ¿Me las darás, Canetti? ¿Dejarás que descubra todo lo que se esconde tras esa peligrosa mirada felina? —lo desafié.

Y esos ojos de un verde imposible dudaron por primera vez.

No debía equivocarme, Jimmy no me temía, nunca lo haría. Era demasiado salvaje para sentir miedo. Pero existían otras emociones, quizá más oscuras y viscerales, más instintivas. A esas no se las podía controlar. Me las había entonado en el pasado, cuando me confesó lo presente que tenía la posibilidad de convertirse en la única alternativa de Regina para escapar de nuestro mundo.

Lo supe entonces, que podía contar con él si debía ponerla a salvo. Que no le importaría rebajarse a ser un mero protector. Y lo corroboré en ese preciso instante, cuando descubrí las horas que se había pasado pensando en ella. Estaban grabadas en sus pupilas, le molestaban.

—Acordamos que no hablaría de mis deseos contigo —rezongó severo.

—Pero en este juego estamos los dos, y no es justo que tú partas con ventaja. —Señalé su corazón—. Parece que las emociones que a mí me faltan son las que a ti te sobran.

Y sentí placer al descubrir que compartíamos la misma debilidad. Tan categórica e inesperada. Tan inevitable.

—¿Vas a prohibírmelo?

Eso era lo que esperaba, lo que necesitaba.

—¿Quieres que lo haga? —murmuré.

—Sí.

Jimmy cerró un instante los ojos.

Fruncí el ceño. No había mentira o exageración en su petición. Era demasiado honesta y buscaba escapar de la carga que suponía albergar sentimientos tan inoportunos para un hombre como él.

«Quizá debería, pero te necesito para mantenerla a salvo», pensé, y él pareció leer mis pensamientos.

—Vigila que todo se desarrolle según lo previsto y no alejes a tus hombres del territorio de Borisov. No me fio de él —le recordé—. Te llamaré después del funeral para que me informes. Si no es necesario, ahórrate ponerte en contacto conmigo. Buenas noches.

Abrí la puerta del coche.

—Si llega el momento, tendrás que dejarla ir. —Su voz me produjo un escalofrío.

Cogí aire. Lo contuve un instante y lo expulsé.

—Si llega...

Al responder todavía ignoraba que horas más tarde me toparía de lleno con esa maldita posibilidad.

2

GENNARO

Gattari detuvo su paso en seco. Estuve a punto de estrellarme contra su espalda. Frunció el ceño, entornó los ojos y miró la puerta principal como si fuera la mismísima entrada al infierno. Ni siquiera lo oí respirar. Pronto el silencio arañó mis oídos.

Pero el efecto no duró y no tardé en saber por qué.

Cuatro vehículos avanzaron raudos por el camino del jardín y estacionaron frente a la escalinata. Para ello tuvieron que atravesar la verja con permiso de los escoltas. Estos no solían equivocarse a la hora de seguir las estrictas órdenes de su jefe y por ello nadie osaba acercarse a la mansión Berardi. Eran hombres rudos, severos y fuertes, acostumbrados a las peleas cuerpo a cuerpo. Tipos que preferían no hablar, que ignoraban las súplicas y no se molestaban en cruzar palabra con nadie. Jamás ponían un pie dentro de la casa, custodiaban el acceso como si de una fortaleza militar se tratara, con un subfusil pegado al pecho, su atuendo castrense en consonancia y aquella mueca intimidante en el rostro. Si alguien se atreviera a encararlos, no habría manera de escapar de su brutalidad.

Pocas eran las ocasiones en que mi corazón dejaba de latir por culpa de un terror hiriente y primitivo. Cuando sucedía, se debía a la inminente llegada de una amenaza demasiado calamitosa para intuir modo alguno de librarse de ella. Como la del día en que mi padre quiso jugar a ser el diablo. Y lo consiguió.

La situación iba a repetirse y esa vez dolería un poco más.

Gattari se adelantó hacia el ventanal más cercano para comprobar quién demonios había osado aventurarse en nuestro territorio. Como respuesta, movió los dedos instintivamente hacia el bulto de su cinturón.

El gesto me reveló mucha información, me dijo sin palabras que no debía relajarme. Confirmó que la escolta principal había caído, que nos encontrábamos en una situación de lo más vulnerable, con pocos efectivos para defendernos, y que esa dichosa defensa dependería de las ganas de morder que tuvieran nuestros adversarios. Y sospeché que todo había sido magistralmente orquestado, que esos tipos sabían muy bien que aquel era el mejor momento para actuar.

Cogí aire. Oí el rumor de sus pasos aproximándose a la puerta.

Sabía manejar un arma, era un don desgraciado que me habían obligado a adquirir. Tenía que encontrar una. Necesitaba con urgencia sentir su peso entre mis dedos y beber de la tentación de apretar el gatillo.

—Aléjate —me ordenó Gattari.

Me puse delante de él.

—Espera, no te dejaré solo...

—Haz lo que te digo, niño —gruñó antes de empujarme hacia el pasillo. Ni siquiera me miró.

Entonces sonó el timbre.

«Qué respetuosos», pensé, a pesar del escalofrío que me atravesó la espalda.

No era la primera vez que temblaba ese día. Ya me había pasado en el momento en que concluí que hablar con Saveria Sacristano sería una buena solución. Pero entonces había tenido un sentido diferente. Poner a salvo a Marco era mucho más importante para mí que cualquiera de mis debilidades como hombre. Las afrontaría como fuera con tal de volver a verlo vivo.

Ahora, en cambio, sentía miedo a lo que quisiera que depararan los siguientes minutos.

Gattari abrió la puerta.

—Señor Berardi —lo oí decir, más tenso y serio que nunca—. Me asombra su visita.

Más pasos. Se deslizaron por el vestíbulo hacia el salón. Imaginé a Gattari apretando los dientes hasta hacerlos crujir. No estaba en sus planes consentirle la entrada al padre de su jefe.

—A mí también —dijo el hombre—. Nunca creí que llegaría este día.

Parecía sentir curiosidad por el entorno. Intuí incluso un rastro de asombro, como si no pudiera creer que su hijo viviera en un hogar tan amable y hermoso, con la luz del atardecer salpicando el interior. Tal vez esperaba un lugar frío y estricto, más propio de su personalidad.

—¿Puedo ayudarle? —protestó el guardia con la elegancia de un cuchillo.

—Por supuesto. Trae al napolitano.

Se me cortó el aliento e instintivamente retrocedí. Solo un par de pasos. Muy despacio. Como si de ese modo fuera a mimetizarme con la pared en la que me había apoyado. El corazón me saltó a la garganta y se me formó un nudo en el estómago.

Era demasiado presuntuoso pensar que ese hombre y su séquito de esbirros estaban allí por mí. Yo no tenía nada que ofrecerle. Excepto que era un Cattaglia que se había enamorado de su hijo. Quizá sabía eso y quería eliminarme.

—Me temo que este no es buen momento —trató de atajar Gattari con la intención de darme tiempo para huir.

Él tenía delante el rostro de ese hombre, puede que ya hubiera percibido sus intenciones. Detecté que Berardi no era distinto de mi padre o su cuñado, Ugo Sacristano.

Observé el pasillo que conectaba con la cocina. Podía escapar por la terraza, correr hacia la arboleda y atravesarla en dirección a la enroscada escalinata de piedra que llevaba al muelle privado. No tenía ni idea de cómo manejar una lancha, pero no me parecía un problema.

—Yo diría que sí, muchacho —desafió Berardi.

—La situación es demasiado complicada, señor. Me temo que...

—¿Vas a explicarme a mí cómo está la situación? —espetó tan rotundo que me estremeció.

Entonces supe que mi oportunidad de huir no era tan atractiva como la necesidad de proteger a Gattari. No dejaría que se arriesgase por mí. No me lo merecía. Me importaba un carajo que me odiara. No quería ser el cobarde que siempre me habían considerado.

Iban a matarlo. Como a tantos antes que él. Como a cualquiera que se atreviera a disputar las órdenes de un superior.

Cogí aire, cerré los puños y avancé.

Me asomé con lentitud, más timorato de lo que me habría gustado. Porque el valor también existía en mí y lo sentía hirviéndome en la piel, tan insistente como las ganas de esconderme en un rincón como un niño perdido.

Berardi clavó sus ojos en mí, tan azules como los de su hijo. Tan devoradores como un banco de pirañas.

—Oh, aquí estás —exclamó indolente antes de forzar una sonrisa escalofriante—. Cómo me alegra tu obediencia, chico. —Se detuvo a frotarse las manos mientras empezaba a caminar por el salón como si fuera el amo y señor del lugar—. No os robaré mucho tiempo, seré breve.

Se me erizó la piel.

El hábito no hace al monje y, por sofisticado que fuera, la realidad era que bajo ese costoso traje habitaba un depredador. Un tirano secundado por la media docena de tipos que había junto a él.

De pronto, sin previo aviso y sin tan siquiera dejar entrever la sospecha del acto de maldad que estaba por suceder, Massimo lanzó una mirada soslayada y seca a su esbirro. Este enseguida asintió, echó mano de su arma y disparó. Se movió casi tan rápido como la bala que alcanzó el vientre de Gattari.

Grité hasta desgarrarme la voz mientras el guardia se tambaleaba hasta desplomarse.

—¡¡¡Gattari!!! —chillé de nuevo, y enseguida me lancé sobre él.

Me hinqué de rodillas y apoyé las manos en el orificio para contener la sangre que emanaba de él. Se coló ávida entre mis dedos, empapándolos hasta que empezó a deslizarse hacia el suelo.

Pronto se formaría un charco, y la palidez emergía veloz en el rostro del hombre ahogando su preciosa mirada en una bruma oscura.

Moriría. Y no pude evitar culparme, a pesar de saber que esa bala llevaba su nombre desde el momento en que Berardi decidió irrumpir allí.

—¿Por qué? —rugí clavándole una mirada aniquiladora.

Alzó las cejas y adoptó una mueca de aburrimiento. Le importaba un carajo que uno de los guardias de su hijo estuviera agonizando.

—Necesito que prestes atención. Eres demasiado ingenuo, y lo que voy a exponerte conlleva medidas urgentes —planteó con total normalidad antes de señalar a un Gattari consumido por los espasmos—. Se muere, así que tendrás que ser rápido.

Me tragué las lágrimas, aunque pendían de la comisura de mis ojos, y presioné con más fuerza todavía la herida de bala; notaba que los dedos de Gattari empezaban a aflojarse en torno a los míos. Sus labios habían virado al gris, sus ojos estaban aterrorizados. Se forzó a mirarme para darme un valor que ahora se tambaleaba.

—¿Qué quiere? —mascullé.

—Secondigliano —dijo Berardi con voz ronca.

—¿Qué? —pregunté al tiempo que me volvía hacia él.

—Tu padre es un hombre muy obtuso. Solo entiende el lenguaje de la sangre y el dinero. Y solo lo segundo vence a lo primero.

Fruncí el ceño.

—Ha caído en las redes de mi cuñada —prosiguió—. Le pida lo que le pida, obedecerá, porque sabe que será recompensado como nunca antes. La fidelidad de las ratas es bastante peligrosa, y no me ha dejado alternativa.

Su explicación fue toda una sorpresa. Que mi padre y la palabra «fidelidad» confluyeran en una misma frase era casi como ser testigo de alguna aparición divina.

Piero Cattaglia no conocía la lealtad. Nunca había sido honesto, a menos que obtuviera beneficio de ello y solo por tiempo limitado. Por eso sus guerras eran tan sonadas. Aunque tampoco hacía nada que otros no hicieran. Quién coño iba a ser honrado en la mafia si podía quedarse con el trozo más grande del pastel.

Sin embargo, eso no fue lo más impactante.

Hasta hacía unos minutos, creyendo que mi familia estaba involucrada en el atentado, mi propósito había sido hablar con Saveria para tratar de lograr su apoyo en el rescate de Marco. Era cierto que en Secondigliano el dinero primaba por encima de cualquier cosa, pero nunca había pensado que estuvieran dispuestos a convertirse en vasallos. Así que ofrecerles una buena remuneración por liberar a Marco era casi como una garantía.

Descubrir que no habían participado, que se habían posicionado contra los Confederados, de los que formaban parte, en pos de ayudar a Saveria Sacristano a imperar en Nápoles era demoledor.

Y me acojoné. Porque conocía a aquellos que eran tan salvajes como los de Secondigliano. Aquellos con los que nunca podría negociar por la supervivencia de Marco.

Apreté los dientes, me obligué a respirar. Berardi me observaba escudriñador. Torció el gesto en actitud arrogante.

—Veo que has alcanzado tus propias conclusiones —dijo con media sonrisa en los labios.

Así era. Pero los capos de Ponticelli y Aranella nunca harían tratos con un maricón, que, para colmo, era el hijo de un enemigo.

—Yo ya no tengo nada que ver con Nápoles —rezongué.

—¡No consentiré que el Marsaskala se vea involucrado en los negocios de tu asquerosa ciudad! —exclamó provocándome un escalofrío.

Gattari clavó los dedos en mi mano como queriendo protegerme del ataque. Me sobrecogió su fortaleza. No quería sucumbir al desmayo por temor a dejarme solo.

Cerré los ojos un instante.

—Secondigliano es una facción poderosa, cuenta con demasiada influencia entre los Confederados y goza de la red de esbirros más grande del norte de Nápoles. Es tan férrea que sus repugnantes tentáculos se expanden por toda la ciudad. A pesar de la guerra con Ponticelli y Aranella, jamás han cedido a sus constantes ataques. La alianza con los Fabbri los ha hecho fuertes, casi invencibles. Excepto por ti.

El hijo del rey. El único que podía cambiar las decisiones de Secondigliano y posicionarse en favor de Massimo Berardi en su particular guerra interna con Saveria Sacristano.

Un maldito suicidio asistido. Porque las probabilidades de que mi zona aceptara una sucesión eran mínimas. Podría conseguir convencer a unos pocos, pero nunca lograría imponer mi influencia sobre los demás hasta hacerme respetar. Jamás se me había considerado alguien fuerte y capaz. Y quizá tuvieran razón.

—No pienso regresar —dije entre dientes.

—He aquí la respuesta equivocada, chico. —Sonó a amenaza. No, era una amenaza—. No te puedes negar. Tu amigo morirá. Agoniza en tus manos, ¿es que no lo ves?

Claro que lo veía. Apenas le quedaban fuerzas. Sus párpados cada vez más cerrados, su pulso demasiado lento, la sangre adquiriendo un matiz oscuro.

—No hagas nada, Gennaro —jadeó casi sin aliento.

—Te daré un incentivo mayor —intervino Massimo—. Marco.

Se me cortó el aliento.

—¿Piensas traficar con él? —gruñí notando cómo se enroscaba a mi vientre una rabia devastadora—. ¡¡¡Han secuestrado a tu hijo!!!

No hubo reacción. Ni siquiera un mínimo temblor o un brillo aturdidor en su mirada. Massimo se mantuvo impertérrito, arrogante como hasta el momento, elegantemente estricto. Aquella era la imagen de un hombre que no temía las consecuencias. Porque las conocía muy bien.

Entorné los ojos, fruncí el ceño. Las pupilas se me dilataron.

—Lo sabías... —masculle—. Sabías lo que iba a pasar.

—Saveria lo adora —dijo alzando el mentón—. Solo se arriesgaría por salvarlo. Era el único modo de hacerla entrar en razón. ¡Ceder!

No podía creerlo.

—Entonces no me necesitas.

—Oh, claro que sí. —Sonrió peligroso—. Regresarás a Secondigliano, destronarás a tu padre y tomarás el control. Saveria es influyente, y yo no cuento con todos los apoyos necesarios. Se recompondrá y querrá vengarse. Pero solo si cree tener un buen soporte en tu ciudad. Y ahí es donde entras tú.

Porque con Secondigliano y los Fabbri a su favor, Saveria tenía la mitad de la guerra ganada. Pero, si yo me convertía en el regente, retrocedería.

—¿Qué harás si me niego? —le desafié.

Me lanzó una mirada escalofriante.

—Tengo ojos en todas partes —espetó—. Un maricón que se pavonea por la casa de mi hijo, que lentamente lo arrastra a su asqueroso mundo. La atracción es odiosa.

Me estremecí. Era imposible que él conociera esa información. A menos que alguien de dentro se lo hubiera confesado. Y aun así importaba poco, estaba acostumbrado a las traiciones. Lo que verdaderamente me hirió fue descubrir que Berardi estaba más que dispuesto a atacar a su hijo.

—¿Amenazas a tu primogénito?

—Amenazo lo que es importante para él. Regina lo es. No sé cómo lo ha logrado, pero esa cría inmunda lo ha enredado en sus redes de mala zorra. —Sus ojos destellaron de pura rabia—. Si ella cae por tu culpa, Marco te odiará. Lo perderás.

Era tan cruel como verlo morir. Porque los dos tendríamos que vivir con la culpa de haber perdido a Regina por mi cobardía.

—*Piezz'e mmerda* —maldije.

—Gennaro... —balbuceó Gattari antes de perder el conocimiento.

Ya no resistió más.

—¡Ah, no, Luciano! —exclamé. Las lágrimas me recorrieron

las mejillas—. Por favor —supliqué. No supe a quién, si a mí, si a Gattari, si al propio Berardi o a la vida que en aquel rincón del mundo transcurría tan rabiosamente hermosa y que ahora se hacía añicos.

—Decide, Cattaglia —me apremió Massimo.

3

MARCO

Recuerdo el golpeteo insistente de la lluvia. Las manos de Regina buscando el modo de sostenerme, esa mueca de pura desesperación al descubrir que la Camorra iba a alejarme de su lado y que nada podría remediarlo. Ni siquiera su mercenario, que esperaba oculto el momento oportuno para intervenir. Pero eso ella no lo sabía, y asumió el riesgo de correr tras de mí hasta que las fuerzas le fallaron, hasta que la velocidad de aquella maldita furgoneta se impuso. Y la imaginé hincándose de rodillas en el asfalto, resignada a una congoja que apenas la dejaría respirar. Entonces Jimmy se acercaría a ella, la cogería entre sus brazos y la ocultaría lejos de la mafia, tal y como habíamos acordado.

Me alegró que no pudiera ver las patadas que recibí o la cinta con la que me maniataron y amordazaron, ni el saco con el que me cubrieron la cabeza. El modo en que mi aliento se convirtió en un resuello insoportable.

Porque temí morir.

Me importó un carajo si eso me hacía más débil. En ese momento no era el hombre moldeado al antojo de mi familia, sino yo mismo, solo, enfrentándome a la triste realidad de estar ante la muerte sin haber tenido la oportunidad de decirle a mi esposa que la odiaba por haberse convertido en aquello que más atesoraba.

Y Gennaro...

Apreté los ojos.

«Solo una vez más», pensé. Horas, minutos, quizá segundos. Me daba igual. Un instante. Solo pedía eso. Como regalo, tal vez inmerecido, de despedida. Decirles que, si alguna vez fui un buen hombre, fue porque ellos habían conseguido tocar mis entrañas.

Y entonces las ruedas de la furgoneta chirriaron hasta clavarse en el asfalto. Alguien deslizó la puerta con un tirón seco y contundente. Se oyeron varias ráfagas de tiros y jadeos, además de agravios propios del desconcierto y el espanto.

Después, silencio. Y mi aliento entrecortándose de nuevo. Esa vez por la incertidumbre que arañaba la histeria al son de aquellos pasos que se aproximaban a mí.

Una persona saltó al interior de la furgoneta. Supe lo que estaba viendo; a un hombre encogido en un rincón, expectante ante la muerte que habían escogido para mí. Aburrido con la parafernalia a la que seguramente me someterían. Porque los napolitanos vivían para atemorizar. Y lo conseguían, para desgracia de muchos.

Sin embargo, reconocí a Jimmy Canetti por sus ojos. Aquel par de diamantes de color ámbar y verde que tan fácilmente cautivaban. Iba enfundado en aquella indumentaria de asalto negra. De su mano colgaba una semiautomática. Su rostro cubierto por un pasamontañas oscuro.

No cruzamos palabra hasta que atravesamos el umbral de aquella casa franca a los pies del Vesubio, en la zona rural de San Paolo, a una media hora de Nápoles. Solo entonces me miró como si lo hiciera por primera vez, como si fuéramos dos personas completamente diferentes. Más auténticas.

—Te advertí que, si llegaba el momento, tendrías que dejarla ir... —dijo con voz ronca y profunda—. Bien, pues aquí estamos, Berardi.

Todo lo que sucedió después, las palabras que se intercambiaron, los silencios que nos entregamos, las miradas que tan bien hablaban, se redujo al abrazo que Regina me dio.

No me creía merecedor de ningún privilegio. Ni siquiera aquellos de los que disponía por mi posición en la alta burguesía. Pero esa noche la vida me regaló uno de los momentos más extraordinarios que jamás había tenido el placer de disfrutar. Regina tendida en la cama, con el rostro enterrado en mi cuello y sus manos aferradas a mi camisa.

Mis dedos jugaron lánguidos a tocar su cabello mientras su cálido aliento se derramaba por mi clavícula. Notaba los latidos de su corazón pegados a mis costillas, buscando acompasarse con el mío. Lo lograron, y me estremecí. Pareciera como si esos impresionantes ojos azules que no se atrevieran a alejarse de los míos, como si una parte de ella no pudiera creer que volvía a tenerme.

Pero allí estaba y no supe si lamentarlo.

Todavía no entendía cómo había ocurrido. Cuándo se había convertido en algo tan fundamental. Mi esposa, mi compañera. La misma que había escogido quedarse a mi lado por lealtad.

No caería en la trampa de preguntarme si merecía semejante acción. Sabía la respuesta y ya no soportaba escucharla.

Miré el reloj de la mesilla. Casi las dos de la madrugada, y me parecía imposible cerrar los ojos. Cogí aire y, con cuidado de no despertar a Regina, me puse en pie dispuesto a abandonar la habitación. Deambulé por el pasillo. Todo estaba en riguroso silencio, sumido en una oscuridad apenas interrumpida por las débiles llamas de la chimenea del salón. Su resplandor me guio hacia el arco de entrada.

Jimmy estaba allí, en el mismo lugar donde lo había dejado hacía poco más de una hora, cuando había subido a Regina a la habitación. Me daba la espalda para mirar por la ventana. Seguía lloviendo, pero a él no parecía importarle. Estaba perdido en sus pensamientos. Esa mente que solo él conocía, que solo un hombre con su fortaleza podía soportar.

Era demasiado complejo de leer.

—No te hacía un merodeador. Es demasiado vulgar para ti —comentó antes de mirarme por encima del hombro con su mueca habitual, tan canalla e irónica.

—Yo lo considero observar —le corregí.

—Adelante, entonces. —Se dio la vuelta y abrió un poco los brazos. En su mano derecha sujetaba un vaso vacío—. Cuéntame qué has visto.

—Una copa facilitaría el proceso.

Torció el gesto y se encaminó a la estantería para servirme lo mismo que él tomaba. Yo, mientras tanto, me acerqué al ventanal y contemplé el paisaje nocturno.

Mis hombres todavía no habían regresado. Seguían en el hospital junto a Palermo para asegurar su protección. Así que en la casa tan solo nos encontrábamos unos pocos, y casi parecía un lugar abandonado. Seguramente ese fuera el propósito. Una ubicación franca no podía resultar atractiva. Bastaba con que tuviera víveres, armas, material de comunicación y médico, y un aspecto intimidante que mantuviera alejados a los curiosos.

Jimmy se acercó y me ofreció una copa antes de levantarla un poco.

—Hace unas semanas no habrías dejado que te sirviera —comentó tras verme darle el primer sorbo.

Hacía unas semanas ni siquiera me habría atrevido a imaginar que compartiríamos batallas. Y mucho menos que me sentiría cómodo a su lado, a pesar de las sospechas y las preguntas que flotaban en la corta distancia que nos separaba.

—Nuestra relación nunca se ha basado en ser buenos anfitriones.

—Eso quedó muy claro. Se te da fatal atender a tus invitados —se mofó.

—Ignoraba que tú ostentaras ese cargo. —Nos miramos—. Además, a ti tampoco se te da bien.

—Odio las visitas.

—Cuéntame algo que no sepa. —Sus ojos adoptaron un matiz muy hosco—. Como el resultado de tu análisis.

Bebí de mi copa, me acerqué a la mesa y cogí un cigarrillo. Al prenderlo, el humo desfiguró la presencia de Canetti durante unos segundos, convirtiéndolo en un reflejo de mis sospechas. Ese hombre era mucho más de lo que mostraba.

—No te gusta, ¿verdad? —ironicé acercándome de nuevo a él—. Que la gente vea a través de ti.

Se encogió de hombros.

—La mayoría yerra en sus observaciones. Tienden a romantizar acciones punibles si alguien atractivo las ejerce o si ofrece razones convincentes.

—Preferirías ser reconocido como lo que eres, un mercenario. —Remarqué bien la palabra, buscando quizá que me impresionara lo bastante como para intimidarme.

Sin embargo, no lo conseguí. Veía en ese hombre a alguien de quien me costaba desconfiar. No era deliberado, sino algo instintivo e imposible de calificar.

—Que suele ser requerido por el rey de la mafia sarda.

—Ese rango le pertenece a mi tía —le corregí.

—¿Por cuánto tiempo? —Alzó las cejas y esbozó una sonrisa socarrona—. Vamos, Marco, no es esta la conversación que quieres mantener y tú no eres de los que se andan con remilgos.

Jimmy sabía de mi necesidad intrínseca por mantener el control. No me gustaba sentirme indefenso y él no dejaba de suscitarme esa sensación.

—Dijiste que la oferta seguiría en pie si yo te lo pedía. Pero es a mí a quien has salvado esta tarde. —Fui al grano.

Y su sonrisa se tornó aún más desafiante.

—Tu esposa duerme bajo el mismo techo que te resguarda. Soy lo bastante eficaz como para manejar dos intervenciones a la vez.

No lo ponía en duda. Jamás me atrevería a cuestionar sus habilidades.

—Sabes que no me refiero a eso.

Dejó de sonreír muy despacio, y supe que mis indagaciones le incomodaban porque estaban demasiado cerca de la verdad.

—Dividiste a tus efectivos para asegurarte de cumplir con el objetivo que te había sido encomendado: proteger a Regina de cualquier contratiempo. —Decidí presionar un poco más—. Lo has resuelto bien, pero reaccionaste como quien teme la pérdida de un amigo. ¿Acaso sabías lo que iba a pasar?

Entornó los ojos. Su elegante jocosidad ahora no tenía nada de sincera.

—Dudas. Otra vez.

—¿Por qué? —espeté.

Y Jimmy entendió a la perfección a qué me refería. Porque ya le había hecho esa pregunta antes, cuando Regina todavía creía que estaba en manos de mis captores.

Canetti se inclinó hacia mí con una mueca severa en el rostro. Odiaba dar explicaciones.

—Si tú mueres, ¿quién coño me paga, Berardi? —gruñó—. No me gusta trabajar para nada.

—¿Desde cuándo la muerte se ha interpuesto entre tus honorarios y tú? Tienes muchas formas de cobrarte tus esfuerzos.

—He preservado lo que es importante para ella: su preciado esposo.

Me esquivó encargándose de que su hombro se topara con el mío. Se sirvió otra copa, se la bebió de un trago y soltó el vaso sobre la madera antes de coger aire. Cada uno de sus gestos podía interpretarse como una señal de fastidio, muy poco acostumbrado a ser interrogado como estaba. Pero intuí algo más, quizá la pesada carga de un secreto que oprimía demasiado.

—Alberto Fabbri fue puesto en libertad hace seis días y ahora está en paradero desconocido. —Me miró—. Dime, ¿lo sabías?

Fruncí el ceño.

—No.

—Lo suponía.

Lo dijo como si la confirmación aliviara sus hipótesis sobre mí. Y es que al parecer la confianza que mi tía depositaba a diario en mí, todas sus aspiraciones para conmigo, habían empezado a resentirse en cuanto dejé que Regina entrara en mi... corazón.

—Vittorio ha sido asesinado y tú has sufrido un intento de secuestro que, como consecuencia, ha puesto en peligro la vida de tu pequeña esposa. Dejando a un lado lo mucho que detesto ser contratado como un mero escolta, ¿cómo esperas que la proteja si ella misma forma parte de esa tormenta? La amenaza proviene de tu entorno, Marco. —Me señaló—. No te favorece hacerte el necio.

—No lo soy, por eso estás aquí.

—Ah, sí, lo olvidaba —ironizó.

Traté de contener la súbita rabia que me invadió.

En momentos como ese lamentaba haber conocido a Regina. Ella me había enseñado, en apenas unas semanas, una versión de mí que me era completamente ajena. No me convenía ser visceral, ni emocional, ni impulsivo. Las emociones debilitaban, maldita sea. Pero esa mujer las había liberado. Desafió todas mis leyes y quebró el muro de contingencia que me separaba del resto del mundo.

Quería ser despiadado, quería ser un tirano. Me daban igual las razones o si era justo. Solo entonces me creía capaz de mantener el control.

Lo contrario me convertiría en carnaza para los peores enemigos que un ser vivo podía tener.

Mi familia.

Y Jimmy lo sabía.

Sabía demasiado, joder.

—Por eso le has ofrecido una salida a Regina —aventuré pellizcándome la frente.

—Es la hija del cabeza de los Confederados de la Camorra. Lamento decirte que, ahora que su padre no está, ese cargo llamará a su puerta y no tendrá miramientos con ella. No esperará a que esté lista para soportar la presión. —Detecté cierta preocupación, como si de algún modo le afectara ver a esa mujer convertida en la capo de Posillipo. Sus ojos se clavaron en los míos—. Y tú no quieres que le ocurra nada.

Cogí aire. En aquella sala, en mitad de la madrugada, al amparo de la luz de las llamas que crepitaban en la chimenea, yo no era el único asqueado por sentir vulnerabilidad.

Me sumergí en él, en su silencio, en todas las palabras que pendían de sus labios, pero que jamás pronunciaría. Y Jimmy lo consintió. Me dejó intuir la sombra de lo que ocultaba. Algo muy privado, muy íntimo, que ni siquiera él soportaba.

—Al parecer, tú tampoco —dije bajito ganándome una mirada furiosa.

—¿Buscas sinceridad?

—¿Me la darías? —Torcí el gesto.

—¿Cuánto pagarías?

—No. —Sonreí—. No es eso lo que buscas, Jimmy. El dinero te importa un carajo. —Avancé hacia él—. De haber mantenido esta conversación antes de conocer a Regina, es probable que hubiera encargado tu muerte, porque no me gusta cuando dan por sentado que me conocen —le aseguré. Era el único modo de recuperar mi frialdad—. Y por entonces me creía un miserable cómodo con esa idea.

—Pero ¿y ahora? —aventuró, y no supe por qué le observé como se suponía que debía hacerlo un amigo.

—He visto cómo la miras.

Apretó los dientes.

Había acertado.

Sí, había vislumbrado esa emoción hirviendo en sus pupilas, tratando de ocultar un anhelo que transcendía a su control. Nada tenían que ver la posición de Regina o el hecho de ser irremediablemente atractiva para captar la atención de cualquier mortal.

Había algo más. Un instinto propio de aquel que siente una atracción irreversible, cosa que me asombró. Jimmy era imponente físicamente, de carácter férreo y principios estrictos. No le creía un hombre débil en ningún aspecto, ni siquiera en aquel que quizá lo humanizaba. Pero una cosa tuve clara: a pesar de que era un sanguinario sin corazón, tarde o temprano le sería imposible esconderse de mí.

Jimmy alzó el mentón, arrogante. Seguramente reconoció la inquietud que sentí ante la posibilidad de ver a Regina entre sus brazos. Y recordé la tensión que habían compartido, la forma en que se devoraron con la mirada, en silencio, marcando una endeble distancia, tratando de ignorar todo aquello que sus propias pieles les exigían. Destilaron una atracción imposible de obviar. Una atracción que no tardaría en reclamarlos.

—Es una mujer muy hermosa. Y yo soy un hombre hambriento de carne fresca. No confundas mis ganas de follarme a tu mujer con sentimentalismos baratos, Berardi —rezongó—. La gente como nosotros no cree en esas cosas.

—Pero anoche no te defendiste cuando insinué de más.

—Anoche te permití tomar el control porque necesitabas sentir que eres capaz de soportar la presión que supone tratar con esta maldita ciudad.

—Alimentaste mi orgullo, ¿no? —resoplé, y me encaminé hacia la chimenea para lanzar el cigarrillo y ver cómo lo devoraban las llamas—. No me lo has contado todo, Canetti. —Cerré los ojos. Me dejé invadir por el calor. Me sentía agotado—. Me salvas y me ofreces una elaborada alternativa para alejar a Regina de cualquier peligro, porque entiendes mejor que yo que me enerva la idea de que esté en peligro. —No quería seguir negándolo.

Jimmy lo tomó como una muestra de confianza cuando volvimos a mirarnos.

—Sin embargo —continué—, esperas que lo acepte todo sin preguntarme siquiera cuándo demonios ideaste un plan que te llevó incluso a moldear un acuerdo de divorcio.

—Podrías simplemente dar las gracias y dejar de indagar —suspiró con una cordialidad inédita en él—. Pierdes el tiempo y olvidas que la Camorra contaba con tu muerte. ¿Eso no te dice nada?

—Tú mismo lo has dicho. La amenaza viene de dentro. Veamos, ¿qué propones que haga? —Y no lo pregunté porque quisiera eternizar aquel debate, sino porque realmente quería su consejo. Lo necesitaba.

Jimmy negó con la cabeza.

—No pienso involucrarme —dijo bajito.

Agaché la cabeza, sonreí decaído y volví a mirarle antes de asentir.

—Fingiré que te creo —sentencié, y me encaminé hacia la puerta—. Mi esposa, mis hombres y yo nos iremos al amanecer.

Creí que no se opondría. Daría por zanjado aquel encuentro y me permitiría subir a la habitación con mi esposa. Intentaría dormir, ya habría tiempo de pensar en una ofensiva. Estaba del todo seguro de que sería contundente, ya que tenía potencial para hacerles mucho daño.

Sin embargo, la voz de Jimmy Canetti me detuvo y me provocó un escalofrío inesperado.

—Libérala. —Ah, Regina—. Solo así podrás alejarla del peligro. Y si tú no puedes, permite que sea ella la que elija.

Lo miré por encima del hombro.

—Ya lo ha hecho. Ha escogido.

Lamentaba saber que no había sido la elección correcta. Pero al menos había podido abrazarla una vez más.

—No. —Negó con la cabeza—. No era una elección mientras supiera que estabas en peligro.

Eso quería Jimmy, que Regina tuviera la oportunidad de elegir ahora que me sabía a salvo. Y me pregunté en qué momento habían comenzado a aflorar esos sentimientos en él, cómo era posible que fueran tan fuertes.

—¿Estás seguro de que es solo deseo, Canetti? —sugerí—. Porque tienes una forma un tanto extraña de demostrarlo.

No me contradijo ni atacó. Se quedó allí plantado, de brazos cruzados, apoyado en la mesa, con el ceño fruncido y los labios apretados. Frustrado quizá. Molesto, incómodo.

—La muerte de Vittorio Fabbri responde a un objetivo. Y que su hermano esté en paradero desconocido hace fácil presuponer que tiene algo que ver con su muerte —comenté porque había entendido que Jimmy acababa de darme la opción de recurrir a él.

—¿Por qué?

—Rivalidad. Vitto siempre ha sido muy arrogante, se ha granjeado demasiados enemigos a lo largo de su vida. ¿Por qué habría de descartar a Alberto? Era el principal opositor de la alianza con el Marsaskala.

No era un hecho constatado que los hermanos se odiaran, pero sí que hubiera divergencias entre sus aspiraciones. Los resultados de mis propias investigaciones en el pasado concluyeron que Alberto soñaba con crear su propia división de la empresa. Quería convertirse en proveedor, involucrarse un poco más en la mafia, no ser tan benevolente con el mando de la zona y desterrar a todo aquel que no fuera un purasangre napolitano.

Vittorio en cambio guardaba pretensiones más arcaicas. Ansiaba gobernar en solitario, forzar que toda Nápoles respondiera ante él. Deseaba crear un sistema similar al que mi tía administraba en Cerdeña, lo que significaba, en resumidas cuentas, llevar el Marsaskala a la península.

45

Las probabilidades de que ambos se hubieran embarcado en una batalla de poder respondían quizá a la pregunta de por qué estábamos ahora en aquella posición.

—De ser cierto lo que dices, es imposible que ataque solo —expuso Jimmy—. Necesita aliados y tiene a la mayoría de los Confederados en contra por rencillas en las últimas décadas.

—Pero ¿cómo crees que reaccionarían sus opositores si descubrieran que Alberto comparte sus opiniones y tiene acceso directo al Marsaskala?

Eso cambiaba por completo el panorama. Que un Fabbri apoyara a sus grandes enemigos suponía un punto de inflexión demasiado grave.

—¿Crees que tu padre es el principal benefactor de esa causa?

—No lo sé —suspiré. Algo de mí no quería creerlo. Semejante situación provocaría una maldita guerra civil en la que no quería verme involucrado—. Pero resulta extraño que la orden de atacar se haya dado justo cuando mi tía ha decidido mover ficha. La cúpula estaba perfectamente informada, solo hubo dos votos en contra, los de mi padre y el jefe de policía del distrito de Olbia.

El Marsaskala fingía funcionar como un comité empresarial, así que se requería de una votación siempre que hubiera que tomar decisiones trascendentales, a pesar de que el verdadero sistema se parecía a una puta autocracia.

—¿A qué se niega Massimo Berardi? —indagó Jimmy.

—Al dominio de una mujer que aspira a controlar un territorio ingobernable.

Por la lentitud con la que sus ojos pestañearon y el modo en que el silencio nos golpeó intuí que Jimmy acababa de activar una especie de cuenta atrás dentro de él.

—Si tus sospechas son ciertas...

—Regina no debería estar en peligro si cuento con tu apoyo —lo interrumpí.

Cuando me miró, no halló interrogantes en mis ojos. Quizá por eso se incorporó y vino hacia mí.

—Te saldrá caro, Berardi —advirtió.

—No tengo problemas de liquidez. —Me acerqué a la estantería, cogí un folio y un bolígrafo y regresé a su lado para entregárselos—. Escribe una cifra y haré que te la transfieran de inmediato.

Canetti no apartó los ojos de los míos. Ya no me parecían tan accesibles como hacía un instante. Sino más bien contundentes y violentos, demasiado vivos. Tampoco titubeó cuando sus manos rasgaron el papel hasta hacerlo trizas y dejarlo caer a nuestros pies.

Tuve un escalofrío.

—No me preguntes por qué coño lo hago —aseveró—. Te daré una paliza de la que no te recuperarás jamás.

Sonreí.

—Bien.

La comisura de sus labios se elevó un instante amenazando con una sonrisa sincera que apenas logró ser una mueca. A continuación, y sin quitarme ojo de encima, retrocedió unos centímetros y extendió una mano a la espera de que yo la aceptara.

La observé. Sus dedos afilados, elegantes, de piel tostada y nudillos marcados. Muñeca robusta pero esbelta que conectaba con el vigoroso antebrazo que se entreveía bajo la manga remangada de su jersey. Era la clase de mano que podía arrebatar la vida de todas las maneras posibles, pero que guardaba la capacidad de transmitir un calor protector inédito.

Acepté el apretón y volví a clavar mis ojos en los suyos.

—Alianza, Canetti.

—Ambos sabemos que esto es algo más, Berardi —advirtió, y llevaba razón.

—Descubrámoslo entonces.

No me pondría inconvenientes para averiguar qué me deparaba aquella relación con Jimmy. Lo único de lo que estaba seguro era de que no podía evitar confiar en él.

Unos pasos interrumpieron la quietud. Se aproximaban raudos hacia el salón. Un instante después, Attilio atravesó el arco.

—Marco, siento la interrupción —se disculpó.

—Adelante, ¿qué ocurre?

—He recibido un mensaje de Mónica Esposito.

Fruncí el ceño. No tenía ni idea de qué podía querer la tía de Regina ahora que la noticia de Vittorio había trascendido.

—No me ha querido dar su paradero, pero dice que necesita hablar con Regina urgentemente —añadió.

—¿Qué podría ser tan urgente viniendo de ella? —especulé ajeno a que Attilio me daría una respuesta decisiva.

—Es la albacea de Vittorio.

Sabía que Mónica era letrada, que trabajaba en disfrazar de legalidad todos los asuntos relacionados con los negocios de su esposo y su cuñado. Siempre al servicio de la mafia, quizá por obligación o lealtad. O probablemente por propia aspiración. Pero nunca imaginé que guardaría el testamento de Vittorio. Su mera existencia dejaba entrever que el hombre sospechaba de su muerte.

Me volví hacia Jimmy. Se mantenía erguido, con el mentón en una posición bastante más arrogante que hacía unos segundos. Entendí que había demasiados pensamientos ocultos bajo su mirada.

—¿Tendrías inconveniente en que la reunión se celebrara aquí? —No dejaría que Regina visitara a su tía fuera de una zona de seguridad.

—Enviaré a uno de mis hombres en su busca a primera hora —sentenció.

4

GENNARO

La puerta era blanca, con un picaporte y un llamador circular, ambos dorados, y dos ventanas verticales que iban del suelo al dintel por las que se entreveía el vestíbulo de la casa. La madera lacada resplandecía en contraste con la mugre que solía tener el entorno exterior.

Me encontraba sobre el escalón, a solo unos centímetros de ese acceso que había cruzado infinidad de veces en el pasado. Ahora que lo observaba con detalle, lo único extraño que percibí fue a mí mismo.

Todo estaba igual. Excepto yo.

Aquella casa se alzaba entre chabolas, edificios malogrados y pobreza al amparo de las Velas. Rodeada de hojarasca y un muro de hormigón de casi dos metros que la separaba del resto del mundo; ni siquiera sus habitantes se fiaban de sus convecinos.

Guardaba ambiciones de mansión, pero no olvidaba su corazón chabacano. Porque las costumbres propias de un barrio humilde no faltaban, nunca se abandonaban. Seguía utilizándose el mantel de plástico con dibujos de flores en la mesa de la cocina. El intrincado panel dorado del que pendía la televisión. Los sofás de cuero blanco que pretendían procurar algo de elegancia a un ambiente ordinario y cateto. Los enormes cuadros de diferentes razas de perros o los miembros de la familia. Las alfombras de pelo, la vajilla de estilo victoriano o cualquier chorrada de lujo que a mi madre se le ocurriera.

Siempre que volvía a casa sentía el mismo contraste, la misma sensación de estar en un mercadillo de muebles usados de lo más variopinto y tosco. Porque mis padres creían en la ostentación más desenfrenada y les importaba un carajo si combinaba o no. Solo querían alardear de su riqueza. Así que me había criado durmiendo en una cama con dosel y un cabezal forrado de pan de oro para que, al abrir los ojos por la mañana, recordase la suerte que tenía de ser un Cattaglia.

Regresar allí fue como despertar de un maravilloso sueño en el que había descubierto que la vida podía disfrutarse a través de los detalles más insignificantes. Como el sabor del pan tostado o los amaneceres jugando a crear miles de tonos anaranjados sobre la campiña sarda de Porto Rotondo. La sonrisa contagiosa de Regina, su voz susurrante, la forma en la que el cabello reposaba en torno a su cara. Las voces entretenidas de los guardias, el aroma a los guisos de Faty o las atenciones de Kannika.

Los ojos de Marco. Su boca sobre la mía.

Apreté los ojos, los dientes, convertí las manos en puños. Aquellos recuerdos eran míos, pero parecían de otra persona. Alguien digno de conservarlos.

Nunca me libraría de aquella cloaca que era Secondigliano. Nunca escaparía de mi apellido y su trascendencia, del reclamo de mi propia sangre, la de un hombre destinado a ser algo que detestaba. Una burda bestia.

Pero yo no sabía ser lo que Massimo Berardi me pedía.

Recuerdo cómo pegó su pecho a mi espalda. Mis ojos clavados en el jet privado que esperaba en la pista, listo para despegar. Su aliento irrumpió antes que su voz, se deslizó asquerosamente cálido por mi cuello.

—Lo sabrás. En el fondo, lo llevas dentro —me dijo—. Te han criado para ello. Solo tienes que despertar de esa falsa bondad que te has inventado. A ninguno de los dos nos vale tu cobardía.

No mencionó a su hijo o a Regina. No volvió a recalcar sus amenazas. Él sabía que con una vez bastaba para que quedaran grabadas a fuego en mi piel. Y miré una vez más hacia la campiña, consumida por la oscuridad, antes de emprender un viaje que quizá no tenía retorno.

Yo no sabía ser un puto mafioso al mando del clan que dominaba una de las facciones más peligrosas de Italia. Pero no debía aprender a serlo. Solo tenía que escuchar esa voz que tantas veces había silenciado dentro de mí. La misma que ahora me costaba tanto oír.

Solo tenía que ser salvaje.

El esfuerzo merecería la pena.

Miré la puerta de nuevo.

Pensé en mamá. A ella le gustaba que usáramos el llamador. Así sabía que éramos nosotros. Solo las visitas recurrían al timbre.

Acaricié el círculo dorado con la punta de los dedos, estaba tan frío que me produjo un escalofrío. Observé mi retaguardia. Allí esperaban cinco hombres, siervos de Massimo. El resto se había repartido por las zonas más conflictivas del barrio. Las zonas en las que vivían los acérrimos a mi padre y su autoridad. Yo mismo lo había indicado antes de abandonar Cerdeña. Vigilancia, que no asesinato. Al menos no tan pronto.

Sabía que esa noche se derramaría sangre, y eso era precisamente lo que Massimo buscaba. Pero lo haría a mi manera.

No temía las consecuencias. De hecho, era casi imposible que las hubiera. Acabábamos de irrumpir en el perímetro como un ejército silencioso. Más de un centenar de hombres a mi servicio. No necesitaba confiar en ellos. Me bastaba con que fueran contundentes cuando yo temiera serlo.

—Es mi madre quien abrirá la puerta —avisé—. No la dejéis hablar. Solo interceptadla y encerradla en cualquier habitación. Es demasiado peligrosa.

Ella era quien alimentaba el ego de mi padre. Quien lo convertía en alguien aún más salvaje y terrible. Sin Rosa, Piero perdía resistencia, ganaba vulnerabilidad.

—Entendido —dijo Caronte como el buen comandante de Massimo Berardi que era.

Se me escapó un suspiro.

—Bien, allá vamos.

Agarré el llamador y lo estrellé contra la puerta. Tres veces.

Por las ventanas pude ver a mi madre anudándose el cinturón de su batín a la cintura. Tenía expresión de aturdimiento.

Acababa de entender que tras la puerta esperaba alguien decisivo. Ninguno de sus esbirros osaría quebrantar su norma, y su hija estaba en casa. Además, gozaba de seguridad exterior. Media docena de hombres custodiaban aquellas paredes cada noche, hombres que ahora yacían sin vida en el descampado que había a unos cincuenta metros de la casa.

Abrió desconfiada, insegura. Y entonces me miró con los ojos muy abiertos y ahogó una exclamación.

—Tú —gruñó asqueada, observándome como si esperase verme desfallecer ante ella.

Sí, prefería saberme criando malvas que compartir espacio con un maricón. Porque Rosa da Mario no paría maricones.

Torcí el gesto. Sentí que el vientre se me endurecía y me asombró que mi aliento no variara. Sí lo hizo la rabia y me sobrevinieron unas ganas inauditas de someter a esa mujer.

—Hola, mamá —la saludé.

—¿Qué coño haces aquí? No eres bienvenido.

Eso ya lo sabía.

—Me temo que estás equivocada.

Un vistazo bastó para que mis hombres saltaran sobre ella.

—¡¿Qué es esto?! ¡Soltadme! ¡¡¡Piero!!! —chilló.

Me preparé para enfrentarme a su maldito esposo un instante antes de verlo aparecer en el vestíbulo. Dijo algo, se encaró con un par de tipos, trató de atacarlos. A pesar de su estatura y gordura, papá era hábil en los enfrentamientos. Pero sus esfuerzos no le sirvieron de nada contra los míos.

Lo vi todo desde el umbral. No podía moverme, me quedé congelado. Me pudo el terror. Y me consumí en aquellos ojos negros que se clavaron en los míos y me observaron con desprecio.

No se me había echado de menos. Ni siquiera se me había recordado. El cuadro familiar que preservaba la entrada ya no colgaba de la pared. Tras la mirada de mi padre, entendí que incluso mi nombre se había prohibido.

En realidad, no merecía la pena darle ni siquiera la oportunidad de hablar. Solo tenía que coger mi arma y apretar el gatillo. El odio que sentía por él y que se había ido acumulando día tras día me facilitaría muchísimo el proceso y me despojaría de remordimientos.

Pero la ausencia de estos me hundiría, me perdería a mí mismo y todavía no estaba dispuesto a admitir que, en el fondo, me daba un poco igual.

—No le harán daño, papá —anuncié con una autoridad que me estremeció.

—Maricón —escupió él.

Me acerqué a él sin pensármelo. Me hice grande.

—Siéntate —le ordené entre dientes—. Siéntate.

Piero Cattaglia sucumbió a mi mirada y terminó por obedecer, porque en el fondo estimaba su integridad.

—Ahora te mueves como las ratas. A la caza en plena noche. A la espera de atacar en el momento indicado —se mofó observando a mis hombres, que rodeaban el salón—. Pareces un vulgar siervo del jodido Marchetti de Ponticelli.

Y ese repugnante hombre era muy reconocido por sus emboscadas nocturnas. Por eso todos los capos de diferentes facciones se habían acostumbrado a poner vigilancia en sus hogares.

Pero, a diferencia de mí, él no sabía cuáles eran los puntos clave.

—No tengo alternativa.

Bajo los amortiguados chillidos de mi madre se oyeron unos pasos acelerados que bajaban por las escaleras. No tardé en toparme con el rostro de mi maldita hermana. Inma se detuvo. Apoyada en el marco de la puerta, me observó con el mismo desprecio que había visto en los ojos de mis padres.

—Has escapado...

Le parecía un misterio imposible de resolver. Su hermano, el débil, el frágil, el incapaz, reconvertido en un hombre que al parecer buscaba venganza. Inma fue la única que manifestó un poco de temor a las consecuencias. Vio que nacía en mí aquello que yo tanto temía.

—Seré breve. —Me dirigí a mi padre—. He sabido de tu cambio de postura. Tu convenio con Saveria Sacristano no ha sentado muy bien a los Confederados.

Frunció el ceño. Le asombraba que estuviera allí por ese motivo y, sobre todo, que no me molestara hacerle frente.

—Me importa un carajo. Son mentes anticuadas —espetó.

—Pero ellos no son los únicos molestos con tu posición. El Marsaskala está en plena guerra interna y las probabilidades de verte reconvertido en la escoria de la ciudad se antojan muy altas, papá.

Remarqué lo último con más sorna que otra cosa. Debía aprovechar el aturdimiento de Piero para ganar valor. Y este no dejaba de crecer. Se enroscaba en mi vientre, me hacía sentir poderoso.

—Si fuera cierto, Massimo dirigiría ese maldito lugar.

Resoplé con una sonrisa.

—Se hace fuerte, papá. Sus aliados crecen. Pronto atacará. Ya lo está haciendo. A través de terceros. Sabes bien que Ponticelli y Aranella son enemigos muy poderosos, y Vittorio Fabbri ha caído.

La noticia no le impresionó, pero sí lo hizo que yo estuviera al tanto de los entresijos que en el pasado había ignorado por falta de ganas y quizá pericia.

Me pregunté por qué hablaba como si buscara negociar con él. Mis órdenes eran claras: matarlo. No tenía por qué ser yo quien disparase, bastaba con dar la orden y ahorrarme ese momento. Alargarlo era estúpido. Pero una parte de mí quería disfrutar de ese instante en que mi padre se encontraba a mi merced.

Se echó a reír. La arrogancia era uno de sus fuertes. Nunca lo abandonaría.

—Así que Massimo envía a un maricón que fue vendido como esclavo para su nido de perversiones a amenazarme.

Me uní a su sonrisa provocándole un escalofrío que le empujó a mirarme como si fuera un desconocido. Estaba en lo cierto, lo era. Ni yo mismo me conocía. No podía entender que una parte de mí quisiera ver aquella casa arder y otra deseara huir lo más lejos posible para no volver jamás.

No dejé de sonreír mientras me acercaba un poco más a él con las manos cruzadas en la espalda.

—No vengo a amenazarte —sentencié.

Reinó el silencio un instante. Papá entendió bien a qué me refería. Lo leyó en mis ojos, y yo vi la duda en los suyos.

—Ahora estás siendo un verdadero Cattaglia —dijo casi orgulloso—. Porque cuando te vi subir a ese avión me dio igual si morías o no.

—Lo sé.

—Pero ¿tu integridad te permitirá gobernar? —Decidió ganar tiempo tratando de aparentar que todavía tenía el control, y se puso en pie para encararme—. No lo creo, Gennaro. Eres todo lo que un capo no puede ser. Frágil y desviado.

En el pasado, me habría aterrorizado escucharle decir eso a un solo palmo de mi cara. Porque sabía que a continuación vendrían los golpes y mis súplicas y más golpes y la terrible desesperación intrínsecamente ligada a la certeza de sentirme solo en el mundo.

Sin embargo, esa noche, papá no se atrevió a tocarme porque fui capaz de mantener su mirada y negarme a sentir ni un maldito ápice del temor que me había despertado en el pasado. No me negaría que todavía existía, pero se había convertido en un difuso rastro que se perdía tras el enorme muro que era ahora mi propia rabia.

—Dime, ¿cómo puede alguien íntegro ansiar la muerte de un padre?

Nos desafiamos con la mirada. Él aturdido, yo despiadado.

Mis dedos rodearon el mango de aquel revólver que esperaba paciente, oculto en la cintura de mi pantalón. Lo sostuve con fuerza, apunté a su vientre y apreté el gatillo. Fueron movimientos tan rápidos y a la vez tan comedidos que incluso a mí me sobresaltaron.

Mi padre tuvo un fuerte espasmo que coincidió con la bala que atravesó su cuerpo y terminó estrellándose en la pared de la que colgaba la televisión. Me lancé a cogerle y ambos fuimos deslizándonos lentamente hacia al suelo, con los ojos clavados el uno en el otro.

—¡¡¡Ah, papá!!! —chilló mi hermana que pronto comenzó a forcejear con dos tipos.

No lo vi, tan solo lo intuí por la histeria que destilaban sus reclamos y su llanto. Imaginé sus gestos, sus ganas de alcanzar a su querido padre. Pero no le consentiría despedirse de él. Era el castigo que reservaba para ambos.

Papá empezó a agonizar. Sus pupilas dilatadas comenzaron a temblar, también los labios. Sus mejillas empalidecieron. Las manos enseguida se deslizaron hasta la herida e intentaron taponarla en vano. La sangre se derramaba entre los dos del mismo modo que lo había hecho la de Gattari, cuando esa misma tarde imploré por su protección.

Cogí su cara entre mis manos. Los espasmos arreciaron.

—Shhh, tranquilo, pasará. Ya está, ya está —susurré.

—Debí castigarte hasta la muerte aquel día —gruñó él.

—Ya lo hiciste. Lo hiciste, papá —le aseguré entre dientes—. Mira en lo que me has convertido.

Pero al parecer eso no le bastaba. No le parecía suficiente que fuera a cargar con la responsabilidad que suponía ser un hijo de puta, el maldito verdugo de mi padre.

Boqueó para decir algo más, acaso maldecirme de nuevo. Pero no lo consiguió. Murió con los ojos clavados en los míos. Me convertí en lo último que vio en vida.

El dolor por la pérdida no llegó. Ni siquiera cuando me paré a pensar en ello. Lo busqué hasta en mis entrañas. Pero no existía. Ni los gritos de mi hermana o el rumor de los de mi madre, ni los golpes y el forcejeo. Nada de eso logró contagiarme de pena.

Honestamente, sentí un orgullo y una satisfacción más propios de un demente o un sociópata. De alguien que no merecía ser amado.

Me puse en pie. Ya no había vuelta atrás. Tendría que ser esa versión nefasta de mí, y no estaba dispuesto a arrepentirme. Ya no podía.

Encaré a mis hombres.

—Lleváosla al descampado —ordené antes de mirar a mi hermana. Puesto a caer en el caos, qué más daban las formas—. Estará mejor junto con Antonio.

Moriría al lado de su amado canalla.

—¡¡¡Gennaro!!! —bramó ella antes de que la arrastraran fuera.

Hacía bien en sentir temor. No había ordenado qué tipo de muerte darle. Así que esos lobos podían escoger la que más les complaciera. Y estuve seguro de que nunca estaría a la altura de lo que me hicieron a mí. Algo que ella disfrutó y nunca lamentó.

Me moví lento hacia el pasillo que había al lado de las escaleras. En aquella habitación, la sala que mi padre había convertido en su despacho, estaba encerrada mi madre, que no dejaba de aporrear la puerta.

Rodeé el pomo con dedos templados. Los golpes cesaron de pronto. Abrí. Mamá estaba en el centro de la estancia. Se había apartado de golpe. Tenía miedo, me observaba a medio camino entre el odio más absoluto y la incertidumbre. Había llorado. Sus ojos mostraban un enrojecimiento que me complació. Pero también me hizo acercarme a ella.

Apenas pude tocar sus mejillas. Mamá me dio un manotazo. No consentiría que la acariciara un maricón.

—¿Qué has hecho? —me exigió saber—. ¡¡¡¿Qué has hecho?!!!

—Querías que fuera salvaje, un maldito animal. Eso he hecho. Soy lo que tú querías.

No me gustó la sensación de vacío que sentí, lo pequeño que me hice ante su escrutinio.

—Tú no eres nada. —Lo pronunció con saña—. No eres más que un débil degenerado.

—¡¡¡Que ahora es rey!!! —chillé hasta romperme la voz y me abalancé sobre ella empujándola contra la pared. Su espalda se estrelló con fuerza, pero le pudo más el terror de lo que vio en mis ojos—. Soy tu rey —anuncié bajito—. Adoras los términos tradicionalistas porque siempre te has creído una entidad superior destinada a someter a los demás. Acéptalos, entonces, incluso si no provienen de quien te satisface.

Entonces sí me dejó acariciar sus mejillas. Se tensó y miró hacia otro lado.

—Tranquila, no morirás. No dejaré que te pase nada. Te protegeré, madre. Incluso de ti misma —le aseguré.

Ese sería mi castigo para ella. La obligaría a soportarme. Me obligaría a mí mismo a dejarme arrastrar por aquella demente desesperación que ya había dejado de tener sentido. Rabia, venganza, reclamo de perdón, de amor. Daba igual. Todo convivía en el mismo rincón. Se devoraban unos a otros.

—Eres un demonio —masculló ella antes de empujarme.

Y echó a correr hacia el salón, donde la oí hincarse de rodillas y gritar desaforada.

Yo hice lo mismo, pero no grité, sino que rompí en un llanto convulso y silencioso que ni siquiera produjo lágrimas. Me provocó un fuerte dolor en el vientre y me llevé las manos ahí, ansiando regresar a mi habitación en la mansión Berardi, junto a Regina, junto a Marco. Al cobijo de la única familia que me había aceptado tal y como era.

«Lo haces por ellos. Siéntete orgulloso, Gennà». Mi voz interior me contuvo de perder la cabeza. Me hizo coger aire, cerrar los ojos y confiar en que quizá algún día olvidaría aquella maldita noche.

—Cattaglia. —La voz de Caronte me devolvió de golpe a la realidad. Lo miré aturdido—. Órdenes.

Asentí con la cabeza y me puse en pie.

—Diles a tus hombres que tomen el control de la zona y convoca a la cúpula. Debemos tener claro con quiénes podemos contar antes de tomar una decisión sobre ellos.

—Tú mismo dijiste que Piero tenía muchos leales. ¿Por qué habríamos de darles la oportunidad de escoger?

Él prefería matar.

—Hasta el más leal puede dejar de serlo, y necesitamos seguir aparentando fortaleza. Si prescindimos de los más influyentes, perderemos control.

Lo último que necesitaba era verme obligado a afrontar una revuelta en mi contra. Secondigliano acogía a demasiados dementes con ansias de poder y dispuestos a cualquier cosa. Mi padre solía apaciguarlos con el control de diversos sectores y dispensas. Tenía que dejarles claro que yo estaba dispuesto a hacer lo mismo, que nada cambiaría.

El tipo se propuso abandonar el despacho, pero se detuvo en la puerta para mirarme de nuevo.

—Te felicito —dijo sincero—. Acababas de hablar como un capo.

—Qué suerte, entonces, que se me dé tan bien fingirlo —me mofé desanimado.

—¿Realmente finges o es que temes aceptar que lo eres de verdad?

No supe qué responder.

Tan solo me acerqué a él, lo esquivé y me encaminé hacia la escalera.

—Estaré en la azotea. —Esa misma desde la que tantas veces había pensado tirarme—. Necesito tomar el aire.

5

REGINA

Marco estaba atado a una silla de hierro con unas bridas que se le hincaban en las muñecas y los tobillos. Tal era la fuerza de la sujeción que el plástico había empezado a magullar su piel. Pequeños hilos de sangre le habían manchado los dedos. Pero no parecía importarle.

Esperaba paciente, en medio de aquel solitario y sombrío almacén, a que llegara su sentencia de muerte. La que impondría el grupo de hombres que cuchicheaba a unos metros de él, junto a un ventanal cubierto por unas maderas por el que entraba un lánguido rayo de sol.

—Marco... —le llamé tan bajo que ni siquiera yo oí mi propia voz.

Él, en cambio, a pesar de la distancia entre los dos, sí lo hizo y recurrió a las pocas fuerzas que le quedaban para levantar la cabeza. Me miró. No quedaba mucho de ese rostro de belleza imponente. Los golpes lo habían deformado tanto que incluso truncaron el majestuoso azul de sus ojos. Sangre e hinchazón destrozando al hombre que, contra todo pronóstico, había logrado convertirse en mi hogar.

Me pidió perdón con su silencio y entonces echó un vistazo al rincón opuesto al grupo de hombres. Tendida en el suelo yacía Camila. No pude ver su bonita cara, la columna de hormigón ocultaba parte de su cuerpo. Pero me bastó la postura inerte de sus piernas para confirmarme que hacía días que mi hermana me había abandonado.

Me hinqué de rodillas en el suelo. El gesto hizo ruido, alertó a las bestias, y pensé: «Venid. Ya no importa qué coño hagáis conmigo».

Tras ese siniestro pensamiento no vi mi final, si es que lo hubo.

Abrí los ojos lentamente para descubrirme tendida en una cama, al cobijo de un cálido e injusto amanecer, entre los brazos de Marco, que me observaba como si yo fuera el centro de su universo.

No dijo nada, ni siquiera hizo el amago. Tan solo me consintió observar cada centímetro de su rostro mientras las yemas de sus dedos insistían en aquella delicada y anómala caricia sobre mi mejilla. Había entendido lo mucho que necesitaba despertar, a pesar de lo perversa que también era nuestra realidad.

Quise agradecerle que me hubiera ahorrado el destino cruel que me reservaba mi sueño. Pero callé y me ahogué en sus pupilas. Quise llorar. Sentía una quemazón desesperante. La maldita realidad golpeándome con los hechos.

Cogí aire, me incorporé un poco y me guarecí en sus brazos. No esperé respuesta, solo quería sentirlo pegado a mí. Mi compañero. Ese refugio que tanto me habría gustado mostrarle a mi hermana.

Unos segundos más tarde, Marco reaccionó y se aferró a mí. Hundió el rostro en mi hombro, le oí contener el aliento y expulsarlo lento, conmocionado. Todavía le asombraba verse capaz de mostrar emociones, por comedidas y timoratas que fueran.

—Por un instante he creído que no eras real. —Me aparté unos centímetros para poder mirarle de nuevo, cogí su cara entre mis manos—. Pero aquí estás, sano y salvo.

Tragó saliva, tembló un poco y cogió aire. Con los ojos todavía fijos en los míos y una mueca seria, me agarró de las muñecas para alejar mis manos de él. Fruncí el ceño. Ciertamente, Marco no era muy dado al contacto, pero jamás me lo había negado.

—¿He cometido algún error? —inquirí bajito.

Se levantó y se acercó a la ventana. El amanecer se asentaba, ya no llovía, sino que reinaba el sol, cuya luz no tardó en descubrir un entorno exterior agreste muy descuidado, además de una habitación vetusta.

—Todavía me cuesta aceptarlo y a ratos hasta me irrita. Me haces vulnerable... —suspiró Marco dándome la espalda.

Agaché la cabeza. Me lastimó saberle tan infeliz a mi lado. No era en absoluto recíproco y no esperaba que me lo confirmara en un momento tan descorazonador como ese.

—Lo siento...

Marco enseguida me miró.

—No, no me refiero a eso —protestó—. Ya no supone un problema porque entiendo que sigo siendo el mismo. Pero tú eres... —Se detuvo y escogió hablar con los ojos cerrados—. Eres muy preciada para mí. Y eso ya es más de lo que nunca podré admitir.

La honestidad de esas palabras me atravesó como una estaca. Me estremecieron con tanta contundencia que no dudé en levantarme de la cama y llegar hasta Marco, que enseguida me acogió de nuevo entre sus brazos. Pegada a él, apoyada en su pecho, centrada en sus pulsaciones y su embriagador aroma, encontré el valor para preguntar.

—¿Qué pasó? ¿Por qué estamos aquí?

Evité recordar la noche anterior, cuando desperté en aquel desvencijado sofá ante los ojos del cazador que me ofreció la posibilidad de alejarme de todo y empezar una nueva vida.

También evité pensar en cómo se tambaleó mi mundo al notar sus palabras susurradas acariciándome la mandíbula.

«Ahí tienes a tu compañero, Regina», me dijo como si me creyera capaz de alejarme de mi esposo y olvidar que una vez fui feliz a su lado.

Pero el recuerdo de aquel martirizador alivio que me produjo tocar a Marco siempre estaría ligado a los ojos de aquel mercenario. A la forma en la que me observaron, a la cadencia de su nombre y a lo mucho que influía en mi pulso cuando mi mente lo nombraba.

—Jimmy Canetti me rescató a tiempo. —La voz de mi compañero me produjo un fuerte escalofrío. Se alejó un poco para mirarme, pero no se deshizo del contacto. Sus manos continuaban apoyadas en mis brazos—. Fui yo quien lo contrató antes de salir de Porto Rotondo.

—¿Por qué? —Quise saber.

—No me fiaba de la situación.

Fruncí el ceño. Me costaba creer que Marco hubiera sospechado de una posible emboscada en un momento tan vulnerable como la despedida de un familiar. La Camorra era salvaje y ruin, pero respetaba a sus muertos y creía en la palabra de Dios. Esa era una de sus tantas contradicciones.

Sin embargo, no podía decir lo mismo de otros enemigos.

Torcí el gesto y entorné los ojos.

—No me gusta cuando callas. Prefiero al Marco que confía en mí y habla conmigo.

—Ese Marco del que hablas nunca ha tenido que tratar con su esposa cuando esta ha perdido a un ser querido. Sinceramente, no quiero que finjas fortaleza cuando en tus ojos veo tristeza.

Tragué saliva y miré hacia el exterior. No era un buen momento para hermetizarme, pero temía romperme en mil pedazos.

—Me habría gustado tener la oportunidad de llorar a mi hermana. Volver a casa y encerrarme en mi habitación hasta aprender a convivir con el nudo que tengo en el pecho. Pero no creo que... se me vaya a dar la oportunidad. —Se me quebró un poco la voz—. A nadie le importa la vida de una cría de ocho años.

—A mí sí. Y a tus hombres también —me corrigió contundente.

—Pero no a la mafia. Irrumpió salvaje, sin miramientos, en el momento más solemne, delicado. —Nos miramos fijamente—. Nápoles no amenaza, Marco. Nápoles ejecuta.

—Ya no cuentan con el factor sorpresa.

—Como si eso fuera a cambiar algo...

Esa vez fui yo quien quiso poner distancia entre los dos y darle la espalda, pero Berardi no me dejó. Lo impidió cogiéndome del brazo para obligarme a encararle de nuevo.

—Olvidas dónde me he criado. Puede que te parezca un palacio engañoso destinado a la servidumbre más depravada. Y, en cierto modo, lo es. Pero es allí donde he aprendido a ser un hijo de puta, y no sabes cuán agradecido estoy de ello en este maldito momento.

Se me empañó la vista.

—Yo no quiero verte en esa tesitura.

—No hay tesitura que valga. Lo soy, aunque contigo me lo reserve. —Me acarició el brazo—. Nápoles se ha granjeado un enemigo muy poco conformista.

—¿Por qué? —dije asfixiada.

—Porque intentaron atacar a mi esposa —gruñó.

Exhalé un suspiro. Reconocí a ese Marco. Solo lo había visto una vez, cuando me empujó contra la pared y se hundió en mi boca con la intención de devorarme solo porque yo se lo había pedido. Solo porque necesitaba sentir ese tipo de dolor físico que neutraliza los tormentos del alma.

Esa noche, la que debería haber pasado velando el cadáver de mi hermana en vez de ahogarme en el alcohol, Marco me demostró, todavía más si cabe, que él era más que ese hombre con el que me había casado por obligación. Que sería mi compañero, uno que no dudaría en caer conmigo por cualquier precipicio, a pesar de saber que nunca lo admitiría en voz alta.

—A estas alturas, después de todo, deberías saber que estoy dispuesta a cualquier cosa contigo —sentencié.

—¿Lo estás?

—¿No ves que sí?

Silencio. Duda. Levanté una mano y la acerqué a su mejilla.

—Habla, Marco —le pedí.

Cogió aire.

—Tu tío Alberto abandonó la cárcel de Poggioreale hace seis días y está en paradero desconocido.

Contuve el aliento. Noté incluso que las pupilas se me dilataban hasta desenfocar mi visión. Regresé a aquella piscina, al instante en que mi tío me llamaba todo sonriente. Mis pies pisando la hierba en su camino hacia ese hombre.

El temblor que sentí al notar sus manos sobre mi piel. Y después, nada. Una maldita realidad convertida en quimera, que había sido deformada por palabras que ensalzaban la bondad de un diablo, que me invitaron a idealizarlo hasta el punto de creer que los abusos nunca habían sucedido. Ni con él ni con mi padre.

Así que crecí normalizando hechos que no eran normales. Y lo quería. Realmente quería a Alberto Fabbri más de lo que nunca llegué a querer a mi propio padre. Por eso jamás creí que sería objeto de una conversación tan decisiva. Tampoco alcanzaba a entender sus razones para, a pesar de estar libre, no haber asistido al entierro de su sobrina.

—¿Sugieres que él es el autor de la emboscada? —Se me había formado un nudo en la garganta.

—Quién sabe. —Marco se pellizcó la frente. Estaba cansado—. Pero, de serlo, no es el único, Regina. Ya sabemos que los Ferrara participaron en ella.

Tragué saliva, cerré los ojos y me tomé un instante para controlar mis pulsaciones. No le preguntaría a mi cuerpo por qué demonios reaccionaba así, pero lo cierto era que sentía la amenaza cerniéndose sobre nosotros.

—Continúa —le pedí a Marco.

Y lo hizo. Sin tapujos. Con todo lujo de detalles. Desde los ojos afilados de su tía hasta la sonrisa perniciosa de Borisov.

Había contratado los servicios de Jimmy Canetti porque Saveria quería atacar cuando menos lo esperaban. Interceptar el cargamento de droga, eliminar a los proveedores y empujar a los Confederados a un callejón que solo disponía de una salida: aceptar los términos que la Sacristano ofrecía.

Tenía sentido que todo hubiera estallado en el cementerio. Los Confederados sabían que mi padre y Marco asistirían y, como aliados del Marsaskala que eran, eliminarlos suponía una represalia a la altura de las circunstancias.

Lo que no lograba entender era cómo Saveria Sacristano, pese a su fama de mujer peligrosamente astuta, había dejado pasar semejante posibilidad.

—No es tan sencillo, ¿verdad? —indagué.

Marco negó con la cabeza.

—En absoluto. —Alzó el mentón y frunció los labios. Me miró como cuando éramos desconocidos, frío y despiadado—. Tu tía Mónica es la albacea de tu padre y se dirige hacia aquí.

De pronto, me costaba respirar. Jamás habría esperado que mi tía entrara en la conversación, mucho menos por esas razones, cuando solo había asistido al entierro de su sobrina para hacer acto de presencia y evitar rumores.

Que fuera la albacea, en cierto modo, tenía sentido: era licenciada en Derecho. Llevaba casi dos décadas dedicándose a manejar los asuntos legales de la familia junto con el reputado despacho de abogados Castella, que también trabajaba para los Ferrara. Pero nunca la creí con semejante potestad. Mónica siempre se había mostrado como un simple peón.

Ser albacea la convertía en la emisora del legado de mi padre. Un legado que en la Camorra acostumbraba a heredar un hombre. Y como Vittorio no había tenido hijos, era su hermano, el tío Alberto, quien debía convertirse en el cabeza de familia.

—La situación empeorará —continuó Marco—. Y no estás capacitada para tomar el control de tu imperio como la capo de Posillipo. Ni tampoco para afrontar los ataques que preparan esos miserables camorristas.

—Es que no lo quiero —espeté.

Yo, capo de la Camorra. Era como estar atrapada en una pesadilla. Estaba diseñada para soportar la mafia, no para administrarla. En realidad, quién coño podía, si era casi como un organismo vivo e incontrolable. En cambio, a Marco lo habían criado para fusionarse con ella, para respirar de ella.

Ofrecerle la oportunidad de defenderse a través de mis recursos era el mejor tipo de ayuda que podía aportar.

Y él lo supo. Lo descubrió a través de mis ojos.

—Eres una necia al confiar —resopló con aire malicioso—. Tal vez este era el plan desde el principio. Aislarte para convertirme en el señor de Nápoles gracias a tus recursos. —Me estremeció cuando sus dedos cogieron un mechón de mi cabello y me lo enroscó en la oreja—. Y después deshacerme de ti en un trágico y fortuito accidente.

—Has dejado pasar esa oportunidad —ironicé.

—No es cierto, todavía estoy a tiempo. —Apoyó su frente en la mía—. Estás tan sola...

—Te equivocas. Te tengo a ti. Y se te da muy bien mentir, cariño, pero no funciona conmigo.

Cuánto miedo me habría suscitado si en el pasado hubiera actuado de ese modo tan maquiavélico.

Sabía lo que Marco pretendía. Quería hacerme cambiar de opinión. Alejarme de él, del peligro. Estaba expulsándome de sus brazos, recordándome que mi decisión de escogerlo a él era la elección equivocada.

—¿Por qué no? —masculló al tiempo que yo tomé su rostro entre mis manos.

—Porque te veo. No me refiero a la obviedad. Va más allá. Te veo a ti. —Se aferró a mis muñecas y cerró los ojos—. Eso que guardas y temes, eso que escondes porque no lo conoces. Eso que ha hecho que me quede a tu lado.

—Aunque no debas —susurró.

—Pero lo quiera.

—¿Lo quieres? —Sus ojos volvían a ser ese universo azul claro destellante, tan intenso como extraordinario.

—Te escogí incluso cuando no sabía si volvería a verte —le aseguré—. Sé lo que intentas. Alejarme, decepcionarme. Y esperas conseguirlo porque estoy en horas bajas.

—Son mis ganas de ver cómo me rechazas.

—Marco, puedes mentir a cualquiera, pero no funciona conmigo. Ya no. Podrías haberme dejado y no lo has hecho. Estás a mi lado.

—Lo estaré siempre.

Acaricié su frente, su nariz, sus labios y seguí deslizándome hasta su pecho, hasta su corazón.

—Ese «siempre» puede ser muy corto —declaré.

—Y por eso le necesitamos.

Se me encogió el estómago. Sabía tan bien a quién se refería, y la mera idea de tenerlo cerca de mí me alteraba.

—Ah, Jimmy Canetti... Ese es su nombre... —resoplé.

Los mercenarios no conocían el honor. La noche en que nos robamos un beso el propio Canetti me confesó que hacía mucho tiempo que había olvidado qué era tener corazón.

Lamentaba haber estado a punto de implorarle que nos encerrara en una habitación. Pero fue una suerte que nos ahorrara esa maldita posibilidad, porque reconoció que más tarde me atormentaría haberme entregado a alguien tan cuestionable. Tan ruin. Aunque solo fuera para olvidar.

Ese hombre al que temía convertir en un amante había salvado a mi esposo, y, más que orgullo, sentí suspicacia.

—Ahora podrás nombrarlo —sugirió Marco, recordando el instante que habíamos compartido en el hotel.

—Evitaré hacerlo.

—Ese hombre al que describes en tus escritos... Se parece a él.

Porque lo era, maldita sea.

Me alejé, puse los brazos en jarras e incliné la cabeza hacia atrás para coger aire.

No le tenía miedo a Jimmy, ni siquiera cuando pensaba en todas las atrocidades que podría hacerme. No, me temía a mí misma. A mi cuerpo, a mis instintos, a todo lo que ese cazador despertaba en mí.

—Regina...

—¿De verdad tiene que ser él? —le interrumpí—. Con la de mercenarios que hay por ahí dispuestos a obedecer una orden por dinero. ¿Tiene que ser precisamente él? —Soné un poco desesperada.

—Es el mejor —me aseguró acercándose de nuevo a mí. Apoyó las manos en mi cintura—. ¿Qué te preocupa exactamente?

No supe qué me molestó más, si el hecho de que Marco reconociera mi guerra interior o que yo fuera tan consciente de su existencia.

—Cuánto me alegra que sepas leer los silencios tan bien —suspiré temblorosa. Esa fue mi forma de aceptar sus palabras—. Necesito una ducha.

—Mattsson se acercó a tu casa mientras dormías. Ha traído tu maleta. —La señaló, estaba junto a un antiguo baúl de piel.

La puse sobre la cama y la abrí, ajena a que me toparía con una sudadera de Camila. Era rosa, con el eslogan y el rótulo de la Universidad de Cambridge. Se la había regalado dos años antes, cuando apenas podía usarla porque le sobraba tela por todos los lados. Le encantaba, solía pavonearse cuando se la ponía diciendo que, cuando fuera mayor, estudiaría arquitectura en esa institución. Entonces todavía estaba en situación de creerse que tendría potestad sobre su vida.

Estrujé la prenda y me la llevé a la cara para respirar su aroma.

—Huele a ella —sollocé.

Rompí a llorar con tanta virulencia que tuve que tomar asiento para no desplomarme en el suelo. Las convulsiones me invadieron. Mi propio aliento me asfixiaba. Me dolía tanto el pecho... Por todo lo que había pasado, por la ausencia que había dejado Camila. Por la rabia de no haber podido castigar a mi padre.

Su muerte me desvelaba como una persona nefasta, puesto que no me sentía herida, sino asquerosamente aliviada. Y eso en sí mismo era una carga tan enorme como la pérdida de mi hermana.

En algún momento, Marco se arrodilló delante de mí, apartó la sudadera y me cogió de las manos.

—Saviano me dijo una vez que debía verbalizar mis emociones si quería comprenderlas mejor —comentó reservado—. Bien, pues verte llorar me... exaspera. Porque no sé qué demonios hacer para aliviarte.

—Un abrazo ayudaría —gemí.

Y me lo dio como nunca antes. Sus brazos bien firmes en torno a mi cuerpo, sus labios dejando pequeños besos sobre mi mandíbula y yugular, a la espera de contener aquel mar de lágrimas. Lentamente menguó, y yo me deshice en aquel contacto. Lo atesoré casi ansiosa. Y para cuando creí tener suficiente, me dije que siempre podría volver a ese hueco que Marco reservaba para mí.

Me acarició.

—Estaré abajo. Prepararé algo de desayunar. Tienes que comer.

—Vale... —murmuré secándome los ojos.

Marco dudó al encarar la puerta. Apenas dio unos pocos pasos. Se frotó la yema de los dedos con los pulgares. Era un gesto que solía hacer cuando estaba un poco nervioso o ignoraba cómo enfrentarse a sus emociones. En momentos como ese, me gustaba esperar y observarlo desde la calma.

Cogió aire y me miró de soslayo. A continuación, se acercó a mí. Tuve un escalofrío cuando una de sus manos se apoyó en mi mejilla, y cerré los ojos, sin saber que sentiría sus labios rozar mi frente. Lentamente los pegó a mi piel y esperó un instante antes de alejarse y acariciar mi nariz con la punta de la suya.

—Marco...

No hizo falta decirle que lo quería.

Lo supo.

Miré aquella puerta. Madera deslucida, roída por el paso del tiempo. Solo tenía que girar el picaporte y se abriría ante mis ojos un mundo nefasto y caprichoso. El silencio no me daría opciones. Derramaría sobre mí la sombra de esa mujer que era una hija de la mafia, tan cansada de serlo como pesado era el aire que entraba en mis pulmones.

Ignoraba qué me deparaba si abandonaba aquella habitación. Ignoraba también si la pesadumbre encadenada a mis hombros me dejaría defender las pocas cosas buenas que me quedaban, y si la culpa me daría un respiro. Era demasiado pronto para asimilarlo. La pérdida nunca se iría. Me miraría de frente siempre que me atreviera a contemplar esa sudadera rosa.

Tragué saliva, estiré el cuello y avancé. Al abrir, recordé a ese mercenario y pensé cómo sería volver a mirarlo a los ojos. Me desnudaría con un solo vistazo.

Salí al pasillo y me encaminé hacia las escaleras con la leve sospecha de estar siendo acechada por un peligro invisible. Debía de ser lo que sentían todos los que eran objetivo de los rencores de la Camorra.

Bajé los escalones hasta el pequeño descansillo que daba acceso a un minúsculo vestíbulo que enlazaba con otro corredor. Al parecer, aquella casa era un intrincado laberinto de tres plantas. Miré hacia arriba y de pronto me entraron ganas de regresar a la habitación y no salir de allí hasta que Marco me dijera que volvíamos a casa.

—¿Va todo bien?

Tuve un fuerte escalofrío y me giré para toparme de frente con el rostro de ese cazador.

La poderosa figura de Jimmy Canetti se alzaba seductora en el umbral del pasillo. Brazos cruzados, mueca de seriedad. Esos ojos aturdidores que se clavaron en los míos casi con exigencia. Temblé, a pesar de que sabía que él se daría cuenta de mi vulnerabilidad e intuiría la velocidad con la que mi mente regresó a la noche en que probé su boca.

Irremediablemente, la busqué con la mirada. Era tan suave e hipnótica. Tan firme y severa. Tan peligrosa. Enmarcada por una fuerte mandíbula y unos pómulos afilados. Convertida en la rosada guinda de un rostro demasiado sugerente.

Cualquiera admitiría que esos labios pertenecían a un salvaje y no le faltaría razón. Era extraño asociar una delicada contundencia a un ser tan estricto como él. Jimmy parecía más del tipo que no pedía permiso, que carecía de tacto y sensibilidad, e incluso buscaba egoístamente su propio placer.

Pero recordaba su contacto de un modo tan nítido... Sabía bien que ese mercenario era un mar de contradicciones. Puro vértigo. Peligrosamente adictivo.

Asentí con la cabeza.

Lo mejor era dar por zanjado el encuentro cuanto antes. Me importaba un carajo que Jimmy fuera a ser una constante diaria, yo me mantendría lejos de él.

—No pareces muy descansada —observó lanzándome una

mirada de pies a cabeza. Se detuvo en mis caderas, en la curva de mis pechos, en la clavícula, que medio asomaba desnuda por aquel jersey de cachemir blanco. Y terminó por centrarse en mi boca. Quizá él también recordó el instante en que su lengua me invadió para enroscarse con la mía, ávido de una noche que ambos nos prohibimos.

—No es el lugar más propicio para estarlo —me obligué a decir tratando de mirar alrededor. Y es que aquella casa podría haber sido hermosa en el pasado, pero ahora casi aterrorizaba por su evidente estado de abandono.

—Estoy de acuerdo.

Compartir espacio con él, por mucha distancia que hubiera entre los dos, era una maldita tortura. Sentía que cada centímetro de mi piel reclamaba una bochornosa cercanía. Despertaba un interés casi insoportable en mí. Una sensación de necesidad muy impropia y desconcertante. Como si, en cualquier momento, algo de mí fuera a lanzarme contra él.

Era muy decepcionante sentir lujuria cuando apenas podía contener la tristeza. Ese cazador me trastornaba demasiado.

—Quizá... debería darte las gracias por haber salvado... a Marco —dije insegura.

Torció la boca en una suerte de sonrisa.

—Se me ocurren dos cosas que decirte ahora mismo. La primera es que no te recordaba tan tímida.

Alcé el mentón.

—¿Y la segunda?

—Salvar a tu esposo no ha sido una obligación. Pero *quizá* acepte tu agradecimiento. —Sonó un poco a mofa.

—Si no ha sido una obligación, ¿por qué lo has hecho?

Tenían una relación profesional, no les ataba ningún compromiso y mucho menos lealtad. Así que, técnicamente, era el dinero lo que había salvado a Marco. Pero que insinuara lo contrario me desconcertó bastante.

—Me gusta mantener el misterio. —Se apoyó en el umbral de la puerta con los brazos todavía cruzados.

—Y yo me manejo mal en la incertidumbre —espeté.

—Entonces te has buscado un mal compañero de conversación. Tu Berardi no es muy dado a sincerarse.

—¿Compartes ese rasgo con él?

Volví a ahogarme en esa mirada de diamante verde, porque la mantuvo fija en mí con unas intenciones que solo él conocía. Seria, hermética, poderosa. Bien mirado, me asombraba que alguien tan imperativo como Canetti fuera un mero soldado al servicio del mejor postor.

—Me inquieta esa habilidad que tienes para dejarme sin palabras —admitió.

—Es fácil evitarla si respondes con sinceridad.

No se contenía porque yo le intimidara, sino porque le gustaba jugar a tener el control absoluto sobre mí. A pesar de todas las preguntas que flotaban entre los dos. Dudas que pronto comenzarían a carcomerme.

—La sinceridad está sobrevalorada, Regina.

Di un paso al frente.

—No confío en ti. —Aquella confesión era una verdad a medias. Tampoco confiaba en mí misma.

Jimmy se enderezó.

—¿Porque soy un mercenario?

—Lo eres. —Me tensé.

—¿De verdad lo crees? —Se acercó un poco más.

—Podrías negarlo, si no.

Se inclinó hacia delante, lentamente. Miró mi boca, yo miré la suya. Tan cerca como estaba, pude sentir el roce de su aliento reclamando que entreabriera mis labios. Y lo hice porque me quedé sin aire mientras los suyos se tomaban su tiempo para deslizarse por mi barbilla. Apenas los percibí, fue más bien un pequeño cosquilleo que se encaminó hacia el lóbulo de mi oreja. Y por un momento, no pensé en nada más que en su piel. Ni dolor, ni tristeza, ni miedo. Solo esa boca cálida.

—¿Crees que puedo o es lo que te gustaría oír? —me susurró al oído.

De no serlo podría aceptar la evidente atracción que sentía por él. No me culparía por querer devorarnos con un beso sin sentido, ni tampoco me atormentaría con la dudosa inclinación de mis principios. Porque sería lícito, e incluso honrado, desear a un hombre como él.

Pero no lo era. Y yo no sabía si tenía la suficiente fortaleza para soportar los sentimientos que tarde o temprano me acorralarían por su maldita culpa.

De todos los hombres con los que me había cruzado en la vida, y todos los que estaban por venir, Jimmy era el más incorrecto.

«Pero también el más visceral», protestó mi fuero interno estremeciéndome.

No tenía ni idea de qué sucedía en mi sistema nervioso, pero reparé en un espantoso detalle: cuanto más cerca tenía a ese cazador y más caía en la tentación de su boca, menos dolor sentía. Así que, aunque fuera a costa de mi estabilidad mental, quizá Jimmy pudiera lograr que mi sufrimiento callara un poco.

Desvié el rostro para volver a mirarnos.

—Sé que escondes algo. —No supe por qué bajé la voz hasta convertirla en un susurro. Seguramente se debía a mi voluntad, que amenazaba con flaquear.

—Tal vez. —Se encogió de hombros. Todavía me observaba como si estuviera a punto de echarse a reír. No creí que me tomara en serio.

—Podría ignorarlo.

—¿A cambio de qué? —me desafió.

En realidad, él ya imaginaba demasiado.

—Tus garras —gruñí, y se acercó un poco más, a pesar de que no era posible.

—¿Y cómo las quieres? —Deslizó una mano hacia mi cuello y lo rodeó con suavidad. Supe que estaba completamente atrapada—. ¿Así?

Ya no había mofa en sus ojos. Solo un deseo carnal y salvaje. Las llamas devorando el tono verde de sus pupilas, hasta que se dilataron. Debería haberme sentido atemorizada. Jimmy era imperativo, enorme, la clase de humano que podía destripar a otro sin esfuerzo alguno.

Sin embargo, incliné la cabeza hacia atrás dándole más acceso a su sujeción. Mi mente solo estaba centrada en sus dedos clavados en mi yugular. No caería en su trampa, no me dejaría llevar por el miedo. Ese cazador era la mejor alternativa que tenía. Piel con piel hasta que el agotamiento me hundiera. La decepción vendría después, me cubriría con su manto de reproches y me bombardearía con todo lo sucedido. Mi padre, mi hermana, mi maldita amiga, la Camorra. Mi tío.

Pero, mientras estuviera bajo esas garras todo sería un silencio atronador. Injusto, descarado y desproporcionado, pero silencio, al fin y al cabo.

—Quién es la mercenaria ahora, ¿eh? —Jadeó y su aliento me produjo un escalofrío antes de verme liberada—. Pídemelo de nuevo cuando no tengamos compañía. Quizá para entonces te dé la respuesta que deseas. —Miró por encima de mi hombro—. A tu guardia se le da genial amenazar sin palabras.

Enseguida me di la vuelta. Lo encontré en el vestíbulo aniquilando a Jimmy con la mirada.

—Atti... —suspiré antes de bajar las escaleras y echarme en sus brazos.

Me acogió como solía hacerlo, con todas sus ganas, con un cariño inmenso. Enterré el rostro en su cuello, respiré su familiar aroma y me dejé invadir por esa calma que siempre transmitía.

—¿Cómo está Palermo? —pregunté.

—Tuvieron que operarlo, pero ha salido bien. Y a Conte le alcanzaron en un hombro, aunque la herida no ha sido tan grave como cabía esperar.

Le miré aturdida. Ignoraba que hubiera más heridos, además de Palermo.

—¿A Conte también lo alcanzaron?

—Tranquila. —Me acarició la espalda—. Los demás están bien y ellos volverán a la carga en breve. Son tercos como mulas. Intentaremos trasladarlos a casa cuanto antes.

La referencia a «casa» estaba estrechamente ligada a Porto Rotondo. Aquella preciosa mansión también se había convertido en un hogar para él.

—¿Y Gennaro? ¿Le habéis informado de la situación?

—Sé poco, pero tengo entendido que Cassaro llamó a su primo.

—Gattari y él estarán preocupados —dije consternada.

Tenía tantas ganas de abrazarlos. De volver. De olvidar.

Pero no sería tan sencillo y mucho menos factible a corto plazo.

6

REGINA

Nos llegó el rumor de un coche deteniéndose sobre la grava de la entrada. Miré a Jimmy, que terminaba de bajar las escaleras con ese donaire de pura intimidación, enfundado en sus vaqueros y aquella camiseta blanca de manga corta. Hacía frío, pero no parecía importarle. Respondió a mis ojos un instante, quizá demasiado largo, y desvió la vista hacia Marco, que se había situado en el umbral del salón, incómodamente atento al modo en que mi tía bajaba del vehículo.

La vi caminar serena, sobre unos altos tacones y enfundada en un vestido negro de falda entubada. Tenía una mueca rigurosa, un tanto rígida, y unas ojeras que no se molestó en ocultar tras la sutil capa de maquillaje que lucía.

Cuando nos miramos, hubo algo de vacilación. Extraño, porque entre nosotras nunca había existido ningún tipo de recelo. Mónica siempre había sido un reflejo maravilloso en el que refugiarme. Pero en esa ocasión me costó dejar la protección que me ofrecía Attilio para salir a su encuentro.

No tenía ni idea de lo que me deparaba su visita y sentí un ramalazo de intimidación que aumentó en cuanto la tuve a unos pocos pasos. Mónica frunció los labios, agachó un poco la cabeza y se liberó de esa inusual seguridad que había mostrado un instante antes. Lanzó una mirada a Jimmy antes de coger aire. Se observaron un segundo de más, retadores, extrañamente cómplices.

Arrugué el ceño.

—Regina... —dijo bajito, devolviéndome su atención.

—Me han dicho que eres la albacea de mi padre —la interrumpí brusca—. Lo cual resulta terriblemente curioso porque él nunca se habría atrevido a hacer un testamento estando en una posición ganadora. Es... —Me detuve. Debía corregirme, y se me formó un nudo en la garganta. Vittorio ya no estaba—. Era demasiado arrogante para eso. Por tanto, ¿debo aceptar que esperaba morir o se trata de alguna estrategia que no comprendo?

No era la forma más adecuada de iniciar aquel tipo de conversación. Pero tampoco estaba dispuesta a justificar mis arrebatos.

—¿Por qué no pasáis al salón? —intervino Marco señalando el lugar—. Allí podréis hablar con tranquilidad.

Mónica asintió con la cabeza y siguió sus indicaciones. Yo, en cambio, no me atreví a moverme. Me quedé congelada observando el hueco que mi tía había dejado vacío y muy consciente de que Jimmy fijaba su mirada en mí.

Marco se dispuso a alejarse, pero enseguida le cogí un dedo. Cuando me vi reflejada en sus ojos estuve muy cerca de suplicarle que no me dejara a solas con mi tía.

—Estaré cerca —murmuró.

Solté un suspiro. No era una cobarde, maldita sea.

Asentí con la cabeza y entré.

Mónica se había acomodado en el sofá; con las piernas cruzadas, observaba el fuego de la chimenea con aire ausente.

—Esperaba poder explicarte esto en otra situación —me aseguró conforme yo me acercaba y tomaba asiento frente a ella.

Entre nosotras había una mesa en la que alguien había dispuesto dos tazas de café recién hecho. Miré de soslayo el arco. El vestíbulo se había quedado vacío. A veces me costaba creer que Marco fuera tan amable.

—Es lógico —dije—. ¿Cómo ibas a hablar conmigo cuando ni siquiera esperaste a que cerraran la tumba de tu sobrina?

Mónica me obsequió con una mueca triste. La sentía tan lejos de mí... Me parecía una desconocida.

—Siempre fuiste tan astuta. Ni siquiera cuando apenas eras una mocosa había modo de engañarte.

—No me ha servido de mucho. Mírame. Tan sola como el día que pisé el altar.

Volvió la vista de nuevo a las llamas. Sus bonitos ojos brillaban. Contemplándola así, yo ignoraba si sabría contenerme si escogía echarse a llorar.

—Tu madre habría dado cualquier cosa por librarte de tomar esa decisión —afirmó un tanto afónica.

—Se me ocurren muchas formas de matizar tu comentario —protesté—. Pero prefiero centrarme en el hecho de que se pegó un tiro. No veo cómo iba a salvarme de esa forma.

Sonrió triste.

—Vittorio hizo un buen trabajo. Por entonces yo solo era una becaria en el bufete de los Castella. Pero hasta un necio podría haber descubierto que tu madre no se suicidó. Odiaba el mar. Odiaba navegar.

Fruncí el ceño, sentí que mi pulso comenzaba a dispararse y que me invadía un sutil e insoportable temblor en las extremidades.

—¿Has venido para confirmarme que la asesinaron? —escupí entre dientes.

No era un buen momento para demostrar vulnerabilidad. Pero tampoco lo era para hablar de mi madre. Porque, si era cierto que la habían matado, ya no podría culpar a mi padre, volcar en él toda la rabia. Él también me había dejado.

—El miedo nos impide tomar las decisiones adecuadas. Siempre se impone la supervivencia. A ella no le importaba morir en el proceso.

Por un instante, me pareció que los recuerdos de Mónica prevalecían. La mirada se le perdió en algún punto detrás de mí, y se dejó llevar, nostálgica y herida.

—Era tan inteligente como tú y descubrió que ese tipo de vida no era el adecuado para ninguna de las dos. Se fue mermando con el paso del tiempo.

—Entre antidepresivos y alcohol. Una mala combinación —protesté porque no quería caer en la tristeza más honda.

—Ese día subió al yate a punta de pistola. —Mónica cerró los ojos—. No se pudo negar, tú estabas allí. Creíste que ibais a pasar el día en familia disfrutando del yate. Forcejearon. Disparó él. Vittorio se empeñó en creer que fue un accidente. Nunca admitió que algo de él vivía atormentado por la culpa —confesó al fin, con un evidente nudo en la garganta.

No fue hasta entonces que sentí la presencia de una lágrima atravesándome la mejilla, fruto de una profunda amargura, pero también de la furia y el rencor.

Las sospechas que a veces me habían asaltado cobraban sentido. No era lo mismo creer que mi madre me abandonó que descubrir que había sido asesinada por su propio cónyuge. Y en ese momento el dolor se agarraba a mis entrañas, junto con los terribles hechos de los últimos días, para sumirme en un estado de pura indignación.

—¿Lo has sabido todo este tiempo? —rezongué sollozante.

—El miedo, Regina. Recuerda el miedo. Tú también lo has sentido, cariño.

Se me había dicho que la muerte de mi madre me causó una gran impresión y su ausencia provocó que yo misma crease recuerdos que no existían. Se me dijo que no la vi agonizar entre los brazos de mi padre y, mucho menos, que la oí llamarme.

«*Il mio cuore bianco*», me dijo mientras sus temblorosos dedos ensangrentados trataban de alcanzarme. Cayeron sin vida un instante después, pero la muerte no le cerró los ojos. Continuaron clavados en los míos mientras su maldito esposo gritaba y la zarandeaba intentando traerla de vuelta a la prisión que era su amor por ella.

Y quise echarme a llorar con todas mis ganas porque la mentira nunca me permitió extrañar a mi madre como era debido. Casi quince años me había pasado creyéndola una egoísta, cuando en realidad no era más que una pobre víctima que temió dejarme a solas con su verdugo.

Agaché la cabeza. Apreté los ojos y los dientes. Me clavé las uñas en las palmas de las manos hasta sentir un ramalazo de dolor. Se me cerró tanto la garganta que apenas podía respirar. Pero lo conseguí, y me puse en pie de súbito para darle la espalda a

Mónica, que me observaba con pesadumbre. Supe que habría dado cualquier cosa por haberse ahorrado ser la portadora de semejante verdad. Y por un instante me atreví a desear no haber sabido la verdad.

Jamás.

Mi madre murió por miedo. Un miedo que Vera conocía. Que mi abuela soportaba. Que yo misma había desafiado, pero que finalmente me había sometido. Porque supe bien que no debía negarme a obedecer las peticiones de mi padre.

—¿A quién temes tú? —inquirí apoyando las manos en la repisa de la chimenea.

Me torturó intuir la respuesta.

—Fui yo quien filtró los detalles sobre las actividades ilícitas en las que está involucrada nuestra familia.

—Temes a tu esposo... —pensé en voz alta, y me decidí a mirarla para imponer mi autoridad.

—Tanto como temía a Vittorio, y detesto admitir que he normalizado tenerles miedo —desveló abatida partiéndome el corazón.

Me acerqué a ella, me senté a su lado en el sofá y dejé que sus manos se aferraran a las mías como si estas fueran su único sustento.

—No sabes la de veces que he maldecido no disponer de tu fortaleza —sollozó a pesar de estar luchando por controlar las lágrimas.

—¿De qué fortaleza hablas, tía? —ironicé.

—¿Es que no lo ves? Escogiste ser infeliz con tal de asegurar el futuro de tu familia. De Camila y Damiano.

Lo dijo con orgullo, como si mi hermana fuera a aparecer en cualquier momento.

—Y ahora ella está muerta.

—Pero mi hijo todavía tiene una oportunidad. Y tú también. Te he convertido en la heredera universal.

Agaché la cabeza. Costaba tanto asumir que no volvería a ver a Camila...

Las manos de Mónica apretaron las mías. Su sentimiento de culpa era incluso mayor que el mío.

—Me equivoqué al pensar que filtrar información a la policía nos ahorraría algo. Sigo estando en el mismo punto que hace unos meses y, para colmo, arrastro ese castigo. Porque no he podido protegeros a ninguna de las dos.

—Eso no debería haber sido responsabilidad tuya.

No cuando ni siquiera su cuñado se había atrevido a ser un buen padre, o por lo menos intentarlo. Nunca le habíamos pedido más, no reclamábamos excelencia, solo cariño y comprensión que nunca se le antojó darnos. Se fue siendo el mismo egoísta que había entregado a otra de sus hijas al mejor postor.

Traté de recomponerme, recurrir a la energía que sabía que Marco y Attilio me infundían desde el otro lado de la pared.

—Háblame —le pedí a mi tía—. Cuéntamelo todo.

No quería más secretos ni dudas.

Así que ella enderezó los hombros. No soltó mis manos, las acarició como si con ello fuera a ganar valentía.

Empezó dando cuenta de detalles de su familia biológica, de cuando era una joven adolescente que soñaba con ser letrada y vivir en Milán. La misma que adoraba los delfines y el senderismo. También que su madre era una mujer demasiado religiosa y conservadora, servil hasta provocar malestar. Su padre se había pasado la vida siendo el chófer para la Camorra porque se le daba bien callar y mirar hacia otro lado, además de ser obediente. Y es que vivir en los años setenta con tres hijos a las afueras de Nápoles obligaba a cualquiera a trabajar en lo que fuera.

Tío Ignacio había sido el mayor. Empezó a coquetear con las drogas demasiado pronto. Le atraía ser un camorrista. Murió en un tiroteo con apenas veinticinco años.

El tío Luigi, en cambio, siendo el menor, sufrió las consecuencias de su homosexualidad y se crio entre palizas y sermones. En cuanto pudo, se alejó de todos ellos y puso un océano de distancia. Apenas sabíamos de él por las cartas que le enviaba a Mónica de vez en cuando. Vivía felizmente junto a su esposo en una acomodada zona de Montevideo, tenía tres hijos y se dedicaba a suministrar materia prima para empresas de construcción. Le iba muy bien.

Mónica, por su parte, logró ir a la universidad porque trabajó incansablemente para ello. Se graduó con nota y le dieron empleo en un reputado bufete de abogados, el Castella, conocido por manejar los asuntos de la mafia, por ser los juristas de los Fabbri y los Ferrara, y de cualquiera dispuesto a pagar sus altos honorarios. Garantizaban éxito y seguridad porque tenían implicados en su lista de sobornos a casi toda la fiscalía y a varios altos cargos de la comisión de justicia.

Fue así como conoció a mi tío Alberto.

La pretendió durante meses. Ella sentía atracción por él, pero estaba centrada en encontrar el modo de demostrar que valía más que para llevar documentos de un lado a otro en minifalda.

Terminó aceptando una de las innumerables propuestas de cita que Alberto le ofreció porque creyó que su influencia la ayudaría a ascender. Y, en cierto modo, sirvió. Logró sus primeros casos, pero se vio obligada a un noviazgo que no quería.

Me confesó que contrajo matrimonio sin estar plenamente enamorada de Alberto. Lo había querido y no se arrepentía porque ahora existía su Damiano. Pero ese mundo idílico que mi tío contaba era una fantasía.

Dejó el bufete, se puso a trabajar directamente a las órdenes de Alberto y se metió de lleno en las entrañas de un mundo que iba en contra de sus principios, sin poder hacer nada para evitarlo.

Las amenazas, el miedo, la desconfianza. Todo eso la había ido mermando hasta convertirla en una marioneta que ahora se revelaba hastiada de serlo.

—Has tenido decenas de oportunidades para huir lejos con Damiano. Sabes que él no es feliz junto a su padre. Es un muchacho con una gran sensibilidad.

Se le castigaba continuamente por ello, a pesar de que el chico demostraba una enorme inteligencia y sabiduría a una temprana edad. Damiano tenía mucho que ofrecer al mundo.

—No existe nada a mi nombre. Alberto siempre me ha impedido tener algo en propiedad. Ni tarjetas, ni efectivo, ni acceso a los bienes.

—Pero has administrado sus...

—Solo con presencia, no tengo autoridad o conocimientos para inmiscuirme en las cuentas —me interrumpió porque seguramente había pensado en ello miles de veces—. De eso se encargan los contables del bufete. Muchos de ellos han caído por atreverse a coger una simple migaja. Jamás se me ocurriría tocar nada. Sé bien cuáles son las consecuencias.

La muerte. Lo que dejaba a Alberto en una posición inédita para mí. Nunca se me había permitido creerle un miserable canalla. Ni siquiera cuando mi mente jugaba a rescatar momentos de lo más repugnantes. Aquella piscina, unas fuertes manos presionando mi pequeña cintura, unos dedos deslizándose por mi entrepierna.

Nunca sucedió nada parecido; yo tenía demasiada imaginación, eso me dijo la abuela, y me la creí porque eso era lo que se esperaba de mí.

Sin embargo, el hombre que Mónica describía era alguien cruel y retorcido. Un ser despiadado sin corazón y más próximo al concepto que de él que habitaba en mí. Confiar en mi tía era algo instintivo y no una obligación. Porque una mujer enamorada nunca habría temblado ante la cercanía de su esposo, y ella lo había hecho en demasiadas ocasiones.

—Así que nunca te has atrevido a huir porque sabes que te encontrará —admití profundamente frustrada.

—No descansaría hasta hacerlo, y odio la idea de pasarme la vida escondiéndome o mirando alrededor con temor. Además, no podía dejaros atrás a Camila y a ti.

—No eres nuestra madre. Esa responsabilidad no te pertenece, ya te lo he dicho.

Era realmente admirable que nos tuviera en cuenta de ese modo, pero no me gustaba saber que nos habíamos convertido en una carga.

—Yo la asumí —aseveró—. Y lo sigo manteniendo, a pesar de todo.

«A pesar de la muerte de Camila». Me tragué el amago de llanto y proseguí.

—Por eso recurriste a la policía.

Asintió con la cabeza.

—Lo mejor es erradicar la enfermedad de raíz.

Acabar con todos ellos para que nunca más volvieran a coaccionar a nadie. Maldita sea, no podía estar más de acuerdo.

—Conoces a Federico Castella —admitió.

—Claro.

Era el hijo del socio mayoritario del bufete Castella, el futuro director. Alguien reservado, serio, introvertido, que había dejado crecer que sus férreas características incrementaran en cuanto su esposa falleció. Y no preguntaría qué sucedió entonces. Pero lo cierto era que Federico ya no se oponía a nada que tuviera que ver con la Camorra. Obedecía incluso cuando no le correspondía hacerlo y para el orgullo de su miserable padre.

—Fue quien me pasó el contacto de Umberto Adami, jefe de Asuntos Internos de la región de Lacio —admitió Mónica.

Fruncí el ceño. No tenía ni idea de los rangos policiales, pero, desde luego, Asuntos Internos no era un departamento dedicado a plantarle cara a la mafia italiana. Para colmo, pertenecía a otra región.

—Al principio me opuse por miedo y no creí que alguien de Asuntos Internos pudiera hacer algo fuera de su jurisdicción. Pero Federico insistió y acerté al hacerle caso.

—¿Por qué iba Federico a sugerirte tal cosa?

Era demasiado extraño que ese hombre estuviera involucrado en todo. Su implicación en los entresijos de la Camorra era abrumadora. No había modo de separarlo de la mafia. Se habían convertido en una misma entidad.

Pero los ojos de Mónica dudaron. Se mantuvieron fijos en los míos unos segundos antes que los desviara hacia nuestras manos entrelazadas. El modo que tuvo de exhalar me dijo el resto.

—Sois amantes... —desvelé bajito.

—No del todo... —se opuso—. Quiero decir... Es imposible.

Tanta duda solo podía tener una explicación.

—Temes que lo maten.

Su pulso cambió.

—Es padre de dos hijos amenazados. Si mi imprudencia lo pone en peligro, ¿quién demonios los protegerá, Regina? —Habló con un punto desesperación enquistado, fruto de las noches que había compartido en los brazos de Federico con ese miedo sobrevolando sus cabezas—. Nunca me perdonaría que les ocurriera algo.

—Maldita sea...

Cerré los ojos. Esa vez fui yo quien apretó las manos de Mónica. Las tenía frías. Entendí que estaba sola, con demasiados frentes abiertos.

—¿Qué acuerdo alcanzaste con Adami? —quise saber.

Había llegado el momento de embarcarme con ella en esa despiadada cacería. Debía hacerlo si quería honrar la memoria de mi madre y mi hermana. Las lágrimas llegarían después, en la soledad de mi habitación, cuando mi mente se atreviera a reparar en la pérdida de ambas, en la vida que se abría paso ante mí sin sus presencias a mi lado.

Sabía que la mafia jamás se detendría, que era eterna, pero no me consentiría seguir perteneciendo a un mundo que odiaba. Y para salir de él, debía hacer sacrificios, puesto que mi apellido nunca dejaría de asfixiarme.

—Libertad y seguridad a cambio de información controvertida, eso hice —me contó Mónica—. Pero no contemplé que tu padre tenía ambiciones fuera de Nápoles. Y no supe cómo evitar que te entregara al Marsaskala.

—Yo lo escogí —le recordé.

—Por obligación.

—La misma que tú te has impuesto, Mónica.

—¿Imaginas lo doloroso que fue para mí verte en mi posición?

Lo ignoraba, pero hacerme una idea fue tan sencillo como imaginar a Camila en mi lugar, a sabiendas de que yo misma había intentado protegerla. Sí, había tenido que ser insoportable.

Me puse en pie. Necesitaba tomar el aire y se me ocurrió abrir la ventana y respirar hondo, a pesar de que mis pulmones insistían en mantenerse cerrados.

—Temí pasar por el altar. No lo negaré. Pero... Marco es todo lo que ninguno de vosotros lograsteis darme. Os he querido con todas mis fuerzas, incluso cuando menos lo merecíais, pero cuando llegaba a casa sentía que ese no era mi hogar.

Su silencio se prolongó demasiado. Hasta que la miré de soslayo y me encontré con una atención llena de afecto. Mónica acababa de entender todo lo que habitaba en mis palabras. Cada uno de los hermosos momentos que había compartido con el hombre que debería haber sido mi tirano. Y que, para asombro de cualquiera, se había convertido en el compañero que nadie más tenía el privilegio de conocer.

Ese vínculo era mío y lo atesoraría con toda mi alma.

Mónica se acercó a mí y enroscó un mechón de mi cabello a la oreja.

—Entonces, lo tendrás a tu lado, pase lo que pase —dijo bajito, y tuve un escalofrío.

—Si me has convertido en la heredera, Alberto vendrá a por mí.

—No, porque, si te mata, ya no podrá hacerse con el control del imperio. Tendría que enfrentarse a Marco.

Porque mi muerte lo convertiría en mi legatario al estar casado conmigo en régimen de bienes gananciales.

—Por eso intentaron capturarlo en el cementerio —pensé en voz alta.

Ninguna de las dos necesitaba poner en palabras que ese dichoso hombre había sido el principal instigador del ataque. Concibió el secuestro de Marco porque de algún modo había logrado saber de mi debilidad por mi esposo. Iba a usar mis ganas de ponerlo a salvo para hacerme firmar una renuncia a la herencia.

—Este testamento es tu seguro de vida contra él.

—¿Cómo has logrado esta información? —suspiré.

—Manipulación, querida. He aprendido mucho de los entresijos de la Camorra, y esta tiene una versión administrativa muy interesante. Funciona como una macroempresa.

Mónica mostró un renovado aire de firmeza, como si se hubiera quitado años de encima al confiarme la verdad y, al fin, pudiera enfrentarse a todo. Y es que ante situaciones como la nuestra no se podía ser delicado.

—Así que mentiste a mi padre para que autorizara un testamento diseñado a tu antojo.

—Estaba acostumbrado a firmar todo lo que le entregaba. A veces, ni siquiera se molestaba en leer.

—Ah, tía Mónica. Esto es demasiado —suspiré, e incliné la cabeza hacia atrás.

Algo que empezó siendo una peligrosa rencilla entre hermanos cegados por los celos, las envidias y los rencores se había convertido en una guerra que había encontrado cobijo en una mucho más grande.

Sus facciones se endurecieron, su mirada adquirió una oscuridad muy intimidante y rencorosa.

—Alberto quiere el poder a costa incluso de su propia familia. No es mejor que tu padre. Es puro veneno que corroe hasta a su primogénito. Sería capaz de sacrificar a cualquiera con tal de lograr que las cosas se desarrollen como desea.

La descripción que Mónica hizo de Alberto era sincera, honesta, real. Tan auténtica como los espasmos que crecían dentro de mí, como el frío que me asolaba. Ese Alberto era el mismo que me rechazó escudándose tras un mensaje que fingía ser amable.

«Vive esa vida que dices haber elegido. Solo espero que algún día no te arrepientas». Ahora sus palabras cobraban un nuevo sentido. Uno mucho más macabro del que esperaba.

Nos ahogamos en la vorágine de emociones que se alzó entre nosotras. Miedo y esperanza. Fortaleza y decepción. Sentimientos que había padecido en el pasado, pero jamás con semejante agonía.

—¿Qué será de la abuela? No quiero que muera sola... —lamenté.

—Está en un lugar seguro, a salvo.

Temblé. Era reconfortante saberlo, pero aquello me hizo sentir una soledad muy molesta. No todo en mi vida había sido insoportable. Existían detalles que habían hecho de mis días algo agradable y me ayudaron a tomar decisiones por encima de mi propio bienestar.

—No estarás sola —murmuró mi tía.

—No...

Tendría a Atti, a Marco, a todos mis chicos, a Gennà. Y supe que también tendría a Jimmy Canetti.

Asentí, cerré los ojos y me dejé abrazar por Mónica. Allí, entre sus brazos, entendí bien sus propósitos, me parecieron tan legítimos, tan decentes. Solo era una madre que quería proteger a su hijo, una mujer que quería proteger a sus sobrinas. A sí misma para librarse de una vez por todas del yugo de la mafia.

Mónica me miró una vez más antes de subir la ventanilla del vehículo. La vi partir desde el umbral de la entrada, y pensé que ahora mi vida era un poco más tortuosa, que no sería fácil librarme del castigo de haber nacido en una familia como la mía.

Los Fabbri. Esa maldita gentuza que robaba esperanza y cercenaba ilusiones. Que destruía honores y abría heridas que nunca podrían cicatrizar.

El coche en el que había llegado la emisaria de tal desastre se alejaba ahora llevándose consigo los restos de aquella cría de recuerdos adulterados por las palabras precisas. La misma que había sido una mera herramienta, que vio demasiado y no supo entender qué merecía ser recordado. Que vivió lo que no debía y fue obligada a convertirlo en una simple fantasía.

Esa niña era ahora la mujer a la que muchos debían obedecer porque se había convertido en su propia pesadilla. Pero yo también acariciaba la muerte con la punta de mis dedos. Y la realidad era que me importaba un carajo morir. Casi me parecía un alivio. Sin embargo, temía las consecuencias para aquellos que quedaban con vida.

Los dedos de Attilio se enroscaron a los míos, y enseguida cerré los ojos.

—¿Estás bien? —preguntó.

—No dejes que caiga, Atti —le rogué—. Llegará como una tormenta y no podré resistirlo. No me dejes caer en los recuerdos.

Apoyó sus labios en mi sien.

—Eso nunca. Te lo aseguro —susurró.

Pero esa tormenta había empezado en los ojos de Jimmy Canetti.

Fruncí el ceño. Él había comprendido algo que a mí se me escapaba, algo que provocó que los dedos de Attilio se tensaran. No entendí nada hasta que detecté el rumor de una televisión. Entonces, desvié la vista hacia salón y descubrí a Marco allí plantado, junto a la mesa bajera en la que reposaban las dos tazas de café que ni mi tía ni yo habíamos tocado.

Tan quieto y rígido, con las manos convertidas en puños y una mueca de rabia evidente, que, más que enorgullecerme por estar ante un hombre que empezaba a manifestar emociones, me sobrecogió.

Solo avancé un par de pasos antes de ver el titular con el que había abierto el telediario.

«Noche cruenta en Secondigliano», se leía mientras la periodista daba voz a las imágenes que copaban la pantalla. Escenas de un crimen sanguinario en torno a un lugar que era conocido por su violencia.

«Se estiman al menos nueve fallecidos. Las primeras investigaciones apuntan a un conflicto por el dominio de la zona entre miembros del clan Cattaglia, familia que domina el distrito y que era administrada por uno de los jefes de la Camorra, Piero Cattaglia, quien ha sido hallado sin vida en la Comunale Limitone D'Arzano, colgado de un poste con una herida de bala en el vientre».

Se me cortó el aliento. Noté que la visión se me nublaba, tenía los ojos tan abiertos que creí que se me saldrían de las órbitas. Y ese maldito nudo que se me formó en la boca del estómago y amenazaba con hacerme tambalear.

Conocía esa muerte. No la que tiene que ver con una maldita bala, sino aquella que termina con un capo colgado. Se llevaba a cabo cuando se quería advertir a los habitantes del lugar que la regencia había cambiado de manos.

Pero albergaba dudas en cuanto a la situación.

Los Cattaglia eran demasiado respetados en Scampia y Secondigliano. Jamás se habían enfrentado a un desafío de poder porque ningún disidente contaba con la suficiente influencia para atacarlos, tampoco con el valor necesario.

Aquello tenía más que ver con una guerra interna, y dudaba muchísimo de que Inmacolata Cattaglia se hubiera atrevido a encabezarla, dada la devoción que le profesaba a su maldito padre.

«Recordemos que Cattaglia fue detenido el pasado otoño por cargos relacionados con el tráfico de drogas y que la fiscalía pedía al menos treinta años de prisión. Pero finalmente se desestimó el caso por falta de pruebas. —Más bien se llevó a cabo un acuerdo interno para evitar que Piero diera nombres de altos cargos de la policía involucrados en actividades de la Camorra—. La policía ha acordonado la zona y tiene bajo vigilancia la residencia familiar en la que se encuentran la esposa y el hijo menor. Debido a la hostilidad en el ambiente, no se descartan intervenciones por parte de las fuerzas de seguridad».

Di un traspié. Se me secó la garganta, respiré con desesperación, notando que el aire no llegaba a mis pulmones y que mi corazón se estrellaba histérico contra mis costillas.

Debía de ser un error. Quizá la periodista había confundido a Inma con Gennà, a pesar de referirse a ella como la menor. Solía suceder que a las mujeres no se les daba mucho crédito en la mafia napolitana. Eran tratadas a lo sumo como sustitutas, pero no era habitual que una mujer heredara el cargo o terminara siendo la regente.

No, Gennaro Cattaglia estaba en Porto Rotondo, en la mansión Berardi, a buen recaudo de toda esa maldita gentuza. Y quizá a su hermana se le había antojado dar un golpe de Estado en su barrio.

—No puede ser cierto, ¿verdad? —balbuceé y miré al único hombre que entendía tan bien como yo la situación, puesto que era un hijo de la *bestia dal cuore nero*—. Atti...

Sonó casi a ruego, como una especie de gimoteo que pretendía despertarme de una pesadilla. Cuando mi compañero me devolvió la mirada, supe que no debería albergar esperanza alguna.

—Llamaré a mis fuentes —dijo echando mano de su teléfono, y se alejó un poco.

Jimmy lo observó un instante, alzó las cejas y se dirigió a Marco, que continuaba frente a la televisión, pero ahora solo prestaba atención al móvil.

—¿Has probado a contactar con tu casa? —preguntó Canetti, impertérrito.

No era de extrañar, no estaba involucrado emocionalmente, le importaba un carajo la integridad de mi amigo. Aunque, bien mirado, no creí que le importara nada más que él mismo.

—Las cámaras de seguridad han sido neutralizadas. Lo intento, pero no da señal —confesó.

Me pudo el miedo.

—Marco. —No quiso ni mirarme, ni siquiera se molestó en levantar la cabeza o desviar un poco su cuerpo. Quizá porque odiaba la idea de saberse tan expuesto. Me acerqué un poco a él—. Seguro que es una equivocación. Cómo iba Gennaro a estar involucrado, ¿eh? Él jamás se atrevería a volver. No quería volver.

Tragó saliva, frunció los labios y cogió todo el aire posible antes de encararme. Reconocí la debilidad que sentía por mí en aquellas impresionantes pupilas azules, pero ahora competía contra una inesperada frustración.

Unos pasos nos advirtieron del regreso de Atti.

—Habla —pidió Marco con demasiada suavidad.

Mi guardia asintió con la cabeza. Su expresión no auguraba nada bueno.

—Gennà fue visto anoche junto a un séquito de hombres a los que nadie conoce. Está atrincherado en la casa familiar y se ha hecho con el control de la zona.

Lo que contaba era demasiado atroz. Ese jovencito no disponía de la habilidad necesaria para llevar a cabo semejante fechoría. Hacía falta demasiada demencia para atreverse siquiera a empuñar un arma.

—Así que es cierto... —suspiró Marco.

—Me temo que sí, Berardi.

—¿Cómo? —lamenté llevándome las manos a la cabeza. No daba crédito—. Lo separaba un mar de ese infierno. ¿Por qué?

Pero esa pregunta no obtendría una respuesta inmediata. Quedaría suspendida sobre nuestras cabezas, a la espera de hallar un alivio que jamás satisfaría. Porque, al fin y al cabo, era demasiado perverso. Y seguía sin poder creer que Gennà se hubiera decantado por hacerse un hueco en nuestro mundo con uñas y dientes.

—Puedo organizar un equipo de reconocimiento —comentó Jimmy, cruzado de brazos—, pero debéis estar preparados.

Torcí el gesto y lo aniquilé con la mirada. No me gustó su intención, a pesar de que Atti y Marco ni siquiera se inmutaron.

—¿Para qué? —espeté.

Sus ojos hablaron claro, como no lo habían hecho hasta el momento. Sin pudor ni contención, ajenos al daño que pudieran causar. Y me llenó de furia. Tanta que me tentó sobremanera saltar sobre su maldito cuello.

—Ah, no. Ni se te ocurra insinuarlo —masculló señalándole con un dedo. Ni toda su envergadura lograría acobardarme—. Gennà no sería capaz de eso.

Probablemente, la posibilidad existía, no lo negaría. Nadie era puro al cien por cien, la vida tendía a corromper. Pero no podía imaginar a Gennaro traicionándonos.

—Cariño, he visto cosas peores —se mofó el cazador.

—Porque provienes de un mundo cruel.

—¿Y dónde te crees que ha nacido ese crío, Fabbri? —Le faltó echarse a reír—. No romantices al pecador.

Me adelanté hacia él, más que dispuesta a encararlo.

—¿Qué coño sabrás tú?

Lejos quedó en ese momento el deseo visceral que me hacía sentir, aunque sus ojos estuvieran ahí para recordármelo. Y creí que me rebatiría, que su ataque contendría la preocupación por Gennaro y toda la situación, tal y como había sucedido hacía un rato. Jimmy me empujaría a ese territorio en el que solo me importaba el sentimiento que él mismo me causara, ya fuera ira o lujuria. Daba igual. Necesitaba que obrara su venenosa magia.

Pero Marco se movió veloz.

—¿Adónde vas? —pregunté ansiosa tratando de seguirle.

Sus pasos se precipitaron hacia la salida, lo llevaron a trote hacia uno de los vehículos.

—No, Marco... Marco, espera. —Me aferré a su cintura, empezamos a forcejear.

Aquellos ojos no querían responder a los míos. Estaban demasiado perdidos, presos de un impulso incontrolable.

—¡No, no puedes ir! ¡Escúchame, por favor! —supliqué.

Me empujó. El gesto guardaba delicadeza, pero no la hubo en la distancia que interpuso entre nosotros, y mucho menos en el modo en que saltó al interior del coche. Aceleró provocando una polvareda que difuminó su salida a la carretera. Y se alejó con la frialdad de una montaña mortífera.

Me pudo la impotencia, el asfixiante desasosiego de no saber a dónde se dirigía y qué pretendía. De no saber cómo demonios podía terminar aquello, de lo poco que valdría entonces que Jimmy lo hubiera salvado del secuestro. La posibilidad de perderlo me trastornaba.

No lo pensé demasiado y enseguida me lancé al único vehículo disponible. Si me daba prisa, podría alcanzarlo y evitar que pusiera un pie en Secondigliano. Pero, aunque arranqué y pisé el acelerador, con el aliento amontonándoseme en la boca y los ojos empañados, no avancé.

Jimmy había saltado conmigo y tirado del freno de mano. Las ruedas giraron furiosas sobre la grava, levantando polvo hasta formar una espesa niebla blanquecina a nuestro alrededor. Y ahogué un gruñido entre dientes, aferrada al volante, odiando a ese hombre, odiándome a mí misma por dejar que su cercanía me estremeciera.

—Déjame arrancar, mercenario —rezongué violenta.

El motor rugía a la espera de ofrecerme su potencia. Pero Jimmy me observaba como si fuera una mera cría a la que se le había arrebatado su juguete más preciado.

—No —sentenció.

—¡Bájate del maldito coche, joder! —Golpeé el volante varias veces—. ¡Tengo que ir, no puedo dejarlo solo!

Entonces cogió la llave, la giró para apagar el motor y salió del coche. Creí que me dejaría estar, que me permitiría volverme un poco loca, consumirme en la indignación tan devoradora que sentía. Sin embargo, rodeó el vehículo y se acercó a mi puerta.

La abrí de golpe y salí a su encuentro con la esperanza de poder derribarlo. Apenas pude empujarlo un poco y amagar con un tímido puñetazo que Jimmy controló cogiéndome del brazo y retorciéndolo hasta pegarlo a mi espalda. Un instante después estrelló mi cabeza contra el capó y apoyó sus caderas en mi trasero para inmovilizarme.

—¡Suéltame! —bramé.

—Sabes que estará bien —dijo él, insoportablemente tranquilo.

—¿Por qué debería creerlo?

—Porque ese séquito de hombres obedece a su apellido.

Cerré los ojos. Puse todo mi empeño en controlar mis pulsaciones y, de pronto, mi cuerpo dejó de oponer resistencia, a pesar de mis ganas de insistir.

Por desquiciante que fuera, Jimmy tenía razón. Gennaro no había tenido tiempo material de reunir un grupo de hombres lo bastante grande para atacar a su hogar. Sobre todo porque requería de persuasión, y los esbirros del Cattaglia no eran fáciles de convencer. Así que debía de haberse visto empujado a recurrir a los siervos del Marsaskala. Razón que tenía mucha más lógica, dado el tiempo que había pasaba bajo las fauces de Ugo Sacristano.

Sin embargo, darle la razón a esa hipótesis me obligaba a sentenciar a Gennaro como un traidor, y no estaba dispuesta.

—Suéltame —rezongué.

La sujeción no me hacía daño, solo me sometía. Pero sentí una gran liberación cuando esas poderosas manos obedecieron.

Me enderecé y miré al cazador con toda la arrogancia que pude reunir.

—Ni se te ocurra volver a tocarme.

Jimmy adoptó una mueca socarrona y se inclinó hacia mí.

—¿Qué hacemos entonces con tu petición, napolitana? —Tuve un fuerte escalofrío y volví a experimentar esas ganas de arrancarle la piel a tiras, pero Jimmy me esquivó y echó mano de su móvil—. Matessi, reúne a Kai y Nasser. Necesito que supervoséis Secondigliano. Marco Berardi se dirige a la boca del lobo. No intervengáis si no es estrictamente necesario.

Torcí el gesto.

—Así que tienes secuaces, ¿eh? —indagué.

—Cuesta encontrarlos, pero sí.

—Has dicho que Marco estará bien. Entonces ¿por qué habría de necesitar protección?

Contuve el aliento a la espera de la respuesta. Canetti no disponía de tacto, así que podía imaginar cualquier cosa.

—No me preocupan las bestias de la zona, sino que su deseo por ese crío le haga bajar la guardia. —Me miró con cierto reproche—. Algo parecido a lo que me está pasando a mí. —Me dio un vuelco el corazón—. Entra en la casa. Ahora.

Él se movió primero. Me dejó atrás, con el pulso disparado y preguntándome qué demonios había querido decir con semejante afirmación.

7

GENNARO

El silencio era atronador, a pesar de la cantidad de hombres reunidos en aquel comedor. Sentados ante la mesa, se miraban los unos a los otros preguntándose quién sería el primero en caer preso de los guardias que había repartidos por toda la sala y que exhibían sus armas como si fueran soldados al servicio de su comandante, que, contra todo pronóstico, era yo.

Guardaba muy malos recuerdos de cada uno de esos tipos. La cúpula de mi padre. Carniceros de la peor clase, morralla barriobajera que nunca había dudado en murmurar a espaldas del gran jefe. Y es que nunca se podía confiar del todo en un perro de caza criado en el gueto. Esa gente no conocía el honor.

Les daba la espalda. No me hacía falta mirarlos de frente para saber dónde se ubicaba cada uno, qué postura había adquirido, cuáles eran sus miradas. Me había criado con ellos, maldita sea. Había recibido palizas de sus hijos, de ellos mismos, insultos, desprecios, humillaciones, burlas. Conocía incluso a quiénes se follaban, cuáles eran sus amantes y sus esposas, dónde vivía cada una de ellas.

Secondigliano era como un pequeño universo ajeno al resto del mundo. Allí todo el mundo lo sabía todo de todos, era imposible guardar un secreto. Por eso estaban allí. Ni siquiera había necesitado convocarlos. Aparecieron de uno en uno después de saber que la madrugada se había convertido en un expolio de la zona. Y que el perro que les daba de comer yacía ahora en la morgue del Instituto de Medicina Legal de Nápoles.

Cerré un instante los ojos. Me centré en el tímido calor que transmitía el sol que se colaba por los ventanales. Acariciaba mi cara con la misma sutileza que los dedos de Marco, deslizándose suaves por mi mandíbula, en busca de trasmitir aquello que no quiere decirse con palabras. Y respiré, porque pensar en ese hombre me hería tanto como estar en esa maldita y repugnante casa.

Las paredes, de un rosa anaranjado, brillaban por los rayos del dichoso sol, que también jugaba a resaltar las extravagantes y grotescas obras que de ellas colgaban. Enmarcadas en intrincadas molduras de oro, constituían una seña más de lo estrafalaria que era la decoración.

—Caballeros —suspiré y encaré a la comitiva adoptando una mueca que asombró a todos.

Empezaba bien. Una voz que no albergaba dudas, que sonaba impropia en un chico como yo, rotunda, peligrosa, demasiado imprevisible. Una postura firme que hizo que mi aspecto escuálido pareciera superado por una fortaleza y una autoridad un tanto intimidantes. Quizá pensaron que venía a cobrarme tantos años de ataques y menosprecios. Me importaba un carajo. Yo solo necesitaba hacer bien mi trabajo. Y contaba con la atención necesaria.

—Siento mucho que mi regreso haya sido tan... rotundo y revolucionario —ironicé—, pero no tenemos tiempo que perder. Cada minuto que pasamos debatiendo sobre si soy o no digno de suceder a mi padre es dinero que se pierde en las plazas. Y no queremos que nuestros muchachos se vean en la tesitura de buscar comida en otro agujero. —Adorné mis palabras con una sonrisa breve antes de dar una palmada—. Así que aquí estamos, ante una nueva oportunidad. Y no preguntaré si estáis en contra o a favor. Solo necesito saber si esta cúpula continuará o si hará falta renovar los miembros.

No tenían elección. Por el modo en que se removieron en sus asientos y por sus miradas, algunas aturdidas, otras estrictas, deduje que acababan de comprender qué alternativa les quedaba si querían evitar la muerte.

Probablemente aquello era lo único que podía agradecer a

Massimo Berardi: que me hubiera dado la posibilidad de ver cómo aquellos hijos de puta se veían obligados a someterse a mí. Pero, como en todas las guerras, siempre había rebeldes.

Malammore. Ese maldito sádico, adicto a las putas y al alcohol, que se vanagloriaba de no haber consumido en la vida porque se creía por encima de los miserables a los que vendía su droga. De fuerte moral religiosa, era capaz de vapulear a sus mujeres y después hincarse de rodillas ante su altar para rezar y pedirle a Dios que le diera fuerza y valor. Tal vez con la intención de expiar sus ganas de apretar el delicado cuello de aquellas damiselas que se atrevían a entrar en su cama.

Prueba de ello era su primera esposa, que se pudría en el cementerio tras haber fallecido como consecuencia de la paliza que él mismo le había propinado. Todo el mundo en Secondigliano sabía qué había pasado y, sin embargo, se le admiraba por ser un hombre temperamental, siempre al servicio del jefe.

Tenía reservado para él un gran final, a base de golpes, porque estaba muy seguro de que sería mi primer opositor.

—Acario, Minervino, Filippo, Bastiano. Todos hombres leales a tu padre y a tu abuelo. Y ahora están muertos. —Escupió las palabras con una mueca de asco.

Alcé las cejas. Me molestó admitir que me estaba divirtiendo con su arrogancia. Eso haría que su castigo me resultara más satisfactorio.

—Se les dio el mismo trato que estáis recibiendo vosotros ahora —le aseguré—. Aunque he de decir que vuestro silencio contrasta bastante con sus reacciones. No han obtenido nada que no merecieran.

Todos ellos creyeron estar ante un simple asalto de Ponticelli o Aranella. Se equivocaron.

—Mi hijo ha muerto por tu maldita culpa.

—No, querido, no. —Lo miré un poco risueño, aunque ambos supimos que esa sonrisa no tenía nada de divertida—. El cabrón de tu hijo murió porque la zorra de mi hermana no soportaba la idea de estar a la sombra de un maricón. Procura no exculpar a Lelluccio, Malamò, todos sabemos que no era un santo.

El vil hombre que me había desvirgado a puñetazos y, para colmo, me había ofrecido huir de allí. Todavía no olvidaba la sangre que emanaba de su cabeza ni tampoco la paliza que me dio mi padre.

—Sucia rata —masculló Malammore intentado ponerse en pie. El cañón del fusible de Caronte se clavó en su nuca y lo obligó a permanecer en su asiento de pésima inspiración victoriana. Todavía empuñaba el arma cuando me clavó una intensa mirada. No fue amedrentadora, sino una especie de intento por transmitirme seguridad. Los esbirros que había allí, bajo su mando, estaban a mi servicio y me protegerían, a pesar de lo contradictorio que pudiera ser, pues estaban allí siguiendo las órdenes de Massimo Berardi.

—Vigila tus modales —recapitulé dirigiéndome a Malamò—. Hablas con el capo de Secondigliano, no con un crío recién salido del cascarón.

—Eso es justo lo que eres, Gennaro —intervino Nino, inesperadamente—. Disfrázate de sanguinario si quieres, pero siempre estarás a la sombra de tu padre y de lo que ha sido tu apellido.

Ese tipo solía ser muy serio. Carecía de habilidades oratorias, tampoco se le veía sonreír a menudo. Siempre con esa mueca de hosca reserva que su media melena rubia tanto enfatizaba. Padre de ocho retoños tan desgraciados como él, le tenía cierta simpatía porque era el único que nunca había emitido juicios sobre mí en voz alta.

De todos los que estaban allí, que fuera precisamente Nino quien mediara me asombró bastante.

—Mi apellido, ¿eh? —dije con sarcasmo—. Mi apellido da nombre a hombres crueles. ¿No te parece que yo lo sea? —Silencio, y agachó la cabeza—. Claro, porque soy un maricón. Pero da la casualidad de que mis preferencias por las pollas no tienen nada que ver con lo que estamos tratando aquí, Nino.

—¿Y qué vamos a hacer si apenas tenemos mercancía? —intervino Luigi, otro de los miembros de la cúpula, al que su notable sobrepeso apenas le permitía estar cómodo en su silla.

—Dejad que me encargue de ese asunto. Vosotros solo tenéis

que ofrecerme vuestra lealtad y volver a vuestras plazas esta misma noche.

—Tenemos a la policía encima —insistió.

—¿Ah, sí? —Me acerqué al ventanal y retiré la cortina para mostrar la panorámica de un descampado. Al fondo, dibujándose arrogante y severa, estaban las Velas—. ¿Tú la ves por alguna parte? Porque yo no.

—Supongamos que estamos de acuerdo contigo. —Ferruccio era quien, hasta el momento, estaba siendo más receptivo. Quizá porque yo era el único que sabía de su aventura con un prostituto del distrito de Mercato al que veía cada jueves—. ¿Qué harás para abastecer el cargamento? Si el resto de los Confederados ve que tenemos material, se nos echarán encima. Nos culparán de lo sucedido anoche en el puerto con el puto Borisov.

—Y por eso he convocado una reunión con ellos esta misma tarde —anuncié—. Soy perfectamente capaz de solventar la situación. —Los miré una vez más, uno a uno, tomándome mi tiempo—. Y bien, ¿tenemos consenso?

—Yo jamás estaría al servicio de un maricón. —Esa vez Malammore sí logró incorporarse, y yo puse los ojos en blanco ante semejante despliegue de estúpida valentía.

Hice una corta señal con la mano y, de inmediato, mis esbirros se lanzaron a él para arrastrarlo fuera de la sala.

—¡Caerás, Gennà! —gritó forcejeando en vano—. ¡Eres un miserable hijo de puta! ¡Caerás, y yo te estaré esperando en el puto infierno, maricón de mierda!

Continuó vociferando, pero sus protestas fueron convirtiéndose en pequeños ecos lejanos. Lo trasladarían al patio trasero y allí lo ejecutarían. Todos entendieron que yo no dudaría en hacerles lo mismo a ellos.

—¿Alguien más? —Miré a Nino—. ¿Ya no tienes quejas? —Agachó la cabeza. Cuánto me gustó—. De acuerdo. Esperad instrucciones. Mientras tanto, vida normal y habitual, caballeros.

Las sillas chirriaron por el movimiento. Uno a uno fueron acercándose hacia la puerta como buenos siervos, sin sospechar que mi voz los detendría de nuevo.

—¡Ah, sí! Una última cosa. No os importará que alguno de mis hombres os ayude a supervisar las plazas, ¿verdad? —Señalé a los esbirros—. Supongo que entendéis que deba poneros a prueba.

Su resignación fue brutalmente satisfactoria.

—Gracias por vuestra atención —rematé.

En cuanto la sala se hubo quedado vacía, miré hacia fuera, abrí un poco el ventanal y dejé que la fría brisa de finales de noviembre me acariciara las mejillas. Apreté los dientes, me clavé las uñas en la palma de las manos y respiré como si me hubiera pasado horas sin hacerlo. Disimular los temblores había sido lo más difícil, ocultar que temía a todos aquellos canallas y que no gozaba del valor para encararlos.

La motivación era esencial y amenazaba con convertirme en un salvaje. No me negaría a ello, lo necesitaba. Sin embargo, tampoco podía negar lo mucho que lo odiaba, porque, en el proceso, perdería lo único admirable que tenía: mi honradez.

—Has estado peligrosamente extraordinario con esa sonrisa de niño de porcelana —dijo Guido.

Al mirarlo, volví a recordar la primera vez que lo vi. Y no podía decirse que lo hubiera visto de verdad. Pero todavía sentía a la perfección la crueldad con la que me empujó contra el coche y bloqueó mi cuerpo. El tintineo de su cinturón, el toquecito de la hebilla contra mis nalgas, su glande intentando abrirse paso hacia mi interior ante los ojos de sus compañeros.

No me podía creer que hubiera sido obligado a compartir espacio con ese bastardo, pero Massimo fue claro: solo quería a los mejores en el infierno. Y allí estaba, sonriéndome.

—Déjate de bromas y lárgate de aquí. Tienes mucho que hacer —espeté.

—A sus órdenes, jefe. —Hizo un saludo militar y se encaminó a la puerta, no sin antes volver a mirarme y añadir—: Oye, si de estrés se trata, siempre puedo aliviarlo.

Cuánto me habría gustado tener un arma a mi alcance. Le habría reventado la cara a tiros.

—¿Igual que hiciste la noche en que intentaste violarme? —rezongué.

—Eso fue un juego sin importancia.

—¿Y ahora qué sería?

Se encogió de hombros.

—Placer, consuelo.

Me acerqué a él.

—Sueñas, Guido —dije bajito—. Y yo no creo que pueda hacerlo con tanta tranquilidad como tú. Así que procura no tentar a la suerte.

Agradecí que entendiera la amenaza y se largara sin insistir más. Pero mi pretensión de gozar de un instante a solas se vio condicionada por los ojos oscuros de Caronte.

Estábamos solos en aquel enorme comedor. No se oía nada, ni siquiera el rumor de los golpes que Malammore estaba recibiendo en el patio. Tan solo el crujir de las ramas de los pequeños árboles que rodeaban la casa y el trinar de los pajarillos que mi padre tenía enjaulados en el cobertizo.

Temía a ese hombre. De rostro estricto y belleza demasiado áspera, enfatizada por esa perfilada barba negra que tan bien enmarcaba sus mejillas y su mandíbula. Era corpulento, intimidante y eficaz. Pero tenía algo extraño, algo más bajo todo aquel aspecto umbrío, como si pudiera ver aquello que no quería ser visto.

—¿Qué? —gruñí, y él torció el gesto.

—Nada.

—No, adelante. Habla. —Me crucé de brazos y me apoyé en un taquillón cercano—. Lo prefiero a que esas dos piedras negras me juzguen.

Impertérrito, no creí que fuera a satisfacer mi petición. Casi pude imaginarlo saliendo de allí tras haberme echado un vistazo despectivo.

—¿Cómo te has visto envuelto en todo esto?

Tuve un fuerte escalofrío. De todas las cosas que podía esperar de él, aquella fue la que más me sorprendió, porque advertí en él un pequeño rastro de compasión que se me hacía insoportable.

—¿Y me lo pregunta el siervo de un miserable? —ironicé—. Caronte, sé que no tienes escrúpulos, pero evita vanagloriarte de ello. Me pone de los nervios.

Frunció los labios y se puso a caminar mientras toqueteaba las figuras que había sobre los mostradores. Marcos, joyeros, candelabros. No le prestó atención a nada.

—¿Es cierto que estás enamorado de Marco Berardi? —Me clavó los ojos.

No creí que me estuviera juzgando, pero quién coño lo sabía. De lo que sí estuve seguro fue de la exposición. Tuve ganas de encerrarme en una habitación, romper a llorar y arrancarme de cuajo todo lo que sentía por aquel hombre. Porque nada jamás me había dolido tanto como amarlo y que la gente lo supiera.

—¿Cambiaría eso en algo el concepto que tienes de mí? —Respiraba con dificultad, asfixiado, trémulo—. Lo que yo sienta aquí no importa. En realidad, nunca ha importado.

Agaché la cabeza. Notaba los ojos de Caronte sobre mí. Quise rogarle que dejara de mirarme, que sabía que era defectuoso; la vida no había dejado de recordármelo y no necesitaba ser sentenciado de nuevo. Pero no encontré la manera.

—Me encargaré de vigilar que no os interrumpa nadie —comentó Caronte.

Lo miré aturdido.

—¿A qué te refieres?

Creí ver una sutil sonrisa.

—¿No has oído el coche?

Arrugué la frente. Ignoraba qué demonios quería decir, a qué vehículo se refería, qué coño tenía que ver con nuestra conversación. Pero de pronto oí el revuelo. Y los golpes y las quejas y los gritos. Y después unos pasos furiosos que se hacían más y más audibles. Se aproximaban con rabia.

Caronte salió de la sala. Yo me quedé allí en medio, inquieto, pensando que, si aquello era una contraofensiva, no quería morir sin antes haberle dicho a Regina y Marco que habían sido mis ángeles de la guarda, mi tesoro más preciado.

Sin embargo, no era la muerte la que acudía en mi busca. Sino él.

Se me cortó el aliento al ver a Marco aparecer como alma que llevaba el diablo. Caronte cerró la puerta, y entonces me dejé consumir por aquella mirada rabiosamente azul.

Su rostro, esa cara de pura perfección masculina, cincelada por el rubor furioso de sus mejillas y esa mirada salvaje. Marco me odiaba. No necesitaba decirlo con palabras, todo su cuerpo desprendía ese sentimiento. Odio, frustración, indignación. Le vi capaz de saltar sobre mí y asfixiarme con sus propias manos. Las razones quizá eran un poco demenciales, me dejaban en la posición de un iluso al que no le costaba creerse amado por ese hombre.

—¿Qué coño significa esto? —rezongó haciéndome olvidar de súbito que había probado su boca.

—Marco... —apenas acerté a decir su nombre.

—¿Por qué lo has hecho? —Empezó a avanzar, muy despacio. Su poderosa y esbelta figura se me antojó impetuosa.

—No deberías estar aquí.

—¡Habla, maldita sea!

Me estremecí con violencia y cerré los ojos porque algo de mí no se atrevía a mirarlo. A Marco no lo podría engañar, y no estaba seguro de cómo reaccionaría y contra quién cuando supiera la verdad. Además, no tenía sentido que hubiera irrumpido en un territorio tan hostil para pedirme explicaciones. Qué más le daba lo que hiciera un esclavo.

—Habla —me exigió de nuevo.

Debía echarle coraje. Era ahora cuando más debía demostrar que podía resistir.

—No, no lo haré —espeté alzando el mentón—. Este es mi territorio.

—¡¿Por qué lo has hecho?! —rugió encolerizado lanzando al suelo todos los adornos que había sobre el mobiliario más cercano. Se hicieron añicos, el estruendo me provocó un nuevo temblor.

—¡Porque te quiero! —chillé con los ojos empañados—. Y no me gustaría que pensaras que lo hago por la vida que me podrías dar. Es más honesto de lo que piensas.

Marco me observaba como si fuera un fantasma, algo incomprensible, que no podía controlar. Sintió por un instante aquello que yo solía experimentar cuando le tenía enfrente.

—Mientes —rumió.

—¿En qué parte?

—Quererme no puede ser la razón para haber regresado a este lugar.

«Por supuesto que lo es, mi amor».

—Para ti todo es mentira si no se ajusta a tus ideales —le reproché, más que agradecido por los metros que seguían interponiéndose entre nosotros—. ¿Qué esperabas, que me pasara la vida viviéndola a tu alrededor y conformándome con las migajas que estuvieras dispuesto a darme?

Marco supo ver que con eso me habría bastado. Y me mortificó lo complicado que estaba siendo evitar hincarme de rodillas y rogarle que me alejara de allí y ocultara entre sus brazos.

—Ni se te ocurra, Gennaro. —Negó con la cabeza.

—¿Por qué? ¿Acaso es mentira? No, Berardi. —Me hice el arrogante, a pesar de la humedad que pendía de mis ojos—. Soy ese esclavo que proviene del gueto y que está lo bastante podrido como para romantizar la perversión. Pero ni tú ni yo podemos esperar tener control sobre lo que sucede. La vida no siempre funciona como uno desea. —Traté de enfatizar mis palabras con la mayor soberbia posible, pero quedó en un vulgar intento.

—Lo que tú deseas es que te encierre en una habitación y te folle como si te amara —dijo con desdén, con las pupilas encendidas. Casi parecía un animal feroz—. Probablemente no me costaría fingirlo. En realidad, solo tenías que pedirlo. Nos habrías ahorrado este maldito inconveniente.

—¿Lo habrías hecho?

—Sí.

Esbocé una sonrisa al tiempo que una maldita lágrima resbalaba por mi mejilla. Tenía ante mí al príncipe de hielo, al hombre que no sentía, que no conocía las emociones, que las despreciaba, que había escogido ser despiadado y disfrutaba con ello. Y no podía ser más distinto del último recuerdo que tenía de él, de ese Marco que intentaba demostrar, que me decía en silencio que estaba dispuesto a dejarse llevar, a pesar de no saber cómo hacerlo.

No, a esa versión que tenía ante mí le importaba un carajo cuán visceral fuera. Lo había escogido impulsado por algo que solo él sabía, y yo no me atrevía a indagar. Y lo temí casi tanto como lo deseaba. Porque no estaba seguro de si alguna vez volvería a verlo así, más humano que nunca.

—¿Qué sentido tiene que te hayas ido si ni siquiera aspirabas a convertirte en un amante dispuesto a una vida de lujo?

Sus palabras me contrariaron.

Tenía razón. Si quería alejarlo de mí, tal y como había pactado con su padre, debía ser mucho más contundente. No podía permitirme fisuras.

—Un Berardi metiendo en su cama a otro tío, qué vulgar. ¿Por qué habría de fingir conmigo un hombre que rechaza todo lo que tiene que ver con Nápoles? ¿Finges también que te ha importado haberte atrevido a cruzar mis dominios solo para pavonearte ante mí?

—Eso es lo que tú crees ahora en tu estúpido empeño por parecer importante. Pero déjame decirte algo, Cattaglia: ser el rey no te convertirá en uno. —Sus pasos hicieron crujir los pedazos de porcelana que había por el suelo cuando avanzó hacia mí—. Ser el rey no hará que te mire más de una vez. Ya lo hacía cuando eras un esclavo, maldito necio.

Tragué saliva. Qué bien se le daba intimidar, a pesar de estar entregándome la posibilidad de seguir soñando con él.

—¿Has venido a insultarme en mi propia casa?

—¡Esta no es tu casa! —Golpeó la mesa.

Entonces me di la vuelta y me acerqué a la pared, motivado por una reacción que esperé que lograra darme un poco de autoridad. Retiré el cuadro de mi abuelo que coronaba la sala. Tras él se escondía una de las tres cajas fuertes que había en la casa. Marqué el código de acceso y la abrí, descubriendo un buen depósito. Cogí la pequeña mochila doblada que había en un rincón y comencé a apilar dentro los tacos de billetes de cien hasta reunir la cantidad apropiada.

A continuación, encaré de nuevo a Marco, que me había observado en silencio, y lancé la mochila a sus pies.

—Diez millones, dos más de lo que invertiste en mí. Estamos en paz.

Entornó los ojos y torció el gesto.

—¿Acabas de comprarme tu libertad?

—Puedes irte, Berardi. Tú y yo hemos terminado. —Casi le rogué.

Y nos miramos como se miran los enemigos, con unas ganas indescriptibles de arañar un sentido común que lentamente se desvanecía entre los dos. El aire se tornó denso, costaba notarlo entrando en mis pulmones. De pronto, el sol ya no calentaba, ni siquiera iluminaba la estancia. Fue como si unas tinieblas escalofriantes se cernieran sobre nosotros.

Aun así, continuamos refugiados en nuestros ojos. Marco ahogándose en mí con furia, yo en él con desesperación.

«Vete», pensé. Lo hice con fuerza, rogando que él lo entendiera como solía hacerlo. Pero ninguno sabíamos de qué era capaz ese Marco que se alzaba imponente ante mí.

De repente, se lanzó a mí. Me cogió del cuello y me empujó contra la pared para atraparme con su cuerpo. Contuve un suspiro, cerré los ojos. Mis brazos no reaccionaron. Me quedé muy quieto, abandonado, como si algo de mí hubiera estado esperando esa precisa reacción. Como si tener las manos de Marco sobre mí fuera lo único importante.

—Mírame —masculló bajito.

Su aliento acarició mis labios, me produjo un fuerte estremecimiento que terminó en un inoportuno hormigueo en mi entrepierna.

No quería obedecer, a pesar de la fuerza que fueron ganando sus dedos en torno a mi cuello.

—Gennaro —gruñó apoyando su cadera sobre la mía.

Noté una presencia medio dura, pegada a la mía. Incliné la cabeza para apoyarla en la pared y exhalé hasta vaciar mis pulmones de oxígeno. Me hice muy pequeño. Por retorcido que fuera, me satisfizo tanto saberme a su merced...

Su fascinante aroma y su magnífica cercanía no me dejaron opción. Lo miré con ojos nublados por un deseo muy problemático, y encontré los suyos a solo unos centímetros, más azules y salvajes que nunca.

—¿Qué demonios te propones?

Apretó un poco más. Solo un poco. Jadeé por ese extraño y placentero rastro de dolor que me entregó. Y también por la lenta contorsión de sus caderas contras las mías.

«No sucumbas, Gennà. Empújalo lejos de ti», me ordenó mi fuero interno como si fuera una voz muy lejana.

—No sabes cuánto me alegra que estés de una sola pieza —suspiré.

Marco tragó saliva y me regaló una sonrisa a medio camino entre una amenaza y una mueca frustrada.

—Puede que te hayas criado con la escoria, pero no has aprendido nada de ella. Ni siquiera a disimular los temblores cuando pretendes mentir.

—Fuera —rezongué y clavé mis manos en su pecho—. ¡Lárgate!

Lo empujé con fuerza creyendo que conseguiría alejarlo de mí, que Marco no insistiría más. Pero lo hizo de la forma más inesperada. Y su boca encontró la mía como una tormenta de vientos huracanados. Me devoró exigente, me llenó con su lengua, se retorció contra la mía entre jadeos desesperados y gruñidos susurrantes, como si ese beso hubiera estado esperando décadas en sus labios.

Lo razonable y conveniente habría sido forcejear con él. Si cualquiera de sus hombres nos encontraba en aquella situación, Massimo no tardaría en descubrir que había roto nuestro acuerdo.

Sin embargo, mi cuerpo solo respondía a las caricias de ese hombre que latía pegado a mí. Me enganché a su cuello, hice un poco más de presión en su boca y me froté contra él.

Había imaginado a Marco de todas las formas posibles. Había soñado con cómo sería el momento en que se librara de sus contenciones y se abandonara a sus instintos más primarios, siempre con el hándicap de creerlo incapaz de experimentar algo así. Porque el hielo no se derretía con facilidad.

Fue extraordinario cerciorarme de que la realidad superaba cualquiera de mis fantasías. Marco no solo respondía con fervor, sino que todo su cuerpo se encargó de gritarle al mío lo increíblemente dispuesto que estaba a perder la cabeza.

Bajo mi jersey sus manos llegaron hasta mi pecho. Se clavaron en la piel al perfilar la curva de mis pectorales y sus dedos pellizcaron mis pezones al tiempo que desviaba su boca hacia mi mandíbula. La mordisqueó y yo me ahogué en espasmos de puro placer mientras el aire se amontonaba en mi boca y clavaba las uñas en su nuca. Quería más, todo mi ser se lo rogaba.

Entonces sus caricias rodearon mis costillas en dirección a mi espalda. Esa excitante fuerza con la que se aferró a mí disparó mi lujuria. Y ahogué un pequeño grito al sentir que sus manos se clavaban en mis nalgas. Las apretó a la vez que frotaba su vigorosa erección contra la mía.

Estaba tan duro... Me era imposible contener las ganas de hincarme de rodillas y tragármelo entero sin apartar la mirada de sus ojos. Ver cómo se nublaban lentamente, empujarlos al éxtasis y después beber de su placer, porque también sería el mío. Y cuando todo aquello terminase, podría encerrarme en mi habitación y ahogarme en la tristeza que supondría haberlo tenido y perdido, todo en un mismo instante. Al menos tendría el íntimo recuerdo de aquel día en que Marco fue fuego en lugar de hielo.

Había perdido la batalla. Ya sabía que nunca sería rival para Marco si se diera el caso de tener un enfrentamiento con él, pero guardaba cierta esperanza por temor a las represalias de su padre. Sin embargo, no conté con que me convertiría en una ruina de temblores y gemidos.

Todo se volvió un poco más demencial cuando respiré de su boca y deslicé las manos por su pecho. Buscaban su cinturón, mis dedos precipitados lo desabrocharon. Marco apoyó su frente en la mía y observó el gesto entre resuellos. Vio a la perfección mis ganas de capturar su miembro y empujarnos un poco más por ese abismo de oscuridad y peligro.

Bajé la cremallera de su pantalón y tragué saliva ante la visión de la poderosa forma de aquella corpulencia atrapada bajo la delicada tela de su ropa interior. Posé un dedo en la punta esperando una invitación más contundente. Marco suspiró, apretó los dientes y me miró. Hallé desafío en sus pupilas y un apetito voraz. Nos quería lascivos, carnales, insensatos. Y no se me ocurrió mejor forma de demostrarle que estaba totalmente de acuerdo que apretar su dura erección antes de volver a hundirme en su boca.

Marco mordió mis labios, los lamió y se sumergió de nuevo en la tormenta que eran nuestros besos. Como una especie de combate a medio camino entre la rabia y esa dichosa e inevitable atracción que sentíamos.

Se frotó contra mi mano. Tenía las pulsaciones disparadas, y me tentó volverlo un poco más loco. Liberé su erección. Gruesa y robusta la contemplé pensando que nunca tendría bastante de ella, que las ganas de sentirla entrando en mí eran un hecho casi insoportable.

—Vamos, tócame, Gennaro —jadeó Marco.

Eso hice. Lo cogí entre mis manos e hice presión hasta arrancarle un gemido ronco que tembló hasta en mis entrañas. Repetí la hazaña. Las caderas de Marco pronto salieron al encuentro de mis embates. Estaba logrando someter a ese hombre a un placer exorbitante. Y se me empañó la vista con una humedad que no tardó en arder en mis ojos. Aquello solo era deseo visceral, no tenía nada que ver con las emociones. No era amor. Se encargó de recordármelo la mochila que había en el suelo a unos metros de nosotros. Esos diez millones casi habían comprado un momento de intimidad con Marco.

Quizá era demasiado tarde para pensarlo con racionalidad. De hecho, no creía poder ser coherente cuando tenía mi mano en torno a la polla del hombre del que estaba enamorado. El hombre que nunca me amaría a mí. Pero seguí porque hacía mucho tiempo que había olvidado lo que era tener autoestima y porque en el fondo deseaba tener el control sobre Marco, aunque fuera un solo instante.

Y esa debilidad aflojó mis rodillas. Marco me sostuvo para ahorrarme la caída, pero al final aprovechó la inercia y nos lanzó al suelo con una delicadeza sobrecogedora. Se cernió sobre mí, abriéndose paso entre mis piernas con sus caderas, y me clavó una mirada profunda, de aquellas que tocaban el alma.

Tiró de la goma de mi pantalón hasta liberar mi miembro y nos capturó a ambos a la vez. El contacto de sus dedos sobre mi erección me llevó a cerrar los ojos y ahogar una exclamación que terminó muriendo en mi garganta hasta dejarme sin aliento.

Marco comenzó a embestir. Su cuerpo estrellándose contra el mío, su boca bebiendo oxígeno de la mía. Sentía sus labios temblando contra los míos mientras nos entregábamos besos exigentes, suaves, intensos.

Sus dedos nos oprimían con la fortaleza justa para procurar un placer que lentamente se fue acumulando entre los dos. Y la inercia nos llevó a movernos agónicos en busca del estallido que diera sentido a toda aquella locura. Supe que estábamos muy cerca cuando nos miramos. Me quedé atrapado en esos ojos tan claros como un cielo sin nubes, como si hubiera sido embrujado. Pronto mi mente se vació. Ya no podía pensar en nada más que en aquel hombre que insistía en arrastrarme al éxtasis.

—Quiero hundirme en ti —resolló Marco.

—Podrías hacerlo... ¿No ves que soy tuyo? —Era cierto. Tan cierto como que Nápoles sería mi verdugo.

Yo exploté primero, enjaulado en su puño, entre convulsiones que Marco acogió un instante antes de unirse a ellas. Y sentí que nos derramábamos entre sus dedos. El sublime y cálido resultado de nuestro orgasmo quedó reducido al poderoso beso que nos regalamos.

Marco jugó con mis labios. Ya no había precipitación, solo una calma espasmódica y seductora. Me dejé engañar por la posibilidad de estar siendo adorado y cerré los ojos para saborear el modo en que sus pulsaciones y las mías poco a poco recuperaban la normalidad.

Me aferré a él. Lo abracé con todas mis fuerzas, me importaba un carajo que él odiara ser tocado de ese modo tan personal. Una cosa era el sexo y otra muy diferente el amor poscoital. Pero si realmente lo detestó, supo disimularlo, puesto que me consintió convertirlo en mi tesoro más preciado. Y alcancé a quererlo un poco más cuando hundió la cabeza en mi cuello y trató de hacerse pequeño con tal de hacerme creer inmenso. Allí, con él entre mis brazos, me creí capaz de cualquier cosa, incluso de interponerme entre Marco y su maldito padre.

—Dame una señal. —Aquella súplica resbaló por mi yugular y me llevó a cerrar los ojos.

Sabía a qué se refería. Marco quería aprovecharse de nuestra debilidad para sonsacarme cuáles eran las verdaderas razones que me habían llevado a abandonar Cerdeña para regresar al infierno que era mi antiguo hogar.

Pero no podía caer en la trampa.

—¿No te basta con saber que puedes hacer conmigo lo que te dé la gana? —suspiré.

Entonces Marco deshizo el abrazo y se apoyó en los talones. Liberó nuestros flácidos miembros de la sujeción, se acomodó el pantalón para taparse y observó el resultado de nuestro placer brillando en la palma de su mano.

No supe qué pensó al verlo ni qué le parecía tenerme medio expuesto y a su alcance. Había regresado esa versión de él tan hermética e inaccesible.

Me removí incómodo y me cubrí antes de quitarme el jersey y lanzarme a limpiar sus dedos. Marco me miró mientras lo hacía. Detecté algo de reproche y también cierta tristeza. O quizá era esa tonta insistencia en querer humanizarlo.

—El deseo es una emoción que puedo contener perfectamente —dijo de improvisto.

Sus palabras me aturdieron por un instante. Lo miré, estábamos tan cerca, me tentó tantísimo besarlo de nuevo…

—No lo parecía hace unos segundos —le reproché.

—Porque eres tú.

Tuve un escalofrío, y forcé una sonrisa sin atreverme a mirarlo.

—No es propio de ti dar falsas esperanzas.

—Eso crees que hago, ¿eh?

No, lo que estaba haciendo era insinuar que mis sentimientos estaban en perfecta sintonía con los suyos, que existía la posibilidad de convertirnos en amantes reales, que se adoraban y respetaban, que compartían un vínculo auténtico y firme.

Lo que estaba sugiriendo era que me amaba, y eso, en nuestro mundo, no podía ser cierto.

Doblé la sudadera de modo que las manchas no se vieran y me puse en pie sabiendo que Marco haría lo mismo. Nos miramos una vez más. Habían quedado demasiadas cosas pendientes entre los dos.

—Conoces la salida —dije, y me encaminé hacia la puerta, ajeno a que su voz me detendría.

—Lo resolveré —espetó autoritario—. Sabes que lo haré, Gennaro.

«No te des la vuelta, Gennaro».

—Por el bien de todos, espero que no —le aseguré, y salí de allí con unas ganas terribles de echarme a llorar.

8

MARCO

Cuando le dije a Gennaro que lo resolvería, fui completamente sincero, a pesar de saber que no estaba en las condiciones más favorables para cumplir mi promesa.

Me había bastado poner un pie en aquella maldita casa para constatar que mi padre estaba involucrado. Cada uno de los esbirros que controlaban el perímetro pertenecían a su séquito. Hombres experimentados en el arte de la crueldad y la ferocidad, leales a su jefe porque lo temían demasiado.

Le había pedido una señal a Gennaro, cualquier cosa que pudiera confirmarme las amenazas que lo habían motivado a tomar semejante decisión. Y no dijo nada, pero sus ojos hablaron. Me suplicaron del mismo modo que lo había hecho su boca cuando aceptó la mía. Mató la remota posibilidad de que hubiera escogido ese camino por sí mismo, y casi pude leer el nombre de mi padre en su piel.

Massimo había creado una cadena perfecta de hechos. Se le daba extraordinariamente bien usar los puntos débiles de la gente para moverlos como piezas de un imaginario tablero de ajedrez. Pero yo no era su objetivo final; al fin y al cabo, era su hijo. Tan solo me usaría para debilitar a su verdadero enemigo. Lo que significaba que Massimo Berardi le había declarado la guerra a Saveria Sacristano sin haber tenido el valor de mirarla a los ojos, a su maldito estilo. Y nos metería a todos de lleno en ella.

Abandoné aquella casa y me subí a mi coche. Una parte de mí, la que sabía contenerse y despreciar cualquier sentimiento, me incitaba a largarme de allí reprochándome que ni siquiera debería haber aparecido. Pero me era muy difícil pensar con claridad cuando todo mi cuerpo reclamaba a Gennaro y el pulso todavía me retumbaba en los oídos.

Quería atacar. A pesar de las consecuencias. Provocar una masacre, aniquilar a cada uno de los canallas que habían convertido aquellas calles en la prisión perfecta que era para Gennaro. Algo de mí lo veía factible. Los mejores ataques no tienen por qué ser ruidosos, y contaba con el apoyo de los tres mercenarios que me habían seguido. Seguramente Jimmy los había enviado para tranquilizar a Regina, y se les daba genial ocultarse, pero los intuí en cuanto llegué, quisieron recordarme que estaba en una notoria inferioridad. Que perdería, a pesar de lo capaz de vencer que se veía mi rabia.

Necesitaba un plan bien definido y una dirección lo bastante despiadada para enfrentarme a ese pequeño infierno de hombres que me respetaban, pero que jamás obedecerían una orden que fuera en contra de los intereses de su jefe. Por ende, me atacarían con toda la ferocidad que se les había enseñado en el Marsaskala.

Lamenté no estar capacitado en ese preciso momento. La implicación emocional era mi principal enemigo. Detestaba lo mucho que me mortificaba el tiempo que Gennaro debía permanecer en esa casa, las intenciones que escondía en aquella mirada canela con la que me había rogado que me marchara. Me dio razones para caer rendido a sus pies, para olvidar cómo negarme a él.

Debía encontrar el modo de sacarlo de allí sin un maldito rasguño. Pero, sin los recursos de los que gozaba en mi territorio, las posibilidades menguaban, y pedir apoyo a mi tía conllevaría un castigo mayor que saber que Gennaro estaba atrapado en las garras de mi padre. Saveria nunca me perdonaría que pusiera en riesgo una operación tan importante para rescatar a un esclavo.

Estaba solo en aquello, y acariciar a ese joven no había hecho más que confundir mis pensamientos.

Miré la fachada y pensé cómo habría reaccionado semanas atrás.

«No te habría importado». Cierto, y lamentaba con todas mis

fuerzas que ahora estuviera sucediendo lo contrario. Porque me importaba casi tanto como encontrar la manera de volver a ser como era antes de conocer a Gennaro y Regina. Era el único modo de protegerlos de aquel cruce de tormentas, maldita sea.

Golpeé el volante y cogí aire. Tenía que volver a la casa franca, calmar mis emociones y pensar con claridad. Pero ni siquiera me atreví a arrancar el motor.

Entonces miré el móvil. Estaba en el asiento del copiloto. No recordaba el momento en que lo dejé ahí. Lo cogí y busqué el número de Ricardo Saviano en la agenda. Era la última persona que podía ayudarme. Tal vez perdiera el tiempo, pero, aun así, llamé.

—Hola... —suspiré en cuanto él descolgó.

—Qué raro oírte saludar, Marco —dijo amable, como siempre—. Mucho más que lo hagas como si necesitaras consuelo.

Silencio. En realidad, y aunque me costara reconocerlo, estaba muy cerca de la verdad.

—¿Es eso? ¿Llamas en busca de consuelo? —advirtió.

—Dime, Saviano, ¿es mortificante amar a alguien? —pregunté de repente.

—Sí, porque se teme la pérdida, la ausencia. —Le oí coger aire—. ¿Cómo está siendo para ti?

Resoplé con una sonrisa cínica y apoyé la cabeza en el respaldo.

—¿Ya das por hecho que albergo ese sentimiento?

—El Marco de hace unos meses ni siquiera se habría molestado en hacer semejante pregunta.

Apreté los dientes. Incluso Saviano, que apenas me había visto últimamente, detectó ese insoportable cambio que se había producido en mí. Era evidente hasta en mi forma de respirar, en mi tono de voz, en la presión constante que sentía en el pecho.

—Si lo digo en voz alta, no habrá vuelta atrás —comenté inseguro—. Me hará vulnerable. Me volveré loco intentando comprender si tiene sentido.

—No lo hagas. Ama sin más —sugirió—. Esperando a pecho descubierto a que llegue el día en que ese sentimiento sea igual de placentero que la desazón que sientes ahora.

Cerré los ojos. Una de mis manos seguía aferrada al volante. Lo estrujé hasta que los nudillos se tornaron blancos y noté que el corazón me saltaba a la garganta mientras mi propio fuero interno me gritaba que me deshiciera de ese estúpido órgano, que no lo necesitaba, que era un enemigo de mi entereza.

—Estoy perdidamente enamorado de él —gruñí frustrado—. Lo necesito a cada instante. No me imagino mirando a mi alrededor y no encontrarlo a mi lado. No me imagino la vida sin esa mujer que me miró a los ojos en el altar y me vio, a mí, a ese hombre que soy y no conocía. Y no soporto que exista la posibilidad de perder la vida que hemos creado juntos, porque lo cierto es que los necesito casi tanto como el oxígeno que entra en mis malditos pulmones.

Saviano guardó silencio. Me dejó escupir cada una de mis palabras sin oponerse a la rabia que albergaban.

—Si esto es lo que se siente, arráncamelo. Ahora. Por favor. No dejes ni un pedazo de ellos en mí. —Fue una petición de lo más urgente.

Creía sinceramente que las emociones me estaban haciendo débil, torpe, desdichado. No quería amar, no quería preocuparme por la supervivencia de nadie y mucho menos quería saberme más completo solo porque les tenía a ellos.

La felicidad no tenía derecho a escogerme como su víctima y salpicarme de sonrisas y miradas cómplices. Yo no la quería, no me interesaba. Ni siquiera había soñado con ella. Solo necesitaba volver a como estaba, ser un hijo de puta que actuaba movido por la frialdad, que pasaba los días sin más preocupaciones que administrar su asqueroso imperio, al que ni siquiera le temblaba el pulso al ver caer las vísceras de alguien al suelo.

—¿Y después qué? —reprochó Saviano—. ¿Te consumirás en tu propia insensibilidad, atormentado con la idea de lo que podrías haber conseguido con ellos a tu lado?

Negué con la cabeza. No me dejaría acorralar.

—Podré pensar con claridad en cómo resolver todo este jodido asunto.

—No, Marco —dijo rotundo—. Esa es la clase de amor que

mereces vivir. Y si has logrado que ellos te correspondan, no dudes ni por un instante de lo afortunado que has resultado ser. Por primera vez en tu vida serás libre y real.

Solté un suspiro.

Libre. No, no lo era. Había salido de un agujero para meterme en otro. Era el maldito prisionero de Gennaro Cattaglia, joder. Y lo que más me mortificaba era que no lo lamentaba del todo. Que solo rogaba por el regreso de mi versión oscura para ponerlo a salvo. Porque odiaba la idea de perderlo.

—¿Debo decírselo? —suspiré con los ojos cerrados.

—A veces. No siempre. Perderá valor. Las palabras son vacuas. Mejor demuéstralo. A cada instante.

—¿Sabré hacerlo?

—Es recíproco. Ahí tienes la respuesta.

Fue Saviano quien colgó y enseguida pensé qué demonios había visto Gennaro en mí que fuera digno de ser amado. Era un hombre al que jamás habría rescatado de no haber sido por los reproches de Regina y mi afán por no tenerla ofendida rondando por mi casa.

Era insoportable. Todo, en general. Lo despreciaba por la desesperación que me causaba sentir la imperiosa necesidad de salvaguardarlo.

Quizá era eso lo que buscaba al llamar a Saviano, una confirmación de mis sentimientos, la nueva realidad que se abría ante mí. Aceptarla ya no era una opción, mi propio instinto ya lo había hecho y estaba de acuerdo con mi corazón, quisiera yo o no.

Mis pensamientos quedaron suspendidos en cuanto detecté movimiento. Levanté la vista a tiempo de ver a Gennaro salir de la casa. Hombros erguidos, mentón alzado, gesto de absoluta seriedad y concentración. Se movía como un soberano, controlaba incluso la oscilación de sus ojos. No prestaba atención a nada, solo tenía un objetivo.

Visto así, ese Gennaro no tenía nada del joven tímido y frágil que se había alojado en mi casa. Más bien parecía el digno sucesor de su maldito padre, el hombre preparado para dirigir a su clan.

Caronte le abrió la puerta del vehículo para que tomara asiento. A continuación, ese tipejo ocupó su lugar frente al volante y emprendió su camino hacia la carretera medio asfaltada que le guiaba a las Velas. Otro coche los seguía.

No lo pensé demasiado. Simplemente aceleré y obedecí el impulso de ir tras ellos, asegurándome de mantener una distancia prudencial para no llamar la atención.

Unos minutos más tarde, se detuvieron frente al acceso principal de uno de los edificios bajo el puente que conectaba las pasarelas exteriores. Yo me quedé rezagado, oculto tras unos bloques de hormigón que proporcionaban una perspectiva bastante clara.

Gennaro se bajó del coche, les indicó a Caronte y los demás que esperasen allí y se adentró en el edificio un instante antes de que su invitado hiciera su aparición.

Al ver a mi padre, me sobrevino una sensación que me satisfizo bastante. Reconocí el hielo enfriando mis venas, asentándose en mi vientre, manteniendo mis pulsaciones a un ritmo que me permitía tenerlo todo bajo control. Ese era yo siendo el hombre que estaba acostumbrado a ser. Y observé la imagen con una calma escalofriante mientras la estrategia iba cobrando forma en mi mente.

Mi padre no escatimó en demostrar cuánto le desagradaba el lugar, pero se resignó a aceptar los términos del Cattaglia y se dirigió a su encuentro. Con ambos fuera de mi visión, pude centrarme en analizar la situación.

Un total de siete hombres era perfectamente asumible y jugaba con la ventaja de ser Marco Berardi. No se atreverían a dispararme con libertad.

Solo tenía que esperar a ver salir a mi padre. Era fácil suponer que abandonaría el perímetro antes que Gennaro. A Massimo nunca le había gustado permanecer mucho tiempo en la inmundicia, y se llevaría consigo a los cuatro escoltas que había llevado.

Estaba ante la oportunidad que necesitaba, no habría una ocasión mejor. Y un ataque en esa zona era mejor que organizar un asalto contra más de cincuenta efectivos como tenía la residencia.

Abrí la guantera, cogí el arma que había en su interior y comprobé el cargador. A continuación, marqué el número de Jimmy Canetti y me llevé el teléfono a la oreja. Si iba a actuar, él debía estar preparado.

9

GENNARO

Las ocasiones en que adoptaba una posición fetal tendido sobre mi cama siempre estaban ligadas a las palizas o las pesadillas, como si mi subconsciente necesitara protegerse de los estragos, a pesar de notarlos repartidos por todo mi cuerpo. Era el único momento en que podía permitirme pensar con claridad en la cuchilla que había en el armario de mi baño.

Decían que el corte debía ser vertical y no horizontal. De ese modo sería mucho más difícil contener la hemorragia. Pero nunca me atreví a intentarlo. Supongo que era demasiado cobarde para hacerme daño a mí mismo, aunque me granjeara un final definitivo.

Sin embargo, ese día todo cambió. La maldita habitación en la que había crecido no estaba acogiéndome por las razones habituales. Sino porque todavía sentía las manos de Marco sobre mi piel. Todavía me hervía la sangre por el deseo de haberlo tenido un instante. Nos habíamos arrancado mutuamente un placer que ahora vagaba por mi sistema como un venenoso recuerdo.

Aquellos vivos ojos azules clavados en los míos permitiéndome que me viera reflejado en ellos. El rostro de aquel joven enjuto atrapado en unas pupilas tan bellas, bajo el cuerpo de un hombre inalcanzable.

Era doloroso saber que, por unos minutos, Marco había sentido lo mismo que yo. Tal vez en menor medida, pero existían emociones, y eso ya era casi como un sueño. Uno muy destructor, porque había tenido que dejarlo marchar. Porque no debía repetirse.

Absorto como estaba en mis divagaciones, apenas oí que alguien llamaba a la puerta. Mencionó algo desde el otro lado, otra voz le respondió y, a continuación, percibí el tintineo de unos cubiertos. Y de nuevo silencio.

Me había encerrado allí porque no quería ver a nadie. No soportaba la idea de que la gente descubriera en mis ojos ese poderoso sentimiento que ahora me consumía por dentro. Amar en ese rincón del mundo marchitaba el alma. Y Marco no dejaba de darme motivos para hacerlo.

La cerradura crujió e hizo un chasquido que me llevó a levantar la cabeza a tiempo de ver a Caronte entrar. El muy cabrón tenía un destornillador en la mano y acababa de romper mi única posibilidad de aislamiento.

Fue curioso verlo cerrar tras de él; se apoyó en el marco de la puerta antes de dedicarme una mirada interrogante, como si esperase que de pronto fuera a contarle todos mis secretos.

No sabía qué demonios esperar de él. Si el tiempo nos convertiría en confidentes o aliados. Pero no lo quería cerca. Ese hombre era demasiado estricto y solo cumplía las órdenes de su señor. No había razones para confiar en él.

—¿Por qué lo hiciste? —le reproché.

Me había servido en bandeja un encuentro con Marco, se había asegurado de que nadie entrara en la sala y seguramente hasta había oído nuestros gemidos. No me avergonzaba porque tenía demasiado miedo. Me aterrorizaban las consecuencias que me deparaban aquellos ojos negros.

—¿Vas a chantajearme? —quise saber.

Caronte soltó una sonrisa incrédula.

—No tienes nada que me interese —espetó cruzándose de brazos.

—Entonces ¿por qué?

—¿He cometido un error?

—¡Por supuesto que sí! —exclamé poniéndome en pie y llevándome las manos a la cabeza—. Has permitido que ese hombre se degrade poniendo un pie en nuestro territorio. Y ahora me resultará mucho más difícil respirar.

Porque ahora cerraría los ojos y solo podría ver a Marco cerniéndose sobre mí, devorándome con todas sus ganas mientras yo me ahogaba en las mías por volver a verlo. Y entonces los abriría de nuevo y miraría a mi alrededor para confirmar que, en mi mundo, el único final posible era la sangre.

—Yo creo que ahora ya sabes que es recíproco y tienes una motivación a la que aferrarte —comentó Caronte.

Lo miré aturdido, con los ojos muy abiertos. Si aquello era un maldito juego para Caronte, no tenía gracia. Y en caso de que fuera una actitud honesta, resultaba demasiado desconcertante que quisiera apoyarme sin más.

—Eres el principal informante de Massimo Berardi. ¿A qué coño estás jugando, eh? ¿Buscas ganarte mi confianza para después apuñalarme por la espalda? ¿Tan necio me consideras que crees que caeré en tu puta trampa?

—Necio, tal vez. —Se encogió de hombros—. Solo un crío hablaría como tú lo haces. Es cierto que estoy aquí para supervisar y que informo de todo, pero no pienses ni por asomo que lo comparto.

Fruncí el ceño.

—Disparaste a Gattari, me arrastraste hasta aquí.

Avanzó hacia mí con gesto amenazante.

—Disparé a Gattari justo en el lugar en que podrían salvarlo. Conozco las heridas, el dolor que causan y lo rápido que sanan. Era eso o matarlo de verdad.

—¿Compasión? ¿Un hombre como tú? —me mofé.

Enseguida se llevó la mano al interior de su chaqueta, sacó la cartera y la abrió para coger una pequeña foto que me ofreció. En ella aparecían tres chicas sonrientes y preciosas en torno a Caronte, que, aunque serio, exhibía una mueca de felicidad.

Cogí la foto y la contemplé casi cegado por la luz que desprendía. Era hermoso el afecto que se veía entre ellos, la confianza, la tranquilidad. Esa unión con la que yo siempre había soñado. Que cuatro personas podían adorarse porque sí, porque eran familia, porque debían protegerse los unos a los otros.

No sabía dónde encajaba Caronte en todo aquello, tal vez eran su esposa y sus hijas. Quizá me había enseñado ese pequeño pedazo de intimidad que llevaba consigo para advertirme de que no todos los hombres que trabajaban con Massimo compartían sus ideales.

—Se llama Dafne. —Señaló a la más alta, que apoyaba la cabeza en su hombro—. Ella es Elvira, y esta, Gabriella, la más pequeña. Tiene solo nueve años. Mis hermanas.

Contuve una exclamación. Por un momento temí que ya no estuvieran con vida. Los ojos de Caronte habían adoptado un brillo nostálgico. Pero, por suerte, pude respirar aliviado.

—La mayor ha empezado la universidad, y Elvira se ha echado un novio que me pone de los nervios, pero es un tontorrón bastante honrado —resopló con ternura—. Están a salvo en un apartamento de Olbia porque mi sueldo y mis servicios en el Marsaskala lo garantizan. Soy lo único que las separa del desastre total. ¿Te parece eso lo bastante compasivo?

Me estremecí cuando nuestros ojos se encontraron. Fue como mirarnos por primera vez, libres de prejuicios. Descubrí una verdad incómoda y muy descorazonadora.

Caronte no tendría más de treinta años, edad que no debería haberle garantizado su posición. A ojos de cualquiera, no contaba con la misma experiencia que otros. Pero allí estaba, comandando a los esbirros que Massimo había enviado desde el Marsaskala para vigilarme y controlar la zona.

Pero para escalar de ese modo en un sistema tan perfecto en su depravación, seguramente había tenido que llevar a cabo prácticas con las que se habría ganado la confianza de sus jefes. Y no lo eximía de sus pecados que hiciera todo aquello por su familia.

—¿Por qué? —suspiré.

—Mi madre murió intentando sufragar las deudas de mi padrastro.

Tragué saliva. Acababa de señalar que el Marsaskala lo había puesto en la tesitura de escoger entre su moral y la seguridad de sus chicas. Yo había caído atrapado en ese maldito lugar, sabía de lo que eran capaces. Venderían a la pequeña y prostituirían a las otras dos hasta hacerlas rogar por la muerte.

—Así que te ofreciste a ocupar su lugar a cambio de proteger a tus hermanas —dije asfixiado.

—Mi motivación son ellas. ¿Cuál es la tuya?

Esa era la lección. Por eso había vigilado la puerta tras la que nos ocultábamos Marco y yo. Porque cuando me vio aceptar el trato de Massimo supo que lo había hecho sin esperar salir indemne de la situación.

Quise entregarle la foto, pero lo rechazó.

—Quédatela, así podrás recordar antes de irte a dormir que tienes un aliado, aunque no confíes en él —dijo con voz ronca antes de darme la espalda y encaminarse hacia la puerta—. Una cosa más: el jefe acaba de aterrizar en la ciudad. Se dirige hacia aquí. Prepárate.

Nunca se estaba preparado para un encuentro de ese tipo. Al menos no en mi caso. Pero, lejos de caer en la estupidez que suponía preguntarme por qué carajo Massimo Berardi se atrevía a poner un pie en Secondigliano, miré por la ventana y las vi: las Velas recortadas por un sol resplandeciente.

Aquellos malditos edificios que, en silencio, se habían convertido en un gigantesco ataúd para los miles de hombres que habían perdido la vida entre sus muros. Y aun así seguían alzándose orgullosas, como una especie de diablo que no dudaba en responder a quien osara contemplarlas.

—Caronte. —Me volví hacia él—. Llevadlo a las Velas.

Me sonrió.

Y sentí esa voz interior que insistía en decirme: «No te fíes de él».

Desde aquella terraza podía verse buena parte del norte de la ciudad. Una clara panorámica de Scampia y Secondigliano coronada por la sinuosa silueta de mi casa, que se exhibía como la guinda de un pastel.

Estiré un brazo, guiñé un ojo y atrapé su imagen entre el pulgar y el índice con toda la intención de machacarla como si fuera un insecto. Cuánto hubiera dado por hacerlo real y disponer de la capacidad para borrar aquellas paredes del mapa. Pero el tiempo me había enseñado que no había nada que borrase las huellas de lo que uno era en realidad.

Las Velas procuraban esa sensación de estar atrapado en un bucle. Daba igual las veces que intentara abandonarlas, siempre regresaba a ellas. Porque, en cierto modo, una parte de mí siempre sería prisionera de ese lugar. Así que, puestos a aceptarlo, no me parecía mal que otros probaran de lo que era capaz el norte de Nápoles.

Intuí que tenía compañía por el chasquido de unos cristales, y es que las escaleras que daban acceso a la azotea y el entorno en sí no se caracterizaban precisamente por su pulcritud. Todo era porquería y dejadez, un abandono absoluto que invitaba a cualquier cosa dada la poca atención que despertaba en las autoridades políticas de la región.

No me hizo falta mirar a Massimo Berardi para intuirle sorteando la suciedad. Sus malditos zapatos ya costaban más que el maldito material que se utilizó para la obra de aquel desastroso apartamento.

—¿Buscas demostrarme algo?

Su voz parecía haber captado el juego. Era bueno que hubiera entendido cuán dispuesto estaba a exhibir un poco de autoridad. Al fin y al cabo, aquel era mi puto territorio.

—En realidad solo quería verte en el corazón de la Camorra napolitana. —Le sonreí en cuanto se colocó a mi lado—. Si por algo es conocida esta ciudad, además de la pizza, el hambre y la mafia, se lo debemos a este lugar. Un poco de turismo no viene mal, ¿no crees?

—Qué sarcástico.

Lo miré. Ataviado con su gruesa gabardina negra, podía ver algo de Marco en él. Sin embargo, disponía de una aspereza que nunca hallé en el rostro de su hijo, por más despiadado que fuera.

—Me crie en este apartamento —me aventuré a contarle—. Bueno, no exactamente. Aquí vivía tía Carmela. Todo el mundo la llamaba así porque era muy querida, además de una gran cocinera. Tenía un carácter insoportable, se expresaba gritando y no hacía otra cosa que repartir collejas a todo el mundo.

Era bastante difícil quererla. Tenía la elocuencia de un pedrusco y la capacidad emocional de una cucaracha. Pero eso la hacía especial a su modo. Ella fue quien implantó la costumbre de comer puchero o migas el primer domingo de cada mes. Recuerdo que, después de misa, todos los patios de las Velas se llenaban de mesas y sillas y comida y música, y allí nos reunía a todos porque sí, porque la gentuza también podía gozar de un poco de diversión sana. Aquellas eran las únicas ocasiones en que los más canallas parecían albergar una pizca de bondad. Quizá porque Carmela tenía esa habilidad para transformar la miseria en algo amable.

—Lo cierto es que recuerdo este lugar con cariño —continué—. Tía Carmela me dejaba quedarme aquí cuando la cosa se ponía muy fea en mi casa.

Estábamos en su hogar, el mismo que ahora lucía algo más decadente de lo que ella lo tenía.

—Y supongo que murió igual que todos los demás —resopló Massimo.

—Así es. La acribillaron a tiros. Justo ahí. —Señalé la esquina del edificio colindante—. Si te acercas, es posible que todavía queden señales. —No podía creer que estuviera contándolo con tanto cinismo—. Fueron unos tipos de Ponticelli. Aparecieron en tres escúteres y vaciaron los cargadores de sus fusiles en su pecho. Lo vi todo. Estaba aquí mismo, en esta terraza. Ella venía de la compra y fui testigo del momento exacto en el que se le escapó de las manos el carrito. Los alimentos se desperdigaron por el suelo, y más tarde, con el cadáver todavía fresco, se acercaron las ratas a robarle todo lo que fuera de valor.

Massimo chasqueó la lengua.

—Típico de Nápoles.

—¿A que sí? —Sonreí.

—¿Cuál fue su error?

—Esconder a unos jóvenes, los Baby Gangs, que se habían puesto a vender en el territorio equivocado pensando que eso de ser camorrista era guay y les haría ganar seguidores en las redes sociales.

No tenían más de catorce años, todavía no entendían los peligros a los que se exponían y estaban en esa época en la que se creían capaces de cualquier cosa, que nada les pasaría factura. La muerte les llegó —los colgaron del puente—, pero antes visitó a Carmela.

—Por entonces no creí que terminaría convirtiéndome en uno de ellos. No he cumplido la veintena y, sin embargo, ya ostento el rango de mayor nivel.

Le di la espalda a la panorámica y me apoyé en la baranda desconcertado con la aburrida sobriedad con la que Massimo me había escuchado.

—Eso es lo más desconcertante de la mafia napolitana —dijo arrastrando ese toque de insensibilidad habitual en él—. La Camorra tiene una estructura anárquica, no responde a nadie. Hoy puedes ser el jefe y mañana puedes morir a manos de un crío. Como tu padre.

Apreté los dientes. Me convertía en un hijo de puta admitir que no lo lamentaba. Pero no estaba de acuerdo con las motivaciones. En otras circunstancias, ni siquiera me habría atrevido a acercarme a mi padre.

—Porque tú me has obligado —gruñí.

—Te facilité una de tus mayores ambiciones, aquella que jamás te habrías arriesgado a cumplir por falta de agallas y mucha compasión. —Se explicó mientras se movía con el poderío de quien estaba en su territorio—. Crees en la bondad del ser humano, en que hay un motivo oculto que justifique la maldad, pero no quieres ver que esa maldad puede existir porque sí. Y quien la padece no tiene por qué considerarlo algo negativo.

Torcí el gesto.

—Es muy elocuente por tu parte que hayas viajado hasta el corazón de la miseria para darme semejante lección.

—Espero que te sirva. Porque la bondad baja la guardia y, sin guardia, ¿cómo esperas mantenerte vivo el tiempo que te necesito?

Tuve un escalofrío y casi de inmediato caí preso de aquella mirada incisiva. El silencio asentándose entre los dos, una fría brisa que nos rodeó en un abrazo siniestro y el sol insistiendo sobre nosotros, procurándome una perspectiva perfecta de cada ángulo del rostro de aquel hombre.

No se me escapó ni un solo detalle. Ni siquiera la sutil sonrisa jactanciosa que me ofreció, como queriendo decir que la escapatoria empezaba y terminaba en sus manos.

Razón no le faltaba, pero me tomé un instante para evaluar si todavía podía mantener la entereza. Y se hizo añicos en cuanto Massimo volvió a hablar.

—¿Has disfrutado con mi hijo? —dijo bajito, con voz ronca.

Tragué saliva.

La parte más obstinada de mí se preguntó si todavía tenía una oportunidad de proteger a Marco. Y hallé la respuesta en la forma en que mi pulso se aceleró al pensar en la posibilidad de poner su vida en riesgo. Por la actitud de su padre, debía temer cualquier cosa.

—Solo hemos hablado —mentí.

Massimo alzó las cejas, incrédulo.

—No es lo que me han contado.

—¿Así que le has pedido a uno de tus hombres que nos espíe?

Creí que si era insolente se notaría menos lo aterrorizado que estaba.

—Bueno, digamos que quería una prueba contundente de vuestra deslealtad y me la has ofrecido en bandeja.

Apreté los dientes y los puños. Sentí el cuerpo rígido, los pies clavados en el suelo, negándome la lejana alternativa de echar a correr con todas mis fuerzas y buscar la manera de llegar a los brazos de Marco.

«Dame una señal», me había dicho, y yo lo había esquivado pensando que era la mejor forma de protegerlo. Quizá había perdido la ocasión de confesarle que el mayor peligro al que se exponía era su propio padre.

—Tu hijo no tiene la culpa —rezongué—. Soy yo quien lo ha empujado a una situación que aborrece.

Massimo entornó los ojos.

—¿Lo proteges? ¿Temes que le castigue a él también?

—¿Lo harás? —Alcé el mentón.

Más silencio. No supe si Massimo pretendía que me asfixiara en mi propia incertidumbre o estaba permitiéndome escoger la siguiente jugada. Me adelanté antes de que fuera demasiado tarde.

—He convocado a los Confederados para una reunión de emergencia.

—Bien. —Sonrió—. Buen trabajo.

—Debes darme opciones. No puedo aparecer ante ellos sin más.

Por mucho que los convenciera de mi postura en la alianza con el Marsaskala, eso no los satisfaría porque seguirían en una situación vulnerable contra Saveria Sacristano ahora que el cargamento estaba su poder.

—¿Temes que te maten? —ironizó—. Es así como funciona, ¿no? Matas y te conviertes en el rey hasta que otro quiera hacer lo mismo. Y después otra vez. Y otra.

—Cómo funcione debería importarte un carajo, siempre y cuando garantices que funcione. Al fin y al cabo, es eso lo que buscas, ¿no?

—Oh, sí. Claro que sí.

Asintió con la cabeza y echó un vistazo rápido al entorno adoptando una mueca de rechazo.

—Tengo entendido que suelen reunirse en las dependencias de la iglesia de Girolamini, ¿cierto? —comentó.

Me aturdió que supiera semejante dato. El paradero de las reuniones de los Confederados era algo secreto. Nadie, excepto los implicados, sabía dónde encontrarlos.

—Cuando llegues allí —prosiguió impasible—, solo tendrás que dejarlos hablar. No vas a negociar nada, pequeño. Tan solo eres la imagen del capo de Secondigliano. El verdadero gestor soy yo. Así que ahora vete a tu roñosa mansión de la periferia y deja que los lobos salgan a cazar. Recibirás instrucciones.

Se encaminó hacia las escaleras y me dejó allí con el corazón en la garganta, pensando si todavía estaba a tiempo de avisar a Marco, ahora que intuía las pocas horas que me quedaban de vida.

10

REGINA

Una carretera vacía. Eso era todo lo que podía ver. La maldita carretera por la que Marco había desaparecido y que me devolvía un vistazo vacío y desolador.

Sentada en el suelo, con las piernas encogidas y los brazos cruzados sobre las rodillas, pensé que aquello era mejor que volver a enfrentarme al abismo que eran los ojos de Jimmy Canetti. Aunque la espera por ver aparecer un vehículo fuera igual de mortificante. Al menos de ese modo no me creería tan inmoral.

Aquel paisaje rural salpicado por el sol y una fría brisa con aroma a lluvia logró que solo pudiera centrarme en la hiriente tristeza que trae consigo la nostalgia. Esa condenada emoción ligada a los recuerdos de personas que ya no estaban. Me provocaba un dolor insoportable en el pecho y enfatizaba la ausencia, ya no solo de aquellos que me habían dejado, sino también de los que estaban y corrían peligro.

El miedo y la incertidumbre arremetían. No me harían llorar, eso apenas lo había conseguido, pese a las ganas. Estaba convencida de que, si caía en ese agujero, sería muy difícil salir. Así que me aferré a todo lo que me vulneraba como castigo porque, de lo contrario, no podría seguir ignorando que detrás de mí, dentro de aquella vieja casa, se encontraba el hombre que podía arrancarme el dolor con sus afiladas garras.

Era muy descorazonador saber que ese cazador ejercía semejante influencia sobre mí. Y me sentí una traidora por estar pensando en huir del dolor cuando apenas había empezado a devorarme. Era injusto ansiar correr a buscar alivio en los brazos de un mercenario.

Oí unos pasos que se acercaban. Levanté la vista y dejé que me invadiera ese analgésico placer que siempre me proporcionaba la cercanía de Atti.

Había tardado en venir a buscarme. Sabía que el mejor consuelo que podía darme en un momento como ese era silencio y soledad, y si algo se le daba bien a Attilio era complacerme. Pero fui yo quien le pidió que no me dejara caer, y era precisamente lo que estaba sucediendo.

Tomó asiento a mi lado, en el suelo.

—Acabas de despertarme tan malos recuerdos... —suspiró apoyando la cabeza en la carrocería de aquel coche en el que podría haber escapado de no haber sido por Jimmy—. Esos días en los que te negabas a entrar en casa...

—Ya no soy esa niña sombría —espeté mirando al frente porque entendí que Atti buscaría mis ojos y daría con esa verdad que nunca le conté, la misma que vivía entre los dos en forma de sospecha junto con otras que no lo eran tanto.

No quería sentir de nuevo los estragos de lo que pasó, de cómo fue mi infancia, de todas las cosas que deseé en silencio mientras observaba el pomo de la puerta de mi habitación cuando caía la noche.

—La estoy viendo ahora mismo —me aseguró—. En realidad, nunca dejaste de serlo, tan solo te dieron las herramientas necesarias para crearte una coraza. Eres una gran actriz, pero no te funciona conmigo.

Apreté los dientes, se me empañó la vista y noté que el nudo en mi pecho se hacía más fuerte.

—Por eso te quedas a mi lado —solté frustrada—. Porque te compadeces de todas mis cicatrices.

Esa vez sí lo miré con la esperanza de encontrar una confirmación, pero Atti me ofreció lo contrario y le importó un carajo lanzarse en mi busca por ese pozo de recuerdos de aquellos días en los que yo era una maldita cría que reclamaba a su madre y se escondía de los brazos de su padre sin un porqué.

—Creo que todo empezó la primera vez que te escapaste —expuso—. Tenías unos nueve o diez años, no me acuerdo muy bien. Llegué a tu casa para incorporarme al puñetero turno de noche, ese que solo encomendaban a los novatos. Todo el mundo estaba desquiciado intentando dar contigo. Eras tan pequeña que podías esconderte en cualquier parte, te mimetizabas con el entorno.

Porque había aprendido que pasar desapercibida me ahorraba situaciones incómodas, y mi terapeuta todavía no me había enseñado a normalizar lo que no era normal. Era la etapa más confusa de mi vida, la que habitaba en mi memoria como si fuera un terrible imaginario.

Se me culpó de ser demasiado fantasiosa, de temer lo que no debía ser temido, de confundir la aberración con el afecto. Y con el tiempo me lo creí tanto que, si mi padre o mi tío sugerían que me sentara en su regazo, lo hacía porque se suponía que era hermoso.

La verdad se convirtió en un rastro difuso que a veces identificaba porque en realidad era demasiado insolente. Y otras lo ignoraba porque la existencia de Camila me parecía más importante que la mía.

—Me sonreíste al verme entre los arbustos —comenté.

Tenía esa imagen tan nítida... Attilio apareció ante mí tan hermoso que cualquiera habría olvidado la violenta reputación que se había granjeado durante su adolescencia.

—Porque me pareciste preciosa —confesó—. Y cuando me dejaste cogerte en brazos sentí algo, una especie de magnetismo. Al mirarte, yo no veía a la niña por la que todos suspiraban, sino a la que quería proteger con todas mis fuerzas. —Cogí aire perdida en sus acogedoras pupilas—. Podría seguirte hasta las mismísimas puertas del infierno si hiciera falta, Regina. No es compasión. Es afinidad. Es afecto. Y lealtad.

Me mordí el labio. Las palabras de Atti se me clavaron en el pecho. Caer podría haber sido peor sin él.

No quería mostrar más debilidad de la que ya sentía, pero me fue imposible contener algunas lágrimas. Las limpié frustrada con el reverso de la mano y desvié el rostro.

—Nunca lo he puesto en duda.

—Entonces no vuelvas a insinuar lo contrario, ¿de acuerdo? No sería el hombre que soy ahora de no haber sido por ti. Me habría convertido en algo que odio.

En un sicario al servicio de la Camorra, que, con el tiempo, terminaría acribillado a tiros en algún callejón de mala muerte. Al fin y al cabo, ese era el destino que perseguía incansable a los involucrados en ese pérfido estilo de vida. Se creían dioses hasta que dejaban de serlo.

—No te he salvado de servir a la mafia, Atti. —Mis palabras sonaron como un reproche contra mí.

—Pero no me has dejado olvidar los principios morales.

—¿Me ves a mí con principios? —ironicé.

No era peor que aquellos que escogían empuñar un arma. En cuanto alcancé edad suficiente, aprendí que respirar con normalidad era una cuestión de orgullo. Cuanto mayor fuera, más complicado lo tendría. Así que lo mejor que pude hacer fue dejarme de fantasías y caer en la trampa. El sexo libertino, las noches de alcohol y drogas, las juergas desenfrenadas. Entre el frenesí, la piel perlada de sudor y las sonrisas jactanciosas no había espacio para la angustia. Importaba un carajo lo mucho que lo detestara. Cuando sucumbía, los estragos de mi vida callaban. Era un venenoso alivio que me hizo egoísta.

No había principios en eso.

—Estás aquí sentada, mirando esa carretera, a la espera de ver aparecer a Marco. Te casaste con él para proteger a tu familia, a costa de ti misma. Y estás dispuesta a cualquier cosa que con tal de proteger a tu gente. Si eso no es honor, tenemos un problema —sentenció Atti.

Contemplé la casa. Ignoré por qué tuve la incómoda sensación que me sobrevino al imaginarme volviendo a entrar en su interior.

—¿Te fías de él? —pregunté.

Atti ni siquiera necesitó que mencionara el nombre del mercenario.

—Me fío de Marco. —Y eso ya era mucho más de lo que podía esperar.

—Por eso no has intervenido antes.

Cogió aire y frunció los labios.

—Aunque me cueste reconocerlo, estaba de acuerdo. Yo tampoco te habría dejado ir.

Le dediqué una sonrisa triste.

—Habrías empleado otros métodos.

—Quizá no. Eres demasiado impetuosa cuando te lo propones.

Acercó su mano a mi frente y me apartó el flequillo. La caricia fue tan delicada que no pude evitar cerrar los ojos y disfrutar de su contacto.

—Entra conmigo —susurró—. Estás helada.

—De acuerdo.

Con Atti abriéndome paso hacia la casa, entrar ya no me parecía tan mezquino. Tal vez porque me había dado la oportunidad de enfrentarme a Jimmy como el hombre en que Marco confiaba y no como la insultante oportunidad de olvidarlo todo en sus garras.

No podía mentirme, esa coyuntura existía. Estaba ahí, hormigueando en la punta de mis dedos, insistente desde que me había topado con él en las escaleras y sus manos escogieron desvelarme cuán ardientes podrían ser sobre mi piel. Pero ahora compartía espacio en mis entrañas junto a la certeza de saber que Atti había convertido a Marco en una persona digna de atesorar. Lo que significaba que la silenciosa devoción que sentía por mi esposo era aún más confortable si cabía.

Attilio Verni no confiaba en la gente, no creaba lazos de afecto con nadie. Tenía miles de amigos y a ninguno lo consideraba como tal, solo fingía cierta unión porque entendía que en un futuro, tal vez, esa relación podía proporcionarle algún beneficio. Lo disimulaba bien. La gente lo calificaba de hombre reservado, estricto y callado. Todo un misterio. Pero el Atti que yo conocía era amable, irónico, protector y leal, cualidades que solo me había mostrado a mí y que no creí que extendería a nadie más.

Que Marco se hubiera convertido en alguien en quien confiar y creer revelaba mucho de los sentimientos que Atti había encontrado en Porto Rotondo. Que quisiera atesorarlos me enorgullecía hasta el punto de llevarme a lamentar un poco más la muerte de mi hermana.

Al cruzar el vestíbulo tuve un escalofrío. Seguía los pasos de Atti, concentrada en sus fuertes hombros, como si eso fuera a librarme de buscar al mercenario. Pensé que sería una suerte no encontrarlo, que mis instintos me dejarían coger aire y prepararme para enfrentarme de nuevo a él. Así tendría tiempo de calentarme junto a la chimenea, quizá comer algo y pensar cómo asimilar todo lo que me estaba pasando antes de que volviera a aparecer ante mí.

Sin embargo, allí estaba, en medio del salón, con una expresión adusta en el rostro y la mirada perdida en sus pensamientos. Tenía el móvil pegado a la oreja, y me asombró el suspiro que soltó. Le llenó los pulmones, hinchó sus hombros, para después desinflarse de un modo que desveló inquietud.

Era extraño que un tipo como él, tan aparentemente salvaje y decisivo, con una templanza tan implacable, delatara cierta preocupación. Fuera quien fuese su interlocutor, lo que dijo no fue agradable para el mercenario.

De pronto, como si supiera dónde mirar, como si necesitara de ese gesto, sus ojos se clavaron en los míos con rotundidad. Sus labios se fruncieron antes de humedecerlos con la punta de la lengua. Todo en ese hombre era altamente seductor, cualquier gesto, cualquier mirada, pero en esa ocasión, además, resultó inquietante. Y ese maldito silencio que se instaló entre los dos, solo interrumpido por el cambio brusco de mi aliento y el crepitar de las llamas, me dijo que estaba lista para soportar un poco más de tensión. Porque entendí que era Marco quien le había llamado en cuanto colgó.

Se me cerró la garganta. La posibilidad de que Berardi estuviera en peligro me puso la piel de gallina. Instintivamente busqué la mano de Atti y me enrosqué en sus dedos, notando la desesperada sensación de peligro cerniéndose sobre mí.

Tendía a autoflagelarme cuando sentía un miedo voraz. Solía acusarme y castigarme con una facilidad abrumadora. Todo era culpa mía, todo podría haberse evitado de no haber sido por mi mera e insoportable existencia. Papá nunca había dejado de mencionarlo, que cualquiera que osara acercarse a mí sufriría las consecuencias, como si yo fuera una especie de maldición que empujaba a la gente a padecer o a convertirse en un monstruo. Prueba de ello fueron mi madre o mi tío, a quien incluso tuve que pedir perdón cuando era una cría por desear huir de él siempre que aparecía.

Y con el tiempo creí que esa inclinación era un castigo inconsciente que yo me proporcionaba para recordarme que fallaba en mi comportamiento, que yo era el error. Unas veces me importaba un carajo. Otras, me hería.

En esa ocasión me facilitó imaginar cómo sería haber recuperado a Marco después de la emboscada en el cementerio para después perderlo en las salvajes tierras de Secondigliano solo porque yo le había incitado a amar.

Tragué saliva, me costaba respirar. Refugiada en aquella mirada diamantina de verde y ámbar sentí una vez más que podía caer, pero que no lo haría sola.

Jimmy Canetti no me dejaría, aunque no entendiera el maldito porqué.

Le supliqué en silencio.

«Di algo, por favor. Lo que sea, cualquier cosa, por grave que sea».

No lo entendería, a veces ni yo lo hacía. Pero Jimmy pestañeó con suavidad. Fue un gesto extrañamente amable, con un toque de afecto que no comprendí.

—Lo tiene todo controlado —dijo con voz ronca. Y yo le creí.

Cerré los ojos, apreté la mano de Atti y liberé el aliento contenido al tiempo que apreciaba la debilidad de mis rodillas. Hincarlas en el suelo no me pareció una mala idea. Pero me perdí más en la desconcertante sensación de saber que, si ese cazador estaba cerca, Marco jamás sufriría.

Tuviera o no sentido me aferré a esa posibilidad y la hice mía. Más tarde, me culparía por haber consentido que mis instintos convirtieran a ese maldito hombre en un honrado guardián cuando, en realidad, era lo contrario. Todo lo contrario.

Ahora que el miedo me dejaba respirar, a pesar de que mi pulso seguía disparado, pude reparar en los detalles. Que Marco tuviera la situación controlada era una clara señal de que existía algo por lo que preocuparse. De lo contrario, Jimmy no habría mostrado una reacción tan meditabunda. Lo que me hizo intuir que tal vez el Berardi se proponía algo lo bastante drástico como para verse en la obligación de avisar al mercenario.

Entonces Jimmy reaccionó. Nos esquivó a Atti y a mí y se adentró en el pasillo que había debajo de las escaleras. Sus pasos retumbaron contundentes, se expandieron como un eco amenazante antes de cruzar unas puertas que dejó abiertas de par en par. Me fijé en la luz que asomó a través de ellas, aquellos espléndidos rayos de sol que iluminaron un pasillo lúgubre.

Noté la urgencia de seguirle latiéndome en la boca del estómago y enseguida obedecí, sin saber lo que me deparaba el interior de aquella habitación.

Era una sala enorme, de altas paredes encaladas con visibles grietas, suelo de azulejos de piedra y un techo que desvelaba unas vigas de madera gastada. Los grandes ventanales con postigos abiertos permitían que la claridad del día resaltara en el encalado, logrando así un brillo blanquecino casi cegador.

A simple vista, aquel espacio guardaba perfecta sintonía con la notable decadencia del resto de la casa. Pero tenía una particularidad: estaba repleto de mesas de gruesa madera oscura y material informático de última generación. Media docena de pantallas repartidas, y sus diversas fuentes de alimentación y demás aparatos electrónicos, al alcance del hombre que se había sentado en una de las butacas con ruedas junto al extenso mapa de Nápoles. Lo había colgado de una enorme pizarra de cristal portátil y salpicado de apuntes, además de pequeñas fotografías que mostraban el rostro de los capos de cada zona y algunos de sus movimientos.

Me detuve en el umbral y fruncí el ceño, aturdida, intentando comprender qué significaba todo aquello. No estaba segura de que un grupo de mercenarios tuviera semejante capacidad. Por un lado, era lógico: debían garantizar que sus servicios fueran excelentes para neutralizar a la competencia —si es que la había— y así seguir generando ganancias. Al fin y al cabo, eso era lo único que les importaba. Pero, por otro, asombraba que dispusieran de tanta información y la trataran como si aquello fuera un departamento de investigación policial.

Además, no hallé sentido a que Jimmy y sus hombres estuvieran involucrados en saber cuáles eran los asuntos de la mafia napolitana.

Vacilante, me acerqué a la pizarra atraída por lo que guardaba aquel mapa. Sobre el barrio de Posillipo había cuatro fotografías de tipo carné pegadas con un pequeño imán. El rostro de mi padre se intuía a la perfección bajo la equis roja que habían dibujado encima. La de mi tío Alberto, en cambio, lucía un interrogante en una de las esquinas. Y después estábamos Marco y yo, como la muestra de que, en ausencia de Vittorio Fabbri, ambos estábamos llamados a ser los capos del distrito.

Perpleja, indagué un poco más. Varias divisiones no disponían de la imagen de su cabecilla, pero se incluían notas sobre indicios. Pero en el caso de Secondigliano, Piero Cattaglia aparecía con la misma equis que mi padre junto a una nota adhesiva en la que se leía el nombre de mi amigo.

Gennaro Cattaglia.

Un escalofrío recorrió mi cuerpo. Se me empañó la vista, el labio comenzó a temblarme y las ganas de llorar me tentaron de un modo insoportable. Pero no sucumbiría. En realidad, no podía. Algo de mí no se atrevía.

—Battista, inicia el protocolo de evacuación de Porto Rotondo y avisa a Maggiore de una reyerta en Scampia. Debemos estar preparados para una posible intervención especializada.

La voz de Jimmy me atravesó como una estaca. Por su severa firmeza, pero también por las palabras que había pronunciado. Evacuar significaba que volvíamos a casa. Reyerta anunciaba que Marco iba a lanzarse por un precipicio, no sin antes haberse asegurado de poner a los suyos a salvo. Y su gesto me provocó un ligero ramalazo de indignación. Ese miserable estirado sin empatía ponía muy difícil la tarea de odiarlo por haber escogido ser impulsivo en un momento como ese. Pero lejos de sentir la tentación de enfadarme con él por arriesgar su vida, pensé en Gennaro y en el orgullo que me produjo saber que esa noche dormiría en su verdadero hogar. Porque su hombre, ese que no se creía alguien honorable, estaba dispuesto al caos con tal de hacerlo posible.

Las ruedas de la butaca crujieron cuando el subordinado del Canetti se lanzó hacia otra de las mesas. Apoyó los dedos sobre el teclado y comenzó a moverlos a una velocidad imposible. Desde aquella perspectiva alcancé a verle el rostro y pude analizarlo con mayor claridad. Aun estando sentado, deduje que era alto. Tenía un torso largo y curvado y unas piernas infinitas. Era delgado y desgarbado, se le marcaban los nudillos y los huesos de la columna a través de la camisa blanca que llevaba. Rostro pueril y pálido, de ojos castaños como su cabello, resaltado por las bonitas gafas de pasta negra que favorecían la elegante curva de su mandíbula. No parecía tener más de veinticinco años y mucho menos ser la clase de hombre que trabajaba para un mercenario. Más bien recordaba a un bibliotecario tímido y asocial.

Observé que su concentración le llevaba a morderse la mejilla y hacer botar la pierna. También tenía un tic que le hacía pestañear con fuerza cada pocos minutos. Habría resultado gracioso de no ser porque ese chico respondía al cazador que le doblaba en corpulencia y llenaba la sala con su feroz presencia.

—¿Cambio la ubicación del aeródromo? —preguntó Battista—. Con una reyerta de por medio, llegar a Coroglio les llevará más de media hora.

Me tensé y cerré los puños.

—¿Cuáles tenemos disponibles? —preguntó Jimmy.

—San Pietro es el más cercano.

—Adelante, e informa a Matessi, Kai y Nasser. —Reconocí esos nombres, él mismo los había mencionado tras la carrera de Marco—. Que se preparen para intervenir.

Le dio un toquecito en el hombro y Battista se puso a trabajar tan rápido como un rayo mientras su superior apoyaba las manos en la mesa de al lado tras haber marcado un número. Al instante, la voz robusta de una mujer resonó en toda la sala.

—Aquí Torino, jefe —dijo.

—Prepara una evacuación del hospital Maresca, en Torre de Greco, y cambia la zona de despegue a San Pietro. Recibirás los permisos de vuelo de inmediato.

No podía apartar los ojos de él. Yo ya sabía lo peligroso que era estar cerca de Jimmy Canetti, lo había experimentado en el pasado y me había perseguido hasta entonces. Pero aquello no tenía nada que ver con el peso de su boca contra la mía ni tampoco con las palabras que a veces me atrevía a anotar en un papel. Ni siquiera con esas insoportables ganas de tocarlo. Verlo hablar con esa contundencia, estar tan seguro de lo que hacía y cómo debía hacerlo, sin abandonar su poderosa masculinidad, me pareció tan inquietante como apasionante.

—¿Cuántos hombres en total? —indagó la mujer.

—Seis. Dos heridos. Ciani está con ellos.

—¿Destino?

—Porto Rotondo.

Me estremecí cuando clavó sus ojos en los míos. Solo fue un instante. Uno muy breve.

—Entendido. Corto.

La mujer terminó la llamada y Jimmy se lanzó a coger una chaqueta que colgaba del respaldo de una de las butacas. Se la puso y, a continuación, tomó el arma que había sobre la mesa para ocultarla en su espalda.

—Listo, jefe —anunció Battista.

—Nos vamos —nos ordenó él, y se encaminó hacia la puerta.

Me interpuse y el aliento se me atascó en la garganta al percibir la poca distancia que nos separaba. Jimmy me observó como si estuviera a punto de saltar sobre mí, con esas dichosas y confusas ganas de hacerlo jugando en sus ojos.

—¿Puedes garantizarme que Marco llegará a ese aeródromo al que vamos? —pregunté casi afónica.

Miró mi boca.

—Ten por seguro que sí —respondió.

El placer que me causaron esas palabras me hizo inclinar la cabeza hacia atrás y disfrutar de la sensación del aire entrando en mis pulmones.

Jimmy tocó mi hombro con el suyo al esquivarme para reanudar su marcha. Supo que Atti y yo le seguiríamos. Pero me quedé un poco rezagada al ver que Battista no se movía de su asiento, centrado aún en la pantalla.

—¿Él se queda? —pregunté saliendo a trote de la casa.

—Le necesito aquí —dijo Jimmy, y abrió el coche para tomar asiento frente al volante.

Atti ocupó el lugar junto a él y yo salté al interior con el pulso atronándome en los oídos.

—¿Debo estar preparado para un ataque? —preguntó mi compañero.

—No. Hoy no.

Debía evitar recaer en lo que escondían aquellas palabras, así que miré la casa una vez más antes de cerrar los ojos al tiempo que el vehículo ganaba velocidad.

11

MARCO

La voz de Jimmy se convirtió en una especie de narcótico que templó mis terminaciones nerviosas. No me inquietaba lo que tenía en mente hacer, sino la cadena de consecuencias y a quiénes podía perjudicar. Lo último que necesitaba era poner en peligro a unos para salvar a otros. Iba en mi naturaleza tenerlo todo controlado, o al menos suponerlo.

Jimmy no se negó a nada. Ni siquiera me insinuó que estaba al borde de cometer una extraordinaria estupidez, que no merecía la pena enfrentarse con uno de los distritos más violentos de Nápoles solo porque se me había antojado meter en mi cama a su nuevo regente. Supo ver que había mucho más tras mis motivaciones, una especie de hermandad conmigo mismo, la predisposición a aceptar lo que sea que mis instintos deseasen por primera vez en mi maldita vida. Y supongo que a Canetti se le antojaba interesante ver hasta dónde podía llegar.

Más allá del resultado que tuviera, valía la pena intentarlo. Y si había perdido la cabeza, Jimmy la perdería conmigo.

Digamos que él era la parte más física del asunto, la que convertía el ataque en una extensión de su propio cuerpo. Yo, en cambio, estaba más acostumbrado a la acción en su versión organizadora. Sabía dar las órdenes ganadoras. Pero estar en el terreno era bastante más distinto y necesitaba saber si mis impulsos me dejarían actuar con la frialdad que merecía la situación.

No estaba obligado a pedir permiso. No le debía a Jimmy una

explicación de lo que sea que a mí me apeteciese. Pero quise asegurarme de saber que contaba con él.

Sus silencios cortantes no me contradijeron. Imagino que me creyó capaz de cualquier cosa, con un coraje devorador hirviéndome en las venas. Al hablarnos en esa ocasión no percibí jerarquías entre nosotros, sino más bien el tipo de comunicación que existe entre dos personas que se entienden y respetan, a pesar de las circunstancias. Que quizá compartan algo más que intereses. Y recordé el instante en que le ofrecí retribución por sus nuevos servicios. Rompió el papel donde debería haber escrito la cifra que él considerase. Solo la lealtad más pura suscitaba reacciones de ese tipo. No obstante, no quería caer en la trampa de creer que Jimmy me sería leal —los mercenarios únicamente respondían al dinero—, pero lo pareció.

Así que entonces supe que mis decisiones no salpicarían a Regina. Vi que, si todo se iba al traste, ella tendría una oportunidad. Quizá la vida, después de que su alma me perdonase por mis errores, le daría la opción de encontrar a ese hombre que habitaba en sus escritos, el cazador que no había dudado en colarse bajo su piel y hundirse en sus brazos.

—Si algo sale mal —dije con la garganta dolorida—, dile a Regina que la he querido tanto o más de lo que quise a Ana, ella sabrá a qué me refiero. Dile también que fue la mujer de mi vida y que no me arrepiento de un solo instante a su lado. Ni uno solo.

Jimmy me colgó. Ni siquiera me dio la oportunidad de saber que me había escuchado. Colgó y me dejó con el teléfono todavía pegado a la oreja, maldiciendo que mi frialdad no me permitiera dudar. Habría sido mucho más amable sentir un poco de respeto por la lluvia de balas que estaba por llegar y el caos que estallaría en consecuencia.

Sin embargo, era Marco Berardi y, aunque el tiempo con Regina me hubiera regalado la oportunidad de saber lo que era albergar sentimientos, jamás dejaría de ser el canalla despiadado que a veces se odiaba a sí mismo por ello.

Vi a Gennaro salir del edificio. Se detuvo un instante a mirar a los esbirros que lo esperaban junto al coche en el que había ido.

Caronte se fumaba un cigarrillo desde su asiento frente al volante, otro de los tipos —ni siquiera recordaba su nombre— hacía exactamente lo mismo en pie, apoyado en la carrocería. Hablaban mientras el tercero esperaba observando el entorno con las manos metidas en los bolsillos.

Era la oportunidad perfecta. Doce metros aproximadamente separaban a Gennaro del coche y de esos tipos. Solo tenía que acelerar e interponerme.

«No intervengas en la acción. Solo huye como si fueras un puto cobarde. Mis hombres se encargarán de la cobertura». Fue lo único que me pidió Jimmy.

Eso haría.

Presioné el acelerador con fuerza y dejé que mi coche saliera embalado hacia delante. El factor sorpresa haría lo demás. O eso cabía esperar.

El primero en reaccionar fue el tipo que hablaba con Caronte. Se enderezó de inmediato, lanzó el cigarrillo al suelo y echó mano de su arma para apuntarme de frente. Me reconoció y, aun así, no le tembló el dedo que había apoyado en el gatillo. Dispararía porque le resultaba muy tentador fardar de ser el verdugo de un general. A pesar de la distancia, que se reducía a toda velocidad, vislumbré el despreciable brillo de sus pupilas azules. Había recibido órdenes. Las cumpliría con orgullo y valentía, y también con un poco de placer. Lo que me corroboró que las pretensiones de mi padre prevalecían incluso por encima de mi seguridad.

Disparó. La bala atravesó la distancia e impactó en el borde de la luna. El cristal se quebró. Unas enmarañadas grietas lo atravesaron en la parte derecha. No me impedía ver y seguir avanzando. Pero el tipo volvería a intentarlo, claro que sí.

Evité caer en la tentación de acelerar un poco más. Todavía no. La frenada debía ser precisa y rápida. El tiempo del que disponía menguaba a cada centímetro que avanzaba. Pronto Caronte dejaría su asiento y se uniría a su compañero. Pronto el tercero intervendría también. Pensarían a la vez que la mejor forma de bloquearme sería disparar a las ruedas, y en esa circunstancia me vería en la obligación de abandonar el coche y abrir fuego. Y, aunque no me faltaban valor y destreza, ese no era el puto objetivo.

Vi a Gennaro retroceder. Maldita sea. Arremetí. Los disparos insistieron. Caronte ya había recurrido a su arma. El cigarro colgaba de sus labios. Percibí una arrogancia muy irritante en él. Creía sinceramente que yo era un estúpido gilipollas al atreverme siquiera a imaginar que tendría una oportunidad. No albergó la posibilidad de que el imbécil fuera él.

Hasta que clavé el pie en el pedal del freno y consentí que el morro de mi coche embistiera a su compañero. El golpe fue tal que lo lanzó varios metros hacia atrás para arrojarlo con violencia contra el suelo. El crujido que provocó su cuerpo por el impacto se entremezcló con el grito ahogado que soltó Gennaro. Pero no me molesté en analizar su reacción.

Abrí mi puerta, agarré al joven del pecho y lo empujé hacia mí desprovisto de delicadezas. El gesto fue severo, desesperado, tosco. Me importó un carajo que Gennaro tuviera que contorsionarse para evitar golpearse la cabeza. Sus reflejos sabrían bien cómo lanzarse sobre mí. Y yo, al sentir su peso sobre mis piernas, tuve un escalofrío. Era el peor momento para reparar en el placer que había sentido al tocarlo y la poderosa satisfacción que me invadió al recordar su orgasmo mezclado con el mío sobre la palma de mi mano.

Era el peor momento porque odiaba que algo así hubiera sucedido entre los dos. Odiaba las causas que lo habían provocado y las reacciones que se desencadenaron. Y lo odiaba a él porque me había mirado y no se había contenido de ratificar sus malditas palabras.

«Te quiero», me había dicho, y yo pensé entonces que la reciprocidad era poderosamente molesta. Pero existía y me empujó contra él como si fuera una ola desbocada que se estrella contra las rocas. Como lo estaba haciendo en ese preciso momento, en que me vi capaz de cualquier masacre para arrancarlo de ese miserable mundo en el que había nacido. Porque estaba dispuesto a perderlo, a que me detestara, pero por los motivos adecuados y no porque ninguno de los dos no tuviera elección, joder.

En el fragor de la situación, a pesar de que sus ojos buscaron los míos con cierta agonía y que los disparos comenzaron a llover a nuestro alrededor y sobre la carrocería de mi coche, impulsé a Gennaro hacia el asiento contiguo y aceleré sin esperar a que él consiguiera acomodarse.

Convertido en un embrollo de brazos y piernas y jadeos y reclamos sin sentido, Gennaro, al final, se compuso y apoyó los brazos en el salpicadero para mantenerse erguido en la maniobra de giro que practiqué. Levanté la grava, la luz del sol lo convirtió en una niebla de polvo dorado que nos cegó y atrapó por un instante. Las ruedas rugieron y el volante se bloqueó con mis manos enganchadas con tanta fuerza a él creí que terminaría desencajándolo. Después crujió. El coche se tambaleó al enderezarse y pude volver a tomar el control que me permitió lanzarnos hacia la carretera asfaltada y poner rumbo a la autovía.

Los hombres de Jimmy Canetti acababan de entrar en el juego, me darían esos minutos de ventaja que necesitaba.

Sonó entonces mi teléfono. No había modo de responder en ese momento, pero vi de reojo que se trataba de un mensaje. Pronto se unirían los refuerzos.

—Ábrelo y léelo —ordené áspero—. Ahora. —Él solo me observaba aturdido—. Gennaro.

Obedeció con dedos temblorosos, las mejillas encendidas y los ojos húmedos y dilatados.

—Aeródromo de San Pietro —leyó.

Si los cálculos no me fallaban, estábamos a solo quince minutos, diez como mucho, de ese lugar. Obviamente sin tener en cuenta el tráfico y la compañía que pronto atraeríamos. Así que lo único en lo que me centré fue en la carretera que se abría ante mí como si fuera un sendero de borrones y destellos.

—¿Qué has hecho? —jadeó Gennaro, y entonces gritó—: ¡¿Qué coño has hecho, Marco?!

—Dije que lo resolvería —gruñí entre dientes.

No me molesté en mirarlo, pero percibí a la perfección cómo me observaba él. Con rabia, rabia y más rabia. Quizá también con reproche y miedo. Pero la rabia no tenía control, fluía de él y se estrellaba contra mí con la misma virulencia que el granizo.

—¿Esto es lo que tú entiendes por resolver? —me recriminó.

—Es la única opción que me has dejado.

—Yo no te he pedido que me salves. ¡No necesitaba ser salvado! ¡No tienes ni idea de lo que has provocado!

—¡Me importan un carajo las represalias, ¿me oyes?! —Golpeé el volante para darle mayor énfasis a la rabia que él me había contagiado.

—Te importarán cuando se te echen encima, maldito arrogante de mierda.

Ignoré el temblor en su voz. La panorámica que me ofreció el retrovisor reveló un escenario demasiado cruento. Una docena de coches, varias motocicletas zigzagueando entre ellos. Los torsos de unos esbirros descolgándose por las ventanillas con fusiles entre las manos. Nos iban a destrozar, tal y como había previsto, solo que la suposición no albergaba una discusión con Gennaro en plena huida.

Eché un vistazo al arma. No serviría de nada, a pesar de los cargadores que sabía que había bajo el asiento de Gennà. Pero nos podría servir en caso de que alguno se acercara lo bastante.

—Cógela —dije, y él miró a sus pies, donde había caído el arma cuando lo empujé contra mí.

—No. —Fue tajante, pero detecté el miedo.

—El puto capo de Secondigliano no se negaría.

Pensé que la ironía lo estimularía.

—No sé disparar.

—Cualquiera sabe si tiene que sobrevivir. Cógela y dispara antes de que te maten a ti.

Las motos se acercaban. Teníamos una de ellas casi encima. El esbirro que iba de paquete se preparaba para atacar y lo haría por el flanco derecho porque sabía que Gennaro era más débil.

—Si no vas a responder como un Cattaglia, obedece al menos como un esclavo. No me he cobrado la deuda.

—Qué hijo de puta —masculló mirándome como si no me reconociera.

Una bala alcanzó la luna trasera, la hizo añicos y llenó el interior del coche de miles de cristales. El disparo hizo que diera un volantazo e invadiera la calzada y el carril contrario en mi empeño por enderezar la trayectoria. Tuve que serpentear para evitar estrellarnos contra un vehículo que terminó chocando contra la línea de árboles que flanqueaba aquella calle.

—¡Dispara! —grité.

Gennaro se lanzó a por el arma al tiempo que yo me veía obligado a atravesar el municipio de Mugnano por sus malditas calles de un solo sentido. Por suerte, no había tanto tránsito como el que cabría esperar de no haber cambiado de aeródromo. Así que me tomé la licencia de hacer lo que me saliera de las pelotas con las normas de tráfico.

Mientras tanto, Gennaro abrió la ventana, se asomó con la valentía de quien no teme morir y disparó con más habilidad de la imaginada por los dos. Alcanzó a su objetivo a la sexta descarga, justo en el pecho del piloto, quien cayó al suelo llevándose consigo a su compañero, y provocó que la moto que lo seguía de cerca también fuera derribada. Gennaro, en su aparente carencia de habilidad para matar, logró liquidar a cuatro tíos de una. Y volvió a acomodarse en el asiento, con el aliento precipitado y los dedos acalambrados.

—¿De cuántas balas dispone el cargador? —jadeó.

—Dieciséis —respondí esquivando varios vehículos.

La estrechez de las calles dificultaba cualquier maniobra, además de menguar la velocidad que tanto necesitábamos para escapar. Poco a poco, nuestros contrincantes se fueron acercando. Nos convertimos en un conjunto de acero y balas que no tenía escrúpulos con su entorno, que estaba acostumbrado a crear el caos allá donde fuera. Y ese hecho, a cada instante que pasaba, se convertía en una ratonera de la que no podríamos salir.

—Me quedan cuatro. ¿Tenemos recambios?

—Bajo tu asiento —le indiqué.

—Después de esto, no vuelvas a pedirme que coja un arma, ¿me has entendido?

—¿Acaso me estás incluyendo en tu futuro?

—No juegues con mis palabras, gilipollas.

Quise echarme a reír, aunque aquel maldito séquito de vehículos que nos seguía me recordase lo jodido que era huir de ellos. No supe por qué, quizá me hizo gracia que aquella fuera la primera vez que Gennaro dejaba a un lado quien era yo para él y me trataba como a un igual, un amigo, un cómplice. Pero la sutil alegría que aquello me provocó murió rápido.

Oí el rumor de un helicóptero. Se acercaba veloz. Miré al cielo. Allí estaba, sobre nosotros, con el rótulo de la Guardia di Finanza resaltando en uno de los frontales sobre un blanco que destellaba.

Sabía que para los guardias que había en su interior Gennà y yo éramos igual de culpables que el resto que nos seguía. Su presencia era demasiado problemática. Si nos atrapaban, los delitos que se nos imputarían nos llevarían de cabeza a prisión preventiva y, aunque yo ni siquiera fuera a pasar la noche en un mohoso calabozo de las dependencias policiales napolitanas gracias a la influencia de mi familia, las consecuencias de mis actos serían peores. Porque debería enfrentarme a mi tía. Y, aun así, todo aquello no podía importarme menos.

Pisé un poco más el acelerador. Esquivé obstáculos, Gennà disparó de nuevo. El piloto de aquella moto exhaló su último aliento de vida sobre el capó de mi coche y me dio igual terminar aplastando su cuerpo cuando resbaló hacia el suelo.

A lo lejos vislumbré campo abierto. Zona de cultivo. Ralentizaría la velocidad dado su terreno blando y lodoso, pero me daría opción para incorporarme a la carretera principal sin tener que serpentear por las calles estrechas. Acabábamos de abandonar Mugnano sin apenas darnos cuenta, y el municipio que ahora nos acogía era algo más angosto. Teníamos que salir de allí cuanto antes.

Entonces el helicóptero se situó frente a nosotros a varios pies de altura, la suficiente para ver que asomaba un tipo. Iba enmascarado y uniformado de tal modo que me pareció un soldado dispuesto a lanzarse al vacío para detenernos, incluso a costa de su propia vida. Cargaba con un fusible. Desde su posición, un disparo sería fatal, y me preparé para esquivarlo, aunque ello me llevara a tener que abandonar el vehículo y urgir a Gennaro a que me siguiera.

La alternativa estaba en colarnos en una casa y esperar a que todo pasara, quizá desistieran de buscarnos, y entonces reanudaríamos la marcha, aunque en el aeródromo de San Pietro ya no esperase nadie.

Sin embargo, el policía, contra todo pronóstico y borrando la posibilidad de que solo fuera una indicación para rogarme que parara antes de abrir fuego, señaló a mi izquierda con fervor.

Fruncí el ceño. La calle se abrió asombrosamente para descubrirme el desvío que iba hacia la carretera principal, aquella que conectaba con el aeródromo.

«¿Acaso me está ayudando?», pensé, pero no perdí el tiempo en especular.

Aceleré como alma que lleva el diablo, y el policía disparó.

Sí, disparó. Pero ni una sola bala nos alcanzó.

REGINA

Se respiraba un silencio atronador en el aeródromo. Ni siquiera se oía el trinar de los pájaros o el rumor lejano de algún tractor. Rodeado como estaba de campos de cultivo, debería al menos haberse intuido el murmullo de las labores de los campesinos o de la propia brisa agitando las cosechas.

Quizá el ruido existía y yo no podía percibirlo porque mis oídos se habían cerrado al exterior. Solo eran capaces de centrarse en el constante y torturador golpeteo de mi pulso, que creció al ver la preciosa silueta de aquel jet que me llevaría a casa.

«No sin Marco», rugieron mis instintos.

—Regina. —La voz de Jimmy Canetti me atravesó y el paisaje enseguida me reveló su resonancia como si hubiera despertado del embrujo de mi inquietud.

Se oía la naturaleza, las turbinas del jet, el roce de mi ropa agitada por la suave brisa fría que corría.

Tragué saliva y me recompuse para mirar al mercenario, aturdida pero también extasiada.

—¿Qué? —acerté a decir.

—Sube al avión.

Sus ojos recorrieron mi rostro. Me acariciaron como seda sobre piel desnuda, con la suavidad de un aliento cálido. Mi corazón tembló, como lo hicieron también mis hombros justo antes de que un escalofrío me atravesara la espalda.

«¿Siempre será así?», pensé perdida en sus pupilas, nerviosa con la idea de convivir con él a diario sin saber cómo podría controlar esas imperiosas ganas de ahogarme en su oscuridad.

—Sí... —respiré—, pero prefiero esperar a que llegue Marco.

Jimmy se me acercó.

—Cuando tu querido esposo aparezca, que lo hará, desearás haberme hecho caso. Sube —señaló la escalerilla con la barbilla—, no me gustaría repetirlo de nuevo.

Intentó intimidarme con el poderoso esplendor de su corpulencia, y en cierto modo lo consiguió, pero no supe cómo enviar la orden a mis pies.

Hasta que se oyeron los vehículos. Y el helicóptero.

Miré. La definida línea se dirigía hacia nosotros a toda velocidad, culebreando como si fuera una serpiente lista para soltar su veneno, mientras un helicóptero la sobrevolaba descargando una lluvia de disparos que resonaron en la distancia.

Tropecé con mis propios pies al inclinarme hacia delante. Jimmy me agarró a tiempo. Colocó las manos sobre mi cintura y me sostuvo con fuerza un instante antes de empujarme hacia Atti.

—¡Verni, al avión, ahora! —Le gritó la orden, y mi compañero no se opuso a ella.

Me vi impelida hacia el interior con brusquedad, tanta que apenas me dio tiempo a ver a los pilotos y mucho menos intuir que Jimmy echaría a correr hacia el hangar.

—¿Qué va a hacer, Atti? —pregunté un poco desesperada. Asustada.

Marco estaba ahí afuera. Suponía que Gennà también. No soportaba la idea de que pudiera pasarles algo. Quizá alguno de los dos había sido herido. Quizá, cuando estuvieran a salvo y rodeados por esa calma vacía, fruto de la resaca del caos, se descubrirían sus heridas y desfallecerían al cobijo de mis manos.

Los odiaría. Con todas mis fuerzas. No los perdonaría jamás, ni al que sobreviviera ni al que muriera. Porque me robarían algo hermoso, algo más.

—Ponte a cubierto —me dijo Atti echando mano de su arma antes de acercarse a la puerta.

Yo me agaché entre el hueco de los asientos. Las rodillas me flaquearon al intentar sentarme como era debido y terminé hincada en el suelo.

La mirada que adoptó Attilio se perdía en el desconcierto de lo que se aproximaba, valorando las opciones, concluyendo que no le quedaría otra que dar a los pilotos la orden de despegar si la situación terminaba por alcanzarnos. Supo que no había forma de hacerle frente, que no disponía ni de armas ni de munición ni de manos suficientes para enfrentarse a semejante huracán de lobos hambrientos. Y que salvarme a mí era lo más importante para él.

Salvarme a pesar de los reproches que seguramente yo le daría. Porque, para hacerlo, tendría encontrar el valor para no mirar atrás.

Los disparos incrementaban. Se convirtieron en estallidos ensordecedores que me empujaron a llevarme las manos a los oídos y encogerme en el rincón. Cada estruendo me provocaba un espasmo. Quise apretar los ojos, como estaba haciendo con los dientes para evitar que se me escaparan los gemidos de puro terror, pero hacerlo me habría invitado a imaginar con una precisión escalofriante.

Así que mantuve la vista fija y rogué. Hacerlo se me daba bien, aunque mis plegarias apenas hubieran sido escuchadas en el pasado. Rogué por que aquellos hombres llegaran a mis brazos, sanos y salvos.

De pronto, apareció Jimmy. Llevaba un arma enorme colgando del hombro. Le dijo algo a Atti, no oí qué. Fue extraño verlos mirarse con camaradería y mucho más descubrir a mi compañero sonreír con una satisfacción tan ladina.

El cazador hincó una rodilla en el suelo. Afianzó el arma en su hombro, encajó los dedos sobre el gatillo, guiñó un ojo y miró por la mirilla. Atti no le quitaba ojo de encima, estaba disfrutando. Su rostro todavía lucía esa sonrisa.

A mí me sucedió algo similar, pero sin ánimo de compartir la dicha de mi amigo. Clavé la vista en Jimmy, en la cruda y elegante ferocidad de cada rincón de su cuerpo. En el modo en que todos los poros de su piel exudaban fuerza y contundencia. La certeza de que lograría cualquier cosa, por peligrosa o funesta que fuera.

Maldita sea, confiar en él se había convertido en un instinto primitivo, a pesar de no saber qué demonios se proponía o qué nombre darle a ese maldito artefacto que parecía una rigurosa extensión de su cuerpo. Y esa vez sí fui capaz de cerrar los ojos. Me centré en la electricidad que recorrió todo mi sistema nervioso, en el rostro del cazador que apareció ante mí y me dio cobijo en su mirada. Y pude escuchar el chasquido del gatillo y ese ruido sordo que provocó que un misil saliera disparado hacia la línea de vehículos que ahora se había convertido en una marea devoradora.

La explosión resonó hasta en mis entrañas y grité casi al tiempo en que Atti reaccionaba echando a correr y las ruedas de un vehículo rechinaban en el asfalto.

—¡Arriba, rápido, rápido! —gritó Jimmy, que había dejado el arma apoyada en la pared.

Lo vi coger a alguien del pecho y empujarlo en mi dirección. Cuando descubrí el rostro de Gennaro, me estremecí y me puse en pie de un brinco.

—¡Gennà! —exclamé antes de lanzarme a sus brazos.

Mi amigo no respondió. Sí lo hizo su aliento, trémulo y jadeante, y su boca al apoyarse en mi clavícula. Respiró de mi cuello como si yo no fuera real, y lo dejé hacer mientras mis ojos buscaban a mi esposo.

Marco entró tambaleante por los empellones de Atti, que cerró la puerta y gritó la orden de despegar.

—¿Y mis hombres? —preguntó a Jimmy, ya sentado en el rincón más próximo a la cabina.

Las turbinas aumentaron su potencia. Fuera, el caos seguía. Alcancé a ver el rastro de las llamas y el humo. Dentro, el tiempo parecía haberse suspendido.

—A buen recaudo, puto demente —dijo Jimmy con una sonrisa y esa mirada felina invadida por un brillo travieso que terminó provocándole una mueca de diversión a Marco.

—Bien... Bien... —Se desplomó en su asiento—. Gracias.

—Guárdatelas, por favor.

Me centré en Gennà y me alejé de él para coger su rostro entre mis manos en cuanto nos sentamos en los sillones.

—¿Estás bien? ¿Te han hecho daño? —indagué.

—No, no... Pero Gattari. —El aliento se le escapó de los labios y apoyó la cabeza en el respaldo con los ojos cerrados.

Fruncí el ceño.

—¿Qué pasa con él?

—Dijo que estaba vivo... —Se me encogió el corazón—. Pero no estoy seguro.

Miré a Marco de golpe.

Él parecía tranquilo, tan impertérrito como de costumbre. En realidad, leer a Marco era casi una misión imposible. Pero había aprendido a intuir las cosas y, en cuanto sentí cómo la inercia del despegue me hundía en el asiento, comprendí que volvíamos a casa y que mi esposo no me permitiría despedirme de nadie más.

Tragué saliva. Me centré en la presión, en el modo en que mis dedos se aferraron a los de Gennà y en cómo mis ojos buscaron los de Jimmy Canetti. Se quedaron fijos en los suyos incluso después de que el avión se acomodara en la velocidad que le ayudaba a surcar el cielo. Incluso cuando un inoportuno estado de somnolencia mezclado con la tristeza y la adrenalina de la inquietud amenazó con alejarme de su calor.

«Son los ojos de un mercenario». Sí, lo sabía. Pero no pude

evitarlos ni tampoco esquivar la sensación de narcótica calma que me invadió. Fue como si algo de mí hubiera sido atrapado por ese hombre. Una vez más. A pesar de mi resistencia y de la culpa que me hostigaba.

Asentí con la cabeza en su dirección. Fue mi forma de darle las gracias, era lo mínimo que podía hacer después de haber logrado por segunda vez que mi compañero estuviera a salvo.

Jimmy pestañeó despacio y me regaló una sonrisa casi imperceptible antes de desviar la mirada hacia la ventanilla. De no haber sido por el temblor que sentí en la boca del estómago, habría creído que esa sonrisa fueron imaginaciones mías.

12

GENNARO

El último recuerdo que tenía de las costas sardas era oscuro y funesto. Una línea de rocas escarpadas y pequeños acantilados salpicados de un verde vigoroso que entonces me pareció un campo
de negro líquido. Esa noche me vi a mí mismo apoyando los dedos en el cristal de la ventanilla. Acaricié el paisaje desde mi riguroso silencio y las tortuosas ganas de echarme a llorar por los días
que había vivido en esa tierra. Los mismos que habían logrado
recomponerme y hacerme olvidar, a veces, de dónde provenía.

Recuerdo también que estaba siendo observado de un modo
inquisitivo por los esbirros que me acompañaban en ese viaje,
Caronte entre ellos, y que yo evitaba devolverles el contacto porque la mansión Berardi se hacía cada vez más pequeña y en su interior dejaba decenas de momentos que pronto se convertirían en
puñales.

Cuando al fin nos engulló la noche, pensé que no volvería jamás a pisar esa isla, que en la vida solo se nace una vez, y yo había
tenido demasiada suerte al hacerlo una segunda. Era imposible
lograrlo una tercera.

Pero la realidad estaba más que dispuesta a contradecirme.

Todavía con el temblor asentado en mis entrañas, miré por la
ventanilla. El manto que era el mar Tirreno, tan resplandeciente y
ahora tranquilo, encontraba su final en la exquisita costa de Cerdeña. Y me fue imposible evitar clavar los ojos en aquella imagen.

El verde, que hervía en su esplendor bañado por un sol dorado que jugaba a acariciar la campiña tal y como recordaba, con la

elegancia y la delicadeza que se habían quedado grabadas a fuego en mi corazón. La brisa fría agitaba la espesura que abrazaba la mansión. Y esas paredes parecieron hablarme.

«Vuelves a casa, enano», sentí que decían, y me invadieron las ganas de llorar. Porque, de haber existido semejante oportunidad, no debería haber resultado de ese modo.

Con ojos empañados, agaché la cabeza y miré a Marco de soslayo. No supe cuánto tiempo llevaba él mirándome a mí, pero lo cierto fue que me encontré con sus ojos y el rastro de todo lo que nos habíamos dicho.

Marco no olvidaba. Y yo tampoco.

Y así, sin dejar de observarnos como si fuéramos a arrancarnos la piel, a comernos a besos, a odiarnos con todas nuestras fuerzas y devorarnos hasta que solo quedaran cenizas, aterrizamos.

Regina acarició una vez más mis dedos. No me había soltado la mano en todo el viaje. Sentada a mi lado, liberando pequeños suspiros fruto de la tensión que convivía con la tristeza dentro de su pecho. Me habría gustado abrazarla de verdad, llorar en su hombro, dejarme invadir por su delicioso aroma y decirle que lo sentía, que estaría a su lado para sobrellevar la pérdida de su hermana e intentaría hacer de sus días un camino llano y amable.

Pero ninguno de los que viajaban en aquel avión privado, ni siquiera ese desconocido hombre que fingía dormir con los brazos cruzados, sabía que la peor amenaza provenía de mí.

El jet se detuvo al fin, Regina me miró interrogante.

—No pienso bajar —murmuré al desviar la vista hacia el exterior.

Así que no vi que Marco se acercaba y apoyaba una mano en el hombro de su esposa.

—Dejadnos solos —le dijo con esa voz ronca y acogedora.

—Marco...

—No te preocupes, adelántate.

—Está bien.

Regina terminó aceptando y se llevó consigo a Atti y al hombre desconocido. A continuación, bajaron los pilotos, y el avión se quedó sumido en un silencio demasiado rotundo que me penetró en sintonía con la rabia congelada que desprendían los brillantes ojos azules de Marco. No me hizo falta mirarlo para saber que me detestaba.

Sin embargo, me centré más en mi estado que en su decepción. Temí que descubriera que me había convertido en una tierra inaccesible incluso para mí, sacudido por las ganas de gritar y la certeza de que no podía hacerlo. El ruido alertaría a las bestias y acudirían a cobrarse las vidas de aquellos que se habían ganado mi corazón y lealtad.

—Lo que sea que vayas a decir no me hará cambiar de opinión —rezongué—. Llévame de vuelta.

—Eso no será posible.

Lo miré como empujado por un resorte, lleno de un rencor injusto. Incluso en su indiferencia más ardorosa, Marco seguía siendo ese hombre que me había robado el aliento desde el primer momento. Esbelto, poderoso, elegante y rabiosamente hermoso. Y me vi reflejado en sus pupilas con una claridad impresionante.

—¿Por qué? —gruñí.

—Porque no es lo que deseas.

Me puse de pie de golpe y lo encaré.

—Lo que yo quiero ahora mismo es que desaparezcas de mi puta vida, Berardi. —Le estampé las manos en el pecho y lo empujé—. ¡No quiero verte, no quiero hablar contigo, no te quiero ni un instante más cerca de mí! ¡¿Por qué no lo entiendes?! —chillé.

Me dedicó una sonrisa. El empellón apenas lo había movido un par de metros. Me desafiaba. Todo su cuerpo me gritó las ganas de enfrentarse a mí, y yo lo deseé con todas mis fuerzas. Porque nos daría la excusa perfecta para odiarnos y darnos la espalda.

Pero caí en la trampa de olvidar que mi contrincante era Marco Berardi, y no se podía engañar a un príncipe como él, maldita sea.

—¿Me crees tan estúpido como para no ver qué pretendes? —Torció el gesto y se acercó a mí—. Cariño, esa opción está demasiado trillada, y a ti se te da fatal mentir.

La rabia decidió actuar. Se amontonó en mi torrente sanguíneo, envenenó mi piel y me empujó contra ese hombre que adoraba con todo mi ser. Le di un puñetazo en la mandíbula pensando que con eso bastaría para saciar los años de frustración que había ido acumulando y que ahora se desbordaban sin control. Pero no fue así. Esa versión de mí que Secondigliano había esperado que fuera me doblegó y traté de seguir golpeando a Marco.

Logré darle dos puñetazos más en los brazos mientras él se cubría con destreza. Hasta que me esquivó y respondió con un golpe en el vientre. Me cortó el aliento, pero no me dejé vencer. Ataqué de nuevo, y Marco me asestó un porrazo en la cara. Me enervó tanto que me lancé contra él. El placaje nos llevó al suelo, nos revolcamos de un lado a otro sin dejar de apalearnos.

De pronto, nos convertimos en un amasijo de manotazos y empellones descontrolados. No había belleza en ninguno de nuestros movimientos o una intención real de hacer daño. Solo indignación e impotencia. Y lentamente aquella estúpida y agónica pelea fue perdiendo todo el sentido. Porque amaba a ese hombre. Porque yo solo quería que encontrara su final cuando el peso del tiempo se hubiera instalado en su cuerpo y no porque la mafia lo alcanzara a través de la arrogancia de su padre.

Perdí fuerzas. Marco me venció y terminó colocándose encima de mí. Su cuerpo contra el mío, recordándome que ese lugar era todo lo que deseaba en realidad.

—Vamos, sigue atacando, Cattaglia —gruñó jadeante cogiéndome del cuello. Tenía los ojos encolerizados cuando clavé los míos en él—. Muerde como esos lobos a los que crees dominar.

Grité de pura desesperación. Y entonces rompí a llorar. Por la rotura que sentí en mi interior. Por las grietas que se formaron a su alrededor, por el dolor que me provocaron y la incapacidad para resolver el desastre.

Marco se alejó lentamente. Se sentó sin apenas fuerzas sobre los talones y me observó abatido. No lo disimuló, quiso que viera cuánto le irritaba verme en ese estado, hundido entre lágrimas y espasmos.

Se puso en pie.

—Levántate —me pidió.

—No... —sollocé adoptando una posición fetal. Quería desaparecer.

—Maldita sea, Gennà.

Gennà. Él nunca me había llamado así. Era demasiado íntimo, demasiado honesto. Nunca había convertido mi nombre en ese pedacito de afecto que cala en la piel y borra las ocasiones en que ese sonido ha provenido de gente infame.

Sus manos se encajaron en mis axilas y tiró de mí hasta ponerme en pie. Tan cerca como estábamos, no pudo oponerse a que lo convirtiera en mi punto de apoyo para evitar caer. Y con la misma rapidez con que había llegado, la rabia me abandonó y dejé que Marco hiciera conmigo lo que quisiera.

13

REGINA

No hizo falta que cruzara el umbral de la entrada. Lo entendí todo cuando descubrí la puerta abierta nada más bajar del coche. Y al acercarme sentí una devastadora desazón.

Había huellas de sangre y desastre por todas partes. Cristales rotos, muebles tirados por el suelo, una cortina rasgada, pequeños arañazos en la madera, un desorden insoportable. El escenario de un revuelo que tuvo lugar mientras yo lloraba a mi hermana.

Acceder al interior de aquel lugar que era en mi hogar, que consideraba un territorio aséptico, libre de cualquier malicia, provisto solo de sonrisas y ratos inolvidables, se había convertido en una maldita tortura. Avivaría el fuego que me consumía, esa dichosa culpa a la que no estaba preparada para enfrentarme y que me perseguía, a pesar de mis ruegos para que me diera un instante para coger aire.

Retrocedí.

Allí dentro, ahora, solo veía a mi hermana morir de nuevo. Vería a mi madre ahogarse en un charco de sangre mientras sus ojos trataban de sonreír a los míos. Vería también a mi padre escupir la vida tras el impacto de la bala que atravesó su cráneo. Escucharía los lamentos de Elisa por la pérdida de su amante. La lluvia de disparos que siguió después.

No estaba lista.

Le di la espalda a la casa. No miré a nadie y empecé a andar. Ignoraba hacia dónde, solo dejé que mis pies me guiaran por instinto. Y, mientras tanto, el sol calentó mis pasos, marcó un camino que destelló buscando arrancarme un estremecimiento de bienestar. Pero apenas logró un suspiro entrecortado y que cerrara los ojos un instante. Noté el nudo que se me formó en la garganta con una claridad insoportable, así como las ganas de llorar. Otra vez. Esas que solo habían aparecido una vez, junto a Marco, y no quisieron repetirse.

Hasta ahora.

En el establo también había signos de forcejeo. La paja desparramada por la superficie, las caballerizas abiertas, los cubos de agua y pienso esparcidos como si alguien los hubiera soltado para defenderse. No había rastro de los cuatro mozos ni tampoco de los jardineros que solían venir varias veces a la semana para mantener los jardines y cuidar de la vegetación del lugar.

Me asomé espantada. Ray, Lily y Margarita. La posibilidad de encontrarlos salpicados de sangre me oprimió el estómago. Eran parte de la familia, seres que sabían mirar dentro de nuestra alma, que sabían darnos un afecto libre de interés. Solo amor, leal y puro. Mis chicos. Los fieles compañeros de Marco.

Los encontré escondidos en el último rincón, revueltos unos con otros. Margarita, la más pequeña, todavía una potrilla que se escondía entre las patas de Lily, había enterrado la cabeza bajo el hocico de la yegua adulta. Ambas dormían. Hasta que Ray me vio y relinchó con cierta congoja.

Temblé y me llevé la mano al pecho por el alivio que me causó verlos y ver también cómo Ray se ponía en pie y se acercaba a mí. Dejé que me olisqueara con cariño mientras mis manos frotaban con lentitud su cuello. Semejante recibimiento me arrancó varias lágrimas, pero Ray las borró con su hocico y sus suaves roces.

Enseguida se incorporó Margarita. Se puso a brincar emocionada a mi alrededor. Quizá estuviera fantaseando, pero aquel instante fue de los momentos más nobles y maravillosos que había experimentado jamás.

Me arrancó una sonrisa triste, tan desconsolada que se me hizo muy difícil respirar. Hasta que vi a Lily acercarse tranquila pero impetuosa. Me golpeó el mentón con el hocico y se contoneó hasta mostrarme el lomo. Me estaba invitando a subir, quería que la montara. Así, ella y yo contra todo lo demás. Para que pudiera llorar libre, para que pudiera sufrir sin romperme del todo.

Lo haría.

Si iba a caer en manos de mi llanto, la opción que Lily me ofrecía era mucho mejor que buscar el cobijo de mi habitación y dejar que las sombras me consumieran hasta maldecir por seguir respirando sin mi hermana.

Salté al lomo de Lily, me aferré a la crin, cerré los ojos. Respiré hondo por la hermosa sensación de placer que me causó notar su suave cabello deslizándose entre mis dedos.

Arrancó rauda, tan ágil como el viento que se cuela entre las rocas. Y yo cerré los ojos y dejé que ella me llevara. Me convertí en una extensión de su propio galope mientras la campiña se abría ante nosotras y nos daba una brillante bienvenida. Sentirla entre mis piernas, su recia vida emocionada por la mía, arrancó de mis entrañas ese tapón invisible que me había prohibido ser auténtica. Llorar cuando lo deseara, gritar, torturarme, tocar fondo.

Todas esas cosas sucedieron al mismo tiempo. Luchaban entre sí por salir y lo hicieron con rabia, entre espasmos y gemidos convulsos y entrecortados. Lily continuaba cabalgando, me estaba llevando a ese rincón alejado del mundo, junto a su madre y el templo que tantas veces había acogido a Marco.

En cuanto se vislumbró, la yegua bajó la velocidad hasta alcanzar un galope lento y cuidadoso. Entonces se detuvo a los pies de los escalones de mármol del mausoleo.

Bajé de un saltó y me hinqué de rodillas en la hierba observando la solemnidad que se respiraba en aquel templo. La belleza y el recuerdo conviviendo juntos, siendo una emoción nueva, mucho más sincera que cualquier otra.

Lloré. Esa vez como algo mío, algo que en realidad me merecía en todas sus versiones, la mala, la buena, la peor. Dejando que el llanto me calara en los huesos, naciera de lo más hondo de mí y amenazara con consumirme. No me opondría. Lo dejaría ser. Al fin y al cabo, esa era yo. Era esa mujer que creyó una mentira y alzó un muro que la separó de la realidad. La que no se atrevió nunca a mirar a través porque eso suponía acarrear más vileza de la que ya soportaba. La que fingió ser frívola e insolente, quizá cínica y vanidosa, solo para resistir. Porque no podía huir.

De nada servía haber encontrado algo de salvación en los brazos del hombre que se suponía que tenía que ser mi opresor. Marco había intentado borrar todas esas cosas. Lo logró. Él y su gente. Me hizo creer que ya no había nada por lo que preocuparse, que el pasado no sería una carga a la que preguntar, que mis traumas se quedarían ahí encerrados, al cobijo de una oscuridad que el tiempo había ido mermando hasta deformarla y convertirla en el rastro de una pesadilla.

Pero no se me dijo que existía la posibilidad de que todo estallara como una burbuja. Y que lo pagaría la persona que menos lo merecía.

«*Il mio cuore bianco*». La voz de Belarmina Calo invadió mi sistema.

«No, mamá, no lo digas ahora», le dije a su recuerdo, deshecha en lágrimas. «Ya no soy ese corazón blanco. Ahora quiere ser negro. Ahora merece el castigo por haber fingido no ser egoísta».

Tuve un escalofrío.

El contacto empezó sutil. Las yemas de unos dedos apoyándose meticulosas sobre mi nuca. Lentamente, la rodearon y me mostraron su peso. Uno cálido, calloso y determinante.

Las manos de un cazador que todavía no quería dejarme caer.

Ignoraba cómo me había encontrado Jimmy Canetti. Pero lo cierto era que estaba allí y que aquella caricia en mi cuello buscaba darme consuelo.

Cerré los ojos, incliné la cabeza hacia atrás. El cabello me cayó sobre la cara, agitado por la brisa. Solté el aliento. La presión resultó narcótica. Detuvo el llanto, calmó los temblores, me hizo dócil al descanso que me entregó. Pero no me creí capaz de articular palabra hasta que mi propia voz me erizó la piel.

—Creí que volver sería diferente... Algo de mí vivía en una engañosa fantasía que me decía que despertaría de aquella pesadilla en mi cama. Después bajaría a desayunar, se lo contaría a Marco.

Él me diría algo ingenioso, y yo lo olvidaría todo. Olvidaría la ausencia, las mentiras y aquella mierda. Pero no había sido así. Todo era incluso peor.

Y me sentía estúpida y frágil e idiota por haberlo creído. Y también por estar revelando algo tan íntimo a un hombre sin escrúpulos y con ambiciones tan perniciosas.

—Vete. Me distraes.

Alejé su mano de mí y me puse en pie, tambaleante.

—¿De qué? —Su voz me estremeció.

—De la desolación que siento —gruñí limpiándome las lágrimas. No quería llorar delante de él—. Del rencor que me come por dentro. De lo mucho que me aterroriza pensar que, todo lo que enterré tras horas de terapia y palabras venenosas, intenta volver a la superficie. De golpe. Todo a la vez.

—Entonces me quedaré.

Lo miré acusadora, desafiante, mientras me golpeaba el pecho con los nudillos para dar mayor énfasis a mis palabras.

Jimmy respondió a mis ojos con una calma sobrecogedora. La expresión tan inquebrantable, tan tranquila, que me puso muy nerviosa. Comencé a dar tumbos. No, eran pequeños pasos sin rumbo fijo, con los brazos en jarras y la cabeza hacia atrás en busca de un aire que no llegaba a mis pulmones. El dolor que se oía en el silencio era suficiente para los dos, para esa corta distancia que nos separaba y hacía de ese momento algo un poco más complejo y duro.

—¿Por qué? —pregunté.

—Porque no mereces caer en ese pozo. Saldrá la culpa y será lo más complicado de vencer.

Su forma de mirarme cambió, se hizo más cuidadosa y sincera.

—¿Qué te importa a ti? —Alcé el mentón.

—No me importa.

—Pero aquí estás. —Torcí el gesto—. Me has seguido.

Debía de ser muy desconcertante mirarme en ese momento, con la cara enrojecida y los surcos de lágrimas cruzando mis mejillas, con los ojos empañados e hinchados y las ganas de desafiar a ese cazador hirviendo en mi piel.

—Supongo que eres como el cántico de una sirena —dijo bajito echándole un breve vistazo a mi boca.

—Sin embargo, eres tú quien embruja —le reproché, y él avanzó un par de pasos. Muy despacio, como un depredador.

No era un buen momento para cazarme, pero tampoco estaba segura de si me negaría.

—¿Y a ti te he embrujado? —inquirió en un susurro.

—¿Imaginas por un momento lo sucia que me hace sentir esa posibilidad? Debería llorar y odiarme a mí misma.

—Ya lo estás haciendo.

—Vete... —resoplé.

—Oblígame.

Con las manos clavadas en mi cintura y la garganta cerrada, no me creí con fuerza suficiente para hacerlo. Pero incomprensiblemente lo empujé. Jimmy dio un traspié hacia atrás. Alzó las cejas, mordaz. Me propuse repetirlo, empujarlo de nuevo, un poco más lejos, la distancia precisa para regresar al lomo de Lily, que pastaba tranquila a unos metros de nosotros, y alejarme de ese hombre.

Pero Jimmy aprovechó la inercia y se abalanzó sobre mí. No me resistí cuando atrapó mi cintura entre sus brazos y me empujó contra su cuerpo antes de apoyar su boca en la mía. Contuve un gemido y me asaltó un contundente espasmo.

No me estaba besando, solo apoyaba sus labios en los míos, esperando, con las pupilas clavadas en las mías, dejando que el asombro terminara de rellenar el poco espacio, por mínimo que fuera, que había entre nosotros.

Lo miré. Maldita sea, jadeé y me deshice en la tibieza de su poderoso cuerpo. En la contundencia de sus manos clavadas en mi espalda, reconvertidas en mi cálida prisión. Y no tuve miedo, y tampoco sentí tristeza o desesperación. Solamente fui una mujer que en su tranquilo y pacífico vacío ansió que ese cazador la devorase.

Jimmy movió su boca muy despacio. La frotó contra la mía para enroscarla con suavidad hasta que me cubrió por completo. Sus ojos todavía abiertos, los míos pestañeando como si el sueño los reclamara. Entonces, sentí su lengua y los cerré al tiempo que un gemido abandonaba mi garganta.

No había nada ni remotamente parecido a la primera vez que me besó. Entonces hubo fervor, excitación, un deseo peligroso e incontrolable.

Ese mediodía solo existía una conexión irremediable, tan exigente como mis ganas de reclamarle más. Jimmy se hundió en mi boca. La poseyó con autoridad, su lengua danzó con la mía. Sin batallas, sin remordimientos. Solo piel y humedad y el calor que lentamente crecía en mi vientre.

Sus manos vagaron hacia mis caderas, resbalaron por mis nalgas, las oprimió y me apretó un poco más contra su cuerpo. Clavé mis dedos en sus hombros, lo rodeé en una lenta e intensa caricia, como si estuviera memorizando cada una de sus curvas. Y muy despacio fui llegando hasta su nuca para hundirlos en su cabello y entregarme a la ardiente coreografía que habían iniciado nuestras bocas. Se comían la una a la otra, se poseían con fervor con pequeños mordiscos y lujuriosos embates.

Me sentí pequeña entre sus brazos, pero también poderosa e inquebrantable. Y un poco perdida y cautivada. Características que después me torturarían, que mi psique aprovecharía para hundirme. Pero por el momento disfrutaría de ello, aunque me convirtiera en una mujer odiosa, injusta y sucia.

Jimmy pareció darse cuenta de mi inquietud y gruñó antes de apretar mis nalgas con la intención de alzarme con una facilidad pasmosa. El impulso me llevó a enroscarme a su cintura con las piernas y, ahora que estaba un poco más alta que él, sin saber por qué, lo devoré con un poco más de apremio. Él respondió mientras sus pies nos guiaban hacia los escalones del mausoleo, y pensé que me tumbaría sobre el pedestal y me follaría allí mismo, a pesar de que ninguna de sus caricias indicaba esa intención de una manera burda.

En cambio, tomó asiento y me colocó sobre su regazo. El movimiento nos separó unos centímetros, que él aprovechó para mirarme de nuevo. Y yo le dejé y me permití zambullirme en aquellos ojos felinos de pura belleza que me devolvieron la mirada más cautivadora que hubiera recibido jamás.

«Ha exterminado cualquier cosa que se interpusiera en su camino. Es tan peligroso como el mismísimo infierno», pensé. «¿Y qué?», me dije a continuación.

Jimmy Canetti podría ser el mercenario más infame, pero en ese momento era simplemente un hombre dispuesto a adorarme como nunca nadie lo había hecho. Dispuesto a acallar los demonios que me comían por dentro, darme paz, darme silencio. Y calor y, en resumidas cuentas, todo lo que mi naturaleza le había exigido en esa casa franca cuando creí sin albergar duda alguna que el deseo me ayudaría. También podría hacerlo el afecto fingido. Imaginar que nos amábamos. Creer que no era un mal hombre, que se parecía a las palabras que había vertido sobre él en una hoja en blanco. Porque sí, allí estaba ese hombre, aunque todavía me resistiera a la evidencia. Entre mis piernas, con las manos clavadas en mis muslos, diciéndome en silencio que podía ayudarme, que me sacaría de ese pozo que él mismo había mencionado.

Quizá era soñar demasiado, pero lo besé de nuevo. Más atrevida y encendida, sabiendo que recibiría una respuesta igual de ferviente. Y así fue. Jimmy se encadenó a mi cintura, se aferró con fuerza. Resultó mucho más delgada de lo que ya era atrapada en sus manos. Me indujeron hacia su miembro y fui consciente de una dureza que no paraba de crecer, que buscaba una irreverente atención, y me froté contra ella porque me intrigó descubrir qué reacción tendría.

Jimmy jadeó contra mi boca, me instó a repetirlo sin dejar de besarme. Nos movimos a la vez, como adolescentes desesperados por un poco de peligro. Me llenó de besos, los derramó por mi cuello y barbilla. Y supe que susurró mi nombre con voz gutural, pero no alcancé a oírlo. El lejano estruendo de un helicóptero lo enterró.

Levanté la vista al cielo. El vehículo lo surcaba en dirección a la mansión. Debían de ser mis chicos. La realidad era esa. Tan destructiva y exigente.

Volví la vista a los ojos de Jimmy. Él me miraba a mí y los cerró cuando mis dedos perfilaron sus pómulos y la curva de sus cejas. Se le entrecortó la respiración. Qué bien estaba fingiendo, joder. Qué bueno era haciéndome creer que me había convertido en el centro de su universo. Y me beneficié un poco más repasando cada curva de su varonil y seductor rostro.

Hasta que abrió los ojos de nuevo. Al contemplar esas pupilas volví a estremecerme porque gritaban que le dejara volver a besarme, como si llevara mucho tiempo deseándolo, como si no hubiera estado haciéndolo los últimos quince minutos.

—¿Debería agradecerte también que estés aquí dispuesto a ofrecerme algo que no eres? —murmuré asfixiada por la vehemencia con la que me observaba. Sus manos todavía estaban sobre mí, abrasadoras.

—No... —suspiró—. Dar las gracias destrozaría la magia.

—¿Qué magia podría haber en esto?

Acaricié sus labios, bajé hacia su fuerte mentón. Esa piel era asombrosamente suave.

—Responderé cuando esos ojos me miren sin remordimientos.

Noté un extraño tirón en el vientre, que llegó a mi pecho y me cortó el aliento. Tragué saliva y me alejé de él, enderezándome con torpeza.

—Puede que nunca llegue el día —repuse.

—Entonces tendrás que vivir con la duda.

—Qué poco galante —me mofé forzando una sonrisa irónica que no sentía.

—Nunca dije que lo fuera.

Se acercó a mí. Tan enorme y fuerte y vigoroso como solo podía ser un cazador.

—No. —Alcé el mentón—. Eres ese hombre que prefiere ser recordado como un egoísta.

—Lo he sido.

—No más que yo —jadeé y miré a mi compañera—. Lily... Vamos...

Ella caminó hacia mí con esa elegancia casi sobrenatural, su cabello ondeando a un lado, dotándola de una belleza insuperable. Me frotó la mejilla con el hocico y comenzó a caminar a mi lado. No se molestó en mirar hacia el intruso, que se quedaba a los pies del mausoleo de su madre. Extrañamente confiaba en él. Y yo también.

«No mires, no mires», me dije intentando caminar sin evidenciar mis ganas de esperar un poco más.

—Regina.

Su voz me llegó como un eco profundo que me erizó el vello. Lo miré por encima del hombro. La brisa volvió a agitar mi cabello, amenazó con bloquearme la imagen de Jimmy observando a unos metros de distancia con los puños cerrados y una mueca de severa impotencia en el rostro, la clase de emoción que no supe entender.

—No voy a alejarme.

No supe si temer esa promesa o agradecerla, porque acababa de entender que, mientras él estuviera cerca, yo me alejaría un poquito de ese infierno que me esperaba en el silencio.

Tendría que descubrirlo con el tiempo. Si es que cualquiera de los dos lo teníamos.

14

MARCO

Había sido demasiado contundente en el enfrentamiento con Gennaro. Las heridas resaltaban en su bonita cara de un pálido color ceniza y enfatizaban unas poderosas ojeras moradas que casi parecían signos de golpes anteriores. Lo habría creído de no haber sido porque le toqué antes de que todo estallara.

No era un hombre agresivo. Ni siquiera lo había sido cuando tenía razones adecuadas. Pero sabía pelear como una bestia. Me habían enseñado los peores, cuando alcancé mi adolescencia y necesitaba acallar mis diferencias con el resto del mundo.

Me recuerdo observando las siluetas de algunos hombres, siervos de mi tía, uniformados, fuertes, elegantes en su fiereza, sin un corazón latiendo en el pecho. Por entonces ya me daban igual la empatía o la cordialidad, yo tampoco sentía la voz de ese maldito órgano. Pero sí aquella que me pedía meter a esos pendencieros en mi cama.

Me frustraban las ganas de tocarlos, las horas que me pasé tocándome a mí, imaginando cómo sería hundirme en un macho frágil y delicado. No tardé en identificar mis gustos y mortificarme con ellos. Y, como era demasiado joven para imponerme a los demás, busqué las formas de silenciar mis necesidades entre peleas sangrientas.

En medio de la noche más oscura, en las entrañas del edificio Luxor, una de las divisiones del Marsaskala, un cuadrilátero cercado por una turba de hombres enardecidos. Mi contrincante y yo en el centro compartiendo una peligrosa danza de lucha. Gritos exaltados, billetes en mano, sangre y sudor.

Aquellas fueron las únicas dependencias del complejo que usé. Pero nunca me quedé a ver las luchas entre esclavos y la carnicería que se daba después. Eso lo disfrutaba más mi tío Ugo y, a veces, incluso mi hermano, Sandro.

Jamás tuve el físico necesario, al menos no a los quince o los dieciséis. Pero con el tiempo empecé a ganar peleas, solían apostar por mí y a mí me complacía mostrar por la mañana mis heridas de guerra. Me hicieron un hombre. Me hicieron letal. Y de paso irritaba a mi madre.

Esos combates a menudo terminaban conmigo en silencio frente al espejo del baño de mi habitación, completamente desnudo, admirando los golpes que habían salpicado mi cuerpo. Hubo momentos, muy pocos y casi siempre lamentables, en que imaginaba los delicados dedos de un muchacho repasando con suavidad cada moratón. Después, me dejaba llevarlo a la cama y follarlo con ganas. Pero las ocasiones en que me atreví a hacerlo nunca les permití que me tocaran y miraran a los ojos. No hubo intimidad, a pesar de estar ensartándolos con mi erección.

Dejé de asistir a esas violentas reuniones a los veintidós, cuando me di cuenta de que la lucha ya no me saciaba, sino que me hundía un poco más en esa miserable cueva de autodesprecio e incomodidad.

El respeto físico ya lo tenía, ahora debían lograr que se congelaran ante mi presencia ataviado con traje. Y la universidad ayudó a crear esa máscara de frialdad despiadada. Usé a la gente como me habían enseñado a hacerlo, herí de igual modo. Y disfruté de las ocasiones en que provoqué lágrimas y quizá también cuando mi carne encontraba la mandíbula de algún adversario con ínfulas de dictador. No podía serlo si existía yo, pensaba.

Sin embargo, con Gennaro todo había sido diferente. Recibí porque se lo permití y lo quise. Deseé algo fervoroso de él que me recordara que ese chico me amaba, que me recordara las consecuencias de haberlo arrancado de las fauces de su lugar. Quise también extirparle la rabia que le habían obligado a masticar. Y reaccioné visceral porque entendí que lo adoraba un poco más de lo que él me adoraba a mí.

Y la impotencia caló en nosotros. Nos llenó de furia y frustración. Nos hizo salvajes dementes durante un eterno instante, entre empellones y puñetazos. Esa vez sus lágrimas me hirieron. Y su silencio, también.

Se prolongó durante todo el trayecto.

Los dos solos en el interior de aquel vehículo. Gennaro apoyado en la ventanilla de su puerta, contemplando el paisaje con aire ausente y aliento entrecortado. Yo con las manos apretando el volante vislumbrando mi casa por entre los árboles del camino de entrada.

Detuve con suavidad el coche junto a la fuente. La puerta estaba abierta. Nos llegó el rumor de alguien en el interior recogiendo el desastre que se intuía por los ventanales. También advertí el lejano estruendo de un helicóptero. Se acercaba. Aterrizaría en la enorme explanada del jardín trasero. Mis hombres. Sanos y salvos.

—¿Vas castigarme con tu silencio a partir de ahora? —pregunté mirando de soslayo a Gennaro.

No respondió. Ni siquiera me miró.

—En realidad, siempre has sido muy callado —recordé.

—Porque te tenía miedo —espetó sin cambiar de postura, con los ojos todavía fijos en el paisaje.

Resoplé con una sonrisa y dije:

—Me alegra ver que has reunido el coraje para ser sincero.

—Ya he perdido, ¿qué coño importan las consecuencias?

—¿Qué has perdido, Gennaro?

Su ropa crujió ante el suave movimiento. Se enderezó en el asiento, enganchó los dedos a la manilla de la puerta y miró hacia delante. El rastro fresco de sus lágrimas había cuarteado sus mejillas. Entendí que había estado llorando en silencio durante el trayecto hasta la casa, y yo ni siquiera me había dado cuenta.

—Cuando entres ahí, verás la sangre —me informó.

—¿De Gattari?

Asintió.

—¿Quién disparó? —quise saber.

—Caronte.

—Porque se lo ordenó mi padre, ¿no es así?

Tragó saliva y apretó la mandíbula. Maldita sea, cuántas ganas tenía de besarlo.

—Es probable que Kannika y Faty estén muertas. Ignoro qué les ha pasado.

Me aferré un poco más al volante. Mis mujeres, en peligro. No unas mujeres cualesquiera, sino supervivientes de la barbarie que volvían a verse envueltas en ella.

Gennaro abrió la puerta. Se iba. Se alejaba de mí. En todos los malditos sentidos. Y lo recibí como un castigo no muy diferente del que obtenía cuando era un crío y me gritaban que los sentimientos eran un puto lastre diseñado para los cobardes. Quizá mi padre tenía razón y lo eran.

Me abalancé sobre la puerta de Gennaro y la cerré de un portazo. Él tembló y me miró entre aturdido y un poco asustado. Tan cerca como estábamos, pude sentir a la perfección el calor del aliento que se le escapó de los labios.

—¿Te has planteado por un maldito instante la remota posibilidad de tenerme postrado a tus pies? —gruñí.

Mis ojos clavados en los suyos. Quise volver a pelear. Y besarlo hasta borrar todas las huellas del sufrimiento que había padecido.

—Ni se te ocurra tratar de convencerme —dijo casi desesperado—. Es demasiado ruin incluso para ti.

—No me crees capaz de quererte.

—Ambos sabemos que ese sentimiento no tiene cabida en tu sistema. El hielo no puede calentar.

—Pues a mí me quema. —Hablé entre dientes, rozando su nariz con la mía—. Y lo hace desde las entrañas. —Bajé la voz—. Podrías arder conmigo.

Él tragó saliva, suspiró entrecortado y cerró un segundo los ojos, me consintió que acariciara sus labios con la punta de mi nariz.

—O buscar la manera de apagarlo —sentenció.

Se bajó del coche y entró en la casa.

El helicóptero había aterrizado. Su estruendo me llegó de golpe. Había estado tan concentrado en el aliento de Gennaro que ni siquiera me había dado cuenta.

Cogí aire, estabilicé mi pulso y abandoné el vehículo justo antes de ver aparecer a Draghi. Trotaba hacia mí con una mueca de alivio en el rostro. La última vez que lo había visto fue en el cementerio, rodeado de humo y balas, y recordé mi temor a perderlo, a perder a cualquier de los míos.

—¡Jefe! —exclamó deteniéndose a un palmo de mí.

Su envergadura nunca me pareció tan satisfactoria. Ese tipo era mi... mi amigo.

Frunció el ceño, se tomó la licencia de pellizcarme la barbilla y valorar mis heridas más de cerca.

—Estoy bien, es una tontería. —Lo tranquilicé—. ¿Dónde están los demás?

—Les he encargado a Mattsson y Ciani que supervisen la zona, y hemos dejado a Palermo, a Cassaro y a Conte en el hospital. Nos han informado del estado de Gattari.

Maldije que el pecho se me cerrara y apenas me permitiera meter aire en mis pulmones. Era como si una losa de mil kilos me estuviera aplastando. La vida que yo había creado allí dentro, en mi territorio, no tenía nada que ver con las tormentas que existían fuera de esas fronteras.

Sabía perfectamente de la capacidad de mis hombres. Eran rotundos, inteligentes, guerreros. Pero no estaban allí para defender nada, sino para atesorarlo. Así que las balas que habían herido a tres de ellos deberían haber sido para... mí. De lo contrario, no tendría que estar gestionando aquella maldita mortificación que me comía por dentro.

—¿Y cuál es? —pregunté asfixiado.

Quería saber, y Draghi se mantenía frente a mí, con aquellos bonitos ojos moteados de verde dispuestos a convertirse en un punto de apoyo, justo como había sugerido días atrás.

—Estable dentro de la gravedad.

—Bien... —suspiré—. ¿Y tú?

Torció el gesto y me dedicó una sonrisa triste.

—¿Te preocupas por mí?

—No me lo pongas más difícil, por favor.

Me pellizqué la frente.

—Me gusta este Marco —afirmó sincero dándome un empujoncito—. No he tenido la oportunidad de decírtelo, pero me prometí que lo haría si volvíamos a vernos, y aquí estamos. Aunque tienes un aspecto horrible.

—Los napolitanos son demasiado violentos —resoplé.

—¿Gennà está aquí?

Asentí.

—¿Y los demás?

Se refería a los mozos, a Kannika y a Faty. Imaginé a la primera, tan anciana y débil, postrada de nuevo. Imaginé a continuación a la segunda, tan miserable en su mudez, tratando de emitir unas súplicas que ni siquiera ella escucharía.

—Hay demasiado silencio. Eso ya da una respuesta —masculló.

—¿Crees que...?

—Roguemos por que no.

Draghi suspiró y asintió con la cabeza. Sabía poco de la relación que compartía con ellas, pero no escapaba a mi comprensión que cada uno de mis hombres las respetaba y apreciaba. Perderlas sería doloroso para cualquiera de ellos.

—Me reuniré con Mattsson y Ciani para que me den un informe de situación. Debemos reestructurar la seguridad del perímetro de inmediato. No tardaré demasiado.

—Tómate el tiempo que necesites —repuse—. No pienso poner un pie fuera de aquí sin saber que la seguridad es firme.

—Entendido.

No vi hacia dónde se fue. Enseguida me encaminé al interior de la casa y lo descubrí todo. Attilio se había encargado de cubrir la sangre de la alfombra y levantar algunos muebles. Lo hizo en un silencio sumamente desconcertante en su armonía.

Me miró y se centró en el rasguño que tenía en la mejilla. Casi noté cómo ataba cabos porque seguramente se había cruzado con Gennaro y había visto su estado.

—¿Indicios? —pregunté mientras me adentraba en el salón.

Había tanto silencio, tanta quietud…

—Nada.

—Maldita sea...

Me desplomé en el sofá, agotado y un poco dolorido, notando cómo el mundo se hacía pedazos y estos caían sobre mí.

—Iré a por un botiquín.

No habría podido negarme. Attilio fue más rápido en desaparecer que yo en pensar.

Era muy extraño que mi mente se quedara en blanco. No, en blanco no. Divagaba y mucho, pero sobre asuntos emocionales. Sobre la seguridad de los míos y el modo en que podía y quería ahorrarles sufrimiento. Objetivos que nunca creí que ambicionaría.

Por una vez, solo deseé estar en paz conmigo mismo, vivir cómodo con la idea de sentir, de emocionarme, de disfrutar, sin pensar que estaba cometiendo un error o que me perdía a mí mismo.

Cerré los ojos.

Era muy complicado soportar los sentimientos, su caos, su influencia. Era más fácil ignorarlos o vivir sin ellos, a pesar de la soledad. Ese frío mutismo me dejaba ser yo mismo, ser tan cruel como el hielo afilado.

Pero si alguien me hubiera dado a elegir, habría escogido aquel instante en que mi propio corazón amenazaba con partirme en dos el pecho. Porque, a pesar de lo mucho que detestaba la fragilidad que percibía, Regina siempre aparecía en mi mente y me instaba a elegir qué ser, qué hacer por mí mismo, sin que nadie influyera. Y me encantaba esa visión de ella tan poderosa, tan auténtica. A ella nunca le podría mentir.

Oí unos pasos suaves aproximándose a mí, pero no quise mirar. Sabía perfectamente quién era y cómo me alcanzaría. Empezaría con una suave caricia en la frente, quizá un dulce beso, también un temblor, porque existía la duda sobre cómo reaccionaría mi piel.

Pero hacía ya un tiempo que una caricia de Regina era casi como una necesidad que templaba mis entrañas como el calor de una hoguera en pleno invierno.

La miré, no pude evitarlo. Ella se sentó sobre sus talones, entre mis piernas. Tenía en el regazo el botiquín que seguramente le había entregado Attilio cuando se cruzaron a su llegada.

Me acarició la sien y se deslizó por mi mentón antes de ahuecar mi mejilla. Cogí su mano, besé la palma. Cuánto quería a esa mujer.

—Esa sangre...

—Es de Gattari —dije con suavidad.

Regina asintió como si estuviera confirmando algo, y se mordió el labio.

—Kannika y Faty no están. Tampoco los mozos ni los jardineros.

—Lo sé. Pero intuyo que los tiene él como prisioneros.

—Tu padre —jadeó. La rabia hervía en sus impresionantes pupilas azules.

—Esta ha sido su manera de obligarme a hincarme de rodillas.

Ya pensaría después en qué momento mi actitud le reveló que tenía puntos débiles.

—¿Lo harás? —Esa pregunta sonó a desafío, y me incliné hacia delante para apoyar mi frente en la suya.

—Yo solo me arrodillaría ante a ti —dije bajito.

—Pues no lo hagas. Nunca. Por mucho que me tiente ver qué cara pondrías. —Era una buena señal que se hubiera atrevido a añadir un poco de ironía a sus palabras. Indicaba que Regina se esforzaría en encontrar una salida, como la superviviente que era.

—Has llorado... —Esa vez la acaricié yo a ella y disfruté con la preciosa respuesta que tuvo su piel.

—No me lo han permitido del todo.

Miré de reojo hacia atrás. Jimmy estaba allí, cruzado de brazos, apoyado en una de las columnas. Nos observaba con un solemne respeto. Así que vio a la perfección cómo el objeto de sus deseos apoyaba sus dedos sobre la magulladura de mi mejilla.

A continuación, empapó un algodón en desinfectante y lo posó sobre la herida.

—Es un gancho muy feo —dijo Regina.

—Merecía desfogar. —Entendió bien a quién me refería—. Creo que está encerrado en su habitación.

—Su habitación, suena bien —suspiró.

—¿Me prometes que tú descansarás en la tuya? —le pedí.

—Solo si tú también lo haces.

—Después. Cuando regrese del Marsaskala.

Bastó ese inesperado comentario para que los dos entendiéramos todo, y supe que había necesitado de ese instante para notar cómo crecía ese remolino de pura frialdad dentro de mí. Las dos versiones más intensas de mí mismo, la cruel y la amable, convirtiéndose en una, indicándome que podía ser ambas con una naturalidad espeluznante. Como si la posibilidad de formar ese híbrido hubiera estado siempre ahí, a la espera de que alguien lo encontrara.

No descansaría ese día hasta que los míos estuvieran bajo mi techo. Y Regina asintió con la cabeza, me lo agradeció en silencio y me entregó los pocos gramos de fuerza que le quedaban.

—Ve, pero no lo hagas solo. Llévatelo. —Miró a Jimmy.

Se hablaron con la mirada. Pareció un acto que llevaban haciendo toda una vida, algo natural y ardiente, fruto de la energía incontrolable que hervía entre ellos.

Jimmy hizo un ademán en señal de asentimiento. Escogió obedecer la sosegada petición de mi esposa; después me miró a mí y me permitió atisbar ese rastro de la batalla interior que Regina le había provocado desde el primer momento en que la vio. El deseo coexistiendo con la indignación que le provocaba sentirlo, porque era irremediable y violento, y quizá un poco insoportable para un hombre como él.

Si en toda esa marea existieron unas disculpas por su parte, no quise aceptarlas. Entorné los ojos para permitir que aquella región de mi cerebro que todavía era capaz de hilvanar los hechos con la suficiente astucia se preguntara si estaba ante la sombra de un cazador que terminaría sucumbiendo a sus ganas de cazar, o él mismo se convertiría en la presa, como una vez lo fui yo.

De pronto, Draghi entró en el salón interponiéndose en el

contacto visual entre Jimmy y yo. Portaba mi teléfono entre las manos. Lo apretaba tanto como los dientes. Mandíbula endurecida, las aletas de la nariz abiertas y esa mirada de rabia muda que resultó excelente para advertirme.

El corto espacio que nos separaba llenó el silencio entre ambos. Reveló lo que ninguno de los dos nos atreveríamos a decir en voz alta, por el momento.

—Es un mensaje —espetó lanzándome el teléfono.

Lo cogí al vuelo y, al mirar la pantalla, sonreí como lo solía hacer las ocasiones en que todo me importaba un carajo.

«Necesito hablar contigo, hijo mío», leí. El muy hijo de puta había empezado a rogar pronto. Estaba perfectamente acorralado.

—Se ha dado prisa —resoplé.

Regina, todavía arrodillada entre mis piernas, apoyó las manos en mis rodillas y se inclinó hacia delante con una mueca de confusión en el rostro.

—¿Quién? —preguntó, y yo la miré como quien mira la gema más hermosa que haya existido jamás.

—Massimo Berardi.

El timbre de una llamada entrante coincidió con la intimidación que salpicó las bellas facciones de mi esposa, que retrocedió un poco tambaleante para tomar asiento en el borde de la mesa bajera, justo frente a mí.

Descolgué.

—Adelante, habla —dije rotundo—. Y sé concreto, padre.

Las manos de Regina buscaron la mía y se aferró a ella, concentrada en mis ojos. No buscaba darme valor, sabía bien que disponía de sobra. Al fin y al cabo, estaba acostumbrado a moverme por el laberinto poblado de víboras carnívoras que era mi familia. Lo hizo por ella misma, para recordarse que su esposo formaba parte de ese cruel círculo al tiempo que era capaz de adorarla.

—Son pocas las ocasiones en que te he pedido algo —suspiró mi padre al otro lado de la línea.

—Yo no estoy tan de acuerdo —ironicé.

—¿Crees que tu aspereza te permitirá un encuentro conmigo? Sobra que comentemos la urgencia que existe.

Sonreí de nuevo, esa vez de modo que el rumor provocara todo el malestar posible en Massimo Berardi. Me llamaba porque tenía miedo, porque sabía que yo tenía su vida en mis putas manos y cualquier movimiento que yo hiciera le granjearía una muerte más o menos dolorosa, según lo bien que se le diera rogar.

En realidad, no me temía a mí en concreto. Siempre se creyó con ese derecho a considerarse por encima de cualquiera de sus hijos, la falsa certeza de que ninguno de nosotros sería capaz de empuñar un arma contra él. Pero olvidaba que las monarquías de las que él tanto hablaba se habían formado tras un parricidio. Y esa idea ahora me parecía de lo más tentadora.

Lo que había motivado a Massimo a rogarme con semejante sutileza era la inquietud que le producía saber que yo había descubierto sus principales movimientos contra su cuñada. Y la Viuda Verde podía ser muchas cosas, pero, desde luego, no se le daba bien perdonar. No si, para colmo, se trataba de una sedición. Mi padre ya había visto las consecuencias en el pasado, cuando algún necio se había atrevido a robar o desafiar al Marsaskala.

—Te expresas como un siervo —me mofé—. Es muy raro viniendo de alguien con tanta arrogancia.

—Sé que no me dejarás alternativa.

—Exacto, no lo haré —gruñí. Los dedos de Regina se apretaron a los míos, echó una mirada fugaz a Jimmy, como si el gesto fuera a darle un poco más de coraje—. Como tampoco seguiré escuchando tus lamentos. Sabes que nunca he disfrutado de ellos, a diferencia de ti. —Ese maldito sanguinario...—. Si quieres algo de mí, tendrás que ofrecerme otra cosa a cambio.

Le oí coger aire.

—Te escucho.

—Mis empleados... Libéralos. Ya.

—¿Y despúes me dejarás hablar?

—Lo pensaré.

Quizá había llegado el momento de disfrutar de una humillación. Ver a mi padre de rodillas no me parecía tan mala idea.

—Procura que vengan sin un rasguño, porque de lo contrario imaginas cómo terminará el asunto, ¿cierto? —No me hizo falta mencionar a Saveria—. Tienes una hora.

Colgué y me gustó sentir el contradictorio calor que me produjo mi propia frialdad. Era ese hombre despiadado que fue capaz de acariciar la mejilla de su esposa con un cariño amable y sincero.

15

REGINA

La siguiente hora se derramó con una lentitud desesperante. El tictac del bonito y elegante reloj que colgaba sobre la chimenea del salón parecía haberse ralentizado. Lo escuchaba a la perfección, pero desafió por completo el golpeteo apresurado de mi pulso.

Me había situado junto al ventanal, de brazos cruzados y con los ojos fijos en el camino arbolado y empedrado que llevaba a la verja principal de la mansión, esa maldita valla de varios metros de altura que no había contenido a Massimo de su intento por atravesarla. La misma que en el pasado me había hecho sentir segura y a salvo de las perversiones que anidaban fuera de ella. Por allí debían aparecer los mozos, Kannika y Faty; quizá también los jardineros y algún que otro empleado independiente, como lo era el vigía del embarcadero o los solitarios guardias de los extremos de la finca.

Pero el tiempo pasaba y empezaba a creer que Massimo no se había tomado la advertencia de su hijo en serio. No me había gustado ver a Marco en la tesitura de amenazar mientras sus ojos revelaban un siniestro placer ante la idea de ver perecer a su propio padre. Pero no podía culparle. Yo misma había deseado las mismas cosas. Las mismas. Y ahora no lamentaba que Vittorio estuviera muerto.

Sin embargo, una parte de mí, aquella que en el fondo estaba dispuesta a cualquier cosa por desagradable que fuera, se alegró de ver al Marco que temí en el pasado. Me enorgulleció saber que mi cercanía no lo debilitaba, que todavía habitaba en él esa fuerza cruel que le había granjeado una reputación tan oscura.

Era contradictorio, lo sabía. Tan contradictorio como haberme dejado llevar a los brazos de Jimmy Canetti en el peor momento. Pero los últimos días me habían convertido en una vorágine de emociones incontrolables. Por un lado, ausencia, tristeza y dolor. Por otro, mis ganas de ver arder el mundo. Qué más daba lo destructivo que fuera, estaba allí aferrándome a cualquier excusa para soportar el aire que entraba en mis pulmones.

Volví la vista al salón. Se había quedado vacío. Marco lo abandonó en cuanto colgó a su padre y se encaminó a su despacho a hacer unas llamadas. Debía restaurar la seguridad de la casa cuanto antes, y para eso necesitaba contactar con los técnicos de inmediato. Mientras tanto, Jimmy tomó las riendas del lugar y reunió a todos nuestros hombres disponibles junto con los suyos.

Kai Mäkelä, un mercenario finlandés de treinta y ocho años, con rostro inexpresivo y tan frío como su tierra natal y de una corpulencia descomunal. Mirarlo me hizo sentirme minúscula, un insecto al que podía aplastar con facilidad.

Amin Nasser, un jordano de veintinueve años con mirada de serpiente y sonrisa muy inquietante. Si su misión era acojonar a la gente con su mera presencia desgarbada y constante socarronería; desde luego, lo conseguía.

Y después estaban los italianos Carlo Matessi y Gianluca Ciani. El primero parecía tener una relación bastante cercana con Jimmy. Se conocían desde hacía tanto tiempo que no podían disimular su camaradería. Además, se comunicaban casi en silencio, por guiños o empujones, como dos bárbaros criados en algún campamento de guerreros. Era extraño verlo, pero también había cierta belleza en sus actitudes, una complicidad casi adictiva.

El segundo, en cambio, era un poco más reservado y con un aspecto curiosamente amable. Rasgos dulces y atractivos y gestos cuidadosos. Tenía la edad de Atti, y le había oído mencionar que se había criado en Trecase, muy cerca de donde estaba situada la casa franca.

La verdad fue que me costó creerle un mercenario. Y me costó aún más observar que Atti encajaba tan bien en ese aterrador grupo de hombres.

Tuve un sobresalto al ver a Jimmy irrumpir en el salón. Me echó un vistazo contemplativo y pestañeó como si me hubiera dado el aprobado, ignorando que todo mi cuerpo se tensó al verme atrapada en aquella mirada felina.

—¿Marco? —quiso saber.

—En su despacho. —Me costó no tartamudear.

Él torció el gesto y alzó las cejas antes de abrir los brazos y mirar a su alrededor. Lo entendí bien, aquella casa era enorme, un precioso embrollo de pasillos encantadores y rincones fascinantes. Tenía esa curiosa distribución que permitía descubrir las cosas con calma, sin prisas, siempre dispuesta a sorprender.

—Guíame —me pidió. Asentí con la cabeza y emprendí el camino hacia el corredor de ventanales y arcos que había detrás de mí.

Los pasos de Jimmy se mantenían a una distancia prudencial, sentía sus ojos clavados en mi nuca. Estaba segura de que en ese momento no necesitaba prestar atención a nada más, aunque seguro que parte de él, ese aspecto más despiadado y digno de un cazador, iba recogiendo datos en segundo plano. Pero me aturdió que mirarme a mí fuera mucho más importante.

Tragué saliva.

Me sorprendió lo pudorosa que me sentía. Solía ser una mujer bastante arrogante, lo había demostrado en nuestros encuentros anteriores. No me dejaba intimidar con facilidad, era descarada y atrevida, aunque no tuviera motivos para serlo, aunque fuera en contra de mis verdaderos sentimientos. Pero en ese momento me dominó la timidez ante la idea de girarme y toparme con sus ojos clavados en mí. Y no tenía sentido cuando había probado su boca y quizá podría catar su cuerpo cuando me diera la gana. Pero me fue imposible contenerla.

La puerta del despacho estaba entreabierta, solo tuve que darle un toquecito con los nudillos para anunciar nuestra llegada y entrar. Marco había colgado una llamada y soltó el teléfono sobre la mesa. Había sustituido su jersey por una camiseta cuyas mangas había recogido a la altura del codo. Parecía más joven, más bello incluso, a pesar del agotamiento en su rostro.

Nos miró. Primero a mí, después a Jimmy. No entendí la disimulada mueca que advertí en su boca.

—Attilio es bastante bueno en aspectos de seguridad. Se maneja bien con la lectura de los planos y sabe cómo dar con los puntos de conflicto. ¿Tiene formación militar? —dijo Canetti apoyándose en uno de los mostradores.

—No que yo sepa —manifestó Marco.

—No —intervine—. Trabajaba para mi padre. Se crio en los clanes de San Giovanni a Teduccio.

En cuanto lo dije, me arrepentí. No creí que ninguno de los dos supiera lo que yo quería decir. La Nápoles de la Camorra solo la conocían aquellos que la perpetuaban, los que nacían por error en ella o los que se la encontraban por casualidad. Para los demás, solo era una ciudad italiana más en la que poder disfrutar si se evita reparar en sus ruinas.

—Ya veo —Jimmy arrugó los labios y asintió—, un barrio cruel.

Entorné los ojos y fruncí el ceño.

—No más que otros, supongo —dije.

Maldita sea, ni los metros que nos separaban pudieron controlar el poder de aquella mirada cuando se clavó en mí. Casi me vi reflejada en sus ojos, y la imagen que logré atisbar fue la de una mujer asustada y destruida.

—Trabajaba para el bueno de Fabbri y ahora lo hace para su hija —comentó algo desdeñoso.

—¿Insinúas algo? —ataqué.

—Sí, que la lealtad siempre encuentra un camino. Y cuando es honesta, suele impresionar.

Sus palabras me golpearon y, por un instante, lograron suavizar la mortificante presión que me aplastaba el pecho.

—En fin... —recapituló y miró a Marco, que había estado bien atento a nuestro intercambio—. Después de haber inspeccionado el territorio, no recomiendo más guardias. Los tuyos junto con los míos son más que suficientes y perfectamente capaces de afrontar un potencial asalto.

Se me cortó el aliento.

—¿Existe esa posibilidad? —quise saber.

Quizá me entrometía demasiado. Marco siempre me había dejado al margen de sus cuestiones, y yo nunca exigí lo contrario. Pero esa vez no pude irme sin más y dejarlos hablar mientras yo me hacía la necia. Estaba metida de lleno en el asunto, los míos lo estaban, y disponía de la rabia precisa para enfrentarme a lo que fuera necesario, tal vez porque temía la soledad y lo que haría conmigo.

A esos dos hombres que me observaban al calor de aquella impresionante sala no les importó descubrirme con ganas de saber y participar.

—Dado que las cosas van a tomar un rumbo un tanto drástico y delicado, no podemos descartarlo —informó Marco.

—Sobre todo si cabe la posibilidad de que haya un topo cerca —lo secundó Jimmy clavándole una mirada que fue más allá de una relación estrictamente laboral.

Entre ellos dos existía un lenguaje no verbal, una especie de código. Puede que química o afinidad, a saber, pero latía con vigor. Habían encontrado la forma de comunicarse sin emplear las palabras, sin pretenderlo siquiera. Solo a través de gestos, de muecas y de miradas.

Jimmy supo ver que Marco no descartaba la idea de haber estado dando cobijo a un topo. Ese riesgo lo perseguía con tanta virulencia desde que había descubierto que su padre estaba involucrado.

—¿Tenemos algún indicio? —indagó. En el fondo sabía que su mercenario también barruntaba esa posibilidad.

—Ninguno entre los que se encuentran aquí ahora mismo.

Di un paso al frente.

—¿Acaso sospecháis de los nuestros? —pregunté preocupada.

Me costaba creer que mis chicos fueran capaces de algo así. No era posible, joder.

—Cosas peores he visto —resopló Jimmy, y yo negué con la cabeza.

—¿Qué estás diciendo?

—Tu padre te vendió para lograr una alianza. Eso en sí es una traición, ¿no? Importabas menos que sus ambiciones.

—Canetti —gruñó Marco, y él alzó las manos en señal de acatamiento.

Pero sus palabras ya habían causado el efecto deseado y temblé porque era cierto, porque siempre había sabido que mi vida no era más que una marioneta al antojo de las decisiones de mi padre, que ahora tan solo era un cadáver más en la morgue.

—Los técnicos vienen de camino —anunció el Berardi—. Les he pedido discreción, pero preferiría que te encargaras de supervisarlos mientras trabajan.

—No hay problema.

Se oyó un vehículo que se aproximaba. Las ruedas hicieron crujir la grava. Marco retiró un poco la cortina para echar un vistazo.

—¿Son ellas? —pregunté inquieta.

—Sí.

Me propuse salir a recibirlas, pero la voz de Marco me detuvo en el umbral de la puerta. Al girarme para mirarlo, lo descubrí acercándose a mí peligrosamente lento, con las manos guardas en los bolsillos del pantalón y esa mirada imposible de descifrar.

—Dejemos los saludos para después, querida —dijo con suavidad—. Ahora debo ser despiadado y necesito que tú entiendas las razones.

Respiré hondo.

—Vas a interrogarlos... después de lo que han pasado. —Se me cerró la garganta—. Hay otras formas de lograrlo. Yo podría... intentarlo. Hablar con ellos.

Marco negó con la cabeza.

—A veces el miedo es el mejor recurso para obtener la verdad.

—Tú no eres alguien temible —mascullé.

—Que no lo sea contigo no significa que no pueda serlo con los demás.

—Eso ya lo sé, pero...

Se me rompió la voz. No por la situación o por el hecho de saberme tan vulnerable en ese preciso momento en que me encontraba a resguardo en mi hogar, y aun así no quería concederme un instante para llorar. Sino porque no quería ver a Marco convertido en aquello para lo que había sido moldeado. Mi Marco, mi esposo, mi compañero, el hombre que había ido descubriendo al mismo tiempo que él se descubría. Ese hombre no quería ser cruel. Simplemente lo era porque los hechos lo forzaban a ello.

Cerré los ojos. Sus manos rodearon mi rostro, apoyó su frente en la mía y depositó un sutil beso en mis labios, un contacto digno de aliados y leales que me dijo cuán dispuesto estaba a hacer el mal para darme un mundo de bien, ese que solo me había atrevido a soñar en las ocasiones en que más perdida estaba.

A continuación, se alejó. Ya no había nada afectuoso en ese rostro de hielo diamantino y belleza aterradora. Pero sí una señal muy concreta que me indicó que ahora sería un hijo de puta con un propósito legítimo, y no simplemente porque sí.

—Jimmy.

El mercenario lo siguió fuera del despacho, no sin antes echarme un rápido vistazo cargado de seriedad y solemnidad.

Me apoyé en la pared, respiré y traté de deshacer el nudo que se me había instalado en la garganta. Los rayos de sol se colaban en la estancia, impregnaban la madera de las estanterías creando así un halo de luz suave y feérica.

A veces me costaba creer que aquellas cosas tan maravillosas convivieran en el mismo espacio donde lo hacía algo tan terrible. Pero esa era la realidad de la vida, no se podía escapar de la maldad, de sus tentáculos, capaces de arrinconarte en el momento más inesperado. Y en verdad la propia vida no tenía la culpa, esta solo era un regalo que algunos decidían usar para hacer daño.

No me atrevía a poner un pie fuera del despacho. Allí estaba a buen recaudo de lo que sea que Marco estuviera dispuesto a hacer y algo de mí no soportaba verlo en acción. Sin embargo, mis pies se embalaron de pronto hacia delante y me vi a mí misma trotando ligera por el pasillo, atraída por el sonido de unas voces que provenían del salón. Identifiqué la de Marco un instante antes de asomarme por el arco.

La panorámica fue de lo más inquietante. Kannika a un lado,

entre Atti y Draghi, que mostraban un rostro inaccesible de pura frialdad. Jimmy, en cambio, se había apoyado en la columna y observaba la escena con esa feroz calma que siempre desprendía, en sintonía con el resto de sus hombres y de Mattsson que, al verme, enseguida agachó la cabeza.

—Empeorarás la situación si no te expresas, Faty —rezongó Marco.

La ghanesa a sus pies, arrodillada e invadida por los temblores. Sus ropas sucias, su rostro hinchado por las silenciosas lágrimas que derramaba. No se atrevía a mirar a su querido señor, que se alzaba ante ella con una arrogancia de lo más siniestra y poderosa. Sí, muy poderosa. El señor del Marsaskala, el señor de ese maldito infierno de aspecto celestial.

—En esta sala hay hombres que pueden lograr incluso que vuelvas a hablar a pesar de no tener lengua, mujer. —Temblé con ella tras oír esas palabras—. No me obligues a demostrártelo. Solo necesito un gesto de afirmación. ¿Eres tú la espía de Massimo Berardi?

Silencio. Mi corazón retumbando en los oídos. Me costaba respirar.

Finalmente, Faty, en su eterna delicadeza y elegancia, asintió. Marco apretó los dientes y cogió aire. Tal vez nadie entendió que esa verdad le dolía, que esa verdad se acababa de convertir en una carga insoportable.

Se acercó a un mueble, se sirvió una copa del licor que había dispuesto en la bandeja, le dio un sorbo. Se tomó su tiempo en cada gesto. No tenía prisa para indagar en la traición ahora que sabía de quién provenía. A continuación, cogió un bolígrafo y una pequeña libreta de notas que había en el cajón. Los lanzó al suelo, al alcance de Faty. Ella volvió a temblar.

—Bien. Escribe por qué. —Pero la mujer ni siquiera movió un músculo—. Escribe, Faty.

Esa vez la orden fue demasiado severa. Me espoleó hacia delante e irrumpí en el salón atrayendo la mirada de todos, incluso de Faty, que me observó como si fuera la aparición de algún tipo de ángel. Lo ignoré todo, incluso la silenciosa sorpresa de Jimmy Canetti al ver cómo me arrodillaba junto a la ghanesa.

—Ey, tranquila —murmuré cogiéndole una mano. La enterré entre las mías y la miré con toda la tristeza que me comía por dentro—. Háblale a Kannika. Finge que no estamos aquí. Puedes hacerlo.

Notaba los ojos de Marco sobre mí, resistiendo su asombro y, tal vez, un poco de enfado. Pero no estaba allí para contradecirle, ni mucho menos. Solo quería lograr sus objetivos de una forma completamente diferente. Solo quería recurrir al cariño y respeto que se había forjado entre esa mujer y él para conseguir la verdad.

Berardi no intervino, me dejó actuar y consintió que Kannika se acercase un poco para poder interpretar los gestos de Faty. Empezó tensa, con los dedos agarrotados y sin levantar la vista del suelo. Yo situé mis manos sobre su muslo para que no olvidara el contacto, mi cercanía, mi apoyo.

Kannika estaba tan nerviosa que necesitó un momento para comenzar a formar las palabras.

—Dice que tiene un hijo encerrado en el subsuelo del edificio Ceilán.

Un escalofrío me abordó con rudeza y cerré los ojos, conmovida, en cuanto comprendí hacia dónde se dirigía aquella confesión.

—Tiene cuatros años, nunca ha visto la luz del día. Lo amamantaron entre las esclavas que habían encerrado con él, cree que tiene autismo —contó Kannika algo precipitada. Para ella también estaba siendo impactante—. Solo puede verlo una vez al mes. Él ni siquiera la reconoce. Dice que se esconde detrás de Meena, una esclava que habita en el sector de cría.

En la estancia reinaba un mutismo devastador. Aquellos hombres no podían apartar los ojos de Faty. Marco ni siquiera parecía respirar.

—Massimo la amenazó. La tuvo prisionera en las mazmorras durante la gestación y le robó a su hijo en cuanto nació. Después le cortó la lengua para que no pudiera hablar como un castigo por... su...

La mujer se detuvo. Las lágrimas se le escapaban de los ojos. Tosió un poco, se las limpió con el reverso de sus estropeadas y menudas manos. Parecía mucho más pequeña de lo que era, mucho más frágil.

—Continúa —pidió Marco con voz ronca y un tanto entrecortada.

—La castigó por haber engendrado a un hijo suyo.

Miré de súbito a Marco. Sus ojos impactados fueron un reflejo de mi estado.

—¿Es hijo de mi padre? —preguntó mirando directamente a Faty.

Ella asintió. Asintió desesperada, maldita sea.

Marco tragó saliva y se recompuso tan rápido como cabía esperar del príncipe de hielo.

—¿Qué más tienes que decir?

Kannika volvió a toser.

—Dice que lo hizo por él —tradujo—. Massimo sabía que usted la salvaría. Así que cuando usted la liberó, ese hombre la obligó a pedirle ayuda y cobijo para poder espiar lo que pasaba aquí dentro.

Entonces Faty dejó caer los brazos. Su llanto cobró fuerza, le impidió seguir conteniendo los gimoteos ahogados, como si se hubiera quitado un peso de encima ahora que se sabía su verdad. Apoyó las manos en el suelo y empezó a arrastrarse hacia los pies de Marco. En cuanto los alcanzó apoyó la frente en ellos y suplicó. Suplicó con gimoteos que me arañaron el alma, no solo por el sonido tan consternado, sino por el peso de sus tormentos.

Marco apenas resistió que ella le tocara. Se apartó de inmediato y le dio la espalda, incapaz de continuar mirándola en esa posición tan humillante. Entendí que no había sido él quien la obligó a arrodillarse, que ella misma había sentido la flaqueza de sus piernas y se dejó caer.

—Llevadla a su habitación, que descanse —pidió Marco.

—Gracias, señor. Gracias... —le correspondió Kannika acercándose a su compañera.

Atti se acercó a mí al ver que yo enseguida me encargaba de poner en pie a la mujer.

—Vamos, Faty, cariño.

Le hice un gesto con la cabeza a mi compañero para que se quedara, y nos guie a las tres hacia el pasillo que llevaba a sus habitaciones.

Faty seguía llorando cuando la tendí en su cama. Cogí su rostro entre mis manos y besé sus mejillas.

—Todo saldrá bien, ya lo verás. Deja que Marco lo arregle —murmuré mientras ella me observaba llena de pena—. Iré a por algo de agua, enseguida vuelvo.

Apenas llegué a la puerta. La tos de Kannika me estremeció, irrumpió como una tormenta. La miré. La mujer se había apoyado en el armario para poder mantenerse erguida mientras su garganta crujía. Era un sonido feo y preocupante. Tanto que me temí lo peor.

Y el resultado llegó cuando la tailandesa terminó desplomándose sobre el suelo. Grité su nombre y me lancé a ella al tiempo que Faty. Toqué su frente. Estaba perlada en sudor y quemaba. Necesitaba un médico de inmediato.

Salí de allí a toda prisa.

—¡Marco! ¡Atti! —exclamé, y todos los hombres me miraron aturdidos—. Es Kannika, se ha desmayado, tiene mucha fiebre.

Marco fue el primero en reaccionar y me pasó de largo como si fuera un vendaval.

Jamás imaginé que lo vería coger en brazos a esa mujer con tanta delicadeza.

—Atti, conmigo —dijo encaminándose al vestíbulo—. Jimmy...

—Ve tranquilo —lo interrumpió.

Quizá debería haber sido al revés, pero, ante un momento de inevitable vulnerabilidad, Marco quiso tener cerca al hombre que sabría entenderlo, seguro de que su mercenario no dejaría que nada me pasara.

16

MARCO

La primera vez que vi a Kannika la descubrí llorando. No eran lágrimas de pena o nostalgia. No tenía nada que ver con sus emociones, sino con el dolor físico. Supe que la habían azotado por las sutiles huellas de la sangre que había calado la tela de su uniforme de blanco marfil con delantal de cinturilla de color azul oscuro.

Se había quitado la cofia obligatoria y se pellizcaba un hombro para aliviar las molestias. Pero las lágrimas seguían cayéndole gruesas por las mejillas. La habían azotado y hasta el roce de la ropa le ardía, y yo me pregunté qué demonios había podido hacer alguien como ella, tan delicada y en apariencia agradable, para merecer un castigo tan rotundo.

Me la quedé mirando. Ella todavía no se había dado cuenta de mi presencia en aquella recóndita terraza del edificio Hanói. Yo no tenía permitida la entrada allí. Por lo poco que sabía, era el lugar más controvertido de la zona, solo apto para aquellos con autorización. Pero a mí me importaban un carajo las normas, aunque eso todavía no fuera del conocimiento de mi familia. Así que, como me creían obediente, nunca me buscaban en ese lugar, y yo podía respirar tranquilo sin que ninguno de ellos me molestara.

A los doce años ya era más alto que Kannika. La mujer de espalda encorvada y cintura ancha. De mejillas caídas y ojos asombrosamente rasgados de un tono canela ambarino. Por los comentarios que me habían llegado, se decía de ella que no era agraciada. Demasiado recia, a pesar de las hambrunas. Demasiado fachosa, a pesar de sus orígenes.

Mamá decía que las tailandesas eran pura belleza y que Kannika parecía un insulto andante. Pero mamá siempre decía muchas gilipolleces.

Ese día pensé que Kannika era más hermosa de lo que se decía. No había nada de grotesco en ella en sus cuarenta y cinco años de edad. Solo tenía un atractivo poco habitual, que incrementaba con sus movimientos cargados de delicadeza y su mirada amable.

Estornudé. Sí, estornudé porque estaba rodeado de flores y, por entonces, el polen me perjudicaba bastante con la llegada de la primavera. Kannika se estremeció y se giró sobresaltada. Al verme, enseguida recuperó la compostura, cruzó las manos sobre su regazo y me hizo una reverencia adornada con una preciosa sonrisa.

La odié tanto… No me pregunté por qué. Simplemente odié verla sometida a lo que sea que yo estuviera dispuesto a pedirle.

Me puse en pie y la miré con una indiferencia hiriente. Se había vuelto un puto hábito.

—Yo no diré que la he encontrado aquí y usted no dirá que me ha visto, ¿entendido? —espeté.

—Muy agradecida, señorito Berardi —dijo ella con un torpe acento italiano.

A partir de entonces, en las ocasiones en que se cruzaba conmigo, Kannika siempre tenía una sonrisa para mí, como una especie de ofrenda a mi silencio, no al suyo. Era como si guardar ese secreto la hiciera sentir gratificada. Ya tenía algo a lo que aferrarse, aunque yo jamás le hubiera dado motivos para aliviarla.

Con el tiempo, encontrármela casi se convirtió en una referencia de lo más natural. Nos topábamos constantemente en esa misma terraza. Se volvió una costumbre tácita. Nunca mantuvimos una conversación. Solo nos quedábamos allí, disfrutando de ese instante de sosiego mudo, rodeados por un paraje que invitaba a imaginarnos muy lejos de la crueldad que habitaba en aquellas paredes. Ella con esa mueca de pura gentileza, delimitada por las arrugas que empezaban a bañar su pintoresco rostro. Yo mirándola solo cuando sabía que no podía verme, pensando que lo conocía todo de mí a pesar de no haberle contado absolutamente nada.

Al cobijo de la sonrisa cómplice de Kannika me parecía notar un resquicio de emoción muy placentero. Jamás me preocupé por saber el porqué, a veces incluso lo detestaba. Pero cuando llegó el momento de alejarme de ese nido de arpías, fui a buscarla a la misma terraza que se había convertido en nuestro rincón.

—Las obras de mi residencia han terminado. —Me dirigí a ella con gran seriedad, ignorando el modo en que sus manos empezaron a temblar—. Me trasladaré mañana.

—Cuánto me alegra, señor Berardi.

Pero mentía. No se alegraba de verdad, eso lo supe bien.

Pesaron sobre ella los discretos momentos de compañía que habíamos compartido a lo largo de los últimos once años, y reconocí que era el único que la había mantenido con esperanza porque todo lo demás se encargaba de hundirla.

Aun así, forzó la misma sonrisa con la que solía obsequiarme, esa vez más tensa y triste.

—Recoja sus cosas. Vendrá conmigo —le anuncié.

No le contaría que había reservado una habitación para ella en mi casa ni que me complacía la idea de saber que ya no tendría que obedecer a ninguno de los hijos de puta que vivía allí.

—¿Qué...?

Me miró con estupor. Las pupilas bien abiertas, los labios temblorosos, la palidez invadiendo sus mejillas.

—Si tiene alguna objeción, diga que no.

—No tengo ninguna —respondió precipitada.

Me molestó muchísimo porque aquello no era una orden que debiera acatar, sino una posibilidad. Una maldita alternativa que ni yo entendía por qué se la ofrecía.

—No creo que me haya entendido. He dicho que...

—Le he entendido, señor —me interrumpió contra todo pronóstico, con el orgullo y la emoción destellando en sus ojos de párpados arrugados—. Estaré lista.

Esa vez sonrió plena. Me aturdió el calor que percibí en mi vientre.

—Bien. —Tragué saliva—. Una vez que llegue a la residencia, se liquidarán sus servicios y podrá irse cuando quiera.

Debía ser justo y ofrecerle también esa oportunidad.

—¿Adónde? —preguntó.

—Eso deberá decidirlo usted misma.

—Solo sé servir. No hay lugar para mí fuera de aquí.

Apreté los dientes. Esas palabras me abrieron un agujero en el pecho y se instalaron para siempre dentro de mí.

—La recogerá un vehículo a primera hora de la mañana en la entrada.

Me dispuse a abandonar la terraza.

—Señor...

—No me dé las gracias, por favor.

Al día siguiente, Kannika entró en su nueva habitación. Una estancia de treinta metros cuadrados con baño privado, acceso al jardín, cama amplia, muebles a estrenar y un catálogo de decoración esperando sobre la cómoda, para que ella misma escogiera cómo engalanar su espacio.

Nunca supo que la oí llorar durante horas ni que resistí sus sollozos al otro lado de la puerta, como si fuera un distante protector, hasta que se quedó dormida. Solo entonces yo pude hacerlo, y recuerdo que miré la estampa de mi jardín salpicado por la madrugada y respiré secretamente aliviado.

Kannika tenía neumonía. Apenas había estado un día en una mazmorra, pero la humedad y las carencias hicieron de las suyas. A sus sesenta y tres años, la tailandesa tenía una salud algo delicada por las décadas de vida insalubre. Era diabética y asmática.

No era la primera vez que caía enferma. En más de una ocasión había tenido que ser estricto con ella para que guardara reposo, pero era una mujer tan terca como una mula.

El doctor no me dio muestras de preocupación dado que la infección se había cogido a tiempo. Dijo que solo estaba un poco deshidratada y que necesitaba descansar mientras los antibióticos hacían efecto. Le habían puesto oxígeno y vigilaban sus constantes. Unos días de ingreso y dispondría del alta.

Con todo, no pude evitar la conmoción ni tampoco mis ganas de tomar asiento a su lado y cogerle la mano. Detalles que en el pasado ni siquiera se me habrían pasado por la mente. Pero ahora quise hacerlo, algo de mí lo exigía, y me emocionó ver que Kannika todavía tenía una sonrisa guardada para mí pese a su evidente somnolencia.

—Le debo la vida por segunda vez... —Cerró sus dedos atrapados entre los míos—. Marco...

Temblé por dos razones. Una, por su creencia de que yo la había salvado; dos, porque era la primera vez que me llamaba por mi nombre sin añadirle etiquetas formales o creerse forzada a hacerlo. No había conseguido que se refiriese a mí de ese modo ni siquiera cuando se lo pedí personalmente días atrás.

—Usted no me debe nada, Kannika —le aseguré apoyando el mentón en sus nudillos.

Sería sincero conmigo mismo y me diría que me partía en dos verla postrada en una cama de hospital por culpa de los resentimientos de mi maldito padre.

—¿Puedo contarle algo? —murmuró.

Yo asentí con la cabeza, esperé a que tosiera un poco y dejé que sus ojos me ofrecieran un reflejo de mí mismo que no había visto nunca. El reflejo de alguien generoso y clemente.

—No me han dejado ser madre, pero sí he conocido el orgullo que se siente —afirmó. Esa mujer me tenía en demasiada estima, maldita sea.

—Qué orgullo tan lamentable, que se cree en la obligación de servirlo cada día —rezongué decaído.

—Es mi orgullo y mi triunfo, no lo desprecie con sus inseguridades —aseveró como nunca antes—. Jamás fue cruel en su hogar. Ni conmigo.

—Lo fui si miré hacia otro lado mientras usted sufría, y lo peor de todo es que, entonces, no lo lamenté.

Lo dije con la voz un poco rota y la garganta cerrada.

—Y, aun así, aquí está, con ese rostro de ángel y esas manos caritativas. Ojalá pudiera verse a través de mis ojos. —Lo estaba haciendo, y me hundía—. Se merece tantos placeres, Marco. Se merece tantas alegrías…

Negué con la cabeza.

—Habla su gratitud innata. Siempre fue una mujer demasiado piadosa para este mundo.

Me sonrió de nuevo.

—Le brillan los ojos.

«Por tu culpa, mujer. Por tu maldita culpa», pensé, y no supe si me refería a Kannika o a mi esposa. Porque, aunque me había ganado la lealtad de Kannika mucho antes de conocer a Regina, había sido ella quien había roto la presa que contenía mis emociones.

Cerré los ojos.

—¿Podría al menos dejar de hablarme así? —le rogué. No soportaba que siguiera tratándome como a su amo. Y ella alejó su mano de las mías para llevarla a mi mejilla.

—Mi Marco... —Me acarició—. Mi muchacho.

Me importó una mierda que ella pudiera ver cómo se me empañaba la vista hasta formar un pequeño cristal líquido que se deslizó por mi cara.

Attilio y Draghi esperaban en la cantina del hospital. Se habían pedido una cerveza y charlaban con tranquilidad y cierta camaradería. No eran hombres muy versados en hacer amigos, sus caracteres reservados complicaban la tarea. Digamos que ellos tardaban un poquito más en abrirse a la gente, pero no por ello se privaban de disfrutar del contacto con otra persona.

Me satisfizo verlos juntos. Me satisfizo saber que me observarían, sacarían sus propias conclusiones sobre mi estado y callarían para no hacerme sentir vulnerable. Porque sabían que hablar me molestaba, me humanizaba demasiado.

Me acerqué a ellos. Mi tendencia innata a analizar el lenguaje corporal de la gente sobresalió. Había preocupación y un poco de amargura en ellos. También rabia, una muy silenciosa y contenida, como si supieran que todavía no era el momento de sacarla a pasear.

—Ven, siéntate con nosotros —sugirió Atti—. Tienes aspecto de necesitar algo más fuerte que esto.

—Me gustaría ir a casa.

—Irás. Después.

Solo un hombre como él, que solo respondía ante su lealtad a Regina Fabbri, podría haberse atrevido a hablarme de ese modo. El napolitano se levantó y se encaminó a la barra en cuanto vio que tomaba asiento en la silla que quedaba libre. Draghi me observó curioso y un poco asombrado con mi reacción. Seguramente esperaba que soltara algún comentario áspero, pero no tenía ánimos, por extraño que fuera.

—¿Kannika? —preguntó mi segundo.

Me había desplomado sobre la silla. Estaba agotado.

—Se ha quedado dormida.

—Me quedaré con ella esta noche.

Asentí.

Draghi rascó la etiqueta de su botellín. Quería hablar, quería acercarse a mí, ser ese amigo que había mencionado días atrás. Pero la jerarquía entre los dos lo impedía. No, no. Yo lo impedía.

«Ponlo a prueba, Marco», mis pensamientos adoptaron la voz de Regina y casi la pude ver ante mí con ese mohín de mocosa sabionda. «Quizá el problema lo tengas tú y ese palo que te han metido en el culo, estirado de mierda».

Cogí aire. Era agotador. Y extrañamente acogedor.

—¿Estás bien? —pregunté por impulso.

Draghi me observó aturdido. Frunció el ceño e incluso se vio tentado de mirar hacia atrás para corroborar que le hablaba a él y no a otro.

—¿Yo? Eh... —Se enderezó—. He tenido días mejores.

—En eso estoy de acuerdo —aseguré y lo miré a los ojos.

Los suyos, de un bonito azul moteado de gris. Cálidos, vigorosos, profundos, me recordaron las ocasiones en que una vez me atreví a desearlo. Pocas, fueron muy pocas. Estimaba demasiado sus virtudes como para ensuciarlo con mis fantasías. Pero a Draghi era fácil quererlo. Su carisma, su templanza, su contundencia, cualidades que iban más allá de su excelente físico y evidente atractivo.

Se inclinó hacia delante con una sonrisa mal disimulada en los labios y cruzó los brazos sobre la mesa.

—¿Intentas mantener una conversación trivial conmigo, Marco? —preguntó curioso.

—Facilitarías las cosas si actuaras con toda la normalidad posible.

Asintió con la cabeza y cogió aire. Parecía cómodo y orgulloso, encantado con el hecho de saber que había escuchado sus peticiones y las había tenido en cuenta.

«Mi amigo». Sí, por qué no, podía serlo. Quería que lo fuera.

—¿Cómo estás tú? —indagó—. Puedo imaginar lo duro que ha debido de ser descubrir todo lo que ha revelado Faty.

Apreté los dientes.

—Tengo un hermano encerrado en los subterráneos del Ceilán que ni siquiera conoce la luz del sol. Es una putada.

—De las gordas, sí —resopló.

No me había permitido pensar en ello. Si lo hacía, enseguida volvía al momento en que Faty creyó adecuado besarme los pies delante de todos mis hombres y de Regina, como si yo fuera una especie de dios al que venerar, cuando lo cierto era que los remordimientos habían empezado a devorarme por dentro.

Un niño nacido en las sombras, criado en ellas, alimentado por los senos de una extraña mientras su madre contaba los días para verlo atrapada en mi hogar, fingiendo tranquilidad, ofreciéndome un respeto que no merecía.

Mi hermano. Un hermano, maldita sea.

Attilio regresó y me puso frente a las narices un vaso de whisky. Lo acepté de inmediato.

—Da la orden y lo tendrás en tu casa antes de que caiga el sol —dijo con una serenidad aplastante.

Tras esas palabras habitaba la templanza de un depredador al que no le importaba la sangre.

Miré el reloj. Las siete de la tarde.

—Apenas falta una hora para que empiece a anochecer —le advertí. Y él me regaló una sonrisa feroz.

—Fíjate lo rápida que sería la incursión.

Di un sorbo al alcohol. Suspiré y dejé la vista clavada en mi vaso.

—¿Se me vería como un hijo de puta si digo que prefiero esperar?

—Bueno, no me estarías contando nada nuevo —se mofó Attilio ganándose de inmediato un codazo de Draghi.

—Capullo —murmuró mi segundo ensanchando la sonrisa del napolitano.

—Si ese niño existe de verdad, ¿cómo coño me enfrento a él? —aventuré con asombro.

Ambos me observaron respetuosos.

—Es un crío de cuatro años, Marco —comentó Attilio—. Cuando te vea, se acojonará. Cuando le hables, sentirá la tentación de mandarte a tomar por culo. Cuando te conozca, te será leal.

Lo miré y entendí de golpe por qué Regina lo adoraba y también por qué yo había empezado a hacerlo mucho antes de darme cuenta. Ese tipo era impresionante.

—¿Sabemos algo de Gattari? —pregunté.

Necesitaba controlar las emociones. Corría el riesgo de derrumbarme en cualquier momento, y eso me hacía sentir inseguro y ridículo. Bastantes demostraciones de estupidez había ofrecido ya en las últimas horas.

—Está en el hospital de Olbia, junto a los demás —comentó Draghi—. Se recupera, Marco.

—Bien. Esa es una gran noticia.

Se miraron entre ellos como harían dos compañeros que se conocen demasiado como para usar las palabras. Detecté una energía sutil, desconocida para los dos, mal disimulada. Era tibia y enigmática, la clase de sensación que pilla de improviso quizá un poco molesta. Nacía de Draghi, Attilio simplemente la acogía porque la curiosidad lo empujaba. Y enseguida comprendí la de horas de mortificación y confusión que ambos tendrían que soportar antes de entender qué ocurría.

Pero también percibí la existencia de una información que exigía salir a la luz.

—Soltadlo ya, venga —les pedí.

Y Draghi dijo:

—Ha llamado tu padre.

Era de esperar. Tenía prisa por asegurarse de despertar vivo por la mañana.

—Se me ocurren otros apelativos, la verdad. —Fui espontáneo, y a Attilio le encantó.

—Ese hijo de puta quiere una reunión de inmediato —anunció.

—Dice que ya ha dado algo a cambio, que merece una respuesta favorable —añadió Draghi.

—¿Te parece que hijo de puta es la referencia más adecuada? —preguntó Attilio—. Lo cierto es que no hay una palabra concreta que describa todo lo que me provoca. Necesitaría hacer una redacción.

Me eché a reír.

—¡Pero bueno, el señor «soy un puto estirado de mierda sin emociones» acaba de sonreír! —exclamó el napolitano recibiendo otro codazo de mi segundo.

—No lo estropees, Verni —le advertí irguiéndome en la silla.

Pero ya era muy tarde para disimular. Había sonreído.

—Y encima me llama por mi apellido —se enorgulleció—. Todo un logro, ¿no crees, Draghi?

El aludido lo miró con picardía.

—Por supuesto.

Me puse en pie, eché mano de la cartera, solté un billete de cincuenta para pagar la consumición de la mesa y me coloqué la chaqueta.

—Vámonos.

No miré atrás.

—¡Tengo las llaves de tu coche, Berardi!

—¡Pues mueve el culo, Verni!

Volví a reírme, a pesar del nudo que me apretaba el pecho.

17

REGINA

Faty dejó de llorar un rato después de haber ingerido el tranquilizante que ella misma guardaba en el cajón de su mesita de noche. Había sabido, por sus garabatos sobre su libretita, que solo lo usaba cuando las pesadillas la abordaban con la guardia baja. Tal vez dos o tres veces al mes, y la mayoría coincidían con las ocasiones en que se le permitía visitar a su hijo.

Le pregunté cómo se llamaba.

Sammy. En honor a su hermano mayor, que murió tiroteado intentando salvarla el mismo día que ella fue secuestrada por la trata.

Me enseñó unas fotos. De ambos. El estado de las fotografías revelaba su uso, la de horas que la ghanesa se había pasado observándolas y acariciándolas en busca de un poco de paz interior. En la primera aparecía un hombre de piel trigueña con unos bonitos ojos oscuros que sonreían con bondad. Tenía a una pequeña Faty entre los brazos. En la segunda, su hijo no miraba a cámara, era demasiado infante, apenas un año o dos. Había heredado los rasgos de su madre, pero esa bonita cara rechoncha estaba coronada por unos ojos azules turquesa infrecuentes en su raza. Los ojos de Marco Berardi.

Contuve entonces el ramalazo de absoluto estupor por esa realidad. Sammy Mansaly, el hijo de una esclava, también hermano de mi esposo, atrapado en las garras de un lugar tan nefasto. Usado por su propio padre para extorsionar a otro de sus hijos.

Era tan descabellado como ruin. Y muy doloroso. No quería

ni imaginar cómo estaba asumiendo Marco esa verdad. Solo sabía que su reacción se quedaría para siempre guardada en mi memoria.

Faty apoyó su pulgar en mi frente. Repasó la curva de mi ceño. Los ojos se le cerraban cuando sus labios formaron un «gracias» muy silencioso. Se quedó dormida, y yo la arropé antes de marcharme de allí notando un nudo en el estómago.

Esa mujer ahora estaba a salvo. Kannika se encontraba en el hospital, se pondría bien. Y Gennà, aunque encerrado en su habitación ajeno a todo lo que había pasado, no tendría que soportar el peso de Secondigliano sobre sus hombros.

Dentro del oscuro océano en el que me sentía atrapada, al menos advertí ciertos destellos de luz, un rastro de tierra firme. Como si mi hermana me estuviera enseñando el camino hacia un territorio de bienestar, aunque su ausencia fuera mi mayor lamento.

Me encaminé a las escaleras del ala oeste, las más próximas a los aposentos del servicio en la planta baja. El sol las bañaba con su luz dorada, ahora mezclada con el toque anaranjado propio del atardecer. Subí despacio, dejándome acariciar por el delicado calor que desprendían, y mi mano se deslizaba por la baranda de forja gruesa al tiempo que sentía la tentación de cerrar los ojos y romperme en mil pedazos.

Allí no tenía que disimular. Era mi refugio, aquellas paredes me cobijaban, nunca me hostigarían o juzgarían. Estaban diseñadas para abrazar.

A veces creía que Marco había esbozado ese lugar inspirándose en el laberinto que era su propia vida, pero para dotarlo de los rincones que a él le hubiera gustado encontrar cuando la incertidumbre lo consumía.

En una ocasión me contó que había empezado a dibujarla cuando apenas tenía ocho años. Pequeñas notas que escondía bajo el colchón de su habitación. Fue acumulándolas con el tiempo hasta el momento en que decidió unirlas. Descubrió en ellas un puzle de intenciones que no quiso comprender, que solo envió a los arquitectos para que le dieran una forma precisa y lógica.

Lo lograron. Sea como fuere, por absurdo que pareciera obedecer a los garabatos de un crío, esas líneas quiméricas que desafiaban las leyes de lo técnicamente posible se hicieron realidad. Y ahora esa casa era una constante exploración. Uno jamás podía conocerla del todo. Siempre asombraba con algo nuevo, aunque hubiera estado ahí desde el principio, quizá oculto para sobresalir en el momento preciso.

En cada uno de los espacios podía leerse una intención, un objetivo: ser sin demostrar nada, desnudar el alma.

Sí, mi alma se fue despojando de las aviesas redes de los últimos días mientras el espacio me murmuraba, a través de aquel pacífico silencio que reinaba, que la ausencia y su dolor anidarían en mí, pero siempre podría recurrir a ese lugar para encontrar un poco de alivio.

Seguí subiendo, apretando los dientes, exigiéndome un poco más de resistencia.

«Todavía no», me dije sin saber muy por qué.

Lo entendí cuando vislumbré la puerta de la habitación de Gennà. Bien cerrada. Asombrosamente lúgubre, teniendo en cuenta la preciosa iluminación.

Me acerqué un tanto insegura. Algo de mí sabía que no recibiría respuesta. Pero lo intenté. Apoyé las manos en la madera y después la frente.

—Gennà... —dije con voz temblorosa—. ¿Estás bien, cariño? Silencio. Desazón.

Ese muchacho creía haber cavado nuestras tumbas por el simple hecho de haber regresado a su verdadero hogar.

—Dime algo, por favor. Lo que sea.

Nada. Más silencio. Y las lágrimas que amenazaban en la comisura de mis ojos. Nos daría tiempo, a él y a mí.

—Estaré esperando. Hablaremos cuando tú quieras. Solo espero que recuerdes que estoy aquí, que lo estaré siempre.

Me alejé consciente del llanto en el que se estaba ahogando Gennà, un llanto en el que no me quería ver participar.

Me propuse ir a mi habitación, darme una ducha, descansar un poco. Sabía que no lo conseguiría, pero el agotamiento escalaba por mis músculos, me reclamaba. Habían sido unos días tan duros...

Sin embargo, me vi dudando en el umbral de mi puerta. Miré hacia el final del pasillo. La última habitación, aquella que debía conectar con la casita del árbol a través de un corredor de arcos de madera y enredaderas de jazmín, permanecía cerrada.

Sentí que algo tiraba de mí. Obedecí casi embrujada. La voz de mi hermana sonaba en el fondo de mi cabeza. No, no era su voz, sino su sonrisa. Alegre y contagiosa. Dichosa y emocionada. Tan inocente.

Acaricié el pomo. La risa se hizo más amplia, cerré los ojos. Las lágrimas me quemaban en los párpados, querían salir, pero un muro piedra maciza las contenía. Esa barrera era mi razón, la tonta creencia que me decía que llorar borraría el rastro de Camila.

«Enana, si estás ahí, mándame una señal», le rogué y casi de inmediato sentí un escalofrío. Fue muy suave, como sus dedos cuando se apoyaban en los míos en busca de calor o seguridad. Empezó en mi nuca y se deslizó por mi espalda, calentándome las entrañas.

Liberé un jadeo ante aquella sensación tan balsámica. Era sucio pensar que me recordó a lo que sentía cuando me invadían los efectos de algún estupefaciente. Lamentable, pero así fue. Y me aferré a la experiencia como si fuera un náufrago a punto de ser rescatado después de meses intentando sobrevivir.

Sin embargo, Camila no tuvo nada que ver. O quizá sí, a través de él.

Noté la prudente cercanía de Jimmy Canetti a unos metros de mí. Eché un vistazo muy disimulado. Lo vi entre los mechones de mi cabello. Tan magnífico y cautivador, con las manos en los bolsillos de su vaquero y esa mirada insondable.

—Es de mala educación espiar a la gente —dije intentando sonar presumida. Él se encogió de hombros.

—Solo estoy haciendo mi trabajo.

—Se te da bien, la verdad...

Me recompuse antes de encararlo. Me creía una buena mentirosa. Si yo fingía frivolidad y seguridad en mí misma, la gente solía creerlo. Pero en esa ocasión lo tuve bastante difícil. Jimmy ya me había visto llorar.

—No tanto si me has percibido.

Ambos sonreímos. Fueron muecas suaves, un tanto diplomáticas y que apenas buscaban disimular lo extraño que era sentir esa ardiente afinidad que había entre los dos.

—¿Qué hay tras esa puerta? —La señaló con el mentón mientras se acercaba un poco. Solo un poco. Se detuvo junto a mi habitación.

—El recuerdo intacto de lo que debería haber sido. La habitación de mi hermana —confesé.

—¿No vas a entrar?

Tragué saliva.

—Si lo hago, su muerte me golpeará de nuevo.

Las mentiras no servían de nada para los ojos de un cazador. Era probable que Jimmy me dejara mentirle, pero me incordiaba saber que veía la verdad escondida en mi piel.

Empecé a moverme hacia él. No supe si atraída por la excitación que noté en el vientre, pero no pude evitarla mientras sus ojos se mantenían fijos en mí. Algo muy recóndito de mí confiaba en que ese hombre era el único que ahora podría acoger mis miserias sin que estas lo perjudicaran. Jimmy Canetti sabría soportarlas porque no estaba implicado emocionalmente y, de algún modo, entendería que prefería evitar compartir el dolor con mi gente. No les haría más daño.

—¿Recuerdas aquella noche, mercenario, cuando no quisiste darme tu nombre? —pregunté bajito, y me apoyé en mi puerta, a solo unos centímetros de él.

Su maravilloso aroma amenazó con nublarme los sentidos.

—Como para olvidarla... —suspiró.

Preferí no pensar qué escondía aquel comentario.

—Dijiste que Marco Berardi nunca me haría daño. Intuiste que esta casa se convertiría en mi refugio y que él sería un compañero digno... —Descansé la cabeza en la madera y cerré los ojos—. Todo eso se va a perder mi hermana...

Jimmy no dijo nada. Sabía que no buscaba una respuesta. Sabía que solo me conformaba con saber que podía hablar sin sentirme una frágil necia. Porque extrañamente su mirada felina me hacía creerme lo contrario.

—En fin, lo que quiero decir es que no te equivocaste —suspiré forzando una sonrisa. Ese hombre me miraba como lo haría un amante dispuesto a cualquier cosa—. ¿Cómo lo supiste? —pregunté.

—Puro instinto.

—Mientes muy bien.

Alzó las cejas.

—Ese también es mi trabajo.

—Ya veo... —murmuré—. Entonces, cuando hable contigo, ¿debo pensar que estás interpretando un papel?

Era una pregunta ridícula después de lo que había pasado a los pies del mausoleo de Ana y la conversación que estábamos manteniendo en ese preciso momento. Más allá de lo que ese hombre fuera, más allá de la inevitable atracción entre los dos e incluso de los inapropiados ruegos que le había hecho en la casa franca, Jimmy estaba escuchando como si fuera un amigo, y eso no formaba parte de sus labores.

—Necesito un descanso —suspiré pellizcándome la frente—. ¿Me deja pasar, señor Canetti?

La ironía le hizo sonreír.

—Me gusta más cuando me llamas mercenario. Ofrece un punto más... insinuante.

Abrió mi puerta y se apartó.

—Lo recordaré la próxima vez que hablemos. Hasta luego.

Me dispuse a cerrar, pero sus manos lo impidieron. Se acercó y yo me preparé para su perfume, para la erótica calidez que desprendía su cuerpo y el impacto de su presencia a solo unos centímetros de mí. Cualquier movimiento que hiciera, incluso apartarme, me obligaría a tocarlo. Y la cama estaba demasiado cerca. Esperaba cubierta por un manto de remordimientos.

Ese cazador me daría placer, me haría olvidar, pero me hundiría en una oscuridad demasiado tortuosa. La culpa, la decepción.

—Antes... —Miró mi boca—. Ha sido una suerte que hayas puesto distancia entre los dos.

—¿Por qué? —murmuré alzando el mentón.

—He estado a punto de follarte en ese lugar, tal y como lo estuve esa noche que no puedes olvidar.

No me dejé impresionar por la rotundidad de su voz gutural. Preferí reflexionar sobre lo consciente que era de la huella que había dejado en mí su recuerdo.

—¿La arrogancia también es una de tus cualidades? —ironicé.

—Contradíceme, adelante.

Estaba atrapada en aquellas peligrosas pupilas. Ahora parecía una noche estrellada.

—La galantería se agradece de vez en cuando, mercenario.

—¿La prefieres a la honestidad?

—A veces... —Agaché un poco la cabeza, las mejillas se me habían encendido—. Otras no tanto.

—¿Y ahora? —me susurró un poco más cerca.

De pronto, entendí a qué jugaba. Jimmy me estaba dando la oportunidad de ser consolada por él. Me estaba lanzando una soga para que me aferrara a ella antes de caer a ese pozo que había mencionado antes y que yo empezaba a vislumbrar a mis pies.

Dejando a un lado las preguntas que me suscitaba ese gesto, reparé en que no buscaba hacer de sus manos unas garras con las que arrancarme el dolor. Sino hablar y escuchar como lo haría un amigo, enseñarme a asumir la ausencia sin que me sintiera sucia por desearlo ni egoísta por ansiar olvidar.

—Si quiero llorar, lo haré en cualquier parte. Y tú fingirás ser galante y me dejarás en paz. —No usé la insolencia, más bien parecía un ruego.

—O podría esperar a que te des un baño y bajes a tomar una copa conmigo. Llorar en compañía alivia.

—¿Escucharás cada uno de mis lamentos?

—Ya he empezado a hacerlo.

Sí, era cierto. Mi mente se había llenado de él. En ese momento solo podía pensar en su cercanía y en sus ojos y su boca y sus manos y cada pedazo de piel que lo conformaban.

Jimmy quería acogerme en su pecho e invitarme a llorar sobre él. Guardaría el secreto, se dedicaría a abrazarme, me acariciaría cuando los resuellos fueran demasiado ahogados. Y acordaríamos tácitamente no preguntar por qué lo hacía, por qué un cazador como él estaba dispuesto a darme cualquier cosa que pidiera.

—En este caso, tu compañía es una de mis mayores preocupaciones —dije cabizbaja—. Además, me asombra que entre tus obligaciones esté tratar de consolarme. —Qué oportuno fue el disfraz de altanera, aunque ninguno de los dos nos lo creyéramos—. Pero gracias... Otra vez...

—No servirá de nada cuando cierres esta puerta.

Retrocedí un par de pasos y la entorné.

—Promete que no espiarás —le pedí. Jimmy me dedicó una sonrisa pícara.

—Sé muy bien lo que se esconde bajo tu ropa, Regina. A pesar de no haber visto tus atributos. Por ahora.

Me estremecí.

—No pongo en duda tus conocimientos sobre anatomía femenina, Canetti. —Me estrujé los dedos—. Promételo.

—Promete tú que no caerás.

—He dejado la puerta abierta. Si eso pasa..., podrías entrar —terminé susurrando.

—¿Me dejarás? No tu rabia ni tu dolor ni tu imposibilidad para soportar tanta mierda. Sino tú. ¿Me dejarás tú porque sea lo que realmente quieres?

Abrirle la puerta de mi habitación a un mercenario con las manos manchadas de sangre, con el corazón henchido de piedra y horas de brindar sufrimiento.

No debía mentirme a mí misma. Aquella cautivadora cara y ese poderoso cuerpo estaban creados para atraer hacia las tinieblas. Fingir era su especialidad, mentir era su estilo de vida. Embaucar y cegar para atraer a sus presas. Yo no era más que un juego, una mera diversión en medio de un trabajo que le había encargado uno de sus principales clientes, mi esposo. Pero me pregunté si alguien así de verdad habría sido capaz de reconocerlo sin pudor y aun así ofrecerme alivio. Quizá yo era tan retorcida y cínica como él. Y se me ocurrió que era una buena forma de castigarme.

—Promételo —insistí.

—Te daré esta ocasión. La próxima te lo pondré un poco más difícil.

Escuché cómo se alejaban sus pasos.

No cerré la puerta, pero sí lo hice con la del baño. Llené la bañera de agua caliente y me desnudé aprisa mientras aquella espesa niebla de vapor invadía el lugar.

Una vez dentro del agua, me aferré a mis piernas y lloré hasta derramarme por completo.

18

GENNARO

«Estaré aquí. Lo estaré siempre».

Las palabras de Regina me sumieron en una insoportable tormenta de lágrimas en la que se vertió el último atisbo de ingenuidad que habitaba en mí. Porque deberían haber sido hermosas y puras, y yo las había manchado de terrores.

«No es cierto», me habría gustado decirle. Porque el «aquí» y el «siempre» iban a quedar reducidos a la nada más absoluta en cuanto Massimo Berardi fuera informado de la demencia de su hijo y de mi incapacidad para negarme a sus brazos, pese a haberlos despreciado y vapuleado cuando nos golpeó la calma silenciosa de aquel avión.

Y en cuanto la noche se instaló en el cielo y salpicó cada rincón de aquella residencia, supe que esa realidad ya era un hecho. Massimo vendría y traería consigo el desastre que me hundiría por completo, a pesar del contradictorio alivio que sentía por haber vuelto a esa casa.

Me levanté de la cama. Puse los pies en el suelo y miré por la ventana. Las tinieblas jugaban entre los árboles, alumbrados por el resplandor de una luna menguante. Huiría en una noche de apacible frialdad, entre los rugidos de algún animal salvaje y la fatídica sensación de estar cometiendo una equivocación.

Me plantaría frente a Massimo, rogaría su perdón, le pediría una nueva oportunidad y regresaría a la cloaca de la que había salido para intentar corregir mis errores. Sería su siervo. Un buen esclavo. Y me prohibiría pensar que usaría mis debilidades para atormentarme un poco más de lo que ya estaba.

Con suerte, evitaría que mi gente estuviera en peligro.

Con mucha suerte.

Pero vi el rostro de Marco ante mí, dibujado con una claridad de lo más tortuosa. Mi mente no reparó en detalles, trazó su belleza centímetro a centímetro, desde el puente de sus cejas hasta sus esculpidas mejillas. Y esos ojos de azul infinito que me desnudaban.

Le había dicho que el hielo no podía calentar, y Marco me había contradicho. Quizá detectó que no estaba siendo honesto, que arder con él no era una alternativa a la que pudiera negarme. Había estado dispuesto desde el primer momento. Porque así era yo, un maldito iluso que se aferraba a la idea de vivir una vida en los brazos de un hombre que supiera amar con sinceridad.

Abandoné mi habitación.

La puerta de Regina estaba entreabierta. Me asomé. Dormía inquieta, con el aliento precipitado y el cuerpo salpicado de sutiles temblores. Aquella era la silenciosa representación de un subconsciente sometido por las pesadillas.

Me negué a entrar y abrazarla, a pedirle perdón por lo que estaba dispuesto a hacer. Pero le di la espalda con los ojos empañados. Era mejor así, yo solo buscaba su supervivencia.

Bajé las escaleras. En la casa reinaban la tranquilidad y la oscuridad. Sabía que los guardias hacían ronda. Sabía también que la verja principal disponía de seguridad armada y que habían reconstruido el circuito de cámaras por la tarde. Pero yo solo debía dirigirme hacia el este. Saltaría la verja y echaría a correr. Mi traición y mi fuga quedarían grabadas. Solo esperaba que Marco entendiera el peso de mis acciones.

Llegué al vestíbulo. Me moví más despacio, algo de mí no quería obedecer mi propia orden, y me quedé muy quieto a unos pocos metros de la puerta, barruntando la posibilidad de saltar una ventana.

—¿Piensas escapar como lo haría un forajido? —Su voz me produjo un estremecimiento tan poderoso que me sobresalté con el aliento precipitado.

Marco se alzaba entre las sombras. Sus ojos parecían destellar como los de una entidad de otro planeta. Como diamantes rayados por el sol.

—Si estás aquí es porque en el fondo lo imaginabas —balbuceé.

Estaba nervioso. El corazón me latía en la garganta, sentía sus pulsaciones golpeándome en la sien y en los oídos. Una extraña debilidad se apoderó de mis extremidades y amenazó con hincarme de rodillas en el suelo.

Tragué saliva al ver que Marco se me acercaba. Ahora que mi visión se había adaptado, pude ver con mayor nitidez sus fascinantes facciones. Severas y resentidas. Me odiaba.

—Estaba contando los minutos para verte salir de tu guarida —afirmó con la ironía de quien había bebido una copa de más.

Pero la embriaguez no le afectó a la entereza ni el equilibrio. Marco avanzaba con el objetivo de acorralarme y lo consiguió. Empecé a retroceder. Aquello se convirtió en una danza demasiado peligrosa. Pronto me estrellaría contra la pared.

—A pesar de que he evitado hacer ruido —masculló.

—Eso no importa. Tu cara me dejó entrever demasiado cuando decidiste optar por ser un hijo de puta —gruñó.

Y aunque no las mencionó, las palabras que le había dedicado en nuestra última conversación flotaron en el corto espacio que nos separaba.

—No te irás.

Mi espalda tocó la pared, su pecho se apoyó en el mío y su aliento se derramó cálido sobre mis labios. Temblé. Toda mi piel reclamaba el contacto de ese hombre, necesitaba sentir sus manos sobre mí, ansiaba perderme de nuevo en el placer, ahora salpicado de una rabia dispuesta a hundirme en las profundidades de ese océano que era Marco Berardi.

—Decías que no era tu esclavo —contraataqué. Tenía que mantener el control—. Y ahora yo tampoco lo creo porque, para colmo, he pagado mi deuda.

—No hables como si esto fuera un maldito secuestro. Cuando mientes, dejas de parecer inofensivo, y ambos sabemos que esa cualidad tuya es mucho más agradable que esta versión que te has inventado para desafiarme.

El muy canalla sabía leer cada uno de mis movimientos antes incluso de que los ejecutara. Era muy difícil enfrentarme a él.

—Lo que tú consideras un desafío yo lo veo como una decisión personal. Quiero irme y estás reteniéndome contra mi propia voluntad.

—Enfréntate a mí, entonces —se mofó retrocediendo un par de pasos y abriendo los brazos—. Atácame como lo has hecho antes. Si ganas, puedes irte. Si no...

Se detuvo para insertar la duda en el corto espacio que nos separaba. Su silencio se podía interpretar de tantas formas... Me ahogaría en él sin remedio.

—¿Qué? Adelante, dilo —espeté—. Sé que te complace dar miedo, disfrutas con la intimidación que suscita tu mera presencia.

Se echó a reír. Una peligrosa sonrisa que reverberó en el mutismo de la madrugada y me puso la piel de gallina.

—¿Le hablaste así a mi padre cuando te amenazó? Tan cortante y atrevido... Tan rotundo y mordiente...

Se me cortó el aliento. Apreté los dientes. No había forma de afrontarlo, de encontrar una salida. Marco era un enemigo mucho más poderoso que su padre porque la frialdad nacía de él, porque él mismo era como el hielo. Massimo, en cambio, fingía serlo.

—Ese disfraz de mártir que te has creado ya no sirve para nada. Tengo a su creador comiendo de la palma de mi mano. —Lo dijo con cierta ironía, con una certeza inquebrantable y escalofriante.

Entonces sus ojos cambiaron. Detecté la crueldad en ellos y un rastro del salvaje que habitaba bajo su extraordinaria fachada.

—Verás, las últimas horas me han enseñado que puedo albergar un sinfín de emociones e incluso asfixiarme en ellas sin perder la templanza para ser un hijo de puta —explicó con voz presuntuosa, y se acercó a mí—. ¿Quieres verlo, Gennà? ¿Quieres que lo sea para ti? Es evidente que te manejas mejor en la desolación.

Nos sacarías a los dos de esta maldita guerra interior y veríamos lo bien que te desenvuelves cuando estás acorralado.

Le mostré los dientes y, como si de una exhalación se tratara, le solté un buen bofetón. Ni siquiera lo pensé, simplemente respondía a mis impulsos y olvidé las consecuencias. De hecho, me importaban un carajo. Solo quise mostrar que aquello me estaba destruyendo.

Marco se tambaleó hacia atrás frotándose la mejilla magullada. Le hizo gracia. La sonrisa que esbozó era divertida y honesta pero no duró.

—Admito que no me la esperaba —dijo con pesar.

Aproveché su aturdimiento y me abalancé sobre la puerta. Quizá ya no había razones para irme después de lo que me había contado, pero existía la posibilidad de que fuera una mentira. Y lo último que necesitaba era ver a Marco metido en una guerra contra su padre por proteger a un esclavo. Esa vez sería yo quien lo salvara a él y todo lo que atesoraba.

Lo merecía por haber sido el único hombre al que no le importó entrar en mi corazón. Por ser el único que no me castigó por haber nacido defectuoso a los ojos de las bestias.

—No, no te irás —gruñó a mi espalda empujándome contra el marco de la puerta.

Atrapó mis manos a tiempo de evitar que cogiera el pomo.

—Suéltame —jadeé.

—No dejaré que te entregues a él. —Su cálido aliento se deslizó por mi nuca.

—Marco... Por favor.

—¿Qué fue lo te dijo, eh? ¿Que me haría daño si no obedecías? Y tú como un necio caíste en su trampa.

—Incluyó a Regina en ella. —Lo empujé y me volví para encararlo—. No querrías ver a tu esposa sobre un maldito charco de sangre. Eres un hijo de puta muy astuto y frío, pero sé que la amas. ¿Merece la pena arriesgarte por un esclavo?

El nombre de mi amiga hizo que su mirada trepidara.

De un manotazo, apartó el dedo con el que le había señalado.

—Debiste recurrir a mí.

—Entonces ¿qué sentido habría tenido amenazar, eh?

Torció el gesto.

—Ahora sí hablas como un capo.

—Y ni siquiera tiemblo. Es todo un avance —le seguí el juego, uno demasiado destructivo para los dos.

—Pero yo quiero que tiembles. —Se acercó de nuevo, bajó tanto la voz que apenas creí haberlo escuchado—. Yo quiero que...

Calló. Más por inexperiencia para hablar de las emociones que por prudencia. Pero sus ojos me devoraron. Las palabras que no dijo expusieron una verdad silente y aplastante que se asentó entre su pecho y el mío. Respiré de su aliento y comencé a temblar. No tenía nada que ver con que él me lo hubiera pedido, sino con sus ojos clavados en los míos, firmes y ardientes.

Marco me dio la oportunidad de sumergirme en ellos sin oposición, me dejó buscar si existía un rastro de mentira, repasar cada uno de los momentos que habíamos compartido a lo largo de aquel día, desde el instante en que había irrumpido solo en Secondigliano hasta que me arrastró de nuevo a su casa, al único lugar al que había podido llamar hogar. Pero no hallé nada que contradijera su sincera expresión de desesperación y afecto. No, aquellos ojos no mentían. Podían haberlo hecho y escogieron evitarlo. Se entregaron a mí, aunque no tuviera sentido, aunque yo no mereciera semejante recompensa.

Noté una nueva presión en el pecho, muy diferente a la anterior. El ahogo y el miedo seguían ahí, pero ahora se mezclaban con el peso de las emociones de Marco.

Inesperadamente, las lágrimas empezaron a brotar. La respuesta era obvia, el hielo quemaba y yo quería arder con él. Y Marco lo supo en cuanto notó que el aire a nuestro alrededor se entibiaba y cualquier tipo de reserva por mi parte se desvanecía. Pensé que, si había nacido para soportar el horror, hacerlo por amor no me importaba.

Se me aflojaron las rodillas y me dejé caer al suelo con la espalda apoyada en la puerta, sin fuerza, notando cómo las ganas de huir me abandonaban y el miedo callaba. Alguien más listo debería haber sabido resistirse e ignorar aquella engañosa sensación de seguridad. La había sentido antes, ese mismo día, cuando me arrastró al interior del jet que nos había traído de regreso a Cerdeña. Pero solo era eso, una mentira. La muerte seguía pendiendo sobre nuestras cabezas, existía una maldita soga con mi nombre y el suyo y el de Regina. Su padre no cejaría en su empeño, cargaría contra nosotros. Ahora con más rabia y coraje.

Sin embargo, recordé que Marco podía ser despiadado y cruel. Yo mismo lo había temido en el pasado, lo hacía incluso ahora mientras me ahogaba en esos ojos que no dudaron en seguirme al suelo.

Marco resbaló conmigo. Se hincó de rodillas y abrió las mías para empujarme hacia su regazo. Terminé apoyado a horcajadas sobre su pelvis, notando cómo sus dedos se clavaban en mis caderas para afianzar la cercanía entre nuestros cuerpos. Descansé las manos sobre sus hombros y estrujé su camiseta sin creerme del todo que de nuevo tocaba a ese hombre.

Las dudas me asaltaban, por supuesto que sí, pero había entendido muy bien que Marco me quería en sus filas, me invitaba a conformar un frente unido para lo que fuera que estuviera por venir, con la promesa de compartir las sombras de su dormitorio cada día, cuando cayera la noche, bailando en sus pupilas.

Aquello era algo más que la simple idea de alcanzar una alianza entre los dos. Era la propia esencia de un sentimiento que cualquiera usaría en nuestra contra, pero que, a la vez, nos haría un poco más fuertes. Y el hecho de haber entrado en ese territorio, creado solo para los valientes y los afortunados, me parecía una jugada demasiado cruel por mi parte.

—Miénteme —rogué. Le ofrecía la oportunidad de sincerarse y decirme que yo solo era una herramienta con la que vengarse de su padre.

Negó con la cabeza y cerró un instante los ojos para coger aire hondamente.

—No creo que pueda conseguirlo ahora. No contigo.

—Lo hiciste en el pasado.

—¿Lo hice? ¿De verdad? —Torció el gesto, sus ojos se deslizaban por mi rostro, me consumían—. ¿O fue más bien un burdo intento para mantenerte alejado de mí?

Tragué saliva. Era imposible que un hombre como él sintiera algo real por mí.

—Pues repite esa jugada porque funcionó.

Necesitaba con todas mis fuerzas sentirme usado, vapuleado, humillado. Así había sido siempre, joder. Así debía ser.

Marco me observó penetrante, indagador. Saltó la última defensa que había establecido para proteger mis emociones y accedió a mi mente con total facilidad.

—Recuerdo que hace unos días despertamos en el sofá y te besé como si no me importara nada más en el mundo —murmuró deslizando sus manos por mi espalda, bajo el jersey—. Era deseo, sí... Un deseo casi carnívoro. Pero también esa cosa que no pienso nombrar esta noche.

Se me cortó el aliento. Solo podía mirarlo y dejarme morder por los espasmos y las lágrimas que brotaban de mis ojos.

—Recuerdo también que te dije que resolvieras todo esto si no lo entendías, y tú has escogido negarte.

—No he tenido elección.

—Te la ofrezco de nuevo ahora —suspiró muy cerca de mi boca—. Voy a cogerte entre mis brazos y a llevarte a mi habitación. ¿Me dejarás?

Levanté una mano y apoyé los dedos con mucha delicadeza sobre su mandíbula. Moví el pulgar sobre su mejilla, Marco se estremeció y dejó escapar un jadeo. Su cuerpo un poco rígido contra el mío a causa de la tensión. Pensé en pedirle de nuevo que me mintiera, pero por razones muy diferentes. Amar a ese hombre me había abierto un orificio enorme en el pecho. Supe que era yo quien estaba postrado a sus pies y no él, aunque así lo creyera.

Entonces me abrazó con fuerza y tiró de ambos para ponerse en pie conmigo entre sus brazos, tal y como había dicho. Mi caricia había sido su confirmación. Enrosqué las piernas en su cintura y dejé que me llevara hasta su habitación con el rostro hundido en su cuello y las lágrimas un poco más raudas.

Cuando me tendió en su cama, el corazón le latía muy rápido.

Ignoraba lo hermoso que estaba sobre mí, con unos mechones de su cabello rubio cayéndole sobre la frente, incrementando el poder de aquellos ojos infinitos y esos labios llenos. Tan bello y delicado, Marco era ese sueño que nunca me atreví a soñar, que no era alcanzable para un simple mortal.

Pero ahí estaba, observándome con la misma intensidad que desprendía cada poro de mi piel, más que dispuesto a dejarme atrapar por esa fantasía que insistía en hacerme creer que Marco era tan mío como la cruda realidad.

Despacio, con los dedos recorrió mi clavícula hasta la nuca, antes de inclinarse para robarme un beso. El contacto fue sutil, muy delicado, y me entrecortó la respiración. No me devoraría, como así lo queríamos ambos en realidad. Solo ansiaba esa cercanía sincera, esa afirmación que casi buscaba gritar a todo pulmón. «Siento lo mismo que tú, con la misma fuerza», parecía decir, y yo temblé porque nunca antes había sentido que sobraran tanto las palabras.

Me volvió a besar. Sus labios, rozando mi boca, se contrajeron cuando abrí los míos un poco como una invitación a ahondar un poco más, a concederle mi permiso para hacer de mí un desastre sin remedio.

Marco solo usó la punta de la lengua. Lamió mi labio inferior, lo atrapó entre sus dientes y tiró con una suavidad que me hizo encoger los dedos de los pies. Después, frotó su boca contra la mía, una mano afianzada en mi nuca, la otra ensartada en la curva de mi cintura, y las mías trémulas sobre sus hombros. Su cadera apuntalada contra la mía, entre mis piernas, moviéndose perezosa, revelando una creciente dureza que no buscaba protagonismo.

—Marco...

Jadeaba asustado. No soportaba la idea de que mi mente atesorase ese recuerdo para después torturarme con él.

—Cállate. No digas nada más, por favor —susurró todavía sobre mis labios.

Pero yo insistí.

—Marco.

—Estoy aquí. —Me miró a los ojos, tomó mi cara entre sus acogedoras manos—. Y lo seguiré estando mañana, y al día siguiente, e incluso cuando ya no soportes continuar mirándome. —Limpió mis lágrimas con sus labios—. Estaré ahí...

—¿Por qué? —sollocé.

—¿Es que todavía no lo ves? ¿Acaso no te parece real?

—Que lo sea me asusta. No he sido creado para obtener reciprocidad y, de todos modos, soy incapaz de olvidar que he sido tu esclavo.

Me sonrió mientras acomodaba su cuerpo en el colchón y me empujaba contra él. Por puro instinto, obedecí a su invitación y me acurruqué en su pecho disfrutando del modo en que su calor y sus brazos me envolvieron.

—Has avanzado, ya no hablas en presente —murmuró apoyando sus labios en mi frente.

—No te llevaste el dinero.

—No es dinero lo que busco de ti. Ni tampoco poder, ni tus servicios como amante.

Busqué sus ojos. Si iba a reunir el coraje para formular la pregunta, al menos quería hacerlo de frente.

—¿Qué quieres entonces? ¿Qué puedo darte?

—Empieza por esa amistad que me ofreciste una vez —dijo bajito. Su voz era como un narcótico, llegó a rincones de mi cuerpo que las caricias no alcanzaban, me arañó el corazón—. Después, podrías jugar conmigo, acorralarme, volverme un poco más loco —me acarició el rostro—, obligarme a pasar cada noche pensando en lo que sería devorarte entero. Y esta vez podrías hacerlo conscientemente. —Fue su forma de asegurarme que se había sentido así en las semanas que habíamos compartido—. Dámelo sabiendo que soy ese hijo de puta astuto y frío que está dispuesto a amarte. Y, cuando estés listo para aceptarlo, aceptaré el desafío que me mandes.

Temblé.

—¿Por qué ibas a darme semejante poder?

—En realidad lo tienes desde que te arrodillaste ante mí, Gennà.

Casi pude verme a través de sus ojos, ahí postrado, vestido de blanco inmaculado, salpicado de golpes y heridas que apenas me dejaban respirar, ahogándome en el miedo que suscitaba la mera idea de morir a manos de ese salvaje de belleza imponente.

—No tengo esa capacidad, Marco —suspiré—. Nunca la he tenido.

Ni siquiera me creía capaz de asumir lo que estaba pasando en ese preciso momento, así que cómo demonios iba yo a meterme en ese juego de cortejo que Marco me planteaba.

—Pero esto no va de lo que tú creas, sino de la verdad y de cómo deberíamos conducirnos de aquí en adelante. Ahora que ambos sabemos que albergo mucho más que deseo por ti, deberías encontrar la forma de aceptar que estamos en ese preciso momento en que soy capaz de hacer cualquier cosa que tú me pidas.

—¿Incluso alejarte de mí? —gimoteé tan perdido en su rostro contraído.

—Incluso eso —confirmó él en un murmullo que me provocó un escalofrío.

Tragué saliva. Entenderlo fue como recibir un puñetazo.

Acababa de ofrecerme una declaración de amor. La inesperada autoridad para decidir cualquier cosa, por insoportable que fuera. El tiempo, el ritmo, el modo, el lugar. Absolutamente todo dependía de lo que yo estuviera dispuesto a aceptar de él. Y me sobrecogió que se entregara sin guardarse nada. Porque quería asegurarse de que el día en que me atreviera a dejarlo entrar en mi cama no se interpusiera ningún trauma. Que fuera capaz de verlo solo a él, de sentirlo a él, de entender que aquello no sería sexo rudo, violento, sucio, sino el acto más puro. Mi piel contra la suya en una madrugada helada mientras su aliento me calentaba. La clase de instante que borraría las huellas de los horrores que había sido obligado a vivir. Y lo lograrían sus manos, justo como entonces.

Marco me besó de nuevo.

«Prefiero verte muerto antes que acoger a un maricón en mi casa». La voz de mi padre me asaltó con la fiereza de un ciclón.

—Tu padre ya no está en este mundo —gruñó Marco. Me dio por sonreír como un bobo.

—Algún día podrías explicarme cómo demonios lo haces. —Me leía con una facilidad pasmosa.

—Eres como un libro abierto.

Sus dedos comenzaron a deambular suaves por mis mejillas y mi frente, dibujaban pequeños círculos que pronto me adormecieron.

—Duerme un poco.

Eso hice. Entre sus brazos.

Habría creído que todo había sido un sueño. Pero los ojos de Marco me dieron la bienvenida en cuanto abrí los míos, y no hallé reserva alguna o arrepentimiento en su mirada. De hecho, casi me asombró que Marco siguiera conmigo en la cama.

Estaba medio incorporado, con la cabeza apoyada en una de las manos mientras que los dedos de la otra jugaban con el botón de mis vaqueros. Su cabello dorado despeinado, salpicado por los primeros inicios del día que asomaban por los ventanales. El rostro algo más pálido de lo normal, con unas profundas ojeras que amenazaban en vano con robarle belleza. La clavícula marcada por el borde del cuello de su camiseta. La tela se le pegaba a la piel y remarcaba sus poderosos hombros.

Marco miró mi boca como si fuera un depredador hambriento. Maldita sea, era tan excitante que apenas pude disimular las ganas que me asaltaron de tocarle. Estuve cerca de empezar a retorcerme de puro placer bajo aquella mirada, pedirle que me hiciera cualquier cosa.

Pero el silencio crecía y con él esa sensación casi febril que me provocó su callada inspección. Creo que aquella fue la primera vez en que pude intuir su poderoso deseo por mí.

—¿Por qué me miras así? —dije bajito.

—¿Sinceridad o cortesía? —runruneó.

—¿Con cuál te sientes más cómodo?

No respondió. Tan solo continuó mirándome como si estuviera luchando consigo mismo para no saltar sobre mí y follarme como un demente. Y, a decir verdad, no me habría negado.

Estiró el cuello y terminó de incorporarse para sentarse en el borde de la cama. Yo le imité, pero me quedé tras él, con las piernas encogidas y una extraña sensación de euforia navegando por mi pecho que aumentó cuando posé los ojos en su espalda, tan poderosa, tan elegante, tan bien definida. Estaba un poco más tensa de lo habitual. Intuí que a Marco también le asombraba la intensidad de sus propios pensamientos.

—No parece que hayas descansado —dije intentando sonar despreocupado.

Ante todo, a pesar de la tensión propia de los amantes, quería que Marco y yo fuéramos amigos de verdad, confidentes.

Me miró por encima del hombro.

—Digamos que tenía algo más importante que hacer. —Esbozó una sonrisa maliciosa.

Había escogido la cortesía. Sí, esa fue su forma de decirme que se había pasado la madrugada entera mirándome.

—Creo que, a eso que tú has hecho, las autoridades lo llaman acoso. —Bromeé porque de otro modo no sabía si sería capaz de soportar la tensión.

—Joder, pues va a caerme una buena.

—Idiota...

Nos echamos a reír. Maldita sea, aquello era divertido. Me gustaba. Se respiraba un ambiente amable y placentero entre los dos, más allá del deseo evidente que nos profesábamos. Era la clase de instante que se comparte entre iguales, sin rangos, buenos amigos que disfrutaban mutuamente de su compañía.

Marco enroscó una mano en mi tobillo y lo acarició centrándose en el modo en que sus manos estremecían mi piel.

—Mientras te miraba, imaginaba cómo te arrancaba la ropa y lamía cada rincón de tu cuerpo —me confesó jadeante, cortándome el aliento—. Imaginaba tu rostro mientras me hundía en ti, cómo rogarías, cuán honda sería tu boca —me miró a los ojos—, qué sensación me produciría tu garganta al acogerme.

Estuve muy cerca de gemir en voz alta, y la garganta que él mismo había mencionado se me secó. Tragué saliva en vano, más como un gesto de pura tensión sexual que por necesidad. El aire seguía sin llegarme a los pulmones.

—Y aun así, sigues sonando de lo más elegante, señor Berardi.

Decidí que lo mejor era darle un punto travieso. De ese modo podría soportar la excitación que empezaba a quemarme la piel.

Él se encogió de hombros y tiró de mi tobillo.

—Supongo que una imagen puede ser más sucia que las palabras.

Contuve una exclamación al verme empujado hacia él y, como si lo hubiera hecho miles de veces, me subí a horcajadas sobre su cintura. A diferencia de la noche anterior, en aquella ocasión me pareció un acto de lo más natural y espontáneo.

Respiré al fin cuando me apoyé en su dura presencia. No la esperaba, ni siquiera creí ser capaz de arrancarle una erección con un gesto tan simple. Marco no era del tipo de hombres a los que se les pudiera provocar con tanta facilidad. Pero allí estaba, gloriosamente rígido, conteniendo las mismas ganas que a mí me habían descontrolado el pulso.

—No me cabe duda —murmuré—. Además, es capaz de provocar reacciones.

Ejercí un poco más de presión. Él cerró los ojos, cogió aliento y se aferró a mis caderas con contundencia.

—Estoy muy cerca de olvidarme de ser prudente y comprobar todo eso con lo que he fantaseado esta noche —me miró—, pero quiero oírte.

Me tensé. Una sensación muy desagradable comenzó a abrirse paso en mi vientre. Estuve al borde de maldecirme por no haber recordado durante un maldito instante todo lo que había pasado, todo lo que él y yo éramos fuera de esa habitación, que se había convertido en una burbuja de emociones honestas y cálidas.

Quise alejarme, pero Marco no me dejó.

—Tienes que hablarme, Gennà —dijo con suavidad, a pesar de observarme ahora como lo que era, el heredero del maldito Marsaskala—. Tienes que contármelo todo, paso a paso, para que pueda mirarlo a los ojos y saber cómo he de enfrentarme a él.

No hizo falta que mencionara su nombre, el silencio entre los dos pareció gritarlo. Massimo Berardi, que ansiaría matarme en cuanto descubriera que quería entregarme por completo a su hijo.

—¿Con qué intención? —inquirí.

—Con la única que puede tener un hombre con ganas de pelea.

Incliné la cabeza hacia atrás.

—¿Pretendes convertirme en el combustible de tus enfrentamientos? No, Marco. No lo haré.

Entornó los ojos.

—Puedo obligarte.

—Adelante —lo desafié.

De inmediato, afianzó sus brazos en torno a mí y me tumbó en la cama. Su cadera se apuntaló contra la mía, todo su cuerpo se hizo grande sobre el mío. Parecía un guerrero preparándose para la batalla que yo estuviera dispuesto a librar.

Entonces deslizó una mano por mi cuello y lo apresó sin ejercer apenas fuerza. Lo único en lo que me podía concentrar era en la presión de su peso, en el poderoso y exigente calor que desprendía, en la imagen de mí atrapado en aquellos ojos de azul infinito.

—Esto debería asustarte, Gennà —dijo aturdido, y yo le sonreí.

—Me gusta que... me llames así.

Se acercó a mi boca y susurró:

—Gennà.

Me sumergí en ese beso en cuanto sus labios tocaron los míos. Gemí. No, más bien pareció una súplica asfixiada y desesperada por acoger en mis brazos todo lo que Marco era. Él presionó mi creciente erección, se frotó contra ella mientras la suya se hacía enorme entre mis piernas, y se hundió aún más en mi boca. Mis dedos clavados en sus omóplatos, el corazón estrellándoseme contra las costillas, alcanzando la sintonía exacta con el de Marco.

Él también dejó escapar un gemido justo cuando mi lengua salió al encuentro de la suya. Nos fundimos en un contacto voraz que me nubló la mente por el placer y la necesidad de sentir a ese hombre completamente desnudo hundiéndose en mí.

Pero el ritmo cedió lentamente, aquello solo había sido una interrupción momentánea. Marco no ignoraría sus responsabilidades, no se dejaría vencer por las evidentes ganas que hervían en sus manos.

—Cuéntamelo. —Casi rogó—. Debo encontrarme con él a primera hora, necesito todo el combustible posible.

Se me contrajo el vientre. Massimo volvería a irrumpir en la casa de su hijo, volvería a cruzar la puerta de ese templo de paz y armonía para contaminarlo con su perversión y sus sucias palabras.

—¿Para qué? —dije tenso. Temía que Marco se pusiera en peligro—. Eso no traería más que problemas.

—Que vengan, detesto el aburrimiento. —La ironía habría resultado más soportable que la sinceridad con la que habló.

Sí, Marco era un hombre implacable, y todos los que en el pasado habían sido como él necesitaban seguir siéndolo para que el mundo se lo pensara dos veces antes de atacar. Así que, en cierto modo, tenía razón. Debía recordarle a su padre que él tenía la fortaleza suficiente como para destruirlo.

—¿Te aburre la posibilidad de quedarte encerrado en esta habitación conmigo el resto del día? —Arañé un poco más de tiempo, estúpidamente.

—Eso nunca —murmuró frotando mi nariz con la punta de la suya.

—¿Pero?

—¿Nos dejarán? Hoy sí, mañana, quizá. Pero ¿y después?

Maldito fuera por ser tan honesto.

—Nunca en mi vida he deseado nada, Gennà —dijo acariciándome las mejillas—, ni siquiera gobernar el Marsaskala. Todo me importaba una mierda. Pero ahora tengo objetivos que me dejan vislumbrar un horizonte que me intriga. Y eso os lo debo a Regina y a ti.

Cogí aire. La losa invisible que tenía en el pecho no dejaba de crecer.

—Así que pelearás hoy para vivir mañana —asumí.

—Y el resto de mi vida —dijo bajito, lleno de intensidad—. Para vivir el resto de mi vida. Merece la pena mancharse las manos, ¿no crees?

Me acerqué a su boca y tomé su rostro entre mis manos.

—Prométeme que serás incluso más feroz que ellos.

Debía serlo para ordenar las cosas y devolver a cada a uno a su lugar. Debía serlo si quería contener las represalias que enviarían desde Nápoles y la guerra civil que se había desatado en su imperio.

—¿Cómo iba negarte algo así? —Me sonrió peligroso—. Soy uno de ellos, ¿recuerdas?

Lo era, lo sentía en las entrañas. Y lo besé de nuevo.

19

REGINA

Había podido dormir un par de horas, mi cuerpo era muy consciente de ello, y lo agradecí. Pero pronto empezaron los destellos de una pesadilla que me empujó fuera de la cama y me hizo encogerme en la oscuridad de mi habitación paladeando el regusto amargo de mis sollozos asfixiados.

Al principio ni siquiera fui capaz de reconocer dónde estaba. Pero con el paso de los minutos entendí que, si regresaba a mi cama y trataba de descansar, me convertiría de nuevo en pasto de mis demonios. Así que me pasé la mayor parte de las horas de oscuridad sentada en el alféizar de una de las ventanas, observando el paisaje mientras combatía el sueño y las ganas de volver a llorar.

Me sentí más pequeña de lo que era, encogida como estaba, aferrada a mis piernas, con frío, la bata de satén blanco apenas me calentaba. Pensé en cambiarme y ponerme algo más abrigado, pero entonces reparé en que mis tormentos buscaban que la comodidad me hiciera bajar la guardia, y no me atrevía a caer de nuevo.

Las horas comenzaron a amontonarse, me desesperaron. Hasta que me vi con la suficiente capacidad como para invertir mis remordimientos en algo de más provecho.

Bajé a la cocina cuando el sol todavía no había empezado a despuntar en el horizonte. La piel perlada en sudor, un ligero temblor instalado en la punta de mis dedos y la presión constante en el tórax, avivada por la incesante contracción cardíaca. De nada había valido volver a ducharme para calmarme o frotarme el pecho cada vez que mi corazón amenazaba con saltarme a la garganta.

Pero Faty seguía dormida, recuperándose del día anterior, y la casa estaba llena de hombres que pronto reclamarían algo que llevarse a la boca. Eran perfectamente capaces de entrar en la despensa y coger algo de comer. Sin embargo, me pareció buena idea ahorrarles el proceso de prepararlo todo y, de paso, mantener la mente ocupada. Para hacer unos sándwiches fríos, calentar algunos bollos dulces y cortar un poco de fruta y queso no necesitaba ser toda una cocinillas. Además, había pasado el suficiente tiempo observando a Faty y a Kannika y aprendiendo de ellas.

Me puse manos a la obra mientras el sol arañaba, ahora sí, el horizonte. Su albor bañó lentamente la campiña, despertó el paisaje con una delicadeza infinita. El trinar de los pájaros que daban la bienvenida al nuevo día se convirtió en la perfecta melodía del instante en que me detuve a mirar por la ventana y sentí cómo se me empañaban los ojos de pura nostalgia.

La casita del árbol parecía un rincón feérico. Los chicos la habían construido de tal forma que las ramas de los árboles parecían formar parte de su estructura. Depositaban sobre la madera sus suaves hojas doradas y verde oscuras, salpicadas por la escarcha de la madrugada. Las ventanas de colores creaban destellos de ensueño.

A Camila le habría gustado.

No. A Camila le habría fascinado que existiera un rincón tan mágico solo para ella. Un rincón que jamás descubriría.

Me limpié las lágrimas con el reverso de la mano y me obligué a continuar con mi tarea. Cortaba la fruta, pero el acogedor sonido del cuchillo estrellándose con suavidad contra la madera no me satisfizo tanto.

Unos pasos muy suaves me hicieron mirar hacia la entrada. Las sombras recortaban el rostro de Jimmy cuando dibujó aquella solemne sonrisa de buenos días a la que no pude responder.

Tragué saliva. Se me detuvo el corazón. Ignoraba cómo lograba ese maldito hombre llenar ese enorme espacio con su simple presencia. Tenía esa molesta capacidad de conseguir que su entorno enmudeciera y lo observara obnubilado.

Iba vestido con unos vaqueros y una sudadera negra que remarcaba la imponente curva de sus hombros. Que fuera tan rabiosamente guapo me parecía tan insultante como descabellado era su trabajo.

—¿Te parece bien si te echo una mano y preparo el café?

Su voz ronca llegó a los lugares más recónditos de mi cuerpo. Él había dicho que yo era como un cántico de sirena, pero creo que, en realidad, solo se estaba describiendo a sí mismo.

—Ah, sí. Sí, está bien —respondí nerviosa, y me obligué a centrarme en mi tarea.

Los sándwiches estaban listos, los había envuelto en una servilleta y agrupado en una bonita bandeja de porcelana. En otra había dispuesto un poco de embutido y queso. Solo me quedaba la fruta. Unas fresas y unas uvas, mango, manzana, peras en almíbar, aguacates. Eran precisamente estos últimos los que se estaban convirtiendo en una pasta densa que se pegaba al cuchillo y la madera solo porque la mayor parte de mi cerebro estaba pendiente de los movimientos de Jimmy Canetti detrás de mí. Ni rastro de la mortificación que me había asolado hasta el momento.

Se movía con soltura, como si conociera a la perfección dónde se encontraba cada cosa. El aroma a café pronto invadió la cocina, me acarició la nariz y me provocó un bienestar que era demasiado contradictorio.

Unos minutos más tarde, se acercó a mí. Su brazo tocó el mío cuando colocó una taza a mi alcance. Fruncí el ceño. El café humeaba. Sin espuma, con el punto exacto de leche. Cogí la taza y le di un sorbo. El sabor era delicioso.

Lo miré asombrada. Ni siquiera los camareros que mejor me conocían, ni siquiera Faty, que había advertido bien cuáles eran mis preferencias, habían logrado prepararme el café perfecto. Era una gilipollez, ya lo sabía, pero me impresionó.

Jimmy se había apoyado en la encimera de espaldas a los ventanales, a solo unos centímetros de mí. Sostenía su taza entre las manos y miraba al frente con ojos pícaros mientras soplaba el humillo que desprendía el café. Parecía tan inofensivo, tan normal. Y, sin embargo, sabía que yo lo observaba aturdida.

—Gracias —dije.

Clavó sus ojos en los míos. No me había preparado para mirarlo tan de cerca, para dejarme invadir por esa sensación de ahogo que me sobrevino.

—¿Siempre madrugas tanto? —preguntó.

—En realidad no. Soy bastante perezosa.

Cogí el cuchillo y traté de concentrarme en cortar el maldito aguacate o, al menos, intentarlo.

—Bueno, ahora mismo tienes más pinta de ama de casa que de niñita consentida.

Alcé las cejas y pestañeé pasmada.

—¿Te burlas de mí?

Él me sonrió y se inclinó un poco.

—¿Serviría para cambiarte ese mohín? —Me dio un golpecito en el ceño.

Enseguida le aparté la mano.

—Más bien me desconcentra —protesté—. Y si Marco se entera de que me he cortado por culpa de tus distracciones, es probable que se enfade bastante contigo.

—Creo que puedo capear su mal carácter. —Se echó a reír.

Pero seguía observándome. Cada movimiento que hacía, cada bocanada de oxígeno, el sutil temblor de mis manos, cada rincón de mi rostro. Lo analizó todo, y no me hizo sentir incómoda, pero sí acorralada. Porque la atracción crecía incontrolable y no obedecía a ninguna orden que yo le diera.

—No has dormido —dijo bajito.

—No.

—¿Por qué? Creía que este lugar era tu remanso de paz.

—Eso no cambia los hechos —suspiré, e inesperadamente le di un codazo—. Y deja de hablar como si te estuvieras burlando de mí.

Otra sonrisa, esa vez más cercana a la risa.

—¿Te pone nerviosa?

El dichoso aguacate ya no tenía salvación. Y mi pulso, al parecer, tampoco. Se disparó aún más cuando Jimmy me envolvió la mano con la que sostenía el cuchillo y se colocó detrás de mí. Apoyó su cuerpo contra el mío, se encargó de que pudiera sentir a la perfección su poderosa cercanía, mientras sus brazos me atrapaban en el hueco que habían formado.

Se me cerró la garganta, olvidé respirar, temía que al hacerlo Jimmy pudiera escuchar el desastre en el que se habían convertido las palpitaciones de mi corazón.

Aquello era de una intimidad demasiado abrumadora. Era el cortejo entre dos personas que habían sabido leer la creciente atracción entre ellas y que, en realidad, habían optado por la prudencia como muestra de implicación. Como una señal de querer algo más que encerrarnos en una habitación.

No tenía nada que ver con lo sexual. Ni siquiera cuando me besó me sentí tan cerca de explotar en mil pedazos. Y recordé que había sido yo quien le dio la oportunidad de saltarse todas esas etapas. No nos hacían falta, ninguno de los dos buscábamos que las garras de un sentimiento romántico nos atraparan. Él no las quería y yo solo pretendía olvidar a través de la carne.

Pero la interpretación que Jimmy había hecho de mi petición iba más allá de la carne. Lo dejó entrever mientras me besaba en el mausoleo o cuando me encontró junto a la puerta de mi hermana, y lo dejaba entrever ahora a través del sutil contacto de sus dedos sobre los míos.

Cogió otro aguacate y lo abrió ante mí, con mis manos entrelazadas a las suyas.

—Es mejor cortarlo así —musitó en la curva de mi cuello—. Con suavidad.

Me tentó cerrar los ojos y ahogarme en aquella tormenta de emociones que me invadió. El calor de su pecho contra mi espalda, la vigorosa presencia de su cadera contra mi trasero, ese aliento dulce resbalando por mi clavícula. Y sus manos... Sus manos, que podían ser crueles, que las quería duras y violentas, fueron delicadas. Fueron todo lo que nunca creí que podían ser.

Cortó el aguacate con una precisión abrumadora. Lentamente, asegurándose de que yo aprendiera bien la lección. Siendo sincera, me importaron un carajo los bonitos gajos verdes que se fueron acumulando en la madera.

—Huele bien —susurró Jimmy al terminar, todavía pegado a mi espalda, y era cierto.

—He metido los bollos dulces de Faty en el horno —dije con toda la normalidad que pude reunir—. Veinte minutos a ciento ochenta grados. Están deliciosos.

—Qué suerte que no se te hayan quemado.

Le di otro codazo.

—Imbécil —murmuré con una sonrisa.

Pero ignoraba cómo demonios sabía él lo mal que se me daba la cocina. Quizá Marco le había hablado de mis pésimas habilidades culinarias y de que era la autora del peor bocadillo que se había comido en la vida. Quién coño sabía de lo que hablaban esos dos.

Jimmy se alejó con el rostro iluminado con esa sonrisa canalla. Le dio un sorbo a su café y se acercó a la ventana mientras yo terminaba de colocar la fruta en la bandeja. Ya estaba todo casi listo.

—Me gusta la casita —confesó provocándome un escalofrío, esa vez por razones muy diferentes a la excitación—. Parece un cuento de hadas.

Me obligué a no mirar. Ni siquiera a él. No soportaba la idea de ver los suaves muros de madera de aquella casita en los ojos de un cazador. Habría sido como si dos mundos completamente diferentes colisionaran de golpe.

—Ahora más bien es el recuerdo constante de una pesadilla —reproché—. He pensado en demolerla.

—¿Y perdernos las siestas en primavera? Ni de coña.

No sabía cómo lo lograba, pero esa voz ronca con un toque de ironía y peligro siempre conseguía provocarme las reacciones más inesperadas. Y me vi a mí misma sonriente como una necia porque, de pronto, me parecía buena idea aceptar la ayuda tácita que Jimmy me ofrecía. No me importaba por qué no me dejaba caer.

—¿Te incluyes? —satiricé mirándolo de reojo.

Él se encogió de hombros y frunció los labios. La vida parecía darle igual, parecía que podía comérsela a bocados en cualquier momento.

—¿Por qué no?

«No olvides nunca que es un mercenario sin corazón».

Claro que no podía olvidarlo, ni siquiera cuando me observaba con aquella mueca de encantadora gentileza que parecía no saber cómo ejercer daño sobre la gente.

Alcé el mentón. Erguí los hombros. Era una mujer cuestionable, tanto como para atreverme a invitar a semejante hombre a mi cama, pero no era una maldita ilusa. No caería en las redes de un deseo amable y tierno. Yo solo merecía una fiera, un salvaje que no me contemplara como si la idea de pasarse horas explorando mi piel fuera el mayor logro que pudiera alcanzar.

Los cazadores hacían un uso excelente del engaño. Confeccionaban su trampa, eran pacientes, esperaban en silencio, al acecho, la proximidad de su víctima y, entonces, la cazaban.

Yo iba a dejarme cazar, eso desde luego. Pero por razones muy diferentes a lo que insistía mi corazón.

—Es probable que, para cuando llegue la primavera, tu agenda esté demasiado ocupada como para que vengas aquí a echarte una siesta, Canetti. —Hablé con tono despectivo, con una sonrisa desafiante en los labios que vino a decir que había reconocido su juego.

Jimmy entornó los ojos. La expresión de su rostro no varió, pero se volvió más sibilina.

—Resulta que soy bastante perspicaz a la hora de invertir mi tiempo —dijo con una siniestra diversión.

Nos miramos como rivales y también como amantes, con la corta distancia que nos separaba llenándose de una tensión imposible de definir. Era algo extraño e inaudito, una conexión inexplicable que me empujaba con una fiereza insoportable. Me reclamaba.

La lógica insistía en que desconfiara de ese hombre. Pero otra parte de mí, otra más instintiva e impulsiva, opinaba lo contrario. Se negaba a creer que aquellos ojos diamantinos eran tan crueles como se esforzaban en aparentar. No, debía haber más. No tenía nada que ver con mis ganas de justificar mi deseo por él con bondades que no existían, y mucho menos con justificar su personalidad solo porque se ocultaba tras una fachada cautivadora; eso me convertiría en una estúpida.

Era la atronadora sensación de estar ante una mentira, de estar enfrentándome a ella. Me hablaba, me miraba como si estuviera dispuesto a postrarse ante mí. Jimmy era todo eso. El mercenario sin corazón, sí, pero hasta el mejor engaño tenía fisuras, y empecé a intuir las suyas.

—¿De dónde eres? —pregunté de pronto, sin saber muy por qué.

—Roma —dijo él con total normalidad.

—¿Y tu edad?

—Treinta y cuatro.

—Vaya, aparentas menos —reconocí asombrada.

—Tú también. Unos quince, diría yo —bromeó.

—Tienes la capacidad de indagación un poco distorsionada.

—Mis presas no estarían tan de acuerdo contigo.

Tuve un escalofrío. Esa voz había sonado como unas uñas arañando la pared.

—Qué sorpresa, un mercenario bromeando con su trabajo —ironicé un poco tensa, y él se encogió de hombros otra vez.

—Tengo sentido del humor.

—Yo no estoy tan de acuerdo.

Empecé a servir la mesa en la terraza. Jimmy me siguió de cerca y se apoyó en el marco del ventanal.

—La última persona que dijo algo parecido terminó yaciendo en la superficie del lago Chott el Djerid.

Si buscaba asustarme, curiosamente, no lo consiguió.

—No preguntaré qué te llevó a Túnez.

—Mucho mejor, fue agobiante. Odio el calor.

Me enderecé y me giré para mirarlo con el ceño fruncido y las dudas hirviéndome en la piel.

—¿De verdad siempre eres tan cínico? —pregunté—. ¿No te... inquieta ser ese tipo de hombre?

Otra sonrisa, esa vez más dulce y amable.

—¿Buscas ser mi amiga, Fabbri?

—Deja de llamarme así.

Lo empujé al pasar.

—¿Puedo usar tu nombre? —dijo detrás de mí, y me ayudó con los últimos platos que quedaban por servir.

—Lo has hecho otras veces.

—Creí que te molestaría que me tomara ciertas licencias contigo.

—Podrías haberlo pensado antes de besarme —le eché en cara.

No hubo sonrisas ni bromas, ni siquiera un atisbo en sus pupilas. Solo una quietud acogedora mientras la brisa matutina acariciaba la hierba y mi aliento salía entrecortado de mis labios para buscar los suyos.

—Pensé que mientras estuvieras ocupada con mi boca te olvidarías de llorar —murmuró Jimmy.

—¿Justo como ahora?

No lo dije como una invitación, sino como una clara referencia a que había entendido sus intenciones en cuanto había aparecido en la cocina. Una vez más, Jimmy se preocupaba por mi estado emocional.

—He creído que preferirías hablar —runruneó levantando una mano. La acercó a mi brazo y la deslizó hacia mi muñeca, donde dejó que un dedo jugara perezosamente con el hueso—, pero no me importaría comerte ahora mismo. Aquí, sobre esta mesa. Podría arrancarte ese bonito pijama de cachemir, enterrar mi cabeza entre tus muslos y devorarte hasta que me rogaras que parara.

Abrí la boca en busca de aire. Me tembló todo el cuerpo. Jimmy pretendía ser lascivo y soez, quería empujarme a ese límite en que mi cordura solo fuera capaz de reclamar el sexo que me ofrecía. Pero hubo más, una estricta delicadeza, una severa decepción, como si una parte de él no quisiera tenerme de ese modo.

—Quizá para entonces todavía te queden fuerzas para aceptar que me hunda en ti. Y cuando lo haga, podría no ser amable —anunció con seriedad—. Podría ser exactamente el canalla que esperas de mí y que en realidad no mereces.

Ya no estaba tan segura de lo que quería. Ya no creía que pudiera soportar que él me usara. Ni Jimmy tampoco. Toda esa fantasía que había mencionado solo era su forma de negarme su participación en el castigo que yo creía merecer.

«La carne no funciona», me había dicho él, y entonces no lo creí. Pero ahora casi me parecía insólito que un cazador como él dejara escapar a una presa tan sencilla de cazar. Y sus ojos me invitaron a recapacitar, me pidieron que insistiera un poco más en mi intento por trepar el muro que me separaba de la verdad de ese hombre. Aunque no tuviera fuerzas, aunque las pocas de las que dispusiera las perdiera en el camino. Quizá él me sostuviera.

El timbre del horno rompió el pasmoso silencio que se había instalado entre los dos.

—Iré yo —dijo antes de entrar en la cocina.

Me dejó allí, bañada por el sol y las sombras de los árboles, con un hormigueo insistente en la piel que él había tocado con la yema de sus dedos, preguntándome si todos los momentos que compartiría con él serían de una intensidad tan aplastante.

De pronto, noté una presencia cerca. Supe que yo no era la única tratando de discernir quién era Jimmy Canetti. Marco lo había visto todo. Al menos todo lo sucedido en la terraza. Y al mirarlo, me calmó descubrir que sus alarmas no estaban activadas.

Le sonreí.

—Hola —murmuré.

Mi querido esposo caminó hacia mí con elegancia, enfundado en un traje de color azul oscuro y su sonrisa de un afecto maravilloso.

—Hola —dijo él.

Me acarició la mejilla y apoyó sus labios en los míos para darme un corto y suave beso que acogí con un estremecimiento cautivador.

—He preparado el desayuno —le indiqué, y él adoptó una mueca pensativa que me hizo reír.

Como era habitual, siempre que Marco estaba cerca respiraba tranquila, presa de un acogedor alivio que me gritaba que él era mi hogar.

—No has descansado —se interesó tomando asiento en la silla de siempre.

Lo seguí y cogí mi taza de café. Se había quedado un poco frío, pero seguía estando delicioso. Evité mirar hacía la cocina, pero me pudo la curiosidad y eché un rápido vistazo. Jimmy ya no estaba.

—Debería aprender a disimular mejor —admití—. No eres el único que se ha dado cuenta.

—Suerte que Attilio ha hecho la guardia nocturna y ahora duerme como un tronco. De lo contrario...

—Me reñiría, como la mayoría de las veces.

Nos echamos a reír. Era demasiado inquietante que estuviéramos imponiendo una normalidad tan bonita cuando estábamos a punto de enfrentarnos a una situación tan tortuosa y peligrosa.

—¿Estás bien?

—Lo estaré —suspiré y miré hacia el jardín—. Quizá en un tiempo. Puede que nunca. Pero lo intentaré.

Su mano cogió la mía, me enredé en sus dedos como si estos fueran mi único sustento. Y nos miramos como se miran los cómplices, como se miran aquellos que se aman de verdad, con sinceridad, aunque no haya ninguna connotación romántica.

A continuación, cogió un sándwich y le dio un mordisco. Se tomó su tiempo en saborearlo.

—Está bueno —admitió, y yo aplaudí en mi interior.

—Bien, es un avance —sonreí.

Pero había más. Había más. Se avecinaba una tormenta de lo más pendenciera, porque el cielo seguía abierto y apenas había rastro de nubes.

—Le he pedido que nos reunamos aquí. Viene de camino. ¿Te parece bien? —Marco evitó mirarme. Sabía perfectamente a quién demonios se refería y casi pude ver su maldita cara en la noche en que jugó a amenazarme e insinuar que me tiraba a mi guardia.

—¿Vas a dejar que forme parte del juego? —pregunté, más por instinto que por razón.

Lo cierto era que no sabía qué iba a pasar, a qué nos enfrentábamos, cómo nos salpicarían los acontecimientos. Aquello, más que una guerra, era un cúmulo de revueltas con diferentes objetivos que habían confluido en un mismo punto. Y, como la buena maraña que era, apenas comprendía a qué prestar más atención.

—Sabes manejar a la mafia como mera espectadora —dijo Marco sirviéndose un café. A veces me aterrorizaba esa templanza suya—. Entendería, y sobre todo apreciaría, que siguiera siendo así.

—¿Pero?

Nos miramos. El desafío existía, pero no entre nosotros. Eran más bien mis ganas de reventarlo todo. Mi intención de librarnos a todos del maldito yugo de un mundo que no habíamos elegido.

—Te seguiré hasta la tumba, Regina —dijo con una sinceridad abrumadora.

—Y yo te seguiré hasta la tuya. —Apreté de nuevo su mano—. Así que dime, esposo mío, ¿cómo vamos a reventar a esos hijos de puta?

20

MARCO

No pensaba. Tenía la mente en blanco, y eso era contradictorio a tenor de la cantidad de cosas sobre las que debería estar deliberando. Pero toda mi atención se la llevó el camino que daba acceso a mi residencia.

Pronto aparecería un coche oficial y mi padre bajaría de él ajustándose la gabardina en señal de plena autoridad sobre sí mismo. Caminaría firme hacia la entrada y, después, me miraría a los ojos, no como a un hijo, sino como a un rival con el que debía pactar. Y sería entonces cuando yo debería decidir si le pegaba un tiro antes o después de dejarlo hablar.

Fuera cual fuera, la elección asombraría. A mí, a él, a los demás. Me haría débil, me haría más resistente, me haría incontrolable, quizá todo al mismo tiempo. Pero confirmaría que no permitiría que nadie arriesgara la vida de mi gente.

Mi gente.

La real. La auténtica.

Mis... amigos. Mis compañeros. Por los que mataría si algo grave les pasara. Por los que estaba dispuesto a revelar que tenía puntos débiles, y me importaba un carajo que alguien quisiera extorsionarme con ellos. Antes deberían enfrentarse a mí, y eso nunca era agradable.

—Es una mala señal —dijo Attilio a mi espalda.

Me giré a mirarlo. Tenía dos copas de whisky entre las manos y me ofreció una con sonrisa cómplice. Ese hombre sabía leerme demasiado bien. Miró la hora —las once de la mañana— y supo que necesitaría un aporte que templara esa rabia congelada que me dominaba.

—¿El qué? —pregunté antes de darle un sorbo a mi copa.

—Esa expresión que tienes en el rostro. Y la Beretta que escondes en la espalda.

Me asombró que Attilio hubiera aprendido tan rápido a manejarme.

Durante los primeros días apenas hablaba conmigo. Tan solo me estudiaba. Luego decidió saltarse todas las normas tácitas que se le habían impuesto y me empujó a romper esa coraza a la que tanto aludía el doctor Saviano. Ni siquiera todas nuestras tertulias de psicoanálisis funcionaron tan bien como la elegante y divertida desfachatez del napolitano. Era un desafío constante tan cautivador como las conversaciones que mantenía con su amiga, porque eso era Regina para él.

Lo miré detenidamente y consentí que su sagacidad para interpretar los detalles fuera un poco más allá y me alcanzara sin reservas. Eso le incentivó a mostrarme su arma, que colgaba de su cinturón y se ocultaba con sabiduría bajo su chaqueta de cuero marrón.

El gesto fue una demostración de su lealtad, que ahora no solo le dedicaba a Regina. Y me sonrió dándome a entender que cualquier decisión que yo tomara él la secundaría sin rechistar.

Cogí aire.

—¿Cómo está Kannika? —interrogué.

—Bien. He apostado a dos de los nuestros en la puerta. Draghi acaba de llegar. Ha ido a refrescarse y se incorporará en breve.

—¿Y los demás?

Por el modo en que lo pregunté, Attilio supo entrever mis ganas de volver a tenerlos a todos en aquella casa, provocando jaleo. Eran mis hombres y con todos compartía una historia que nunca demostré atesorar.

—La evolución de Gattari es un poco más lenta. Apenas mejora, pero lo importante es que resiste y confío en que saldrá bien. En el caso de Palermo y Conte, esos dos estarán brincando en un par de días, te lo aseguro.

Me dio un toquecito en la barbilla con su puño.

—Eres un buen tipo, Atti —dije de improviso.

—No sé qué me sorprende más, si lo que has dicho o que me hayas llamado así, tú que eres siempre tan formal. Cuánto estamos avanzando, Berardi.

Choqué mi vaso con el suyo, disfrutando de su bonita sonrisa, y ambos dimos un trago que terminó por vaciarlos. Me acerqué para dejarlo en la mesa.

Estábamos en la sala de reuniones, un espacio demasiado formal para albergar un encuentro con un familiar. Pero lo había escogido porque allí olvidaría las explicaciones que tendría que dar si mi padre abandonaba el lugar con los pies por delante. Todo dependía de las palabras que escogiera y de la sinceridad con que las pronunciara.

Era el entorno más sobrio de mi hogar, de paredes forradas de estanterías, ventanales clásicos y muebles robustos. Un diseño rectangular cuyo centro lo presidía una mesa alargada con una docena de sillas tapizadas a su alrededor sobre una alfombra persa verde y teja, de estampados labrados y demasiado recargados. En el techo, una lámpara de araña que ahora no lucía encendida porque prefería la propia luz del día que se colaba del exterior y jugaba a crear sombras de lo más intimidantes. Una sala inspirada en los salones del Marsaskala que mandé construir para no olvidar la clase de infierno del que provenía. Apenas la usaba. De hecho, solo entraba en ella cuando me sentía un poco abrumado, sucio y harto de la vida.

Al mirar de nuevo a Attilio, pensé que no estaría de más deshacerse de una estancia así. Sentía que ya no lo necesitaba. Lo que me llevó a pensar que mi cuerpo y mi mente estaban en sintonía por primera vez, que había llegado la hora de tomar las riendas de mí mismo y responder esa pregunta que había estado haciéndome los últimos años: «¿Quiero esta vida?».

No.

Una sola palabra. «No». Así de sencilla, así de escueta, así de decisiva.

No la quería porque había descubierto que no la necesitaba,

que no me complacía, que no la disfrutaba. Que tenía alternativas, que había mucho más ahí fuera, lejos de la mafia y la pérfida realidad que insistía en mantener el Marsaskala.

No quería ser Marco Berardi, sobrino de Saveria Sacristano, heredero de un imperio envenenado, ni convertirme en el administrador de un legado cruel y abominable, por mucho que yo también lo fuera. Aunque no supiera qué otra cosa hacer.

Y para lograr todo eso debía ser más canalla que nunca.

Me encendí un cigarrillo y le ofrecí uno a Attilio. Nos apoyamos en el borde del escritorio que había en un rincón y fumamos en silencio durante un rato.

De algún modo, el napolitano sabía lo que estaba barruntando, esa batalla interior, el inesperado y rotundo rechazo a mi mundo. Y me dejó enfrentarme a la realidad asegurándose de que su brazo tocara el mío en señal de apoyo.

No estaría solo en lo que fuera que decidiera.

Ni siquiera Jimmy me dejaría. Y volví a recordar el momento en que rompió el papel que le entregué para que escribiera un precio.

—Ayer no te pregunté qué opinas de Canetti —indagué de pronto.

—Es curioso: mi enana me preguntó lo mismo.

—¿Qué le dijiste?

Nos miramos. Me gustaba el brillo que adoptaban sus ojos canela cuando se sentía cómodo, y mucho más saber que yo le producía dicha sensación.

—Mis especulaciones sobre él varían conforme pasan las horas, pero es curioso, me agrada. Bastante.

Sí, tenía razón. Ese maldito hombre tenía la habilidad de encandilar. Pero una parte de mí seguía insistiendo en que había algo más. Algo que se nos escapaba. Estaba ahí, lo intuía, ante nuestras narices. Pero Jimmy sabía bien cómo ocultarlo, cómo demostrar que era un depredador. El mismo que estaba dispuesto a convertirse en la última defensa de mi esposa sin recibir nada a cambio.

Fruncí el ceño.

—¿Incluso los ojos con los que mira a Regina?

—Si intuyera que va a hacerle daño, lo mataría y, créeme, me daría igual la opinión de los demás.

Coincidía.

—¿Qué especulaciones son esas? —Quería saber si Attilio compartía mi opinión.

—¿De verdad es lo que dice ser? —Me sonrió—. Pero esa pregunta tú ya te la has hecho.

—Y Draghi está trabajando en responderla.

—Puedo ayudarle más que encantado.

—Adelante, entonces.

—Hecho. Pero ahora quiero observar.

Alcé las cejas. Noté cómo se me instalaba la máscara de despiadada frialdad.

—Tú no observas. Más bien amenazas sin palabras, y eso te convierte en alguien imprevisible —le aseguré para alimentar su orgullo.

—¿Crees que se me da bien?

No fui yo quien respondió.

Sus pasos resonaron con la misma autoridad canalla y mordaz que definía su personalidad. Jimmy Canetti llenó la sala con su poderosa presencia.

—Mejor de lo que crees —aseguró mirando a Atti. Entonces señaló hacia el jardín con la barbilla—. Ha llegado y viene con un par de guardias.

—Bien —suspiré.

Mi padre tomó asiento en uno de los extremos de la mesa. Ni su evidente inferioridad en defensa ni el desconocido entorno lo contuvieron de su habitual arrogancia. Era un hombre altanero incluso en la derrota. Pero, claro, a lo mejor él no creía haber perdido.

Había traído dos guardias. Solo dos, a pesar de contar con un séquito personal enorme que lo seguía hasta para cagar, cuya mayoría estaba ahora en Secondigliano.

Estaban situados a su espalda, a unos metros de él, pero también de la pared y las puertas. Incómodos y tensos, no dejaban de observar a los míos. Jimmy se llevaba la mayoría de la atención, quizá porque estaba apoyado en el alféizar de la ventana más próxima a ellos tallando la punta de una rama con una navaja como si el muy cabrón estuviera de acampada.

Le preguntaría después si tenía alguna especie de afición por las armas artesanales. Porque aquello tenía pinta de flecha y la precisión de la punta atravesaría la carne de cualquier tipo que se atreviera a desafiar en aquella sala.

Attilio seguía en el mismo lugar en el que se encontraba antes de la interrupción de Jimmy. Draghi y Mattsson se incorporaron solo un instante después de que mi padre tomara asiento y lo hicieron rindiendo honor a sus personalidades. El sueco bien firme, como el buen soldado que había sido, junto a las estanterías, tan concentrado en el exterior que, de no haberlo conocido tan bien, habría creído que no prestaba atención a nada. Mi segundo, repantigado en la silla que yo tenía al lado, jugando con el borde del vaso de whisky que se había servido nada más llegar. Matessi y Ciani, los hombres de Jimmy, lo imitaron bien y ocuparon asientos como si la cosa no fuera con ellos. Supe que estaban demasiado acostumbrados a permanecer en alerta sin parecerlo.

Regresé a mi padre y a su evidente malestar. Ni siquiera le había ofrecido algo de beber. Pero es que él no lo aceptaría porque supondría que su copa estaría envenenada; al fin y al cabo, eso habría sido algo muy acorde con su manera de actuar.

Le lancé una sonrisa siniestra, desganada. No me la devolvió. Tan solo fingió acomodarse en el asiento, como si estar desamparado en aquella sala rodeada de hombres más que dispuestos a cortarle la cabeza no fuera preocupante. Confiaba en que sus dos guardias fueran suficientes, así como que yo entendiera lo que había querido decir con el gesto.

En el lenguaje de nuestro universo, la ausencia de defensa indicaba una predisposición a terminar aquella reunión en buenos términos. Pero entre mi padre y yo nunca había habido una conexión fiable.

Era su cinturón el que se encargaba de negociar, y siempre ganaba. Sí, lo hacía cuando la sangre empezaba a aparecer o la voz nos permitía a mi hermano y a mí gritar unas disculpas. A veces, ni eso servía.

—¿Quieres verlo, Sandro? —dijo una vez.

Me tenía de rodillas en el suelo. Me había dado una paliza de las gordas. Creo que aquella fue la ocasión en que más fuerte me pegó.

Sandro lloraba. Tenía seis años. Se había subido a un árbol porque me había visto hacerlo a mí. Por aquel entonces, ese muchacho siempre me imitaba, solía decir que quería ser como yo. Era mi maldita sombra. Me seguía por casa. Se colaba en mi habitación cada noche. Dejaba a sus amigos en el recreo e iba en mi busca.

Como a mí me gustaba estar solo y despreciaba cualquier contacto con la gente, aprendí a escalar el enorme sauce que había en el jardín de nuestro colegio. Me centraba en mi libro o en la tarea que estuviera haciendo mientras él me llamaba desde abajo. Y cuando se daba por vencido, se sentaba en las raíces del tronco y esperaba a que yo me dignara a bajar.

Ese día en concreto se propuso subir. Lo consiguió. Pero resbaló en la última rama y a mí no me dio tiempo a cogerlo. Ambos caímos. Y, por asombroso que fuera, me eché a reír como un loco. Joder, fue divertido. Fue tan divertido… Y mi hermano me observaba con un brillo precioso en los ojos y esa pequeña brecha en la frente por la que se escapaba un hilillo de sangre.

Pero, al parecer, las sonrisas estaban prohibidas. Mi padre ni siquiera esperó a que entráramos en casa. Me atacó en el vestíbulo, delante de todos los sirvientes y de mamá, que, cuando le pareció excesivo, suspiró y se alejó por las escaleras.

—¿Quieres ver cómo me lame las botas por tu culpa, pequeño hijo de puta? —le dijo a mi hermano. Y me cogió del cabello para arrastrarme hacia sus zapatos.

Hincado de rodillas como estaba, mis mejillas se estrellaron contra el empeine de mi padre, y me obligué a no llorar de rabia. Así era como nos castigaba. Si hacíamos algo mal, lo pagaba el otro. Y Sandro era mucho más sensible que yo.

—Di lo siento y me detendré —ordenó mi padre.

—Lo siento —sollozó mi hermano.

Patada.

—No te oigo.

—¡Lo siento!

Patada.

—No. Te. Oigo.

—¡¡¡Muérete!!!

Error.

No vi a Sandro en un mes.

Los rumores decían que estaba recuperándose en las dependencias del edificio Luxor. Más tarde, descubrí que ese lugar escondía todo un mundo de pasadizos y catacumbas en los que se ocultaba a una parte de los esclavos.

A partir de entonces, de esa maldita tarde, las desapariciones fueron habituales en torno a él. Con el tiempo, mi hermano no volvió a ser el mismo. Se convirtió en un canalla más. Y a mí... no me importó.

Quizá porque también lo era.

Supuse que mi memoria había decidido traer a colación ese maldito momento para recordarme que no debía ceder, como si eso fuera a pasar.

Chasqueé la lengua y junté las manos sobre la mesa para inclinarme un poco hacia delante.

—Quiero que esto se haga de un modo sencillo. No me apetece dilatarlo demasiado —advertí, y mi padre sonrió.

—Aprecio ese don que tienes para ir al grano.

—Yo haré las preguntas y tú responderás.

Alzó las cejas, incrédulo.

—¿Piensas interrogarme?

—No estás en disposición de negarte.

Cambié entonces de postura, pues me sentía cómodo con la idea de ver a mi padre en una posición tan vulnerable. Y miré de reojo a mis hombres, a todos ellos. Incluso a Canetti, que detuvo su afilado cuchillo para levantar los ojos y clavarlos en su presa: Massimo Berardi. Nunca le diría lo violentamente atractivo que resultó ver el modo en que se le arrugó la frente y se le oscurecieron las pupilas.

Mi padre entendió el gesto.

—Esperaba que las amenazas no fueran necesarias.

Unos zapatos resonaron.

—Eso dependerá de lo bien que te expreses.

Regina intervino como la diosa altiva que sabía ser cuando la situación lo exigía. Mentón en alto, ojos afilados, rebosantes de un azul casi plateado, el cabello recogido en un moño desenfadado, su precioso y delicado cuerpo ataviado con un vestido de cóctel color negro, en señal de luto, en señal de las oscuras ganas que tenía de ver arder el mundo.

«*Il mio cuore bianco*», pensé mientras ella caminaba hacia mí contoneando sus caderas, ignorando cómo Jimmy devoraba su silueta.

—Regina Fabbri. La napolitana —escupió mi padre.

—Mi esposa —gruñí—. ¿Tienes algún problema con su presencia aquí?

Regina me acarició los hombros y dejó que sus manos se instalaran allí, consciente de que yo acariciaría una de ellas. El valor que sentí a través de su contacto estuvo a punto de provocarme una sonrisa de lo más placentera.

—Esto es un asunto de hombres —espetó Massimo, y yo me encogí de hombros.

—Estás en su casa. Deja que ella decida cuánto quiere entrometerse. Y solo por eso, será quien haga la primera pregunta. De ese modo veremos cuán honestas son tus ganas de «hablar».

Hubo alguna risita. Attilio no pudo contenerla y, curiosamente, Draghi tampoco. Disfrutaron tanto como yo del modo en que mi padre se removió en su asiento.

—¿Estás involucrado en el asalto al cementerio? —Regina no se contuvo, no se anduvo con remilgos, y eso a mi padre le molestó bastante.

—Me tuteas.

—Por supuesto. Perdiste todo el respeto en el momento en que decidiste arrinconar a tu hijo. Mi esposo —terminó remarcando para fastidio de Massimo, que apretó los dientes.

—Ese matrimonio no es veraz.

—¿Te perdiste el instante en que firmamos el acta?

—No sois de la misma ralea y dudo mucho que hayáis consumado vuestra relación como Dios manda.

—Ah, Dios... Claro... —Me reí mientras me ponía en pie. Acaricié la cintura de Regina de un modo insinuante—. ¿Querría Dios que empujara a mi mujer sobre esta mesa y me la follara ante tus ojos para así obtener un poco de aprobación? —Guie a Regina hacia la silla y la senté como la reina de mi hogar que era—. No, ambos sabemos que eso no te bastaría porque existe Gennaro Cattaglia, ¿no es cierto, mi querido padre?

Rechinó los dientes. Apretó los brazos de la silla. Me odiaba y sentí un vigoroso placer por ello.

—Empieza a hablar —le ordené—. Desde el principio. ¿Por qué lo has hecho?

—Quiero derrocar a Saveria —sentenció—. Esa maldita mujer ha olvidado los principios fundamentales de nuestro imperio. Su ambición por ser la cabeza de la Camorra atenta contra nuestro modo de vida, nuestros cimientos. Solo quiere dejar algo para la posteridad. Rivaliza contra los orgullosos logros de tu abuelo y no quiere ver que ella jamás podrá conseguir algo por sí misma.

—Capacidad no le falta.

Dio un golpe en la mesa con los puños cerrados.

—No permitiré que nos ponga en esa posición, involucrados con esa miserable... —se esforzó en evitar mirar a Regina— gentuza.

Torcí el gesto y entorné los ojos.

—Sin embargo, has pactado con ella, ¿no?

Se enderezó en el asiento. Massimo había confiado que toda aquella conversación sería mucho más fácil de lo que estaba siendo. Pero acabó por darse cuenta de que había hecho muy buen trabajo enseñándome a acorralar y perturbar a mis oponentes.

Él era uno de ellos. Eso también lo supo. Y pronto empezaría a intuir que yo solo quería la máxima información que pudiera darme antes de coger mi arma y dejar que sus sesos se esparcieran por el suelo. Porque él no era mi único enemigo, porque quería ir eliminándolos hasta despejar todo mi camino.

—Hay facciones napolitanas en contra de Saveria —suspiró—. Las más poderosas, las que no soportan la idea de tener a un forastero metiendo las manos en su plato.

Attilio se cruzó de brazos. De algún modo, sabía los barrios que Massimo iba a mencionar. Y Regina también. Al fin y al cabo, ese era el maldito mundo en el que habían nacido. Hijos de la Camorra.

—Ponticelli, Aranella, Barra, San Giovanni a Teduccio. Todos pertenecientes a los Confederados. Sin un capo en Posillipo, ahora Ponticelli gana mayor influencia. —Claro, porque Marchetti siempre había odiado a los Fabbri.

Jimmy se echó a reír. Nos desconcertó a todos cuando levantó la rama de punta afilada y señaló a Regina con ella.

—Tienes al capo de Posillipo ante tus narices, Berardi —se mofó sabiendo que mi padre le miraría—. Su «padrazo» la hizo heredera sin saberlo. Y ahora gobierna la facción más valiosa.

Me regocijé en su reacción aturdida y un poco desquiciada.

—Posillipo solo será gobernada por Alberto Fabbri —gruñó. Cerró tanto los puños que los nudillos se le tornaron blancos.

Abrí los brazos y miré a mi alrededor.

—¿Y dónde está? —quise saber, irónico.

—No lo sé.

—No lo sabes —repetí casi sonriente.

—He venido aquí por mi propio pie, no me hables como si me hubieras cazado y quisieras exprimirme hasta la última gota de información.

Qué hijo de puta más astuto era. Y qué ingenuo si pensaba que lograría vencerme en mi territorio.

—Pues dámela —le desafié guardándome las manos en los bolsillos—. No me cuentes cosas que ya sé. Dime aquellas que no conozco. Solo entonces podré tomar una decisión.

—Ni siquiera me has dejado exponerte mi petición.

—¿Acaso no es evidente que estás aquí para evitar tu caída?

—resoplé, y me di cuenta de que quería recrearme un poco en la humillación—. Resulta que Massimo Berardi también le tiene miedo a la muerte, como cualquier humano que sabe que su dios no vendrá a salvarlo. —Pestañeó lento, lleno de ira, mirándome como si hubiera despertado a una bestia—. Temes que diga el nombre de esa mujer a la que desprecias. Temes aún más que ella descubra que estás conspirando a sus espaldas. Porque sabes perfectamente cuáles serán las consecuencias. Y esa zorra es un animal tanto o más violento que tú. Disfrutará. No te lo hará fácil. Te mantendrá con vida. Y cuando ya no puedas más, te dejará estar, porque le atraerá muchísimo la idea de cazar a tus aliados dentro de la cúpula. No necesitará nombres, sabrá quiénes son.

Los mismos canallas que estuvieron en la recepción previa a la boda para ser agasajados por las mieles de la conquista napolitana. Fingieron caer y, luego, corrieron a las sombras a conspirar. Nada sin importancia. Nada que yo no hubiera aceptado. Pero habían pasado semanas desde entonces, y Regina se había convertido en el mundo en el que quería estar. Así que esa gente era ahora mi enemiga por haberse atrevido a pensar siquiera en atacar a mi mujer. Y la idea de que Saveria los cazara me parecía tan tentadora como llevarla a cabo yo mismo.

Venció lo segundo, aunque jugaría con lo primero porque podía y lo deseaba con todas mis putas fuerzas.

—Hubo una reunión clandestina —empezó a explicar Massimo—. Dos, para ser exactos. La primera, con mis aliados en la cúpula, para confeccionar cada paso que fuéramos a dar. La segunda con los napolitanos contrarios a Vittorio Fabbri.

Fue muy ilustrativa. Le contaron que Vittorio no se metía en los asuntos que cada cual tuviera en sus zonas, pero que solía ser muy intransigente con aquellos que se opusieran a sus decisiones. Quería crecer. Hacer de la Camorra algo más trascendental, imitar el modelo de trabajo de Saveria y gobernar sobre una red de tela de araña que abarcara hasta los grandes ministerios. La mafia reconvertida en una hegemonía absoluta.

Ambiciones demasiado sádicas y fantasiosas. Nadie en su sano juicio pensaría que algo así era posible. Pero cuando se tenía de todo, siempre se quería un poco más. Y si la maldad inherente formaba parte de la ecuación, entonces el asunto se volvía insostenible para los opositores. Incluso para aquellos tan retorcidos como él.

No se podía aspirar a cambiar el estilo de vida de alguien tan arraigado. Vittorio había propuesto una hegemonía que los convertía en vasallos de una pretensión demasiado demente. Las calles arderían, el caos se desbordaría. Se matarían los unos a los otros.

La Camorra jamás se comportaría como una jerarquía similar a la mafia siciliana o calabresa. Tenía vida propia, maldita sea. Los siervos de un clan jamás obedecían a otro. De lo contrario, eran fusilados. Se manejaban como pequeños grupúsculos de varios cientos de miles de hombres incompatibles entre sí. La ironía más ácida estaba en que algunos de esos grupos a veces convivían en la misma calle, lugar que pertenecía a un barrio gestionado por un capo al que no obedecían porque se debían al jefecillo de turno.

Era así de intrincado. Así de incomprensible. Así de estable e inestable al mismo tiempo, porque si una cosa estaba clara era que ningún rincón de Nápoles se quedaba sin gobernar. Si alguien moría, enseguida se le sustituía.

Precisamente por eso el deseo de Vittorio era tan imposible y molesto para aquellos que se atrevieron a escuchar.

Y entonces llegó la decadencia, contó Massimo. Vittorio cayó. La redada policial lo noqueó. Nadie sabía quién lo había provocado. Todo su imperio había funcionado con una precisión absoluta. Parecía que la caída de los Fabbri estaba muy próxima.

Pero ese viejo diablo siempre había sido un tipo demasiado despabilado, y Saveria aceptó su petición de ayuda a cambio del ofrecimiento de su idea. A ella le fascinó. Le encandiló la posibilidad de lograr algo tan magnánimo como jerarquizar a la Camorra napolitana. Tanto soldado obedeciendo a una mujer.

Joder, aceptó cegada por sus ansias de mostrarles a todos sus contrarios cuán poderosa podía llegar a ser, cuánto miedo podía llegar a suscitar. La alianza fluyó sola, se efectuaría con la venta de Regina como mi futura esposa en señal de coalición y confianza. Y Regina aceptó porque pensó que así salvaba a su familia, a su hermana, ignorando que su padre solo la usaba.

Pero no era la única. Saveria sabía que tarde o temprano Vitto la traicionaría. Por supuesto que sí, siempre sucedía lo mismo. Lo que él no sabía era que una Sacristano nunca le era fiel a nadie.

Sí, se traicionarían mutuamente. En eso Massimo acertaba.

—Ambos compartían objetivo, se necesitaban para lograrlo, fueron amantes en el pasado —soltó contundente a sabiendas de que sus palabras nos asombrarían aunque no lo demostráramos—. Y ahora estaban dispuestos a fingir armonía, a utilizarse para apropiarse de todo.

—Amantes... —murmuró Regina.

—Lo fueron —aseguró—. Vitto tenía asuntos aquí, en el Marsaskala. Estaba prendado del lugar.

—¿Qué se dijo en esa reunión clandestina? —recapitulé. Quería saber cómo se había desarrollado, quién había participado, qué habían decidido.

Mi padre cogió aire. Ya no parecía tan incómodo. Supongo que ayudó que todos le estuvieran escuchando intrigados, incluyéndome a mí. Pero, en mi caso, solo estaba analizando cuán cruel sería a la hora de dictar sentencia.

—Alberto Fabbri ya había hecho todo el trabajo. Contactó conmigo un poco antes para negociar —continuó—. Dijo que él odiaba a su hermano, que no compartía sus ambiciones. Que solo quería ser el capo de Posillipo porque se lo merecía. Había llegado su momento.

—Venganza —dije.

—O celos, llámalo como quieras.

—No se aleja mucho de lo que tú sientes —mordió Attilio, pero Massimo lo ignoró.

—Con vuestro enlace, la alianza entre Vitto y Saveria se hizo una realidad y pronto se les unió la facción más desalmada. Secondigliano siempre ha sido incontrolable para los demás. Siempre ha sido como un mundo aparte. De allí nace la mafia napolitana más profunda y pura. Y el maldito Piero Cattaglia cayó rendido a las propuestas de Vitto. Con esos dos unidos, era casi imposible cortar lazos con Nápoles.

Era cierto. Secondigliano tenía una naturaleza de vulgar ferocidad, no sabía vivir en paz. Así que cualquier opción de ataque que incluyera llevarse a varios de sus enemigos por delante siempre tentaba a los Cattaglia.

—Fue Alberto quien sugirió un asalto. Convocó a sus más acérrimos aliados y aprovechó la ocasión del entierro de esa niña. Pensó que, si te secuestraba, Saveria se pondría de rodillas. Es muy conocida la debilidad que ella siente por ti.

Sí, eso lo sabía muy bien. Que dejaba entrar a mi padre en su maldita alcoba porque le atraía el parecido que ambos compartíamos, y en su desquiciante imaginación aquello era casi como poseerme a mí. Había soñado con ello durante demasiado tiempo, cuando todavía era un niño que no entendía de las necesidades de la carne.

El hijo que nunca había tenido, al que deseaba como un hombre.

—¿Lo pensó ella o fuiste tú quien ofreció la idea? —indagué con un toque afilado en mi voz y muy peligroso.

Massimo cogió aire de nuevo, creí verle tragar saliva. Había estado evitando ese momento, pero no fue capaz de esquivar la pregunta.

—No iba a sucederte nada malo. Solo intimidarte —me aseguró como si yo realmente le importara como hijo.

—Así que Alberto negociaría un rescate a cambio de que devolviera el cargamento de droga y dejara Nápoles tranquila.

—Exacto. Pero te salvaron...

Miró a su alrededor tratando de discernir quién, de los hombres que había presentes, había participado en el rescate y cómo demonios sospeché que algo así pudiera pasar, cuando lo cierto era que yo no solía llevar una escolta demasiado notable. Solo Draghi y mi chófer, Cassaro. A veces solo el segundo; otras solo el primero. Y algunas incluso ninguno de ellos.

—Vitto murió, sí, pero tú... —Negó con la cabeza—. Tuve que urdir un plan sobre la marcha. Con Secondigliano bajo mi

259

control, aliados en los Confederados, Vitto muerto y Alberto listo para coger las riendas de su facción, Saveria perdería. Estaba hecho.

Sonreí con frialdad.

—Por eso involucraste a Gennà —dije bajito.

—Amenacé a esa rata porque sabía que aceptaría cualquier cosa con tal de evitar que a ti te perjudicara.

—Hiciste muy buen trabajo sobornando a Faty —espetó Regina.

No esperó a que la mirase, solo quería demostrarle que lo teníamos atrapado, que conocíamos todos sus secretos. Y ese comentario provocó que mi padre, que todavía tenía los ojos clavados en mí, palideciera de pronto.

—Nunca te has posicionado. Siempre actúas sin más. Eres el buen segundo de Saveria Sacristano. Un pedazo de hielo que ni siente ni padece, que solo ataca, y a veces hasta parece que disfrutas de ello. Jamás sé qué demonios estás pensando.

Describía al Marco que había sido hacía unas semanas, al Marco que todavía era, pero que ahora convivía con una parte más cálida de mí que Regina y Gennaro e incluso Attilio habían despertado. Pero mi padre dijo todo aquello porque sabía que ahora era vulnerable. Era una provocación, una clara advertencia del peligro que me asediaba.

—¿Qué te hace pensar que ahora no es lo mismo? —pregunté.

—El hecho de que, si yo he podido atacar tus puntos débiles, ¿por qué no iba a hacerlo Saveria?

REGINA

Massimo había hablado con orgullo. Había dicho todo aquello arrastrando una voz cargada de rencores demasiado arraigados. Y aunque insistía en mantener el tipo y evitar que todos allí detectáramos su silenciosa desconfianza, por un momento me pareció que era él quien nos estaba arrinconando.

Su hijo no mostraría ningún tipo de fisura en ese escudo que había alzado entre su padre y él. Pero yo le conocía y nuestra relación parecía estar muy por encima de los casi treinta años que había compartido con Massimo. Porque nos interesaba más el alma y no el poder. Preferimos cogernos de la mano y disfrutar de la sensación que produce la certeza de contar con alguien que no exigía ni juzgaba. Y así nos convertimos en compañeros. Así fue como empezamos a codiciar una vida tranquila y honesta en común. Ambiciones que nunca creí suficientes porque siempre estaría la mafia sobrevolando nuestras puñeteras cabezas.

—Ella ha empezado a notar ese cambio en ti —añadió Massimo algo más altanero—. Sigues comportándote del mismo modo, pero no eres el mismo. Y ya sabes lo que sucede cuando esa mujer siente que le están tocando sus cosas.

«Que muerde», pensé. Mordería con dientes afilados y dispuestos a desgarrar la piel hasta que la sangre se derramara y se convirtiera en un manto carmesí brillante en el que poder agonizar.

Imaginé que miraba desde arriba a un Marco que yacía debajo de ella, con ojos entelados y una disculpa que nunca mencionaría colgando de sus labios. Sí, miraría a ese hombre al que había visto crecer, al que había instruido en su maldad, y me maldeciría a mí por haberlo sacado de la prisión en la que lo había encerrado. Me maldeciría por haberlo alejado de sus brazos y dominio. Y aun así no le importaría convertirse en su verdugo. Porque era mejor verlo morir que enfrentarse a él como enemigo.

Sentí un escalofrío.

Me tentó darme un poco por vencida, ofrecerle a Marco la posibilidad de dejar a todo el mundo matándose entre sí y escapar bien lejos, a pesar de que eso no era viable, de que nos convertiríamos en presas que tarde o temprano serían cazadas. Pero él soñaría conmigo, me dejaría divagar, quizá me sonreiría y mencionaría que sí, que podíamos hacerlo.

La maldita Camorra napolitana, que siempre atraía a los crueles, que sabía cómo sobreponerse a cualquier amenaza y perpetuarse en el tiempo.

Los ojos de Jimmy se clavaron en los míos. Su navaja seguía moviéndose, pero ya no cortaba, era más bien como un gesto paliativo. Porque era un cazador con ganas de cazar. Y aun así, cuando me atrapó en sus pupilas, no hubo rastro alguno de intimidación o tensión. Me abrazó, sentí incluso el susurro de su aliento deslizándose por mi nuca.

Aquellas pupilas destellantes se convirtieron en la luz de un faro en medio de una oscuridad devoradora. Me empujaron fuera de mi mente, me devolvieron a la realidad, que era igual de tenebrosa que mi propia imaginación. Pero, al menos, en ella el terror no jugaba malas pasadas. Era problemático pensar de más.

—Únete a mí —dijo Massimo, convencido de su influencia—. Acabemos con Saveria, libérate de su yugo.

—Para entregarte el Marsaskala y que tú lo gobiernes con la misma mano de hierro que ella.

—Seguirías siendo el heredero, ahora por razones más obvias.

Marco se quedó muy quieto. Observaba a su padre impertérrito. Las manos todavía guardadas en su bolsillo, su cuerpo, que había adoptado una postura poderosamente tranquila y elegante, inmóvil.

—Respóndeme a algo —exigió, al fin, con un toque de cinismo—: ¿había orden de aniquilar a mi esposa?

Los ojos de su padre titilaron. No tenía otra alternativa que contestar, pero se tomó un instante para escoger muy bien sus palabras.

—Alberto sabía que existía un testamento. Lo supo unos días antes del ataque, y que su mujer había sido quien había advertido a la policía. Fue por ella por quien todo salió a la luz y acabó preso. Fue ella también la que engañó a Vitto para que la hiciera albacea.

—Vamos, dame el placer de ser más específico —le animó Marco rascándose la frente. Parecía aburrido.

—No. Al menos no durante el asalto. Solo la capturaría. Le haría firmar la cesión de herencia y después...

—¿Después qué? —gruñó.

Y su padre me miró a mí.

—Salta a la vista de cualquiera lo hermosa que es. Hasta tú has sucumbido a pesar de tus... inclinaciones.

El comentario me entumeció las extremidades. Me sobrevino un ardor frío y cálido al mismo tiempo. Algo demasiado intenso, demasiado profundo. La imagen de mí en aquella piscina. El pequeño bañador ciñéndose a mi cuerpo de niña. Las manos callosas de un hombre pérfido sobre mis muslos.

Agaché la cabeza, tragué saliva, apreté los dientes. Y maldije a mi tía por haber desbloqueado aquel rincón de mi mente en la que guardaba los recuerdos que no tenía valor a revelar. Porque en ellos habitaba una verdad que amenazaba con volverme loca.

Eso quería Alberto. Someterme para quedarse con el imperio Fabbri y, después, convertirme en una especie de trofeo con el que poder saciar los aberrantes deseos que su hermano no había tenido valor de afrontar. Porque en el fondo le torturaba que su hija le arrojara una mirada similar a la de su esposa cuando esta yació entre sus brazos.

—Cierto. Cierto —canturreó Marco acercándose a mí. Se situó detrás—. Resulta que, aunque me gustan las pollas, adoro a esta mujer.

Sus manos rodearon mi cuello. Acarició mi yugular con un pulgar. Coraje, eso quisieron transmitir. Y, sin embargo, me centré más en el cariño, en el amor, en los días que había compartido con aquel hombre frío y en apariencia cruel.

Mi hombre. Mi amigo. Mi compañero.

—Cuándo empecé a sentirlo es todo un misterio —continuó Marco—. Y el simple hecho de verla gritar mi nombre junto a la tumba de su querida hermana me tocó el corazón que no creía tener. Y eso se aplica a todo ser vivo que está dentro de esta casa o en el hospital en este momento. Lo que quiere decir que estoy muy cabreado. Y, pese a que eso no ocurre con frecuencia e, incluso así logro ser un hijo de puta, imagina cómo sería ahora mismo.

A su padre se le agotaron los recursos para disimular y sus escoltas acariciaron con disimulo la culata de sus armas, como si se estuvieran preparando para atacar. Razón no les faltaba. Jimmy se había incorporado, la navaja colgaba entre sus dedos, jugaba con ella. Intuí las barbaridades que sería capaz de hacer en unos pocos movimientos y que estaba dispuesto a demostrarlo.

—Quieres una alianza. Olvidas hasta lo mucho que me detestas. Está bien, es muy sugerente. —Marco comenzó a caminar en dirección a su padre, con las manos cruzadas en la espalda y un paso oscilante que lo convertía en alguien demasiado peligroso—. Reconozco que me tienta lo que dices. No. No —se negó a sí mismo con el ceño fruncido—. Más bien lo comparto. Nunca has querido ver que soy incapaz de querer. Jamás te he querido, no me has suscitado ninguna emoción más que aburrimiento. Pero es exactamente lo mismo que me ocurre con Saveria. Lo que me lleva a preguntarme por qué cojones os he seguido durante todo este tiempo. Quién coño lo sabe, yo, desde luego, lo ignoro. Quizá pensé que había nacido para ello. Pensé que no existía nada más si mi visión había sido tan corrompida desde que era un crío. Así que supongo que me acostumbré a la basura.

La honestidad de Marco ocultaba los vestigios de su verdad. La notable incapacidad para creerse un buen hombre provenía de la duda. Su familia había diseñado al hombre que era por puro egoísmo, le habían dicho en tantas ocasiones que la bondad y el honor eran sentimientos diseñados para los débiles que escogió evitarlas para ahorrarse castigos. Por eso Marco jamás se había atrevido a negarse a una orden, porque le convenía evitar considerarla como una obligación.

Así debía ser la vida, ¿no? Cruel y desalmada. Era preferible convertirse en brazo ejecutor que no en carnaza, puesto que la represión contra él sería mucho más severa. Lo que me llevó a deducir que Marco había sentido miedo en algún momento de su vida. Un temor feroz a ser castigado por sus debilidades, porque claro que tenía debilidades y ahora brillaban más que nunca. Su atracción por los hombres, su rechazo a la esclavitud, su malestar con cualquier cosa que perturbara aquella casa que él mismo había diseñado porque en el fondo quería un entorno que le hiciera olvidar toda la ostentosa miseria —pero miseria al fin y al cabo— que lo rodeaba. Al menos allí podía disfrutar de un remanso de paz.

Ese era el origen de su falta de empatía, de su recelo a las emociones. Había entendido que manifestarlas sería su condena a muerte. Y las enterró en lo más profundo de su ser pensando que no podría haber más vida que aquella. Creyendo que quizá debía cargar con ese lastre porque era lo que le había tocado soportar.

Me partió el corazón descubrir que el Marco Berardi que era mío había escogido esconderse por pánico a dejarse convertir en el rey de la Camorra.

—Tus reproches sobre tu crianza y las obligaciones que se te hayan impuesto son un tema aparte —protestó su padre.

Pestañeé aturdida. Estaba tan centrada en mis ojos empañados y las ganas de abrazar a Marco que olvidé por un instante que ese hijo de puta seguía respirando en el mismo espacio que nosotros.

—No tanto —espetó mi compañero—. Porque me enseñasteis a no perdonar, y eso estoy practicando en este momento. Aunque lamente que mi esposa vaya a presenciarlo.

Todo pasó muy rápido. Los ojos de Marco se toparon con los de Jimmy. Solo un instante. El suficiente para que mi esposo cogiera su arma y disparase. Dos veces. Las balas impactaron raudas en las rodillas de Massimo, que soltó un chillido escalofriante y provocó la súbita reacción de sus escoltas. Desenfundaron sus revólveres y apuntaron a Marco. Pero no fueron tan rápidos como Jimmy.

El cazador saltó sobre ellos de inmediato. Le bastaron unos pocos movimientos para reducirlos. Clavó la rama en el ojo de uno antes de partirle el cuello y, a continuación, le dio una patada en la rodilla al otro, que se hincó en el suelo, y le rebanó el cuello con un tajo rápido y preciso.

Me puse en pie de un salto. Me tragué un grito, el corazón me asfixió al saltar a mi garganta. Attilio se lanzó a por mí y me envolvió con sus brazos. Quiso bloquear la visión de Marco acercándose a su padre, tendido en la silla, boqueando y jadeando de puro dolor. Quiso también ahorrarme la visión de Jimmy enderezándose tras haber arrebatado dos vidas en un suspiro magistral.

Pero yo lo había visto todo y me aturdió, me apabulló tanto que el estupor apenas me dejaba respirar

La sangre se derramaba por el suelo, pronto invadió el lugar con su aroma a óxido. Me entraron náuseas, pero también una extraña satisfacción que lamenté, porque me convertía en una mujer un poco más rota, más perversa.

—Duele, lo sé —se mofó Marco, moviéndose en torno a su padre como si fuera un cuervo sobrevolando un cadáver.

Miró a Jimmy y asintió con la cabeza en un gesto casi imperceptible. Eso era lo que se habían pedido: rapidez, eficacia, una precisión quirúrgica. Y lo lograron como si fueran un solo espíritu que hubiera decidido convivir en dos cuerpos.

—En realidad, tenía previsto ser un poco más preciso. —Marco acarició el cráneo de su padre con el cañón ardiente de su arma—. Un tiro en la cabeza y fin. Pero, de pronto, he pensado que no estaba de más invitarte a saborear un ápice del dolor que tú has ido sembrando a lo largo de tu pérfida y asquerosa vida.

Un ácido orgullo me ciñó el estómago.

Massimo levantó la mirada y la clavó en la de su hijo.

—Nápoles se te comerá vivo —jadeó.

—Eso ya lo dijiste. Y olvidas que yo nunca he aspirado a conquistarla.

—Pero sigues a tu tía como un perro fiel.

—Te equivocas —sonrió—. La he seguido porque me tienta la idea de saber quién será el napolitano que la destruya.

Eso era. No le importaba obedecer las ambiciones de su tía, la dejaría jugar porque tenía claro que Nápoles no podía ser conquistada, ni siquiera por sus propias gentes. Ella sucumbiría, y él disfrutaría en primera línea de ese espectáculo.

—Habría sido tan fácil como matarla, Marco —gruñó su padre, porque, de repente, se había dado cuenta de todo.

—Lo he pensado miles de veces, incluso en las ocasiones en que me ha invitado a su cama. Pero antes no creí que hubiera nada más allá de ella.

—Un títere.

—Tal vez...

Se encogió de hombros antes de inclinarse hacia el oído de Massimo desde atrás. Los ojos de Marco vagaron sobre los míos, ya fijos en él, cegados por él. Completa e irrevocablemente atrapada en él.

—Mírala —suspiró arrogante—. No te mira a ti, sino a mí. Está pensando que todo esto es horrible. Que no soporta la idea de seguir prisionera en un mundo tan lamentable y decadente, que no sabe cómo escapar de él, nunca lo ha sabido. —Tenía razón, tanta razón…—. Pero me es leal y sabe que dispongo del valor para garantizarle una vida lejos de cualquier miserable como tú. Así que mírala, padre. Porque esa es la mujer que lo ha cambiado todo. La napolitana que, en realidad, apretará este gatillo.

Se me cortó el aliento cuando lo vi erguirse. Sus ojos todavía sobre los míos. Los de su padre, que no me importaron, que me odiaron y me dio igual. Porque iba a morir y dejaría de hacer daño. Porque abriría la lista del resto de los enemigos que pronto lo seguirían. Porque la vida esperaba fuera y ya no tendría nada que ver con la mafia. Seríamos libres. Y Marco me daría esa libertad a pesar de que no era una responsabilidad suya. Y yo sentí un orgullo casi salvaje al saber que su mano seguiría aferrada a la mía incluso cuando todo aquello acabase.

Disparó.

La bala atravesó el cráneo de su padre. Su cuerpo no resistió la gravedad del impacto y terminó estrellándose contra el suelo emitiendo un sonido sordo muy desagradable.

Marco seguía mirándome. La crudeza todavía candente en sus ojos. Sus pupilas adoptaron un brillo casi cegador, de una vileza que confirmaba la fama que se había granjeado con los años.

Me costó reconocer a mi compañero. Me costó recordar que ese hombre era el mismo que estaba dispuesto a compartirlo todo conmigo. No había ni un rastro de bondad en él. Y tampoco quiso disimularlo, como si en el fondo quisiera decepcionarme. Como si realmente lo deseara.

Entonces soltó el arma sobre la mesa. El acero se estampó contra la madera y me produjo un espasmo. A continuación, echó mano del bolsillo, sacó un cigarro de la cajetilla y lo encendió como si el hecho de tener el cadáver de su padre a sus pies no fuera tan interesante como soltar el humo.

Sí, eso quería Marco. Buscaba que mi estupor pronto diera paso a la consternación y que se volviera una costumbre mirarlo como si fuera la mismísima representación del mal. Porque, para lo que sea que su mente se estuviera preparando, me necesitaba lo más distanciada posible de él. No creía que mi simpatía y afecto fueran a ayudarlo a mantener la frialdad.

Pero era demasiado tarde para enterrar los sentimientos que me despertaba. Conocía a Marco Berardi, y ninguno de los dos podíamos escapar de esa realidad.

—Draghi, ya sabes cómo funciona —le dijo a su segundo, que ni se había inmutado, como el resto de los hombres que estaban allí.

—¿Mar abierto? —Quiso confirmar.

—Esa será una buena tumba.

Iban a lanzar el cuerpo de Massimo Berardi a las profundidades del Tirreno para garantizar que ni siquiera tuviera un entierro digno. Para cuando Saveria lo supiera, el cadáver ya sería pasto del abismo acuático.

No le reproché nada cuando decidió darme la espalda y abandonar la sala.

21

GENNARO

Tres disparos. Habían resonado en toda la casa. En cada uno de sus rincones. El estallido dejó un residuo en forma de eco que desapareció solo cuando mi pulso volvió a la normalidad.

Lo vi todo desde el pasillo. Por un instante me planteé irrumpir allí y demostrar que podía soportar ese momento, que mi sangre envenenada me permitiría aparentar que tenía resistencia para ese tipo de situaciones en que la mafia te arrinconaba. Pero los últimos días se habían llevado esa opción. Y yo seguía siendo un niñato de temperamento frágil que había nacido en la familia equivocada. No había heredado nada de esa crueldad. No podía siquiera mencionarla en mi cabeza.

Así que me quedé fuera y pude ver por el hueco de la puerta, que se había quedado entreabierta, cómo caía Massimo al suelo. Cómo su hijo se encendía un cigarrillo, cómo seguramente estaba mirando a Regina con la ambición de que ella lo repudiara. Porque Marco todavía no se creía merecedor de un afecto sincero y puro.

Más tarde, cuando, desde la ventana de mi habitación, comprobé que se alejaba y varios de sus hombres cargaban el cadáver en el maletero de un Suburban, cuando la casa se quedó en silencio mientras el sol de la tarde la acariciaba, pensé que era el momento adecuado para pedir perdón a Regina.

La encontré sentada contra la puerta cerrada de la habitación de su hermana. Las piernas encogidas, los brazos abrazándolas, la mejilla apoyada en las rodillas y la mirada perdida en el ventanal. Tan sola y menuda, tan destruida.

Me senté a su lado. Ella me sonrió. No, más bien fue una mueca de alivio al verme. Se lo había hecho pasar muy mal.

—Lo siento —murmuré acariciándole los nudillos.

Regina apoyó entonces la cabeza en el marco de madera y se aferró a mi contacto entrelazando sus dedos a los míos.

—¿Por qué?

—Ayer... —tragué saliva— escuché cómo llamabas a mi puerta y te ignoré.

—Necesitabas tu espacio. Lo entiendo.

—Pero no fui justo. —Ahora, en cambio, quería serlo, y Regina merecía saber lo que había pasado. Merecía al menos que yo le contara mis razones—. Pensaba que..., si te abrazaba con todas las ganas que sentía en ese momento, desaparecerías de entre mis brazos... Y eso no es algo que esté preparado para... para soportar.

Esa mujer se había convertido en mi salvavidas, en la persona a la que podía y quería dedicar toda mi vida. Mi amiga. Mi gran amiga. Con la que podía compartir hasta las ansias más ácidas de llorar. No me preguntaría si era digno de semejante regalo de la vida, pero, si se me había dado, estaba dispuesto a atesorarlo con todas mis fuerzas. Y los riesgos me importaban una mierda.

—Está muerto... —jadeó.

Asentí.

—También lo está mi padre.

—Y todavía no eres capaz de sentir que todo esto ha acabado.

—No... —Negué con la cabeza.

Era fascinante ver que, a pesar de los reveses de los últimos días, Regina y yo seguíamos hablando sin palabras.

Cerró los ojos un instante, golpeó con suavidad la puerta con la cabeza y me apretó la mano.

—No puedo entrar. —Me miró—. Parece una gilipollez, ¿verdad?

—¿Cómo iba a serlo, Regina?

Me acerqué un poco más. No quería hablar de su hermana o de su padre o del deseo que tenía de congelar el tiempo dentro de aquella casa y quedarse allí para siempre, lejos del mundo exterior y sus desdichas. Que su perfecto mundo de riqueza y opulencia había sido una cárcel asfixiante y que había irrumpido en ese territorio que se había convertido en su hogar. Así que la dejaría hablar porque era el mayor consuelo que podría ofrecerle.

—Es miércoles. Debería estar en clase ahora. —Hablaba de Camila—. Dos días más y volvería aquí. Quizá yo ya habría encontrado la forma de convencer a su madre de trasladarla a algún colegio de Olbia... Y ahora se ha ido. —Se le quebró la voz—. Y yo no puedo entrar en su habitación. Y tú también te habías ido. Y ahora Draghi y los demás están cargando el cuerpo de ese hijo de puta en un barco para lanzarlo al mar.

Unas gruesas lágrimas le atravesaron las mejillas al tiempo que yo sentía las mías hirviendo en mis ojos.

—Y yo no sé qué pensar —dijo asfixiada y con la voz entrecortada—. Porque ya no soporto seguir con esta vida. No soporto que sufráis. Y ya no me quedan fuerzas para disimularlo o esconderlo tras una borrachera y una noche loca de sexo. Quizá porque por primera vez en toda mi vida he creído estar viviendo bien... De un modo honesto, agradable.

Todo eso nos había dado aquella mansión aislada en Porto Rotondo, rodeada de mar y campos verdes y bosques frondosos y un silencio que arrastraba sonrisas fáciles y sinceras. Nuestro hogar, en el que nada malo podía pasar, que había logrado que olvidáramos de dónde proveníamos, qué se esperaba de nosotros, cuán densos y persistentes podían ser nuestros traumas. Allí no teníamos que fingir arrogancia ni superioridad. Podíamos ser débiles y asustadizos, podíamos llorar y reír a carcajadas, podíamos ser... libres.

Libres.

Vivir lejos del yugo de las ambiciones de terceros.

—He visto a Marco matar a su padre con esa máscara despiadada —continuó—. Lo último que le dijo antes de atravesarle el cráneo con una bala fue que yo lo había cambiado todo, que yo era quien, en realidad, apretaría el gatillo. Y he sentido una extraña satisfacción. Pero también la decepción por tener que hacerlo a él responsable de buscar esa vida de tranquilidad que yo tanto ansío. —Se señaló el pecho con un gesto de impotencia—. Soy una egoísta cobarde que depende de las decisiones de los demás, que se deja llevar por lo que le imponen, que no se niega a nada porque sabe que el mundo se me comerá. Siempre ha sido así y solo lo he disimulado con insolencia y arrogancia.

Ahí estaba la culpa. Regina creía haber empujado a Marco a la versión de sí mismo anterior a irrumpir ella para solucionar los problemas que acarreaba. Se reprochaba las muertes, la rabia congelada, la crueldad. La decepción no tenía nada que ver con la actitud de su esposo, sino con el hecho de no haber sabido complacerlos a todos —a pesar de ella— para ahorrarles sufrimiento a las personas que amaba.

—Yo te considero una superviviente, Regina —le aseguré—. Alguien a quien se le ha arrebatado la oportunidad de escoger su propia vida. Alguien que es capaz de transformar la miseria en algo hermoso. La mujer que mira el corazón de la gente y ve más allá de la podredumbre.

Agachó la cabeza y se echó a llorar, a pesar del poderoso nudo que sentía en la garganta.

—Marco no es un hombre cruel, por mucho que se le dé bien fingirlo, y odio que la gente le empuje a serlo.

Le pellizqué la barbilla y la obligué a mirarme de frente. Maldita sea, era tan hermosa que ni las lágrimas o el enrojecimiento de sus ojos lo evitaban.

—Díselo. Solo te creerá a ti —sentencié—. Ve y dile que lo que te decepciona es verlo sometido a ser algo que no es en realidad. Dile cuánto lo quieres, cuánta falta te hace verlo feliz.

No dije mi verdad, sino la suya, la que resplandecía en su mirada empañada, la que respiraba por cada poro de su piel.

—Te necesita. Ahora más que nunca. Porque el auténtico Marco Berardi surgió a través de ti.

Acaricié sus mejillas. Ella se apoyó en el contacto.

—No confundas —añadí— el valor con la capacidad para enfrentarte físicamente a los problemas. Puede que no sepamos cómo ser unos hijos de puta, por mucho que hayamos nacido en la mafia. Pero nuestra verdadera fortaleza radica en el honor y la lealtad. Sabemos amar, sabemos ofrecer alivio. Sabemos convertirnos en el sostén de otros. Y no lo he reconocido hasta ahora. Hasta el instante en que te he visto aquí sentada.

Regina me miraba con una atención sobrecogedora, con un amor inmenso. Y mi piel respondió estremeciéndose, mi corazón, encogiéndose, notando que cada palabra que mencionaba arrastraba una verdad fundamental.

—Ese tipo de fuerza, Regina, no se aprende ni se enseña. Nace de uno mismo, de nuestras entrañas.

Asintió y supe que mis palabras habían calado en ella cuando decidió reclinar la cabeza en mi hombro. Y allí nos quedamos, saboreando el silencio amable entre los dos, temblando un poco, pero no solo por el miedo y la rabia, sino por el consuelo.

REGINA

Caía la noche cuando emprendí el camino hacia el mausoleo. Era una caminata demasiado larga para hacer a pie a esas horas. Además, comenzaba a hacer bastante frío y la humedad calaba hasta los huesos, pero decidí que el paseo me vendría bien. Así que me enfundé en mi abrigo y cogí la chaqueta de Marco.

Unos quince minutos más tarde, el último atisbo de luz, que rayaba el horizonte procurando un tono violeta anaranjado, recortaba la silueta de mi esposo, que se había sentado sobre la hierba con las piernas encogidas.

Observaba aquel atardecer en pleno viaje introspectivo. Desprendía soledad, pero lo que más me preocupó fue que se parecía demasiado al hombre que había conocido hacía unas semanas. Frío, distante y hermético.

Por un instante no creí que fuera a hablarme, ni siquiera que tolerase mi atrevimiento de ir hasta allí para interrumpir su soledad, esa que normalmente lo llevaba a aislarse días y días del mundo. El propio Conte me había contado días atrás que le gustaba que hubiera perdido esa maldita costumbre de encerrarse en su despacho y pasarse las horas en silencio. No trabajaba, no hablaba, apenas comía. Las razones solo él las conocía. Hastío, desesperación, quién sabía.

Lo percibí, Marco se estaba castigando a sí mismo, quizá por haberse mostrado como un salvaje ante mí. Lo que él ignoraba era que, tal vez, ambos lamentábamos lo mismo y no precisamente contra nosotros.

Dejé que la hierba crujiera bajo mis pies para advertir de mi llegada. Marco desvió un poco la cabeza hacia atrás y esperó a que yo decidiera qué hacer. Me invitaba en silencio, y yo avancé hasta contemplar su rostro completo.

Ni rastro de esa crudeza con la que se había disfrazado. Con lentitud, sus pupilas adoptaron ese brillo acogedor con el que solía mirarme y pidieron perdón. Lamentaron haberme ofrecido aquella versión de él con la que se había ganado una reputación tan engañosa.

Entonces, terminé de acercarme con las piernas un poco temblorosas, pero el alma firme. Le coloqué la chaqueta sobre los hombros, me arrodillé junto a él, cogí su rostro entre mis manos y apoyé mi frente en la suya. Marco cerró los ojos y suspiró. Su aliento cálido y entrecortado acarició mis labios.

—Te veo —murmuré derramando sobre él todo el afecto que me suscitaba—. Y eres hermoso.

Tembló al enroscar las manos en mis muñecas. Hizo presión con la yema de los pulgares sobre la zona venosa, como queriendo certificar que me seguía teniendo a su lado.

—Pero la sangre no lo es, Regina —dijo al mirarme.

—No hay sangre en mis ojos, Marco. En ellos no debes sentir miedo ni odio. No tienes que ser el hombre que esa maldita gente quiere que seas. —Acaricié sus mejillas—. Te veo y eres hermoso —repetí.

El abrazo que me dio se quedaría grabado en mi piel para siempre. Me invitó a abrirme un hueco entre sus piernas para acogerme por completo. Terminé con la espalda apoyada en su pecho, sus brazos rodeándome el torso, abrigándome con su calor. Me hice pequeña porque me gustaba saberme tan colmada por el cuerpo de un hombre como él. Tan profundo, tan maravilloso.

—¿Sabes? Con el paso de los días lograste que olvidara que mi vida no era más que un cúmulo de mierdas y desgracias bien disfrazadas de lujo y parafernalia —confesé bajito notando cómo crecía en mí la sensación de pérdida y desamparo—. Cometí un error, porque ahora todo me ha estallado en la cara y no sé cómo hacerle frente.

Siempre se había esperado de mí que fuera una mujer dócil y, a mi modo, lo había logrado porque pensaba que merecía la pena el sacrificio, pero nunca creí que me vería involucrada en algo que me llevara a temer tantísimo por aquellos a los que amaba, o que amaría a las personas más inesperadas. Ya había perdido y no quería pasar por lo mismo.

—Le he dicho a Gennà que me siento como una cobarde —gimoteé—. Sí, que soy egoísta y muy cobarde.

—Supongo que él ha reconocido semejante estupidez —me dijo al oído.

Pero mi razonamiento no era tan estúpido. Era cierto que Gennà tenía razón en cuanto a que nuestra fortaleza estaba en saber ser leales y trasmitir valor a los nuestros. Sin embargo, ¿acaso bastaba con eso?

—Esta mañana te pregunté cómo íbamos a destrozar a esos hijos de puta, Marco. Y después te he visto matar a tu padre.

Me giré un poco para mirarlo, todavía refugiada en sus brazos. Lo encontré cabizbajo y arrepentido.

—No debería haber dejado que participaras.

—No... No es por eso —negué casi de inmediato—. Tú no me has decepcionado. Me he decepcionado a mí misma por no entender todo esto. —Se me empañó la vista—. Por no saber qué demonios ve la gente en el poder, qué les seduce tanto de ser un monstruo. Por qué tú te has visto obligado a convertirte en uno de ellos.

Lamentaba profundamente haber crecido en un mundo tan contrario a mis principios y que no se me hubiera enseñado de verdad a desarrollar la capacidad para entenderlo. Quizá porque era mujer, tal vez porque era defectuosa. Yo qué mierda sabía. Pero lo cierto fue que, aunque lo intenté, aprendí antes a mirar a otro lado porque ni siquiera sabía cómo escapar. Y ahora me veía atrapada, con mi gente, con lo que me quedaba de ella, sabiendo verdades que no soportaba en realidad, enfrentándome a ellas con las manos desnudas y el pecho abierto en canal. Y tenía tanto miedo, me frustraba tanto…

Le acaricié la mandíbula con el reverso de su mano.

—Tú no eres como mi padre o como el tuyo —musité—. No eres como mi tío, no te pareces en nada a Saveria o cualquiera de esos bastardos que rondan por las calles de Nápoles matándose entre sí para lograr la mejor plaza de venta de una mercancía que destruye vidas y alimenta a los imbéciles. Esa incomprensión es lo que me decepciona. Porque, quizá, además de ser egoísta y cobarde, también soy necia.

Me escuchó con todo su cuerpo y todo su ser. Sin interrupciones, ni siquiera amagos. Con la mirada rabiosamente hermosa clavada en la mía, recogiendo los últimos instantes de luz para entregármelos a mí con la delicadeza que solo un hombre bueno podía demostrar.

—¿Me preguntas a mí? —dijo con voz ronca—. ¿Me pides que te recuerde que nuestro matrimonio fue un acuerdo de intereses? ¿Que cuando te vi aquella mañana en tu casa lo que de verdad sentí fueron ganas de alejarte de todo y que he tardado todo este tiempo en descubrirlo? ¿Que tu padre prefería venderte con tal de lograr una alianza con mi tía?

Podía sonar cruel, pero no me lo pareció. Solo eran las palabras, que pesaban demasiado.

—Lo tenía bien planeado. —Continuó hablando de mi maldito padre y de su tía—. Aprovecharía el menor despiste para saltar sobre ella. Después, me habría matado a mí y, como no habríamos engendrado un descendiente, tú, que eras esa hija vendida, serías usada de nuevo. Porque entonces te habrías convertido en mi heredera directa y él podría gobernar sobre el Marsaskala.

Toda esa verdad tomó forma ante nosotros de un modo mortificante. Era el resumen más sincero y auténtico que haría jamás.

—Olvidas que ahora mi padre está muerto y es su hermano quien intenta hacer valer el mismo objetivo —resoplé.

—Pero matarte no es conveniente porque tienes aquello que le interesa.

Sí, la salvación que Mónica me había ofrecido porque ella sabía que Alberto podía ser incluso más canalla que su propio hermano. Ser la legítima heredera y estar en casa con Marco Berardi me libraba de una muerte segura. A no ser que estuviera planeando matarnos a ambos.

—¿Y Saveria? —suspiré porque, si el balance era positivo, podría aclararme todas las vías de escape que teníamos, si es que existían.

—Esa maldita serpiente... —pensó en voz alta antes de volver a mirar al horizonte. La oscuridad empezaba a cernirse sobre nosotros—. Despertó un día con ganas de más. Pensó en todos los amantes napolitanos que había tenido y en lo estúpido que estos fueron al no poder encontrar la manera de gobernar la Camorra. Pero ¿qué es la Camorra más que unos pocos miles de carniceros dementes y arrogantes que luchan entre sí sin más razón que mandar, que someter?

Asentí con la cabeza.

—Es un estilo de vida incomprensible.

—Y Saveria solo quiere demostrar que su legado es tan enorme como el de su padre, aunque tenga ovarios y no una polla colgando entre las piernas —masculló casi asqueado con la idea.

—La arrogancia femenina.

—En constante lucha de poder, sí. Y, sin embargo, no es a quien más temo.

Cogí aire antes de preguntar:

—¿Qué temes?

Marco no respondió de inmediato. Quizá se pensó si era bueno confesarme sus inquietudes cuando las mías estaban a flor de piel. Pero al final se decantó por mirarme y tomarse su tiempo en acariciar la punta de mi nariz con la suya.

—Lo que no controlo, lo que no puedo ver ni escuchar —suspiró—. Nápoles querrá sangre después de saber que dos facciones tan poderosas como Posillipo y Secondigliano han cambiado de manos. Querrán atacar, porque sois vulnerables.

Esa era la verdadera razón que yo temía. Más allá de mi tío, de Saveria, de Massimo, de mi padre.

—Que se lo queden todo si quieren, Marco.

—No es tan sencillo.

No, no lo era.

Nápoles siempre respondía, no se quedaría quieta, lo haría aunque le costara una guerra larga y sangrienta. Estaban acostumbrados, no conocían otra manera de reaccionar ante algún inconveniente, por minúsculo que fuera. Y teniéndonos a Gennà y a mí en la diana, el miedo casi era como una segunda piel.

—¿Lo ves? Soy una necia. Dímelo. Sentiré un poco de alivio —rogué, y Marco me acarició la mejilla. Me miró como si fuera lo más preciado para él.

—No hay un núcleo en todo esto, una motivación honesta y bien construida. No hay una trama en torno a la que girar, Regina. Esto solamente es la vida que fluye a través de nosotros y de otros. Objetivos que no son afines chocando entre sí porque sí o porque simplemente nos hemos cruzado en el camino. Cuando todo esto acabe, porque nada es eterno, seguiremos aquí y ellos seguirán allí. Y dentro de un tiempo dejaremos este mundo, y la mafia continuará porque será heredada por otros. Alcanzará a un nuevo Marco y a nueva Regina, y los golpearán, de nuevo, porque sí, porque toca, porque quizá nos hayamos vuelto a cruzar en su camino, queriéndolo o no. Y, con suerte, ellos también escaparán, lo lograrán. O puede que no. Pero la vida proseguirá con todas sus taras, a veces hermosa, otras horrible. La maldad no descansa y la bondad puede florecer hasta en el desierto más extenso.

No supe en qué momento las lágrimas empezaron a caer, pero Marco las borró con sus nudillos.

—Qué triste que sea así.

—No estoy de acuerdo —murmuró—. Aquí, ahora, estoy frente a ti y eres mi universo, y no podré lamentar nunca la existencia de tanta oscuridad. Porque me ha traído hasta ti.

Se me cortó el aliento. Acababa de entenderlo. No, acababa

de confirmar algo que estaba dentro de mí, pero yo no quería verlo por temor a acertar. Pero así era, así de simple. No podíamos controlar las ambiciones de la gente, qué le motivaba, por qué escogía lo que escogía. Lo hacía y punto, y quizá hasta podía justificarlo, aunque no fuera compatible con nuestro modo de ver la vida.

Sí...

—La vida... —suspiré.

—Sí, esa que tanto ansías. Y yo contigo. La vida en su mayor esplendor.

—Solo podría creerlo si lo dice alguien como tú.

—Tan imperfecto.

—No, tan perfecto en su imperfección —le corregí.

—Ah, Regina, esa parte perfecta de mí de la que hablas eres tú.

Me aferré a él. Sus brazos alrededor de mi cintura, los míos atrapando sus hombros. Sentía los latidos de su corazón contra el mío.

—¿Y podrías prometerme que la vida seguirá aunque la mafia ya no esté en ella? —le pregunté al oído.

—Estoy esperando a que esos ojos tan preciosos que tienes me den la solución.

—Quizá no la sepa.

—Por supuesto que la sabes.

Le miré de frente. Qué podía decirle yo que lo cambiara todo.

—Pídeme cualquier cosa y la tendrás —dijo bajito—. Cualquier cosa.

Y vino a mí como si de una tormenta se tratara.

—Hunde al Marsaskala. Libérate de su maldad y vuelve a tu hogar, a mis brazos, cada noche.

Marco sonrió. Fue suave y casi felino, la muestra de que él había estado pensando lo mismo en las horas que había pasado allí. Porque lo quería. Quería ser tan libre como yo.

—¿Me dejará Jimmy? —preguntó sabiendo que sus palabras me aturdirían.

Tragué saliva, me puse tensa. El pulso trepidó en mi sistema.

—Jimmy Canetti se convertirá en un recuerdo difuso —suspiré. Era lo que quería creer.

—No creo que él vaya a permitirlo. Y tú tampoco.

Negué con la cabeza.

—No es correcto.

—Pero no mandas en tu cuerpo y mucho menos en tu corazón.

Apoyó su mano en ese dichoso órgano que no quería obedecerme cuando más lo necesitaba.

—¿Y acaso merecerá la pena?

—Sé que eres la razón por la que está aquí —confesó Marco—. Eres la razón por la que me seguirá allá donde le pida.

Esa realidad me llenaba de dudas. Miré al cielo para darle la bienvenida a la constelación de Escorpio, que apenas se intuía, pero que parecía advertirme de todos los secretos que albergaba ese cazador.

—Ahí está, Marco, Antares —le señalé.

—La estaba esperando para que fuera testigo de la primera vez que voy a verbalizar mis sentimientos. —Tomó mi rostro entre sus manos—. Te quiero, Regina, con todo mi corazón.

—Ah, y yo a ti.

22

MARCO

Una extraña emoción me aprisionó el pecho cuando los vi a todos reunidos en la mesa. A Regina y a mí, al regresar ya bien entrada la noche, nos habían atraído sus voces. Unos murmullos alborozados que provenían del comedor principal, aquella sala que no solía usarse porque se había concebido para ser un recordatorio de mis días en soledad, como una especie de tortura psicológica. Sin embargo, ahora estaba llena de hombres que intentaban instaurar un poco de normalidad dentro de aquellas paredes que estaban próximas a convertirse en una tumba de silencio atronador, lo que en realidad había sido antes de que Regina entrase en mi vida.

La algarabía no era insultante, tampoco insolente o irrespetuosa. No pretendía burlarse de las preocupaciones o de las inquietudes que teníamos encima. No pretendía mofarse de las emociones de nadie. Solo buscaba aliviar, consolar. Y en cuanto asomamos, durante esos pocos segundos en los que nuestra presencia todavía no había sido advertida, reconocí que Jimmy había hecho muy buen trabajo congregando a los hombres alrededor de esa mesa. Añadió, eso sí, un motivo más a mi lista de sospechas sobre él. Porque un mercenario no trabajaba gratis y mucho menos ejercía de apoyo emocional de las personas.

De pronto nos miraron. Todos ellos. Habían pedido unas pizzas, refrescos y cerveza. También algo de chocolate, tarta creo que era. Gennaro estaba allí, sentado entre Jimmy y Ciani, en una postura cómoda, pero también con cierto aire de incredulidad.

Supe que para él era igual de extraño darse la oportunidad de experimentar algo tan simple. Casi me pidió perdón por ello.

Del resto, algunos me observaban expectantes, otros prudentes. Draghi especialmente, porque sabía que yo no era muy dado a las reuniones recreativas.

—Moved el culo, parejita, y venid a cenar —intervino Jimmy, como si fuera el amo del lugar. Y no me molestó, pero sí me inquietó lo mucho que me satisfizo tenerlo allí, en mi casa.

Echó un vistazo a Regina, que decidió soltar mi mano y acercarse a una de las sillas vacías que había junto a su Attilio. Este le dio un beso en la sien y le sirvió una porción de pizza sobre una servilleta. Ella le sonrió todavía un poco decaída. O tal vez nerviosa por la intensidad con que las pupilas de Canetti vagaban por su hermoso rostro, analizando cada tímido movimiento que hacía.

Para Jimmy, por un instante, no existió nada más que aquella mujer de cabello trigueño y ojos que robaban el alma.

Probablemente, no fui el único en detectar la tensión entre los dos, que él ocultaba bajo una postura despreocupada y taimada, porque en el fondo era como un lobo. Pero yo intuí algo más. Unas ganas que se habían cocinado a fuego lento, que le hervían en la piel, que amenazaban con estallar en cualquier momento. Y eran genuinas.

La conversación se reanudó. Creo que hablaban de deportes. Fútbol, quizá. Nada importante. Unos desafiaban a otros. Me ignoraron porque realmente creyeron que yo me alejaría, que mi propio ego no me dejaría mezclarme con ellos.

En el pasado habría sido así. Pero ahora ya no estaba tan seguro. Y entonces pensé en qué se convertirían mis días si me distanciaba del mundo en el que estaba atrapado.

El doctor Saviano me lo había preguntado una vez antes de intentar mostrarme las herramientas necesarias para hacer un viaje introspectivo. Pensar sin temor a los resultados. Decidir por mí, escuchar mis deseos, sin que nadie influyera en ellos. En aquel momento, casi me burlé de él porque no creí que fuera necesario buscar una salida. Pero esa tarde, antes de que Regina apareciera y me arrancara un «te quiero» tan fundamental como el aire que entraba en mis pulmones, entendí que Saviano intuía que yo, tarde o temprano, terminaría aceptando sus consejos, esos que había ido arrojándome poco a poco. Y encontraría la respuesta a cualquiera de mis inquietudes.

Huir. No, no.

Huir no.

Ser libre. Conocerme. Liberarme de la prisión en la que había sido encerrado.

Y, de pronto, la solución empezó a cobrar forma como un río que encuentra su camino hacia el mar. Un río que ya no quiere ocultarse del bosque.

Quería defender esa nueva realidad que parecía un sueño. Que era el sueño que nunca me atrevía a soñar. Quería proteger a cada una de las personas que estaban bajo mi techo y aquellas que ahora dormían fuera porque otros las habían obligado.

Ellos habían sido una inspiración. Regina llegó ese día y reventó los muros de mi propia prisión con sus manos desnudas y una gloriosa sonrisa inquebrantable en los labios. Y ese había sido el resultado, reconocer que quería esa vida, que la protegería con uñas y dientes. Que me permitiría disfrutar del equilibrio entre la lealtad y el aprecio, porque lo uno no desmerecía a lo otro y no era cierto que debilitase.

Tal vez no había resuelto el enigma antes por no estar preparado, y tampoco era un hombre diseñado para pedir permiso o consejo. Tal vez solo necesitaba la motivación oportuna.

Bien, pues allí estaba, y no soportaba la idea de ver sufrir a mi gente. Ni siquiera a aquellos dispuestos a proteger a los míos.

Las palabras destinadas a describir esa sensación se quedaron en un amago un tanto cobarde que tembló en mis labios, pero no me contuvo de seguir observando aquella mesa.

Lo que ellos seguramente estaban viendo era a un hombre impertérrito y desafiado por la franqueza de aquella estampa. Quizá por eso reinó el asombro cuando tomé asiento junto a Regina.

Cogí un trozo de pizza, iba a ser la primera vez que la probaba —ni siquiera me lo permití durante mis días en la universidad, era demasiado estirado—. Le di un mordisco, todos seguían observándome. Lo hicieron hasta que tragué, y pensé entonces que me había estado perdiendo muchas cosas a lo largo de mis veintinueve años. No solo porque nadie me las hubiera mostrado, tampoco yo quise experimentarlas.

Las palabras insistían en salir mientras el sabor me invadía la boca, mientras mis dientes masticaban y mis hombres hablaban sin dejar de mirarme de reojo.

Palabras que querían morir en mis labios porque una parte de mí todavía creía que mencionarlas sería como un signo de debilidad. Y es que, en realidad, escondían la intención de pedir apoyo y escuchar consejos de mi gente. Mi gente. La que yo había escogido y por la que era respetado y querido.

Y dichas palabras se me clavarían en el pecho para convertirse más tarde en una oportunidad perdida, en la malograda posibilidad de materializar la lealtad, de sentirla, no como una obligación remunerada, sino como un hecho espontáneo.

El silencio pesaba. Siempre había sido así. Yo, solo en mi cabeza, junto con los valores que se me habían inculcado y con los que, a decir verdad, no estaba de acuerdo.

—Voy a matar a Saveria. —Solté de repente. El silencio cayó como una bomba. Miré a cada uno de ellos, a Jimmy Canetti el último—. Pero para matarla necesito contar con la certeza de que los enemigos que nos hemos granjeado en Nápoles no nos atacarán como venganza.

Así empecé, y el silencio se prolongó un poco más porque supieron que tenía mucho más que decir.

Temía por Regina y Gennaro, ambos convertidos en lo que no merecían, capos de sus territorios. En el caso de mi esposa, como estrategia para no perder la vida. Porque su tío quería lo que ella ostentaba, el poder de su imperio, la influencia de su apellido.

Era un hecho que el desgraciado había participado en la muerte de su hermano pensando que así se convertiría en su heredero directo, ya que la mafia tenía esa retrógrada costumbre de pasar el testigo entre hombres. Pero gracias a los movimientos de Mónica, aunque todavía en el punto de mira, Regina gozaba de una oportunidad.

Alberto era como un galimatías de envidias y ambiciones. Lo quería todo, odiaba la idea de seguir en la sombra. Su excarcelación le había animado a poner en marcha el golpe definitivo, harto de seguir a la sombra de su hermano. Pero sabía que matar a su sobrina —como había hecho con Vitto en connivencia con mi padre— no le convertiría en lo que tanto ansiaba. Porque, en calidad de cónyuge, yo heredaba su poder. Y a mí era un poco más complicado matarme.

Ahora entendía por qué había fingido estar decepcionado con su sobrina cuando esta aceptó el enlace conmigo. Él querría haberlo hecho todo sin derramamiento de sangre para seguir manteniendo esa máscara de hombre amable ante los ojos de las grandes influencias. La Camorra de las instituciones.

Sospechaba que la noticia de la muerte de Massimo lo dejaría en una posición débil y que tendría que recurrir a una acción más rápida para que no pudiéramos reaccionar. Porque era evidente que contaba con apoyos entre los Confederados que se habían opuesto al trato con el Marsaskala.

Ese era el camino que debía tomar. Ganarme el favor de esos canallas. Yo tenía la mercancía robada, ahora en poder de Borisov. Otro entuerto, pero el ruso era fácil de dominar. Él solo temía por su patrimonio, ese que tan bien limpiábamos y ocultábamos en el Marsaskala.

La clave estaba en mi cabeza, estaba en lo cierto cuando me lo mencionó. Pero podía arreglarlo. Un desvío a un arca fantasma en la que solo yo tuviera acceso y garantizaría su lealtad y mi propia vida. Y los Confederados recuperarían su inversión.

Pero las amenazas probablemente seguirían sobre la mesa porque eran hombres que odiaban los cambios que no les favorecían. Y con Secondigliano, una de las facciones más poderosas, en manos de un novato con mala reputación, aprovecharían cualquier descuido para matarse entre ellos por tomar el control del lugar. Porque a todos les fascinaba la idea de gobernar en el origen, en el hogar de la mafia a la que nadie se atrevía a plantar cara. Había sido así desde la construcción de las Velas. Ese maldito lugar había convertido a Scampia y Secondigliano en el corazón más brutal de la Camorra. Y algunos seguían soñando con la época dorada, esa en la que todo era un poco más burdo y rudimentario.

Sin embargo, eso también podía dárselo. Sí, la mercancía, una grata recompensa por las molestias, la demostración de mi ruptura con Saveria y el control de Secondigliano al alcance de quien lo quisiera y no temiera perder demasiado en el proceso.

Con ese movimiento, a cambio, pediría que me entregaran a Alberto, libraría a Gennaro de las cargas que mi padre le había impuesto y salvaría a Regina de su tío. Y todo ello con una Saveria que, desde Catar, no podría responder. Porque no creería que yo encabezara una rebelión que buscaba acabar con su vida.

—¿Y cuando ella regrese? —preguntó Jimmy, tras haberme escuchado con suma atención, como todos los demás. Ni siquiera se distrajeron cuando me acerqué al minibar para servirme una copa.

—Ya lo he dicho, la mataré —sentencié con los ojos clavados en su mirada felina.

Me preguntaba tantas cosas, lo vi tan capaz de meterse en mi cabeza...

—¿Para ocupar su cargo? —me desafió. No supe qué pretendía, pero lo percibí como si quisiera confirmar algo en su mente.

—No, Jimmy. Para destruir mi legado. —Le di un sorbo a mi copa. Me había apoyado en el mueble y ahora disfrutaba de una impresionante panorámica de la mesa—. Muerto el perro, se acabó la rabia, ¿no es eso lo que dicen? No tengo por qué seguir perpetuando un estilo de vida que detesto —pronuncié en voz baja.

—¿Qué harás con todo lo que se esconde? —intervino Draghi, consciente de que el Marsaskala era como una fortaleza de secretos demasiado peligrosos y que destruirlos podría acarrearnos no pocos inconvenientes—. Hay mucho trabajo por delante.

—Ya pensaremos después en ello.

No quería malgastar energía preocupándome por el futuro del Marsaskala cuando teníamos cosas más inmediatas que resolver. Al fin y al cabo, era un hombre pragmático.

—¿Plural? —Jimmy alzó las cejas.

Joder, cómo me irritaba su habilidad para acorralarme.

—Así es.

Attilio se incorporó, apoyó los codos en la mesa y frunció los labios a la vez que asentía con la cabeza. A continuación, me miró pensativo.

—Pues si lo que estás haciendo es darnos voz y voto —dijo con pausa—, empezaré diciendo que una negociación con los Confederados es una pérdida de tiempo.

Hice un gesto con la barbilla en su dirección.

—Te escucho.

—Nueve capos en total, dieciséis territorios colmados de grupúsculos incontrolables. No conoces a esos tíos. Es como una selva. No se puede negociar ni con unos ni con otros sin tener en cuenta que aprovechan cualquier circunstancia para matarse.

—Entonces, ¿qué sentido tiene una coalición? —preguntó Ciani mientras su compañero, Matessi, le daba la razón a Attilio en silencio.

Esa pregunta solo podía hacerla alguien que no conocía Nápoles en todo su esplendor.

—Digamos que los Confederados buscaban la manera de sobrevivir algo más de un año en el poder —dijo Atti en un tono jocoso.

—Y capitalizar el negocio —le secundó Matessi—. Así como las empresas del mismo sector compiten entre ellas, pero no se aniquilan, ellos pretenden hacer algo similar porque entendieron que generaban más ganancias.

—Exacto —afirmó Attilio antes de volver a mirarme—. Pero cada una tiene sus intereses.

Asentí con la cabeza. Lo había entendido.

—Perdería el tiempo intentando complacer a cada uno de ellos —confirmé.

—Así es. Sin mencionar que varios de ellos no negociarán nada en contra de Saveria.

Porque existían afines. Capos que Vittorio había logrado convencer, ajenos a que el Fabbri solo buscaba doblegarlos y convertirlos en sus siervos. Y para cuando fuera demasiado tarde, solo podría negociar por su supervivencia.

—Pero... —Attilio acarició el borde de su botellín de cerveza—. Mi prima materna es una Marchetti.

Regina se aferró a su brazo adoptando una súbita expresión de inquietud. Fruncí el ceño.

—Attilio...

—Puedo hablar con mi tío —me dijo, tratando de ignorar a Regina, y Jimmy se echó a reír.

—El puto capo de Ponticelli.

Una verdad de lo más desconcertante. Costaba creer que el tipo que tenía ante mí, que era pura lealtad y honor, tuviera vínculos familiares con un canalla.

—Es un contrario a la alianza con Saveria, se ha opuesto desde el principio.

—Y no podemos descartar que participara en el asalto al cementerio —comentó Draghi tragándose la sorpresa—. Lo que quiere decir que aspira a matar a Marco.

—Pero si eso sucedió, si de verdad participó en la alianza con Alberto, porque se le convenció de que ese hijo de puta iba en contra de Saveria, eso significa que alcanzó un acuerdo con Massimo.

—O no —intercedió Regina—. Quizá Alberto no le contó que se había aliado con Massimo.

Esa también era una probabilidad.

Attilio miró a Regina —su chica, como él la llamaba— y le regaló una mirada afectuosa y tranquilizadora.

—No atacará. No si yo hablo con él.

—Llevas años sin dirigirle la palabra —espetó ella—. Tu tía ni siquiera pudo despedirse de tu madre en su lecho de muerte porque él le prohibió poner un pie en Posillipo. Y tú le eres leal a una Fabbri. No te escuchará.

Así que era la hermana de su madre quien se había casado con semejante tipo y, al parecer, la prima que había mencionado era bastante accesible.

—Lo hará, porque no le puede negar nada a mi prima, sé que la adora. Y yo le daré aquello que ansía.

En cuanto terminó de hablar, clavó la vista en Gennaro, que escuchaba atento cruzado de brazos en su asiento. Entendimos a la par que él que negociar con Posillipo y Secondigliano sería de lo más tentador para Marchetti y nos facilitaría la mitad de la negociación.

—Ese tío es un hijo de puta muy arrogante, pero sé lo que quiere —añadió—. Y escuchará si Marco le ofrece la oportunidad de lograrlo.

Gennà afirmó con la cabeza. Estaba de acuerdo. Y yo también.

—Tres territorios gobernados por un carnicero —parloteó Matessi.

—Uno muy listo. Pero qué coño nos importa si ya no estaremos allí para sufrir las consecuencias. —El tono de Attilio sonó a una mezcla de satisfacción y orgullo.

—Bueno, podría caer —expuso Jimmy—. Los Confederados montarían en cólera por semejante tropelía y podrían exigir saber por qué a ellos no se les ha ofrecido el mismo trato.

—Entonces, daré nombres —concluí—. La cúpula policial de Campania es corrupta y una muy buena clientela de mi territorio. Extorsionar se me da bastante bien.

Jimmy dibujó una sonrisa canalla.

—Los amenazas a ellos para que los retiren de las calles.

—Y las cárceles napolitanas están llenas de hombres muy avariciosos.

Un pago y los enviarían a criar malvas. Así de sencillo era comprar la muerte.

—¿Y Saveria? —Jimmy alzó el mentón, estaba disfrutando mucho.

—De ella me encargaré yo personalmente.

—Desde luego, no te tiembla el pulso para apretar el gatillo.

—Es bueno que te hayas dado cuenta.

A veces tenía la sensación de que Jimmy y yo hablábamos en clave, pero no entendía del todo el lenguaje que se ocultaba entre líneas. Ahí, bien oculta, pero a mi alcance, estaba la verdad que interesaba.

—Matessi se va contigo —me aseguró.

—¿Por qué será que ya me lo imaginaba? —dijo el aludido, sonriente, antes de darle un trago a su cerveza.

—Sobra decir que yo también voy —añadió Draghi.

Y de pronto empezaron a comentar entre ellos cómo debían organizarse para mantener la seguridad de la casa en nuestra ausencia y también mi propia seguridad en Nápoles, teniendo en cuenta que ya me habían asaltado una vez.

Pero no presté atención a nada de eso porque me perdí en los ojos de Canetti tratando de buscar aquello que ocultaba, aquello que empezaba a cobrar forma delante de mis narices y, aun así, era imposible de discernir.

23

GENNARO

—Voy a ir con él.

Bastó decir aquellas palabras para que Regina, que me observaba a través del espejo del tocador que había en su vestidor, lo entendiera todo. Pero Marco también las escuchó y no dudó en intervenir.

Debería haber sido más cuidadoso. Cuando decidí visitar a mi amiga antes de encerrarme en mi habitación, olvidé que Marco solía darle las buenas noches antes de atravesar la puerta que compartían y comunicaba sus alcobas.

Ese hecho dio pie a un intercambio de opiniones de lo más tenso, con Regina tratando de intermediar entre los dos. No lo consiguió porque para Marco todo lo que tuviera que ver con nuestra exposición, la mía y la de su esposa, tendía a ponerlo muy nervioso.

Así que zanjé la conversación y me encerré en mi habitación sabiendo que tendría muy complicado abandonar aquella casa por la mañana.

Fue por eso por lo que apenas dormité un par de horas. Después, cuando todavía no había amanecido, me di una ducha rápida, me vestí y bajé a la cocina, donde encontré a un Draghi, tan madrugador como yo, con ganas de hablar.

Cuando le conté mi plan, no supo negarse. Era la alternativa perfecta para asegurarnos información en caso de que Marchetti decidiera hacerse el interesante y jugar con nosotros a la espera. No era cuestión de tiempo, pero, ya dispuestos, prefería acabar con el asunto de inmediato para evitar posibles respuestas de nuestros enemigos, de los que estaban por ser nuestros enemigos y de los que ya lo eran, pero todavía no lo sabían.

La red de informadores de Secondigliano se extendía por todo el centro de Nápoles y era tan sigilosa y pasaba tan desapercibida que nadie sospecharía que estaba siendo vigilado. Amas de casa, niños a punto de entrar en la adolescencia, adolescentes a punto de entrar en la edad adulta, jubilados, tullidos, exconvictos, prostitutas, eclesiásticos. Todos, de algún modo, conectados a mi barrio, bien por familia o por acuerdos, bien por deudas. Conformaban así un entramado perfecto al que tan solo se le tenía que incentivar con una bonita donación y enseguida se ponían a trabajar. El boca a boca era fundamental. Y aunque el rumor crecería pronto, más rápido llegaría el beneficio. Sobre todo si involucraba a las pequeñas bandas de la zona, las independientes que no respondían a ningún capo, hombres jóvenes que habían dejado sus hogares en su afán de convertirse en reyes aunque solo fuera de su propia calle. A estos se les tenía que pagar un poco más, con mercancía o efectivo, poco importaba, y serían capaces hasta de vender el alma al diablo.

Pero tanto esas bandas como todos los demás solo obedecerían a un jefe. Yo lo era, ellos ya debían saberlo, pero seguían creyéndome el hijo maricón que había asesinado a Piero Cattaglia y había ordenado colgar su cadáver para que todo el mundo lo supiera.

Por eso necesitaba regresar, hacerme valer en mi territorio, aunque solo fuera durante unas horas, y después agasajarlos como si de la puta Navidad se tratase. Estaba seguro de que en unos días descubriríamos el paradero de Alberto, quizá oculto en alguna habitación falsa de algún decadente edificio de algún barrio afín a sus objetivos. Entonces podríamos capturarlo y acabar con él antes de que él lo hiciera con nosotros. Y la mera idea de imaginarnos a todos libres de las garras de la Camorra y la mafia sarda casi me mareaba.

Todo eso le conté a Draghi, y lo culminé con la foto que me había dado Caronte. La de sus hermanas, a las que pedí perdón mil veces. Porque iba a usarlas para someter a ese hombre y, con él, al séquito de esbirros que Massimo había enviado a Secondigliano.

—Tres hermanas, ¿eh? —dijo Draghi observando la fotografía.

Después me miró a mí y no se creía del todo que estuviera tan preparado para ser un cabrón. Porque no lo era de verdad. Porque solo quería descansar.

—Dafne, Elvira y Gabriella. Viven en Olbia. Creo recordar que la mayor va a la universidad y la segunda tiene novio —expliqué.

—¿Caronte te entregó esta foto? —preguntó incrédulo.

Ese tipo tenía una fama bastante peligrosa, pero yo solo recordaba que había intentado ser mi cómplice.

—Dijo que podía quedármela porque así podría recordar que tenía un aliado. Pero como no hay tiempo para averiguar si tiene razón, prefiero pasar directamente a la acción.

Draghi asintió con la cabeza y cogió aire.

—Déjame a mí. Tú bastante tienes con pensar cómo vas a conseguir que Marco te deje subir al coche.

—Mejor iré subiendo ya.

—Chico listo —me sonrió.

Un par de horas después, el silencio me golpeó con fuerza. El sol ya reinaba en un cielo límpido e iluminaba aquel camino medio asfaltado flanqueado por campos de cultivo. Marco iba sentado a mi lado, no había pronunciado una palabra desde que se había subido al coche.

Se había enfundado un traje negro, con camisa y corbata a juego, que entallaba a la perfección su elegante y atractiva figura. Pero también le hacía parecer un embajador de la muerte. Supuse que había escogido aquel atuendo para causar intimidación, cosa que, desde luego, conseguía, a pesar del cosquilleo de excitación que vagaba por mi sistema.

Su segundo conducía echando vistazos por el retrovisor con evidente tensión en el rostro. Intentaba hacerse pequeño, parecer invisible. En el fondo lo era, tanto como yo.

—¿No vas a decir nada? —pregunté cuando el aeródromo empezaba a vislumbrarse a lo lejos. Y no me atreví a tocar su mano, a pesar de tenerla al alcance.

—Anoche ya dije bastante. —Ni me miró.

—No me refiero a eso...

Quería saber qué opinaba sobre mi estrategia, si le parecía una buena idea, aunque yo ya supiera que lo era. Pero necesitaba su veredicto, la certeza de que yo formaba parte de ese equipo que le seguiría fiel a dondequiera que estuviera dispuesto a llegar.

—Marco, sabes que es un buen plan —casi le rogué—. Acelerará los procesos y pondrá contra las cuerdas a Marchetti. No eres hombre de una sola opción.

—En ningún momento lo he puesto en duda.

—Entonces ¿en qué no estás de acuerdo?

Sus ojos se clavaron en los míos antes de decir:

—En que te involucra.

Fue rotundo, un poco violento, con voz ronca y gutural. Me puso el vello de punta, se me encogió el vientre y respiré porque necesité oxígeno para recordarme que aquello era verdad, que ese hombre estaba a mi alcance, me esperaba en la orilla y yo solo tenía que nadar, podía hacerlo. Tenía fuerza y ganas.

Draghi se dio cuenta. Supo que éramos algo que todavía no nos atrevíamos a declarar, pero que ya habíamos reconocido. Detectó el deseo y las emociones que emanaban de nosotros y chocaban entre sí en el corto espacio que nos separaba, como burbujas de gas.

Detuvo el coche en la pista. Los rayos de sol destellaban sobre el asfalto y el acero del jet que nos esperaba. Provocó que entornara los ojos para adaptarme al fuerte fulgor.

—Os dejaré a solas. Cinco minutos —dijo Draghi antes de bajar del coche.

La tensión aumentó, casi se podía cortar con un cuchillo. La respiraba con cada bocanada. Y Marco seguía mirándome con las mismas ganas de lanzarse sobre mí y hacerme el amor que de lanzarme fuera del coche y hacer despegar aquel avión sin mí.

—Solo quiero ayudar —murmuré inquieto.

—Desconcertándome.

—¡No!

—Eso es exactamente lo que vas a lograr —espetó—. Porque mientras me reúno con ese tío, tú estarás haciendo lo que tengas que hacer, y yo no podré dejar de pensar en ti.

—¿Prefieres hacerlo tú? No me importa, adelante, ve —dije molesto—. Ignoraba que tuvieras la capacidad de estar en dos lugares diferentes al mismo tiempo.

—No me desafíes.

—Y no lo hago. Pero tienes que entender que necesito hacer esto.

—¿Por qué no iban a poder hacerlo mis hombres?

—Porque no conocen los términos. Y si voy con ellos, ¿a quién debo temer? ¿A quién, Marco?

No estaría solo. Sabía que tenía la compañía de Draghi o de Matessi mientras Attilio intervenía con él en Ponticelli. Y con la amenaza sobre Caronte, este no tendría más remedio que ponerse de mi lado y facilitaría que yo pudiera dar órdenes a sus esbirros de mayor confianza para que propagaran el rumor de que se le había puesto precio a la cabeza de Alberto Fabbri mientras yo movía los hilos necesarios para activar la red de informadores.

—A todo el que respire en ese maldito lugar —se quejó él.

De acuerdo, era un poco peligroso porque ignoraba cuán revuelta estaba la ciudad con el cambio de poder en mi territorio y la muerte de Vittorio Fabbri todavía reciente. Pero era un riesgo que estaba dispuesto a asumir.

Me acerqué a Marco y tomé su rostro entre mis manos antes de apoyar mi frente en la suya. Su aliento entrecortado acarició mis labios, podía sentir cómo crecían sus pulsaciones y cómo las mías resonaban en mis oídos.

—Escúchame —dije bajito—. Sé que algo de ti cree que esto es puro capricho de un crío estúpido. Pero no es cierto. A efectos prácticos, nos estaré dando la oportunidad de abrir el espectro sin tener que negociar con nadie. Queremos a Alberto Fabbri. Si está en la ciudad, Marchetti dará con él, pero mientras decide entregarnos o no esa información, que estoy seguro de que lo hará, la presión crecerá y tendrá que mover ficha con rapidez.

Mis movimientos acortarían tiempo porque lo necesitábamos para no despertar las sospechas de Saveria Sacristano.

—Cuando todo esto pase, no querré echar la vista atrás y recordar que no hice nada a pesar de contar con la oportunidad —continué deslizando mis manos hacia las suyas para aferrarme a ellas—. Es la primera vez en mi vida que ansío con todas mis fuerzas luchar por algo. Y, aunque te cueste aceptarlo, no pienso dejarte solo en esto. No es tu responsabilidad.

—Te equivocas —susurró—. Estáis en peligro por mi culpa.

—No. Tú no tuviste la culpa de las decisiones que tomó mi padre. Ni de las que han tomado tu tía o los Fabbri. No tienes la culpa de la fatídica noche en que Regina me encontró ni de los remordimientos que te asolaron antes de resignarte a comprarme solo para tranquilizar a tu esposa. Maldita sea, ni siquiera tienes la culpa de ser como eres. Al igual que nosotros, no pudiste elegir.

Me atormentaba lo cruel que había sido para todos, cada uno en nuestro propio infierno. Y cómo, de un modo casi místico, nuestras vidas habían convergido hasta alcanzar una perfecta conexión. Era como si la vida nos estuviera dando una segunda oportunidad, la opción de vivirla de verdad.

—Eres un manipulador de cuidado —protestó, y entonces bajó del coche.

Lo seguí de inmediato y caminé junto a él hacia las escalerillas del jet, donde esperaban Atti, Draghi y Matessi, que compartían un cigarrillo como colegas que hacía mucho tiempo que no se veían. Sus gestos, bien atentos a la pista, fueron lo que nos alertó de la llegada de un vehículo. Se detuvo junto al nuestro y de él bajó Conte con el brazo vendado y una bonita sonrisa en el rostro.

—Jefe —le dijo a Marco, que lo miraba impertérrito, pero todos sabíamos bien que estaba pensando en el movimiento más rápido para arrancarle la cabeza al jefe de seguridad de su querido hogar.

—¿En qué momento he dejado de tener autoridad? —aseveró.

—No, si la autoridad sigue ahí —concretó Conte—, pero me estaba preguntando si es posible ocupar el asiento delantero. Tengo un poco de vértigo.

Contuve una sonrisa al ver la mueca de resignación de Marco.

—Blandengue —se burló Atti.

—No me toques los huevos, napolitano.

Y supe que siguieron bromeando incluso cuando ocupamos nuestros asientos, pero yo solo podía prestar atención al hombre que tenía a mi lado.

—Me gusta cuando frunces los labios. —Se los acaricié de forma furtiva—. Es bastante sexy.

—Maldito crío impertinente.

Me besó y no le importó que sus secuaces pudieran verlo.

24

REGINA

Hacía más de una hora que mis chicos habían partido en compañía de Draghi y Carlo Matessi. Yo seguía sentada en la escalinata principal observando el camino por el que habían desaparecido los dos vehículos.

La barbilla apoyada en las rodillas, los brazos rodeando mis piernas y una sensación de vacío asfixiante en el pecho. Sabía que, si ponía un pie dentro de la casa, algo de mí empezaría a torturarme con que era una inútil y una débil, la típica damisela que necesita ser salvada porque no tiene las suficientes agallas para defenderse por sí misma, así que lanzaba a sus hombres a la primera línea del frente.

En cierto modo, algo de razón tenía.

Mis ideas para solucionar aquel entuerto pasaban por enviar un mensaje a los abogados de mi familia, el bufete Castella, y pedirles que redactaran una cesación de herencia en favor de mi tío, adjuntando un anexo en el que se acordara el cese de las posibles hostilidades existentes entre los dos, aquellas que solo Alberto conocía, en realidad.

Podría también sugerir adoptar el apellido de mi esposo para desvincularme por completo y así garantizarle a Alberto mi compromiso a dejarlo en paz y no intervenir en ninguna decisión que tomase en el futuro.

Pero el papel se rompía con facilidad, y a la Camorra nunca se la había podido contener con la palabra escrita. Y todavía no estábamos del todo seguros de qué ambicionaba realmente, quizá nadie lo sabía a ciencia cierta, salvo que vertería en su extraño empeño toda la rabia acumulada durante los años que había pasado a la sombra de mi padre.

No dije nada porque entendí que todos los esfuerzos de mi tía Mónica se verían frustrados. Y, tarde o temprano, Alberto me alcanzaría. Puede que le interesaran la fortuna y el poder, pero quizá también deseaba hacer daño.

Así que me guardé aquella opción porque supe que levantaría contradicciones entre todos, que en el fondo era demasiado arriesgada. Y me quedé allí convertida en lo que era, la frágil esposa de un hombre que ya no quería seguir siendo cruel. La joven inmadura que parecía volver a empezar en un lugar desconocido, rodeada de guardias a los que no conocía. Con Jimmy Canetti supervisándolo todo, aunque yo en ese momento no pudiera verlo.

Analicé cada árbol. Algarrobos, pinos, madroños, preciosos robles y elegantes juníperos que flanqueaban el camino conformando una impresionante espesura que protegía los alrededores de cualquier presencia. Esta se unía a un bosque que nos aislaba todavía más de la civilización. Los jardineros de la residencia le habían puesto un nombre: «El bosque de los brezos», por su extenso manto lila, tan similar a la lavanda, que también crecían en torno al mausoleo de Ana.

Solían darme paz cuando los observaba. Esa mañana, a pesar del magnífico efecto casi feérico que provocaba el sol al acariciar las ramas y el rumor de la brisa al rozarlas, me sentí dolorosamente sola y preocupada.

Mi energía se iba agotando. Mi cuerpo funcionaba como era habitual, pero mi mente era un entramado de pensamientos demasiado destructivos. No me dejaba descansar. Las pesadillas me atormentaban. Echaba de menos a rabiar. A mi hermana. A mamá.

«*Il mio cuore bianco*».

Apreté los ojos. Respiré hondo.

Había asumido su pérdida hacía mucho tiempo. Maldita sea, apenas recordaba su cara. Pero ahora podía ver la sangre con más nitidez que nunca. Su sangre derramándose de su cuerpo mientras los brazos de mi padre lo sostenían.

No era un sueño. No. Ni tampoco imaginaciones de una mujer que intenta justificar el odio que siente por su padre. Era la verdad, la que luchaba por salir a la luz y romper el dique de contención que yo misma, sin saberlo, había alzado en mi memoria.

Pero ahora que la verdad pendía de mis manos era como volver a vivir su muerte de nuevo. Y dolía mucho más. Dolía saber que aquellos ojos aterrorizados no temían por ella misma, sino por mí, por la pequeña niña que dejaba a cargo de un hombre tan miserable.

Mi familia se había roto en mil pedazos. Mónica, su hijo y mi abuela en paradero desconocido, testigos protegidos. Y Vera Bramante... Ni siquiera sabía dónde estaba la mujer a la que había querido como a mi propia madre.

Y los traumas flotaban dentro de mí, invadían mi sistema devolviéndome retazos de una verdad que se me obligó a enterrar. Ahora era tan mía como el dolor que me suscitaba.

Todo eso se congregaba en mis pesadillas, y cuando la mente ya no podía soportarlo más, me despertaba y corría al baño a vomitar sintiéndome un poco más inútil, necia e ingenua. Una muñeca a la que habían manejado a su antojo.

De pronto, alguien me tocó el hombro. Miré hacia atrás y levanté la cabeza. Por un instante creí que me encontraría con alguno de los mercenarios, tal vez el propio Jimmy. Pero era Faty.

Llevaba un vestido amarillo a juego con el pañuelo que adornaba su bonito peinado. Se había maquillado con un poco de rubor en las mejillas y algo de color en los labios. Se notaba que quería recuperar la calma y esa preciosa rutina que se había construido en cuanto llegó a la mansión.

Portaba una pequeña bandeja de madera en la que había dispuesto una taza de café caliente y unos pequeños cruasanes. La dejó sobre las escaleras y me miró cabizbaja, con una expresión de disculpa y agradecimiento en todo su rostro.

Le sonreí con los ojos empañados. Cuánto me aliviaba verla

allí, fuera de su cama, dispuesta a echarle valor a la vida. Otra vez. Faty era una superviviente, una mujer valiente, y merecía tanto bien…

Me puse en pie. Me hizo unas señas. No la entendía, todavía no era muy versada en el lenguaje de signos. Ella se palpó los bolsillos del mandil para echar mano de su libreta, pero no la encontró y trató de hacerse entender con gestos. Señaló los cruasanes y después a mí.

—Dice que están recién horneados —intervino una voz masculina.

Ambas miramos sobresaltadas. Gianluca Ciani estaba allí, a unos metros de la escalinata. Se acercó, la subió despacio, prudente, y se apoyó en la columna con las manos en los bolsillos, consciente de que nos había dejado asombradas.

Le preguntaría más tarde cómo era posible que un mercenario supiera lenguaje de signos. Y también por qué trabajaba para Jimmy Canetti cuando tenía una apariencia tan amable y dulce, a pesar de su fornido físico y de las pequeñas cicatrices que salpicaban su rostro.

—Los ha hecho para ti porque sabe que son tus favoritos —me aclaró al ver que Faty se lanzaba a gesticular de nuevo.

—Oh, Faty, no tenías que molestarte. —Le acaricié la mejilla—. ¿Ya te encuentras mejor, cariño?

Asintió. Pero la tristeza seguía en aquellas pupilas negras. Más gestos, y miré a Ciani.

—Se disculpa. Lamenta haberos traicionado.

No quise usar las palabras. Simplemente me lancé a ella y la abracé con todas mis fuerzas sin esperar a que me respondiera. Faty era reservada, no reaccionaría. No estaba acostumbrada al afecto, solo al que Kannika le daba. Pero entonces me abrazó y Ciani sonrió y desvió un poco la cabeza como queriendo darnos intimidad.

—Iremos a por Sammy, es así como se llama, ¿verdad?

Asintió.

—Pues lo traeremos aquí y podrás verlo crecer —añadió—. Ya no tendrás nada que temer.

Ella pestañeó varias veces y se frotó los ojos forzando una sonrisa. No quería llorar más. Me animó a comer, y de verdad que se lo agradecía, pero solo tuve valor para coger el café. Faty me entendió, y entonces señaló a Ciani.

—De acuerdo, llamaré a los muchachos —sonrió él, y yo comprendí que la ghanesa acababa de invitarlos a desayunar.

Así que los dejé allí y yo me encaminé con el café hacia el jardín de atrás.

Era casi mediodía y todavía no había recibido una llamada de Marco, solo un mensaje de Attilio avisándome de que ya estaban en el hotel y que me quería.

«No tanto como yo a ti», le respondí, a pesar de haberme enfadado con él por haber revelado que era sobrino materno del puto Marchetti. Y me dijo que habría que discutir sobre eso cuando llegara.

Me arrancó una sonrisa. Fue triste y un poco angustiosa, lo cual no tenía sentido porque se suponía que no debía temer nada. Ninguno de los hombres que habían participado en la conversación que tuvo lugar la noche anterior vieron peligro alguno. Yo no era nadie para instaurarlo. Pero supongo que lo que necesitaba era la certeza de que la situación estaba controlada.

Attilio llevaba mucho tiempo sin hablar con su tío. Odiaba todo lo que tuviera que ver con él y por eso me incomodaba que estuviera dispuesto a enfrentarle.

Caminaba de un lado a otro, aferrada a mi teléfono. Había recorrido el jardín al menos dos veces, a pesar de su inmensa fastuosidad. En algún momento el cielo empezó a oscurecerse, las nubes crecían gruesas y grises, y la crudeza del aire anunciaba lluvia. Pero no desistí. Me arrebujé en el pañuelo de lana con el que me cubría los hombros y seguí deambulando en torno al estanque, incluso cuando comenzaron a caer las primeras gotas de lluvia.

Tuve un espasmo cuando vibró mi teléfono, y lo miré desesperada. Pero no eran Marco ni Attilio ni Gennaro. Ni siquiera un número de teléfono normal y corriente. Fruncí el ceño antes de abrir el chat y me quedé embobada al descubrir que ese número, de pronto, se convirtió en un nombre.

Jimmy
Vas a terminar desgastando la hierba
de la zona como sigas así

Levanté la cabeza como un resorte y miré alrededor. Estando tan alejada de la casa, era imposible advertir dónde se encontraba ese maldito hombre. Casi podía imaginarlo burlándose de mí. Pero eso no era lo más alarmante.

Yo
¿Has entrado en mi teléfono?

Escribí con dedos temblorosos.

Jimmy
Qué preciosa estás buscándome
en todas las ventanas

Yo
En serio, ¿has pirateado mi teléfono?

Insistí, puesto que de otro modo caería en la trampa que había preparado mi pulso al dispararse por culpa de aquellas palabras.

Jimmy
Era la única forma de llamar tu atención,
y a Battista se le dan genial estas cosas.
Puedes venir si quieres y protestarme a la cara

O podía pasar de él, que era lo que más me convenía, teniendo en cuenta que no podía pensar cuando lo tenía cerca. Ese hombre me cegaba. Peor aún, me dominaba. Atraía hacia él hasta el último rincón de mi piel. Lograba que cualquier movimiento que hiciera me provocase un maldito estremecimiento.

Jimmy
Seamos serios. ¿Vas a hablarme en algún momento o piensas darme esquinazo para siempre?

Yo
No te estoy esquivando

Mentí. Bueno, no del todo, porque había estado sentada en la escalinata un buen rato y él ni siquiera había aparecido. Así que técnicamente nos estábamos esquivando los dos.

Pero entonces pensé que tal vez Jimmy me estuviera dando tiempo para asumir que compartiríamos techo y que las emociones que me suscitaba crecerían sin remedio.

Jimmy
Entonces ¿cómo llamas tú al hecho de no cruzarnos en lo que va de día, a pesar de estar en la misma casa?

Yo
Tener mejores cosas que hacer que esperar verte

Jimmy
¿Estás de coña? ¿Hay algo mejor que disfrutar de mi escultural cuerpo y mi sublime elocuencia?

Contuve una sonrisa y sentí que el rubor me calentaba las mejillas.

Yo
¿Podrías, por favor, dejar de tratarme como si fuera una adolescente salida?

Jimmy
Por poder, puedo, pero no sé si quiero. Creí que serías mejor anfitriona que tu querido esposo

Yo
¿Acaso no conoces ya cada maldito ·centímetro de este lugar? Si no fuera así, perderías puntos como mercenario

Jimmy
Me alegra ver que tu mortificación todavía te permite ser irónica

Yo
Así que todo esto es para ponerme a prueba...

Jimmy
Ha sido mi forma de invitarte a salir de tu silencio. Te escuché anoche

El corazón se me detuvo un instante y reanudó sus funciones a un ritmo atronador. Lo notaba estrellándoseme contra las costillas, oprimiéndome el pecho.

Mis tormentos eran míos. Podía verbalizarlos, pero solía quitarles la importancia que de verdad tenían porque estaba acostumbrada a soportarlos a solas. Provenía de una familia en la que expresar inquietudes o pesares se evitaba a toda costa. Mis amistades tampoco habían sido sagaces. El alcohol y el sexo lo arreglaban todo.

Ahora que estaba rodeada de personas dispuestas a escucharme y ayudarme, esa tendencia había ido cambiando conforme entendí que se me seguiría apreciando aunque estuviera rota. Pero no quería que Jimmy fuera una de ellas. No quería darle acceso completo a mi corazón y mi cabeza cuando ni siquiera podía resistir su cercanía o aceptar qué tipo de hombre era. Y el hecho de que supiera lo mal que lo había pasado durante la noche me hacía sentir muy vulnerable.

> **Yo**
> Sigues espiándome...

> **Jimmy**
> No me escudaré en que es mi trabajo.
> Quise hacerlo

Traté de tragarme el nudo que se me había formado en la garganta.

> **Yo**
> Tendré que asegurarme de bajar todas las persianas y apuntalar la puerta

> **Jimmy**
> Y ahora que me lo has dicho, sabré lo que sucede cuando te encierres dentro. Te dije que podía escuchar cada uno de tus lamentos

> **Yo**
> Y yo te respondí que tu compañía es una de mis mayores preocupaciones

> **Jimmy**
> Pero no debes temer, Regina.
> Yo solo te haría gritar de placer

> **Yo**
> Precisamente por eso me preocupa

> **Jimmy**
> ¿Retiras, entonces, tu petición?
> ¿Escondo las garras?

Yo
¿Ibas a ofrecérmelas?

Jimmy
No si podía evitarlo. Porque después te culparás

Yo
Ya te he oído decir eso antes... Y tienes razón

Jimmy
Pero eso no significa que no pueda ser tu amigo.
Siempre y cuando tu alta moral te lo permita.
Entra en la casa. Va a empezar a llover

Ese hombre no tenía corazón, cómo iba a tenerlo si era un mercenario sin escrúpulos. Y yo lo había convertido en la mejor alternativa para huir de mis pensamientos. Había llegado incluso a pedírselo pensando que su cinismo me aceptaría. Pero mi castigo era resistir todo lo que estaba sucediendo y no podía permitirme aferrarme al alivio que él pudiera ofrecerme. No lo merecía. Sería carnívoro. Y lo temía. Muchísimo. Porque los sentimientos no dejaban de crecer dentro de mí. Eran aturdidores, desconcertantes, no tenían explicación ni sentido, y mucho menos podía aspirar a controlarlos.

Jimmy no había hecho nada para granjearse un espacio en mi mente, más que devorarme con un beso que vibró en mis entrañas y quedó grabado a fuego en mi piel. Después, tiempo más tarde, volvió a repetirlo, ajeno a que su rostro y sus manos y su cuerpo me perseguían desde la primera vez. Habían encontrado la manera de abrirse camino hacia decenas de folios en blanco que ahora ni me atrevía a mirar, porque algo de mí no podía creer que yo misma los hubiera salpicado de palabras que describían a Jimmy y no a otro. No a otro.

Debía ser sincera. Quería volver a probar su boca, hundirme en ella mientras sentía cómo me atrapaban sus brazos. Y eso me convertía en alguien detestable. Me lo había dicho cientos de veces, que no saldría nada honesto de mi cuerpo contra el suyo, de mi piel estremeciéndose por sus caricias, por unas manos que habían matado y que lo seguirían haciendo.

Me froté la frente. Estaba tan cansada… No quería continuar pensando. El agotamiento mental era mucho más feroz que cualquier otra cosa.

MARCO

El servicio de habitaciones se explayó agasajándonos con la bienvenida. Quizá porque había reservado todas las suites de la última planta. Nos ofrecieron una degustación de sus mejores platos y postres, y nos obsequiaron con una selección de vinos que agradecí bastante en cuanto se me sirvió la primera copa.

Notas y aroma.

Templó un poco mis inquietudes. Gennaro estaba allí. Observaba la panorámica de la costa napolitana desde la preciosa terraza de mi suite. Sabía en qué estaba pensando. Esperaba a que sonara mi teléfono y que Jimmy anunciara luz verde a su plan.

No habíamos hablado mucho desde el despegue. Supongo que ambos necesitábamos asumir nuestros roles. Mentalizarnos de que debíamos ser como lobos en una noche de cacería. Para mí no era nada complicado ni extraño, solía ser así la mayor parte del tiempo. Pero él era demasiado puro para pensar como lo haría un hijo de puta.

Me acerqué a la mesa que los camareros habían preparado en la terraza. Habían dispuesto de todo, además de una mesita auxiliar con las bebidas a temperatura ambiente y el resto de los alimentos. Uno de ellos se había ofrecido a servirnos durante el proceso, pero lo despaché amablemente con una suculenta propina. Desde luego, se la había ganado.

Tomé asiento, serví un poco de carne en dos platos y rellené mi copa de vino antes de hacerle una señal a Gennaro para que comiera conmigo. Aceptó y comió sin ganas, pero comió sin dejar de otear la costa con aire ausente.

—Habla —le pedí—. Te oigo pensar, pero es tan ruidoso que no entiendo nada.

Sonrió, pero esa sonrisa no llegó a sus ojos.

—¿Qué pasa?

—Estaba memorizando la ciudad —suspiró—. No me gustaría regresar jamás.

—¿Y por qué querrías memorizarla?

—Porque de algún modo me ha llevado hasta ti. De no haber nacido como soy, quizá nunca nos habríamos cruzado... —Mis ojos debieron de cohibirle, porque agitó una mano como quitándole importancia a lo que había dicho—. Sí, lo sé, suena demasiado inmaduro.

Me metí otro trozo de carne en la boca. Estaba tan tierna que se deshacía de inmediato, pero no era tan satisfactorio como observar las delicadas líneas de Gennaro. Esa belleza encantadora sentada frente a mí, luchando por disimular su rubor. Sus marcados nudillos, el precioso hueso de sus muñecas, la suavidad con la que cogía los cubiertos, la sutileza con la que sus labios llenos atrapaban la comida mientras sus pestañas acariciaban el inicio de sus pómulos en un gesto de placer por el sabor.

Todo en ese chico era pura exquisitez, propia de los príncipes. Y aunque él lo había sido, no provenía precisamente de un reino afín a su pulcritud.

—¿Puedo preguntar algo demasiado controvertido? —dije, y él asintió—. ¿Fuiste a clase?

—Hasta los doce, sí. Después, mi padre creyó que sabía lo suficiente de sumas y restas como para perder el tiempo culturizándome en la escuela. Así que me enseñó él.

La arrogancia del Cattaglia.

—A manejar el negocio.

—Ajá.

Pensé en los primeros días de Gennaro en mi casa. Sus pesadillas, sus heridas. Nunca había tenido la oportunidad de preguntarle como era debido, tal vez porque creía que, si lo hacía, ya no había vuelta atrás, caería rendido. Pero eso ya era un hecho, así que no tenía nada que perder.

—¿Quién es Lelluccio? —Me miró estupefacto, y yo traté de mantener la fluidez de aquella conversación—. Lo mencionaste alguna vez mientras dormías. No me parecía un recuerdo agradable.

—Fue... un amante —dijo asfixiado—. Lo mataron. Bueno, el novio de mi hermana lo mató justo antes de que ella me amenazara. Después, me llevó ante mi padre y pronunció las palabras mágicas. El resto es historia.

—Murió el mismo día que te vendieron al Marsaskala.

Cuánta rabia me produjo. No el hecho de que muriera ese tío, sino que Gennà hubiera tenido que sufrir tanto. Me atormentó imaginar qué habría sido de él si Regina no hubiera intercedido.

—Exacto. ¿Por qué estamos hablando de esto, Marco?

—Si vas a ser mi compañero, me gustaría saberlo todo de ti —me sinceré.

Ignoraba si había empezado bien, no tenía ni la menor idea de cómo iban esas cosas, tan solo imité lo que una vez Regina había hecho conmigo. Pero la sonrisa de Gennaro confirmó que estaba de acuerdo.

—¿Me ofrecerás la misma oportunidad? —preguntó.

Dejé los cubiertos sobre el plato, le di un sorbo a mi copa y cogí aire.

—Voy a destruir el Marsaskala —anuncié.

Gennà me miró asombrado.

—¿Estás seguro?

—No quiero saber nada de ese maldito lugar. Ni siquiera quiero que sus paredes sigan en pie... Lo borraré del mapa para siempre, Gennà. Para siempre.

Y era terriblemente complicado porque esa zona tenía miles de recovecos que limpiar antes de demolerlo. Pero deseaba hacerlo con tantas ganas que a veces hasta me costaba dosificar mi aliento.

—¿Has pensado qué harás con... todo lo demás?

Se refería a los esclavos. A los que, a diferencia de él, no habían tenido otra alternativa.

—Liberarlos —sentencié.

—¿Cómo? —musitó él. Le pesaban hasta las palabras.

—Compensándolos y dándoles la oportunidad de empezar una nueva vida.

Quizá pareciera una utopía, pero contaba con los recursos y las habilidades para llevarla a cabo. Así que no me contendría de hacerlo realidad.

—Son demasiados.

—Lo sé...

Nos miramos con tal intensidad que no me creí capaz de contener las ganas de saltar sobre la mesa y robarle un beso voraz.

—¿Y tu familia? —suspiró, y comenzó a estrujarse las manos.

Cogí un cigarrillo y lo encendí antes de decir:

—Me importa un carajo lo que les pase. Mi madre y mi prima se pueden ir a la mierda. Mi hermano, apenas me hablo con él y me preocupa poco la vida que lleva en Milán o en Roma o donde sea que esté. Y en cuanto a mi tío Ugo... —Clavé mis ojos en los suyos cuando me incliné hacia delante—. Creo que el fondo del Tirreno sería ideal para él. Podríamos hundirlo con el Verkhovnyy. Ese dichoso yate no me sirve para nada.

Gennaro tragó saliva y se dejó atravesar por un escalofrío. Sabía que la muerte de mi tío era casi como un macabro regalo para él. Pero no estábamos allí para hacer balance de lo que era bueno o malo. Y si había alguien que merecía un castigo, ese era Ugo Sacristano.

Extendió una mano por la mesa y me la ofreció. Tarde un poco en reaccionar, pero al final terminé enredando mis dedos en los suyos, y me dejé invadir por un estremecimiento.

—Quiero aprender a montar. ¿Me enseñarías? —murmuró como si fuera un secreto.

—Por supuesto —respondí igual de susurrante que él.

Podría haberme levantado y habernos satisfecho a los dos comiéndonos a besos. Quizá hacer el amor allí mismo, a plena luz del día, en medio de un balcón en el que cualquiera podía vernos.

Pero Conte se encargó de recordarme que no estábamos solos y que mi exuberante habitación se había convertido en el punto de encuentro.

311

—Jefe, cuidado con la bañera. Es tan grande que casi me ahogo —comentó con el pelo revuelto y echó un vistazo a nuestras manos unidas con una sonrisilla en la boca—. Aunque ahora que lo pienso...

—Me gustabas más cuando eras todo serio y formal —le interrumpí levantándome de mi asiento.

El vino se había acabado y creí que mi odioso jefe de seguridad querría una copa.

—Pues a mí tú me gustas más ahora —dijo en cuanto se la ofrecí.

Justo entonces sonó mi teléfono. Era un mensaje de Jimmy que decía: «Los tres angelitos están en cautiverio. Aunque he de decir que un ático de lujo con vistas a la bahía de Olbia no es muy tenebroso que digamos para un secuestro».

Yo tampoco lo creía, pero no queríamos que esas tres jovencitas sufrieran un trauma de por vida solo porque buscáramos doblegar a su hermano. En cuanto Caronte lo supiera, sería maleable a nuestras órdenes. Pero debía admitir que me asombraba que él mismo hubiera revelado semejante información a la ligera, como si algo de él quisiera ofrecerla.

Quería desconfiar, sabía que había sido leal a mi padre y un hombre que había obedecido todas sus órdenes sin oponerse a nada. Ni siquiera había manifestado titubeos, era prácticamente inaccesible y muy respetado por todos. Sin embargo, intuía que él también estaba en una cárcel emocional y quería huir de ella. Por ahora, lo pondríamos a prueba.

Miré a Gennaro. Él se enderezó en su asiento. Sabía bien lo que iba a decir. Había dado la orden nada más despegar de Cerdeña. Los Tánatos —el equipo de Jimmy— se encargarían de las tres chicas de la foto que nos había mostrado.

—Luz verde —dije.

—De acuerdo —respondió asfixiado.

—Avisa a Draghi y Matessi —le ordené a Conte, que enseguida se dirigió al salón para coger su teléfono y llevar a cabo la tarea.

Pero alguien llamó a la puerta y Conte se acercó a mirar por la mirilla con la mano apoyada en el revólver que tenía en la espalda. La tensión de sus hombros se relajó en cuanto reconoció de quién se trataba, y abrió a sus compañeros.

Attilio fue el primero en acercarse a la terraza y me miró con un aire irónico que desveló muchísimo.

—¿Y bien? —indagué.

—Jugará, tal y como estaba previsto.

—Ese viejo hijo de puta —resopló Matessi. Porque después de Attilio y Gennaro, él era quien mejor conocía Nápoles y su estilo.

—¿Qué tiempos valoras, aproximadamente? —le pregunté a Attilio.

—Puede que nunca te dé una respuesta.

—Démosle el día de hoy.

Con suerte, Marchetti no sería tan tonto.

25

REGINA

El teléfono volvió a sonar. Esa vez se trataba de la melodía de una llamada entrante, y el nombre de Marco iluminaba la pantalla. Lo cogí de inmediato, ansiosa.

—Hola —suspiré como si me hubieran quitado una pesada losa del pecho.

—Siento no haber llamado antes.

—¿Cómo ha ido todo? —quise saber.

—Marchetti apuesta por jugar. Pero no es algo que nos haya pillado desprevenidos.

Expulsé el aire contenido. Me llevé la mano al pecho y me froté con los ojos cerrados y la boca seca. No iba a pasarle nada a Atti. Era su tío, un territorio que perfectamente habría podido heredar.

—¿Y Gennà?

—Acaba de irse.

—Ay, Marco...

Escondidas bajo ese nuevo suspiro que liberé y el silencio al otro lado de la línea, se ocultaban mis ganas del alcanzar esa vida tranquila que no sabía si merecía ahora que ya no estaba Camila. Pero, en el pasado, esa dichosa ambición no había sido más que un remoto pensamiento fugaz que solo aparecía en los momentos de mayor estrés.

Ahora era una necesidad y mi propio orgullo, y Marco se había contagiado de ello y lo haría realidad. Quería materializarlo porque en algún momento entendimos que nos merecíamos la oportunidad de ser felices.

—Todo va a salir bien. —Lo dijo con una voz tan tierna que me llegó al corazón. Y sonreí nostálgica.

—No sé si debería preocuparme más que tú me lo digas.

—Bueno, recuerdo que, cuando se lo oí decir a Attilio, funcionó bastante bien.

Sí, me acordaba de eso y también de su modo de observarnos, como si no pudiera comprender que existía el amor leal y sincero. Unas horas después de que Atti lo dijera, Marco se obligó a mencionarlo por sí mismo. Y ahora lo hacía de forma espontánea. Cuánto habíamos cambiado.

—En aquel momento os tenía a todos en casa.

—Y así será en breve. Ya lo verás.

—¿Y después? —dije bajito—. Nunca me has contado cómo te ves en un futuro.

A lo mejor no era el momento adecuado para esa pregunta, pero no me echaría atrás. Quería saber por qué Marco ansiaba de pronto destruir todo lo que le rodeaba.

—En realidad, nunca me ha importado —masculló—. Pero ahora... es como si la oscuridad se hubiera abierto para dar paso a la luz... —Le oí reír—. Divagaciones, supongo.

—Me gusta oírte divagar.

Silencio. Un suspiro entrecortado y entonces dijo:

—Hoy me he cruzado con una señora en el vestíbulo del hotel. Iba con un par de críos. Cinco o seis años, rubios, con unos ojos enormes. Aunque no eran tan hermosos como tú...

Me habría gustado sonreír porque su vocecilla tembló al mencionar aquello. Pero de pronto se me hizo un nudo en la boca del estómago. Sabía que Marco no hablaba en vano.

—Mi futuro era vivir hasta agotarme... Y, cuando llegara el momento, me pegaría un tiro sin importarme el legado que dejara.

Se me cortó el aliento. Casi pude verlo ante mis narices frotándose la sien con el cañón de un arma. Los ojos hastiados y el gesto cansado. Sí, cansado de vivir.

No iba a husmear en ese tormento. Hacerlo habría sido increíblemente doloroso para los dos. A esas alturas me costaba concebir la vida sin Marco, pero su sinceridad, aunque rotunda y a veces cruel, ya no estaba relacionada con una pretensión. Era simplemente la confesión de un hombre que pensó que no había una salida digna para él. Y me habría gustado aportar un poco de alivio, pero a quién quería engañar, ni siquiera podía dármelo a mí misma.

—¿Cómo de cercano estaba ese momento, Marco? —pregunté asfixiada.

—Si no hubieras sido tú, lo habría intentado la mañana después de nuestra boda. —Respondió de inmediato, concluyente.

Se me empañaron los ojos.

—No me cuentes eso cuando no puedo darte un abrazo.

—Imaginé que eran mis hijos, Regina —añadió. Quería compartir conmigo los cambios que se estaban produciendo dentro de él, los cambios que yo había detonado—. Yo, con hijos, cuando la sombra del suicidio todavía me persigue. Qué locura, ¿cierto? Soy incapaz de descubrir qué has hecho conmigo.

Esa vez sí sonreí, pero triste y algo consternada.

—Puedo darte a tus hijos, Marco —susurré—. Puedo dártelos. —En realidad, podía darle cualquier cosa que me pidiera—. Tú solo céntrate en acabar con todo esto y regresa a casa. Después hablaremos de los métodos.

Ser la madre de los hijos de Marco Berardi no me parecía un mal plan de futuro. Verlos crecer mientras su padre era un hombre libre era casi como tocar las estrellas con la punta de los dedos.

—Eso no me importa tanto como saber que eres plenamente consciente de tu función en todo esto. De lo que significas.

El estupor me alcanzó de súbito. Tragué saliva.

—¿Cómo lo has sabido? —acerté a decir.

—Olvidas quién soy. Se me da bien analizar a la gente y sonsacar información. Así que Gennaro solo ha confirmado lo que ya me temía.

—Maldito chismoso —rezongué traviesa para quitarle hierro al asunto.

Me irritaba que Marco tuviera que cargar con mis heridas.

—No eres débil ni cobarde —dijo firme—. No eres un lastre.

Eres exactamente lo que tienes que ser, una inspiración. No solo para mí, sino también para todas las personas que te rodean.

Recordé a mis chicos. A todos ellos. Recordé las horas que habíamos pasado juntos, lo mucho que se implicaban en cualquier cosa que yo propusiera, las comidas improvisadas, las charlas eternas, las partidas de póker o los días de fútbol. Era tan divertido estar con ellos, les había tomado tantísimo cariño...

Y les había fallado.

—Los he abandonado un poco —confesé decaída—. A Gattari, a Palermo y a Conte.

—Conte está conmigo —anunció Marco—. Pero Gattari y Palermo seguro que se alegran de verte.

Cogí aire.

—En realidad, temo tanto mirarlos a los ojos... Siento que he sido yo quien los ha puesto en peligro.

—Palermo estará encantado de contradecirte. Así que recuérdame que le suba el sueldo si lo hace.

—Estirado. —Sonreí.

—Enana.

Silencio de nuevo. Nos oímos respirar. Eso consolaba bastante. Hasta que decidió mencionar al mercenario.

—Pídele a Jimmy que te lleve.

—Marco, no creo...

—Pídeselo —ordenó.

El «te quiero» que nos habíamos dicho antes de colgar quedó sepultado bajo el golpeteo incesante de mi pulso, que aumentó aún más conforme encaré el camino de regreso a la casa.

No entendía muy bien por qué Marco había insistido ni si guardaba alguna intención concreta. Lo único que sabía era que mi cuerpo obedecía y ni siquiera trató de oponerse, a pesar de mis ganas de clavar los pies en la hierba y quedarme bajo la lluvia que empezaba a arreciar.

Quizá Marco sabía que Jimmy me esperaba en el salón fingiendo no prestar atención a la imagen de mí que le arrojaba el pasillo de arcos acristalados. Y que me miraría como si mis ojos fueran el refugio perfecto para su alma.

Se me cerró un poco la garganta al verlo incorporarse. Toda esa poderosa envergadura de hombre moviéndose con fineza y elegancia. Resultaba tan salvajemente delicado... Y mi pecho volvió a hundirse, mi corazón se encogió y me empujó un poco más a la asfixia. Desde luego, era un cúmulo de contradicciones.

—¿Puedo pedirte un favor? —inquirí un poco afónica.

Él asintió con la cabeza. Sus pupilas me estaban devorando. Las evité mirando alrededor, fingiendo que no estaba nerviosa ni que el pulso iba a reventar mis venas.

—Me gustaría ir al hospital a visitar a mis hombres.

Señaló el pasillo que llevaba al vestíbulo.

—Detrás de ti —dijo con una sonrisa ladina.

GENNARO

La casa en la que había crecido se había convertido en una fortaleza de hombres armados hasta los dientes. Al menos seis docenas de esbirros supervisando cada rincón del perímetro, sopesando cualquier movimiento de los vecinos que se veían obligados a pasar por allí.

Sabía que era un efecto disuasorio. En Secondigliano bastaba con que una persona supiera algo para que el rumor cundiera como la espuma. De ese modo se contendría a cualquiera de pensar en posibles respuestas contrarias. Pocos... No, pocos no, nadie se atrevería a desafiar el nuevo gobierno si tan solo el exterior mostraba semejante potestad.

Sin embargo, quien los comandaba a todos estaba ahora en mis manos. Así que no me contuve de caminar bien erguido hacia la entrada. Unos guardias quisieron interponerse, pero, al ver el desafío en mis ojos, enseguida se apartaron.

Supe que yo no intimidaba, ni siquiera los dos hombres que me acompañaban, a pesar de su carisma desdeñoso. Era lo que pasaba cuando se creía estar en el bando ganador. Pero sopesé la posibilidad de que Caronte los hubiera informado de mi inminente llegada. Por eso me permitieron entrar.

—Vaya, el hijo pródigo —se burló Guido.

Ese maldito animal me sonrió como si estuviera a punto de saltar sobre mí y arrancarme la piel a tiras. Desde luego, lo ambicionaba, todavía me creía un esclavo y eso, al parecer, le suscitaba un morbo demasiado cruel.

La de cosas que seguramente les habría hecho en el pasado a otros inocentes como lo fui yo. No podía olvidar el modo en que me arrinconó. Pero debía echar coraje. De hecho, lo sentía hirviendo en mis venas. Tenía tantas ganas de morder…

—¿Dónde está Caronte? —pregunté con voz monótona.

A Guido le aturdió. Lo disimuló bien, pero no se contuvo de mostrar los dientes como un perro rabioso. El gesto provocó que Draghi se adelantara un poco. Con las manos en los bolsillos, dejando que su cuerpo oscilara. No era un hombre muy grande, pero disponía de un físico imponente, bien fornido y muy habilidoso. Torció el gesto y le echó un vistazo completo de pies a cabeza. Esos dos se conocían, y la jerarquía quedó muy clara. Guido temía al segundo de Marco. Lo temía porque sabía de qué era capaz.

—No sé si estás en disposición de hablar con él —se obligó a decir Guido porque todavía quería seguir fingiendo que tenía el control.

Pero su comandante ya había salido de la casa y esperaba en el umbral de la puerta con una mueca de rabia congelada en el rostro.

—Guido —espetó.

El tipo se resignó a alejarse, furioso, mientras los ojos de Caronte se clavaban en los míos. Hallé decepción en ellos y algo de tristeza. Pero me sorprendió mucho más lo que no vi, lo que no fui capaz de encontrar. No había ni una pizca de preocupación en él, a pesar de saber que sus hermanas se habían convertido en una herramienta de extorsión.

Me dio la espalda y entró de nuevo, tomando el camino hacia

el despacho principal, situado al final del pasillo que había junto a la escalera principal. Clavé la vista en sus hombros, algo rígidos, y respiré por la boca. No quería perderme en los detalles ni divagar sobre el aroma. Todavía olía al perfume de mi padre, de mi hermana. De mi maldita madre. Su aroma permanecía en cada rincón. Ese peculiar olor a familia corrupta y canalla. A familia pobre de corazón y rica de maldad. Todo estaba exactamente igual. Qué coño esperaba.

—¿Y mi madre? —pregunté en cuanto entré en la sala.

Caronte se cruzó de brazos y se apoyó en el escritorio. Me agradó que hubiera escogido ese lugar porque recordé las ocasiones en que mi padre me encerraba allí a darme sus lecciones de moral barata, y eso alimentó aún más mis agallas.

—Sedada. Ayer intentó ahorcarse.

—¿Por qué no la dejasteis?

Acaricié el borde de las estanterías. No había ni un libro. Solo decoración vulgar y ordinaria que intentaba aparentar grandeza y sofisticación.

—Pensé que te haría ilusión mirarla a los ojos mientras lo hacía.

Estaba seguro de que, de haber sucedido, mi madre habría preferido arrancarme los ojos para ahorrarme la satisfacción de verla morir. Hasta para eso sería orgullosa y una zorra desgraciada.

Cogí aire. Se me había formado un nudo en la tráquea demasiado incómodo e injusto. Odiaba odiar a esa mujer. Odiaba todavía más lo justo que era odiarla.

—Iré al grano. —Encaré a Caronte.

Draghi y Matessi se habían encerrado en el despacho con nosotros. El primero estaba quieto, apoyado en la puerta; el segundo jugaba a amedrentar y lo hacía genial.

—No hace falta —espetó Caronte—. Marco Berardi te ha facilitado el camino.

—Eso ya lo sé, yo mismo le he pedido que te advirtiera. Solo así entenderás que no voy de farol y que no soy un rival sencillo de batir.

—Te felicito entonces. Lo has hecho de puta madre.

Su mirada no se había movido de la mía. Era como si mis ojos se hubieran convertido en su centro, y me seguía a todas partes, cuestionándome.

—Imaginas a qué he venido —dejé caer.

—Sí, claro que sí —ironizó—. Pero ¿por qué?

Decepción. Ahí estaba de nuevo, y me pregunté por qué un hombre como él podría sentirse decepcionado por mí por ser precisamente lo que la gente esperaba que fuera.

—Voy a usar el nombre de mi territorio. Pero para ello necesito que la gente crea que tengo el control, y con vosotros aquí será imposible. A menos que quede claro que estáis bajo mis órdenes.

Caronte frunció los labios.

—¿Y no has pensado que obtendrías el mismo resultado explicándomelo sin necesidad de involucrar a mis hermanas?

Lo había pensado. Las pocas ocasiones que habíamos compartido a solas me habían mostrado unas intenciones que no supe concretar, pero que dejaban entrever sus ganas de ser mi aliado. Y no me fie de él, porque en la mafia no se debe confiar.

—Ellas estarán bien —le aseguré.

—¿Quién me lo garantiza?

—Marco Berardi.

Sonrió.

—¿Su palabra vale más que la mía?

Alcé las cejas, incrédulo.

—¿Hablas en serio? ¿Realmente crees que unas pocas horas contigo, jugando a recordarme en silencio que soy la marioneta de tu difunto jefe, me convencerían de tu honestidad? Se necesita mucho más que unas pocas palabras bien dichas, Caronte.

—Y quizá una cama de por medio —farfulló.

—No te atrevas a coger ese camino. —Negué con la cabeza—. Fuiste tú quien me habló de ellas. Fuiste tú quien decidió equivocarse porque me creíste un necio.

—Decidí confiar.

Quizá sí. Tal vez me entregó esa foto porque algo de él quería ponerme a prueba, ver qué sería capaz de hacer con su secreto en mis manos.

—Un serio error por tu parte —dije algo alicaído—. Pero, como he dicho, tus hermanas estarán bien, y lo sabes.

—Así que me has puesto a tus pies para disponer de todo ese regimiento de hombres. —Señaló hacia las ventanas. A través de ellas podía verse a muchos de sus vasallos.

—Obedecías a Massimo. ¿No podrías hacer lo mismo ahora conmigo?

—No me dejas otro remedio. Haría cualquier cosa por mis hermanas.

Eso lo sabía bien. Pero si hubiera habido alguna duda, la borró de inmediato en ese preciso instante.

—Pues sal ahí fuera e informa de que ahora mando yo. —Me acerqué a él—. Que seguirán mis órdenes. Que propaguen ese rumor.

Conocía Nápoles, sabía que en menos de medio día hasta el último rincón sabría que Gennaro Cattaglia había doblegado a sus soldados. Despertaría respeto en la gente, me escucharían y cualquier petición mía sería atendida.

Luego, a Alberto se le complicaría muchísimo seguir escondiéndose, porque ahora los propios ciudadanos lo buscarían, asustados por las represalias y atraídos por la idea de ganarse mi favor.

—Antes debes saber que la reunión con los Confederados se llevó a cabo —anunció—. Massimo prometió compensaciones a cambio de que se pusieran en contra de Saveria. Será muy difícil convencer a los capos que decidieron confiar en él. Les ofreció demasiado.

Me asombró un poco, porque se suponía que Massimo ya había pactado con su hijo replegarse para alcanzar un acuerdo con él. Sin embargo, había seguido trabajando, convenciendo.

Miré a Draghi. No hablaría sin su consentimiento, no le entregaría a Caronte ninguna posibilidad de filtrar información para devolvernos el golpe. Pero el segundo de Marco no parecía tan escéptico como yo. Observaba al hombre con detenimiento, lo analizaba y no percibió peligro alguno.

—El Marsaskala caerá —dijo Draghi con rotundidad—. Esa realidad que Massimo les vendió a unos y Saveria a otros ya no puede garantizarse.

Tan solo se les devolvería lo que habían perdido y se les dejaría estar, como si nada hubiera pasado. Se restauraría ese tipo de vida casi primitivo que tan enquistado estaba en las raíces napolitanas. Y lo que una vez un Fabbri aspiró a lograr quedaría enterrado en un recuerdo lejano.

Pero para eso debía sacar a Alberto del agujero en el que estuviera escondido porque, con él vivo, viviríamos con una amenaza constante. Nunca dejaría de alimentar las fantasías de otros, siempre tendría seguidores que lo apoyasen en sus demenciales ambiciones de conquistar aquello que su hermano nunca pudo conseguir.

Eso me llevó a preguntarme si de verdad estábamos en la dirección correcta. Si, después de eliminar a Alberto y Saveria, podríamos alejarnos de ese estilo de vida. Quizá otros capos querrían imitar lo que una vez los Fabbri soñaron. Quizá querrían vengarse porque nos interpusimos en su crecimiento, porque les robamos la oportunidad de ser un poco más poderosos.

He de reconocer que tuve miedo, y que ese miedo era lo bastante grande como para quedarse grabado en mi sistema hasta el día en que exhalara mi último aliento.

—Ese lugar jamás podría caer —gruñó Caronte. Se refería al Marsaskala con todo el desprecio que le causaba en realidad.

—Sí, si lo destruye quien lo gobierna —sentenció Draghi—. Y la mayoría de los Confederados se oponían a las ambiciones de Vittorio, por eso la alianza con Massimo les favorecía. Pero con Alberto escondido ahí fuera, solo se convertirán en marionetas de sus decisiones.

Esa verdad me ofreció algo de alivio.

—¿Por qué lo creéis? —preguntó Caronte.

—Porque cuenta con años y años de rabia acumulada, de envidia —intervino Matessi atrayendo toda nuestra atención—. No imaginas el buen combustible que es el rencor.

Caronte se quedó muy quieto, observaba al napolitano como

si fuera la misma personificación del diablo. Pero lo que en realidad estaba haciendo era organizar sus pensamientos. Y entonces asintió con la cabeza y me miró.

—¿Cuál es el plan?

Lo teníamos. Lo teníamos y seguían sin demostrar preocupación. Confiaba de verdad en mi palabra. En la de todos. En la de Marco. Sus hermanas estaban a salvo. Nadie les haría daño. Ni siquiera compartirían espacio con un hombre. Tenía entendido que era una mujer quien las supervisaba. Dori Torino, creía recordar.

Tragué saliva, respiré para intentar deshacer la presión en mi pecho y me recompuse. La peor parte de aquel plan ya estaba hecha. Ahora tocaba pasar a la acción. Me acerqué a la estantería que había detrás del escritorio. Esa sí tenía libros, pero eran puro atrezo. Retiré los del estante de abajo para descubrir un panel de números. Marqué el código. Mi padre era tan arrogante que usaba su propia fecha de cumpleaños. Al revés.

La estantería produjo un chasquido y comenzó a moverse hasta mostrar una escalerilla de metal absorbida por la oscuridad. La bajé. La conocía tan bien que no necesité de luz, pero los chicos no me siguieron hasta que la prendí al llegar abajo. Me observaron estupefactos y después analizaron el lugar.

Aquello era como una especie de búnker subterráneo. Dos camas literas, una televisión antigua, una mesilla con cuatro sillas, además de un sofá, un pequeño inodoro y lavamanos, una cocina de camping y armarios con alimentos no perecederos. Mi abuelo lo mandó construir para poder escapar en caso de asalto. La puerta de metal que había en un rincón conducía a unos pasadizos que conectaban con el Parco Ciro Esposito.

El lugar también se usaba para guardar grandes cantidades de dinero o incluso algo de mercancía, que se repartía sobre las estanterías de metal. Unos doscientos kilos de cocaína y cien más de heroína.

—Joder... —silbó Matessi mientras yo me acercaba al dinero.

Con un rápido vistazo pude contar al menos cincuenta millones, sin tener en cuenta las bolsas negras que se amontonaban en un rincón.

Cogí un par de ellas con ayuda de Draghi y las abrí para comprobar el interior. Aquello podía valer para empezar, pero añadí además varios paquetes de droga y algunas bolsas de pastillas.

—Empezaremos por esto —le dije a Caronte—. Repártelo entre tus hombres.

—El soborno no es la mejor manera.

Porque otros podían hacer lo mismo y así comenzaría una cadena de engaños. Pero conocía a las bandas del centro y sabía que eran capaces de cualquier cosa con tal de obtener réditos que les garantizaran beneficios. Aspiraban a ser alguien de renombre en la zona y simpatizaban con Secondigliano.

—No sobornas, gratificas —aclaré—. Compras información.

—¿Y qué hacemos con los capos de Aranella o San Lorenzo? Son quienes administran la zona.

—No es cierto —le corregí—. El centro está lleno de bandas independientes que no responden a nadie y hacen demasiado ruido. Serían capaces de cualquier cosa, y el hambre aprieta. Tienen que poner un plato de comida en la mesa. Pagadles bien y nos darán toda la información que tengan. Ofrecedles más y se dejarán la piel para conseguirla.

Me observaron con cierta lástima en los ojos, como imaginando lo deplorable que había tenido que ser mi vida para saber todo eso. Era muy desolador, pero no tenía tiempo para lamentarme.

—No escatiméis, sed generosos, pero vigilad, se les da muy bien mentir y lo harán si saben que tenemos de sobra —expliqué antes de abrir una de las cajas de cartón que había al otro lado de la habitación. Su interior albergaba bolsas de polvo blanco, la dosis de coca lista para vender—. Los paquetes para las bandas. Estas son para uso propio o vecinos. No subestiméis a las amas de casa y a los pensionistas. Si lo necesitan, las venderán para sacarse un extra.

Caronte me observó como lo haría con una de sus hermanas, pensando demasiado alto que en el fondo se compadecía de mí.

Pero estaba allí para cambiar mi futuro y enterrar todo lo que había sido mi vida en el pasado. Y necesitaba su ayuda.

Sí, la necesitaba con o sin amenazas. Porque todos sus hombres harían el trabajo mucho más rápido que yo solo.

Asintió con la cabeza y se puso en marcha sin dudar.

—Caronte —lo llamé de pronto, antes de que empezara a subir la escalerilla—. ¿Puedo pedir otra cosa más?

Alzó el mentón algo desafiante.

—¿Es una orden?

—No, es una sugerencia. —Me latía el corazón rápido. No tenía ni idea de por qué necesitaba pedir aquello—. Envía a Guido y a los suyos a un lugar donde no tenga que volver a verlo. ¿Puedes hacer eso por mí?

Sería como empezar a cerrar el círculo, como empezar a darle forma a nuestra venganza.

Caronte me sonrió.

Fue la respuesta que necesitaba.

26

MARCO

A Borisov le asombró que lo citaran en el restaurante que había a los pies de Castel dell'Ovo. Había pensado en convocarlo después de tener una vía de comunicación con Marchetti y un claro panorama de sus decisiones. Pero en vista de que el tipo estaba demasiado acostumbrado a ser un cabrón muy arrogante, decidí acelerar los plazos y empezar a tentarlo cuanto antes.

El ruso ya estaba sentado a la mesa que yo había reservado para nosotros. Remota, aislada del resto de los comensales por los separadores de cristal opaco anaranjado de media altura que nos convertirían en difusas sombras gracias a la tenue iluminación.

Le acompañaban dos de sus mejores hombres, los habituales en su seguridad personal, unos tipos de enorme envergadura y expresión bruta y congelada, exmiembros de la milicia chechena. Lo que me llevó a pensar en Jimmy Canetti y que su actitud no era en absoluto comparable a la de esos tíos, a pesar de que eran lo mismo, mercenarios.

No, Jimmy escondía algo más y la situación no me estaba permitiendo indagar en ello como deseaba.

Respondió al segundo tono.

—¿Me llamas para asegurarte de que tengo las manos bien alejadas de tu mujer? —La voz del mercenario sonó jocosa y un tanto cínica.

No me asombró, a Jimmy le gustaba bromear y sacarme de quicio. Pero en esa ocasión me animé a seguirle el juego. Era contradictorio sentir que me entretenía.

—¿Debo preocuparme?

—Oh, no te quepa la menor duda. Yo lo estaría... —Suspiró. La ironía le había abandonado por completo cuando dijo—: Lo estoy.

Fue un jadeo agobiado, un poco desesperado. Involuntario, porque estaba seguro de que Jimmy jamás habría dicho algo parecido de no haberlo pillado con la guardia baja. O tal vez se sentía lo bastante cómodo conmigo como para ser más auténtico.

—Quieres sonar superficial y logras lo contrario —le confesé—. La atracción tiene ese punto, ¿no? Es tan molesta e incontrolable...

Sabía de lo que hablaba porque una parte de mi corazón se la había llevado Gennaro en cuanto abandonó mi habitación y marchó a Secondigliano.

—Nada que no pueda resolver un encuentro fortuito. —Ahí estaba de nuevo el cinismo. Pero ya no podía seguir fingiendo conmigo.

—¿Bastaría con uno?

Silencio. Uno muy revelador.

—Hemos acordado tácitamente no hablar de ello, pero estás en mi casa siguiendo mis órdenes sin esperar nada a cambio. —Un mercenario nunca trabajaba gratis y no podíamos considerarnos amigos íntimos—. Podría preguntar por qué y, sin embargo, acabas de darme la respuesta.

En el fragor de una marea de traiciones, acuerdos, alianzas y pura logística criminal a la que tan acostumbrados estábamos los dos, los sentimientos se habían ido abriendo paso lánguidamente para sorprender en el momento más inesperado. No debería haber sido posible. Ni siquiera habíamos contado con los tiempos necesarios para que se fraguara algo estable y coherente. Y tampoco podíamos hablar de una pasión súbita porque habría sido muy sencilla de resolver arrastrándonos a la cama.

No, aquello había crecido como la maleza, a su propio ritmo, en segundo plano. Llamaría la atención cuando fuera debido. Y preguntar cuándo había empezado a desarrollarse sería una estupidez. No respondería porque su voz era precisamente el mutismo.

La vida no se puede controlar. Las emociones no siempre tienen sentido. Eso me había dicho Regina cuando Jimmy ya la había besado y no sabía que empezaría a describirlo en aquellas hojas blancas. Cuando ese hombre sin nombre se iría instalando en su sistema sin que ella pudiera darse cuenta, porque creyó que solo era otro amante más en su lista de ásperas aventuras. Había ignorado que en otro lugar, lejos de allí, ese mercenario regresaría constantemente al recuerdo de sus labios. Porque había probado cientos, pero fueron los de mi esposa los que derritieron ese muro gélido de pura insensibilidad. Y lo que sea que fuera a pasar entre los dos no se alimentaría de los momentos que compartieran juntos, sino de los silencios y las dudas, de los esfuerzos por entender cómo funcionaba una atracción que no se sosegaba.

Todo eso percibí en el aliento entrecortado de Jimmy al otro lado de la línea.

—Marco... —suspiró.

No quise presionar más.

—Necesito que hagas algo por mí —le interrumpí.

Entonces le expliqué los movimientos que quería llevar a cabo con Borisov y que para ello necesitaba de los conocimientos informáticos de su equipo. Solo de ese modo lograría borrar cualquier huella que Saveria pudiera rastrear. Solo así podría tener en mis manos la oportunidad de poner al ruso de rodillas y acabar con todo.

Porque de pronto solo quería vivir una vida de flirteos y sonrisas y noches de piel y sudor y jadeos.

—Hecho —sentenció Jimmy.

—Bien.

Pero no colgué. Esperé un poco más. Me sumergí en su respiración con la intención de hallar la respuesta correcta.

—Di lo que tengas que decir, Marco.

—¿Eres realmente quien dices ser? —me atreví a preguntar, a pesar de que no obtendría la respuesta deseada.

Jimmy era escurridizo, pero esa vez estuvo dispuesto a contradecirme.

—No.

Tuve un escalofrío.

—De acuerdo. —Asentí con la cabeza—. ¿Me lo dirás?

—Probablemente. Algún día.

—Vale...

Tragué saliva. Si me había mentido, Regina debía saberlo. Ella era quien más me preocupaba. Porque sabía que caerían uno en brazos del otro. Era cuestión de tiempo.

—No le hagas daño —le pedí. Sin amenazas. Solo con respeto y sinceridad—. Sé que algo de ti es mucho más noble de lo que muestras y que esa es la parte que está enamorándose de ella, aunque trates de negártelo a ti mismo. —Escuché cómo se le cortaba el aliento—. Pero si vas a actuar porque no puedas evitarlo, procura no hacerle daño.

Jimmy resopló con una sonrisa.

—¿Realmente crees que yo podría quererla?

—Sí...

—¿Por qué? Venga, dime, ¿por qué alguien como yo sería capaz de amar sinceramente?

—¿Por qué he sido yo capaz? Quizá nunca encontremos la respuesta.

—Ah, Marco... —suspiró—. Has resultado ser un soñador, tal y como me dijeron que serías.

Fue él quien colgó justo en el momento en que mi mente se llenó de preguntas y desesperación por responderlas.

Borisov se puso en pie con una sonrisa pletórica y me ofreció una mano para que se la estrechara. La noche arreciaba fuera y se colaba por los ventanales del restaurante en forma de negro infinito.

—Marco Berardi, dime que me has traído aquí porque tienes intenciones ocultas, querido.

—Las tengo. —Aunque no las que él deseaba.

Tomé asiento. El camarero enseguida nos sirvió una copa de cava seco que el propio ruso había pedido antes de que yo llegara.

—¿Debo prepararme para tu contundencia? —preguntó cogiendo su copa y agitándola con suavidad para que las burbujas subieran y formaran esa capa de espuma.

—Me asombra la facilidad con la que te me insinúas teniendo en cuenta la tendencia retrógrada y homofóbica de tu pueblo.

Bebí sin quitarle ojo de encima.

—No voy pregonando por ahí que a veces surgen hombres que me excitan. Soy un hedonista, ni más ni menos. Veo algo hermoso y lo quiero, tenga rabo o no.

—¿Lo consigues?

—La mayoría de las veces —sonrió—. Y las que no... Bueno, no queremos estropear el ambiente.

Les echó un vistazo a Attilio y Conte esperando que ellos se unieran a la diversión. Pero se encontró con dos rostros tan estrictos como los de sus hombres.

—Desde luego, eres un maestro de las amenazas. —Atraje su atención de nuevo.

—Pero no funcionan contigo.

—Me sentiría amenazado si no tuviera nada con qué atacar.

Entendió que no quería seguir perdiendo el tiempo. Sobre todo ahora que mi teléfono vibraba. Lo saqué del bolsillo y leí el mensaje de Draghi. Gennaro y él ya estaban de vuelta en el hotel, y yo solo quería encerrarme en mi habitación y olvidarme del mundo entre los muslos de ese chico.

Borisov levantó las cejas.

—¿Así, tan rápido?

—¿Prefieres esperar a los postres? —dije impávido.

—En realidad, no. —Dibujó una sonrisa sucia—. Háblame, Berardi.

Eso hice, mas omitiendo los detalles más íntimos para evitar que tuviera una radiografía demasiado precisa, de ese modo no tendría forma de buscar puntos débiles con los que atacarme. Pero sí le conté que me proponía tomar las riendas del Marsaskala, neutralizar a Saveria y mandar al carajo a toda Nápoles.

También le dije que mi equipo había hecho un magnífico trabajo alejando su patrimonio de las garras de mi tía. Ahora estaba en las mías, y solo yo conocía su paradero y cómo acceder a él. Por ende, era a mí a quien debía obedecer.

Llegados a esa parte, soltó una carcajada que hasta incomodó a sus escoltas.

—De acuerdo, sí. —Asintió con la cabeza varias veces, como si estuviera respondiéndose algo a sí mismo—. Eres un hijo de puta muy meticuloso.

Apoyé los codos en la mesa y me incliné hacia delante.

—No tengo nada en tu contra, pero eres necesario para estos movimientos y tu lealtad es demasiado volátil. Así que tengo que asegurarme de que vas a aceptar cualquier cosa que te pida.

Él también se inclinó hacia mí. Tenía ese brillo en la mirada que me revelaba las ganas que tenía de saltar sobre mi cuello, pero lo afín que era al trato. Después de todo, me creía más benevolente que mi tía. Y yo podía serlo, siempre y cuando me garantizara sumisión.

—Lo cierto es que yo habría hecho lo mismo —dijo—. ¿Quién se arriesga a negociar pudiendo atacar? Pero... ¿de verdad vas a hundir al Marsaskala?

—Si lo que temes es no tener mejor lugar para blanquear tu dinero, déjame decirte que mi oferta mantendrá tus beneficios en el futuro.

No me importaba limpiarlo todo, pero sí conservar acuerdos con él. De hecho, era la mejor estrategia para mantener a la mafia fuera de mis dominios.

—Ah, me tendrás cogido de las pelotas, y a mí me gusta más cuando me las acarician suavemente —bromeó sin una pizca de gracia—. Dime, una cosa. Los esclavos...

—No hay negociación —aseveré, y él torció el gesto.

—¿Ni siquiera con el tuyo? Ese príncipe de piel nívea...

—Mucho menos ese —gruñí.

No consentiría que ningún canalla le pusiera un dedo encima a Gennaro. Ni siquiera yo mismo. La mera idea de imaginarlo sufriendo de nuevo me enfureció tanto que sentí cómo se me calentaba la sangre. Habría podido descuartizar a Borisov con mis propias manos solo por haberlo insinuado.

—Te los has pedido para ti, ¿eh? Tramposo —bromeó para quitarle hierro al asunto.

Eché mano de la cartera, solté un billete de cien y me puse en pie ajustándome la chaqueta.

—Por el momento, prepara el cargamento —ordené—. Mis hombres te enviarán la ubicación del lugar al que tienes que enviarlo. Y estate preparado para cualquier imprevisto.

—¿Eso quiere decir que habrá disparos?

—Probablemente.

—Qué divertido.

Y realmente se lo parecía.

27

REGINA

Gattari tenía prohibido incorporarse. Todavía era demasiado pronto para hacerlo. Ese maldito agujero de bala que le había atravesado el vientre haría que el dolor lo estrangulase, y detestaba la sensación que le provocaban los calmantes que le inoculaban por vía intravenosa, eso me habían dicho Cassaro y Palermo.

Pero cuando Gattari me vio, se le iluminó el rostro y se enganchó al brazo de su primo para encontrar el modo de consumirme en un achuchón más propio de hermanos.

Se le empañó la vista cuando enterré la cara en su hombro y me dejé consolar como si yo fuera la convaleciente y no él.

—Pequeña mocosa —jadeó dolorido volviendo a tumbarse entre muecas de dolor—. ¿Cuándo pensabas asomar por aquí, eh? Me tenías preocupado.

Sonreí esforzándome en contener las ganas de llorar, pero no sirvió de mucho.

—¿Han estado a punto de matarte y tú te preocupas por mí? —bromeé, porque así era como a los chicos les gustaba que los tratase, como si fueran mi gente. Y lo eran. Ahora lo eran.

—Me has robado el corazón —dijo pellizcándome la barbilla—. ¿Se te ocurre peor dolencia que esa?

—Lo cierto es que no, y resulta de lo más insoportable.

La voz de Jimmy invadió la habitación y me produjo un escalofrío tan fuerte que hizo que el corazón me saltara a la garganta.

—¿Ves?, este tío sabe de qué hablo —añadió Gattari, pero yo

seguí observando a Jimmy porque necesitaba saber qué demonios había querido decir con su comentario.

—Os dejaré un rato —anunció antes de salir.

Consigo se llevó toda mi tensión. Tuve la oportunidad de respirar con normalidad sin notar que el pulso iba a estallarme las arterías. Y me aferré a las manos de Gattari para que me contara sus anécdotas sobre los estimulantes baños que le daban las enfermeras. Su encanto le había llevado a conseguir el número de una de ellas, una jovencita de la capital sarda bastante mona que estaba de prácticas en aquella clínica.

Palermo y Cassaro no tuvieron razones para burlarse de él cuando vieron entrar a la muchacha y ofrecerle, con todo el cariño del mundo, un insípido bol de gachas de arroz y una gelatina. A Gattari le gustaba el buen comer y eso no lo era, pero la miró con ojos de cordero degollado y se lo comió todo por ella.

Fue tierno de ver, como divertido fue el instante en que anuncié que había traído unos platillos que Faty había preparado especialmente para ellos: suflé de patatas y ternera y crema tostada de postre. Esa vez los chicos sí pudieron chinchar al herido, y comieron como si no hubiera un mañana mientras Gattari los maldecía.

Me reí. Con cierta tirantez en la garganta y un húmedo resquemor en los ojos. Con esa presión incesante en el pecho y la insoportable sensación de culpa mortificándome sin descanso. Pero sonreí porque esos hombres estaban sanos y salvos, porque su jefe luchaba por ofrecernos una vida en paz.

Sonreí porque, a pesar de todo, Camila y mi madre lo habrían querido así. Ese habría sido mi deseo si ambas me hubieran sobrevivido a mí.

Rompió a llover a media tarde. Una tunda incesante de agua que cubrió el cielo de un gris oscuro y arrastraba un viento casi huracanado. Estábamos viendo un partido de fútbol en la pequeña televisión que Cassaro había encendido tras echarle unas monedas. Bueno, ellos lo veían mientras yo evitaba escandalizarme con sus improperios.

—Las tormentas isleñas, ya te acostumbrarás —me dijo Palermo cuando un fuerte rayo anunció el estallido de un ensordecedor trueno.

Me había hecho un ovillo a su lado y él me abrazaba sonriente porque acababa de darse cuenta de que me aterrorizaban las lluvias. Una tontería, ya lo sabía, pero estaba intrínsecamente ligado a mi hermana y a las noches en que se colaba en mi habitación porque le daba miedo.

Me despedí de ellos un rato después, tras haber disfrutado del paréntesis tan necesario que me habían regalado. Si continuaba allí, iba a ser imposible regresar a casa. Les prometí volver y traer panecillos de queso recién horneados y algunas de las carantoñas que me habían entregado antes de abandonar la habitación.

Saludé también al grupo de enfermeras, que me sonrieron amables y enternecidas. Seguramente había sido digno de ver para ellas. Yo, que era la esposa del señor Berardi, visitando a sus hombres y permitiéndoles que me trataran como si fuera una hermana pequeña. No supe cómo sentirme al respecto. Para mí, ellos eran mis amigos, y su jefe, mi preciado compañero.

Jimmy no estaba en la planta y decidí buscarlo en la cafetería del vestíbulo, sin saber que lo descubriría leyendo un libro en una de las mesas más próximas a los ventanales.

En realidad no leía, sino que lo tenía abierto sobre su regazo mientras observaba la lluvia con aire ausente.

Me detuve a estudiarlo un instante, ahora que él todavía no me había visto. Mantenía una postura relajada en aquella incómoda silla. La espalda encorvada en el respaldo, sus vigorosos hombros flojos bajo aquel jersey de punto que se ceñía a su torso y marcaba sus abdominales de una forma insoportablemente sugerente. Las piernas estiradas, con los tobillos cruzados, enfatizando el poder de sus muslos y la atrayente línea de sus caderas. Era un hombre que rebosaba atractivo, que seducía incluso en su quietud más ausente. No podía pasar desapercibido, aunque ese fuera su propósito. La gente le observaba de reojo. Se sentía irremediablemente atraída por el poder que desprendía.

Sin embargo, y a pesar de la cálida presión que sentí en mi vientre al observar su exuberante físico, no fue eso lo que me embrujó. Lo hizo su ensimismamiento. La relajación del puente de sus cejas, los labios entreabiertos, las mejillas calmadas. Y esos ojos de color verde y ámbar, brillantes como estrellas, clavados en la lluvia que caía afuera, en la acera, perdidos, lejos de allí, de mí.

Escondían una verdad pesada y severa que ansié conocer para ofrecerle un poco de alivio. Sí, fue algo que nació de mis entrañas, sin explicación. Quise acercarme a él, ocupar el asiento del que colgaba su chaqueta, beber del café que se había pedido y empezaba a enfriarse, y mirarlo a los ojos sin la sensación de estar cometiendo un error. Mirarlo de verdad, a él, al hombre, y no al cazador, y pedirle que hablara hasta que se agotara, que yo escucharía y después lo haría mío.

Entreví la existencia de esa pesada carga que arrastraba y quise conocerla. Porque de algún modo supe que, si lo descubría, aquello que empezaba a sentir por él dejaría de ser indigno.

De pronto, me miró. Sus ojos dieron con los míos como si hubieran sabido que estaban allí. No esquivé su mirada. Me mantuve firme. Acepté el fuerte estremecimiento que me recorrió el cuerpo, pero no dejé de mirarlo. Lo convertí en el epicentro del universo que me había construido, en el corazón rebosante de ese territorio inexplorado que no me atrevía a pisar.

Y su mirada se deslizó por mi cuerpo con una suavidad imposible y esa extraña mueca nostálgica que llenó sus mejillas. Recorrió mi pecho, mi vientre, mis muslos. Visitó mi boca, frunció la suya, no disimuló las ganas de borrar la corta distancia que nos separaba para devorarme con un beso. Poco importaría la gente. Solo primaría el deseo, y supe que se lo consentiría. Entendí que lo necesitaba tanto como él.

Pero no era solo su carne lo que ansiaba. No era solo aquel rostro de belleza varonil. Sino algo mucho más profundo y que ningún otro hombre me había despertado. Algo mucho más enrevesado que el sexo y las ganas, y que hacía que mi corazón cayera en picado siempre que Jimmy Canetti aparecía.

«¿Me dejarías entrar en tu mente, descubrir los secretos que habitan en ella?», le pregunté en silencio. Avancé lenta hacia él

«Prueba», pareció decirme, y se me cerró la garganta.

—Has desaparecido —dije asfixiada.

—Creí que preferirías estar a solas con ellos.

Ya no era tan capaz de mantenerle la mirada, pero detecté un afecto en la suya que se equiparó a la perfección con su tono suave de voz.

El gesto me enterneció bastante. Jimmy se había pasado todas esas horas esperando paciente, sin más objetivo que dejarme disfrutar de un momento de normalidad con mis chicos.

—¿Has estado aquí todo este tiempo?

Se encogió de hombros.

—Tienen un café bastante decente.

Le quitaba importancia, pero la tenía. Para mí la tenía, y me puse nerviosa, sentí frío.

—¿Has comido? —indagué.

—Sí... —sonrió—. ¿Y tú?

Asentí, y se dio cuenta de que mentía, pero no dijo nada. No quería destruir esa inesperada conexión entre los dos.

Miré fuera. Estalló otro relámpago. El temporal había empeorado aún más si cabía ahora que la tarde tocaba a su fin.

—¿Crees que podemos volver a casa con esta lluvia? —pregunté preocupada.

Jimmy se levantó de la silla y cogió su chaqueta. Había dejado un billete sobre la mesa y se había guardado el libro en el bolsillo trasero de los vaqueros.

—Intentémoslo —dijo—. Si tenemos que parar, lo peor que podría pasar es que tendrías que soportar mi compañía en un espacio muy reducido. —Se inclinó hacia mí—. ¿Podrás con ello? —susurró antes de sonreírme y emprender el camino hacia la salida.

Lo seguí. Corrimos hacia su coche y saltamos dentro con el aliento precipitado y la tensión devorándonos a través de las miradas que nos echábamos de reojo.

El trayecto se desarrolló insoportablemente silencioso, tal y como había sido a la ida hasta Olbia. Pero la lluvia facilitó la carga. Me centré en estrujarme los dedos, en tratar de identificar nuestro entorno, en evitar mirarlo. Erré en lo último. Y Jimmy se dio cuenta, por eso provocaba que nuestras miradas se cruzasen siempre que tenía ocasión. Creo que le gustaba saber que me ponía nerviosa.

—Gracias por llevarme a verlos —dije bajito en cuanto se detuvo frente a la casa.

—De nada —murmuró ronco.

Nos miramos en medio de la oscuridad que solo interrumpían las luces del salpicadero y los faros del vehículo. No supe qué esperaba, si encontrar el valor para lanzarme a él o aguardar a que Jimmy actuara. Pero no me quedé para descubrirlo.

Entré a toda prisa en la casa y no me detuve hasta que me encerré en mi habitación. Solo entonces respiré y me tembló el aliento, y también el corazón. Pensé que aquello debía de ser una broma muy inoportuna del destino. Empezar a creer que existía el amor cuando ni siquiera merecía sentirlo y precisamente por ese hombre.

Ese cazador.

Camila apareció en mis sueños. Toda bonita y con las mejillas encendidas. No tenía sentido que su camisón blanco estuviera salpicado de gotas de sangre y me mirase desde lo alto de las escaleras con esa mueca de alegría mientras las fuertes y grandes manos de nuestro padre sujetaban su pequeño cuello desde atrás. Él también sonreía, a pesar del agujero que tenía en la sien y por el que escapaba un funesto hilo de sangre.

Entonces empujó a su hija pequeña y yo grité, pero mi voz no salió. La vi morir. A mi hermana. Esa vez mi padre lo provocó, no por error, sino por deseo. Se me permitió acercarme a su cuerpo inerte y me aferré a ella. Su boca todavía sonreía, escondía esa vida con la que había soñado y que yo tan dispuesta estaba a darle. La mecí mientras sollozaba tan muda que me escocía la garganta.

Y desperté con la sensación de tenerla todavía entre mis brazos y un calor que me quemaba por dentro. No desapareció por más que lo froté, y el aliento se me amontonaba en la boca. Las lágrimas ardían. La oscuridad de mi habitación se me cayó encima.

Me desbordaron unas náuseas horribles y eché a correr tambaleante hacia el baño pensando que lo escupiría todo. Pero solo se quedó en un incómodo amago. Arcadas. Las manos aferradas a la taza del inodoro, las rodillas hincadas en el suelo y mi garganta que se contraía tratando de expulsar algo que fuera más que saliva amarga.

Unos minutos después, yacía en el suelo de baldosas mirando las sombras que se enroscaban en el techo salpicadas por la luz de la luna en una noche de tormenta. Los reflejos de la lluvia jugaban en la pared, me llenaron de soledad.

A pesar del pulso, que no bajaba, me incorporé con la respiración un poco más tranquila y miré hacia la cama. Me aterraba volver a ella. Así que me puse en pie como pude, me enjuagué la cara y la boca, y abandoné la habitación.

La madrugada me golpeó cuando bajé las escaleras, pero no era tan densa y monstruosa como lo había sido en mi habitación. Aquella versión podía resistirla, y se me ocurría en qué espacio esconderme hasta que amaneciera.

La biblioteca estaba helada. Debería haberme abrigado antes de bajar, pero me dio igual. El alcohol ayudaría. Me acerqué al minibar y me serví una copa de la primera botella que alcancé. El calor que estalló en mi tráquea me confirmó que se trataba de coñac y, aunque su sabor no era de mis favoritos, me serví una segunda vez.

Vaso en mano, me acerqué a los ventanales, me senté en el alféizar y me encogí para combatir el frío. Avisté dos guardias deambulando bajo el pasillo exterior, como centinelas de un castillo en que el que habita una princesa inútil.

Bebí. Un sorbo pequeño que me empapó los labios. El repiqueteo constante de la lluvia interrumpía un silencio que había sido voraz. Invadía el lugar en sintonía con la elegancia que me rodeaba. Decenas de estanterías dispuestas formando pequeños caminos que conectaban entre sí ofreciendo una calma digna.

Pero no me serenó. Todavía me temblaba el pulso y sentía las ganas de llorar. Obedecí un poco, solo un poco, con la intención de deshacer el nudo en mis pulmones.

Cerré los ojos, apoyé la cabeza en la pared y respiré pausada. Despacio, poco a poco. Uno, dos, tres. Mi pecho se hinchaba y vaciaba. Lo estaba logrando. La mente en blanco, solo destellos del terror que había padecido, de los demonios que se amontonaban en mi interior. Debía enfrentarme a ellos. Algún día, esa noche. Esa noche necesitaba respirar y dejar de sentirme tan devastada.

De pronto, sonó un trueno. Retumbó en los cristales. Me estremeció. Casi tanto como el chasquido de la puerta. Miré sobresaltada. La silueta de Jimmy Canetti se abrió paso en la oscuridad, sus ojos destellaron cuando se encontraron con los míos, parecía que los había estado buscando.

Me tensé. Apreté los muslos, sujeté con fuerza mi vaso y tragué saliva. Lo último que necesitaba mi cuerpo era la cercanía de ese cazador. Porque lamentaría muchísimo que la quietud de aquella madrugada me ofreciera una oportunidad tan estimulante de acallarlo todo en mi cabeza.

Algo de mí se imaginó acercándose a ese hombre, arrancándole la camiseta que llevaba y hundiendo el rostro en su pecho escultórico. A continuación, vendrían sus manos, que me tomarían con violencia, harían de mí un saco de carne y huesos tembloroso de puro placer. Y durante ese instante en que su cuerpo se hundiera en el mío no habría dolor, ni rabia, ni tristeza. Solo estaríamos él y yo fingiendo ser algo que en realidad no éramos, corriendo un tupido velo entre el mundo y nuestros sexos unidos por la única ambición de olvidar.

Había funcionado en el pasado. A veces. Cuando cazaba a un necio en algún pub y me dejaba llevar por sus vicios. Pero no estaba del todo segura de que fuera a funcionar con Jimmy. Me lo daría, me lo había dicho una vez. Y después yo querría más y me sentiría miserable porque temería empezar a enamorarme de él. Si no lo estaba ya...

Jimmy no dijo nada. Se acercó a la chimenea. Solo se oían sus pasos y mi aliento entrecortado. Hasta que empezó a trastear con la leña. La prendió y cogió un atizador para avivar un fuego que pronto inundó la estancia con su tenue y acogedora luz naranja llameante.

El delicado resplandor dibujó a la perfección cada rincón de su cuerpo y su rostro. Él tampoco podía dormir. Lo supe por las notables ojeras que perfilaban sus ojos, pero que no empañaban su atractivo. En todo caso, lo hicieron un poco más salvaje y real.

Nos miramos. Un extraño sosiego llenó la distancia entre los dos, también lo hizo esa mueca de condescendencia con la que me observaba. La detesté, pero no pude alejar los ojos de ella ni evitar preguntar cómo era posible que su sola presencia me invadiera. Tocaba partes de mí que no creía que existieran. Me hacía desear cosas indecentes, pero también momentos de un afecto que no creía que pudiera darme.

Empezó a caminar. Sus pasos resonaban muy suaves, sus ojos clavados en los míos. Me cortó el aliento. Era como ver a una pantera, tan elegante y seductora, prepararse para cazar. Y yo a su vez me preparé para el impacto de su cercanía, del acogedor olor que desprendía su piel y su poderosa tibieza.

Contuve una exclamación cuando me cogió en brazos y me llevó hasta el sofá. Me soltó con una delicadeza asombrosa y me tendió una manta que colgaba del respaldo. Aturdida, me arrebujé bajo la suave tela de lana y continué observándolo. Jimmy se sirvió una copa, en silencio me ofreció otra, a la que yo me negué señalando mi vaso, y se acercó a la mesa principal. Me tensé de nuevo al ver que mis escritos sobre él estaban desparramados y a su alcance. Pero los ignoró y cogió el mismo libro que había estado leyendo en la cafetería. Lo que me llevó a pensar que quizá Jimmy ya lo había visto todo.

Se sentó a mi lado, lo bastante cerca para que el calor de su cuerpo templara el aire frío que arañaba mi piel, y se puso a leer como si yo no estuviera allí mirándole con estupor.

Era extraño que un hombre como él quisiera pasar el tiempo de aquel modo, compartiendo con una desconocida el silencio y la penumbra de una madrugada de desvelo. Pero algo de mí intuyó que Jimmy no solo estaba allí por la ausencia de sueño, sino por mí, para hacerme compañía, para quizá complicarme aún más el respirar.

Curiosamente no me importó no hacerlo. El oxígeno llegaría. Pero antes lo hizo el alivio. Sí, sentí un alivio inesperado, y nacía de él, del misterio que emanaba de cada poro de su piel, de su postura tranquila. Aquellas manos de dedos largos y delicados, de nudillos elegantes y muñecas esbeltas pero fuertes, sostenían una historia. Manos que podían matar y acariciar.

Cogí aire. Me consumía el mutismo entre los dos. Quería hablar, decir cualquier cosa, oír su voz y ahogarme en ella. Así que dije lo primero que se me vino a la mente y que sabía que obtendría una respuesta capaz de iniciar una conversación.

—Es lamentable que él muera cuando parece que ella empieza a desarrollar sentimientos. —Señalé el libro.

El velo pintado había sido mi primera lectura cuando me instalé en Porto Rotondo, cuando todavía miraba a Marco como si fuera la representación del mismísimo mal.

Jimmy entornó los ojos al mirarme. No había nada en él que suscitara peligro, nada de la existencia del mercenario. Solo desprendía bienestar, a pesar de la excitación que sobresalía entre los dos, la misma que podía cortarse con un cuchillo.

—Más lamentable es haberla amado hasta el último instante, a pesar de que ella nunca lo haría como él —comentó y, a continuación, chasqueó la lengua—. Y gracias por destriparme el final.

Me tentó echarme a reír, y me asomé para echar un vistazo a la página.

—Vas lo suficientemente avanzado —advertí—. Walter Fane ya tiene el cólera, y es de necios pensar que en esa época pudiera sobrevivir a la enfermedad.

Cerró el libro y me contempló meditabundo, como si estuviera poniendo en orden sus pensamientos, que, de nuevo, parecían muy lejos de mí.

—¿Y te gustó? —murmuró en voz baja, sensual. Fue como una caricia erótica que erizó mi piel.

—Me gustó más la posibilidad que dejaba entrever la novela, esa en que Kitty miraría a su esposo y descubriría en él al verdadero hombre que ama. —Hablaba un poco nerviosa, a pesar de que había sido yo quien había iniciado la conversación—. Pero Somerset Maugham se caracterizaba por ser un autor realista, directo. No podía esperar que la historia tuviera un final de ensueño si, además, está inspirada en el *Purgatorio* de Dante Alighieri.

—«Siena me hizo y me deshizo Maremma» —citó Jimmy provocándome un escalofrío.

No quería parecer pretenciosa, pero de algún modo percibí un ligero paralelismo entre esa mujer y yo. «Nápoles me hizo y Cerdeña me deshizo».

—La leíste a sabiendas del final.

Con sus ojos fijos en los míos, desnudándome, me fue imposible negarme a contestar.

—Porque el nudo podía ayudarme.

No tenía ni idea de por qué le había confesado aquello. Era demasiado íntimo, hondo, tan profundo que ni siquiera yo me atrevía a comentarlo conmigo misma. Pero Jimmy tenía una extraña habilidad. Penetraba en la piel, se colaba en mi torrente sanguíneo y llegaba hasta esos rincones que yo tan bien creía resguardar del mundo. Arañaba la pared que había alzado para que nadie ni nada pudiera acceder o salir. Pero esas garras afiladas lograron abrir una brecha, y yo no encontré la manera de evitarlo.

—¿A que tu matrimonio fuera lo que el cólera impidió a Walter y Kitty experimentar?

—Ya teníamos a la mafia y a mis deseos ocultos por ver a Marco morir.

Maldita sea. Ni siquiera los primeros días me había atrevido a pensar así.

Jimmy entornó los ojos y negó con la cabeza.

—No te imagino deseando la muerte de Marco.

—No lo hacía —dije asfixiada—. Pero algo de mí, esa parte ingrata y egoísta, creyó que, si él desaparecía, lo haría también la alianza que mi padre había alcanzado con Saveria. —Me encogí de hombros—. Puedes decirlo, soy así de necia.

Se acomodó aún más en el sofá, doblando un brazo en el mullido respaldo y apoyando la mejilla en el puño.

—¿Qué te hace creer que pienso eso?

—Tus ojos y esa penetrante dureza con la que me miran.

—Me cautivas, ya deberías haberte dado cuenta. Y lo hace todavía más el funcionamiento de tu mente.

Las palabras me golpearon con una suavidad que contradecía su efecto invasor. Me oprimieron el corazón y lo lanzaron por un abismo que hizo que mi pulso estallara en mis oídos. Se me secó la garganta, mi visión se nubló, pero mantuvo con una nitidez asombrosa a ese hombre que acababa de verbalizar la razón que no tardaría en empujarme a sus brazos. Porque era tan recíproca que molestaba.

—No tengo ganas de mantener esa conversación contigo —espeté.

Agaché la cabeza y miré mi vaso. Debería haber aceptado una tercera copa. Quizá entonces, gracias al alcohol que fluiría por mi sistema, no me habría costado tanto admitir que me moría por sentir las manos de ese hombre navegando por mi piel.

—Porque soy un mercenario —resopló risueño.

—Entre otras muchas cosas.

—Dímelas.

—No... —gemí y negué con la cabeza.

No estaba dispuesta a decirle que a veces no me importaba lo que hiciera lejos de mí. Que quizá sus víctimas hasta merecían morir. Que él era la excusa perfecta para perderme a mí misma, porque ya no me quería lo suficiente.

Pero Jimmy se había propuesto contradecirme esa noche. No sería ese tipo cruel y salvaje, sino el cómplice que necesitaba. Uno amable y tranquilo, aunque también inevitablemente erótico.

—Entonces ¿qué otra conversación te apetece tener? —preguntó.

—¿Es obligatorio hablar?

—¿Prefieres dormir y que las pesadillas regresen?

«Estás aquí por mí», pensé, y me encogí hasta hacerme muy pequeña.

—¿Cómo es posible que lo veas todo si ni siquiera estaba en mi habitación? ¿Acaso te pasas la vida espiándome a hurtadillas?

—He empezado a hacerlo desde hace relativamente poco.

Podía tomarme aquella declaración de muchas maneras, pero escogí ser impulsiva.

—Me intimidas.

—Lo sé —asintió.

—Y me irritas.

Porque me descontrolaba y no sabía en qué me convertiría si algún día me empujaba a su cama.

—También lo sé. La pregunta es: ¿por qué?

—No quiero saberlo.

—Oh, sí que lo sabes. Más bien no quieres aceptarlo.

Apreté los dientes. Cómo odié que tuviera esa capacidad para leerme cuando yo no podía ni imaginar lo que se escondía tras esas pupilas diamantinas.

—¿En qué pensabas en la cafetería? —pregunté tajante. Necesitaba estar en igualdad de condiciones—. Estabas tan... perdido en tus pensamientos. Parecías otro.

—Otro... ¿Como quién? —suspiró.

—Alguien diferente. Más... humano.

Se humedeció los labios con una lentitud pasmosa, sabiendo que yo no podría evitar mirar su boca.

—Mi vida no se reduce solamente a cumplir con los encargos que me hacen las bestias. Todo es mucho más complejo como para resumirlo en una sola palabra, ¿no crees?

Mercenario. ¿Lo era de verdad?

—Puede que lleves razón.

—Puede —sonrió.

Sus ojos atraparon mi rostro y el resplandor de las llamas. Eran tan suaves, tan inofensivos... Maldita sea, estaban volviéndome loca.

—¿No me lo dirás? —Casi sonó a un ruego.

—Ahí están de nuevo las ganas de justificar lo que soy para sentirte un poco menos sucia con lo que anhelas. —Se inclinó hacia mí para susurrarme en un tono jocoso—: Qué terrible es desear a un hombre como yo en tu cama...

Su repentino silencio resonó en el mío. Fue hiriente, porque tenía razón. Acertaba de lleno al decir que sería mucho más sencillo para mí caer en sus manos si supiera que era otro tipo de persona. Para qué ocultarlo o desmentirlo. Éramos adultos, y yo misma se lo había pedido días atrás.

Sin embargo, me dolió el desprecio que había estado entregándole cada vez que me refería a él. No me había dado razones para merecerlo, ni siquiera la primera vez que nos conocimos, cuando se mostró ante mí como la única alternativa para evitar la caída.

—Quiero pedirte perdón... por eso —murmuré—. Pensé en usarte porque creí que podrías silenciar lo que sentía.

—¿Ya no lo crees?

—Sí... Sí que lo creo. Sigo pensando que funcionaría, pero llevas razón, me puede la culpa.

Esperó, respirando tranquilo, invitándome a seguir el ritmo de su aliento, calmando esa sensualidad que desprendía. Porque lo que necesitaba ahora era alguien que me escuchara sin hacerse responsable de mis lamentos, sin buscar cargar con su peso.

Dejé el vaso en la mesilla y comencé a estrujarme las manos. Me pesaban los ojos de Jimmy, pero me dieron calor y valentía y un alivio extraño.

—Había basado mi felicidad en una mentira, embrujada por la falsa sensación de paz que alcancé estando aquí, al conocer de verdad a Marco y ese galimatías que es su alma. Pero cuando la verdad me hizo añicos, descubrí que solo había estado fingiendo que era feliz.

Esa verdad eran todos los años de vida deformados por mi mente, por las palabras de otros, por más culpa. Decenas de momentos que luchaban entre sí para salir a flote en busca de asestarme una puñalada. La destrucción habitaba dentro de mí, no fuera. Y se me empañó la mirada porque no quería volver a revivirlos, ni siquiera aunque mi madre habitara en ellos.

—Me acojona quedarme sola y que todos esos malditos traumas que están aquí —me señalé el pecho—, escondidos en alguna parte, salgan a la luz y me coman viva. No soy lo bastante fuerte. Nunca lo he sido.

Los dedos de Jimmy se apoyaron en mi sien y recogieron un mechón de cabello para enroscarlo en mi oreja. Cerré los ojos, me centré en el maravilloso tacto de aquella caricia y en cómo controló los temblores que amenazaban con invadirme.

—No tienes que serlo —dijo bajito—. Puedes aprender a convivir con las brechas de tu alma y ser feliz, y no sería un error.

—Pero yo lo creo así. —Lo miré. Me dieron igual las lágrimas que pendían de mis ojos—. Lo hice por ella, por mi Camila, y no sirvió de nada. Me sacrifiqué por unos miserables.

Me había negado a mí misma toda la verdad para resistir. Porque a veces me tentaba dejarme caer en las aguas del Tirreno y que estas me devorasen como habían hecho con el cadáver de Massimo y otros muchos. Me disfracé de algo que no era y con el tiempo me lo creí. Me creí la mentira.

—Ahora podrías hacerlo por ti. Eso de sacrificarte... —Sus dedos continuaban en mi sien. Se deslizaron hacia mi mandíbula—. Podrías hacerlo por ti y honrar así a tu propio coraje y a... ella.

Mi querida hermana sonó en sus labios como una nana susurrada.

—Eso te sacaría de la ecuación —repuse.

—No. Sacaría mis garras de la ecuación, Regina. Yo podría pasarme las horas escuchando cualquier cosa que estuvieras dispuesta a decir.

—¿Incluso mi silencio?

—Así es.

Cogí aire hondamente e incliné la cabeza hacia atrás para apoyarla en el respaldo. Entonces volví a mirarlo. Era tan condenadamente hermoso...

—Temo preguntar por qué —gemí.

—Hagámoslo sencillo, entonces. No preguntes. Quédate con que no haya nada que no pueda soportar a estas alturas. Un mercenario nunca podría juzgarte.

Sí, él podía ser ese territorio al que acudir cuando mis demonios fueran insoportables. Porque no querría arrastrar a los míos, a los que me quedaban y merecían ser atesorados, a ese rincón de mis entrañas que estaba tan podrido y devastado, que era como una ciénaga de cenizas y vísceras.

—Tengo sueño.

—Pues duerme. Yo vigilaré.

Sonreí agotada. Los ojos se me cerraban.

—Mientras lees.

—Mientras leo... e imagino.

—Cuéntame mañana qué has imaginado.

Me quedé dormida con el sonido de su sonrisa y el vaivén de sus dedos sobre mi yugular. Y no soñé nada que no fuera la cercanía de ese hombre protegiéndome de los peligros de la madrugada.

28

GENNARO

La puerta crujió cuando la madrugada empezaba a asentarse. El cielo plagado de estrellas, la luna rebosante, el mar en calma, las calles respirando del murmullo de los viandantes dispuestos a disfrutar de la nocturnidad entre copa y copa y cualquier cosa que les pidiera el cuerpo.

Marco no me esperaba allí, en su habitación. De hecho, no estaba seguro de si había sido buena idea aguardar en su suite a que llegara cuando tenía la mía al otro lado del pasillo.

Yo también había llegado tarde, a eso de las once. Las bandas de Piazza Spagna —cuatro en total— eran demasiado viscerales y estaban en guerra entre sí por el control de ciertas calles del pequeño barrio de Vasto. Ese maldito lugar era un hervidero de hurtos, estafas y venta de estupefacientes. Todos los capos de los alrededores aspiraban a controlarlo debido a la presencia de la estación central de tren, que lo convertía en un mercado de lo más atractivo. Pero nadie lo conseguía porque se mataban constantemente entre ellos, y era muy complejo dominar a las pequeñas bandas que frecuentaban la zona.

No podía decir que hubiera logrado convencerlos del todo, pero esperaba que el regalo que les había hecho sirviera para encandilarlos lo bastante. Ellos podían servir de mucho a la hora de vigilar la estación y venderme información sobre Alberto Fabbri o cualquiera que tuviera que ver con él, como la familia Ferrara, la familia Castella o miembros de su bufete, los capos de Chiaia, Aranella o Patierno, que tan afines eran a los Fabbri.

Aun así, estaba orgulloso. Nuestro plan avanzaba, y Caronte había logrado que sus hombres se extendieran como una silenciosa plaga por todos los rincones que albergaran gente simpatizante o proveniente de Secondigliano. La famosa red de informadores de mi padre ya estaba trabajando.

Eso quería decirle a Marco. Contárselo en busca de materializar el apoyo que estaba dispuesto a darle.

Entró en la habitación aflojando el nudo de su corbata con gesto agotado. No era muy evidente, pero empezaba a conocerlo y sabía que tras esa fachada impertérrita se escondía un hombre intenso.

Apenas se percató de la luz que bañaba la habitación o de mi inquieta presencia de brazos cruzados junto a la puerta de la terraza. Solo pensaba en servirse una copa. Por eso se acercó al minibar. Pero entonces se detuvo, como si se hubiera estrellado contra una pared invisible, y me miró. No, más bien me desnudó con la mirada. Sus ojos eran tan penetrantes que me hicieron tragar saliva.

—Hola —dije inseguro y algo azorado.

Todavía, y con todo lo que había pasado, no me acostumbraba a su presencia. Me abrumaba. Era un hombre imponente en su sofisticación y elegancia. Alguien capaz de cortar el aliento de cualquiera con su silencio, capaz de oprimir un corazón.

Frunció el ceño y torció el gesto antes de preguntar:

—¿Estabas esperándome?

Tragué saliva.

—Quería saber cómo ha ido con Borisov. Atti informó a Draghi.

—Ha ido tal y como esperaba que fuera —suspiró.

Reanudó su camino hacia el minibar y se sirvió una copa. Antes de beber me ofreció una con un gesto algo tímido, y yo negué con la cabeza.

No supe muy bien qué hacer. Me había pasado el día echándole de menos, deseando volver al refugio que era su cercanía, y ahora que lo tenía delante sentía que el suelo oscilaba bajo mis pies. Creí que lo mejor era centrarme en los hechos que nos habían llevado hasta esa majestuosa y enorme habitación.

—La red ha empezado a trabajar —expliqué sin mucho ánimo. Era evidente que odiaba los asuntos de la Camorra—. Los hombres de Caronte todavía están en ello. Creo que podríamos tener información por la mañana, aunque sea algunos detalles.

Marco le dio un sorbo a su copa, no me quitaba ojo de encima.

—¿Puedo serte sincero? —preguntó.

—Siempre.

—No quiero hablar de mafia ahora mismo.

El alivio casi me hizo sonreír.

—En realidad, yo tampoco.

—Lo sé. —Asintió con una mueca amable. A veces me aterraba lo bien que podía leerme—. Lo has hecho bien hoy.

—¿Eso crees? —Resoplé.

—Tan bien que me molesta.

Claro, porque sabía cuánto detestaba todo aquello.

—Es cuestión de tiempo, tú mismo lo dijiste —le recordé.

—Sí...

Su lengua rescató una gota de whisky que pendía de sus labios y la saboreó. Apuró la copa y la dejó sobre el mostrador. A continuación, volvió a mirarme y se apoyó en la barra dándole un aire demasiado cautivador a su postura.

Me embelesaba su cuerpo. No era fornido, pero tampoco delgado. Tenía esa proporción exacta entre lo erótico y lo elegante imposible de ignorar que invitaba a imaginarlo alzándose sobre mí en una cama.

Quizá esos pensamientos no eran los más adecuados en un momento como ese, pero no podía negar que Marco me excitaba y que esa excitación había empezado a volverme loco cuando me dejó entrever lo que sería capaz de hacer sin ropa de por medio.

Esas esbeltas manos me habían regalado el mejor orgasmo de mi vida. Quería sentirlas de nuevo, por todas partes. Quería perderme en cada rincón de su piel y recorrerla con mi lengua.

—Tus ojos... —Su voz sonó ronca—. Brillan más de lo normal. ¿En qué estás pensando, Gennaro?

Me produjo un escalofrío.

Respiré tembloroso y miré hacia la bahía. Esa maldita ciudad...

—No creo que sea el momento adecuado para hablar de ello. Es evidente que necesitas descansar. Así que te dejaré...

—Oh, no —me interrumpió—. Me importa un carajo dónde estemos. Nápoles no cambiará nada.

Se había dado cuenta. Él ya conocía mis pensamientos, era de necios pensar que podría haber escapado a su astucia. Pero quería oírme verbalizarlos, aunque detestara las ganas de acostarme con él por primera vez en Nápoles.

—Me cambia a mí —rezongué.

—Te cambiaría si hubieras vuelto solo. Pero estoy aquí...

Asentí con la cabeza.

—Puedo verte.

—Entonces dime qué esconde ese brillo en tus ojos..., Gennà.

El modo en que pronunció mi nombre resbaló por mi piel como si sus manos hubieran deshecho la distancia entre los dos para apoyarse en mi pecho.

—Estaba imaginando cómo sería... tenerte desnudo... pegado a mí. —Odié que se me quebrara la voz.

Un denso silencio cayó en la habitación. Marco me miraba fijamente. No había nada que interrumpiera su intenso escrutinio. Poco a poco se le oscurecieron las pupilas, dejó que un deseo visceral sobresaliera de sus entrañas para que yo lo viera, para que yo supiera que él también se moría de ganas por tocarme.

No imaginé qué haría a continuación.

Empezó a desabrochar su camisa, botón a botón, con una lentitud escalofriante mientras la tenue luz de la lamparilla acariciaba la piel que iba a asomando. Sus clavículas, el elegante y pronunciado surco entre sus pectorales, el radiante camino hacia su ombligo. Los hombros se le contorsionaron cuando las mangas se deslizaron por sus brazos, y lanzó la prenda al suelo porque no había nada más importante que mirarme a mí y descubrir el infantil rubor que invadió mis mejillas.

Me avergonzó no poder apartar la vista de su pecho cincelado, de los suaves músculos que marcaban su abdomen, del cinturón que pendía de sus esbeltas caderas.

Pero no me importó que la habitación quedara reducida al corto espacio que se interponía entre nosotros ni al entrecortado ritmo de mi respiración. Me dio igual que Marco tuviera ante sí el tímido y acomplejado reflejo de un joven que se había pasado la vida soñando en silencio con experimentar ese instante.

Las taras deberían haber dominado. La suciedad que habitaba en mí, las brutales manos que me habían acariciado en el pasado, que me habían sometido. El sexo nunca fue amable ni satisfactorio, sino vulgar y doloroso. Un placer amargo e impuesto. Los ojos de Marco me prometían algo completamente diferente, un horizonte que, si me atrevía a cruzarlo, me ofrecería un paisaje de pura pasión explosiva y conmovedora.

Reaccioné de súbito. Me lancé a los brazos de ese deslumbrante hombre y me estremecí hasta las entrañas al notar cómo nos fundíamos en un abrazo. Enterré el rostro en su cuello, cerré los ojos y respiré de su piel. Me emborraché de su aroma cítrico y dulce y sofisticado pero también masculino. Sus brazos se hicieron fuertes a mi alrededor. Marco era tan firme y poderoso en su esbeltez… Sentía a la perfección el calor de su pecho, que atravesó la tela de mi jersey y acarició mi propia piel. Nunca podría tener suficiente de él. Estaba muy cerca de empezar a retorcerme.

Me asombró el gemido estrangulado que escapó de mi garganta cuando sentí que sus dedos se colaban bajo mi jersey y rozaban mi espina dorsal. De pronto, toda mi sangre se concentró en mi entrepierna. Creció hasta convertirse en un bulto rígido que reclamaba atención inminente, y no pude controlar frotarme contra él.

Me sorprendió aún más el descaro que empleé para deslizar las manos hacia su cinturón y desabrocharlo. Gruñó como lo haría el salvaje que habitaba en él, como quería que lo hiciera cuando me empujara a la cama y se hundiera en mí. Se olvidó de mi espalda, bajó hasta mis nalgas y las apretó invitándome a sentir la dureza que también crecía en él.

Sí, estaba excitado, tanto que su aliento ya no podía ocultarlo y se mezclaba con él mío en el pequeño hueco que formaron nuestros labios. Todavía no nos habíamos besado. No hizo falta, aquella intimidad era mucho más intensa que el beso más voraz. Pero lo deseé. Y Marco me lo dio.

Tomó mi boca con la suya con un lento fervor, moviendo sus labios a la par que absorbía mi oxígeno y estrujaba mis nalgas. Ese impulso tan visceral me alzó del suelo y enrosqué las piernas en su cintura, sin saber que Marco retrocedería hacia el sofá y se acomodaría conmigo a horcajadas sobre su regazo.

Tenía las manos clavadas en sus hombros cuando recordé que Marco odiaba ser acariciado, pero no me impidió que quisiera viajar por su pecho. Todo lo contrario, su boca se afirmó aún más en la mía y nuestras lenguas se enroscaran ansiosas y desesperadas. Nos devoramos tan lento, tan dementes de deseo.

Me contorsioné sobre su cintura, algo rígido se frotó contra mi entrada. Marco estaba tan duro que no pude evitar imaginar cómo sería sentir esa dureza abriéndose paso dentro de mí. La quería, la necesitaba. Empezaba a dolerme el vientre de la excitación.

Desear así era tan aterrador como estimulante. Debía de estar enfermo. Había sido un esclavo, toda mi vida sexual se reducía a violaciones demasiado crueles, que me habían convertido en un muñeco de carne y huesos. Sin embargo, allí estaba, con todos mis traumas silenciados, en manos de ese hombre que provenía del mundo ruin del que yo quería escapar, pero me tocaba como si fuera una valiosa pieza de arte antiguo, algo que atesoraría incluso con su propia vida. Y me pareció que los sentimientos que yo albergaba por él encontraban respuesta en sus manos, en sus labios, en la rotunda vibración de su pulso.

Su miembro empujó contra mi centro. Gemí. Maldita sea, necesitaba que me follara con todas sus fuerzas. Iba a explotarme el corazón por la excitación. Marco sentía lo mismo, lo supe al sujetar su rostro entre mis manos y buscar aquellas pupilas rabiosamente azules. Estaban dilatadas, parecían mucho más oscuras, como un depredador sediento de carne. Padecíamos la misma aflicción, el deseo mordiente.

Algo de mí no podía creer lo que estaba sucediendo. Los hombres como Marco Berardi no se perdían por chicos como yo. Éramos como sombras lejanas en su panorama de placeres y lujos. Pero allí estaba yo, entre sus brazos, que me arrancaron el jersey para poder deslizar sus besos por mi pecho.

Mi entrada palpitaba hambrienta contra aquella dureza imponente. El deseo se acumulaba en mi vientre, me estrangulaba la respiración. Desabroché el botón de su pantalón y me apresuré a bajar la cremallera para liberar su gloriosa erección. Mis dedos la apresaron y Marco soltó un gemido asfixiado que llenó la habitación. Noté cómo su longitud se contraía, tan gruesa y sedosa.

Entonces sus manos escarbaron en la cinturilla de mi pantalón, se colaron bajo la tela y estrecharon mis nalgas desnudas. La yema de un dedo buscaba mi centro con una pujante suavidad. Lo encontró y comenzó a estimularme con una lentitud desesperante, contrastaba con el empeño de su boca sobre la mía, de la contundencia de su dureza entre mis manos.

La froté. Quería volverlo loco y estaba empezando a lograrlo. Marco gemía entre beso y beso mientras su dedo me invadía. Pero la ropa era incómoda. La suya, la mía. Fue él quien me levantó y me arrancó el pantalón. Me quité los zapatos a toda prisa y los lancé bien lejos antes de ser empujado de nuevo a su regazo. Y sus dedos regresaron. Sí, esa vez fueron dos y se movían dentro de mí con una sobrecogedora amabilidad. Yo me aferré de nuevo a su erección, la acaricié con la mía. Me gustó que Marco temblara por el contacto, que sus hombros y su pecho albergaran esos pequeños espasmos que tenían su respuesta en mí.

No estaba acostumbrado a ese tipo de movimientos tan cargados de pasión. Ni siquiera me habían deseado de un modo tan aplastante. Pero no había lugar a dudas en ninguna de sus reacciones.

—Dime lo que quieres —jadeó en mi boca.

—No —me negué—. Dímelo tú. Quiero oírtelo decir...

Porque estaba seguro de que aquella era la primera vez que tendría sexo con alguien mirándolo de frente.

Sus ojos brillaron por el crudo deseo que sentía, pero también escondían un afecto que me cortó el aliento y me empañó la vista. Esa mirada indicaba una capacidad extraordinaria de sentir.

—Voy a tumbarte en mi cama y te haré el amor —susurró.

Sus dedos quietos, mis manos quietas. Sus ojos clavados en los míos y mi corazón estrellándose histérico contra mis costillas, buscando el suyo, buscándolo desesperadamente, para encontrarlo latiendo al mismo ritmo que el mío.

—Amor... —resollé.

Marco cerró los ojos y asintió. Su nariz repasó mis labios, se frotó contra mi mejilla.

—Sí, Gennà. No voy a tocarte como si fueras un amante. Quiero follarte como lo haría un compañero.

Rodeé sus hombros con mis brazos y lo atraje un poco más hacia mí.

—Mi compañero.

—Eso es. —Apoyó sus labios en los míos para murmurar—: Soy tuyo.

Tragué saliva y exhalé tratando de contener las lágrimas que pendían de mis ojos.

—Pues no te detengas hasta que amanezca, mi amor.

Deslizó los dedos fuera de mí, afianzó las manos en mis caderas y me empujó contra su erección. Me invitó a empalarme en él y lo hice muy despacio, disfrutando de la calma con la que me llenó, de la cálida dureza que me invadía. Lo noté todo, cada centímetro, hasta que alcancé la base y nos miramos.

Marco volvió a cerrar los ojos, respiró y apretó los dientes. Sus dedos se clavaron en mis muslos. Él también estaba asumiendo el calor que le daba la bienvenida, la presión que le tenía atrapado.

Me dio un instante para adaptarme a su gruesa presencia y entonces me levantó y me guio de nuevo hacia abajo. Lento, apreciándolo todo, respirando de nuestras bocas.

Resistí la tentación de montarlo con fervor. Quería regocijarme en esa lentitud, memorizar cada instante, tratando de contener los gemidos mientras Marco me penetraba con suavidad.

Era mío. Ese hombre era mío. Me aferraba a él como si no pudiera creerlo, lo miraba como si en cualquier momento fuera a desaparecer. Pero su presencia no me dejaba olvidar cada una de las palabras que me había regalado desde que osó burlar toda la seguridad de Secondigliano para llevarme con él. Para hacerme libre.

Maldita sea, cuánto lo amaba.

No pude controlar mi voz. Las embestidas eran cada vez más persistentes, se estrellaban contra mi debilidad, me hicieron codicioso, y busqué más. Me uní a su ritmo, lo seguí un poco más frenético, empujándonos a los dos a perder la cordura, a convertirnos en animales.

Marco hundió su boca en mi cuello, lo mordió. Yo grité, clavé mis dedos en su nuca. Me apreté tanto a su ardiente erección que terminé por arrancarle un gruñido gutural y placentero.

Sin embargo, se detuvo. Me devoró con un beso y volvió a cogerme entre sus brazos antes de ponerse en pie. Sentí como su miembro me abandonaba y solté un gemido lastimero, pero murió en mis labios cuando Marco nos arrastró a su cama. Me tendió en ella, terminó de desnudarse y regresó a mí, que le esperaba con las piernas abiertas, el pecho agitado y los ojos nublados de deseo. No tenía ni idea de que podía sentirme tan desesperado por ser invadido de nuevo.

Marco se tomó un instante para observarme. Se lamió los labios, me consintió que yo también me deleitara con su desnudez. Era impresionante. Destilaba poder y belleza allá donde mirara.

Se acercó y un instante después sus pesadas caderas me inmovilizaron contra el colchón, y su erección buscó mi entrada al tiempo que apoyaba una mano en mi cuello y la deslizaba hacia mi vientre. Me embistió con una dura estocada que me robó el aliento, y me arqueé para darle más espacio, para que se hundiera un poco más en mí.

Empezó a moverse a ritmo implacable, tan maravilloso y saciante. Tan demente y abrumador. Yo simplemente recibía y me dejaba llevar por esa ola de frenesí que me empujaba hacia un clímax desbordante.

Grité con cada embestida. Todos mis sentidos se centraron en la presencia de Marco, en su boca, que me arrancaba besos enloquecedores. Pensé que podía morir de placer. Nunca había sentido nada similar en toda mi vida, una satisfacción tan desquiciante y al mismo tiempo reconfortante.

Y así fue como nos convertimos en espasmos y jadeos y palabras incomprensibles, y también en piel perlada en sudor, llena de deseos que tenían que ver con la carne, pero también con el corazón y el alma.

Mi compañero.

Le diría por la mañana, cuando mi cuerpo volviera a recordar cómo caminar, que mi vida empezó el día en que me prohibió arrodillarme ante él.

29

REGINA

Desperté sintiendo un alivio demasiado aturdidor. Ni rastro de la presión en el pecho ni de los espasmos o el sudor. Me notaba liviana tendida en aquel mullido sofá, con la cabeza apoyada sobre una superficie que se balanceaba al ritmo de una respiración profunda y relajada.

Pestañeé y miré hacia arriba. Lo primero que percibí y me estremeció fue la presión de unos dedos sobre mi cabeza. No se movían, simplemente estaban allí, enredados en mi cabello, en señal de haber estado acariciándome. No recordaba haberme tendido sobre el regazo de Jimmy y mucho menos que la tranquilidad que emanaba de él se hubiera convertido en un mantón protector que me había invitado a caer en un sueño reparador.

Descansé gracias a él.

Gracias a él.

Casi me atraganto con mi propio aliento al ver su rostro. El cazador descansaba y ahora parecía un hombre delicado de belleza hechizante. Labios entreabiertos, mejillas laxas, los párpados que lentamente se abrieron para regalarme una mirada impresionante, más resplandeciente que nunca.

Sus dedos se movieron tan suaves que casi creí que me lo estaba inventando. Pero notaba su movimiento sobre mi cuero cabelludo y el suave sopor que quiso acariciar mis ojos y enviarme de nuevo al sueño.

Me tentó demasiado. Me habría gustado enterrarme en su pecho, hacerme pequeña y pasarme el día durmiendo encima de él.

Era el único modo de hacerlo sin que me atormentaran las pesadillas, y descubrí que Jimmy también tenía la capacidad de convertirme en una mujer pueril, además de la salvaje apasionada que pugnaba por salir siempre que él me miraba.

Pero esa vez el deseo no tenía cabida. Había algo más, algo que bailaba en sus ojos, y quizá también en los míos. Una necesidad que tenía que ver con el corazón, no con la piel.

Me incorporé. El cabello me cayó a un lado de la cara, despeinado. Jimmy me observó, sabía bien que mi pulso se había disparado. Inesperadamente, acercó una mano a mi mejilla. Yo cerré los ojos cuando sentí sus nudillos, se me erizó la piel cuando su mano abarcó la mitad de mi rostro y se deslizó hacia mi cuello. Si decidía empujarme hacia su boca, la aceptaría. Maldita sea, la aceptaría y rogaría por ella.

Pero nunca sabría si esa era su verdadera intención. Alguien llamó a la puerta, y Jimmy alejó su mano con resignación mientras yo me encogía bajo la manta.

Ciani asomó reservado y solemne.

—Jefe, siento la interrupción —dijo saludándome con asentimiento—. Tenemos un pequeño inconveniente.

Jimmy se pellizcó la frente y resopló:

—¿Qué ocurre?

—Una visita. —El modo en que lo dijo prometía que no me gustaría nada el nombre—. Se hace llamar Elisa Ferrara.

Se me cortó el aliento. El corazón me bajó al vientre, noté como latía allí con todas sus fuerzas.

«No quiero verla, no quiero verla, no quiero verla».

Y era cierto. No quería verla.

Elisa se había convertido en ese nudo que me mantendría atada a una vida que ya no quería. Lo que nos unía contradecía todo lo que aspiraba a conseguir, todo lo que Marco quería darme.

Ni siquiera los recuerdos que compartía con ella me servían para querer atesorarla. Era como si todo se hubiera desvanecido entre nosotras. Lo supe en cuanto busqué su número de teléfono en mi agenda y lo bloqueé pensando que así quizá también bloquearía todo lo demás.

Lo supe también cuando en la maraña de pensamientos y recuerdos que era mi mente esos días ella no aparecía ni una sola vez. Como si hubiera sido borrada de mi mapa emocional. Porque, si la pensaba, no podría evitar volver a escuchar sus gritos suplicantes mientras sus manos intentaban taponar la herida de mi padre. Y ese era un sonido que no quería retener, que me producía un asco terrible.

No le guardaba rencor a Elisa por haberse saltado su lealtad hacia mí para abrirse de piernas a mi padre. Sus motivos tendría y no me apetecía saberlos. Pero si algo le recriminaba era que hubiera fingido ser mi paño de lágrimas cuando la necesitaba mientras algo de ella ponía en duda mi desconsuelo.

Y entonces dejé que mis traumas empujaran un poco más. Me arrinconaron en un lugar de la oscura cueva que era ahora mi mente. Los sentí clavándose en mi carne, por todas partes. Entre las piernas, en mi pecho, se metieron en mi garganta, me tentó ponerme a escupir. Tal vez vomitar. Me tembló el vientre. Las náuseas comenzaron a arremolinarse.

«No debes mentir, niña. Está muy feo que imagines cosas tan pervertidas». La maldita voz de aquella mujer. Mi terapeuta, que me obligaba a sentarme sobre los talones en el suelo mientras ella me empapaba con sus palabras. «Piensas que ahora que tu mamá se ha ido sin mirar atrás, tú debes ocupar su lugar. Pero tu padre no necesita de esa ayuda, tú no podrías dársela».

Porque no era una mujer.

«¿Y el tío Alberto?», me recordé diciendo, sollozante, culpable, horrible, sucia.

Esa maldita mujer me acusó con la mirada cuando se agachó para quedar a mi altura.

«Debemos trabajar en tu percepción de la verdad. Esas cosas que inventas podrían meter en líos a tu familia. No quieres eso, ¿verdad?». Yo negaba con la cabeza, desesperada, tan sola. «Buena chica. Tu padre y tu tío te quieren, te protegen, te cuidan».

Y lo hicieron. En el sentido más retorcido y asqueroso. Lo hicieron para romperme un poco más y convertirme en una adolescente que probó su primera copa a los doce y su primera raya a los quince. Y después de todo aprendí bien.

Joder, aprendí tan bien…

Mamá se suicidó.

Mamá se… suicidó.

Porque no me quería lo bastante.

Porque era una niña mala que soñaba con robarle a su marido.

Porque era una niña mala que necesitaba la atención de cualquier hombre. Y los tentaba y los seducía y los trastornaba hasta volverlos locos.

Elisa conocía los mismos detalles que yo, los pocos que durante nuestra incipiente adultez yo me había atrevido a cuestionar. Las peleas entre mi padre y yo alcanzaron un buen clímax en cuanto cumplí la mayoría de edad, porque había esperado poder irme de casa y no me lo permitió. Así que me volví insolente y cínica, y Elisa cayó conmigo en esa vorágine de sexo y drogas y alcohol porque también era desdichada y ninguna de las dos podía escapar.

«Ven a cuidar a papá, Regi. Papá necesita tu cariño». La voz de mi padre me aterrorizó. ¿Qué ocurría después? No lo sabía. Solo sentía la suciedad, que me hizo temblar con contundencia.

Pero se detuvo tan rápido como hubo empezado. Por las manos de Jimmy Canetti. Se había arrodillado ante mí y tenía mi rostro atrapado entre sus manos. La preocupación brillaba en sus pupilas, ahora más verdes que ámbar. La deprimida luz del día las había aclarado tanto que casi parecían espejos en los que me pude mirar, y me vi débil de nuevo, pero no me avergonzó.

Tragué saliva, me afirmé en el contacto de sus manos. Eran tan suaves, tan cálidas y delicadas… Ni rastro de la fortaleza que albergaban. La había escondido para mí.

Bastó ese instante para que Jimmy pudiera adivinar lo que yo había estado pensando, y un músculo tembló en su mandíbula.

—Despáchala —le ordenó a su compañero.

Ciani asintió. Lo vi a través de la niebla de mis ojos. Pero yo levanté una mano, la apoyé en el antebrazo de Jimmy y apreté.

—No... Espera... —dije asfixiada.

Tenía que cerrar esa etapa de mi vida. Y no quería que Elisa estuviera en ella. No quería y me daba igual si era justo.

—Debo hacerlo.

—No estarás sola, lo sabes, ¿verdad? Es mi única condición.

Jimmy no estaba en disposición de ponerme condiciones, pero aun así me agradó saberme protegida por él.

—De acuerdo —suspiré.

Tambaleante, me puse en pie y subí a cambiarme. Jimmy se quedó fuera de la habitación, en el umbral de la puerta que había dejado abierta para él. No me lo había pedido, pero supe que ambos lo necesitábamos, que esos pocos centímetros que me privaban de intimidad me aseguraban que no volvería a caer. Y supe que podía verme medio desnuda, pero no me importó.

Al salir, nos miramos. Maldita sea, no sabía si él se estaba dando cuenta, pero habría dado cualquier cosa por abalanzarme sobre él. Necesitaba tanto sentir sus brazos a mi alrededor...

Caminé hacia el vestíbulo antes de que Ciani me adelantara e informara a sus compañeros.

—Iré fuera.

—Mucho mejor —me dijo Ciani, y yo le sonreí aliviada con lo poco que necesitaba para que me entendiera.

Me puse la gabardina y abrí la puerta. Elisa estaba allí, junto a la fuente de piedra y el coche en el que había venido, bajo una mañana igual de gris que la tarde anterior y un frío estremecedor. Lucía uno de esos jerséis de lana gruesa que tanto le gustaban y solo usaba en diciembre, lo que me recordó que se acercaba Navidad.

Nos miramos como desconocidas.

—¿No vas a hacerme pasar? —sonrió despectiva.

—Prefiero que nos dé el aire.

Me apoyé en el bordillo de la fuente y miré hacia la entrada de la casa, que estaba a unos metros de nosotras. Jimmy y Ciani estaban allí. El segundo se había sentado en la escalinata y se había prendido un cigarrillo tras el ofrecimiento de su jefe. El primero permanecía de pie, de brazos cruzados, apoyado en la columna de piedra blanca. El humo de su cigarrillo jugaba a enroscarse delante de su exquisita cara. Pero lo veía a la perfección, no me quitaría ojo de encima.

—No coges mis llamadas —protestó Elisa.

Me encogí de hombros.

—Ya no las recibo.

—Lo suponía. —Volvió a sonreír—. ¿Porque te decepciona la verdad?

—Entre tú y yo no había barreras, Elisa. Creía sinceramente que eras una extensión de mí, la amiga a la que nunca podría ocultarle nada porque jamás me juzgaría. Siempre estaría ahí. Te ofrecí lo mismo, ¿recuerdas? Te ofrecí lealtad.

—Yo también. No dudes ni por un instante que no fui sincera.

—Sé que lo fuiste, pero... —Me detuve a tragar saliva. No íbamos a tener esa conversación en que intercambiábamos impresiones sobre qué buenas amigas habíamos sido—. ¿A qué has venido?

—No busco recuperar tu amistad —dijo tajante. No parecía ella. Tenía los rasgos más duros y descarados—. Ambas sabemos que esto no se arregla con unas disculpas. No ha pasado nada entre nosotras. No nos hemos traicionado, aunque tú creas que estuvo mal esconderte mi aventura con tu padre. Pero nos hemos hecho daño.

Apreté los dientes.

—¿En qué? Sácame de dudas. Porque recuerdo que tenías las puertas de mi casa abiertas. —La señalé con la cabeza.

—Las que ahora me niegas —se mofó.

—Habla, Elisa —apremié—. Dices que nos hemos hecho daño, pero el único mal que he cometido ha sido negarme a responder a tus llamadas porque resulta que mi amiga se tiraba a mi padre.

—No lo entenderías.

—¿Le has pedido explicaciones a tu familia sobre su participación en su asesinato?

La mirada se le oscureció. Estuve a punto de regresar al momento en que la oí chillar. Me obligué a evitarlo.

—Ellos solo estaban allí para matar a Marco, para salvarte de su yugo.

Resoplé con una sonrisa porque prefería ahorrarme demostrar cuánto me había molestado saber que querían matar a Marco.

—Qué buenas personas. Venderme para después salvarme.

—Sabes que lo único que le interesaba a tu padre era el control sobre el Marsaskala para poder someter a Nápoles y castigarla por haberle hecho perder parte de su imperio. —Parecía estar defendiéndose—. La traición se paga con traición. Que te hayas enamorado no cambia las reglas del juego.

—Tienes razón, me he enamorado —ratifiqué con orgullo—. Quiero a Marco con todas mis fuerzas, mucho más de lo que quise a cualquier miembro de mi familia.

—¿Y Camila?

—No la metas en esto —gruñí—. Era una cría, y sabías que yo estaba luchando por ella. Por eso acepté cualquier cosa.

Dio un paso al frente para encararme.

—Y te posicionaste en su contra. —Casi escupió su opinión—. No puedo perdonarte. Hablabas de un hombre cruel, un hombre que te había encerrado en una cárcel de lujo. Pero nunca te molestaste en conocerlo de verdad, en mirar en su corazón. Era enorme, Regina. Vittorio era un ser maravilloso.

«Ven, hija. Ven a cuidar a papá». Su voz de nuevo, seguida por un escalofrío que me atravesó con violencia. Negué con la cabeza.

—¿Qué mentiras te ofreció? —quise saber.

—Ninguna —respondió—. Solo consuelo y amor. Queríamos reinar. Yo estaría a su lado. Le apoyaría en todo lo que otra no podía entender. Lo quería de verdad. Y tú te interpusiste.

No daba crédito a lo que estaba escuchando. Elisa realmente creía que Vittorio la convertiría en su pareja, que dejaría a Vera y la instalaría en su casa como la señora principal. Pero lo más desconcertante era la rigurosa información que tenía. La certeza de que mi padre solo me estaba usando para, a su vez, usar el poder de Saveria Sacristano y finalmente traicionarla como haría con todo aquel que lo habría apoyado.

Lejos quedaban esas muestras de apoyo y afecto que me entregó los últimos días antes de abandonar Nápoles. No eran más que palabras bonitas porque sabía que yo no las tomaría, no me aferraría ellas como una salida, no podía. Por mi hermana y mi abuela y mi pobre primo y las consecuencias que se cernerían sobre todos ellos.

—No fui yo quien disparó —masculle—. Fue tu familia.

—No. Mi familia no sabía nada. Habían pactado con Vittorio el asalto para deshacerse de Marco.

Ah, ingenua. Tonta. Necia. Ignoraba lo que había ocurrido. Olvidaba que nuestra versión de Nápoles solo engendraba traidores e interesados. La Camorra prevalecía y se traicionaba a sí misma constantemente.

Sonreí.

—La verdad es que esa tarde hubo demasiados intereses luchando entre sí y por primera vez no favorecieron a Vittorio. —Disfruté de esa realidad solo porque Marco estaba a salvo—. Obtuvo el castigo que merecía y me importa una mierda si eso te decepciona.

Pero Elisa era obstinada, como yo. No mostraría sus debilidades, aunque las hubiera, y muchas. Avanzó otro paso más, estábamos tan cerca… Torció el gesto y adoptó una mueca de alegre malicia.

—Era yo la que estaba en su cama esa mañana —dijo bajito y muy despacio para asegurarse de que causaba todo el dolor posible—. Vera encolerizó. Sabía que teníamos una aventura, pero no me quería en su casa. Discutieron.

Me enderecé y la encaré.

—No sigas —gruñí.

—No lamento el dolor que te causa, Regina, aunque me hiera la muerte de tu hermana. Pero, si lloras ahora, no es por él, que murió delante de ti y tú solo te preocupaste por escupirle a la cara y salvar a tu esposo.

Deseé tener el valor de cogerla del cuello y apretarlo. Pero me temblaban demasiado las manos.

—No voy a consentirte que hables así de Marco o de cualquiera de las personas que viven en esta casa. Tampoco sé a qué coño has venido porque lo nuestro estaba en términos bastante claros. Podrías haberte ahorrado el viaje, pero espero que te hayas quedado a gusto. Has logrado hundirme un poco más en el pozo en el que estoy metida.

—No mientas, anda —se mofó porque en realidad mis tormentos nunca le habían importado—. Mira todo lo que tienes gracias a Berardi. Deseaba verlo con mis propios ojos. Quería saber si podría aferrarme a lo único que me queda de Vitto, que es mi amistad contigo. Pero no puedo. Te miro y solo puedo sentir rencor, desprecio y lástima por el tiempo que hemos pasado juntas y que ya no volverá.

Con los ojos empañados, forcé una mueca altiva.

—¿Es esto una despedida entonces? ¿Necesitabas decírmelo a la cara para sentirte más cómoda contigo misma?

—¿No es esa la razón por la que tú has accedido a hablar conmigo?

Asentí.

—Es cierto. Sí. Es como dar por zanjada una etapa. Una muy triste y decepcionante, pero que supimos disfrazar de hipocresías.

—Qué bien se nos dio, ¿eh?

Por un corto instante fuimos nosotras, las que habíamos sido semanas antes, y casi nos imaginé echándonos a reír y olvidándolo todo. Una parte de mí la echaría de menos, sabía que ella a mí también, pero habría sido como quedarse anclada en la miseria. Ya no nos necesitábamos.

Y Jimmy se dio cuenta. Por eso bajó la escalinata y se acercó.

—¿Has acabado? —le preguntó a Elisa.

Ella ni siquiera le miró, seguía perdida en mis ojos.

—Sí.

—Pues ya conoces el camino —le recordó.

—Buena suerte, Regina. La vas a necesitar —me dijo.

—¿Lo dices por Alberto?

—Mata a ese hijo de puta por mí si encuentras el valor que nunca tuviste.

Me quedé muy quieta, con los puños apretados y esa dichosa

presión quemándome en el pecho mientras observaba cómo se alejaba de mí para siempre. Con ella se iban mis días de locura, los que por un momento extrañé porque borracha o drogada no sentía dolor. Me di la vuelta y me encaminé hacia la casa. Se me había escapado una lágrima. Jimmy la había visto y quiso hacer más.

—Regina.

—Déjame —le pedí, y corrí dentro.

Subí las escaleras, atravesé el pasillo y me estrellé contra la puerta de la habitación de Camila. La golpeé al tiempo que rompí a llorar sintiéndome como una maldita impostora, la mujer que se olvidó de su hermana porque estaba demasiado pendiente de sí misma.

Fui deslizándome hacia el suelo con las uñas rayando la madera y los espasmos haciéndose con el control, cortándome la respiración.

Debería haber sido más dócil, no mencionar mis quejas, callar cuando debía, obedecer como pedía mi padre. Debería haberle dicho que estaba dispuesta a cualquier cosa, como había demostrado, que aceptaba ser usada por él y por sus ambiciones y deseos como le viniera en gana a cambio solamente de entregarme a Camila y llevármela conmigo. Tendría que haberme olvidado de vivir, de buscar excusas con las que respirar un momento de calma, y darle a ella la oportunidad de sobrevivir.

Así era la Camorra para las mujeres, siempre a merced del silencio que yo nunca supe aceptar.

«Eres una mujer peligrosa. Eres lasciva y descarada y desobediente. Y deberían comerte para enseñarte sumisión. Deberían comerte para aprender que eres pasto de esta ciudad y sus deseos, que son los míos y te ordenan que hinques las rodillas en el suelo». Eso me dijo mi padre el día en que me anunció que iba a venderme en matrimonio con Marco Berardi.

La mafia y sus tratos me ensuciaron por completo, y ahora ya ni siquiera recordaba qué quería. No le bastaba su poder, quería más. No le bastaba su ciudad, quería más. No le bastaba nada, estaba infectado de arrogancia. Y su hermano también. Y pronto me comerían. Él desde la tumba y Alberto en vida.

Pronto vendría y me pondría de rodillas, y yo accedería por la libertad de otros y con la esperanza de acabar con todo. De renacer quizá en otra vida, ajena a los entramados de la mafia.

Volví a golpear la madera. ¿Renacería mi hermana? ¿Volveríamos a vernos? ¿Me perdonaría por no haber sabido protegerla?

Unas manos se apoyaron en mis hombros. Su calidez me reveló el nombre de su dueño. Jimmy las guio hacia mi cintura y tiró de mí hasta ponerme en pie. Debilitada, con las rodillas flojas y el cuerpo laxo, dejé que él me sostuviera. Apoyé la cabeza en su pecho, me aferré a sus brazos. Sentía su cuerpo pegado al mío.

—No puedo abrir. No puedo. —Me froté el pecho—. Me quema.

Entonces me cogió una mano y la llevó hacia el pomo. Sus dedos enroscados en los míos.

—No, no, no... —respiré—. No lo hagas, por favor.

La puerta crujió y Jimmy me instó a caminar. Lo hicimos a la vez en sintonía. Cerré los ojos. Sentía que iba a vomitar el corazón. El aroma a infancia me golpeó. El perfume de mi hermana, que no había estado allí, pero algo de ella habitaba en sus paredes, en cada detalle.

—Abre los ojos, Regina —me susurró Jimmy al oído. Su aliento me acarició la mandíbula y la yugular—. Mira a tu hermana. Está aquí. En cada rincón que creaste para ella.

—No... —sollocé.

—No dejes que nadie te la robe. Es tuya.

Me atreví a obedecer. Todo estaba impoluto, tan limpio y puro...

—No la veo —dije asfixiada.

—Sí que la ves, cariño. —Deslizó una mano hacia mi corazón—. Mira aquí dentro.

Jimmy llevaba razón, y el rostro de Camila apareció sonriente y pletórico. En mi corazón nadie le haría daño, el mundo era suyo, yo se lo entregaba.

Me di la vuelta y escondí la cara en el pecho de Jimmy. Ese hombre era mi conexión con esa imagen, tenía la habilidad de serenarme, y esa calma era lo que me permitía ver a Camila. Así que me aferré a él con todas mis fuerzas evitando pensar en la satisfacción que me produjeron sus brazos.

Me acarició hasta que los espasmos cedieron y el oxígeno empezó a entrar en mis pulmones. Y no supe cuánto tiempo había pasado hasta que eso sucedió, pero Jimmy resistió estoico cada una de las lágrimas que derramé sobre él.

—¿Soy cruel por sentir alivio por la muerte de mi padre y desear que mi mejor amiga se aleje de mí para siempre y querer que Nápoles arda hasta que Alberto salga de su escondite y perezca ante mis ojos? —resollé.

—Qué injusta eres.

Lo decía por el deje de tortura que arrastraba mi voz, porque no quería que yo me castigara.

—Me lo merezco...

Se alejó de mí para coger mi cara entre sus manos, tal y como había hecho en la biblioteca, y dejó que su aliento me acariciara los labios y me invadiera con un bienestar narcotizante. Jimmy indagó en mis ojos, volvió a meterse en mi mente. Lo vio todo y yo no se lo impedí.

—Shhh, Camila no debería escuchar esas cosas. Ni tú tampoco. Si están enterradas, mantenlas ahí.

—Quieren salir.

Los malditos traumas.

—No vamos a dejarlos. No los necesitas. Eso sí que sería cruel.

Acarició mi boca con los pulgares. Sus pupilas se habían oscurecido. Estaban fijas en mis labios. Los deseaba. Me entregaría los suyos porque sabía que serían capaces de hacerme olvidar. Había sucedido antes y conocía la sensación tan poderosa que me envolvía cuando su lengua se enroscaba a la mía.

Se acercó un poco. Apenas unos centímetros de distancia entre los dos pero bastaron para sentir el roce de su cálida boca. Todavía no entendía cómo un mercenario podía ser tan delicado, tener semejante control sobre mí.

Abrí los labios, me estremecí ante la idea de volver a probar un beso suyo. Y su boca rozó un poco más la mía. Se frotó contra ella. Me pedía permiso, esperaba a que se lo diera.

Pero me aparté y lo miré aturdida, con el corazón en la garganta y el vientre contraído. Ambos sabíamos que, de no haber estado en la habitación de mi hermana, besarnos habría sido lo más básico que habríamos hecho. Y salí de allí a toda prisa para encerrarme en mi cuarto porque me sobrecogía el deseo que sentía por él. Pero también los sentimientos que ya no podía negar.

No me enamoraría de un mercenario.

No lo haría.

Sin embargo, hacía mucho tiempo que había empezado.

30

MARCO

La paciencia nunca había sido mi punto fuerte. Eso lo dejaba para aquellos que no tenían los recursos suficientes para reaccionar. Pero no era mi caso, y me había cansado de fingir lo contrario.

Marchetti no había respondido. De acuerdo estaba en que me había pasado el día reteniendo a Gennà en mi cama, porque el deseo no cedía ni un instante y, para colmo, no soportaba la idea de verlo regresar a las calles de Nápoles. De acuerdo estaba también en que había habido momentos en que me olvidé de todo porque solo era capaz de pensar en su piel.

Pero eso no cambiaba los hechos.

Marchetti no había dado una maldita señal que indicara que estábamos en términos de negociación, y las horas pasaban. Ese hijo de puta estaba riéndose de nosotros. Buscaba humillar a los míos, someterme a mí. Honestamente, habría estado dispuesto a hacerlo de no haber sido por sus ganas de jugar.

A primera hora de la mañana, le di luz verde a Borisov. Attilio se encargó de guiar a sus hombres hacia el enclave principal de Marchetti, en compañía de Draghi, para entregarle el cargamento incautado en el puerto. Pensamos que eso le estimularía a tomar una decisión, ya que ahora podría poner a trabajar todas sus malditas plazas a pleno rendimiento mientras las demás facciones se hundían. Las ganancias que iba a generar en un solo día podrían equipararse a las de varias semanas.

Pero Marchetti no respondió a mis mensajes ni tampoco a los

de su sobrino. Cogió la mercancía y se puso a trabajar olvidando quién lo había hecho posible.

Así cayó la noche. Las plazas habían empezado a moverse, lo supe porque Attilio había recibido la información de sus múltiples fuentes. Nos había llegado el rumor de que los Confederados estaban aturdidos y que se preparaban para reunirse. Ese hecho en términos de la Camorra era casi como quedar para declarar la guerra. Y, la verdad, no me importaba qué sucediera, solo sabía que yo o cualquiera de los míos no estaría en medio.

Tanto silencio y descaro colmaron mi paciencia. La aniquilaron por completo y pulsaron todas las teclas que me convertían en un canalla despiadado mucho más peligroso de lo que había sido en el pasado. Porque ahora tenía razones de peso.

Fue quizá lo que me motivó a crear una nueva estrategia más impulsiva y violenta.

Estaba frente al espejo del vestidor, ajustándome la corbata del traje. Gennaro me observaba desde atrás con el ceño fruncido. Empezaba a imaginar qué ocurría, pero no se atrevió a preguntar.

Cogí mi teléfono y llamé a Borisov, refugiándome en su mirada.

—¿Cuántos hombres puedes reunir ahora mismo para entrar en Ponticelli? —pregunté en cuanto descolgó.

Le escuché jadear y detecté unos extraños gemidos de fondo. Provenían de una mujer, tal vez dos. Él se incorporó de inmediato algo agitado.

—Vaya, hemos perdido la cabeza, querido mío —se mofó.

—Habla.

Era muy contradictorio sentir esa severa rotundidad mientras levantaba los dedos y los apoyaba sobre la mejilla de Gennaro. Él suspiró y tembló por la caricia. Me habría gustado besarlo.

—¿Cuántos deseas? —quiso saber el ruso.

—Los suficientes para intimidar y no temer una emboscada.

Gennaro retrocedió mirándome ahora con estupor y miedo. Dejó mi mano suspendida en el aire.

—Eso te costará una gran gratificación.

—¿Te parece que estoy abierto a ofrecerte una recompensa, Borisov?

—Debía intentarlo —sonrió.

—Peina la zona. Me dirijo hacia allí, y no olvides asistir.

—Bien.

Colgó. Gennaro negó con la cabeza.

—¿Qué coño pretendes, eh?

—Se acabó el tiempo de negociación. Vamos a actuar.

Eso era lo que iba a decirles a mis hombres en cuanto los llamara a mi habitación. Y ellos me observarían aturdidos porque mis planes solían valorarse con calma y precisión, pero disponía de ambas cualidades y sabía usarlas a mi favor. Así que no había por qué tomarse un tiempo que no teníamos.

—Tú no irás. Envía a otros —gruñó Gennà—. Puedo avisar a Caronte.

—Eso pensaba hacer.

Busqué su número en mi agenda y me llevé el teléfono de nuevo a la oreja. Sabía que el enfado de Gennaro crecía por momentos, pero después, cuando hubiéramos vuelto a casa, le pediría perdón por haber tenido que ser cruel una vez más.

—Señor Berardi —saludó Caronte todo solemne.

Había respeto en su voz, pero también miedo. Gennaro había hecho un buen trabajo.

—Coge a un grupo de tus mejores hombres y dirigíos a Ponticelli.

—¿Qué tipo de intervención?

—Intimidación y control de la zona.

No iba a iniciar una reyerta. Solo me movería al estilo napolitano, mostrando la contundencia y hablando después para determinar si merecía o no la pena seguir aquel camino.

—Entendido —afirmó Caronte.

—Desplegaos teniendo en cuenta la intervención de otro equipo. Borisov participará.

—Bien. Dile a tu segundo que me envíe los planos. Tendrás a tus hombres de inmediato.

Colgué y miré a Gennà con los ojos entornados.

—Listo.

—No irás, Marco —aseveró.

—Debo hacerlo. Depende de mí cómo termine esta noche. He venido por una razón y pienso conseguirla.

Les daría a él y a mi Regina la vida que merecían. Me la daría a mí mismo y empezaría esa noche porque ya no soportaba ser ese hombre ni un instante más.

El maldito centro neurálgico del capo de Ponticelli era un misterio incluso para las autoridades, y nosotros lo conocimos gracias a la implicación de Attilio Verni.

Lo tenía sentado a mi lado. Draghi frente al volante y Matessi en el asiento del copiloto mascando chicle mientras miraba por la ventana. Ese tipo tenía sangre napolitana, pero si no lo hubiera sabido entonces lo habría descubierto por la absoluta tranquilidad con la que contemplaba el paisaje nocturno.

Nos habíamos detenido en el arcén de aquella carretera mal asfaltada. A nuestra izquierda se extendía una parcela que había junto al tramo de la autovía estatal más próximo a la vía Mario Palermo. Un huerto techado marcaba su inicio y daba paso a un pequeño terreno de tierra que usaban como aparcamiento para los empleados del taller de uralita que gobernaba la zona.

Era el almacén principal de Marchetti, donde guardaban un grueso arsenal de armas y gran parte de la mercancía. Bajo su fachada de negocio agrícola se escondían unas salas subterráneas donde se trabajaba en el material para su distribución a las plazas y se guardaba el dinero.

Attilio también había revelado la información más importante: dónde se situaban los esbirros que protegían el lugar. Ya no nos preocupaban porque nuestros hombres estaban sobre el terreno y los habían neutralizado. Así lo decía el mensaje que Borisov me había enviado y que un instante después corroboró Caronte.

Sabía que el ruso estaba sentado en la parte trasera de su coche, al cobijo de sus cristales tintados. El chófer nos miraba como si fuera a aniquilarnos si osábamos acercarnos al vehículo.

Abrí la puerta y bajé ajustándome la chaqueta. Borisov hizo

lo mismo, pero mantuvo las distancias porque mis hombres le advirtieron.

Al emprender el camino hacia el almacén, me sobrecogió la frialdad que sentía. Al fin y al cabo, era para lo que había sido criado, surgía innato. Pero una región de mi cerebro se había quedado con Gennà en la habitación.

Le había pedido a Conte que se quedara con él y avisara a los pilotos para que obtuvieran los permisos de vuelo. Quería abandonar esa ciudad en cuanto amaneciera. No soportaba ni un instante más allí.

Mis pasos resonaron en el almacén. Se convirtieron en un eco lejano que incomodó a Marchetti y a los pocos esbirros que le acompañaban. Se habían situado en el centro del lugar, alumbrados por la luz de un foco que colgaba de unos cables que se cruzaban de una viga a otra.

La zona superior estaba dominada por los míos, con fusibles apuntando a los hombres que había capturado arriba. Los tenían arrodillados con las manos sobre la cabeza. Los habían desprovisto de armas, como seguramente habría sucedido con los tipos del exterior. Por eso nadie nos imposibilitó la entrada libre.

Torcí el gesto al observar a Marchetti. Era un hombre de unos cincuenta largos, bastante grande, con un evidente sobrepeso que se centraba sobre todo en su recia barriga. Su rostro era el de alguien ruin de ojos maliciosos, nada que no hubiera visto antes. Y sabía tratarlo. Lo sabía de sobra. Por eso me llevé las manos a la espalda y comencé aquella siniestra danza que Borisov no dudó en alabar con una pérfida sonrisa.

—He pensado que, en vista del tiempo que te estás tomando para decidirte, sería muy positivo plantarme en tu territorio para que pudiéramos mirarnos a la cara —dije tan irónico que Marchetti apretó los dientes.

—Un Sacristano no es bienvenido aquí. —Soltó un escupitajo y miró a su sobrino con la promesa de una muerte muy fea.

No le pondría un dedo encima mientras yo siguiera con vida.

—Pero yo soy un Berardi —le corregí.

—Ese apellido tampoco vale nada para mí. Llevas la sangre de esa zorra de Saveria.

Entorné los ojos. Joder, cuánta información me dio y qué inoportunas fueron las ganas de jugar.

—¿La odias porque sabes que puede lograr lo que crees que es tuyo y administrarlo mejor, o simplemente porque no te la has follado como sí han hecho otros Confederados?

Marchetti alzó el mentón creyendo que la arrogancia ocultaría sus debilidades. Funcionaba, pero no para mí.

Me eché a reír.

—Tranquilo, tu secreto está a salvo conmigo.

—¿Qué has venido hacer aquí? —gruñó.

Era curioso lo poco que le gustaba jugar cuando sabía que estaba en inferioridad de condiciones. Debía aprovechar esa vulnerabilidad mientras pudiera. No era favorable fiarse de la decadencia de un napolitano. Ese tipo de hombres morían matando.

—He sabido que la mercancía ya está en la calle.

—Era mía, ya había pagado por ella. No me has regalado nada.

—Te he regalado la parte que no te pertenece.

Aquella que era de los clanes extintos de Casavatore y Castagnaro. Un buen pellizco que había sido trasladado en varios camiones de Borisov y que a los hombres de Marchetti les había llevado casi cinco horas bajar a las salas subterráneas.

—¿Y qué? —me desafió—. ¿Esperas que te lo agradezca?

—No, esperaba que me ofrecieras la oportunidad de hablar dada mi buena voluntad.

Eché mano del bolsillo interior de mi chaqueta y saqué el paquete de cigarrillos. Cogí uno, lo encendí y le lancé la cajetilla a Draghi, que esperaba detrás de mí junto con Attilio y Matessi. El humo desdibujó su sonrisa, pero me satisfizo mucho saber que estaba ahí, que yo la había provocado. Me vi con el valor suficiente para invitarlo a tomar una copa cuando nos largáramos de allí. Como amigos. Sí, sería una experiencia preciosa. Ya podía sentirla.

—No negocio con sardos que aspiran a controlar mi ciudad —protestó Marchetti.

—La que compartes con otros capos y que se te escapa continuamente de las manos. Mira, me importan un carajo tus ambiciones como camorrista...

Me mostró los dientes. Error mío. Pero uno intencionado. A los camorristas no les gustaba que se les llamara por su nombre. Para ellos la mafia no era ningún problema, sino un estilo de vida tan lícito como cualquier otro. Eran artesanos del terror. Necesario como los demás.

Nos miramos. Marchetti sabía que ya había perdido, que no podía negarse a nada que yo le pidiera esa noche.

—Dame a Alberto Fabbri —solté sin más preámbulos—. Despliega todo tu poderío y tráemelo. Esa mercancía —señalé el suelo para dejarle claro que sabía muy bien dónde la ocultaba— es una muestra de mi implicación con tu causa. Si logras dar caza a esa rata, haré que el Marsaskala se olvide de todos vosotros. —Alcé las cejas—. No es un mal plan, ¿verdad?

Esa vez fue Marchetti quien se echó a reír y señaló a Borisov, que se había apoyado en la pila de palés que había a unos metros de mí. Parecía que la cosa no iba con él, se miraba las uñas con aire ausente. Ese era el tío que acojonaba a cualquiera con su actitud indolente.

—¿Y te traes al ruso para contarme toda esta mierda? —masculló Marchetti—. ¿Tú te crees que somos gilipollas? Deja que te cuente un detalle, sardo de mierda. —Empezó a avanzar hacia mí. Mis chicos se adelantaron un poco más, pero yo tan solo sonreí—. Nápoles nunca será vuestra, ni siquiera aunque empleéis todos vuestros recursos. Otros como vosotros ya lo intentaron y sus restos se están pudriendo Dios sepa dónde.

—Secondigliano —dije de pronto noqueándolo.

Las pupilas le titilaron, abrió las narinas, las mejillas se le ablandaron. Sí, quería ese territorio, lo ambicionaba desde hacía décadas.

—¿Qué pasa? —rezongó.

—Es tuyo.

Soltó una carcajada que lo dobló.

—¿Tanto me das por un solo hombre?

La respuesta fue encogerme de hombros. El capo no entendería nunca que yo manejaba un imperio lo bastante grande como para enterrar a la Camorra. Así que Secondigliano era para mí como la calderilla que a veces acumulaba en mi cartera. Pero no estaba allí para explicarle que me importaba un carajo lo que el territorio que había visto nacer a Gennà significaba para los napolitanos de mala sangre.

—Es una buena oferta. No cabe duda —dijo mientras se limpiaba las lagrimillas que le había provocado la risa—. Hace que me sienta como un estúpido por haber tardado en escucharte. Ni siquiera quise oír a mi sobrino.

—¿Y bien?

Lancé el cigarrillo a un lado y me guardé las manos en los bolsillos del pantalón. Empezaba a aburrirme.

—Verás, estoy dispuesto a aceptar tu oferta —comentó rascándose la nuca—. Secondigliano es una zona estratégica y mi mercado se vería gratamente recompensado. Después está el hecho de que alejes las garras de tu tía. Confío en ti, sé que tú serías el único que podría lograrlo. Y sin los Fabbri dando por culo, yo viviría mucho más tranquilo.

Sus ojos me desvelaron que existía un pero.

—Hay algo que deseo...

Ahí estaba. Irrumpió con suavidad, con la gracia de un felino. Sin embargo, fue torpe al respirar. Lo hizo como el cerdo que hurga en el barro con el hocico. Lo que iba a decirme no estaba destinado a ser escuchado por todos los hombres que había repartidos por el almacén. Era demasiado privado y lascivo. Pero mi actitud de hielo y mi rostro impertérrito no le dieron alternativa.

—Vitto y Alberto solían hablar demasiado cuando bebían de más, y nunca lo hacían sin compañía.

Le brillaron los ojos como a los clientes que visitaban el edificio Ceilán en una de sus noches de vicio, rodeados por esclavos desnudos dispuestos a hacer realidad sus perversiones.

Lo presentía. Su petición iba a ser el detonante.

—A veces me preguntaba por qué siempre escogían jovencitas de cabello rubio...

Apreté los dientes. Cuánto detesté que hubiera sido tan transparente. Pero no mostré debilidad. De hecho, no creía que la entendiera como tal aunque se la hubiera enseñado. Eran muy pocos los que se habían atrevido a mirar.

Su nombre bailó a mi alrededor. Regina no debería haber formado parte de la ecuación, pero allí estaba, convertida en una inesperada protagonista de aquello de lo que yo quería protegerla.

—Me bastó con verla una sola vez —suspiró Marchetti—. Toda pequeña y tan bien creada. Con esa boca rosada y esos pequeños pechos coronando una figura exquisita. Es tentadora —murmuró y se inclinó hacia mí—, pero tú no puedes opinar lo mismo porque eres un maricón, ¿no es cierto?

Se suponía que debería haberme ofendido, pero no pudo importarme menos. Ya contaba con que el rumor sobre mi sexualidad se hubiera propagado por la ciudad. Me habían visto irrumpir en Secondigliano y encerrarme en una habitación con Gennaro. Quizá alguien nos vio y se estaba divirtiendo a nuestra costa.

—Dime, ¿la has tocado alguna vez?

Attilio reaccionó como una fiera. Se abalanzó hacia delante con la clara intención de aniquilar a su tío. Pero me bastó con levantar un brazo para detenerlo, y me asombró el grado de confianza que vertió sobre mí al obedecer. Si todavía faltaba un poco para fascinarme, terminó de lograrlo en ese momento.

—Me he perdido en toda esa verborrea que estás escupiendo —me mofé—. ¿Puedes concretar?

Marchetti me miró furioso. Estaba acostumbrado a que le siguieran el juego, no a seguírselo a los demás

—No necesitarás a tu joven esposa después de todo esto. Serás el gestor del Marsaskala cuando envíes a tu tía a criar malvas —masculló y cogió aire antes de decir—: Dámela a mí. Dame a la Fabbri para que pueda saborearla, y habrá trato.

Dejé que asomara una risa maquiavélica en mis labios. Solo esperé que mis hombres la comprendieran.

—¿Es tu particular forma de vengarte de los Fabbri? —indagué.

—Oh, no. Eso ya lo he hecho —dijo con orgullo—. Participé

en el asesinato de Vittorio. Pensé que, si ayudaba al Alberto, después sería muy sencillo matarlo a él. Era evidente que sus tratos con tu padre buscaban traicionarlo, ocupar el lugar de su hermano, hacerse con el control de todo. Y yo me hice el necio. Cree que me tiene comiendo de su mano. Vendrá a mí si se lo pido.

Mentía. A medias. Podía ser verdad que había participado en el asalto, eso no lo descartaba, y que sabía que Alberto solo había negociado con mi padre para después traicionarlo, tal y como Vitto quería hacer con mi tía. Pero mentía cuando aseguraba que Alberto acudiría a él si se lo pedía, porque no creía que el Fabbri fuera a atacar su facción llegado el momento.

Sonreí.

—Así que criticas el estilo del Marsaskala, pero la lujuria prevalece.

—Es como una muñeca, ¿a que sí? —habló encandilado. Razón no le faltaba. Regina era preciosa hasta la extenuación—. Quiero morderla. Es probable que la encierre en Secondigliano para los días en que pase por allí. —Estiró el brazo—. ¿Tenemos trato?

Escuchaba a Attilio resollar detrás de mí. La rabia se lo comía por dentro, quizá también contra mí.

—Un territorio, una compensación y a mi esposa —ironicé—. Te has propasado con tus exigencias.

Ese fue el instante en que se rompieron las negociaciones y entendí que solo me quedaba una forma de solucionar aquello. Esa alternativa era la más eficaz, tanto que lamenté no haberla usado antes, pensaba que sería más sencillo apelar a las palabras. Hasta que se mencionó a mi esposa.

Me moví veloz. Creo que nadie allí esperó presenciar una reacción tan feroz y mucho menos imaginó que echaría mano de mi arma y apretaría el gatillo con semejante rapidez. Lo único que vieron fue la sangre que salpicó el asfalto en cuanto la bala atravesó el cráneo de Marchetti.

Me satisfizo ver que moría con una mueca de sobresalto en el rostro. Su cuerpo cayó pesado al suelo, el arma todavía pendía de mis dedos, el rumor del disparo insistía reverberando en aquellas altas paredes. Y el silencio que siguió, brutal y espeso, que contenía asombro y miedo a partes iguales mientras yo observaba aquel asqueroso cadáver con unas tentadoras ganas de echarme a reír.

Alcé el mentón y las cejas, fruncí los labios, respiré hondo y me giré para mirar a Borisov. Bastó aquella traviesa mirada para que él lo entendiera todo.

—Bienvenido a la Camorra napolitana —sentencié llenándolo de orgullo y un placer que no podría poner en palabras. Acababa de hacer realidad una de sus mayores ambiciones.

—Te has convertido en el nuevo capo de Ponticelli y Secondigliano, todo un hito para esta ciudad. Y puedes obtener Posillipo si pones a tus perros a trabajar. El resto es asunto tuyo.

Era sencillo. Con el control de los territorios más influyentes, sus hombres o los proporcionados por la propia zona, Borisov sería aplastante, sobre todo porque su patrimonio seguía en mis manos. Era el títere perfecto para dominar cualquier represalia futura de los napolitanos. Porque las habría, de eso no cabía duda. Y más ahora que me había atrevido a asesinar a uno de los Confederados. Pero yo también lo era gracias a mi esposa. Así que solo estaba haciendo uso de su forma de entender sus reglas.

Borisov se enderezó y caminó hacia mí. No me gustó que me tocara el brazo y se acercara para susurrarme al oído.

—No sabes lo cachondo que me has puesto.

Miré donde me había tocado. Él sonrió, pero dejó de hacerlo en cuanto mis ojos fueron a parar a los suyos. No se atrevería a desafiarme.

—Tienes dos días —gruñí.

—Me sobra la mitad.

—Eso espero.

31

REGINA

Esa vez las pesadillas no esperaron a que me quedara completamente dormida. Llegaron en cuanto apagué la luz y me tendí en la cama. Bastó con cerrar los ojos para que las imágenes me devorasen. Estaban revueltas, aparecían sin control. Hechos ocurridos cuando apenas tenía memoria, otros demasiados recientes. Algunos incluso fruto de la parte más retorcida de mi imaginación, como los cuerpos desangrados de Atti y Marco a los pies de las escalinatas de aquella casa, como si alguien los hubiera lanzado allí, ya sin vida. No mostraban signos de haber tenido una muerte amable.

Y llegados a ese punto en que mi mente caía en lo macabro, me incorporé de golpe, asfixiada y con el pulso disparado. No habían servido de nada mis esfuerzos para controlarlo.

Salí de mi habitación. Ese maldito lugar se estaba convirtiendo en una tumba. Necesitaba respirar.

Lo necesitaba a él.

A Jimmy Canetti.

Mis pies sabían adónde ir. Mis instintos lo buscaban. Reclamaban el refugio en el que se había convertido su mirada, y pensé que esa noche sus manos podían entrar en la ecuación. Habían ayudado cuando menos lo esperaba. Sus dedos enterrados en mi cabello, dibujando mi mandíbula. Dormiría, me harían descansar, y daba igual si en el pasado había usado esas mismas manos para robar vidas. No preguntaría cuán crueles podían llegar a ser, a mí no me harían daño.

Seguí el camino impuesto por la penumbra. El frío clavándose en las plantas de mis pies me procuraba descargas que atravesaban mis piernas temblorosas. El aliento surgía entrecortado, era agradable descubrir que las razones no tenían nada que ver con la pesadumbre, sino con el oscuro silencio que me rodeaba e intimidaba.

Entraría en la biblioteca, me serviría una copa y esperaría con la esperanza de verlo aparecer, con el anhelo de pasar otra noche a su lado y encontrar ese extraño y narcótico alivio que penetraba en mi sistema. Era peligroso pero adictivo y había logrado que las inquietudes que me despertaba su compañía quedaran suspendidas. Porque mi cuerpo era inteligente y sabía cuándo empezar a torturarme con los remordimientos. Solo lo haría en soledad y me empujaría a buscar a ese hombre de nuevo.

Abrí la puerta y contuve el aliento.

Jimmy ya estaba allí.

Su prodigiosa y exuberante figura se alzaba junto a la mesa. El calor de la chimenea invadía la sala, así como su resplandor anaranjado. Dudé. Los ojos de Jimmy me engulleron. Despertaron la tensión de inmediato y me asaltó con un fuerte estremecimiento.

Me moví despacio y cerré la puerta sintiéndome como si entrara en la cueva del cazador, como si fuera la presa que se ofrecía a él. Pero no hubo nada en él que indicase peligro, solo el que los instintos procuraban, el que tenía que ver con la piel y los deseos más profundos.

Tenía esa mirada insondable, la que me decía que estaba allí porque esperaba encontrarse conmigo, pero no revelaría por qué.

—Lo siento, creí que no había nadie —murmuré.

—Puedo irme si lo deseas.

—Oh, no...

Me contuve de contarle la verdad, que no quería quedarme sola, que me gustaba la idea de volver a dormir con la cabeza apoyada en su regazo. Tal vez le robaría un beso por la mañana si reunía el coraje y me aseguraba de contener a mi corazón.

Avancé un poco, muy despacio. Las manos convertidas en puños, los pies entrando en calor, la tela de mi pijama de raso rozándome la piel, haciéndome sentir expuesta.

Jimmy sostenía unos folios. Mi pulso trepidó ante la posibilidad de que aquello fueran mis escritos. Frases sobre él. Momentos que nunca se darían, emociones que no creí que podría albergar.

—¿Qué lees? —pregunté inquieta.

Se le iluminaron las pupilas antes de desviarlas hacia mi boca.

—Pues... leo sobre un hombre que llena los pensamientos de una joven. —Lo dijo en un tono de voz cautivador que estalló en mi pecho. Lo miré conmocionada—. A veces esos pensamientos son inconexos, pero tienen una ruta muy clara: desea más de lo que la propia razón puede entender.

Le arranqué la hoja de las manos notando que las mejillas se me encendían en rubor y me puse a amontonar las que había sobre la mesa para alejarlas de él. Joder, aquello era demasiado íntimo, algo que no quería que Jimmy descubriera, que me había asaltado cuando menos lo esperaba.

Por supuesto que la razón no alcanzaba a entenderlo. No tenía sentido que un simple beso, una sola noche, un solo momento me hubiera marcado de esa manera. Dejar de pensar en su boca había sido una obligación diaria para mí. Evitar imaginarla cuando en el cobijo ardiente de mi ducha me abrazaba y mis dedos se deslizaban por mi piel había sido imposible. Y me frustraba porque lo había intentado con todas mis fuerzas. Me lo había negado creyendo que el tiempo haría todo el trabajo.

Pero ese maldito hombre apareció de nuevo. Allí estaba, esperando a que le desafiara, dispuesto a aceptar cualquier reto, tocándome sin usar sus manos.

—¿Quién es? —preguntó refiriéndose a su propio reflejo en aquellos escritos.

—Nadie —espeté, y Jimmy se inclinó hacia mi oído.

—No te creo.

Tragué saliva. Me aparté de un salto.

—Alguien que busca las garras de un hombre cruel no debería describirlo de este modo. Ni mucho menos pensar que podría borrar las huellas de cualquier sufrimiento.

—¿No podría? —Ahí estaba su desafío.

Lo encaré porque en el fondo era demasiado arrogante.

—Tal vez, sí. —Torció el gesto—. Pero tú no deberías aceptarlo.

—¿Por qué?

—Porque ese hombre que describes solo piensa en poseer.

Cierto. No me costaba imaginarlo poseyéndome sobre aquella maldita mesa, follándome con todas sus fuerzas, invadiendo aquel espacio salpicado de sombras, del chasquido de sus caderas estrellándose contra las mías. Jimmy lo vio con la misma claridad que yo. Lo deseó, pude notarlo.

—No busco nada más —rezongué—. Esa es la misión que tiene: servir a la carne y desaparecer.

Todavía me creía capaz de controlar las emociones y convertir a Jimmy en una mera herramienta.

Se acercó un poco más. Yo no me moví. Le planté cara.

—¿Continuarás escribiendo sobre él cuándo ya no esté?

—Desearía que no. —Me maldije por haber dicho eso.

—Entonces ha hecho más de lo que se le ha pedido, ¿no crees?

Debía zanjar aquello. La conversación estaba tomando una inclinación demasiado desconcertante, y yo ya no podía contener el aliento. Se me había encendido la piel, sentía las pulsaciones temblándome en el vientre. Era insoportable.

—¿Por qué tocas mis cosas? —me quejé acercándome a la estantería más cercana y dejando allí mis folios. Más tarde los escondería en un lugar que él no pudiera encontrar. Quizá entre las llamas.

—Están por todas partes, y no es la primera vez que las veo. —Sonrió.

—No tenías mi consentimiento.

Me llevé las manos a la cabeza y tiré un poco de mi cabello. Estaba nerviosa, maldita sea. Esa no era la idea que tenía de un posible encuentro. Todo había sido mucho más fácil la noche anterior.

—¿En qué coño estaría pensando? —pensé en voz alta.

—¿Otra pesadilla?

—No preguntes.

Me acerqué al minibar y me dispuse a servirme una copa. No me dejaría beber. Mis movimientos fueron detenidos por una mano que descansó en la mía. Jimmy apoyó su pecho en mi espalda y suspiró sobre mi clavícula mientras sus dedos perfilaban mis nudillos.

Podía sentirlo todo: la cintura de su pantalón, la gruesa prominencia que se escondía bajo la tela, dormida, pero atenta, al acecho. Sus apretados muslos, sus abultados abdominales.

Me obligué a respirar. Jimmy podía sentir mi pulso, pero por primera vez me dio igual que se diera cuenta.

—No sabías su nombre... —dijo bajito—. Hay párrafos en los que mencionas cuánto te desesperaba. ¿Lo sigue haciendo?

—Sí... —Era innecesario mentir.

Su aliento se deslizó por mi mandíbula, me hizo temblar.

—¿Has descubierto ya quién es?

Miré hacia otro lado y apreté los dientes. No le diría que ese hombre ahora estaba completamente pegado a mí.

Llevó las manos hacia mis caderas, las apretó en un gesto que me robó el aliento y me obligó a girarme. Le miré bajo mis pestañas, cabizbaja y evitando apoyarme en su pecho.

—Háblame de él... Cuéntame por qué dejarías que ese desgraciado te usara, y no me mientas.

Mentir. Mentir habría sido empujarlo y correr de vuelta a mi habitación.

Levanté la cabeza. Me apabulló su expresión atiborrada de sexo. Pero no conseguí leer sus ojos.

—Olvidaría —admití—. Mientras él estuviera, no tendría que preocuparme por mis pensamientos porque solo podría pensar en su cuerpo.

Ladeó la cabeza, estábamos tan cerca...

—Y cuando él abandonara tu cama...

—¿Qué más daría eso? Estoy acostumbrada a perder.

—Perder... Qué triste.

La necesidad de tocarlo era abrumadora, convirtió mi pulso en un murmullo ensordecedor. Una parte de mí seguía atrapada en el castigo que yo misma me estaba infligiendo. Pero la otra ardía en deseos de perderme en la piel de aquel hombre, dejar que me invadiera hasta poder decir que había olvidado dónde empezaba mi cuerpo y dónde terminaba el suyo. Me importó una mierda si eso tenía o no sentido, si era o no razonable, si me convertía en una mujer horrible.

Probablemente lo era, pero cuando me veía reflejada en sus ojos no me lo parecía. Eso quizá era lo más extraño de todo, que la mirada de un mercenario me hiciera sentir pura y honesta cuando la realidad decía lo contrario, cuando yo quería sentir lo contrario, y así había sido hasta que empezamos a compartir tiempo juntos.

Cerré los ojos un instante y respiré hondo tratando de aclarar mi mente. No éramos animales, sino personas adultas con la capacidad para evitar que nuestros instintos más primarios nos dominaran. Pero estando cerca de Jimmy, esa posibilidad menguaba conforme crecía la confianza entre los dos.

—¿Alguna vez le has preguntado si querría darte más? —inquirió.

—Soy su creadora, preguntará lo que yo le pida.

—No creo que tú te bastes con tan poco.

—Nunca he necesitado más.

—¿Incluso ahora? —me desafió. Sus manos clavándose en mis caderas—. Ese hombre podría darte más, algo de ti lo sabe muy bien, solo que te has negado a escucharlo.

El silencio cayó como una bofetada, me llenó de una tensión que no había sentido jamás.

Jimmy apretó los dientes. Lo supe porque su cincelada mandíbula se marcó bastante. Miró hacia los ventanales, no había luna esa noche, las nubes la ocultaban para continuar derramando la borrasca que asolaba aquellos días, ahora en forma de llovizna fina y dispersa. Observó el exterior como si fuera la cosa más fascinante que vería jamás, como si yo no me hubiera dado cuenta de la tensión que crecía entre sus piernas. Como si no soportara tenerme allí, tan dispuesta como él a lo que sea que estuviera pensando.

Noté un tirón en el vientre que lanzó mi corazón por un abismo oscuro y apreté los muslos. Maldita sea, era tal excitación que no tardé en notar la humedad entre mis piernas y ese hecho me hizo sentir terriblemente culpable. Estaba pensando en sexo, en su versión más demencial, aquella que nunca me había atrevido a desear porque ningún hombre había despertado unas ganas tan fervientes y cálidas, tan desesperantes. Y era muy injusto, puesto que todavía no aceptaba la carga que suponía sentir algo por Jimmy Canetti.

De pronto, me apretó contra él. Se me escapó un pequeño gemido. Mis sentidos se llenaron de ese hombre, no podía pensar. En realidad, ni siquiera creía que pudiera albergar pensamientos. Toda mi mente se centró en absorber la cercanía, respirando de ella extasiada. Lo había estado esperando. Lo había necesitado con todas mis fuerzas. Cuanto más cerca estuviera Jimmy de mí, más profundo llegaba el aire a mis pulmones. Más vacía de dolor y rabia me sentía.

Apenas percibí como sus manos subían por mi espalda. Fueron los temblores los que me advirtieron. Su toque quemándome a pesar de la fina tela que las separaba de mi piel. Una de ellas se encajó en mi nuca. Mi cuello quedó atrapado entre sus dedos en un gesto firme. Nos miramos el uno al otro. Los ojos de Jimmy parecían cristales refulgentes, estaban hambrientos de algo que yo me moría por darle. Entonces, expuso mi yugular.

Lentamente agachó la cabeza y la escondió en mi cuello antes de apoyar sus labios en mi piel. Contuve el aliento, me atravesó un violento escalofrío y cerré los ojos al sentir cómo resbalaba su cálido aliento por mi clavícula. Se coló bajo la holgada camisa y envolvió las puntas de mis pechos, que enseguida se endurecieron.

Esa vez no dudé en liberar mis manos de esa absurda prohibición que les había impuesto. Las levanté inseguras, como si nunca hubieran acariciado a un hombre, y lentamente las situé sobre sus bíceps. Jimmy se enderezó, todavía pegado a mi cuello, y jadeó al notar que mis dedos se deslizaban hacia sus hombros.

No recuerdo quién lo empezó primero, solo necesitaba saber que sus brazos me estrecharon con fuerza, que los míos se enroscaron en él y que salimos desesperados al encuentro de nuestras bocas.

Gemí por la soberbia intensidad con la que me devoró. Lengua, dientes, un agónico fervor y aliento descontrolado. No parecía tener suficiente, ni yo de él. Jimmy no besaba como lo haría un amante furtivo o un cazador con hambre de presa frágil. Ni siquiera lo hacía como en las ocasiones anteriores. Esa boca no la conocía, no tenía nada que ver con aquella que me había llevado a sentir una mordiente culpabilidad o a castigarme por tener una moral tan deplorable. No.

Esa boca estaba famélica, era ardiente y lujuriosa, y también imperiosa y exigente. Pero ansiaba mucho más que el sexo que prometían nuestros cuerpos. Allí había cúmulos de frustraciones que escapaban a mi comprensión. Deseos insólitos e inesperados que habían encontrado al fin su recompensa. Y no tenía por qué ser lógico o adecuado. Existía, así de simple. Existía y me deseaba como nadie nunca lo había hecho, con un vigor primitivo y la promesa de arrastrarme a un lugar del que no querría escapar, estaba segura.

Y respondí codiciosa, exigente, tan salvaje como él. Enterré las manos en su pelo y le devolví el beso con la misma avidez. Quería tragármelo entero. Quería devorarlo hasta convertirlo en un mar de temblores y ruegos.

Él lo supo y la sorpresa le produjo un estremecimiento. Liberó un gemido gutural que me llegó a las entrañas. El aire se espesó a nuestro alrededor. Podía respirarse la exaltación, asfixiaba, enloquecía.

Sus manos navegaron hacia mis nalgas, las estrujó, robándome el aliento, y me las apretó contra su cintura. Me estrellé contra un bulto grueso y duro. Su erección me reclamaba, había crecido de inmediato y prometía más dureza, más calor. Así que me froté contra ella, ansiosa por sentirla dentro de mí.

Jimmy volvió a jadear, esa vez de un modo más animal. El gruñido me sacudió y llegó a mi entrepierna. Maldita sea, fue como si sus dedos me hubieran acariciado justo en el centro y se hubieran colado en mi interior de una sola estocada.

Estábamos fuera de control. Salvaje, así era. Así quería que fuera.

De pronto, me subió a horcajadas con un suave empujón. Yo enseguida enrosqué las piernas en su cintura, ambos gemimos al notar cómo su erección se apoyaba en mi centro. Mi boca apoyada en la suya, respirando de ella. Lamí sus labios, él mordió los míos y, sin más dilación, me sacó de la biblioteca entre sus brazos.

Me llevaría a su habitación, que estaba más alejada del resto de la casa, donde nadie escucharía nuestro placer, donde podríamos olvidarnos de la realidad durante unas horas. Él mismo la había escogido por su estilo diáfano y acogedor, por su baño de estilo oriental y su aislamiento, además de la enorme pared de cristal que mostraba un rincón del jardín sin acceso, que parecía haber sido construido para resguardar la intimidad de quien se hospedase allí.

Me aferré con fuerza a sus hombros, él me sostenía como si no pesara, tan pequeña sobre un cuerpo tan impresionante. Hundí el rostro en su cuello y mordí con suavidad su fuerte mandíbula.

—Ah, Regina... —gimoteó apretando mis nalgas. Su erección estaba alcanzando una rigidez imposible.

Oí el crujido de una puerta y después nos encerró en su habitación. Me dejó en el suelo, me empujó contra la pared y volvió a besarme. Ahora ya no había nada que nos impidiera ir más allá, ninguno de los dos nos detendríamos. Arderíamos juntos, y me extasiaba la idea.

Comencé a desabrochar sus pantalones y bajé la cremallera. Necesitaba tocarlo y metí la mano dentro de sus calzoncillos para atrapar aquella gloriosa dureza. Palpitó en mi mano al tiempo que Jimmy inclinaba hacia atrás la cabeza y soltaba un ronco quejido. La acaricié desde la punta hasta la base. Era suave y gruesa, de una longitud exuberante. La envolví con los dedos, no podía apartar los ojos de ella. Me tentó hincarme de rodillas y metérmela en la boca. Quería saborearla hasta memorizar cada centímetro. Era estúpido, tal vez, pero me hizo sentir libre y disfrutar una sensación de descanso que iba más allá de lo físico.

Se me doblaron las piernas. Iba a hacerlo. Lamería aquella erección porque creí sinceramente que podría descubrir absolutamente todo de su dueño. Pero Jimmy leyó mis intenciones y me detuvo afirmando las manos en mi cintura. A continuación, las movió bajo mi camisa y empezó a subir. La anticipación me hizo tragar saliva y respirar por la boca. No dejé de tocarlo. Y cuando se aferró a mis pechos, apreté un poco más. Él gimió de nuevo, pero no lo hizo solo.

Sus manos me poseyeron por completo, me masajearon mientras su boca tentaba a la mía dejando que su lengua perfilara mis labios. Entonces se detuvo y tiró de su camiseta y después arrancó la mía.

Los botones salpicaron el suelo y me atravesó un espasmo porque reconocí al cazador un instante antes de que volviera a cogerme entre sus brazos. Me tendió sobre la cama y atrapó mi cuerpo bajo el suyo. Esa vez el beso no fue tan ferviente como el anterior, sino que buscó mayor profundidad, una muy lenta y desesperante, porque su miembro se frotaba contra mi centro, lo estimulaba y me arrancaba gemidos que no podía controlar.

Fue deslizándose por mi cuello, se encaminó hacia uno de mis pechos y tomó la punta entre sus dientes. Yo arqueé la espalda para darle más espacio, le clavé las uñas en los hombros.

Maldito fuera ese hombre. Maldito fuera el momento en que me crucé en su camino y caí prendada de él. Porque a esas alturas ya no podría olvidarlo.

Jimmy continuó descendiendo, agasajando cada centímetro de mi piel que iba encontrándose en su camino. Sus dedos se colgaron de la cinturilla de mi pantalón, asegurándose de capturar también el borde de mis braguitas. Tiró de las prendas muy despacio y las deslizó hasta dejarme desnuda.

Arrodillado como estaba sobre el colchón, me acarició las piernas y las abrió con suavidad. No hizo falta que me tocara, su mirada bastó para sentir que iba a estallarme el pecho. Saberme expuesta ante él, toda húmeda y lista para acogerlo, para atraparlo entre mis piernas y rogarle que se hundiera por completo dentro de mí, era embriagador. Pero mis sentidos empezaron a nublarse cuando lo vi enterrar la cabeza entre mis muslos.

Me tentó gritar con el primer contacto de su lengua y el modo en que sus dedos se hincaron en mis caderas. Sin embargo, me mordí el labio, clavé la cabeza en la almohada y me contorsioné pensando que aquella sensación nunca había sido tan descomunal.

La habitación salpicada de sombras, con el reflejo de la lluvia dibujándose en la pared y su murmullo envolviéndonos como una caricia oscura y adictiva. Y la lengua de Jimmy seguía jugando conmigo, empujándome a la locura. Tan suave y caliente, tan tentadora. Me saboreaba, se tomaba su tiempo, invadía mi entrada bajo la promesa de lo que vendría después. Y yo me incorporé para ver su obra. Aquella magnífica y prohibida obra. Sus ojos se clavaron en los míos. Era demencial mirarlos mientras su boca seguía enterrada en mi humedad.

Ese modo de observarme, como si fuera capaz de poseerme de todas las maneras posibles, fue lo que me empujó a un orgasmo explosivo. Me llenó de convulsiones, me estranguló la respiración y me nubló la vista. Pero Jimmy seguía lamiendo, arañando hasta la última gota de placer, provocando uno nuevo, asegurándose de que me dejaba lista para la siguiente batalla. Y, joder, la quería. La deseaba con todas mis fuerzas. Incluso con las que no tenía.

Todavía temblorosa y asfixiada, me incorporé para tirar de él. Jimmy se lanzó sobre mí y me regaló su boca. Me saboreé en ella en un beso demencial mientras mis manos navegaban hacia su pantalón. Empujé hacia abajo, quería arrancárselo y lo logré con su ayuda, y Jimmy se soltó la prenda y la tiró lejos antes de regresar a su lugar entre mis piernas.

Nuestras miradas se encontraron, vidriosas de pura necesidad. Detecté una vacilación en sus ojos, una poderosa batalla de emociones. Había una preocupación genuina mezclada con un sentido de protección que nada tenía que ver con lo que Marco le había encomendado. Jimmy me protegería porque él quería, porque así lo había decidido, y no estaba dispuesto a contarme las razones, como tampoco me explicaría cuándo había empezado a sentir ese insoportable deseo por mí. Al menos no esa noche.

Después, quizá. Cuando yo lo despachara. Cuando creyera que ya no lo necesitaba. Cuando la tormenta llegara y me ahogara con los remordimientos.

Acarició mi rostro. Cerré los ojos. Todavía temblaba, todavía sentía la palpitación en mi centro y la sensación de su lengua contra mí. Pero por un instante me olvidé incluso de que estábamos desnudos y me dejé adorar como no creía que pudiera existir, con deseo, pero también con...

No, eso no podía existir. No estaba destinado para mí. Debía esconder bien los sentimientos. No quería mostrárselos, no le haría cargar con ellos y ponerlo en la obligación de rechazarme.

Pero podíamos fingir. Probar un pedazo de lo que había sido creado para personas íntegras. Eso que él y yo nunca podríamos recibir de verdad. El amor más intenso y leal.

—Fóllame como si me... amaras —jadeé.

—¿Eso puede fingirse?

Dibujó mi mejilla con la yema de sus dedos. Esa delicadeza y suavidad contrastaba con el reclamo de su miembro, que tentaba mi entrada y reclamaba su atención. Podía sentir cómo la punta se contraía y se frotaba contra mí en busca de robarme el aliento.

—Has hecho cosas peores antes...

—Pero el amor nunca tuvo nada que ver.

Tragué saliva. Le estaba pidiendo demasiado. No debía olvidar quién era. Quizá eso era lo más complicado, aceptar que el hombre más impresionante que había conocido era inalcanzable en el sentido que más necesitaba alcanzar.

—Lo siento. No debí...

—Contigo sería fácil... —me interrumpió—. Muy fácil.

Su intensidad era tan profunda, tan cruda...

—Y mañana podrías olvidarlo todo —suspiré enroscándome en sus muñecas. Evitaría prestar demasiada atención al silencioso dolor que atravesó sus ojos—. O repetirlo, y no significaría nada.

—Cállate —masculló—. Habla tu particular forma de castigarte, y esta noche no quiero verlo. Esta noche quiero sucumbir a ti y a lo que llevo prohibiéndome tanto tiempo.

—Jimmy...

Mi corazón estalló al sentir cómo su erección se clavaba dentro de mí. Un placer desgarrador nos golpeó con violencia, todavía atrapados en nuestras miradas. La suya se dilató, me prometió que iba a empezar a moverse y que sería brutal, que fingiría con la piel, pero también con el alma.

Fuimos viscerales. Él con sus duras embestidas, yo saliendo a su encuentro, perdiendo la cabeza, afianzada a sus hombros mientras su boca me engullía y me atacaba y me adoraba.

No pude controlar mi voz, se me quebraba, pero lograba formar gemidos ahorcados, y Jimmy me observaba, con la piel perlada en sudor, como si fuera todo su maldito universo. Qué bien lo hizo, qué bien fingió que me quería.

Su miembro había crecido dentro de mí, se clavaba a un ritmo demoledor. Insistía una y otra vez. Sus caderas estrellándose contra las mías, y yo que lo acepté porque necesitaba ahogarme en aquella sensación de invasión tan profunda. Pero Jimmy no desprendía solamente una cruda lujuria. Había algo más poderoso detrás de su vehemencia, algo que me dejó extasiada y me hizo aferrarme a él como si fuera mi único sustento.

Un gruñido tembló en su garganta, me lo tragué al besarlo. Esa noche era mío. Y yo era suya. Y fingíamos amarnos de verdad. Fingíamos que después de esa primera vez ya nada volvería a ser como antes, ya no podríamos olvidarnos, nos buscaríamos incansables en los ojos de otros amantes y soñaríamos con volver a encontrarnos.

Después. Después.

Ahora lo tenía dentro de mí. Se movía para mí, se estaba hundiendo todo lo que nuestra piel nos permitía. Y me consumió con sus caricias, con sus besos, con esa dichosa lengua que tan bien sabía jugar con la mía, que tan bien encajaba con la mía. Me consumió con su piel, con cada rincón de su cuerpo. No hubo nada entre los dos que gritara lo contrario, que se negara a que nos quisiéramos.

Caí primero y el éxtasis fue mucho más completo porque sentí que él se derramaba un instante después. Me llenó con su calor y dejó que mis brazos acogieran sus espasmos, que también eran los míos. Dos cuerpos desnudos temblando hasta que el placer se fue apagando. Y, aun así, sus caderas seguían meciéndose contra mí, suaves, muy lentas, como si fuera un baile prohibido.

Fue entonces cuando me abordaron las lágrimas. Porque pensé en lo maravilloso que habría sido enamorarme de ese hombre en otras circunstancias, siendo otras personas. Con los mismos envoltorios, sí, pero otros, al fin y al cabo. Que nada tuvieran que ver con la mafia.

Pensé también en todo lo que esperaba cuando el amanecer nos alcanzara y en las palabras que Marco me había dicho una vez.

«Si ese hombre aparece de nuevo, si volvieras a verle y estuviera dispuesto a postrarse ante ti, seguirías teniendo mi cariño». Pero ese hombre había aparecido, y entendí que iba a pasarme la vida queriendo a una bestia que había aceptado mi egoísmo. La mujer que solo pensaba en olvidar en brazos de una emoción tan perversa.

—Ey... —suspiró Jimmy al darse cuenta de mis lágrimas.

—Apártate, necesito ir al baño.

Intenté esconderme de él, pero no me lo permitió.

—Irás después. Mírame.

—Déjame, por favor —sollocé, me sentía tan ridícula...

Tomó mi rostro entre sus manos y me limpió las lágrimas con los pulgares mientras se aseguraba de que mi respiración volvía a la calma. No sé cómo lo hizo, qué clase de brujería ejerció sobre mí, pero lo cierto fue que sus caderas seguían meciéndonos y que sus manos me sostenían con un afecto insoportable.

—¿Por qué lo haces? —suspiré atrapada en sus ojos.

—Me has pedido que te ame y lo haré hasta el final.

El estupor me sobrecogió, casi mastiqué el escalofrío. No podía creer lo colmada que me sentía y el dolor que eso me producía. Lo mejor habría sido ahorrarnos ese momento. Evitar la tensión sexual que había habido entre los dos desde el primer instante en que nos vimos. Ahora me sentía prisionera de un sentimiento voraz que no paraba de crecer.

—¿Tan mal lo he hecho? —trató de bromear, y lo consiguió.

—Idiota —resoplé notando un incómodo vacío cuando salió de mí.

Se tumbó a mi lado y tiró de mí para acomodarme contra su pecho. No me negué, y me aferré a él como si fuera una cría desamparada.

—No eres egoísta, ni mala, ni traidora, ni ninguna de las barbaridades que estás pensando ahora.

—Sí que he pensado en alto —admití.

—Empiezo a conocerte —dijo él acariciándome el cabello—. Eres demasiado transparente y te mortificas con una precisión digna de una psicópata.

—No es la mejor conversación poscoital que he tenido, la verdad.

Quería hacerme la fuerte y quitarle valor a mi reacción, pero la voz me traicionó y las caricias de Jimmy me hicieron vulnerable.

—Podríamos hablar de cómo voy a pasar la noche abrazándote —susurró, y yo volví a estremecerme, muy consciente del cosquilleo de su semilla resbalando de entre mis piernas.

—¿Realmente crees que podré dormir?

—Prueba. —Me miró—. Ayer lo conseguiste. Pero, si vuelven las pesadillas, estaré aquí. Y seguiré desnudo, dispuesto a volver a fingir.

No supe qué pensar. Podía herirme porque para él había sido el teatro perfecto. Podía aceptarlo porque yo misma se lo había pedido. O podía seguir fingiendo y dejarme llevar por esa extraña sensación de bienestar que nos envolvió.

Lo cierto fue que me quedé dormida, pero sentí vagamente como sus delicadas manos, las manos de un mercenario, me limpiaban.

32

GENNARO

Unos suaves labios recorrieron mi espalda desnuda. Empezaron en mi nuca y se deslizaron por entre mis omóplatos, definiendo con lentitud mi columna. Una placentera sonrisa bailó en mi boca y se convirtió en un suspiro al notar que a esos besos se les unían unas manos cálidas. Se encajaron en mi cadera, acariciaron mis nalgas y resbalaron por mis muslos para apartar el edredón.

Marco continuó bajando, llegó a la zona lumbar y mi piel ya era un mar de temblores porque sabía lo que prometía esa erótica danza. Me dio la vuelta. Todavía tenía los ojos cerrados, algo de mí no quería romper la magia de ese momento, como si estuviera atrapado en un sueño alucinante. Pero el aliento de ese hombre me incitó a mirar.

Sus ojos se toparon con los míos. Ardían a pesar del escalofriante y gélido azul que dominaba su mirada. Y así, sin dejar de observarme, me besó el ombligo y comenzó a dirigirse hacia mi creciente erección.

Se me contrajo el vientre al sentir su aliento sobre la punta. Sus manos rodearon mis caderas y con los hombros empujó mis piernas para que las abriera un poco más para él. Iba a comerme cuando apenas había despertado, y lo haría mirándome a los ojos, como queriendo reafirmarme que era real.

Lamió mi glande despacio. Se me estranguló la voz y arqueé la espalda para acoger la intensa descarga de placer que me atravesó.

—Todavía sigo enfadado contigo —jadeé estrujando las sábanas con las manos.

—¿A pesar de que me he pasado la noche entera disculpándome?

Parecía burlarse de mí con su boca jugando a recorrer toda la longitud de mi miembro. Esa fue la imagen más asombrosa que vería jamás.

Tenía razón. Me había pasado dando vueltas de un lado a otro en su habitación las dos horas que había estado fuera con los chicos. Conte se había quedado conmigo, y recuerdo que no dejaba de sacar temas de conversación para que el silencio no me devorase. Había funcionado, un poco, pero no evitó que continuara preso de la preocupación. No tenía por qué. Marco iba de sobra protegido y no era ajeno a la mafia. Joder, se había criado en ella. Si alguien sabía cómo manejar esos asuntos era él. Se le daban condenadamente bien. Hasta una parte de mí seguía teniéndole un poco de respeto.

Cuando lo vi entrar en la habitación, tuve que apoyarme en el respaldo del sofá del mareo que me produjo tanto alivio. Habló con Conte, pero mi pulso no me dejó escuchar qué se dijeron. Y entonces el hombre se marchó, y Marco se lanzó sobre mí.

Hablaron nuestros cuerpos y la conexión que alcanzamos. Luego vinieron el silencio, las caricias perezosas y esas miradas que ninguno de los dos osábamos desviar.

Podía acostumbrarme a eso. Pasarme las noches junto a él explorando nuestra piel y nuestro placer. Podía hacerlo y volverme adicto.

Marco seguía lamiendo, estaba volviéndome loco. La imagen de su boca en torno a mi erección, tragándosela entera mientras me miraba. Maldita sea, era fascinante.

Acerqué una mano a su cabeza y enterré los dedos en su espeso cabello rubio. Iba a ser muy embarazoso alcanzar el orgasmo con solo unas pocas lamidas, pero es que Marco sabía muy bien cómo darlas para que los espasmos no dejaran de sucederse.

Volví la vista hacia los ventanales. Los primeros destellos del día asomaban.

—Dijiste que viajaríamos al amanecer. No creo que nos dé tiempo... —Y, joder, necesitaba sentirlo dentro de mí con más urgencia que la siguiente bocanada de aire.

—A ti sí, y yo me muero por saborearte —gimió—. Así que disfrútalo mientras puedas.

Se me escapó una risita tonta y nerviosa.

—Eso ha sonado a que esperas una interrupción. —Su boca me engulló de nuevo—. Ah, Marco...

—Me gusta cuando tiemblas —confesó.

—No imaginaba que sería tan placentero...

Él gruñó de pura satisfacción. Lo había entendido todo. Que jamás me habían hecho una felación. Siempre era yo quien me arrodillaba, nunca al contrario. Y la idea de que Marco fuera el primero nos enloqueció a los dos.

El clímax estalló en su boca. Me derramé en su garganta mientras mi cuerpo convulsionaba y yo ahogaba mis gemidos con las manos. Tardé unos minutos en controlar mi pulso, sentía que el corazón se me iba a salir del pecho, y Marco seguía jugando con mi erección, que lentamente disminuía.

El golpeteo de unos nudillos nos sorprendió.

—Venga, Berardi, guárdate tu bonita polla en los pantalones y mueve el culo. Nos largamos.

La voz de Carlo Matessi nos llegó amortiguada y distante. Tenía sentido que hubiera sido él. No imaginaba a ninguno de los hombres de Marco hablándole de ese modo; al menos no por ahora. Me sobrevino una vergüenza repentina, como si de pronto la habitación se hubiera llenado de público y estuvieran observando cómo retozábamos en pelotas en la cama.

—Qué hijo de puta... —resopló Marco negando con la cabeza.

Se incorporó y yo alcé las cejas.

—¿Eso es una sonrisa?

—Cállate —protestó caminando hacia el vestidor.

Cogió su ropa y se encaminó al baño. Marco continuaba excitado, lo deduje por la tensión en sus músculos y su respiración precipitada, pero su sentido de la responsabilidad se imponía.

Entré en el baño cuando ya se había puesto los pantalones. Lo abracé por detrás, rodeando su pecho con mis brazos. Me fascinó la suavidad de su piel. Estaba tan caliente… Me miró a través del espejo tan serio que creí que no había sido una buena idea tocarlo de improviso. Pero así era él, un príncipe de hielo que podía convertirse en fuego.

—Por cinco minutos más no nos matarán —le susurré al oído.

La respuesta fue un escalofrío. Entonces se giró, me besó y fuimos dando tumbos hasta que me estrelló contra la pared. La excitación me alcanzó como un rayo al sentir que sus caderas se movían contra las mías. Esa gloriosa dureza me despertó de nuevo y gimoteé desesperado cuando me dio la vuelta.

Fue rápido y salvaje. Allí mismo, de pie, contra la fría pared que pronto empezó a calentarse. Y cuando terminamos no dejamos de mirarnos de reojo, asombrados con que fuéramos capaces de compartir aquello siendo almas tan diferentes.

Nos vestimos rápido y salimos de la habitación. Fuera nos esperaba un grupo de hombres que se estaban intercambiando billetes entre sonrisas y protestas. Se detuvieron al ver el gesto impertérrito de Marco.

—Pero qué buena cara tan temprano por la mañana —se mofó Matessi.

Me ruboricé. Marco alzó una ceja. Acababa de entenderlo todo.

—¿Estáis apostando a nuestra costa?

El segundo de Jimmy Canetti sonrió y asintió con la cabeza.

—He desplumado a estos imbéciles, tres veces.

—Puto Matessi… —protestó Conte.

Fue gracioso ver las ganas de Draghi de aporrear al mercenario mientras Atti contenía las suyas de echarse a reír.

—Excepto a este, que es más listo de lo que parece.

—Sangre napolitana —sonrió Atti.

Los dos se chocaron los puños.

Lo que pasó a continuación nos dejó a todos estupefactos. Marco sonrió y no lo disimuló. Esa risa fue sincera, inesperada, traviesa. Lo convirtió por un instante en un crío adolescente y no en el hombre severo y despiadado que era.

—¿Te has reído? —dijo Draghi.

Matessi le estampó la mano en el pecho.

—Me debéis cincuenta más, así que id aflojando la pasta.

—¿Qué cojones? No hemos apostado sobre eso, gilipollas.

—¿Cómo que no? Ha sido justo antes de que abrieran la puerta.

Allí se quedaron parloteando mientras yo seguía los pasos precipitados de Marco por el pasillo.

—¡Moveos de una puta vez! —exclamó.

El aeródromo se dibujaba a lo lejos como una especie de horizonte muy liberador. Volvíamos a casa.

Volvíamos a casa. Y esa ilusión no me dejó entender por qué Matessi no estaba tan de acuerdo conmigo.

Draghi conducía mientras el mercenario miraba al frente con los ojos perdidos e inquietos. En algún momento buscó algo en el teléfono. Ya no quedaba rastro alguno de humor en él. Se había pasado el trayecto muy callado, pero el silencio era mucho más atronador ahora.

Miré a Marco tratando de hallar una respuesta. La que obtuve fue que él también observaba al hombre con el ceño fruncido. No sabía cómo entender aquello. Ellos hablaban un idioma muy distinto al mío en lo que respectaba a los asuntos más serios.

—¿Va todo bien, Matessi? —preguntó con serenidad.

Dejé de respirar, no quería que esa extraña preocupación que me había revuelto el vientre me impidiera escuchar la respuesta.

—No lo sé...

Era demasiado alarmante que un hombre como él se expresara con semejante incertidumbre. Apenas lo conocía, pero bastaba con observarle una sola vez para concluir que era implacable, contundente, tan feroz como el resto de los miembros del equipo de Jimmy Canetti.

Tragué saliva. Busqué la mano de Marco. Necesitaba oírle decir que todo iría bien, que cualquiera que fuera el peligro que acechaba en la soberbia quietud que nos rodeaba no significaría nada.

Pero, aunque Marco respondió a mi contacto, el consuelo no llegó.

Porque las balas lo impidieron.

33

REGINA

El alba asomó en un tono gris perla. No rompió las sombras de la habitación, pero pronto las vencería, a pesar de la lluvia que todavía insistía.

Pestañeé con lentitud. Me sentía saciada y abrigada, y no tenía nada que ver con las sábanas que cubrían mi cuerpo o la cálida temperatura que flotaba en el ambiente y había empañado las esquinas superiores de la pared de cristal. Era por aquellos fornidos brazos que me envolvían. Mi rostro enterrado en un vigoroso pecho, las manos apoyadas sobre un vientre bien definido. Y ese aroma, que me acariciaba las entrañas como si fuera miel líquida. Olía a hombre, a bosque profundo, a flores de invierno y brisa fría que extrañamente calentaba. También a leña y a un toque almizclado fruto del mejor sexo que había tenido en mi vida.

Se me entrecortó el aliento, algo tiró de mi vientre y percibí un placentero malestar entre las piernas. Mi cazador estaba despierto y me observaba tranquilo. La pantera dormía en sus pupilas, pero un sutil brillo me alertó de que podría activarse en cualquier momento.

Había cumplido su promesa, no había dejado de abrazarme en toda la noche, y estaba segura de que esa era la razón por la que mis sueños se colmaron de placer y alivio. Porque sabía que Jimmy estaba allí y que detendría cualquier cosa que me hiriera. Y me pregunté si el mayor error que estaba cometiendo era refugiarme en alguien a quien debería temer o detestar. Pero esa contradicción parecía ya muy lejos de mí y no me importaba añadir «demente» a mi lista de cualidades.

La piel no mentía, y Jimmy me había estrechado contra él como ningún otro hombre lo había hecho, ni siquiera habiendo consumido alcohol y estimulantes. Ese pequeño universo que creamos cuando me llenó no podía fingirse.

«O eso es lo que quieres creer en tu empeño por darles un sentido a tus sentimientos».

El pensamiento me congeló y me hizo sentir incluso más expuesta que cuando me desnudó. Jimmy seguía mirándome, ignoraba cuánto tiempo llevaba haciéndolo, pero no me pareció justo que fuera tan maravillosamente intenso hasta en el silencio.

Se me cerró la garganta, mi pulso estalló. Miré su boca. Maldita sea, cuántas ganas tenía de volver a besarla. Continuaba desnudo, notaba su erección pegada a mi vientre. Nuestras piernas entrelazadas. Dudaba que pudiera deshacerme del nudo que habían creado nuestros cuerpos.

Tragué saliva inútilmente, para qué mentir. Porque en mi boca no había nada más que mis ganas por recorrer a ese impresionante hombre.

Me incorporé de golpe en la cama sosteniendo el edredón para evitar que se me viera nada. De pronto, el pudor se apoderó de mí y amenazó con calentarme las mejillas. No sabía qué hacer, si salir corriendo o forzar una conversación trivial para romper la tensión que no paraba de crecer entre los dos.

—Lo has hecho bien... eso de fingir que me amas. —Sonó a reproche y me arrepentí de inmediato.

Supongo que no soportaba la idea de verlo alejarse de mí. Me dejaría rota. Tan sola. Porque había cosas que Marco o Atti, o incluso Gennaro, no podían satisfacer o entender. Solo Jimmy acertaba a manejarlas, solo él podía mirarme a los ojos y desnudar mi alma, hacer que los traumas se convirtieran en suaves plumas que caían a mi alrededor sin atreverse a tocarme.

—Fingir... —suspiró él un poco decepcionado—. Sí, supongo que sí.

Él también se incorporó y tomó asiento en el borde de la cama.

Su gloriosa espalda me reveló una rigidez más propia de la tensión.

—¿Por qué lo sigues haciendo?

Mi voz se quebró, pero traté de resistir cuando Jimmy clavó sus ojos en los míos. Volvían a ser insondables y felinos, si bien no albergaban mentira alguna.

—Es curioso que prefieras creer que finjo porque no soportas la idea de que un hombre como yo pueda quererte de verdad.

Se me cortó el aliento. No podía ser verdad lo que insinuaba. Una posibilidad era lo último que necesitaba. Mi fuero interno se aferraría a ella, aunque fuera una ardiente trampa, y yo caería más que dispuesta a entregarme a él. Porque en el fondo era lo bastante necia hasta para creer por un momento que había sido creada para ser amada por Jimmy Canetti.

«Eres una chica tan sucia…». Aquella maldita voz. Aquella maldita cara. Ni muerto me dejaba en paz.

Tragué saliva de nuevo y agaché la cabeza. Fue una suerte que mi pelo se deslizara hacia delante y me ocultara la cara. No estaba segura de cuán expresiva estaba siendo y no quería que Jimmy volviera a meterse en mi mente y viera el desastre que habitaba dentro. Demasiado le había mostrado ya.

—¿Qué razones tendrías? —pregunté afónica.

Se echó a reír. Fue una sonrisa triste, pero también muy peligrosa. Se puso en pie sin pudor alguno en exhibir su exuberante desnudez y me desafió con la mirada; me hizo tan pequeña… Apreté los dientes. Maldita sea, ese hombre me volvía loca. En todos los malditos sentidos.

—Cualesquiera. Qué importa —dijo con rotundidad—. Quizá me gustó cómo me miraste la primera vez o esa fragilidad que en realidad esconde tanta fortaleza.

El corazón amenazó con saltarme a la garganta. Ahí estaba de nuevo el tirón en el vientre.

—¿De verdad buscas un sentido?

—Lo necesito —suspiré.

—¿Te sientes culpable porque te has tirado a un mercenario o porque crees que tus deseos han prevalecido por encima del dolor y la preocupación?

Sus palabras me golpearon, pero no sonaron ruines, y yo lo miré deseando que dejara de darme motivos para anclarme a él. Yo solo quería pensar como la Regina que había sido antes de casarme con Marco, aquella que entraba en una habitación de hotel junto con un desconocido y follaba con él para arañar unas horas de alivio que nunca funcionaban. Después, lo despachaba sin más, olvidaba su cara y su nombre y pasaba al siguiente.

Pero con Jimmy no podía hacer eso, y él ya se había dado cuenta y no parecía incómodo con esa realidad. Ni yo con que pudiera ver hasta mis entrañas.

—Debería decir que ambas —murmuré.

Cogió aire hondamente y se acercó a mí. Yo me enderecé en mi sitio al ver que tomaba asiento a mi lado. Temblé cuando sus dedos apartaron un mechón de mi cabello y se inclinó hacia delante para decir:

—¿Para qué? ¿Te aliviaría?

Entornó los ojos. Si en algún momento olvidé que era un hombre feroz, aquel gesto me lo recordó de golpe.

—Porque, si es así, no me importaría complacerte de nuevo. Tendrías más motivos para perder la cabeza.

Sus ojos no cambiaron, seguían sobre los míos como si fueran un cielo estrellado. Me invitaban a entrar en él, a navegar por ese mar de estrellas que me abrazaría cada madrugada, e incluso cada día cuando el sol las ocultara.

—No puedo creer que seas un mercenario con todo lo que me has dado esta noche. —Fue inesperado. Ese susurro salió de mi boca sin control, y no me asombró tanto como la sinceridad que escondía.

Era real. Esa era la verdad. Que me olvidé de todo lo que no tenía que ver con el instante en que Jimmy decidió saltar sobre mí y yo me dejé porque lo deseaba con toda mi alma. Porque enamorarme de él había sido un acto demasiado silencioso y oscuro, y tanto lo uno como lo otro no podían evitarse ni gobernarse al antojo.

—Una vez me dijiste que era extraño que alguien como yo tuviera corazón, y yo respondí que a veces me costaba oírlo.

Nos miramos. La corta distancia que nos separaba se llenó de anhelo.

—No ha dejado de sonar desde entonces.

Jimmy se acercó un poco más. Prometía un beso hambriento y una tormenta de caricias.

—Debería irme... —susurré porque me pudieron la timidez y la cobardía de no saber cómo enfrentarme a la evidente posibilidad de ser amada de verdad, y empecé a moverme.

Pero sus rápidos reflejos me detuvieron a tiempo y mi mano quedó atrapada en la suya, suspendidas en el aire. La dureza de sus pupilas se enfrentó a la mía. Y entonces tiró de mí, me arrancó el edredón y me colocó a horcajadas en su regazo.

No pude oponerme a nada. Era una frágil ardilla en manos de una enorme pantera. Así que me dejé llevar porque en realidad mi cuerpo no quería resistirse. Cerré los ojos. Me encandiló la suavidad con la que sus manos resbalaban por mi piel. Repasaron mi espalda, dibujaron mi espina dorsal, me produjeron un escalofrío que me estremeció por completo.

Me dije que debía detenerlo ahora que todavía estábamos a tiempo. Tan centrado como estaba en acariciarme, seguramente podría lograrlo. Pero me quedé allí, desnuda, toda excitada y temblorosa, ansiando que esa suavidad se tornara un poco más rotunda y volviera a poseerme.

—No me lo pongas más difícil, Jimmy...

Mi frente cayó sobre la suya y dejé que su boca me diera oxígeno.

—No imaginas el placer que me causa oír mi nombre de tus labios —murmuró tan cálido—. Es tan gratificante… Logras que me olvide de todo lo que espera fuera de esta habitación.

Trepidé entre sus brazos, por el frío y el deseo. Temblé porque era insoportable la contundencia con la que había caído por él, las malditas heridas que me dejaría si decidía contarme que todo aquello era mentira, que seguía fingiendo. Pero era ese cazador el que no me había dejado sola, que había acechado mi soledad, que se había encargado de facilitarme el paso de las horas.

«¿Qué mentira podría haber en todo eso?», me dije. No creía que hubiera alguna.

—Quiero volver a tocarte —gimió—. Quiero que tú me digas que lo deseas y que te da igual el miedo que te cause.

Sus labios rozaron los míos. Sus manos se hundieron en mis nalgas, me empujaron hacia su creciente erección. Si escogía tumbarme en la cama y follarme de nuevo, no me negaría.

—Aquella noche te habría llevado conmigo, ¿lo sabías? —confesó.

Se me entrecortó el aliento.

Sabía a qué noche se refería. La primera. La que me dejó indefensa.

—¿Por qué no lo hiciste? —pregunté asfixiada.

—No pensé que pudiera hacerte feliz.

Otro golpe. Silencioso, en el centro de mi pecho, que inundó mi torrente sanguíneo.

—Pero regresaste, y lo has complicado todo. —Casi sollocé.

Echó un vistazo hacia la pared acristalada. La luz del día crecía, y cuando volvió a mirarme no ocultó la desazón.

—Está amaneciendo... Y no quiero alejarme de ti.

Fue como pedir permiso, a pesar de que no le hacía falta. Bien podía hacer lo que quisiera. Pero quería mi consentimiento. Y la verdad era que no podía negarme, que mi corazón no me dejaría.

—Yo no quiero que lo hagas —dije bajito.

Me tendió en la cama. Sus caderas me atraparon contra el colchón y su peso me arrancó un hondo suspiro. La noté, la punta de su erección jugando con mi húmeda entrada. Se abrió camino muy despacio. Jimmy tenía sus ojos clavados en los míos, quería mostrarme la vorágine de emociones que albergaba, y me engulló mientras su presencia crecía dentro de mí.

—Ah, ¿qué has hecho conmigo? —gimoteó cuando entró por completo y su cuerpo cayó sobre el mío sabiendo que yo me aferraría a él con todas mis fuerzas—. Me tienes postrado a tus pies, Regina.

No tuve tiempo de asimilar esas palabras. Jimmy me devoró con un beso al que no dudé en responder mientras sus caderas golpeaban las mías. Y cuando me alejé para recuperar el aliento, pronuncié su nombre mirándolo a los ojos, dispuesta a absorber su reacción.

Él tembló y mencionó algo que el clímax que me regalaron sus acometidas no me permitió escuchar. Pero se quedó grabado en mí. Como cada una de sus caricias. Y continuó embistiéndome, buscando su propio placer y convirtiendo el mío en un orgasmo infinito.

Ahogó sus gemidos en mi cuello, se dio un instante para recuperar el aliento y regresó a mi boca. Supe que podría pasarme el día acogiéndolo entre mis piernas y sus espasmos me confesaron que él ansiaba lo mismo, que el amanecer ya no importaba.

Pero escondía razones demasiado perversas. Empezaron a desvelarse a través de la melodía de un teléfono.

Y Jimmy se quedó congelado.

34

MARCO

La emboscada fue implacable, tan precisa que ni siquiera tuvimos tiempo de reaccionar más que para cubrirnos de la lluvia de balas que buscaba alcanzarnos.

Me lancé a Gennaro y lo empujé al suelo del coche entre los asientos, y me eché sobre su espalda para cerciorarme de que los disparos llegaran antes a mí que a él. Pude ver a Draghi encogiéndose en su asiento junto a Matessi, que enseguida echó mano de su arma y abrió la puerta. Pero él no fue el primero en responder al fuego.

Desde nuestro segundo vehículo, Attilio y Conte disparaban con todo lo que tenían. Pero nuestros contrincantes eran demasiados. Habían tomado el control del aeródromo con sus autos de modo que ninguno de nosotros pudiéramos huir.

Draghi, aun así, lo intentó y aceleró siguiendo las órdenes de Matessi, que ya se había bajado. Nos estrellamos contra la carrocería de un coche. Otro más nos empujó desde atrás. Fue entonces cuando mi puerta se abrió.

Unas rudas manos me cogieron de los hombros y me lanzaron al asfalto. Gruñí. No me dejaría atrapar tan fácilmente. Ni siquiera presté atención al caos que nos rodeaba. Ataqué. Me puse en pie de un salto, agarré el cuello de aquel tipo y lo partí con dos movimientos certeros antes de esquivar los puños de un segundo hombre.

Me alcanzó en el tercer intento y yo arremetí con un codazo y una patada. Al verlo doblado, eché mano de mi arma y disparé.

Y en ese preciso instante en que su cuerpo yacía junto al de su compañero pude levantar la vista y ver qué coño estaba pasando.

Aquellos no eran asaltantes cualesquiera. No tenían nada que ver con la Camorra. El ataque estaba estudiado. Más bien parecía una redada profesional. Más de treinta hombres nos habían acorralado con sus vehículos formando el extraño círculo en el que estábamos atrapados.

Gennaro gritó. Estaba forcejeando con varios tipos. Lo arrastraron con una fuerza animal que igualó la rabia con la que los míos trataban de contener la situación.

No saldríamos de aquella. Lo supe en cuanto cinco tíos se abalanzaron sobre Matessi y lo empujaron al suelo. Otro numeroso grupo se había enzarzado contra Atti y Conte. Luchaban cuerpo a cuerpo, pero no podían atacar como querían. Era imposible reprimirlos. Patadas, puñetazos. Alcanzaban cualquier lugar, no importaba el daño. Pronto se convertiría en una sangría.

Disparé a todo aquel que tenía a tiro. Hasta que el cargador se vació, lancé el arma y recogí una del suelo. Repetí ese proceso dos veces. Y entonces corrí hacia Gennaro. Lo habían tirado al suelo y él se arrastraba mientras lo pateaban.

Embestí a uno de esos hijos de puta y ambos rodamos por el suelo mientras nos golpeábamos. No me importó dónde me alcanzara, ni siquiera el dolor. Lo apaleé con la misma furia que me hizo resollar como un demente. En algún momento la sangre me cubrió los nudillos, su rostro comenzó a desfigurarse. No me di tiempo a descubrir si lo había matado. Otro hombre se lanzó sobre mí.

Me golpeé la cabeza contra el asfalto y un fuerte pitido me atronó en los oídos. La visión se me nubló un instante, pero pude ver a Draghi y Attilio correr hacia mí. Gennaro extendió una mano en mi dirección, gritó mi nombre. Matessi y Conte seguían luchando como bárbaros, con una violencia que nunca creí que vería. Demasiado visceral, demasiado convulsa y enajenada.

Draghi fue el primero en alcanzarme. Lo hizo justo cuando yo le daba un cabezazo a la mole que me tenía aplastado. Lo oí gemir y la sangre de su nariz me empapó el hombro, pero no le importó, me empujó para ponerme en pie. Yo obedecí y aproveché entonces para volver a golpearlo. Mi segundo hizo el resto, disparó. Pero más tipos nos abordaron. No pararían. Estábamos dilatando el desastre. Era la versión más encarnizada de la supervivencia.

Y, pese a todo, no me detuve. Lucharía junto a los míos hasta el final, aunque no supiera qué demonios significaba todo aquello.

Me golpearon por detrás. Draghi reaccionó primero. Lo noqueó, pero otro más llegó, y esa vez no pudo defenderse. Grité su nombre al verlo recibir aquella patada en la cara. La boca se le llenó de sangre y cayó aturdido al suelo. Enseguida Attilio se lanzó a por él y lo destrozó mientras yo hacía lo propio con su compañero. Entre tantos golpes y gruñidos y violencia vi que Gennaro se nos había unido, que luchaba sin saber, pero con orgullo y coraje, que ninguno de los dos pensábamos que tendría.

Y entonces le oí gritar el nombre de Attilio y yo vi la sangre que emanaba de su espalda y la hoja de aquella navaja que se clavó en su carne varias veces. Salté sobre el tipo mientras mi compañero caía al suelo. Le di un porrazo para arrancarle el cuchillo, se lo clavé en el gaznate, y lo giré para asegurarme de que perdía la vida mirándome a los ojos.

Verlo desfallecer fue lo último que pude hacer antes de ser embestido de nuevo. Pero en esa ocasión no pude liberarme y me estrellaron contra el ardiente capó de un coche. Las esposas que se cerraron en torno a mis muñecas me hicieron gruñir hasta desgarrarme la garganta.

—Qué orgullosa estará tu familia cuando descubran que hemos detenido a un asesino —me dijo alguien al oído mientras yo veía como finalmente atrapaban a mis hombres—. Esta noche dormirás en el infierno de Poggioreale, amigo mío.

Fruncí el ceño. Acababa de entender que los tipos a los que había matado con mis propias manos y que el resto que yacía muerto a manos de las de mis compañeros eran policías que buscaban apresarme para hacerme pagar por mis crímenes. Y habría tenido sentido si no hubiera sabido que la dirección policial de Nápoles estaba implicada en el Marsaskala. Así que aquello no podía ser otra cosa que obra de mi tía. Su jugada maestra.

Vi cómo arrastraban a los míos hacia el centro de aquel perverso círculo que habían formado los coches. Los hincaron de rodillas en el suelo. Conte y Matessi muy magullados y asfixiados, la herida del primero se había abierto y la sangre empapaba su ropa. Gennaro con el rostro amoratado y los ojos feroces. Draghi con la boca ensangrentada rogando por que Attilio se incorporase, rogando por que sus heridas no fueran lo bastante peligrosas.

Pensé en Regina y en cómo le diría que su querido amigo había caído por protegerme. Apreté los dientes, tragué saliva.

Los obligaron a llevarse las manos a la cabeza. Una fila de hombres les apuntaba a la cabeza con sus armas. Iban a fusilarlos delante de mí.

—¡Me tenéis, dejad que se vayan! —clamé.

Pero solo obtuve una sonrisa. La respuesta suficiente para saber que les habían encomendado cogerme a mí y deshacerse de los demás.

Forcejeé. Grité. Tuvieron que reducirme de nuevo con mucha más violencia porque, a pesar de las esposas, me sentía capaz de cualquier cosa.

Volví a mirarlo.

«Mis... amigos», pensé. Y lo eran, maldita sea. Me lo habían demostrado quedándose a mi lado cuando no había motivos para hacerlo. Apoyándome a pesar de saber que me importaban un carajo sus opiniones.

Eso era la amistad. Regina me retiró la venda de los ojos y ellos me enseñaron que harían cualquier cosa por mí. Incluso morir. Y supe de pronto que tendría que soportar un dolor devastador si cualquiera de ellos me faltaba.

Pero ese no sería el final. No al menos como esos canallas lo habían pintado. El rumor de un helicóptero nos daría una nueva oportunidad. Y la tormenta que arrastró consigo me hizo volver a gritar. Porque los disparos alcanzaron a los tipos que estaban preparándose para disparar a los míos. El sonido de sus cuerpos al desplomarse abatidos me produjo un latigazo de placer al tiempo que varios coches invadían el lugar.

De pronto, el caos se reanudó. Esa vez mucho más feroz. No sabía quién demonios había acudido a nuestro rescate ni cómo se habían enterado de que necesitábamos ayuda. Tal vez Matessi se olía una emboscada y los había alertado. No tenía ni la menor idea. Pero aquellos tíos no eran hombres normales. Sino salvajes muy bien entrenados.

Sin embargo, yo no saldría de aquella.

Me empujaron al interior de un vehículo y el chófer nos sacó de allí a toda velocidad. No pude hacer más que mirar hacia atrás, con el corazón en la garganta y la rabia oprimiéndome los pulmones. Recé como nunca antes había hecho para que mi gente sobreviviera a ese maldito amanecer.

35

REGINA

Percibí un profundo vacío cuando Jimmy salió de mí y se puso en pie con un rápido movimiento. No tenía ni idea de qué le había pasado, pero en apenas unos segundos deslizó sobre su rostro esa máscara feroz que tanto podía aterrorizar.

Se puso los pantalones. Yo me sentí insignificantemente pequeña, desnuda en su cama, y me incorporé para cubrirme con la sábana mientras lo observaba. Noté que el corazón se me encogía y la garganta se me cerraba. No me atrevía ni a preguntar. Hombres como Jimmy solo reaccionaban de ese modo cuando la situación lo exigía.

Hombros tensos, la mandíbula apretada, los labios formando una severa línea recta, el ceño fruncido y esos ojos diamantinos ardiendo con una rabia sibilina, muy peligrosa y capaz de cualquier cosa. Y me dije que, si él estaba preocupado, yo tenía razones para perder la cabeza.

Cogió su teléfono y se lo llevó a la oreja. Tragué saliva y contuve el aliento, expectante ante la respuesta que me daría su lenguaje corporal en cuanto su interlocutor respondiera.

—Battista —dijo con voz ronca y firme.

Tuve un escalofrío. Conocía ese nombre. Lo había escuchado antes. Conocía incluso el rostro de ese nombre.

Enzo Battista, el ingeniero informático que trabajaba para Jimmy. Se había quedado en la casa franca de San Paolo por orden estricta de su jefe.

—Sí, lo sé.

Jimmy resopló pellizcándose la frente. Su humor decaía por momentos. La tensión no paraba de crecer, apenas podíamos respirar con normalidad.

—¿Has rastreado su posición? Entendido. Ponme con Adami y envíale toda la información. Si Matessi ha marcado ese código es porque necesitan ayuda de inmediato.

Adami.

Me quedé congelada. Me sobrevino un fuerte espasmo, como si unas afiladas uñas se hubieran deslizado por mi columna vertebral para clavarse en mi nuca. La sensación me hizo escupir el aire contenido. Jimmy ni me miraba. Estaba concentrado en la conversación que mantenía con su hombre. Mientras yo me perdía en la tortuosa marea en la que se habían convertido mis pensamientos.

Adami. Adami. Adami.

Era difícil de recordar. Pero tenía ese nombre clavado en el centro de mi pecho. Sabía qué significaba, qué representaba. Estaba escondido en un rincón de mi memoria, más reciente que cualquier trauma. Y la voz de mi tía Mónica me acarició con una suavidad abrasadora.

«Umberto Adami, jefe de Asuntos Internos de la región de Lacio».

Fue como recibir una patada en el pecho, como sumergirme en las profundidades y dejar que el océano me reventara los pulmones.

El poder de un cargo superior, de una posición que se logra con los años y los méritos. O con los sobornos adecuados, si es que no tenía escrúpulos. Pero no creía que ese hombre se hubiera dejado tentar por la mafia cuando era quien había iniciado un protocolo de protección de testigos para mi tía, su hijo y mi abuela. Él los había salvado. Los estaba protegiendo del peligro que representaban Alberto Fabbri y sus miserables aliados.

Pero la verdadera estocada final llegó cuando miré a Jimmy y me pregunté por qué demonios conocería él a ese hombre, qué necesidad había de recurrir a Adami, por qué lo mencionaba como si su relación fuera algo natural, qué mierda los unía.

Quizá incluso la policía se había visto en la necesidad de contratar los servicios de un mercenario. Tal vez Jimmy Canetti estaba dispuesto a cualquier cosa con tal de ganar dinero y la procedencia de sus clientes le importaba un carajo. O cabía la pavorosa posibilidad de que todo lo que había contado hasta el momento fuera una burda mentira en la que yo había caído sin control. Quién sabía.

Y aun así no era lo más importante.

Carlo Matessi se había ido con mis chicos. Era prácticamente el encargado de su seguridad, no solo porque conocía Nápoles, sino porque sabía moverse como debía hacerlo un mercenario. Sin reservas ni escrúpulos.

Matessi, que era el segundo de Jimmy y parecía disfrutar tanto con su labor y su posición. Con su estilo de vida. El hombre que sonreía mientras describía cómo apuñalar a un rival para arrancarle la vida. El hombre que gozaba del ruido del caos. Y que había marcado un código que yo no sabía qué significaba. Pero había sido el detonante que activó la versión más despiadada de su jefe.

—¿Qué está pasando? —pregunté con la voz quebrada.

Me estaba costando mucho respirar. Era tan difícil… El pulso me atronaba en los oídos. Las manos me temblaban. No podía ni moverme.

Jimmy me ignoró y se metió en el vestidor. Yo solo escuchaba el roce de la ropa y sus movimientos bruscos y veloces. No había tiempo que perder, pero para qué.

Logré salir de la cama. Mis piernas no mantuvieron mi peso como esperaba. Se doblaron un poco por los nervios, por el miedo, por el lejano rastro del sexo que había saboreado. Me temblaban las manos cuando me puse los pantalones del pijama. Cogí mi camisa. No podía usarla, los botones no la cerrarían porque estaban esparcidos por el suelo de aquella preciosa habitación, como un claro recordatorio de lo que había pasado entre Jimmy y yo. Así que alcancé su camiseta y me la puse a pesar de saber que me quedaría enorme.

Justo entonces, Jimmy salió del vestidor. Ni siquiera me miró.

Fue como si yo no estuviera allí observándole a punto de vomitar.

—¿Qué pasa? —pregunté de nuevo.

Él se apresuró a la puerta. La abrió. Se iba. Me dejaba atrás.

—Jimmy... —susurré con los ojos empañados.

El temor ya era un hecho atroz. Se había instalado entre los dos, parecía a punto de cobrar forma de rostro risueño, deformado y animal.

Jimmy se detuvo como si se hubiera estrellado contra una pared invisible. Los hombros más rígidos que hacía un instante. Me miró por encima del hombro. No fue una mirada corriente. No había gentileza en ella ni la debilidad que parecía sentir por mí, mucho menos ese matiz erótico y descarado con el que solía jugar o ese brillo enigmático que me había hecho sucumbir sin apenas darme cuenta.

Ahora solo era el cazador fiero y tosco.

—Matessi ha activado una alarma. Eso es lo que ha sonado mientras...

Apretó los dientes y cogió aire por la nariz llenando su pecho, que parecía más fuerte y poderoso.

—¿Qué significa ese código? —indagué asfixiada y temblorosa.

—Que ahora mismo están siendo víctimas de una emboscada y no tienen recursos para hacerle frente. Que las probabilidades de que los aniquilen mientras hablamos son tan altas como mis ganar de volver a meterte en mi cama.

Se me cortó el aliento. Porque esas ganas existían con un vigor irresistible y Jimmy acertó a equipararlas con la gravedad del asunto. Solo así entendería cuán alta era la tensión. Y las lágrimas me brotaron de golpe al tiempo que me estallaba una violenta exhalación.

Él tembló. Por un momento creí que se lanzaría a por mí, me abrazaría y pronunciaría las palabras que ahora mismo necesitaba escuchar. Que Marco y Atti estarían bien, que volvería a verlos. Que Gennà y Draghi y Conte no sufrirían, que tendría la oportunidad de escuchar sus sonrisas de nuevo.

Pero Jimmy no se movió. Los mercenarios no consolaban cuando la situación les exigía la frialdad más absoluta. Demasiado arriesgado había sido ya perder el tiempo mostrando empatía.

—Jefe... —La voz de Ciani sonó al otro lado de la pared.

Por la contundencia de los pasos entendí que no venía solo.

—¿Tenéis a Adami? —preguntó Jimmy.

—En conferencia en el despacho de Berardi.

—Vamos.

Se encaminaron hacia el lugar y yo me precipité tras ellos. Necesitaba saber si mis chicos estaban bien. Si estarían bien. Si esa vez la vida sería lo bastante comprensiva conmigo y me los devolvería antes de que la rabia y el miedo me consumieran.

Entré en el despacho con el pulso disparado y la vista borrosa por las lágrimas y la ansiedad. Me froté el pecho, me dolía. Caminé despacio hacia el centro. Me pesaban las piernas, sentía como si estuviera arrastrando una pesada roca.

Kai y Nasser ya estaban allí. Saludaron a Jimmy con un asentimiento de cabeza, que su jefe aceptó con una escueta mirada. Mattsson los observaba a la espera de recibir órdenes; no parecía importarle que ellos no fueran sus jefes. El suyo estaba en peligro y lo necesitaba, y esa impotencia brillaba en sus ojos de hielo.

Jimmy rodeó el escritorio, descolgó el teléfono y pulsó la tecla del altavoz para que todos pudiéramos escuchar la conversación. Apoyó las manos en la mesa y agachó la cabeza, todavía en pie. Sabía que yo no le quitaba ojo de encima. Sabía también que todo cambiaría entre los dos cuando escuchara la voz de Adami.

—Haz que merezca la pena haberme despertado a las seis de la mañana. Porque no se me ocurre qué razones podrías tener para joderme un sueño tan placentero, teniente.

Nunca antes había sentido un estupor tan contundente. Y no me podía creer que ese maldito golpe me dejara inmóvil en el lugar. Mis pies descalzos clavados en el suelo con firmeza. Un escalofrío retorciéndose en mis entrañas, que me erizaba la piel. Realmente creía que me desplomaría. Pero no. Me quedé quieta. Tan quieta que incluso dolía. Los músculos rígidos y tirantes, el aliento acumulándose en mi boca, el corazón aplastándome las costillas.

Teniente.

El rango de un oficial.

El rango que decía que Jimmy no era un mercenario.

El maldito rango que indicaba que todo en torno a él era mentira.

Me miró. No hallé disculpas en sus pupilas, pero sí la mortificación de haber tenido que revelar aquella verdad en un momento tan delicado, con mis chicos expuestos a un peligro irremediable.

—Código 636 —pronunció con rotundidad—. Battista acaba de enviarte la posición. Necesito efectivos de inmediato.

—¿Cuántos individuos hay sobre el terreno? —preguntó Adami.

Jimmy no me quitaba ojo de encima. Sus ojos me tenían atrapada. Me estrangulaban la respiración.

—Cinco. Cuatro de ellos civiles.

—¿A qué agente tenemos con ellos?

—Al sargento Matessi.

Su voz se clavó en mi piel como afiladas cuchillas. Más rangos. Quizá cada uno de sus hombres tenía uno. Me eché a temblar y di un traspié hacia atrás. Fue Mattsson quien me mantuvo erguida apoyando una mano en la parte baja de mi espalda. Me ayudó a tomar asiento en una butaca y yo me desplomé en ella como si me hubieran lanzado desde una azotea.

Sentí los ojos de Ciani dudando sobre mí, pero yo era prisionera de la mirada de su jefe. Su superior.

—Maldita sea, Canetti... —protestó el interlocutor, y enseguida se oyó el sonido de las teclas de otro teléfono—. Coronel Umberto Adami, necesito equipo especializado de asalto...

Dejé de escuchar. Las pulsaciones me ensordecieron, solo podía escuchar el acelerado traqueteo de mis latidos.

—Y me llamas a mí cuando tú y tu equipo pertenecéis a la GICO —le oí decir a Adami, muy lejos. Tan lejos.

—Siempre dices que en Asuntos Internos no hay suficiente acción.

—Cabronazo.

—No descartes que se trate de un enfrentamiento armado contra la jurisdicción policial de Nápoles —anunció Jimmy.

—Más nos vale que Emidio Tanni no sea quien comanda, porque esos hijos de puta del Stato* están untados hasta las trancas y no dejan títere con cabeza.

—Marco Berardi está entre ellos.

Apreté los brazos de la butaca porque escuchar el nombre de mi esposo me hirió.

—Joder, teniente... —resopló Adami—. Informe de situación cada treinta minutos desde tu posición. Seguiré el operativo en tiempo real.

—Entendido.

La llamada terminó.

Jimmy seguía con los ojos clavados en los míos. Me vio temblar cuando se enderezó. Ahora sí estaba disculpándose. En silencio, con la severa elegancia de quien está ofreciendo un instante para asimilar.

—Teniente... —resollé.

De pronto, no había nadie más en aquella sala. Solo estábamos él y yo. Respiré al ritmo de sus pasos acercándose a mí. Entonces, se acuclilló a mis pies y cogió mis manos. Las apretó con delicadeza. Su contacto me recordó que seguía siendo el mismo hombre que me había hecho el amor esa madrugada, que nada había cambiado, que ahora todo era más honesto.

Pero mi aliento seguía entrecortado, el miedo me aplastaba.

—¿Marco lo sabe? —pregunté.

Negó con la cabeza.

—¿Eres policía o militar? ¿Qué eres?

Una lágrima me atravesó la mejilla.

—Ambos —suspiró él antes de enjugarla—. Policía militar de la Guardia di Finanza.**

* Polizia di Stato. Cuerpo nacional de policía del Estado italiano, dependiente del Ministerio del Interior. *(N. de la A.)*

** Fuerza especial de la policía que forma parte de las Fuerzas Armadas de Italia. *(N. de la A.)*

Abrí la boca. Ni todo el aire que absorbí bastó para abrirme los pulmones.

—Teniente... —suspiré de nuevo y me solté de sus manos para llevármelas a la cabeza—. Necesito respirar.

Me puse en pie. Jimmy me sostuvo al ver que volvía a tropezar.

—Regina...

—Céntrate en salvarlos —le clavé un dedo en el pecho—, y luego permitiré que te expliques. Ahora... solo... sálvalos... y déjame respirar.

Lo aparté de mí y abandoné el despacho bajo la atenta mirada de todos los hombres que había allí.

No me di cuenta del recorrido hasta el vestíbulo. Veía sin ver, caminaba sin sentir que me movía. Todo era orgánico, pero muy lamentable. Una desconexión total con mi cuerpo.

Abrí la puerta. El frío y húmedo amanecer me sacudió, tan gris y brumoso. De fondo, el mar rugía. Se estrellaba contra las rocas y arrastraba una brisa salada que anunciaba más lluvia, más frío y humedad. Aquello era el ocaso del otoño, que se había sintonizado con mis propias emociones, con el caos que me invadía y todas las malditas consecuencias que me estaba provocando. Los temblores, las lágrimas intermitentes, los resuellos en busca de liberar mis pulmones de aquella prisión en que se había convertido mi cuerpo.

En otras circunstancias, quizá todo aquello habría servido para aliviar la imprudencia que significaba haberme enamorado de un mercenario. Pero ese mercenario, aunque cazador, ya no lo era. Y la culpa, si bien presente por otras razones, empezaba a extinguirse conforme la preocupación se asentaba.

Me quedé inmóvil en el umbral. El mundo entero pareció suspenderse. Ni los árboles se movían ni el viento aullaba. Todo quieto y en silencio, y el pánico asentándose en mi sistema, la sangre hirviendo en mis venas. Esa cosa dentro de mí se retorcía y me rompía cada vez un poco más. Como los pedazos de cristal que, de repente, estallaron entre humo y fuego.

Primero escuché el atronador estruendo que hizo temblar la

tierra. Después, una poderosa fuerza me empujó con violencia. Fui lanzada a varios metros de la casa, y me estampé contra el suelo al tiempo que un insoportable pitido me invadía los oídos. Sentí que me crujían todos los huesos y que me mordía la confusión mientras escupía la sangre que se me amontonaba en la boca.

Desconocía qué demonios había pasado. Estaba tirada en el suelo mientras mis brazos y mis piernas intentaban enderezarme. Fallé en todas las ocasiones. No disponía de la fuerza. El dolor era devorador. Me torturaba y parecía sonreírme de frente. Lo intenté de nuevo, y otra vez, y otra.

Y se oyó otro rugido.

Me cubrí la cabeza. La tierra volvió a temblar. Los cristales se me hincaban en la piel. Y grité. A pesar del dolor y el desconcierto. Grité hasta desgarrarme la garganta, vertiendo en ese alarido cada gramo de frustración y rencor que almacenaba. Porque dentro de esa casa estaban Faty y Jimmy y todos los demás. Porque mis amigos y mi esposo podían estar muriendo en Nápoles. Y yo estaba allí, tirada en el suelo, escupiendo lágrimas y sangre e histeria mientras una nube de humo me envolvía y empezaban a llover los disparos. Se oía en la lejanía, bajo el eco tembloroso que habían dejado ambas explosiones.

Probé una vez más. Logré ponerme de rodillas y miré hacia la casa. Apenas vi nada, más que los estragos de aquel devastador ataque que nos había robado cualquier intento de supervivencia.

Me puse en pie. Me caí. Tenía sangre en las piernas. Heridas que me habían provocado los cristales y los golpes. Las palmas arañadas, los dedos trémulos.

«Otra vez», pensé. Los disparos incrementaban, se aproximaban. «Tienes que entrar. Tienes que poner a salvo a los tuyos. Tienes que salvar a Camila. A mamá». Y realmente creí que podría, a pesar de que mi hermana y mi madre estaban muertas. Pero los traumas eligieron engullirme en el peor momento para recordarme que sufriría una soledad demoledora si no intentaba hacer algo.

Los primeros pasos fueron inestables y muy torpes, pero me esforcé para lanzarme hacia delante y echar a correr. Tropecé con las escaleras. Me agarré a la columna. La puerta se adivinaba entre el humo. Pensé en Faty, a quien quizá le había sorprendido todo mientras dormía, quien tal vez había muerto y ni siquiera se había dado cuenta, o quien probablemente estaba en la cocina preparando el desayuno y moviendo la cabeza al ritmo de la canción que tatareaba en su mente. No tenía ni la menor idea, y las lágrimas seguían su curso hacia mi barbilla. Lloraba y lloraba, y no podía pararlo.

Me dirigí hacia el pasillo que llevaba a la cocina. Grité su nombre. Ni rastro. Lo intenté encaminándome hacia su habitación.

—¡Faty, Faty! —chillé.

Estiré las manos. Me faltaban solo un par de metros para alcanzar el pomo de su puerta, la que estaba más próxima a los ventanales de uno de los pasillos que conectaban con el de arcos que llevaba al salón.

Las vi. Varias siluetas masculinas fusibles en mano. Me apuntaron. Yo me detuve con los brazos arañando la pared y retrocedí en cuanto dispararon. Caí al suelo, esa era la mejor opción para evitar que las balas me alcanzaran. Me arrastré por el pasillo desesperada y tan veloz como me permitían mis heridas.

Llegué a la esquina y me encogí para tomar un instante y permitirme recuperar el aliento. Me hería respirar, pero lo necesitaba para continuar. Faty me necesitaba, y no tenía ni la menor idea de si Jimmy estaba herido, si alguno de sus hombres o Mattsson seguían con vida. La casa había sido invadida por las balas y los lejanos rumores de protestas.

Los temblores eran tan pronunciados que no creí que pudiera continuar. Pero, si no me consideraba una cobarde, ese era el momento preciso para demostrarlo.

Escapar con los míos. Con Jimmy, para poder escuchar de sus propios labios las razones por las que se había visto obligado a mentirme. Para volver a reunirme con las personas que me habían querido cuando menos confiaba en mí misma.

Eché a correr de nuevo. Si lograba cruzar el salón y atravesar el pasillo, podría llegar al despacho de Marco y descubriría en qué situación estaban Jimmy y su equipo. Los tiros solo me dejaron avanzar hasta el vestíbulo.

Entonces, algo me empujó de nuevo. El envión me llevó a aferrarme a una espalda ancha y caer rodando por el suelo. Reconocí la entrada del salón y por un instante creí que se trataba de Jimmy. Pero él nunca me había tocado para hacerme daño.

Unos dedos se aferraron a mi cuello.

—Hola, florecilla —se mofó aquella grave voz.

Miré su rostro. Era rudo y ordinario. Tenía órdenes muy precisas y disfrutaba de ellas. Me mostró unos dientes amarillentos. Forcejeé. Cuánto maldije ser tan pequeña, pero eso no me contuvo de arañarle la cara y provocarle dolor en el proceso. El gesto aflojó la sujeción y me arrastré hacia el salón.

Recibí una patada que me cortó el aliento y me estrelló contra los bajos de uno de los sofás. Apenas tuve tiempo de recuperarme, volvió a cogerme del cuello y tiró de mí para ponerme en pie. La maniobra me lastimó, pero ni siquiera me permitió gritar.

Pataleé. Sé que golpeé sus piernas y que se rio de mí. Pero seguí pateándolo y forcejeé hasta que un empellón me lanzó al sofá. Libre. Era libre y, al mirar para saber por qué, encontré a Faty colgada de la espalda de ese tipo. Lo aporreaba con las manos en la cabeza mientras él se movía como un loco. Ella gemía de un modo escalofriante.

Entonces, el desgraciado la agarró de una pierna y la lanzó por encima de su propia envergadura. Faty se estrelló contra la mesa de vidrio y la reventó con su propio cuerpo. No lo dudé demasiado. Cogí un pedazo de cristal y salté sobre aquel tipo. Logró abofetearme, pero no esquivó mis movimientos. Clavé la esquirla en su yugular y la retorcí hasta arrancarle un resuello.

No sabía si lo había matado, solo observé cómo se desplomaba antes de lanzarme a por Faty. Pero ella hizo aspavientos con las manos para alertarme de que había otro tipo más. Al girarme, unos nudillos me cruzaron la cara y me enviaron al suelo junto a la ghanesa, que me acogió entre sus brazos más que lista para interponerse entre ese tío y yo.

Un disparo lo neutralizó. Y después otro le atravesó la cabeza. Gritamos y nos cubrimos la una a la otra.

—¡Regina, Faty, moveos! —gritó Ciani—. ¡Vamos, salid de ahí!

Me asomé. Allí estaba, cubierto de mugre, sudor y sangre, convertido en el salvaje guerrero que era.

—¡Ciani! —exclamé sollozante mientras ayudaba a Faty a ponerse en pie.

—¡Vamos, vamos, tenemos que evacuar!

—¡¿Y los demás?!

—¡Nos cubren!

El alivio me estalló en la garganta. Llorar de alivio resultó tan hiriente y abrasador como hacerlo por otras razones.

Obedecí e insté a Faty a echar a correr, pero, aunque lo hizo como pudo, iba lenta por culpa de la fea herida que tenía en el muslo. Varios cristales se le habían clavado en la piel cerca de la ingle. Me indicó que se los arrancara y yo la miré aterrorizada, pero lo hice y sus gimoteos me perforaron los tímpanos.

—¡Vamos! —gritó Ciani de nuevo.

Más disparos. Más gritos. No había tiempo.

Cogí un brazo de la ghanesa y lo colgué de mis hombros antes de impulsarla a correr. Siguió mi apresurado ritmo como pudo, dando traspiés que yo trataba de reducir manteniendo el peso de las dos, a pesar de que ella era un poco más alta.

Nos abrimos paso hacia el bosque para dispersarnos. Ciani nos seguía de cerca y disparaba a todo aquel que intentaba alcanzarnos. Yo no dejaba de mirar hacia atrás mientras el entorno se volvía más y más escabroso. La superficie estaba embarrada por la lluvia que había caído en los últimos días, dificultaba mucho la carrera. Esquivé árboles, ramas, incluso mis propios pies cuando mi cuerpo oscilaba y tenía que hacer malabarismos para estabilizarme.

Y seguía mirando hacia atrás, dividiendo mi atención entre el bosque que nos rodeaba, la carretera que pronto asomaría y mis ganas de ver a Jimmy.

Lo descubrí cerrando el grupo, como el buen líder que era.

Nos seguían hordas, pero no le importaba. Disparaba hasta que el cargador se le agotaba, echaba mano de un recambio y volvía a disparar sabiendo que sus hombres le secundaban, le cubrían.

Me ardían los pulmones, no sabía si podría resistir más tiempo corriendo de aquella manera, y la lluvia que empezó a caer lo complicó todo. Faty me arrastró consigo al barro. Ambas pataleamos tratando de ponernos de nuevo en pie. Ciani ayudó tirando de la cintura. Aproveché el gesto para saltar hacia delante, pero la ghanesa buscó soltarse de mí. La miré, se creía una carga.

—No me sueltes, ¿entendido? Sigue corriendo —le rogué.

Su respuesta fue una lágrima y la mía las ganas de ponerla a salvo antes de que la sangre que estaba perdiendo le robara la vida.

Avisté la verja. Un muro de piedra y hierro de dos metros que supe que no podría escalar con Faty.

—¡Ciani! —grité.

Él enseguida se lanzó a mis piernas para impulsarme de nuevo.

Me aferré a la cumbre y tiré de mi propio cuerpo para dejarme caer al otro lado. La espesura no amortiguó del todo la caída, pero me importó un carajo el dolor que me atravesó los huesos. Me puse en pie de un salto y esperé a ver a Ciani cruzar con Faty colgando de su hombro. Él cayó con maestría y la ghanesa rápido se lanzó sobre mí para abrazarme. Me aferré a ella como lo habría hecho con una madre sollozando desesperada.

Al ver a Kai y Mattsson saltar el muro, adiviné que debía reanudar la marcha. Pero también vi aquellos dos vehículos y entendí que teníamos muy pocas posibilidades de salir de allí.

Me querían a mí.

No lo sabía con seguridad, pero el tipo que me había interceptado me habló como si hubiera encontrado lo que buscaba. Quizá eran siervos de mi tío, quién coño lo sabía. Pero me querían a mí.

A mí.

El coche se detuvo.

Los chicos apenas contaban con balas ya. Iban a destrozarnos.

Empujé a Faty hacia los brazos de Ciani con todas las fuerzas que me quedaban. Debieron de ser contundentes porque ambos cayeron a la maleza. Kai y Mattsson todavía no habían saltado. Vieron cómo se bajaba un tipo del coche. Me lancé sobre él. Si era a mí a quien querían, lo mejor era centrar su atención para que se olvidaran de atacar.

Lo conseguí más rápido de lo que creía. Y el tipo me arrojó dentro del vehículo antes de pedirle al conductor que acelerara. Mattsson disparó primero, a la luna trasera, que se hizo añicos. Le siguió Kai, y también Ciani, y Nasser, que asomaba por encima del muro.

Me agaché. El conductor dio varios volantazos para esquivar las balas. El tipo que me había capturado respondió a los disparos. Era muy preciso. Y Ciani estaba demasiado expuesto. Empecé a darle patadas y puñetazos. La distancia crecía. Grité de pura rabia.

Y entonces recibí un codazo.

Una oscuridad intermitente me arrastró. Sin embargo, lo único que me importaba era que una parte de los míos estaba a salvo.

36

MARCO

El jefe de policía de Nápoles, Emidio Tanni, era un asiduo del Luxor, el único de los tres edificios del Marsaskala con un estilo más tradicional. Apuestas ilegales y prostitutas, todo ello en un ambiente como el de los prostíbulos de mala calaña, tal y como le gustaba a mi tío, Ugo Sacristano, quien precisamente era el administrador de ese lugar.

Entre esas paredes no había sofisticaciones ni parafernalias. Solo vicio en su versión más cruda y sucia. Era como meterse en las entrañas del Nápoles de los ochenta.

Tanni también manejaba asuntos de gran importancia con el departamento de administración del Marsaskala. Blanqueábamos todo el dinero que se obtenía de los sobornos a los empresarios o a la propia Camorra. Así era como se había construido su preciosa mansión en Posillipo —muy próxima a la de los Fabbri—, en la que vivía con su esposa y sus tres hijos menores.

Por eso, cualquier cosa que su adorada Saveria Sacristano pidiera se cumpliría. Por la comodidad, las gratificaciones y, también, por el respeto que le tenía. Porque el miedo siempre formaba parte de la ecuación con los clientes del Marsaskala. Y es que el lema era bien conocido por todos: puedes entrar y disfrutar si estás siempre disponible para todo para lo que se te reclame y te cuidas de hablar a la ligera. Requisitos que la mayoría cumplían. Los que no tenían un final muy feo.

Pero Tanni no temía ese tipo de represalias. Nunca lo haría, puesto que era fiel al estilo de vida del Marsaskala y de cuanto le proporcionaba.

Al verlo entrar en la sala de interrogatorios de la prisión de Poggioreale, sonreí. Lo había estado esperando. Cómo no iba a hacerlo si era el hombre con mayor rango policial en la ciudad.

Me habían esposado a la mesa y cuatro policías vigilaban cada una de las esquinas de la habitación. Dos más esperaban fuera y, seguramente, otro grupo me observaba a través de la pared acristalada.

Tanni retiró la silla al tiempo que soltaba una carpeta marrón sobre la mesa. Se desabrochó el botón de la chaqueta y tomó asiento con ese aire arrogante que tanto le caracterizaba. Era así para todo, siempre con el mentón en alto, observando a la gente como si fueran insectos a los que podía aplastar, como si fuera un ser superior. Me fue imposible no recordarlo disfrutando de un salvaje combate entre dos esclavos mientras una de las tantas prostitutas de las que solía disponer le hacía una mamada. Solía hundirles la cabeza hasta asfixiarlas cuando eyaculaba y después las lanzaba lejos ante los ojos del resto de los asistentes.

Los gajes de mi oficio también me habían obligado a soportar ese tipo de asquerosidades. Pero me había acostumbrado a verlo como un acto normal. Hasta ese instante, en que me devolvió la sonrisa y se encendió un cigarrillo. Pensé que me costaría muy poco destriparlo y que lo haría en cuanto tuviera la ocasión.

—Se me hace muy extraño verte en esta posición y en un lugar como este —dijo señalando a su alrededor—. Pero pareces... ¿Cómo decirlo...? ¿Aburrido?

Lo estaba. Ese maldito juego de intimidación no funcionaba conmigo. Me había vuelto alguien más perceptible a las emociones, pero seguía siendo un canalla y, ahora, para colmo, podía apagar y encender esa faceta a mi puñetero antojo. En ese momento en concreto estaba prendida y a Tanni le inquietaba ver ante sí a un hombre atractivo que sabía perfectamente lo que le esperaba.

Me darían una paliza, quizá más de una, me encerrarían en una celda y tendría que asumir que mi tía me había castigado por mi berrinche. Después vendría la espera. Ella aparecería y me diría que mi actitud no le había dejado otra opción. Qué más daba, buscaría arrancarme una reacción que le fuera favorable a ella. La obtendría porque yo querría dársela. Sería un hombre sumiso, me dejaría arrastrar hasta su cama. ¿Por qué no? Con eso era con lo que Saveria soñaba, y a mí no me importaba follármela. Porque me daría la excusa perfecta para apretar su bonito cuello.

—En fin, tu tía está muy decepcionada.

—¿No me digas? —Torcí el gesto y entorné los ojos.

Tanni se movió en su asiento, tenso. No se consideraba expresivo. Creyó que yo asumiría que su silla era demasiado incómoda. Fue muy curioso verlo tragar saliva con tanto disimulo y asegurarse de que sus guardias permanecían atentos, a pesar de que yo estaba encadenado a la mesa como si fuera un puto depredador.

—Se te ha acusado de asesinato. Más bien de parricidio, y eso, amigo mío, salpicará al paraíso. Entiende que teníamos que evitarlo como fuera posible antes de que los medios descubran semejante situación.

Mantuve una sonrisa congelada en mi rostro. Sabía que eso lo pondría muy nervioso.

—¿Suicidio, accidente de tráfico? —aventuré.

—Náutico, ya que te tomaste tantas molestias en enterrarlo en la fosa más profunda del Tirreno.

—Bien visto.

Así que disfrazarían la muerte de mi padre con un accidente náutico para evitar rumores innecesarios, y nosotros mismos lo anunciaríamos para que la prensa callara pronto y pasara a la siguiente noticia. Ya lo habíamos hecho en el pasado. En realidad, nunca habíamos dejado de hacerlo. Teníamos el mejor departamento de recursos que existía en Europa al servicio de nuestros clientes.

—¿No vas a preguntar si alguien te delató? —curioseó Tanni. Quería sembrar la discordia.

—No, y que lo hayas estado esperando indica lo poco que conoces la relación entre mi tía y yo. Ella sabe que me gusta borrar todas las huellas. Y no hay nada mejor que el mar abierto para eso.

—A pesar de disponer de una sala crematoria en los subterráneos del Marsaskala.

—En este caso, habría tenido que dar muchas explicaciones.

—Claro, no se mata a un padre todos los días.

Asentí con la cabeza y me encogí de hombros. Tanni se estaba esforzando mucho en sacarme de quicio, pero parecía que él estaba más cerca de ello que yo, así que se decantó por usar la carga pesada.

—Se lo dijo Alberto, por cierto —confesó revelándome que el Fabbri tenía contacto con Saveria—, al contarle que Massimo no le respondía y que lo último que había sabido de él era que visitaría tu casa. Después, las imágenes fueron bastante esclarecedoras.

Abrió la carpeta y empezó a lanzarme fotografías de mis chicos deshaciéndose del cadáver. No me inmuté.

—Tus chicos son muy buenos haciendo su trabajo. Pero no contemplaron la posibilidad de estar siendo observados.

Claro, porque Saveria me había puesto vigilancia antes de largarse a Catar. Lo que confirmaba que no se fiaba de mí. Y eso estuvo muy cerca de provocarme una carcajada.

—Dime una cosa, ¿de verdad pensabas que tu tía se marcharía de viaje sin asegurarse de todo? —comentó Tanni.

—Normalmente confía en mí para eso.

—Pero dicen que ya no eres el mismo.

—¿A ti qué te parece?

Me regaló una sonrisa de lo más insidiosa.

—Que te molestará saber que Alberto se dirige a tu casa.

Se me cortó el aliento y apreté los dientes. Tanni se inclinó hacia delante y continuó en voz baja.

—Cogerá a tu preciosa esposa y la destrozará. Es probable que ya haya sucedido.

Tiré de las cadenas y gruñí notando que unos calambres me atravesaban los brazos. Quería descuartizar a ese hijo de puta y no me contuve de mostrárselo. Pero mi rabia le hizo gracia. Disfrutó de haber tocado mi punto débil. Me importó un carajo que el mundo supiera cómo atacarme. Yo respondería. Me vi capaz incluso de arrancar aquellas cadenas y acabar con todos los hombres que había en esa maldita sala.

Tal fue mi reacción que Tanni retrocedió en su asiento y señaló a dos guardias para que me reprimieran. Quizá no se fiaba de mi agarre. Me sujetaron por los hombros. Pero yo no alejé la vista del maldito jefe de la policía napolitana.

—Sí, es cierto que has cambiado —asintió orgulloso de su pequeño logro—. Sientes, algo extraño viniendo de un hombre como tú. Supongo que un buen coño cambia a cualquiera.

Se me disparó el pulso. Me ardía en las venas.

Tanni se levantó y caminó hacia mí todo arrogante y crecido. Creía que tenía el control, que mi inexperiencia en la capacidad de sentir me haría perder reflejos. Se equivocaba, nunca los había sentido tan abiertos y claros. Tan precisos.

Se inclinó de nuevo, esta vez para susurrarme al oído:

—¿Lo ha hecho también contigo? ¿O ha sido algo más? ¿Quizá la polla de ese esclavo? ¿O ambos a la vez? ¿Te los tiras a los dos?

Su corbata pendía. Las cadenas no me detendrían de cogerla. Eso hice y tiré con todas mis fuerzas logrando que la cabeza de Tanni se estrellara contra la mesa. La sangre enseguida resbaló de su nariz y de la brecha que se le abrió en la frente. El hombre trastabilló y cayó al suelo, aturdido e insultado porque nadie más se había atrevido a tocarlo en el pasado.

Se puso en pie y señaló a sus guardias, que enseguida soltaron las cadenas y tiraron de mí. Mientras tanto, Tanni cogió un pañuelo y cubrió con él la herida para contener el flujo de sangre que emanaba. Le bastó con hacer una señal con la mano para que aquellos tipos empezaran a golpearme. Pero, allí, atrapado por ellos, recibiendo puñetazos en el tórax y la cara, todavía me sentía capaz de cualquier cosa. Ni siquiera percibía el dolor. Solo podía pensar en mi Regina, en Gennaro, en los amigos que había dejado en el aeródromo, en si Jimmy sería capaz de protegerlos a todos. En si valía la pena toda la confianza que había depositado en él.

Tanni se acercó cuando me vio escupir sangre y jadear en busca de oxígeno. Me cogió del pelo y tiró para levantarme la cabeza.

—Tu tía me ha pedido que te mantenga con vida aquí encerrado hasta que complete sus operaciones. Pero eso no me frena de explorar otras opciones, ¿a que no? Mientras no te mate…

Más golpes. Me tiraron al suelo, volvieron a levantarme. Así una y otra vez. Y seguía importándome un carajo.

«Regina, Regina, Regina», solo pensaba en ella. «Jimmy, no dejes que le pase nada». Mi conciencia estaba muy lejos.

—Lleváoslo al módulo tres —ordenó Tanni. —. Veremos cómo reaccionan las ratas de la Camorra cuando descubran que estás aquí.

37

REGINA

Aturdida como estaba, apenas podía mantener los ojos abiertos. Pestañeé y la luz de aquella mañana encapotada me perforó la vista, me hizo muy consciente del malestar que recorría mi cuerpo. El pánico ayudó a incrementar la sensación.

Porque no estaba sola.

Un tipo conducía. Otro más a mi lado trasteaba en su fusil, el mismo que había empleado en intentar abatir a Ciani o a cualquiera que osara seguirnos. La tranquilidad que mostraban era un claro indicativo de que los míos no habían intentado seguirnos, por suerte.

Se respiraba un silencio estable, muy siniestro, solo interrumpido por el repiqueteo de la lluvia sobre la carrocería del coche y el rumor del motor. Noté una sensación viscosa pegada a la frente, me escocía. Decidí llevarme una mano a la sien. Palpé. La sangre empezaba a secarse y el dolor se extendía hacia el cuero cabelludo. El golpe me ardió en cuanto di con la herida. Seguramente era el resultado del codazo que me había dado aquella bestia.

Me miró y sonrió como dándome la bienvenida. Me sobrevino un escalofrío insoportable al percatarme de que había estado medio inconsciente a solas con esos dos tíos. La de cosas que podrían haberme hecho sin que yo hubiera podido evitarlo… Me encogí en mi asiento pegando los muslos a mi pecho para aferrarme a mis piernas.

El tipo volvió a sonreír. Cuánto odié parecer una cría asustada, pero es que lo estaba y no podía disimularlo. Solo me alentaba saber que Jimmy y los demás estaban bien, que podrían ayudar a los que estaban en Nápoles si de verdad el ataque había terminado conmigo.

Miré por la ventana. Avanzábamos a una velocidad media por una carretera flanqueada por campos agrícolas. No reconocía la zona, a pesar de estar en Porto Rotondo, o eso quería creer basándome en que no había estado desmayada el tiempo suficiente.

Desconocía adónde me llevaban. Pero no tardé mucho en descubrirlo. El coche disminuyó la velocidad y se situó en el arcén hasta detenerse por completo. Fruncí el ceño y me enderecé al ver el grupo de hombres que había en medio del campo de siembra.

Eran unos veinte hombres, todos vestidos con indumentaria de asalto. Cuatro de ellos cavaban con palas un agujero en la tierra. Iban bastante adelantados, como indicaba el montículo de tierra próximo al hoyo.

Temblé. En realidad no había parado de hacerlo. Tenía un frío espantoso, ya no solo por el tiempo, que ayudaba, sino también por las circunstancias. Y tragué saliva cuando esos tíos miraron en mi dirección. Vi que uno de ellos me señalaba. El tipo que había a mi lado abrió su puerta, se bajó y cerró con un portazo que resonó hasta en mis entrañas. Rodeó el vehículo en dirección a mi puerta.

Supe que tratar de evitar que me sacara del coche iba a ser una estupidez, así que me venció la debilidad que provoca el espanto cuando abrió mi puerta y me cogió del brazo. Las rodillas se me doblaron, las piernas no reaccionaban. Me enderezó con rudeza, como si fuera una insignificante muñeca de trapo. Quizá lo era. Su envergadura podía destrozarme sin apenas proponérselo.

Me instigó a caminar, y no tuve opción de evitarlo. Su sujeción era terriblemente dolorosa. Pero lo fue más descubrir al hombre que capitaneaba todo aquel desastre, y entonces comprendí a la perfección lo que iba a pasar.

Mi tío, el maldito Alberto Fabbri, estaba allí. Vestía un traje de pinzas negro y guardaba las manos en los bolsillos del pantalón, cuyos bajos estaban embarrados. Aun así mantenía una postura erguida, soberana y arrogante, con una mueca que revelaba una satisfacción perversa.

La última vez que lo había visto creí que lo apreciaba. Creí que él sentía lo mismo por mí, que las pincelabas de recuerdos que de vez en cuando me abordaban no eran más que meras fantasías de una niña que no sabía cómo gestionar que su madre la hubiera abandonado. Nada más. Pero Alberto había sido amable y afectuoso conmigo. Sus caricias nunca fueron maliciosas. Era yo quien se había equivocado al interpretarlas.

Sin embargo, el hombre que tenía a unos metros de mí era la viva imagen de la repugnancia que una vez me transmitió. Sin barreras que contuvieran mis demonios ni voces que me negaran la evidencia y me enseñaran a ser sumisa, podía mirarlo a los ojos y verlo de verdad. Y su verdad era horrible. Era el rostro de un hombre pernicioso, que ahora sonreía porque sabía qué me deparaba.

Yo también. Maldita sea, lo entendí muy bien. Ya me lo había explicado. Un día, en mi habitación, cuando mi padre estaba demasiado pendiente de la escort que tenía arrodillada entre sus piernas en su despacho.

Recuerdo que Alberto se sentó en mi cama esa noche y me subió a su regazo. Sus manos bailaban en mis muslos. Jugaba a marcarlos con la punta de un dedo travieso que se movía al son de la pérfida canción que murmuraba. No me acordaba de la melodía, pero la letra parecía grabada a fuego en mi pecho.

Hablaba de la muerte, de su infinidad de versiones, de aquella que llegaba antes de exhalar el último aliento. Una tumba para los vivos.

Una tumba para los vivos.

Sí, eso era.

Iba a enterrarme. Porque esa era su muerte favorita. Enterrar a la gente cuando todavía vivía. Dejar que se consumiera en la pequeña cavidad que abrazaría los restos en los que se convertiría su cuerpo.

Por qué merecía yo semejante castigo solo él lo sabía. Y allí estaba el ataúd de madera sencilla, tan similar a una caja de contrabando.

Tenía muy pocas oportunidades de escapar. Pero entendí que dentro de aquella caja podría respirar al menos unas horas antes de perecer. Y en ese tiempo Jimmy me buscaría. No me dejaría sola.

No me dejaría sola.

No lo haría.

Necesitaba una señal, algo que lo ayudara a encontrarme. Me buscaría. Me buscaría hasta que se le agotaran las fuerzas. Había visto en sus ojos todo lo que estaba dispuesto a entregarme.

«Llevas su camiseta», me dije.

Me quedaría desnuda, no me importaban las vejaciones a las que pudieran someterme. Se trataba de sobrevivir. Se trataba de volver con los míos y estrecharlos con fuerza. Y quizá el miedo no me estaba dejando pensar con claridad ni creer que todavía quedaba una esperanza, por pequeña que fuera. Pero, si todo estaba perdido, entonces merecía la pena intentarlo.

Forcejeé. El gesto le pilló desprevenido al tipo que me sujetaba y logré zafarme de su agarre. Eché a correr. La posibilidad de esquivar al conductor que ya se había bajado del coche y saltar al asiento del volante se me antojó alcanzable. Pero no debía hacerme ilusiones. Aquellos tíos eran hombres de la Camorra, sabían cómo retener y torturar.

Un tipo me cogió de la cintura y trató de colgarme de su hombro. Le di un rodillazo en el vientre. Ambos caímos al suelo y me arrastré hacia el vehículo. Apenas recorrí un par de metros y dos tíos me interceptaron. Me resistí también con ellos, aunque no iba a tener la misma suerte, eso ya lo había asumido. Pero toda aquella exhibición de patadas y chillidos y dientes y manos solo buscaba un objetivo: desprenderme de la camiseta sin que nadie sospechara que estaba dejando una señal.

Era una prenda muy grande para un cuerpo tan pequeño. Los tipos la rasgaron y yo aproveché para contorsionarme hasta que me la arrancaron. Vi que uno de ellos la lanzaba al aire, cayó a unos metros y pronto la lluvia empezó a empaparla todavía más de lo que estaba, como a mi cuerpo.

Traté de taparme. Me asombró que me lo permitieran. Supongo que ambas partes entendimos que ya no seguiría atacando, que me había resignado. Me arrastraron hasta el borde del agujero. Tenía una profundidad de unos dos metros.

Alberto estaba al otro lado. Sonreía divertido y los ojos le brillaban. Lucía esa clase de expresión petulante que me indicó que había advertido a sus hombres de mi carácter insolente. Lo era. Pero en ese momento me olvidé de todo. De las noches de consuelo en brazos de un desconocido cualquiera, de la desesperanza que sentía mientras el alcohol o las drogas surtían efecto. De la locura que me inventaba cuando bailaba hasta al amanecer, de lo desdichada que había sido cuando fingía sonrisas y felicidad.

Las carcajadas de mi hermana, las nostálgicas y odiosas vistas que se veían desde las ventanas de mi habitación en Posillipo. Las largas charlas con mi Atti. La primera sonrisa que le saqué a Marco. El bienestar que trajo a mi vida. Todo cambió con él. Todo me pareció posible a su lado. La felicidad auténtica y genuina. La propia vida. La libertad.

—¿Tienes miedo, Regina?

No le daría el placer de decir que sí, que el miedo me mataría antes que esa cavidad y la oscuridad que dentro se cerniría sobre mí.

Lo miré con todo el desprecio que el terror me dejó reunir. Los brazos en torno a mi torso, para cubrirme los pechos. Ahora los temblores eran descontrolados. Espasmos que me cortaban el aliento. Arrodillada ante aquel extenso grupo de hombres, que me miraban como si fueran a devorarme viva. Si decidían ir a más, si decidían esperar un poco a meterme en ese ataúd que descansaba funesto a mi lado, iba a ser catastrófico. Me romperían hasta el alma. Borrarían las pocas huellas de satisfacción que atesoraba.

—Esos ojos... —aventuró Alberto—. No me mires así, me haces sentir como si fuera un sucio hijo de puta.

—Lo que eres —gruñí a través de las convulsiones.

—Bueno, sí. —Sonrió y se encogió de hombros—. Llevas razón. Ya nos hemos quitado las máscaras, ¿no?

La cárcel le había sentado bien. Le había hecho más ruin y altanero. Supuse que la certeza de haber matado a su hermano le granjeaba una confianza en sí mismo que había ocultado durante demasiado tiempo.

Miré a mi alrededor. Lo buscaba.

«Jimmy, Jimmy, Jimmy». No sabía por qué esperaba verlo aparecer y aniquilar a todos esos tipos.

Alberto extendió una mano y aguardó a que uno de sus hombres le entregara un dosier. Lo lanzó al suelo, junto a mí, y le siguió un bolígrafo.

—He tenido mucho tiempo para meditar. Sobre todo después de verte retozar con ese mercenario. Estabas impresionante toda desnuda y follada.

Empezó a rodear la tumba con lentitud. Apreté los dientes, mis brazos se hicieron más fuertes en torno a mi cuerpo, como si eso fuera a librarme de un ataque. No miraba a mi tío. Me mantuve cabizbaja con todos los sentidos puestos en seguir respirando.

—Pensé que podría resolver todos estos años de frustración. Recuerdo que Vitto y yo hablábamos de la mujer en la que te estabas convirtiendo. Era excitante ver cómo crecías. Tu cuerpo...

Apoyó un dedo en mi hombro desnudo y lo deslizó hacia mi nuca. El estremecimiento me llevó a inclinarme hacia delante para rechazar el contacto. Las náuseas me abordaron hasta marearme. No quería pensar en todo lo que sus palabras escondían, en la cantidad de perversiones que esperaban al acecho.

—¿Crees que resistirías mis ganas? —Continuó e insistió en volver a tocarme—. Eres tan frágil, tan exquisita...

Maldito fuera. Maldito.

Se acuclilló a mi lado y acercó su sucia boca a mi mejilla. Retiré el rostro, pero Alberto me pellizcó la barbilla y me obligó a mirarle. Allí estaba el hombre que había descrito mi tía, y no erraba. En absoluto.

—En fin... —Miró mi boca—. Te deseo, eso lo has sabido siempre, tanto como te deseaba tu padre. Costó que creyeras lo contrario... —Sus palabras daban más sentido a las imágenes que se agolpaban en mi mente—. Pero el tiempo apremia, y me puede más la sed que el hambre. Así que acabemos con esto.

Alcanzó la carpeta, la abrió y extrajo un único documento que uno de sus hombres enseguida cubrió para que la lluvia no lo empapara demasiado. Formó una especie de paraguas con su propia chaqueta.

—Firma —ordenó.

«Cesión de herencia», leí.

Una firma lo convertiría en dueño de todo el patrimonio, ese mismo que su esposa me había cedido a mí creyendo que me protegería contra todo tipo de ataques. Qué equivocada estaba.

—No te lo pienses demasiado —me susurró al oído—. Han detenido a tu esposo, y yo no puedo matarte porque su maldita tía no quiere deshacerse de él por ahora. Prefiere castigarlo. Así que no me deja más opciones que atenerme a los términos legales, porque, si tú mueres, él hereda. —Sus dedos apretaron un poco más—. Así que firma con tu puño y letra si quieres que Marco Berardi no muera esta noche.

Me empujó hacia delante. Tuve que recurrir a una mano para no estrellarme de bruces contra el suelo. Pero enseguida me enderecé y volví a cubrirme. Varios de sus hombres metieron el ataúd en la tumba. Iba a morir, ese era el único resultado. Pero en mi poder estaba que Marco sobreviviera a todo eso.

—He estado en Poggioreale. Sé lo que le espera —confirmó Alberto.

No se equivocaba. Ese lugar era un infierno.

No había duda. Debía firmar, aunque las probabilidades de que Alberto estuviera mintiéndome fueran altísimas. Pero no podía arriesgarme a desafiarle, no estaba en condiciones, no había alternativas posibles ni razones para creer que saldría de aquella.

«Jimmy», me dijo mi fuero interno. Sin embargo, para cuando él apareciera quizá sería demasiado tarde, y Marco no merecía morir conmigo.

Cogí el bolígrafo. Me costó contener el temblor al posarlo sobre el papel. Los trazos salieron erráticos. Pero bastaba. Bastaba para saciar a Alberto, contentarlo.

Sonrió pegado a mi oreja. Ese asqueroso sonido avivó mis lágrimas, que empezaron a arder cuando apoyó la nariz en mi mejilla e inhaló con fuerza.

—Hueles a ese hombre...

También sentía a ese hombre. Muy dentro de mí.

«Teniente».

Cerré los ojos. Me obligué a recordar sus ojos. Aparecieron en mi mente como dos estrellas guía.

«Aférrate a ellos», pensé. «El tiempo no se acaba hasta que dejes de respirar», y me dije que, si eso era cierto, no me importaría rogar por volver a verlos una vez más. Solo una vez.

Alberto me obligó a mirarlo de nuevo. Había sido tan fácil someterme, eso leí en sus ojos: el placer infinito que le causaba haber logrado lo que quería. Se acercó a mí y apoyó sus labios en los míos. No me pude negar, me tenía bien sujeta. Fue un beso duro y quieto. La sentencia de muerte tan propia de la mafia.

Entonces se apartó y se puso en pie. Me cogió del cuello, me arrastró hasta el agujero y me lanzó dentro del ataúd. Solté un quejido al estamparme contra la madera. El dolor avivó mis heridas. Me dolían los huesos, los tendones, los músculos.

Lo miré una vez más. Desde allí abajo parecía un hombre enorme. Ese era el rostro que me perseguiría hasta que dejara de respirar.

Respirar.

Exhalaciones pequeñas. Inhalaciones cortas. Así mantendría el aire lo suficiente para arañar un poco de tiempo, para invertirlo en rezar por que esos canallas no recogieran todas las señales, incluida la camiseta, y me dejaran sin alternativas.

Sus hombres cubrieron el ataúd. La luz se apagó y se hizo la oscuridad. Una muy profunda y voraz. Y la tierra comenzó a caer. Se estrellaba contra la madera. Era un sonido espeluznante. La cerrazón aumentó la sensación de opresión, iba a vomitar el corazón, estaba fallando en mantener a raya mi aire.

Me encogí, abrazándome a mí misma, clavándome las uñas en los brazos, sintiendo que el terror me engullía. Porque tenía miedo. Temía a la muerte, a pesar de haberla deseado cuando se llevó a mi hermana.

«Nunca te he pedido nada, mamá, pero no me dejes sola ahora», sollocé. «Haz que me encuentre. Haz que me encuentre».

«*Il mio cuore bianco*», pareció contestar dentro de mi cabeza.

Y así, cerré los ojos. Y esperé. Si es que había algo que esperar.

38

GENNARO

Todo lo que se veía era un vasto mar. El resplandor de los rayos de sol se iba apagando conforme nos acercábamos a la borrasca que amenazaba la costa sarda. Apenas se vislumbraba aún, solo era una mancha escarpada y lejana que se confundía con las nubes grises que flotaban en el horizonte.

Habíamos abandonado tierras napolitanas en unas condiciones que todavía no asumía, y en lo único en lo que yo podía pensar era en Marco, a pesar de haber escogido subir a ese helicóptero contra los deseos de todos mis compañeros. Incluido Matessi, que ahora me observaba precavido. Quizá no sabía qué decirme para aplacar la vorágine de sentimientos que me destruía.

Se habían llevado a Marco. La versión más formal, legal e inesperada de la mafia había irrumpido en el aeródromo cuando todavía podía sentir en la lengua el sabor de los besos de mi hombre. Uno no espera que la policía ataque de ese modo, vestida de paisano, fingiendo honradez, escudándose en la falsa creencia de estar haciendo un bien por la sociedad. Capturar a los malos malísimos, cuando lo cierto era que solo buscaban atacar y morder como lo harían las bestias a las que se habían vendido.

Al pestañear, durante ese ínfimo instante en que el mundo se apagaba, podía ver con total claridad lo que había ocurrido. Cada maldito detalle en su gloriosa brutalidad. La misma que había salpicado Porto Rotondo mientras nosotros luchábamos con uñas y dientes por evitar que alguno cayera. Ni siquiera nos importaban las consecuencias o sus estragos. Nos preocupaba mucho más el daño que cada uno recibiera. Y cuando vi que Conte, Draghi y Attilio sangraban, yo sangré con ellos, y mis magulladuras y golpes se convirtieron en brechas hirientes que se encarnizaron al ver que Marco se alejaba de mí y yo no podía hacer nada por evitarlo.

La suerte no le alcanzó a él. Llegó unos minutos tarde, en forma de escandalosa turba que arrasó con todo con la fuerza de un experimentado huracán. Esa también era la policía, pero en su versión más honrada, policías que no se habían dejado comprar. Y cuando todo acabó, respondieron ante Matessi, porque para aquellos hombres no era un mercenario, sino un sargento de la Guardia di Finanza.

Lo miré con el corazón en la garganta.

Estaba en el rincón opuesto a mí del helicóptero. Llevaba unos auriculares con micro para poder comunicarse con el piloto o con sus superiores. Había sabido que el jefe de ese operativo era su tío materno, Umberto Adami, que no dudó en echarle una buena bronca telefónica en cuanto todo acabó.

Matessi se culpaba. No lo había dicho, pero pude leerlo en sus pupilas cuando se clavaron en las mías. Y yo pensé que había hecho todo lo posible. Había presentido el ataque y nos había librado de un resultado peor al avisar a los suyos cuando todavía teníamos una oportunidad.

Pero Marco no estaba. Y mis amigos habían sido trasladados a Roma. Attilio herido de gravedad. Cuando Regina lo descubriera, la noticia la hundiría. Porque su amigo sobreviviría, no me cabía duda, pero no confiaba en lo que pudiera pasarle a su esposo, mi amante.

—¿Qué nos espera en Cerdeña? —pregunté.

—Nada bueno, eso desde luego —espetó Matessi pellizcándose la frente.

No estaba cómodo con mi presencia y lo cierto era que yo tampoco. La lucha había sacado a relucir mis carencias como hombre y, aunque me había dejado la piel tratando de proteger a los míos, no fui capaz de nada más que esperar un puto tiro en la nuca.

—Te he escuchado —dije asfixiado apretándome los dedos—.

Que habían asaltado la casa. Que Jimmy Canetti ha pedido autorización para rastrear la zona. ¿Por qué? Tú lo sabes.

Nos miramos como si quisiéramos colarnos en nuestras mentes, leerlo todo.

—Lo único que sé es que no deberías haber venido —aseveró.

Yo asentí.

—Yo también lo creo, porque no serviré de nada si me comparas contigo. Pero Regina es importante para mí. Es mi amiga. —Me dolió el pecho ante la fuerza con la que esas palabras salieron de mi boca—. La única persona que me ha querido por ser yo mismo, sin preguntar. Y, si tengo que morir por ella, lo haré, porque también sé que Marco habría reaccionado igual. Porque si él descubre que ella está peligro...

Cerré los ojos, me tragué unas lágrimas demasiado ardientes. Existía ese peligro, lo sabía. Lo percibía en las entrañas. Me había sentido insoportablemente dividido mirando a mi alrededor en medio del aeródromo, rodeado de policías que trataban de poner orden, organizar los cadáveres, trasladar a los heridos. Dividido porque se llevaban a Atti herido, con los demás. Porque Marco había sido detenido. Porque Regina estaba en peligro. Y yo no sabía qué demonios hacer, a quién acudir primero, si mi propia presencia serviría de algo.

—Eh... —susurró Matessi acercándose a mí.

Me rodeó los hombros con un brazo y dejó que yo escondiera el rostro en su pecho.

—¿Qué le va a pasar? Marco no es un mal hombre, Matessi... —Se me rompió la voz—. No se merece...

—Nada —me interrumpió—. No le pasará nada porque nos hemos encargado de ello. Van a encerrarlo en Poggioreale.

La sangre pareció congelárseme en las venas.

—Sabes lo peligroso que es ese lugar. ¿Cómo puedes hablar tan a la ligera?

Sus bonitos ojos verdes destellaron. No hablaría, pero tampoco fue necesario. Algo de mí entendió esa verdad que él no quería verbalizar todavía y que de algún modo tranquilizó mi alma. Marco estaría protegido, resistiría hasta que Jimmy y su equipo hallaran la mejor manera de rescatarlo de las garras de mi ciudad, de esa prisión.

—Regina... —murmuré—. ¿Ella sabe que Canetti es... policía? —pregunté enjugándome la humedad de mis ojos con el reverso de la mano.

—A estas alturas, es muy probable.

Claro, porque Jimmy no habría podido ocultar la verdad si se vio obligado a acudir a la llamada de auxilio de Matessi y mucho menos si habían sido asaltados durante el proceso. Mierda, no quería ni imaginar cómo se estaría sintiendo Regina en ese momento. Sabía que había desarrollado sentimientos por ese hombre o, lo que era más trágico, era probable que supiera todo lo que había ocurrido en el aeródromo.

—Cuéntame qué ha ocurrido —le pedí.

Matessi cogió aire. No se iba a negar porque sabía que estaba a punto de descubrirlo. Nos acercábamos irremediablemente a Cerdeña.

—Durante la evacuación, Regina fue interceptada. En realidad, se entregó para darles una oportunidad de escapar a los demás.

Creí que su voz y mi pulso me habían jugado una mala pasada, que el ruido ensordecedor de las aspas del helicóptero habían influido en su significado. Pero esos ojos no mentían y la consternación que descubrí en ellos tampoco.

Me llevé una mano a la cara y me froté con fuerza, como si con ese gesto pudiera arrancarme la piel y acabar con todo ese maldito asunto. Solo se me ocurría una persona capaz de atacar a Regina, y esa era su tío, que quizá había encontrado la manera de escapar y llegar a Porto Rotondo. Y había tenido que ser demoledor si había logrado saltarse todos los puntos de seguridad que rodeaban la casa y obligar a Jimmy a evacuar de emergencia.

Me sentí estúpido. Nada de lo que habíamos hecho había servido para nada, no había variado el resultado que nos temíamos, que tanto queríamos evitar. El maldito viaje a Nápoles había sido una trampa y nosotros habíamos caído en ella pensando que teníamos una oportunidad, que lograríamos finiquitar toda aquella maldita locura y alcanzar esa vida de libertad que tanto ansiábamos.

—¿Qué garantías tenemos de que esté bien?

—Ninguna.

Se llevó las manos a la cabeza y las deslizó hacia el cuello. Matessi se estaba preparando para la acción, fuera cual fuese, pero la tensión era irremediable.

—Si te soy sincero, quiero abofetearla por haberse entregado, porque no tenemos ni idea de dónde está, pero he conocido a muy pocos con semejante valor.

Se me encogió el corazón.

—Díselo cuando la veas, no se aprecia lo bastante —dije evitando mirar a Matessi.

Pero sus ojos me atraparon y odié todo lo que vi. Rehusaba imaginar que no volvería a ver a mi amiga, no merecía un castigo tan cruel, y lo mejor que pude hacer para contener los espasmos fue negar con la cabeza.

—Ni se te ocurra... —aseveré asfixiado—. No me pidas que me prepare para lo peor...

Entendía que Matessi estuviera acostumbrado a valorar todos los escenarios, pero no quería creer que la vida fuera tan injusta. Todavía confiaba en ella. Si el destino nos había cruzado a todos, quizá existían razones para albergar esperanza. Necesitaba creer que podía salir bien, que si moríamos jóvenes no sería por culpa de la mafia.

Matessi leyó todo eso en mi rostro. Asintió con la cabeza. Probablemente tenía reflexiones con las que contradecirme. Era lógico que le costara ver la mejor cara de la moneda, su trabajo se basaba en enfrentarse a la maldad de la gente. Pero escogió darme ánimo y aparcar todo lo que él, como policía militar, sabía, todo lo que había vivido.

—Sargento, estamos llegando a las coordenadas —le oí decir al piloto—. Tengo contacto visual.

Matessi se asomó fuera. La rigidez que adoptó su cuerpo me puso en alerta.

—¿Qué coño...? —Frunció el ceño—. Establece contacto con la superficie.

—No responden, sargento.

La tensión que crecía en el napolitano fue lo que me invitó a moverme. Lo hice muy lento, con el aliento acumulándose en mi boca. Entonces lo vi. El grupo de hombres cavando en el barro de aquel campo de cultivo sobre el que había estado lloviendo. El mismo que nosotros sobrevolábamos ahora.

Un terror insoportable me invadió. Ni siquiera me dejó continuar respirando. Sabía qué significaba aquello, lo había visto antes, en los descampados que rodeaban las Velas, cuando solo era un niño que empezaba a entender las ganas de escapar de ese mundo.

Me enganché al brazo de Matessi y estrujé su chaqueta.

—Aterriza. Tengo que bajar. ¡Tengo que bajar! —clamé.

Su expresión reveló varias emociones al mismo tiempo. Aturdimiento, decepción, resignación, rabia. Y comprensión, porque él también entendía qué escondía el hecho de ver a su jefe hincado de rodillas en la tierra mientras sus manos se enterraban en el barro.

Le hizo una señal al piloto y el helicóptero enseguida comenzó a descender. Yo no podía apartar los ojos de aquella escena, con el pulso atronándome en los oídos. Sentí que mi mente viajaba a ese agujero, a la oscuridad que habitaba en él. Regina atrapada dentro. Me pregunté si todavía respiraba, si la tierra la había asfixiado o había sido enterrada dentro de un ataúd. Me pregunté también si habría arañado la madera en busca de salir o si sus captores le habrían pegado un tiro antes de enterrarla.

Salté del helicóptero cuando todavía no había tocado suelo. Perdí el equilibrio y rodé, pero enseguida me puse en pie y eché a correr. Matessi no tardó en seguirme.

—¡¡¡Regina!!! —aullé justo antes de clavar las rodillas en el barro y unirme a excavar con los demás.

Faty estaba herida, la sangre le empapaba el pantalón y la camisa, pero no se detenía ni para coger aire. Sus gemidos se me clavaron en la piel, se unieron a mis resuellos, a los gruñidos del resto de hombres que movían y movían las manos, que enterraban los dedos hasta los nudillos y escarbaban en la tierra tratando de ahondar en el agujero.

Pero la desesperación de ninguno de ellos, ni siquiera la mía, podía equipararse a la de Jimmy Canetti.

No le importaban las laceraciones que le producían sus movimientos, cavaba como si su vida dependiera de ello, con una agonía que no se contuvo de ocultar. Le daba igual que todos pudiéramos ver aquellos ojos húmedos convertidos en piedras de diamante de color ámbar engullidos por un enrojecimiento que era tan rabioso como abatido.

Era un hombre salvaje que no creía haberlo sido lo bastante para librar a Regina de ese destino. Era una bestia dispuesta a convertirse en un manto de estrellas que se aferraría a mi amiga para no soltarla jamás. La versión más clara y tangible de lo que siempre había creído que era el amor. Cuándo y cómo empezó no importaba. Simplemente latía en su pecho con una urgencia demencial.

Para él solo existía la mujer que yacía dentro del ataúd que empezó a vislumbrarse por entre los kilos de tierra oscura.

Cavamos más desesperados. Agradecí a ese dios que no existía que hubiera ataúd. Todavía había una oportunidad.

Jimmy enganchó las manos a uno de los extremos de la madera. Aún faltaba mucha tierra que escarbar, pero supo que nosotros nos centraríamos en ello mientras él empujaba con todas sus fuerzas.

Gritó. La madera crujió, se astilló en las esquinas. No creí posible que pudiera partirla, era imposible. Pero en ese momento Jimmy era capaz de cualquier cosa, una maldita fuerza de la naturaleza que terminó por soltar en un gruñido el nombre de mi amiga como si fuera la única palabra que supiera decir.

Me destrocé las uñas tratando de sacar la tierra. Los calambres me atravesaban los brazos, hacían que me ardieran las manos. Mas yo seguía. Más rápido, más febril. Con el pánico mordiéndome las entrañas.

La madera cedió. Ciani se lanzó hacia delante y ayudó a Jimmy a terminar de tirar. Entre los dos lograron que el ataúd se abriera y todos pudimos sentir el golpe de oscuridad que se diluyó hasta mostrarnos a Regina.

No había sangre. Solo humedad y barro empapando su cuerpo. Regina estaba en posición fetal. Convulsionaba de un modo muy apagado. Desnuda de cintura para arriba. Sus brazos ocultaban sus pechos, pero no lograron esconder sus pronunciadas costillas. Estaban amoratadas y casi no se hinchaban. Apenas respiraba.

Caí hacia atrás, con los ojos hinchados de estupor y agonía, cuando Jimmy saltó dentro. Se quitó el jersey. Le importó un carajo el frío. Cubrió el pecho de Regina y tiró de ella hacia sí mismo para sacarla del agujero. Su pequeño cuerpo laxo entre los corpulentos brazos de ese hombre que se moría por ella.

La colocó sobre sus piernas y depositó sus labios sobre los de ella para darle aliento. La imagen me rompió el corazón. Jimmy meciéndose, murmurando su nombre, llenando su boca de oxígeno a la espera de ver sus ojos, de verla a ella de nuevo.

Faty rompió a llorar al ver que el mercenario, que había resultado no serlo, temblaba. Allí estaba mi amiga, apoyada en su pecho escultórico, mirándolo con la misma devoción que inundaba la mirada de Jimmy. Y cuando la besó de nuevo antes de ponerse en pie, con ella todavía entre sus brazos, yo no supe si podría volver a levantarme, si los espasmos me dejarían asumir que Regina estaba viva y seguiría regalándome sonrisas.

39

MARCO

Los ojos de Saveria acostumbraban a ser un enigma para cualquiera que se atreviera a sondearlos. Tan verdes y embaucadores. Tan afilados y sagaces. Se clavaron en los míos a través del espejo de su tocador. Intimidaban como lo haría un depredador hambriento. Solo que yo nunca podría ser su presa. Al menos no mientras ella todavía me creyera un buen siervo.

—¿Querías algo? —le pregunté desde el umbral de su vestidor.

No me gustaba entrar en su habitación, era como penetrar en un territorio demasiado íntimo y escabroso. Así que, cuando me veía obligado a visitarla en sus dependencias, solía dejar un pie fuera.

Pero esa vez me ordenó con una sonrisa que cerrara la puerta conmigo allí dentro. A su merced, como a ella le gustaba.

—¿Te marchas ya? —indagó terminando de colocarse un pendiente.

Sus movimientos casi parecían una amenaza velada. Todo lo que esa mujer hacía, desde respirar hasta sonreír, conllevaba una autoridad espeluznante.

—Estaré fuera unos días.

—Disculpa mi ausencia cuando llegues.

—¿Por qué? Nadie espera que asistas —espeté.

Además, casi agradecí su viaje a Catar. Dos semanas, tal vez más, en las que yo podría moverme sin tener su maldita sombra escudriñando cada uno de mis pasos. Porque Saveria sospechaba del cambio en mí y empezaba a molestarle.

Dibujó una sonrisa que la invitó a mirarme de pies a cabeza, despacio, como si fuera a devorarme.

Pretendía incomodarme. No, más bien quería ponerme a prueba y aclarar si ahora me fastidiaba ser observado como si fuera de su propiedad. Pero no encontró nada más que a un hombre ataviado con un traje negro. Las manos en los bolsillos del pantalón, el cuerpo apoyado en el marco de la puerta, una mueca de indolencia en el rostro. Estaba demasiado habituado a esos análisis como para verme afectado por ellos. Y eso excitaba a la Viuda Verde. La excitaba tanto que no podía evitar lamerse los labios.

—Los entierros me opacan demasiado —ironizó.

Yo alcé las cejas, incrédulo. Conmigo no funcionaba esa actitud de falsa solemnidad. Le importaba un carajo que una cría hubiera muerto. En el Marsaskala, morían niños a diario. Para ella, Camila solo era un insecto más en su perverso y maquiavélico muestrario.

—Tú nunca cederías ante ninguna de tus prioridades. Son como un credo para ti. —Saveria ni siquiera detuvo su curso el día que fallecieron su padre o cualquiera de sus esposos.

Esa era una de las principales características que la convertían en una psicópata de lo más sofisticada.

Se puso en pie y caminó hacia mí. Era una mujer muy hermosa. La madurez había incluso embellecido ciertas cualidades, como el arco de su cintura o la voluptuosidad de su figura. Cada paso que daba sobre aquellos afilados tacones verdes era como una sentencia. Se sabía atractiva y deseada, se movía para atraer. Había visto a decenas de hombres y mujeres caer rendidos a sus pies por todo ese poder que destilaba.

Acarició la curva de mi mandíbula con una uña afilada. Debería haberlo resistido, siempre lo hacía. Siempre soportaba lo que venía después. Un beso. Solo uno, que era como una clara señal de posesión. Era suyo, y le gustaba recordármelo.

Pero esa vez aparté la cabeza y ella sonrió de medio lado y entornó los ojos.

—En el pasado no te importunaba. ¿Por qué lo hace ahora? —quiso saber.

—¿Eso crees?

—¿Me equivoco?

Torció el gesto. Me estaba analizando y supe de inmediato qué descubriría por más que yo me mantuviera inaccesible.

Volvió a acariciarme, dibujó cada rincón de mi rostro y yo me dejé.

—Este rostro que tienes, tan inmaculado, tan fascinador. Me he pasado horas observándolo, tentada con ver cómo se corrompe. Cómo madura hasta alcanzar esta belleza despiadada que muestras ahora. Pero también detecto algo que no soporto. —La voz se le endureció—. Ese pequeño atisbo de empatía que crece en la seductora comisura de tu boca. Ahógalo, Marco, antes de que sea demasiado tarde. O tendré que hacerlo yo.

Esa vez sonreí yo.

—Nunca has sido tan sofisticada para advertir.

—¿Te ha parecido una advertencia? —Nos desafiamos con la mirada.

—Buen viaje, tía.

Apoyé mis labios en los suyos. El beso fue duro y también lascivo. Nada que ninguno de los dos no hubiéramos esperado.

Ignoraba por qué mi mente había caído en las garras de ese recuerdo, el último que tenía de Saveria. No había nada de especial en él, aparentemente. Pero la vulnerabilidad me permitió ver algo a lo que no presté atención entonces. Quizá mi mente quería recordarme que ella nunca viajaba en vísperas de Navidad, y por primera vez me pregunté si lo había hecho porque quería ponerme a prueba.

Tenía sentido. La amenaza había sido concluyente y yo no le di importancia porque a Saveria le encantaba jugar.

En realidad, ahora importaba una mierda. Me preocupaba mucho más el fuerte dolor que me atravesó el pecho al abrir los ojos. Fue tan intenso que me llevó a escupir el aliento con una brusca exhalación.

Me doblé sobre aquella rígida camilla llevándome las manos

al abdomen. Me ardía el cuerpo, sentía que estaba a punto de partirme en dos.

—Al fin despiertas, muchacho —dijo una voz masculina.

La busqué tratando de enfocar la vista. Un hombre con el batín de médico guardaba las manos en el bolsillo y me estudiaba con la mirada. Debía tener unos sesenta años y parecía cansado de su trabajo. Tras él se adivinaba una sala médica. No era demasiado sofisticada. Paredes alicatadas con azulejos blancos, varios plafones de tubos fluorescentes que irradiaban una luz blanca muy molesta. Una docena de boxes delimitados por unos biombos, unas puertas batientes con cristal opaco y un apartado de consulta, cura y farmacia.

—¿Dónde estoy? —pregunté con la intención de concretar la ubicación de aquella decadente sala.

Y el tipo entendió a qué me refería.

—En la enfermería de Poggioreale —respondió—. Cuando llegaste parecías un cuadro.

—¿Y cuándo fue eso?

Mi mente estaba demasiado espesa. Apenas me acordaba de Tanni ordenando a sus tipos que me dieran una paliza.

—Ayer a primera hora —confirmó el doctor.

Por el sol que se colaba por los ventanales enrejados, supe que había pasado más de veinticuatro horas de ese instante. Era mediodía.

Se acercó a la vía intravenosa y aumentó el goteo.

—Te he administrado antiinflamatorios y calmantes. Solo te han roto un par de costillas, además de lo obvio, contusiones y demás. La próxima vez evita echarte a reír mientras te dan una paliza, chico. No creo que tengas tanta suerte.

No parecía afortunado que ni siquiera pudiera moverme. Aunque debía agradecer que los calmantes fluyeran por mi torrente sanguíneo. De lo contrario, no podría ni hablar.

Eché un vistazo a la indumentaria que llevaba. Una bata hospitalaria por la que se entreveía el vendaje que me rodeaba el torso.

Traté de incorporarme. El doctor me ayudó a sacar las piernas y sentarme al borde de la camilla. Era amable pero también impersonal, alguien acostumbrado a tratar con criminales y que sabía cómo separar sus opiniones de su labor. A veces me asombraba el código deontológico.

—Mis chicos... Regina... —balbuceé.

Ahora que la consciencia había despertado, se me complicó demasiado contener los exorbitantes niveles de preocupación que me invadieron. Fueron casi tan dolorosos como las contusiones. Había dejado a mis chicos en el aeródromo a punto de ser fusilados y Tanni me había dicho que Alberto se dirigía a mi casa. Regina estaba allí. Confiaba en las cualidades de Jimmy para protegerla, pero no estaba seguro de cómo atacaría Fabbri.

El pánico me atenazaba ante la posibilidad de que ella estuviera sufriendo. Nunca lo había sentido, jamás imaginé que sería una emoción tan densa e insoportable.

—No se me permite darte información del exterior —dijo el hombre.

Pero sabía tan bien como yo que aquello no era legal. Por mucho que la mafia estuviera involucrada, vivíamos en un estado de derecho democrático y no en una dictadura.

—La instrucción... El juez...

—¿De qué hablas, muchacho?

Le lancé un vistazo severo.

—He sido detenido, pero no he pasado por sala judicial. Nadie me ha leído mis derechos y no he tenido oportunidad de oír la sentencia provisional de un juez autorizado antes de ser trasladado a prisión.

El doctor asintió con la cabeza.

—Se te acusa de asesinato. —Sí, eso ya lo sabía—. Y, si quisieras representación legal, podrías usar tus propios conocimientos. Al fin y al cabo eres abogado, ¿no?

—¿Serviría de algo? —espeté—. Quiero una reunión con el director.

—Chico, aquí las cosas no funcionan como tú crees —dijo pellizcándose la frente—. No si tienes en contra a los que deciden si entras o sales de la cárcel. Así que te conviene tener un perfil lo más bajo posible. Por tu bien.

Era un buen consejo. Inesperado pero muy útil. Aun así, no calmó mi inquietud. Lo que a mí me ocurriera me importaba un carajo. Estaba de sobra preparado para lo que sea que fuera a pasarme y me entregaría a ello con orgullo si eso me garantizaba la seguridad de mi gente. De todos ellos.

—Necesito saber si están bien —resollé. Mi brazo apretándose en torno a mi tórax. Joder, cómo dolía respirar.

El doctor se acercó a su mesa y pulsó el interfono para avisar a los guardias. Ni siquiera escuché qué dijo, solo prestaba atención a sus movimientos tensos. Cuando volvió a acercarse a mí, no quería mirarme a la cara.

—Te daré el alta —anunció mientras un guardia entraba en la sala—. Enviaré el informe a los de arriba. Aquí tienes las instrucciones de tu tratamiento —me entregó una bolsa de papel— y los comprimidos. Si tienes cualquier molestia, pásate por aquí. —Miró al guardia—. Puedes llevártelo.

Pero no lo hizo hasta que me cambié. El uniforme de recluso me esperaba en una silla y tuve que cambiarme bajo la atenta mirada del guardia, que ni siquiera hizo el amago de echarme una mano.

Media hora más tarde, atravesaba un pasillo que llevaba a las celdas mientras los presos golpeaban los barrotes y me gritaban improperios y amenazas. Supuse que era lo típico. Una maldita novedad con patas irrumpiendo en una vida bastante aburrida.

—Están bien. Todos. Están a salvo.

Tuve un escalofrío. No esperaba que la voz del guardia me atravesara de aquella manera. Habló a mis espaldas y noté que esperaba de mí que continuara caminando como si no hubiera escuchado nada.

Giré un poco la cabeza.

—¿Hay algún herido? —pregunté.

—Sí. Pero fuera de peligro.

Cerré los ojos un instante y dejé que el aire entrara en mis pulmones, a pesar del ramalazo de grave malestar que me atravesó.

—¿Quién eres? —susurré.

—El único amigo que tienes aquí dentro.

Me adelantó para cortarme el paso ignorando mis ojos, que lo miraban a medio camino entre el estupor y el alivio. Le observé. No era mayor que yo, quizá un par de años o tres. Fuerte, fornido, bastante alto y con un rostro curtido y serio. Se movía relajado, muy seguro de sí mismo. Algo de él me recordó a Jimmy Canetti. Debía ser sincero, su apariencia me habría impresionado de no haber sido por la bestia que esperaba dentro de la celda.

La cerradura chasqueó y el guardia abrió la puerta, que crujió antes de mostrarme su interior. Un espacio sucio y reducido. Disponía de tres literas con seis camas, una mesa en el centro de la sala con varias banquetas. Armarios, estanterías plagadas de revistas y otros objetos y una pequeña recámara que ocultaba el retrete delimitada por unas paredes que no llegaban al techo.

Tragué saliva. No me intimidó el lugar, lo hizo el olor a porquería que desprendía y el desorden.

El recluso que había dentro me miró. Esa bestia corpulenta con el cabello cortado a ras y el cuerpo salpicado de tatuajes. Una esvástica asomaba por entre la camiseta de tirantes blanca que llevaba y también otros símbolos relacionados con las bandas neonazis.

—Tu compañero de celda —indicó el guardia—. Mario Tessari. No habla mucho, pero todos le respetan. No te alejes de él. Los demás están en el patio. Te ignorarán.

Fruncí el ceño y lo miré.

—¿Para quién trabajas? No entiendo nada.

Se encogió de hombros.

—Has debido de caerle muy bien, ¿sabes?

—¿A quién?

—Al jefe. Jimmy Canetti.

Se me cortó el aliento. Mi cerebro comenzó a pensar a toda prisa, ni siquiera era capaz de seguirle el ritmo. Decenas de pensamientos agolpándose entre sí, unos con otros. Era un enfrentamiento que no me permitía abarcar todo lo que mis ojos observaban.

El guardia me empujó dentro.

—Perfil bajo, amigo, y no te alejes de él. Serán solo unos días.

Tragué saliva. Era insoportable que las emociones estuvieran tan a flor de piel. En el pasado, quizá habría sabido asimilar todo lo que estaba sucediendo, crear patrones y sacar conclusiones estables. Pero en ese momento solo pude concentrarme en el cierre de la puerta y en el hecho de que compartía celda con un hombre que podía asesinar con una sola mirada.

Lo encaré.

—¿Tú también trabajas para Jimmy? —quise saber tratando de sonar como si realmente tuviera el control de mí mismo.

—Ni se te ocurra mencionar ese nombre aquí —gruñó—. Calladito estás más guapo.

Señaló mi catre. Dormiría en la cama de debajo de la litera que estaba al lado de la suya. Y me dejé caer sobre ese mugriento colchón sin quitarle ojo de encima, sabiendo que las preguntas no me dejarían tenerle miedo.

El rumor de todos aquellos interrogantes fue lo que me cortó la respiración.

Tessari no hablaba mucho. El guardia estaba en lo cierto, pero no me advirtió de lo posesivo que era y de lo mucho que se implicaba en sus obligaciones. Le habían encomendado que me protegiera y eso hizo. Me arrastraba de un lado a otro como si fuera su maldito juguete. Y me habría echado a reír de no haber sido por el temor con el que el resto de reclusos le observaba.

Me tentó preguntarle en más de una ocasión qué vínculos tenía con Jimmy, si trabajaba para él, si el guardia era un aliado, si Tessari también lo era. La incertidumbre me carcomía. No me dejaba pensar en otra cosa, aclarar mis pensamientos, arrojar un poco de luz al túnel oscuro en el que me había quedado atrapado.

Era tarde cuando la puerta se abrió. Nuestros compañeros de celda jugaban a las cartas en la mesa, parloteaban gilipolleces mientras apostaban con pasta seca. Tessari se había tumbado en el sofá y lanzaba una pelota de tenis contra la pared, muy consciente de que yo no le quitaba ojo de encima.

Hasta que nuestro guardia apareció.

—Berardi, muévete —ordenó.

Me costó hacerlo, pero finalmente lo seguí fuera de la celda.

—¿Pasa algo? —pregunté.

—Camina.

Eso hice, tratando de analizar todos los detalles. En el peor de los casos, me darían otra paliza. En el mejor, me pegarían un tiro en la cabeza. Pero pensar en ese escenario ya no me suscitaba tanto alivio como en el pasado. La mera idea de dejar a Gennà y Regina me producía una amargura insoportable. Por ellos merecía la pena rogar por un poco más de tiempo con vida.

También cabía la posibilidad de encontrarme con Saveria porque era de las pocas personas que podían apañar un encuentro conmigo a esas horas de la noche en una prisión. Pero no creía que el guardia, siendo un hombre de Jimmy Canetti y habiendo asegurado mi protección durante aquellos dos últimos días, cambiara de bando con tanta facilidad. A menos que Canetti fuera un hijo de puta. Y esa era una opción de sobra descartada, me lo decían mis instintos y todo lo que me había demostrado.

El guardia me guio hacia el edificio de oficinas y se abrió paso hacia el interior de una sala de reuniones. Me preparé para lo que sea que esperase allí dentro. Pero, desde luego, lo último que imaginé ver fue la perfecta silueta de mi hermano.

Entorné los ojos. El pulso me estalló en las venas. La puerta se cerró detrás de mí. Sandro me daba la espalda. Miraba por la ventana. Me estaba regalando un instante para asumir su presencia. Empecé a debatirme entre si ponerme en guardia o caer en la confusión que me devoraba por dentro.

Muy despacio, se giró para mirarme. Contuve el aliento. Nunca antes sus ojos me parecieron tan brillantes y seguros. Él, que era un hombre tan corrompido.

—Hola, hermano —dijo con voz suave.

No hallé rastro alguno de ironía o de maldad en ella.

—¿Qué coño haces aquí? —pregunté estupefacto, con los puños cerrados pegados al cuerpo.

No estaba acostumbrado a las sorpresas, no sabía cómo manejarme ante situaciones de ese tipo. Normalmente me adelantaba a cualquier respuesta, pero mis facultades estaban un tanto exhaustas. Me costaba pensar y analizar y reaccionar. Ni siquiera sabía en qué posición me encontraba o cuándo Saveria decidiría asestar el golpe final.

Todo aquello era un castigo por haber creado un mundo paralelo a sus órdenes, y ahora quería hacerlo pedazos. Esa mujer sabía infligir daño de todas las maneras posibles. Me arrebataría todo lo que amaba dejándome en una situación en la que no pudiera reaccionar para someterme.

—En realidad, no me han dado mucho tiempo —anunció Sandro con parquedad—. Creen que he venido en nombre de Saveria.

—¿Lo has hecho?

Se mordió el labio y adoptó un gesto bastante severo y estricto.

—Ese guardia trabaja para Jimmy Canetti, no obedecerá otra orden.

El dato era igual de perturbador que su visita.

—Es extraño que un hombre que se debe a su puesto de trabajo sea fiel a las peticiones de un mercenario. Pero lo es aún más que tú lo conozcas —espeté.

Sonrió.

—Se me hace raro que lo llames mercenario.

—¿Qué otra cosa podría ser?

—Un teniente de la Guardia di Finanza. Y mi amigo.

Fue como recibir un golpe. El dolor de las costillas amenazó con doblarme. Tuve que apoyarme en el respaldo de una silla y desplomarme en ella para resistir aquella punzada.

Todas las dudas que me había causado la actitud de Jimmy se evaporaron de pronto, no sin antes convertir mi respiración en un desastre de resuellos. Porque me sentí un necio. Había tenido la verdad ante mis narices todo el maldito tiempo y yo no le había prestado atención porque estaba demasiado cegado intentando ser un miserable canalla. Solo sabía que la duda sobrevolaba mi mente de un modo pasajero.

Canetti se había ocultado bien creando una identidad lo bastante real como para confundirme, a pesar de las ocasiones en que sospeché de él. El mercenario que creía que era había sido concebido para acercarse a mí y lo había conseguido. Se había ganado mi confianza y me mataba no saber para qué.

Cerré los ojos, tragué saliva, necesitaba controlar mis pulsaciones. No soportaba los ojos de mi hermano sobre mí, preocupados, pero también firmes y serenos. Esperaba a que yo me viera capaz de escucharlo. Pero cuando le miré, ambos supimos que no lo estaría nunca. Lo que fuera a decirme sería lo bastante trascendental para cambiarnos, y ese cambio no debía tener miramientos. Debía entregarse como lo que era, una tempestad.

—Se llama Sofia. La conocí en un club de Roma —suspiró Sandro antes de inclinar la cabeza hacia atrás para coger aire—. Joder, Marco, tendrías que haberla visto. Estaba tan preciosa saltando en medio de toda esa gente… Gritaba, reía. La vida parecía importarle una mierda. Solo existía ese momento y su cuerpo se dejaba llevar por la música. Me cegó como nadie lo había hecho nunca.

Sabía lo aturdidor que era eso. Sandro era un hombre promiscuo, grosero y demasiado impulsivo. Su moral se había corrompido hacía mucho.

—Todo comenzó esa noche —continuó.

Yo no sabía muy bien por qué me contaba aquello.

—Hicimos el amor, acordamos no volver a vernos y, sin embargo, amanecimos abrazados el uno al otro. No abandoné aquella cama en todo el fin de semana. Comimos, bailamos, bebimos. Fue mágico. «Pero pronto acabará», me dijo antes de desaparecer. No lo entendí en ese momento. Solo me centré en buscarla, y cuando di con ella, le rogué. Joder, me había enamorado locamente.

—Tú, enamorado... —resoplé irónico.

Pero él solo sonrió con tristeza. No se había movido del lugar. Todo su cuerpo destilaba un sentimiento demasiado sombrío. Seguía sin percibir maldad de su parte. Sandro era como un enorme foco. Se le veía venir con demasiada antelación. Era muy desconcertante aquella versión de él. No la reconocía, no sabía cómo manejarla ni por qué me contaba todo aquello. Pero tampoco podía apartar la vista de él. Me tenía completamente atrapado. Era lo único que logró apaciguar el dolor.

—Sí... Sí... —suspiró algo asfixiado—. Tenía veintidós años, como tu Regina.

Su nombre me encogió el estómago.

—Las primeras semanas fueron desconcertantes. Sofía jugaba al despiste. Intentaba alejarme, pero terminaba sucumbiendo. Y después volvía a desaparecer... Hasta que descubrí por qué. Leucemia... en estadio cuatro.

Me quedé muy quieto, asimilando el dolor que flotaba en los metros que nos separaban. Mi hermano había amado a la única persona que podía perder, y ese era un capítulo de su vida que no estaba dispuesto a cerrar, que lo había definido todo.

—Se moría... —susurró con los ojos empañados—. La mujer que había logrado mover todo mi mundo, que me había enseñado a vivir, que solo sabía sonreír... Se moría..., y yo no podía hacer nada por evitarlo.

El cambio que yo mismo había sufrido nunca fue tan evidente hasta que sentí cómo me contagiaba de la desolación que albergaba la voz de Sandro. Me puse en su piel. Imaginé a Regina en el lugar de esa joven y el desconsuelo que sentiría al perderla.

—Vi cómo se apagaba, Marco —dijo bajito—. Día a día, lentamente. Ella me echaba, decía que no quería condenarme a vivir aquello. Pero estuve ahí hasta el final. Sostuve su mano, le dije que la quería a todas horas.

—¿Por qué me cuentas esto? —resollé.

Sandro tragó saliva y se obligó a recuperarse.

—Su padre se llamaba Alessandro Vani, era jefe de Asuntos Internos del distrito de Lacio.

Fruncí el ceño. Lo conocía. La noticia saltó meses antes del anuncio de mi enlace con Regina. Al coronel lo habían encontrado muerto en su segunda residencia ubicada en Varese, con un tiro en la sien. La versión oficial contó que se había suicidado. No podía creer que Sandro estuviera vinculado a él.

—Me odiaba.

—¿Por qué?

—Porque representaba todo aquello que él quería erradicar y porque hice que su hija muriera un poco más rápido —rezongó molesto consigo mismo—. Se fue una semana después de haber traído al mundo a nuestra hija.

Otro golpe. Igual de contundente. Me clavé los dedos en el vendaje. Llegué incluso a ver borroso. Pero la imagen de Sandro resaltaba nítida, tanto que parecía destellar.

—¿Tienes una hija? —pregunté aturdido. Creí que el estupor no me dejaría hablar. Era mi hermano, sí, pero tenía la sensación de que no lo conocía en absoluto.

Asintió con la cabeza.

—Está con su abuela. Cumplió dos años en verano.

Existía una chiquilla que llevaba su sangre y su apellido, que era fruto de un amor sincero y honesto. Y yo no había intuido nada, siempre le creí un bastardo al que prefería bien lejos porque no me apetecía tener que seguir ocultando sus desastres.

—Tardé demasiado tiempo en aceptarla —confesó—. Su rostro me recordaba todo lo que había perdido. Sofía quiso tenerla porque odiaba la idea de abandonar este mundo sin dejar alegría. Cuando sostuve a esa cría entre mis brazos por primera vez no sentí esa emoción porque su madre iba a dejarme y yo no lo soportaba.

—Sandro... —La garganta se me cerró.

—Intenté seguirla, ¿sabes? Varias veces. Drogas, alcohol, carreras, peleas. De todo, y siempre sobrevivía, como si ella se estuviera encargando de protegerme. —Se echó a reír.

Fue muy duro ver aquella sonrisa.

—Un día me visitó en sueños. No dijo nada, solo me miraba. Eso fue lo que me hizo ir en busca de mi hija. Mi suegra lo aceptaba, me adoraba y todavía me adora. Pero su esposo... Vani era tozudo. Un buen hombre pero muy cabezota.

Mi cerebro decidió darme una pequeña oportunidad. El estupor continuaba presente, pero ya no dominaba con el mismo fervor. En mi fuero interno logré empezar a formular preguntas.

—Has dicho que te odiaba por lo que representas... —aventuré.

Sandro cogió aire y se acercó a mí para apoyarse en la mesa. Su agradable aroma me envolvió, me transportó a esas tardes en que los dos nos tumbábamos bajo el sol en el tejado de nuestra casa. Nunca hablábamos, pero se respiraba una tranquilidad a la que no estábamos acostumbrados. Era un momento muy nuestro, que solía recordar cuando pensaba que podía dejar la mente en blanco y creerme otra persona.

Sus manos se aferraron al borde de la mesa, se apretaron.

—Se encontraba en plena investigación contra el Marsaskala, Marco —dijo sabiendo que aquello serviría de sentencia—. Me conocía. Imagina cómo se sintió cuando su hija moribunda apareció conmigo en Navidad y anunció que estaba embarazada de mí. —Otra sonrisa, esa vez fruto de la nostalgia—. Recuerdo que me tumbó de un gancho.

Yo también cogí aire y me puse en pie para acercarme a la mesa, justo a su lado. Nuestros dedos se tocaron. Sandro los miró. Todo su cuerpo ardió en deseos de aferrarse a ellos y pedirme que lo abrazara. Tal y como hacía cuando era un crío que yo me obligaba a ignorar.

—¿Por qué estaba investigando el Marsaskala? —pregunté.

—Descubrió una serie de sobornos que implicaban a su cúpula superior. Empezó a indagar. Había demasiados involucrados conectados a la Camorra y todos tenían vínculos con el Marsaskala. Le extrañó, puesto que, para el mundo, ese lugar no es más que un resort de lujo. Así que creó un equipo de confianza para investigarlo.

—Con Jimmy Canetti al mando —suspiré.

Él asintió.

—Lo conocí en el primer cumpleaños de Sofía.

Le había puesto el nombre de su madre.

—Vani era el mentor de Jimmy. Se adoraban. Me costó convencerlos de que deseaba ayudar. Tardé meses... Quería hacerlo para que mi hija creciera en un mundo sano, sin que su padre formara parte de algo tan asqueroso, y se sintiera orgullosa de mí. Quería hacerlo por la memoria de su madre, porque ella solía decirme que yo era un buen hombre, a pesar de que no era cierto.

Quizá Sofía vio lo que ningún otro habíamos podido ver. A la persona real que habitaba bajo la cárcel que significaba pertenecer a nuestra familia. La verdadera esencia que vivía dentro, escondida y vapuleada porque el Marsaskala no creía en la empatía, ni en la bondad ni en el honor. Nos habían enseñado a ser despiadados y crueles y salvajes. Y lo habíamos conseguido a costa incluso de nosotros mismos.

Mis dedos se movieron solos. Se enredaron en los de Sandro, y no esperé que mi gesto le cortara la respiración. Los miró y se aferró a ellos como si fueran su único sustento.

—¿Qué pasó entonces? —murmuré.

—Vani murió. La investigación se cerró. La Camorra lo asesinó.

Apreté los dientes de pura rabia. Ahora entendía por qué hablaba de su suegro en pasado. Me alegré de que ella no hubiera estado para ver a su padre morir.

—Nos dimos cuenta de que era muy difícil combatir el mal si este estaba en los mayores organismos —continuó—. Así que Jimmy decidió atacar como lo haría la mafia. Pero antes de tomar esa decisión, cayó en las mismas garras que yo. La desolación es una mala consejera.

No me cabía duda, pero me costaba imaginar a Jimmy en una posición tan vulnerable. Era un hombre fuerte y lo había mirado a los ojos, me había sumergido en ellos y siempre lo creí con una capacidad irrefrenable para arrasar con todo. Incluso con el corazón de mi esposa.

Suspiré. Me costaba, pero lo logré. Los dedos de mi hermano se habían convertido casi en un narcótico.

—Con el tiempo, logré convencerle de continuar. Convocó al equipo. Contamos con la ayuda de Adami, quien ahora ocupa el lugar de mi suegro. Pero lo haríamos sin llamar la atención. Y entonces nos llegó el chivatazo de Mónica Espósito.

Aquello confirmaba que la tía de Regina era confidente de Jimmy, que el día que apareció en la casa franca y ambos se miraron compartían una historia. Tenía sentido, Mónica había dicho que su amante la había puesto en contacto con Adami.

—Jimmy encabezó la redada a los Fabbri —anunció Sandro.

La revelación me aturdió. El dato confirmaba que Canetti ya conocía a Regina de antes.

—Asestamos el primer golpe. Pero todavía quedaba mucho trabajo por delante, y yo no disponía de la suficiente influencia en el Marsaskala.

—Siempre fuiste un demente —resoplé con la intención de destensar el ambiente.

—Porque no soportaba lo que veía a mi alrededor. Me consumía. Nunca tuve tu capacidad para capear la tormenta. Tú eres el fuerte de los dos, ¿recuerdas?

—Pero yo soy quien ha caído primero.

—Por ahora.

Fruncí el ceño.

—¿Qué quieres decir?

Se puso en pie y avanzó hasta colocarse delante de mí.

—Lo voy a terminar, Marco —sentenció—. Voy a finalizar la obra de Vani. Lo haré por todos nosotros.

Sí, eso era lo mismo que yo quería. Compartíamos el mismo objetivo. Solo que ahora no podía ayudarlo. Y esa desesperación amenazó con superarme.

—Tengo tantas preguntas, Sandro… —dije frotándome la cara.

—Podrás resolverlas después. Solo quería venir a contarte que estoy aquí, que no dejaré que te hagan daño.

Me eché a reír.

—Nunca fuimos hermanos íntimos.

—¿Ah, no? —Torció el gesto—. ¿No recibiste golpes por mí? ¿No me salvaste de las peores situaciones? ¿No me protegiste de papá?

«Volvería a hacerlo y esta vez me aseguraría de que no te perdieras a ti mismo». Fue un pensamiento involuntario que iba intrínsecamente ligado a mis ganas de retroceder en el tiempo y convertirme en ese compañero de fatigas que estuviera a su lado cuando más me necesitara. Pero la vida parecía dispuesta a darme una oportunidad, y no la malgastaría.

Me enderecé.

—Mi gente...

—Están Roma —me interrumpió—. Jimmy se ha asegurado de protegerlos.

—Regina... ¿Lo sabe?

—Sí.

—El ataque de Alberto...

Apoyó las manos en mis hombros y se inclinó hacia mí.

—Está bien. Ese cabrón se nos escapó, pero daremos con él.

—Ah, Sandro... —suspiré agotado.

Entonces, con cuidado de no hacerme daño, me rodeó con sus brazos. El contacto de todo su cuerpo pegado al mío me dejó congelado. Nunca nos habíamos tocado. Nunca. Aquello era lo más cerca que había estado de mi hermano en sus veintiséis años de vida, y parecía que sus músculos me reclamaban. Temblaron. Pero no me exigiría una respuesta, no la esperaba. Solo quería satisfacer sus ganas, aliviar el miedo que había sentido de perderme a mí también.

—A ambos nos pasó lo mismo, nos enamoramos locamente, ¿cierto? —susurró—. Pero yo la perdí, y no quiero que tú pases por lo mismo. Y no me refiero solo a Regina...

Apreté los ojos y los dientes. Mis manos lentamente rodearon su cintura. Sandro se estremeció y le oí suspirar al saberse envuelto entre mis brazos. No creí que sería tan placentero.

—Aguanta unas horas más —me dijo al oído.

—Tengo un escolta pegado al trasero. Puedo hacerlo.

—Asegúrate de que usa lubricante —bromeó.

Lo golpeé en los riñones.

—Capullo.

Se alejó un poco para terminar apoyando su frente en la mía mientras sus manos me cogían el cuello. Sandro era un poco más bajo que yo, pero en ese momento me parecía que podía comerse el mundo.

—Estoy enfadado contigo —admití rodeando sus muñecas.

—Lo sé. —Sonrió él.

—Podrías haber contado con mi ayuda.

—¿Y hacerte cargar con más peso? No. No, Marco.

Lo entendía. Tenía la mala costumbre de pensar que todo debía pasar por mi control. Pero había llegado el momento de dejarme proteger. Existían personas que querían hacerlo, y yo debía permitirlo. Merecía ser querido porque yo quería con la misma intensidad y no me arrepentía.

—¿Sabes que tenemos un hermano? —pregunté.

Teníamos que pensar cómo sacarlo de allí.

—Sí...

—Bien.

De pronto, el guardia abrió la puerta. Bastó como señal para despedirnos, y no quería alejarme de mi hermano. Se lo dije sin palabras mirándolo a los ojos, logrando que se le empañaran de nuevo. Asintió con la cabeza, fue su forma de expresar que tendría cuidado, que todo acabaría pronto y nuestra vida volvería a empezar. Esa vez lo haríamos bien.

Me alejé de él y caminé hacia la puerta. Pero antes volví a mirarlo.

—Esa niña... Sofía... ¿Puedo verla? —inquirí.

—No he dejado de hablarle de ti. Cree que trabajas mucho.

—Supongo que después de todo esto tendré bastante tiempo libre.

Nos sonreímos. Con cariño y tristeza y un poco de soledad.

Esa noche en la celda, mientras la prisión dormía, pensé cómo había podido vivir sin sentir todas esas emociones. Cómo había preferido perderme tantas maravillas.

Qué suerte la mía, que Regina se cruzara en mi vida y estuviera dispuesta a enseñarme a amar.

40

REGINA

El acto de dormir no tenía por qué ser satisfactorio. No estaba estrechamente ligado con el descanso. Podía pasarme una vida entera durmiendo y no sentiría ni un ápice de consuelo. Porque la mente nunca cedía, siempre estaba en funcionamiento.

Me mostró la oscuridad absoluta y cómo me revolvía yo entre sus garras. Me hizo creer que nunca saldría de ella, que me había atrapado y que quizá esas emociones que me golpeaban por todas partes, como si fueran una lluvia de piedras, tan solo eran un reflejo de lo que había sentido durante mis últimos instantes de vida.

Morir era como dormir. Se le asemejaba bastante, si es que aquello de verdad era la muerte. Corrían rumores sobre el asunto; se decía que, cuando uno expiraba, lo dejaba todo atrás, que el camino se había acabado y acaso se renacería en otra vida, con otra mente y sin sentimientos que ataran.

Yo no me sentía así.

Más bien me había convertido en una vorágine de palpitaciones e inquietudes que me devoraba por dentro y parecía traerme a la conciencia para devolverme de nuevo a las tinieblas. Dolía casi tanto como recibir un golpe en las entrañas. Era como un aguijón que me arrojaba a la ciénaga en la que mi cabeza se había transformado y me torturaba con cada lamentable pedazo de mi vida.

Y después, cuando todo se volvía demasiado insoportable, veía su cara.

Jimmy.

Gritaba sin voz. Yo no la oía, pero entendía lo que me pedía. Quería que cogiera su mano, que le permitiera sacarme de allí. No sé si lo hizo, si yo lo conseguí, si él me encontró.

Sin embargo, abrí los ojos y allí estaba. Me esperaba. Me observaba con una paciente inquietud bailando en sus gloriosas pupilas.

No supe si aquello era parte de la ensoñación, pero las lágrimas se encargaron de recordarme que todo era muy real. Que ya no estaba dentro de un agujero esperando a que el oxígeno se agotara.

La humedad se deslizó rauda de mis ojos y me atravesó las mejillas. Con ella empezaron los espasmos, y Jimmy abandonó su asiento para acercarse a mí. Cogió mi rostro entre sus manos y murmuró algo. No entendí qué, mas sirvió para que mi pulso estallara en mis venas.

Me incorporé rápido y me lancé sobre él. Necesitaba sus brazos. Los necesitaba por todas partes, apretándome contra su cuerpo, invadiéndome con su calor. Jimmy respondió con la urgencia que le pedí y me subió a horcajadas a su regazo. Yo enterré la cara en su cuello, hundí mi boca en su yugular y respiré. Su aroma a cedro, a lluvia, a bergamota y a aquella sutil nota de fondo a incienso me anestesió. Y se me escapó un sollozo ahogado que me arañó la piel con un extraño placer.

La forma tan natural y acogedora con la que nuestros cuerpos encajaron me aturdió tanto como la tormenta que latía en mi pecho. El mundo entero se redujo a ese instante, y mi mente se vació. Jimmy logró que cada rincón de su piel me obnubilara como un maldito narcótico. La asfixia y mis lágrimas ya no importaban. Estaban cediendo porque él las dominaba. Era aterradora y muy confusa la capacidad que tenía para controlar mis emociones. Pero me enloqueció, me dio la oportunidad de sentir la vida corriendo por todo mi sistema de nuevo.

—Tranquila, respira —murmuró mientras sus manos navegaban por mi espalda—. Estás a salvo. Estás conmigo.

«Estoy contigo», dije en mi mente, y me alejé para mirarlo a los ojos. El rostro de un cazador. El rostro del hombre que me había robado el corazón.

Percibí ese extraño tirón en el vientre con más intensidad que nunca. Su calor se filtró en mis sentidos, los llenó con su poderosa cercanía y aquellas pupilas que amenazaban con tragarme entera se hundieron en mí.

Sí, esa silenciosa intensidad era aterradora pero adictiva y muy afectuosa. Entre esos brazos no debía tener miedo. Todo iría bien. Todo saldría bien.

Nos sostuvimos la mirada. Algo retumbó en el escaso espacio que nos separaba, apenas unos centímetros. Su pecho contra el mío, su nariz rozando la mía. Reconocí la sensación, la había leído en libros de fantasía, la había visto en películas, me había burlado de ella hasta la saciedad para poder esconderme de sus efectos, que en la intimidad deseaba y que me había convencido de que no existían, al menos no para mí.

El amor era sucio y violento. No era real, nunca sería honesto o cálido. Todo lo que se había dicho de él era mentira. Pura invención para resistir los embates de la vida. Lo había sentido desprovisto de características románticas, era como una herida abierta. Añadir pasión y lujuria a la ecuación lo haría más cruel y salvaje si cabe.

Pero cobró forma en ese pequeño espacio. Lo reconocí jugando en las pupilas de Jimmy, abrazando mi reflejo que habitaba en ellas.

Amor. Sí. Y no tenía nada de grotesco. Era una fiera mansa y elegante, fuerte y gallarda, indomable. Un afecto asquerosamente dulce que llenó el aire entre los dos y se extendió por todo mi cuerpo y me quemó la piel.

Debía ser sincera, me tentó empujarlo, alejarlo todo lo posible de mí. No quería amar porque perdería. Yo siempre perdía, y no podría resistirlo, apenas me quedaban fuerzas.

Pero Jimmy volvió a atraparme. Sus manos se encajaron en mi cuello y me entregó su boca. Apenas nos tocamos, tan solo me dio a probar de su propio aliento, y yo respiré su hálito con desesperación, enganchada a sus muñecas, preguntándome si realmente merecía ser recompensada de esa forma.

Las lágrimas asomaron de nuevo.

—Tranquila... —susurró Jimmy enjugándolas con sus labios—. Estoy aquí.

Cerré los ojos.

—Dilo otra vez...

Su boca se deslizó hacia mi oído.

—Estoy aquí, Regina.

—Lo estás.

Me aferré a él. Clavé los dedos en su espalda, enrosqué las piernas en su cintura. No me parecía estar lo suficientemente cerca, lo bastante atrapada por sus brazos. Lo necesitaba más hondo, más dentro de mí.

Y cuando esa explosión de puro anhelo empezó a ceder, pude ver el desastre.

Empecé por el entorno. No lo conocía. Era un amplio apartamento diáfano, sin muros, plagado de estanterías con libros y plantas y pequeños rincones muy acogedores. La enorme cama en la que estábamos coronaba la sala desde uno de los extremos. Estaba flanqueada por una pared de cristal desde la que podía verse una bonita oficina, la puerta entreabierta de un exuberante baño y la baranda de forja negra de las escaleras.

A continuación, mis pensamientos se llenaron de rostros. Gennà, Faty, Ciani, Draghi, Atti.

Marco.

Temblé.

—¿Qué ha pasado? ¿Dónde están los chicos? ¿Y Marco? Tengo que...

Me removí más que dispuesta a ponerme en pie y hacer cualquier cosa. La incertidumbre me carcomía. Pero Jimmy encajó sus manos en mi cintura y me mantuvo pegada a él.

—Espera, cálmate —dijo bajito—. Están a salvo. ¿Crees que estaría tan tranquilo si no fuera así?

—Pero Marco... Y Atti estaba con él... —La mera idea de perder a cualquiera de ellos me destrozaba—. Alberto dijo que, si no firmaba, lo matarían.

Hablé errática, incapaz de hilvanar mis pensamientos como

era debido. Pero Jimmy los entendió y entornó los ojos. Percibí la rabia que se escondía bajo aquella mirada cálida.

—Marco ha sido trasladado a la prisión de Poggioreale.

Se me encogió el corazón. Era exactamente lo que Alberto me había contado, pero la serenidad con la que Jimmy habló contrastaba con la información que yo tenía. Mi maldito tío había dicho que dudaba de que Marco sobreviviera a la primera noche en ese lugar, y ya había empezado a anochecer. Sentía que habían pasado décadas desde entonces.

—Tenemos que ir a por él. Se nos acaba el tiempo.

—¿Para qué?

—Alberto dijo que... —Se me rompió la voz—. Me amenazó...

Jimmy me acarició la mejilla. No había nada en él que indicara urgencia para abordar la situación. Y miré por la ventana. Maldita sea, la noche comenzaba a asentarse, y Jimmy no reaccionaba. Estaba empezando a exasperarme.

Fruncí el ceño.

—¿Cuánto tiempo ha pasado? —pregunté.

Aquellos ojos diamantinos recorrieron mi rostro. Jimmy cogió aire.

—Dos días y medio.

—¿Dos? —repetí aturdida.

«¿He estado dos días inconsciente?».

—Despertabas, llorabas y volvías a dormir.

Esa vez sí pude alejarme y me senté en el borde de la cama. Me llevé las manos a la cabeza y apreté los ojos. Qué patética era.

—Basta, Regina —protestó Jimmy.

—No me riñas como si fuera una niña.

—Pues deja de pensar esas cosas.

Clavé la mirada en él.

—¿Cómo sabes tú lo que estoy pensando?

—No es muy complicado si se presta la atención adecuada.

Tragué saliva.

—Alberto dijo que Marco no sobreviviría a la primera noche.

—Ese hijo de puta ignoraba que dispongo de los contactos necesarios para evitarlo. —Se inclinó hacia delante—. Marco está a salvo.

Y me bastó con eso, con la certeza que parecía estrujarme los músculos, para soltar el aire contenido.

—¿Y los demás? —murmuré.

Jimmy dudó un instante, pero terminó diciendo:

—Algunos están en el hospital. Otros descansan en los apartamentos de abajo.

—¿Quiénes están en el hospital?

Silencio.

—Jimmy...

—No peligra la vida de ninguno.

Me enderecé.

—¿Hay varios?

—Bueno, hemos evacuado a Gattari y Kannika. No podíamos dejarlos en Cerdeña. A Conte se le abrieron los puntos de la herida, Faty tuvo que ser atendida de sus laceraciones. Draghi sufrió un traumatismo craneoencefálico, por suerte, leve. Todos los demás presentan contusiones y algún que otro hueso roto, nada grave. Y Verni...

Mis manos apretaron la manga de su jersey. Sentí una desesperación insoportable quemándome en la garganta.

—¿Qué pasa con Atti?

Jimmy acercó sus manos a las mías, acarició mis nudillos. No sabía cómo tomarme el gesto. Consuelo, quizá una forma de darme el pésame.

—Lo apuñalaron varias veces.

Creí que el mundo entero se me caía encima.

—Pero está bien. Ese tío es duro. Es un puto guerrero. Lo cierto es que, cuando lo miro, no puedo evitar preguntarme cómo llegó a ser un simple esbirro de la mafia.

Temblé tanto que temí no poder encontrar mi voz.

—La vida no siempre es justa —admití.

Jimmy tenía razón. Atti era mucho más que un hijo de la mafia. Era un gran hombre. Mi compañero.

Me puse en pie de un salto. Las piernas me fallaron, pero me mantuve erguida apoyándome en la cristalera.

—Tengo que ir a verlo...

—Regina...

Jimmy se acercó. Yo traté de impedirlo. No era recomendable que sus manos volvieran a tocarme, sería imposible deshacerme de ellas.

—Son mi familia, Jimmy —resollé—. No puedo quedarme aquí sin hacer nada. Necesito...

El llanto me golpeó de nuevo, me asfixiaba, y tuve que tomarme un instante para lograr controlar sus insoportables síntomas. Jimmy lo supo, se acercó a mí. Sus manos eran lo único que podía calmarme. Mi adicción a él lo necesitaba para poder sentir que el aire llegaba a mis pulmones.

Me dejé llevar. Aquel abrazo lo significó todo. El alivio y el deseo convirtiéndose en una única emoción. El maldito afecto, la certeza de estar sintiendo algo real y auténtico. Jimmy no me mentiría. Mi gente estaba bien.

«Estaremos bien», me dije.

Con la cabeza enterrada en su rostro y las manos enganchadas a su pecho, observé mi ropa. No la reconocía. Era grande y holgada, de color negro. No había rastro alguno de barro en mi piel.

—Faty te lavó con ayuda de Gennaro —reveló Jimmy—. Fue muy meticulosa. No dejó que Ciani la llevara al hospital hasta saber que tú estabas bien.

El pecho se me llenó de cariño. Cuántas ganas tenía de volver a abrazar a esa mujer.

De pronto, alguien llamó a la puerta. Jimmy miró hacia atrás y resopló. Sabía quién era. Se encaminó hacia la escalera y bajó intuyendo bien que yo lo seguiría un tanto aturdida, moviéndome despacio.

—No me valen tus protestas. Tienes que alimentarte. —Escuché una voz femenina que irrumpía con la energía de una ventisca.

Avancé hacia el umbral de la escalera. Bajé un peldaño. Vi a la señora. Rondaba los sesenta. Todo su cuerpo desprendía un férreo carácter, ataviada con aquel vestido azul y un delantal y con el cabello recogido en un sofisticado moño que le daba un aspecto de mujer de mediados del siglo pasado. A pesar de la envergadura, Jimmy casi parecía un crío a su lado.

—Betty, ahora no es buen...

—Oh... —La mujer me miró.

Yo me detuve en medio de la escalera. Su escrutinio me hizo sentir muy pequeña. Empecé a estrujarme los dedos.

—Mírate, muchacha, eres toda una preciosidad —exclamó antes de estirar los brazos—. Ven que te vea.

Forcé una sonrisa y obedecí dejando que me apretara las mejillas en cuanto llegué al suelo.

—Hola —murmuré tímida.

—Nos tenías muy preocupados, ¿sabes? Sobre todo a este hombretón de aquí. —Señaló a Jimmy, que no sabía dónde esconderse—. No se ha alejado de ti ni un instante. Ven, siéntate. He traído estofado de sobra.

Me llevó hacia una mesa y me obligó a tomar asiento antes de acercarse a la cocina y coger platos y cubiertos. Los dispuso frente a mí y comenzó a servir el estofado. El aroma me hizo la boca agua, pero mi estómago se mantuvo tenso y cerrado.

—Me resulta tan extraño tener visita femenina… Empezaba a perder la esperanza. Pero aquí estás, al fin —comentó risueña.

Hasta que Jimmy la cogió por los hombros y comenzó a empujarla hacia la puerta. Nunca le había visto tan inquieto, y me tragué una sonrisa.

—Yo me encargo, Betty —le dijo.

—Más te vale. Volveré después. Tengo que encargarme de los glotones que he dejado abajo, y Fabri está a punto de sacar el limoncello.

Agitó la mano en mi dirección a modo de despedida, se volvió hacia él y entonces comenzó a cuchichear.

—Es guapísima. No la cagues, por favor, que nos conocemos.

—¿Qué quieres decir? —masculló bajito Jimmy.

—A veces eres un bruto.

—¿Cuántas de esas veces me has visto serlo con una mujer?

—En verdad ninguna porque preferías tener tus aventuras bien lejos de aquí. Pero a mí no me engañas, Jimmy. Esos son ojos de enamorado y ella es una delicada florecilla. No la dejes escapar.

—Vete, vete.

Cerró la puerta y Jimmy me miró tratando de ocultar la tensión. Prefería pensar que yo no había escuchado nada y que mis pulsaciones estaban muy cerca de ensordecerme.

—Lo siento. —Se rascó la nuca—. Son mis... ¿vecinos? La verdad es que no sé cómo catalogarlos. Son como de la familia.

—Entiendo. —Sonreí—. Parece una buena mujer.

—Lo es.

Tomó asiento frente a mí.

El mágico entorno, el aroma a comida casera, aquel rechoncho gato negro durmiendo relajado en el sofá, la luz tenue que se vertía sobre aquel rincón, sus ojos sobre los míos. Todo en su conjunto sirvió para contagiarme una tranquilidad muy necesaria.

—¿Cómo los conociste? —quise saber.

—Bueno, eran amigos de mi padre. Me crie viéndolos a menudo. Hasta que mis padres fallecieron y mi tío materno se convirtió en mi tutor. Yo tenía once años y recuerdo que odiaba la idea de separarme de ellos. —Se encogió de hombros—. Pero el cabronazo de mi tío me llevó a Londres, y no regresé a Roma hasta cumplir la mayoría de edad.

—¿Fue entonces cuando decidiste ser policía?

—No. Siempre lo había querido. Mi padre lo era. Tenía el mismo rango que yo tengo ahora cuando falleció.

Nos miramos. Todavía pesaba entre nosotros esa verdad. Era teniente de la policía. Era un hombre que se había disfrazado de canalla para acercarse a Marco y las razones eran como astillas clavadas en la piel. Necesitaba resolverlas casi tanto como encontrar el valor para volver a besar su boca.

—Me hospedé aquí mientras me preparaba para los exámenes de acceso al cuerpo —continuó—. Y cuando terminé los meses de formación, me enteré de que iban a expropiarlos. Así que recurrí a mi herencia y compré el lugar en cuanto salió a subasta.

Alcé las cejas.

—¿Todo el edificio es tuyo?

Asintió.

—Tuvo que costarte una fortuna.

—En realidad no. Costó más la reforma, pero me sirvió para hacerlos felices.

No podía creerlo. Seguía siendo el cazador, lo notaba durmiendo bajo su piel. Seguía siendo ese hombre de rostro varonil y seductor, de cuerpo escultórico, pero no era el mismo. Sus ojos brillaban aún más, su belleza resultaba más apabullante incluso. Todas las sensaciones que me había despertado desde el principio se magnificaron. Quizá porque ya no había mentiras que se interpusieran.

—Deberías comer algo —dijo.

—Necesito respuestas.

—Come.

La orden no dejaba alternativas. Supe que Jimmy no diría nada hasta que yo obedeciera. Así que cogí el tenedor y pinché un pequeño trozo de carne.

Estaba delicioso. Se deshacía en la boca. Fue un bocado que me acarició la garganta. Pero el hambre no aparecía, y los ojos de Jimmy me prohibían detenerme. Continué. Cuanto más comía, más me gustaba.

—Se llamaba Alessandro Vani.

Su voz me asombró. Lo miré indecisa, con el corazón en un puño. Sus ojos me anunciaron lo difícil que era para él hablar de todo aquello.

—Era mi mentor. Me puso al cargo de su equipo de investigación cuando descubrió que varios superiores estaban involucrados en asuntos bastante turbios. Asuntos que estaban conectados con el Marsaskala.

Dejé el tenedor en la mesa. Mi respiración se había convertido en un cúmulo de respiraciones entrecortadas. Jimmy fijó la mirada en la mesa y deslizó un dedo por el pie de su copa de vino. Parecía ausente, perdido en sus recuerdos.

—Al principio nos confundió. Ese lugar era el centro neurálgico del lujo en el Mediterráneo. Un resort para que los ricos pudieran pavonearse. Nada más. ¿Quién coño iba a imaginar que escondería tanto? —Frunció el ceño, tragó saliva—. Se lo dije. Teníamos confianza, era como un padre para mí. Le dije que si nos metíamos en aquella investigación íbamos a descubrir cosas demasiado sucias y que no sabía si estábamos listos para afrontarlas.

Pero me contó que al hombre no le importó. Era un buen policía, no podía mirar hacia otro lado y dejar que todo aquello que representaba su placa fuera ultrajado por sus compañeros de profesión. El Marsaskala, en realidad, le importaba un carajo. Solo quería ir a por aquellos policías que estaban untados por la Camorra. Otros policías que, a diferencia de él, habían olvidado contra qué luchaban.

—Lo asesinaron —sentenció clavando sus ojos en los míos.

La contundencia de su voz me atravesó.

—Por más que investigué, no encontré quién lo hizo. Me volví loco.

Podía hacerme una idea, todo su cuerpo gritaba esa locura. El dolor que le había causado una pérdida tan importante. Sabía lo que se sentía, el profundo vacío que ocasionaba y la cantidad de recuerdos que esa persona dejaba tras de sí, como pequeñas huellas en un camino a veces amable, otras maldito.

—Fue Sandro Berardi quien me trajo de vuelta y me dijo que no podíamos dejarlo pasar, que ahora era algo personal.

Entorné los ojos. El suelo pareció moverse debajo de mis pies, creí que iba a caerme de la silla. El corazón se me estrellaba histérico contra las costillas. No podía creerlo. El nombre de mi cuñado no encajaba en toda aquella ecuación. Y Jimmy sonrió porque leyó todas aquellas preguntas en mi expresión.

—Sandro no es solo un confidente y aliado, Regina. Es mi amigo. Uno un tanto inesperado, pero un buen amigo, que se ha ganado mi confianza y que lo apoye cada día.

En mis pensamientos solo había un confuso silencio.

—¿Cómo es posible?

Se encogió de hombros.

—Casualidad. Quién sabe. Nuestros caminos se cruzaron cuando se enamoró de Sofía Vani. Esa muchacha era encantadora.

Negué con la cabeza. Una mujer.

—El Sandro que yo conozco es... —Me detuve.

No sabía cómo verbalizar la verdad que sabía, la que creía. Mi cuñado era el hombre que observaba con deseos impuros, lascivos y prometía hacerlos realidad, aunque los ruegos no fueran fruto del placer.

—Lo sé. —Sonrió Jimmy con cierta tristeza. Quizá sabía cuán difícil había sido para su amigo ser ese tipo de persona—. Es el Sandro que ha creado el Marsaskala. Pero tú sabes cómo funciona. Te has convertido en el salvavidas de Marco. Sofía fue tu versión para Sandro. Y el cáncer se la llevó.

—Está muerta... —murmuré sin aliento.

Me dolió. Muchísimo.

Jimmy agachó la cabeza y dejó que la mirada se le perdiera.

—Lamento cada día su pérdida. Tanto como la de su padre. Tanto como el dolor que dejó en Sandro. Pero la vida también sabe sonreír. Tuvieron una hija.

Se me empañó la vista. Existía una sobrina de Marco del mismo modo que su hermanito vivía en las mazmorras del Marsaskala.

—Lo hizo por ella, ¿sabes? —contó Jimmy refiriéndose a Sandro y su pequeña—. Decidió traicionar todo su legado, apoyarnos a mí y a su suegro y a Matessi y a todos los hombres que has conocido para hacer del mundo un lugar un poco más justo. —Se echó a reír de nuevo.

Esa vez su sonrisa me encogió el corazón.

—Qué soñadores, ¿verdad? Como si eso fuera posible...

Sus dedos seguían acariciando la copa. Sus ojos pasaban de los míos al suave reflejo de nuestras sombras proyectadas en la pared. La intimidad que se cernía sobre nosotros debería haber sido chocante por la constante sensación de estar siendo acariciada por él. Y lo era, pero también tenía un punto acogedor muy profundo, como si todo su cuerpo gritara que él era mi hogar, mi escudo.

—¿No lo es? —murmuré con voz ronca.

—Sabes que no. Eres la hija de un asesino.

—Eso ya lo sé.

—No, no lo sabes. Mónica acertó al decir que Vitto había matado a tu madre. Pero evitó contarte que también asesinó a Vani. Fue él quien ordenó eliminar a mi...

Sus palabras me golpearon y al mismo tiempo arrojaron luz a los rincones más oscuros de mi mente. El día que mi tía apareció en aquella casa franca y miró a Jimmy. Entonces creí que era algo normal. Costaba ignorar un ejemplar de hombre como Canetti. Pero hubo complicidad entre los dos, una conexión más profunda y especial. Eran aliados.

—Mónica... es tu confidente —afirmé.

Asintió con la cabeza.

—Fue su amante quien nos puso en contacto.

Sí, conocía esa historia.

—Federico Castella —dije.

—Así es, el abogado.

—El abogado que será sentenciado a muerte si la Camorra descubre que os ha pasado información.

Por un momento dejó salir al cazador y me invadió con su excitante imperiosidad.

—Él y sus hijas ya no están a su alcance.

—Los has protegido —gemí.

—Como he hecho con tu familia. Con todos. Consanguínea o no.

Me desplomé en mi asiento y me abracé a mí misma. Miré a todas partes sin prestar atención a nada. Miré porque todo aquello escondía un sentimiento demasiado genuino.

—¿Por qué? —resollé negando con la cabeza—. Puedo entender tu implicación en todo este asunto, al fin y al cabo es tu labor como teniente. Pero... Sé que hay más.

Jimmy cerró un instante los ojos. Cuando los abrió, su silencio resonó en el mío. El aire se cargó de una electricidad apasionante.

—La Camorra ordenó el asesinato de Vani porque tu padre estaba demasiado obcecado con dominar Nápoles e imitar el modelo del Marsaskala. Lo quería todo para él. Todo. Incluso tu propia vida.

Su contundencia me erizó la piel. Albergaba una rabia demasiado visceral.

—Cuando Mónica nos lo confesó todo, os investigué. A cada uno de vosotros. Estudié vuestros movimientos, vuestra forma de pensar, hasta qué comíais. Lo descubrí todo... Y te descubrí a ti, tan perdida como estabas, intentando sobrellevar la vida que se te había impuesto.

Se le iluminaron las pupilas y deslizó los ojos hacia mi boca. Yo me estremecí porque fue como recibir un beso de verdad.

Cuando volvió a hablar, se aseguró de bajar la voz hasta convertirla en un susurro que acariciara cada rincón de mi cuerpo.

—La primera vez que te vi estabas en el muelle privado de tu cárcel de lujo. Llevabas un camisón. Tenías las piernas encogidas. La luz de la luna caía sobre ti. Miraste en más de una ocasión hacia los árboles, me miraste a mí y ni siquiera me percibiste. Eras tú sin serlo. Eras tú pensando cómo sería la vida lejos de allí. Y entonces te desnudaste y saltaste al mar. —Una preciosa y suave sonrisa asomó en sus labios—. Todavía recuerdo el impulso que sentí. Estuve a punto de salir a salvarte. Pero emergiste a la superficie y dejaste que tu precioso cuerpo flotara en el agua, ajena a que yo no podía apartar los ojos de ti.

»Después de aquello, todo se volvió un poco más complicado. A veces incluso me descubría a mí mismo con la mente repleta de ti. Tu rostro aparecía cuando menos lo esperaba. Te buscaba sin razones. Ya no había nada más que investigar. Pero yo seguía tus pasos. Me avergüenza decirlo... Pero perdí el control. Me acerqué demasiado.

El oro brilló en sus pupilas.

—Te acercaste...

—Quizá no lo recuerdes.

Su forma de mirarme me produjo un tirón que pareció arrastrarme al interior de su mente.

—Nunca te ha gustado la sensación de los narcóticos, pero esa noche decidiste convertirte en su presa. Había días que te costaba resistir.

—¿Dónde? —dije asfixiada.

Había habido demasiadas noches de ese tipo y apenas las recordaba. No quería hacerlo porque me mostraban a una mujer que no reconocía, que solo era fruto de las exigencias de un padre ruin.

—En el club de Marina Caracciolo —suspiró Jimmy, como si volviera a estar allí—. Llevabas un vestido blanco y el cabello suelto, destacabas entre los demás. No habías sido diseñada para ese tipo de ambientes, tú también lo sabías. Eras pura fragilidad entre las bestias. Pura inocencia, a pesar de lo corrompida que estabas. Y caías en las garras de la depravación porque creías que era lo único que podía darte una sensación de libertad.

Solo había existido una noche así, y disponía de pequeños trazos de realidad porque la droga hizo efecto demasiado rápido en aquella ocasión. Tal vez funcionara meterla en la bebida cuando todavía no había anochecido.

Recordaba el contacto de varias manos. Entre mis piernas, jugando a tocar mis pechos. La música sonaba, la gente estaba enardecida, la fiebre y el sudor me encendieron la piel. Recordaba también a Elisa, que me pasó con la lengua una pastilla. Yo sonreí porque me pareció una buena opción volverme más loca, perder un poco más el control. Pero mi cuerpo repudió las caricias. El mundo tembló a mi alrededor. Eché a correr. La baranda de la bahía me contuvo de caer al mar. Pensé en mamá. Me tentó perecer con ella en las profundas aguas del golfo de Nápoles mientras los fuegos artificiales del barrio de San Giovanni a Teduccio anunciaban día de mercancía.

Pero unas manos impidieron que cayera. Y yo no las rechacé. Me dejé llevar por ellas, por el intenso calor que desprendieron, por la delicadeza con la que se deslizaron por mi piel. Las manos de un hombre que podía hacer daño y adorar al mismo tiempo.

Le miré. Aquellos ojos de puro diamante de color verde y ámbar, que brillaban aturdidos y cegados, que me devoraron con agonía.

«¿Cómo demonios he podido olvidarlo?», pensé. «Te conocí aquella noche. En Nápoles».

—Dos días después tuvo lugar la redada en tu casa —suspiró Jimmy, consciente de mis conclusiones—. Matessi y Ciani se habían dado cuenta de mi extraña debilidad por ti, de mi lucha para contenerla y sacarla de mi sistema. No tenía sentido. Ni siquiera había hablado contigo. Todo lo que sabía de ti era que odiabas ser la hija de Vittorio Fabbri. —Se detuvo a pellizcarse la frente—. Me dijeron que no era buena idea que participara, y tenían razón. Pero fui. Y tú me miraste, y yo temí que me descubrieras.

Fruncí el ceño. Sentía que el pecho estaba a punto de explotar en mil pedazos.

—Eras tú...

Asintió con la cabeza.

—Era yo y me encargué de sostenerte hasta que tu tía te sacó de allí.

Me llevé una mano a la boca y, cuando supe que no podría controlar mi pulso, la enterré en mi cabello y tiré un poco para recordarme que todo aquello era real y que ese hombre estaba abriéndose en canal para entregarme toda la verdad.

—Unas semanas después se anunció tu compromiso con Marco —expuso.

«Ese hombre nunca podría hacerte daño», me había dicho.

—Ya lo conocías, ¿cierto?

—Poco tiempo antes, sí. —Se mordió los labios a la vez que se inclinaba hacia delante y apoyaba los codos en la mesa—. Sandro insistió, pero yo no estaba muy seguro de confiar en un hombre que había sido programado para heredar ese maldito infierno. Su frialdad lo hacía inaccesible, era imposible de leer. Lo creí tan miserable como todos los demás.

—¿Qué te hizo cambiar de opinión?

—Su hermano. Esa extraña devoción que Sandro siente por Marco. Si no hubiera sentido aprecio por él, lo habría ignorado. Pero me di la oportunidad de establecer contacto. No fue complicado. Sandro se encargó de enredarlo todo para que Marco se viera obligado a recurrir a ayuda externa. Me bastó con mirarlo a los ojos aquel día en Praga. Y sonreí porque, por un momento, Marco bajó sus escudos y me dejó mirar dentro. Lo vi todo. Todo lo que Sandro decía. Por eso supe que estarías a salvo cuando te casaras con él.

»El resto de la información llegó sola. Lo que había empezado siendo una investigación de Asuntos Internos terminó convirtiéndose en una operación secreta del departamento antimafia en colaboración con la Interpol.

Tardé unos segundos en exhalar el aire que había contenido. No podía creer que ese hombre hubiera mencionado cada una de esas palabras. Por instante creí que todavía no había despertado, que seguía dentro de aquel ataúd divagando con la extraña ambición de mis deseos. Las ganas de saber que existía una persona que me amara locamente.

«Cuando me mira, siento que el mundo podría detenerse solo para nosotros», eso había escrito una vez pensando en el rostro de Jimmy Canetti. Y eso era precisamente lo que estaba sucediendo.

—Lo sé —suspiró él—. Imagino lo que estás pensando y todo lo que supone para ti, Regina. No sabes la de veces que he imaginado esta conversación.

—Te conocí esa noche en el Marsaskala. Por eso te negaste a... «Cazarme».

Jimmy apretó los dientes.

—Me negué, y aun así fui incapaz de marcharme sin robarte un beso.

Salté de la silla. Puse los brazos en jarras e incliné la cabeza hacia atrás en busca de aire.

—He estado torturándome con lo que eras —murmuré—. Dejaste que me enamorase de ti a pesar de que odiaba todo lo que representabas.

—Y al final ha resultado que era inevitable.

Nos miramos.

—No puedo cambiar lo que siento, y no lo lamento, Regina.

Me ardieron los ojos. Sentía un nudo enorme en la garganta. La maldita culpa.

—No es justo —dije asfixiada.

Jimmy torció el gesto.

—¿No lo es?

—No merezco una felicidad que mi hermana no puede disfrutar —gruñí—. No es justo que sienta que me va a explotar el corazón y que las ganas de aferrarme a ti apenas me dejen respirar —me señalé el pecho— después de todo lo que me has contado. Mientras mi gente está ahí fuera.

Él también se puso en pie, como la pantera que era, y caminó lento hacia mí, sin apartar los ojos de los míos, ejerciendo esa poderosa influencia. Tragué saliva, dudaba que algún día pudiera acostumbrarme a semejante imperiosidad.

—Puede que no sea justo —aseveró—. La muerte de Camila desde luego que no lo es. Pero que creas el resto de lo que has dicho revela lo equivocada que estás. ¿Quién te metió esa fantasía en la cabeza, Regina? Déjame que te lo recuerde: fue esa gente de la que tanto querías escapar. Ellos te hicieron creer que podías destruir todo lo que desearas, que tu madre murió por tu culpa, que los deseos de tu tío y tu padre eran provocaciones tuyas.

Apreté los ojos, los dientes, los puños. Me sentía abrumada.

—¿Cómo esperas que supere todo eso?

Sus manos atraparon mi rostro, pero no lo miré. Simplemente me dejé llevar por la magia que destilaba su contacto y la sutileza con la que se filtró en mi piel.

—Honrando la memoria de tu madre y tu hermana a través de cada uno de los días de tu vida —dijo bajito.

Su aliento calentó mis labios.

—Dejando que Marco y Atti y todos los demás te guíen en cada paso, te acompañen. Permitiéndome a mí estar a tu lado, haciéndote feliz de todas las formas humanamente posibles. Y cuando estas se agoten, me las inventaré. Solo tienes que aceptar la oportunidad de ser libre, al fin.

—¿Eso es posible?

Sollocé. Lo miré con las pupilas dilatadas.

Entonces Jimmy apoyó sus labios en mi sien. Inició un reguero de besos que se deslizó hacia mi mentón. Lo perfiló con suavidad, moviendo mi cabeza con sus fuertes y delicadas manos para obtener más acceso. Lo inclinó lo bastante para lamer mi yugular y, a continuación, ascendió hacia mi barbilla. Besó la comisura de mis labios. Se me escapó un gemido de puro placer y no pude resistir enganchar mis manos en su jersey y tirar de él.

Nuestras bocas se tocaron con avidez. Se enroscaron en un contacto devorador. No fue un beso racional. Era más bien una cruda necesidad ardiente, la desesperación por sentirnos lo más cerca posible el uno del otro. Y a pesar de que no había espacio entre los dos, no nos pareció bastante.

Jadeé en su boca al notar su maravillosa lengua. Mis dientes atraparon su labio inferior. Jimmy me regaló un gruñido que vibró en mi entrepierna y clavó sus manos en mis nalgas. Las estrujó empujándome contra su creciente dureza. Y todavía no era suficiente. Quería más piel, quería a ese hombre clavándose en lo más profundo de mí.

Le arranqué el jersey y enseguida regresé a su boca mientras mis manos resbalaban por su tersa piel. Me sentía hambrienta de él, me enloquecía el hambre que él sentía por mí. El mundo en ese instante se reducía a ese hombre, a su cuerpo contra el mío, a esa demente urgencia que nos empujaba a devorarnos enajenados.

Y no hubo remordimientos cuando me cogió entre sus brazos y me llevó a la cama que había en el piso de arriba. Tampoco los hubo cuando sus manos me desnudaron.

Debería haber sentido vergüenza por la celeridad con la que mis dedos desabrocharon su cinturón o cuando se cernió sobre mí y yo lo atrapé entre mis piernas y mis brazos. Me aferré a él con tanta fuerza que creí que se fundiría con mi piel. Noté cómo su erección se abría paso hacia mi interior. Se clavó en mí con una estocada salvaje. Me llenó por completo y yo gemí, o quizá fuimos los dos, no estuve segura. Solo podía prestar atención a la pasión que me desbordaba.

Se quedó quieto. Nuestras miradas se encontraron, vidriosas y consumidas por un profundo deseo. Por ese amor que no atendía a razones, que simplemente surgió cuando menos lo esperábamos.

Sus manos se clavaron en mis caderas, las suyas danzaron contra las mías. Quería que percibiera su gruesa presencia bien enterrada en mí. Y yo me retorcí debajo de él pensando que nunca había experimentado un placer tan intenso y demente.

—Te necesito... —jadeé en su boca.

La respuesta llegó a través de su cadera estrellándose contra la mía. Una vez, y otra y otra.

—Aquí me tienes... Soy todo tuyo, Regina —resolló Jimmy antes de hundirse en mi boca.

Nuestros cuerpos alcanzaron un ritmo animal. Bebieron de cada embestida, se ahogaron en cada gramo de satisfacción. Arañaron hasta la última gota de placer, que no tardó en explotar empujándonos a un clímax feroz y ni siquiera cuando nos colmó pudimos separarnos. Nos abrazamos, nos besamos desesperadamente y nos miramos sabiendo que aquella conexión que compartíamos crecería a cada instante, definiría cada minuto de nuestras vidas.

Sí, había caído en el abismo. Su profundidad me había engullido, pero Jimmy me sostenía. Jimmy nunca me soltaría.

41

GENNARO

Marco me sonrió una última vez. Su hermoso rostro se iluminó, a pesar de la sangre de sus laceraciones, para regalarme todos los instantes que habíamos disfrutado juntos en uno solo. Creyó que si lo hacía me sentiría un poco mejor cuando la bala que saldría despedida del cañón del arma que apuntaba a su cráneo lo atravesara.

Se había cambiado por mí entre ruegos y empellones que lo llevaron a arrastrarse por el suelo mientras gritaba y gruñía de dolor. Y yo chillé como un loco porque sabía que iban a robármelo ahora que lo había tenido. Y durante esos segundos en que el tiempo pareció detenerse entre los dos y todo se silenció, pensé que podría salvarlo, que mi amor por él sería capaz de interponerse entre esa bala y su cabeza.

Pero el rugido estalló. Ahuyentó a las aves que había en la zona, vibró en el aire, me atravesó con un terrible espasmo y saboreé la sangre del único hombre al que había amado antes de que su cuerpo sin vida cayera sobre mí.

La sensación de su calidez pronto me abandonaría. Pronto se llevaría todas las esperanzas que hubiera podido albergar en las últimas semanas. Y lo supe porque miré a un lado y vi a Jimmy Canetti cavando con sus manos en la tierra en busca de Regina sin saber que ella yacía fuera y ya no respiraba.

Mi propio alarido me despertó. No resonó en la vida real, pero me empujó con violencia y temblé en la quietud de la penumbra de aquella habitación. No podía respirar. Ni siquiera reconocía el entorno. Solo notaba los estragos de la pérdida y el dolor.

Las pesadillas me habían perseguido. Eran tan intensas que apenas me habían dejado descansar. Sentía el agotamiento hirviéndome en la piel. Tenía sentido, Marco no estaba. Y cuanto más tiempo pasaba a solas, más trágica era la muerte que mi mente creaba para él.

Pero él y Regina no eran los únicos cadáveres que habitaban en mis sueños. Los de nuestros amigos yacían muy cerca. Con los ojos abiertos y la boca deformada por una mueca de terror. Era tan macabro…

Tragué saliva.

Conforme las convulsiones menguaron, reconocí el lugar. Era la primera noche que dormía allí, los chicos me lo habían aconsejado para reponer fuerzas porque la butaca de un hospital no era un lugar cómodo. Pero aquella cama se me antojaba incluso peor, a pesar de sus dimensiones y confortabilidad.

El lugar era cálido y acogedor, un bonito dormitorio en un apartamento silencioso y amable. Estaba ubicado en el edificio de Canetti y lo vigilaba una decena de policías; no tenía nada que temer. Pero no me habituaba a la serenidad, estaba programado para la corrupción. Ni siquiera durante los días en la mansión Berardi pude asimilar que existía un tipo de vida tan apacible. Quizá porque otros se habían encargado de destruirlo todo, y ahora en mi fuero interno pensaba que podía suceder lo mismo.

Habían pasado tres días desde la emboscada en el aeródromo y el asalto a la casa, y lo único en lo que podía pensar era en el tiempo. Qué habría pasado si Jimmy no hubiera encontrado a Regina. Qué habría pasado si los compañeros del sargento Matessi no hubieran llegado a tiempo. Cómo estaría Marco encerrado en la prisión de Poggioreale. Y nos habíamos prohibido hablar de ellos porque resultaba demasiado desgarrador, pero nunca lo lográbamos. Al final, todas nuestras palabras nos llevaban al mismo punto, ese en que la mierda seguía su curso, pero nosotros ya no éramos capaces de seguirle el ritmo. Nos habíamos quedado atrapados en ese maldito hospital, rodeado de policías que vigilaban cualquier movimiento.

Decidí abandonar la cama. Me di una ducha rápida, me vestí

casi de forma mecánica y salí del apartamento. Empezaba a amanecer. Como era demasiado temprano para visitar a Regina, decidí poner rumbo al hospital.

Dos guardias me saludaron con la cabeza. No hizo falta decirles adónde iba, enseguida me señalaron el vehículo y ocupamos nuestros asientos. El trayecto fue silencioso y breve. La ciudad no había despertado todavía, apenas encontramos tráfico.

En cuanto llegamos, tomé el desvío hacia la cafetería. Los chicos seguro que tendrían hambre cuando despertaran, y se me ocurrió subirles algo de desayuno. Jimmy había abierto una cuenta en la cafetería para que pudiéramos hacer los pedidos que quisiéramos sin pensar en el dinero. Me asombraba lo controlada que tenía toda la situación. No había dejado nada al azar, y me moría por darle las gracias, por vigilar los sueños de mi amiga cuando mis propios demonios ni siquiera me permitían entrar en su habitación para mirarla.

Solo lo hice una vez. La primera noche. Me aferré a ella, traté de darle calor con mi cuerpo. Pensé que, si Regina me sentía cerca, su alma sabría que estaba dispuesto a cualquier cosa por garantizar su bienestar. Pero las pesadillas hicieron su aparición de inmediato. Y fueron los brazos de Jimmy los que acogieron mis espasmos. Me convertí en un crío diminuto pegado a él y, en cierto modo, entendí por qué Regina se había enamorado. El calor que transmitía podía calentar hasta un glaciar.

—Eh, tranquilo... —me dijo entonces—. No pasa nada.

Sus manos me frotaron la espalda. Mis pulsaciones menguaron de golpe. Y después de ese momento supe que Regina no necesitaba mis terrores cuando ella debía luchar contra los suyos propios. Así que me mantuve al margen y confié en Jimmy más de lo que ya lo hacía. No habíamos pasado mucho tiempo juntos, casi no lo conocía, pero la confianza surgía extrañamente innata y era muy satisfactoria.

Bolsa en una mano con bollos recién hechos y café dentro de una bandejita de cartón en la otra, me encaminé hacia los ascensores. Al llegar a la planta todo estaba en silencio y en penumbra. Los únicos destellos de luz provenían del puesto de enfermeras, de las señales de emergencia y también del sutil resplandor que empezaba á vislumbrarse por la ventanilla de la puerta que daba al pequeño descansillo exterior.

Me dirigí hacia la habitación de Attilio sin imaginar que encontraría a Draghi terminando de ajustarle una faja protectora. El napolitano llevaba unos vaqueros y ya estaba calzado. Observaba al segundo de Marco con una atención que delataba una intimidad de lo más intensa. Y yo me quedé inmóvil en el umbral de la puerta contemplándolos, porque sabía que esa conexión entre los dos gritaba atracción, pero también otra cosa que no me atreví a aceptar.

—Hola, enano —murmuró Draghi con una bonita sonrisa.

No se había movido de allí, tan solo en las ocasiones en que iba a visitar a Faty o Kannika, a quienes habían alojado juntas en la misma habitación, o a los chicos, que estaban ingresados en la misma planta, al final del pasillo. Supuse que su extraña y silenciosa debilidad por Atti tenía mucho que ver.

El napolitano entornó los ojos al mirarme. Era lógico, lo estaba observando con preocupación. Atti no estaba recuperado, apenas había podido moverse, y, sin embargo, estaba allí de pie, a medio vestir, luciendo una expresión que podría haber provocado un maldito incendio.

—Ven aquí, niño —jadeó abriendo los brazos.

Dejé la compra en el mueble más cercano y prácticamente me lancé sobre él para dejar que me acogiera con una ternura muy inesperada.

—¿Otra pesadilla? —quiso saber.

—Tu consejo funcionó la primera hora, o eso creo. —Me encogí de hombros—. Pero después... —Cogí aire y señalé hacia atrás—. He traído el desayuno. Sé que no os gusta el que os ofrecen aquí.

Draghi sonrió y me revolvió el cabello. Me encantaba cuando hacía eso.

Nos miramos. Yo quería saber qué ocultaban esos ojos que se buscaban y parecían hablarse en un idioma completamente diferente al mío. Pero no tardaría en descubrirlo. Matessi irrumpió allí con su habitual sonrisa bravucona y agitó un documento.

—Attilio Verni. Traigo tu alta recién salida del horno. —Lo dijo en un tono travieso, con las pupilas resplandeciendo de pura malicia.

Fruncí el ceño y miré a Atti alejándome un poco de él.

—¿Qué? ¿Cómo que te han dado el alta? ¡Pero si apenas puedes moverte! —protesté.

—Tengo la movilidad suficiente.

Cogió el jersey que había sobre la cama y se lo puso tratando de disimular los gestos de molestia.

—Draghi, di algo —pedí.

—Es un cabezota.

—De eso nada —se quejó Atti—. Quiero verlo con mis propios ojos.

—¿A quién? ¿Qué ocurre?

Esos tres hombres se miraron entre ellos y yo empecé a desesperarme porque me sentí demasiado ingenuo para comprender qué demonios estaba pensando.

—¿Conoces a Emidio Tanni? —me preguntó Matessi.

Asentí. Claro que lo conocía. Mi padre había tenido asuntos con él. Decía que era muy positivo contar con aliados en la policía napolitana, sobre todo si estos ostentaban grandes cargos. Precisamente gracias a Tanni no había terminado en la cárcel en varias ocasiones.

—Bien, pues ese hijo de puta es quien está detrás de la detención de Marco.

Contuve el aliento. A Matessi le hizo gracia porque supo que yo acababa de entenderlo todo.

—Y como tiene las espaldas bien cubiertas por la perra de Saveria, no hemos podido actuar. Pero... —Entornó los ojos para darle un punto más oscuro a todo el asunto—. ¿Y si ya no estuviera tan protegido?

—Lo habéis capturado —murmuré asfixiado.

—Tu siervo lo ha hecho.

—¿Tengo siervos? —Lo miré aturdido.

—Caronte.

No podía creer que ese hombre siguiera echándonos una mano. Estaba de acuerdo en que no le habíamos dejado alternativa, pero no me parecía que Caronte nos hubiera entregado su ayuda solo porque sus hermanas estuvieran en nuestro poder.

—Así que ahora ese hijo de puta nos está esperando en el apartamento de su bonita amante —sentenció Matessi.

—Y yo no pienso perderme el momento en que termine colgado —aseguró Atti.

Ese era el plan. Colgarlo, tal y como hacía la Camorra con los traidores de alta influencia. Y después fingir que se había suicidado para que la policía no abriera una investigación por asesinato.

—¿Y la mujer? —pregunté.

Si estaba en la casa de su amante, no podía descartarla.

—De camino a Milán dentro del programa de testigos —reveló Matessi—. Digamos que un par de revolcones ayudó a que se posicionara en el bando más incómodo para Tanni. La verdad es que voy a echarla de menos, era bastante divertida.

Se echaron a reír. Lo cierto fue que me habría gustado hacerlo a mí también, pero solo podía pensar en la venganza que empezaba a hervir en mis venas. No era un chico malvado ni resentido. Prefería que la vida pusiera a cada uno en su lugar. Pero ese desgraciado había arriesgado la integridad de mis amigos, de aquellos a los que consideraba mi propia familia. Había arriesgado la integridad de mi hombre. Por su culpa lo tenían encerrado y nos había bloqueado todas las opciones de rescate porque contaba con el apoyo de Saveria.

Así que, si esa mañana iba a exhalar su último aliento, entendía que Atti no quisiera perdérselo. Ni yo tampoco.

—Voy con vosotros.

Los tres me miraron como un resorte.

—Si ese hombre es quien está detrás de todo lo que pasó en el aeródromo, pienso ir con vosotros y lo miraré a los ojos mientras se asfixia.

Era la rabia la que hablaba. Más tarde me arrepentiría, quizá.

—No pude hacer nada por él... Por más que lo intenté no pude salvarlo, y se... se lo llevaron.

Me observaron con el afecto que debería haberme dado mi familia. Y yo les respondí con los ojos un poco vidriosos y el pulso acelerado.

Sí, me culpaba porque no habían servido de nada las patadas y los puñetazos, ni los disparos ni todas mis ganas. No había servido de nada gritar y rogar. Se habían llevado a Marco a solo dos metros de mí y no pude ahorrarle el espanto de vernos a todos sus compañeros arrodillados en el suelo a punto de ser fusilados.

—Gennà...

Draghi comenzó a hablar, pero le interrumpí negando con la cabeza.

—Sabéis que amo a Marco con todo mi corazón.

—Sí, eso lo sé desde que os mirasteis por primera vez. Estaba allí, ¿lo recuerdas?

Por supuesto. Fue él quien intentó ayudarme a ponerme en pie antes de que su jefe se lo impidiera.

—Entonces entenderás que quiera participar en el castigo a esa sabandija.

El silencio reinó un instante. Mirándonos unos a otros, valorando que la operación no conllevaba peligro alguno, que era más bien pura satisfacción y una venganza cruda. Que mi presencia no variaría el resultado.

Matessi dio una palmada.

—Muchachos, moved el trasero. Nos han dado permiso para salir desde el helipuerto del hospital. Y quiero llegar cuanto antes.

REGINA

El agua caliente abrazó mi cuerpo cuando me deslicé dentro de aquella enorme bañera. Mi piel se estremeció y me invadió una sensación que me invitó a exhalar antes de hundirme por completo. Ese instante de puro silencio hizo que me pitaran los oídos y notara el ritmo sereno de mis pulsaciones.

Miré a mi alrededor. El día no asomaba todavía. Pero no lo necesité para reparar en cada uno de los detalles de aquel baño. Una pared de cristal de colores opacos lo separaba en dos zonas, la de aseo y la de tocador. Alicatado con piedra y madera y repleto de plantas de hojas gruesas y amplias. Todo en orden, desde las toallas hasta los productos colocados en las bonitas estanterías. Olía a sales perfumadas y a incienso, como el resto del apartamento. Eso le daba sentido a por qué Jimmy desprendía un aroma tan dulce y característico, tan narcótico.

Cualquiera habría pensado que el lugar pertenecía a una joven pareja o quizá a una chica independiente. Cuidado y bien decorado, era el apartamento que yo habría querido, en el que sentirme segura y acogida.

Me encogí y apoyé la mejilla en las rodillas al rodear mis piernas. Jimmy lo había preparado todo para que pudiera disfrutar de ese momento. Había encendido unas velas —estaban repartidas por toda la repisa que bordeaba la bañera— y me había servido una copa de vino para que gozara de aquel instante a solas conmigo misma. Imaginó que, después de haberme hecho el amor como un animal, necesitaría asumir cuanto me había contado.

Todavía sentía el cosquilleo entre mis piernas fruto del placer que me había regalado. Al cerrar los ojos casi pude notar su erección llenándome. No sabía cómo lo conseguía, que no pudiera dejar de pensar en él, a pesar de todo lo que nos estaba pasando.

Y entonces asomó la culpa. Se había debilitado, pero seguía siendo bastante sólida. Me dijo que era egoísta y que merecía ser castigada. No podía confiar en las buenas emociones, me traicionarían. Parecía susurrarme al oído que nada era real, que era injusto que yo me hubiera entregado al placer de la carne mientras los míos sufrían.

—Te oigo pensar desde el salón.

La voz de Jimmy me sacó de mis pensamientos con un fuerte temblor y me encogí un poco más al dar con su mirada. Se había apoyado contra la pared de cristal con los brazos cruzados y lucía ese gesto de inspección tan peligroso que supe que llegaría hasta el último rincón de mí.

—Tenemos que hablar de esa extraña habilidad tuya para leerme la mente.

—Creo que me atribuyes demasiado mérito.

—Corrígeme si me equivoco.

Lo meditó un instante antes de dedicarme una sonrisa ladina.

—No, llevas razón. Puedo leerte a la perfección. —Se encogió de hombros—. Supongo que se debe al tiempo que me he pasado observándote.

—Pero ahora no lo hacías —murmuré.

—Regina...

Cerré los ojos. Mi nombre era como la miel cuando salía de sus labios. Lo oí acercarse a mí y apoyó sus dedos en mi nuca. Noté un escalofrío.

—Me gusta esta sensación —susurré—. Cuando tus dedos juegan sobre mi piel. Logras que me calme casi de inmediato.

—No me importaría pasarme el día entero tocándote —dijo él antes de dejar un beso sobre mi hombro.

Lo miré.

—¿Borraría cómo me siento, esta mortificación que llevo dentro?

—Menguaría, quizá. Poco a poco se iría apagando hasta desaparecer.

—Entonces no pares.

Apoyé mi frente en la suya. Su caricia se extendió por mi columna vertebral.

—Se le llama duelo, Regina. Y es terrible.

Las lágrimas amagaron con salir.

—Sí, lo es... —gemí asintiendo con la cabeza—. ¿Qué nombre le das a lo demás?

—Transición.

Me erguí un poco y forcé una sonrisa muy apagada.

—Esa es una palabra demasiado amable y optimista.

—¿Por qué habrías de pensar lo contrario?

—Porque yo siempre me pongo en lo peor.

—Y lo peor es creer que estás traicionando a los tuyos solo porque estás aquí disfrutando de un baño.

Jimmy siempre me empujaba al estado preciso en que podía interpretar mi actitud de otro modo. Tenía esa habilidad intrínseca para analizar las cosas desde una perspectiva completamente diferente a la mía y aportaba un nuevo sentido a mis pensamientos. Parecía dispuesto a coser mis heridas con sus propias manos. Y había empezado a hacerlo, sentía cada puntada, cómo me atravesaba el hilo. Dolía, porque me obligaba a ser muy consciente de lo rota que estaba. Pero no tanto como seguir sufriendo las consecuencias.

El único problema era que no sabía si merecía esa ayuda. Si sus sentimientos por mí habían variado su perspectiva del asunto. Implicación emocional lo llamaban.

Quizá sí. Acaso era la oportunidad que me daba lo que sea que hubiera allí arriba, en ese cielo invisible para los mortales, de construir una vida sobre la base de mis propias decisiones. Pero para ello necesitaba estar curada. Necesitaba estar bien.

—¿Crees que Atti habría querido verte en tu estado? —Jimmy supo a qué recurrir para terminar de meterse dentro de mí.

—¿Sabe lo que ha...?

—Lo sabe todo —no me dejó acabar— y tuvieron que sedarlo.

Resollé. El Attilio que Jimmy describía era muy auténtico. Era el único que sabía quién era yo de verdad, conocía cada una de mis heridas y se odiaba a sí mismo por no haber tenido las herramientas para curarlas, tal vez porque las suyas propias no se lo permitían.

Cogí aire y salí de la bañera. Jimmy no me quitó ojo de encima mientras me envolvía con el albornoz que había dejado a mi alcance. Sobre el mismo mueble esperaba una muda de ropa limpia. Ropa que había mandado comprar, sin estrenar.

Me miré en el espejo. Vi a una mujer algo demacrada y abatida, pero también vi a una superviviente.

Sí, una superviviente que no se creía que lo era.

—En otro momento habría ido corriendo a verlo —dije en referencia a Atti—. Pero ahora siento que algo de mí teme mirarlo a la cara. Que, si lo hago, lo perderé a él también.

Jimmy se acercó. Sus ojos se clavaron en los míos a través del espejo. Apoyó las manos en mis caderas, yo tragué saliva. Notaba su calor incluso sobre la gruesa tela.

—Tengo a un grupo de más de veinte hombres especializados vigilando los alrededores del hospital y supervisando la planta en la que se encuentra ingresada tu gente. Otro grupo controla este edificio. No voy a dejar que nos ocurra nada. Como tampoco permitiré que Marco sufra.

Se me empañó la vista y me tragué el nudo que se me había formado en la garganta, me estaba costando mucho evitar las lágrimas. Asentí con la cabeza. Confiaba en Jimmy.

Entonces él me giró y acarició mi mejilla con sus nudillos. El beso que me dio ofreció un consuelo al que no me negué. Y quise aferrarme a él como una cría desconsolada, pero alguien llamó a la puerta.

Jimmy me besó en la frente, salió del baño y bajó las escaleras. Aproveché ese instante para vestirme. Quería ir al hospital y abrazar a Atti y a toda mi gente. Lo necesitaba para recordarme que tenía razones por las que luchar, que mi hermana y mi madre estarían orgullosas de saberme rodeada de personas que me adoraban.

Cuando terminé de colocarme los zapatos, salí de allí y afiné el oído. Escuché varios palmotazos. Eran cariñosos, la prueba sonora de un contacto amable y sincero. Me asomé.

Sandro estaba allí y abrazaba a Jimmy, que no dudó en responder con alegría. Saber que compartían una amistad no me preparó para el impacto que me causó esa imagen. Era de una sinceridad desgarradora, contenía una verdad impresionante.

—¿Cómo ha ido todo? —preguntó Jimmy.

Sandro soltó el aliento como si lo hubiera estado manteniendo durante horas.

—Bastante mejor de lo que había esperado.

—Es tu hermano, Sandro. ¿Cómo esperabas que reaccionara?

Sandro tragó saliva y se rascó la nuca. Parecía aliviado, pero también tenso.

—Sabes que nunca me preocupó su reacción. Sino la mía. He pasado tanto tiempo imaginando ese momento...

—Lo sé.

Jimmy le apretó un hombro y ambos se miraron como solo sabían hacerlo los amigos de verdad, aquellos que se conocían a niveles profundos y que no necesitaban palabras para entenderse.

—¿Está aquí? —quiso saber Sandro.

Sentí un tirón en el vientre cuando Jimmy asintió con la cabeza.

—Borisov nos espera con un bonito premio, y sé que tú has dado la orden a Matessi, pero antes... ¿crees que querría verme?

Sí, hablaba de mí, y el gesto de inquietud que adoptó me anunció lo mucho que le preocupaba tener un encuentro conmigo.

A decir verdad, aquella versión de Sandro dejaba la anterior en una posición impostora.

—Dejemos que ella decida —le indicó Jimmy.

—Estaré en la terraza.

Berardi se encaminó afuera y dejó al teniente suspirando antes de mirar en mi dirección. Yo ya estaba bajando las escaleras y supo, al sumergirse en mis ojos, que lo había escuchado todo.

Me acerqué a él. No nos tocamos. Estábamos a una distancia prudencial y decidimos mantener un silencio solemne, lleno de veracidad. Me preparé. La figura de Sandro se dibujaba entre las cortinas. Lucía unos vaqueros y una americana que favorecían extraordinariamente su magnífica figura.

Cogí aire y caminé hacia él. No había nada que decidir. Ese hombre era mi cuñado, el mismo que había fingido ser un canalla para poder garantizar la seguridad de su hermano. Merecía que le dedicara mi tiempo y que pudiera contemplar de cerca esa maliciosa barrera que se había impuesto por culpa del Marsaskala.

Apoyé las manos en la barandilla y lo miré. Lo primero que hizo fue sonreír aliviado, tal vez creía que no querría verlo. Después, tembló. Fue muy sutil, casi inexistente. Pero tembló, y yo lo vi y me sentí un poco más cómoda, porque no había nada malo en él, no había nada del Marsaskala. Era como descubrir a otro hombre. Uno muy hermoso y agradable, cuyos ojos albergaban un brillo sereno.

—Hola... —suspiré.

—Eh. —Me dio un pequeño empujón con el brazo—. ¿Cómo te trata ese bruto de ahí?

Sonreí con timidez.

—Es curioso. Betty también lo llamó así.

—Y no es mentira, créeme —bromeó.

Me mordí el labio y agaché la cabeza. Ahora que tenía a Sandro tan cerca de mí me fue imposible evitar no pensar en su hermano. Marco se reflejaba en sus facciones. Las similitudes entre los dos me oprimieron la boca del estómago. Me moría de ganas por volver a tener a mi compañero entre mis brazos.

—¿Has estado con Marco? —pregunté algo asfixiada.

—Sí.

—¿Está bien?

«No llores, no llores», me dije. Pero Sandro se dio cuenta y acercó una mano a mi mejilla. Enjugó una lágrima con un cuidado exquisito.

—Mucho mejor que tú y yo —murmuró afectuoso—. Ese cabronazo aguantaría el tipo incluso si estuviera a punto de ser aplastado por un tren de mercancías.

El punto cómico me arrancó una sonrisa. Tenía razón. El estoicismo de Marco a veces era insoportable.

Cogí la mano de Sandro y la envolví con las mías mientras repasaba sus nudillos. No nos conocíamos. En realidad, él no debería haber sentido que me debía algo. Pero no era nadie para negarle que quisiera hacerlo. Entendí que aquello era una manera de expiar sus culpas.

—Cuando te vi por primera vez, jamás creí que serías el hombre que tengo delante ahora mismo. Parecías...

—Un hijo de puta —me interrumpió—. Y supongo que lo fui. He hecho cosas de las que me arrepiento. Pero cuando nos conocimos en aquella fiesta estaba siendo sincero.

Alcé las cejas. Lo recordaba a la perfección, esa mirada sucia y repleta de sexo que tantas cosas me ofreció hacer esa noche. Solo tenía que haber asentido con la cabeza para haberme visto arrastrada a una habitación con él. Sandro me habría follado y yo se lo habría consentido porque así era como funcionaba. Así era como debían ser nuestras vidas. Pura degeneración y resignación y gritos mudos clavados en el alma.

—¿Había sinceridad en el acto de cortejar a la futura esposa de tu hermano? —quise bromear.

Él se inclinó hacia delante y entornó los ojos.

—No lo digas muy alto —susurró, y señaló hacia el salón con la cabeza—. Nos apreciamos bastante, pero no dudará en matarme si lo descubre.

Sonreí. Jimmy se había sentado en el sofá y consultaba el teléfono. Ni siquiera parecía estar prestando atención.

—Es tan... confuso —dije cabizbaja.

Todavía no daba crédito a que todo aquello me estuviera pasando a mí. Y no me refería a lo malo, sino a lo bueno. A lo bueno que había en mis sentimientos hacia ese hombre, hacia Marco, hacia Gennà y todos los demás.

—Me pidió que estuviera pendiente de ti —reveló Sandro—. Confiaba en Marco, pero mi hermano no sabía la verdad. Así que yo era el único que podía mirarte como si fuera una representación suya.

Tenía sentido. Pero recordaba sus pupilas aquella noche, que me hablaron de una desesperación que debía ser silenciada a golpe de cocaína. Costaba creer que en tal estado pudiera vigilarme como Jimmy lo habría hecho.

—Ibas... Habías consumido —suspiré.

—Sí... —Tragó saliva—. Y jugué con aquella modelo porque era lo que se esperaba de mí.

—Podrías haberlo fingido.

—No, me conocen demasiado.

Cierto. El subidón no podía fingirse, mucho menos cuando Sandro acostumbraba a ir colocado desde la adolescencia. Su familia esperaba de él que hiciera ruido, que estuviera rodeado de mujeres, que se vanagloriara de sus vicios. Lo contrario habría sido alarmante, digno de una atención que no necesitaba.

—Llevaba un tiempo sin consumir —confesó—. En realidad, no lo había hecho desde que...

El nombre de Sofía flotó a nuestro alrededor. Percibí el dolor que le causaba al verlo fruncir el ceño y mirar al frente. Su mano cayó de entre las mías y se aferró a la baranda con la fuerza suficiente para hacer que sus nudillos se tornaran blancos.

—Entiendo —murmuré frotándole la espalda.

Él me sonrió.

—Al verte aparecer... —Se le rompió la voz—. Tienes algo de ella, ¿sabes? Te vi tan indefensa, tan... sola en medio de aquel mar de bestias. Sofía destacaba por su bondad.

Negué con la cabeza.

—En eso somos muy distintas.

—No. Te equivocas.

Se enderezó de nuevo y recogió un mechón de mi cabello tras la oreja. La caricia fue tan delicada que no pude evitar estremecerme.

—Eres la única que ha conseguido descubrir a mi hermano. La única que lo ha sacado de esa prisión en la que su propia mente se había convertido. Lo miraste y lo liberaste. Eso es la bondad. Tienes un corazón blanco y venciste a un corazón negro.

«*Il mio cuore bianco*». La voz de mi madre. No irrumpió sola. Escuché también la sonrisa de Camila.

—¿Cómo lo conseguiste, Sandro? —gemí con consternación.

Él había sufrido la pérdida como yo. Sabía lo que dolía, conocía cada gramo de dolor. Jimmy también, sí, pero Sandro había nacido en la mafia. Se nos había enseñado a soportar todo de un modo casi macabro, pero nuestra propia naturaleza gritaba en contra. El dolor era diferente, un poco más ruin, porque habíamos intentado escapar y se nos había negado esa posibilidad de la peor forma.

—No lo he logrado aún. Creo que nunca lo haré, Regina —admitió—. Creo que esta será mi carga. Pero es mía y la aprecio. Pienso atesorarla. Porque me recuerda a cada instante que la conocí, que la tuve entre mis brazos y la amé con toda mi alma. Aún lo hago. Lo haré siempre. —La voz se le fue apagando conforme hablaba. Pero sus ojos se mantuvieron firmes sobre los míos, a pesar de la humedad que afloró en ellos—. Así es como deberías pensar. Y llorar está bien. Ayuda, y tienes gente a tu alrededor dispuesta compartir tus lágrimas. No olvides eso.

No lo pude evitar. Me lancé sobre él, me aferré a su cintura y enterré la cara en su pecho porque acababa de entender que Sandro sería un amigo más al que atesorar. Y cuando sus brazos reaccionaron supe que él sentía lo mismo, además del alivio de saber que podría contar con su hermano.

Al alejarnos, me enjugué las lágrimas con el reverso de la mano. Sandro sonrió porque también hizo lo mismo.

«Menudo par de lloricas», pensamos y soltamos una risa. Iba a ser precioso ver cómo la vida se sucedía así de pacífica y pura.

—¿Y cuál es el objetivo ahora? —pregunté.

Quería ser libre. Quería acabar con todo y respirar. Vivir. Amar.

El brillo en los ojos de Sandro ardió. Allí estaba la bestia. El canalla que sería una última vez.

Me cogió de la mano y me llevó dentro, al salón. Ninguno de los dos nos habíamos dado cuenta de la llegada de Ciani. Estaba hablando con Jimmy cuando se detuvo un instante a observarnos. Me regaló una cálida sonrisa y un guiño que me calentó por dentro.

—¿Qué os parece el distrito de Muratella? —inquirió Sandro.

Captó toda nuestra atención. Ignoraba qué quería decir, pero intuí que debía ser lo bastante importante porque Jimmy enseguida adoptó su habitual postura depredadora. Volvía a ser un cazador.

—No creí que Borisov se diera tanta prisa —dijo Jimmy con el amago de una sonrisa en la boca.

—Eso no es todo. Saveria regresó a Cerdeña hace cinco días.

Esa noticia no solo aseguraba que la Sacristano estuviera involucrada en todo lo sucedido los últimos días, sino que además la situaba en una posición muy ventajosa, con demasiados apoyos movilizados sobre el terreno.

—Ha estado recluida en sus dependencias porque prefería observar todo el desastre para estudiar bien su participación —añadió Sandro. Su actitud resultaba demasiado tranquila y despreocupada—. Pero su ayuda de cámara tiene una lengua muy afilada si se la estimula como es debido.

La sonrisa de Ciani delató que Berardi había recurrido al clásico soborno.

—Podemos confirmar, entonces, que ella facilitó la intervención de Alberto, como cabía esperar —admitió Jimmy.

—Pero no le salió como esperaba.

Fruncí el ceño. Al parecer, Alberto había pecado de avaricioso. Mi muerte nunca fue un objetivo para Saveria, ella me quería con vida porque sabía que me había convertido en el punto débil de su sobrino y que podría usarme para someterlo. Por eso ayudó a mi tío ofreciéndole todos los recursos para una fructífera emboscada. Lo había convencido de una alianza entre los dos y creyó que él no veía venir la muerte que le esperaba a manos de la mujer porque estaría demasiado centrado en el modo de traicionarla.

Sin embargo, la precipitación de Alberto por conquistar su imperio y castigar a su sangre había provocado que Saveria tuviera que emplear otras alternativas. Opciones que avivaron la sonrisa de Sandro, que nos aturdió a todos.

—¿Cómo sabes todo eso? —indagó Jimmy.

—Bueno, digamos que me he puesto a su servicio.

—Sandro —suspiró Ciani.

Ni a él ni a su superior les agradó que Sandro se expusiera tanto. Fue muy evidente la amistad que compartían y lo férrea que era.

—Ha sido muy fácil de convencer. —Sonrió el Berardi—. «Quiero poder, quiero demostrarte que puedo ser mejor que Marco, puedo lograr lo que quieres». —Se citó a sí mismo—. A Saveria le brillaron los ojos. La reputación de miserable que me he granjeado durante todos estos años me precede. Le resultó muy fácil creer que odio ser un puto cero a la izquierda, que quiero mi momento.

—¿Y qué es lo que quiere, además de lo evidente? —preguntó el teniente.

Sandro torció el gesto.

—En vista de que Alberto ha mostrado demasiado pronto sus cartas y que la ha traicionado como estaba previsto, ha retirado sus efectivos. Capturarlo ha sido sencillo para Borisov, y ahora Saveria sabe que lo matará. Un problema menos. Eso me dijo.

—Pero... —aventuró Ciani.

—También sabe que Regina está viva.

—Porque tú se lo has dicho, ¿cierto? —dijo Jimmy.

—Y se la he ofrecido. Como medio para someter a Marco.

Di un paso atrás, pero Ciani se inclinó hacia mí y apoyó una mano en la parte baja de mi espalda como queriendo darme consuelo. Lo logró, y me enterneció que tuviera todos los sentidos puestos en la conversación, pero dejara una parte para dedicarla a mí.

—Era el único modo de convencerla de mi lealtad.

Sandro se sacudió con elegancia una de sus mangas. Estaba disfrutando de su logro, y yo de pronto me di cuenta de su estrategia con fascinación y horror. Era muy inquietante ver que me había convertido en una moneda de cambio, pero me agradó que mi propia existencia hubiera logrado poner a Saveria en jaque. De lo contrario, Sandro nunca habría podido mostrarse ante ella.

—Bien —afirmó Jimmy.

Berardi frunció el ceño antes de mirarlo aturdido.

—¿Solo bien? ¿Te he garantizado el acceso a ella y tú solo dices «bien»? —protestó mientras las sonrisas del teniente y su sargento afloraban—. Capullos.

—¿Cuándo espera información tuya? —preguntó Jimmy.

—Mañana —sentenció Sandro.

—Pues tenemos que ser rápidos.

Mi pulso estalló. Casi podía tocar el final. Ser testigo de la caída de un lugar como el Marsaskala me procuraba una emoción inigualable. La gente atrapada en sus paredes sería libre. Como yo. Como Gennà, como Marco y Sandro.

—Quiero permitirme actuar como un mercenario.

La palabra y cómo lo dijo, en ese tono salvaje y feroz, reverberó en mis tímpanos, me salpicó de pequeños escalofríos que me erizaron la piel. Fue excitante y peligrosa. De repente sentí que estaba compartiendo espacio con un depredador muy impredecible.

—Quiero matarlo con mis propias manos —gruñó con una frialdad muy intimidante.

Tragué saliva y entonces sus ojos me consumieron cuando se clavaron en los míos. El cazador quería cazar, quería oler la sangre, empaparse de ella. Y eso, suponía, tenía que haberme dado miedo. No podía estar más equivocado. Me aturdió, sí, por la fortaleza y la brutalidad que se escondían bajo aquellas pupilas diamantinas. Pero Jimmy era aquello, una maldita pantera que me había robado el corazón.

—No —dije de pronto.

Él torció el gesto, entornó la mirada. No sabía que quería ser tan fiera como él. Y fue repentino. Voraz. Años de traumas acumulados en mis entrañas que ahora podrían ser vengados. Porque Vittorio Fabbri había caído y Alberto debía seguirle.

Sonrió. Acababa de entenderlo y le gustaba el final que había escogido para él, era el mismo que Jimmy deseaba.

—Dejaremos que la tierra se lo trague. Vivo —sentenció sin quitarme ojo de encima.

—Me parece una idea cojonuda. —Sandro sonrió.

—Estoy de acuerdo —le secundó Ciani.

Jimmy seguía mirándome. Sabía que no me conformaría con que me lo contaran, que querría ver con mis propios ojos cómo Alberto perdía la vida del mismo modo que él había intentado usar conmigo.

«¿Estás segura?», leí en su rostro. No, no lo estaba, porque ello me granjearía quizá recuerdos demasiado desagradables. Pero asentí con la cabeza, puesto que me gustaba el final que se entreveía.

Un final que daría comienzo a una vida con él y con mi nueva familia.

42

GENNARO

El lugar estaba ubicado en la via privada de Parco Comola Ricci. Un ático dúplex con una amplia terraza cubierta en un inmueble, bastante bien conservado, situado en el extremo de la colina.

Reconocí al grupo de hombres que esperaban junto a un par de vehículos en la pequeña explanada de acceso. Eran esbirros de Caronte y me saludaron casi con solemnidad. Yo iba cerca de Atti y su fría calma me dio el valor para mirarlos de frente y asentir con la cabeza.

Nos adentramos en el edificio en riguroso silencio. Los chicos se habían puesto aquella máscara de seriedad en cuanto aterrizamos en Nápoles. Apenas nos habíamos dirigido la palabra. Era como si todos supiéramos perfectamente qué hacer y cómo hacerlo sin necesidad de compartirlo.

Al llegar al último piso descubrimos a un cerrajero arrodillado en el suelo mientras rebuscaba entre sus herramientas. La puerta del apartamento había sido derribada y él solo tenía que adecentar la cerradura para no dejar señal alguna del asalto. Fue una suerte que aquella fuera la única vivienda de la planta. Así no dejaríamos rastro.

Entramos. Recorrimos el pequeño pasillo que salía del vestíbulo y accedimos al salón del que partían dos pasillos más, uno a cada lado, hasta el acceso a la terraza y la cocina, además de las escaleras metálicas que llevaban al piso superior. Era un lugar bastante feo y el desorden presidía el espacio. Objetos destrozados por todas partes, la televisión tirada en el suelo, trozos de cristal, vasos rotos, la bandeja de estupefacientes esparcida e incluso una botella de vino que se había derramado sobre una alfombra de pelo blanco. La mancha parecía la contundente prueba de un violento asesinato.

Pude leer lo sucedido en cada detalle. El forcejeo de Tanni antes de que los esbirros lo doblegaran.

Olía a desinfectante. Dos mujeres se estaban encargando de recoger y limpiar. También las reconocí. Habían trabajado para los Cattaglia durante los últimos dos lustros, así que no les extrañó toparse conmigo. Tan solo me observaron unos segundos y volvieron a sus tareas.

Nos encaminamos hacia la terraza. Lo cierto fue que me alivió bastante respirar aire fresco —el apartamento me estaba asfixiando—, pero la estampa que nos encontramos allí en medio no era la más amable.

Emidio Tanni se encontraba de puntillas sobre un taburete de plástico blanco. Solo llevaba unos calzones de cuadros y unos calcetines oscuros. Tenía la piel perlada en sudor por el esfuerzo de mantener su pesado equilibrio. Era un hombre recio, bastante desagradable, la barriga apenas le permitía ver dónde se apoyaban sus pies. Con las manos atadas a la espalda y una mordaza ahogando sus gimoteos que trataban de pedir ayuda, verlo tambalearse casi parecía insultante. Casi. Porque no evitaría el ramalazo de placer que me causó descubrir la soga rodeándole el cuello.

Habían enganchado la cuerda a la viga de la cubierta. Estaba tensa. Si el taburete caía, Tanni se ahorcaría. Y por su corpulencia supe que apenas tardaría en expirar.

Era una imagen grotesca que debería haberme inquietado bastante y quizá consternado, porque era lo último que yo querría ver. No me gustaba la muerte en ninguno de sus conceptos, a pesar de haberla deseado innumerables veces. No, la muerte era horrible. Lo pensaba incluso después de haberla aplicado yo mismo, después de haber clavado un cuchillo en el vientre de mi padre y haber esperado a que el final llegara a sus ojos. Pero también entendía que en nuestro mundo era prácticamente una necesidad, como un ente que participaba en la partida y con el que debíamos aliarnos, incluso cuando odiábamos esa idea.

Cuando miré a esos ojos rabiosos de Tanni, de esclerótica enrojecida y lagrimal hinchado, asumí que no me importaría ser el ejecutor. Porque sus sucias manos habían tocado a mi hombre solo porque otras se lo habían ordenado. Y en su caso no le importaba ser cruel.

—¡Tanni! —exclamó Matessi—. ¿Qué pasa, compañero? Te veo un poco incómodo.

El sargento le quitó la mordaza y Tanni enseguida trató de escupirle. Fue una suerte que se apartara a tiempo, y sonrió como si le hubieran contado un chiste de lo más gracioso.

—Ah, joder. Por qué poco, ¿eh? —bromeó echándonos un vistazo.

Atti se había apoyado en la mesa. Disimulaba las molestias igual que durante el trayecto de Roma a Nápoles, pero ahora tenía una mano presionando el costado izquierdo mientras que con la otra trataba de mantenerlo erguido.

Draghi lo vigilaba de cerca fingiendo no prestar atención, cruzado de brazos y luciendo ese gesto impertérrito que tantas veces le había visto a su jefe. Le favorecía. Le marcaba esos rasgos tan varoniles y delicados al mismo tiempo. Y pensé, por estúpido que fuera, en lo fascinante que sería ver esos brazos en torno a Atti acogiéndolo con fuerza y afecto.

Yo, en cambio, me quedé rezagado, al borde del umbral de la entrada a la terraza, despreciando el modo en que el sol recaía sobre ella y la salpicaba de sombras acogedoras que contrastaban con la situación.

—Dime, ¿cómo te han tratado? —Matessi jugueteó con uno de los pezones de Tanni para robarle el equilibrio—. Ordené que no te pusieran un dedo encima. No quedaría bien en una autopsia por ahorcamiento, ¿cierto? Tú eres el experto en encubrir asesinatos...

—¿Y por qué no me pegáis un tiro? —gruñó el jefe de la policía napolitana soportando el suave pellizco, porque en el fondo no quería morir.

Tanni era bien reconocido por el desagrado que le provocaban los homosexuales. Había dedicado parte de su mandato a limpiar las calles de jóvenes a los que no les quedaba otra que venderse para ganarse la vida. Así que la mera idea de enfrentarse a uno cara a cara y dejar que otro le toqueteara, solo para molestar, le ofendía sobremanera.

—Porque entonces todo sería demasiado sucio —aclaró Matessi—. Tendríamos que pagar horas extras a los limpiadores. Deshacernos de tu cadáver. En fin, un engorro.

Joder, cuánto se estaba divirtiendo.

Echó mano del interior de su chaqueta y extrajo un sobre, el mismo que le habían dado sus hombres en cuanto bajamos del helicóptero.

—Dejaremos esta bonita carta justo aquí —la apoyó en la mesa—, alegando que no soportabas la presión, que tu conciencia no te dejaba dormir tranquilo. En ella acreditas también los sobornos que has recibido de la Camorra y de Saveria y, ah, mi parte favorita, que le has sido infiel a tu esposa durante los últimos años.

—Hijo de puta —masculló rojo de rabia—. ¿Esto es por ese asqueroso maricón?

No se refería a mí, sino a Marco, a pesar de que era mucho más hombre que él. Me entraron ganas de matarlo con mis propias manos. Así que dejé que la furia me invadiera y me empujara hacia delante. Pero Draghi lo evitó extendiendo un brazo.

—¿Realmente pensabas que podrías salirte con la tuya? ¿Que Saveria triunfaría por encima de su propio sobrino? —comentó Matessi antes de lanzarme una sonrisa—. Marco Berardi es más listo que ella y ten por seguro que es más listo que tú. Si no, ¿por qué crees que estamos aquí?

—Todo el mundo sabrá que esa carta no la he escrito yo —se quejó Tanni.

—Pero es que es tu letra, querido.

Su amante le había servido una copa en la que había vertido escopolamina sin que él se diera cuenta. En cuanto hizo efecto, lo bastante rápido como para que la mujer se ahorrara tener que meterse en la cama con el tipo, Caronte y sus hombres entraron en el apartamento. Forcejearon, eso había quedado claro, pero finalmente Tanni tuvo que ceder y terminó escribiendo cada palabra que se le dictaba, tan obediente que en cierta manera los había perturbado.

—La droga aparecerá en el examen toxicológico —espetó con orgullo el muy ignorante canalla.

Matessi torció el gesto y adoptó una mueca que me pareció tan inquietante como fascinante antes de mirarnos.

—¿No os parece que está encantador tratando de ganar tiempo? —nos dijo.

Su comentario provocó una amplia sonrisa en Draghi y Atti.

—Verás, todo el mundo sabe que eres un gran consumidor —continuó al encarar de nuevo a Tanni—. Y, para qué mentir, nos importa una mierda cómo matarte. Se nos da tan bien como a ti manipular informes. Podría pegarte un tiro si quisiera.

Echó mano de su arma y le disparó en la pierna derecha. El movimiento fue tan veloz que a Tanni no le dio tiempo a prepararse y yo no pude contener el espasmo que me produjo el estallido. Un alarido se extendió como la pólvora. Silenció por completo el resto de sonidos. Pero el muy desgraciado se mantuvo en pie mientras del orificio que tenía en el muslo se derramaba un reguero de sangre.

—¿Lo ves? —Matessi alzó las cejas—. Pero es más placentero ver cómo te apagas. Muy típico de la Camorra más sucia, ¿verdad? Esa que a ti tanto te ha dado.

Mientras hablaba, le acariciaba la barbilla con el cañón ardiente de su arma mientras Tanni temblaba de puro dolor.

—Qué diferentes se ven las cosas desde la parte perdedora, ¿eh?

Miré a los chicos. Ninguno de los dos se había inmutado, y entonces Matessi se giró hacia ellos.

—Verni, ¿crees que podrás? —Señaló el taburete.

Atti se enderezó.

Por supuesto que podría, su rostro me dijo que era capaz de cualquier cosa. Pero hizo la más inesperada: mirarme a mí.

—¿Y tú, podrías? —me preguntó.

Supe de inmediato lo que me estaba ofreciendo. Quería que yo obtuviera la oportunidad de resarcirme del agravio sufrido. Tanni no me había insultado a mí, pero sabía cuánta maldad e intransigencia contenía esa maldita palabra. Maricón. No, no era un indicativo de debilidad, aunque esos canallas retrógrados se empeñaran en usarlo como tal. Hasta el más frágil podía ser letal.

Avancé. Firme y seguro. Mucho más de lo que me había sentido nunca. Contaba con la confianza de mis amigos, con su lealtad y afecto, y esa certeza era como un motor para mí, kilos y kilos de coraje.

Tanni me observó con asco. Me despreciaba, pero no tanto como yo a él y todo lo que representaba. Le di una patada al taburete sin pensármelo demasiado. No haría un circo de algo que quería de inmediato.

Cuando su cuerpo comenzó a balancearse y Tanni luchó por sobrevivir, la desesperación se derramó a borbotones por todos los poros de su piel. El rostro se le enrojeció, la saliva se le escapaba por la boca, resollaba en busca de un aire que ya no le llegaba a los pulmones. Me acerqué un poco más. Mis ojos clavados en los suyos serían lo último que viera.

—Ese maricón te ha vencido sin mover un solo dedo, miserable —murmuré.

Todavía se permitió un instante de ira antes de exhalar su último aliento.

43

REGINA

La versión de Alberto Fabbri que habían inoculado en mi sistema mediante horas de manipulación que apenas recordaba era cálida y amable. Con una sonrisa bastaba para alegrar el día. Siempre hablaba de un modo pausado y tenía un consejo listo para compartir. Resignado a las decisiones de su hermano, hábil con los números, más hábil aún con las palabras. Convencía sin suscitar temor, sometía sin parecer un opresor. Lo creía mejor que mi padre. Mucho mejor. Había ocasiones en que deseé en secreto que él lo hubiera sido.

En mi infinita ingenuidad, Alberto jamás fue capaz de hacerme daño alguno. Sus manos sobre mi piel no habían sido más que meras caricias castas que buscaban ofrecer consuelo o afecto. Al igual que las de mi padre.

Mi único error fue crecer y excitar a los demás sin saberlo. No era una mujer voluptuosa, pero tenía un carácter seductor y atrevido, y mi cuerpo lucía curvas insinuantes que yo sabía muy bien cómo manejar para encandilar, a pesar de no usarlas ante los ojos de mi familia. Por eso me aturdían sus miradas. Por eso me veía a mí misma preguntándome por qué era así, ocultándome lo bastante cuando llegaba el verano, desmelenándome solo cuando ellos no estaban presentes. Era demasiado incómodo esquivar el deseo que reconocía en ellos.

—Son hombres, al fin y al cabo, Regi —me decía Vera—. Y tú ya eres una mujer adulta.

Solía emplear un tono de reprobación que buscaba culparme,

convertirme en un ser obsceno. A su modo de ver las cosas, yo era quien provocaba, y por entonces recordaba que esa frase hacía mucho que había calado en mí.

Provocar, tentar. Sí, ya la había oído. De mi terapeuta, de la propia Vera e incluso de mi abuela. Crecí creyendo que yo era una especie de súcubo que tentaba continuamente. Pero ahora que la verdad flotaba en mi sistema y me regalaba trazos de memoria enterrados, esa realidad se me antojaba un violento maltrato disfrazado de sutileza y falsedad. Por eso no me costó acercarme al hoyo que Ciani, Kai y Nasser estaban terminando de cavar.

El sol empezaba a caer, su luz apenas salpicaba de naranjas cálidos aquel territorio descampado y arenoso rodeado de árboles en el corazón de Muratella. No se veían edificios alrededor, apenas una fábrica abandonada a lo lejos, junto a una casa de piedra en ruinas. Se me antojaba increíble que estuviéramos en la capital italiana. Casi parecía que nos habíamos trasladado al maldito fin del mundo.

Miré el hoyo de nuevo. De unos tres metros de profundidad. Allí dentro perecería Alberto Fabbri y con él se llevaría todo el daño que había hecho. Tal y como había sucedido con su maldito hermano. No me devolverían a mi madre ni a mi querida hermana ni tampoco me dejarían la certeza de haber tenido una buena infancia. Pero con ellos terminaría todo. Me libraría de una suciedad que amenazaba con devorarme.

No me importaba si después, cuando la calma se asentara y los traumas afloraran de verdad, sin control ni barreras por la tensión, tenía que recurrir a ayuda psicológica para encarar las consecuencias. Lo prefería. Pero ese momento no me lo robaría nadie. Ni siquiera lo macabro del asunto.

Exhalé y cerré los ojos al notar el contacto de los dedos de Jimmy enroscándose en mi nuca. A continuación, sentí la presión de su pecho contra mi espalda, e incliné la cabeza hacia atrás para apoyarla en él. No estaba segura de si alguna vez me acostumbraría al efecto narcótico que ese hombre ejercía sobre mí. Me había vuelto adicta, no sabía cómo demonios había vivido sin esas caricias. La compatibilidad entre los dos hervía en cada poro de mi piel. Lo necesitaba a todas horas.

—Todavía puedes echarte atrás, Regina. —Su voz se derramó templada por mi cuello—. Lo que vas a ver no es agradable.

En eso estábamos de acuerdo. Pero tampoco lo fue ser enterrada mientras todavía respiraba. Y mucho menos sentir cómo el recuerdo de los ojos de mi tío alumbraba la oscuridad del ataúd y amenazaba con arrancarme la piel a mordiscos.

Me giré para mirar de frente a Jimmy. Sus manos se encajaron en mi cuello y cogieron mi rostro. Volví a cerrar los ojos un momento. Me encantaba la sensación de estremecimiento que me provocaba la callosidad de sus dedos.

—Es mi particular forma de vengarme, teniente —suspiré.

—Suena mucho mejor que mercenario. —Sonrió.

Yo también sonreí, pero mi sonrisa no duró demasiado.

Tragué saliva, dejé que me besara en la frente. Jimmy sabía qué debate se estaba dando en mi interior. Sospechaba la tensión que me provocaba pensar que todo lo que estaba por suceder conviviría conmigo para siempre. Todavía no comprendía cómo era posible que me conociera tanto.

—¿Crees que es una estupidez? —murmuré.

—¿Que quieras mirarlo a los ojos mientras lo sepultamos bajo kilos y kilos de tierra? No, en absoluto —sentenció—. Será un espectáculo muy breve pero digno de ver.

—Si mi padre estuviera vivo...

—Habríamos hecho el agujero un poco más grande —me interrumpió.

Allí, perdida en sus pupilas diamantinas, supe que todo sería un poco más fácil porque le tenía a mi lado.

El rumor de un motor rompió el contacto entre los dos. Se aproximaba a lo largo de las líneas que habían trazado los neumáticos de nuestros vehículos un rato antes. Se detuvo a unos metros de nosotros. Jimmy adoptó su postura fiera, pero no percibí tensión alguna en ella, solo expectación y unas depredadoras ganas, que enseguida se me contagiaron.

El guardia y el chófer se bajaron del coche. El primero se encaminó al maletero; el segundo le abrió la puerta a su jefe. Y un tercero se bajó de atrás. Al ver al ruso, ajustándose la gabardina negra que perfilaba su sofisticada y elegante figura, tuve un escalofrío. Quizá porque advertí los tatuajes que le asomaban por las muñecas. La Bratvá era un mundo incluso más oscuro que la Camorra.

Me sonrió de un modo espeluznante mientras se acercaba a nosotros. Detrás de él, sus hombres arrastraban a mi tío fuera del maletero. Lo tenían maniatado y con una bolsa negra en la cabeza. La ropa hecha jirones y manchada con la sangre de sus propias heridas. Le habían dado una paliza.

—Regina Fabbri —saludó Borisov y me cogió la mano para besarme los nudillos.

El modo en que sus pupilas destellaron me produjo un escalofrío. Pero no debía temer. Jimmy estaba a mi lado y no parecía tenso con la situación. De hecho, lo creí capaz de destrozar al ruso en unos pocos movimientos, a pesar de que el tipo era igual de corpulento que él y sabía, por su rango, que disponía de una fiereza salvaje.

—Así que tú eres la princesa por la que Marco ha caído rendido, ¿eh? —bromeó—. Espero que algún día me cuentes cómo has calentado ese corazón de hielo. Pero ahora —dio una palmada y miró a sus hombres—, disfrutemos del espectáculo.

Obligaron a Alberto a arrodillarse. El gesto le produjo unos jadeos asfixiados. Entonces le quitaron la bolsa y vi lo que ocultaba. La cara completamente magullada, uno de los ojos cerrado por la hinchazón, los labios y las fosas nasales ensangrentados. Poco se intuía de sus verdaderas facciones. Y se me cerró la boca del estómago ante las náuseas. No solo por la imagen, sino también porque empezaba a parecerme una buena opción encerrarme en el coche hasta que todo pasara.

«Ese maldito diablo trató de matarte», me recordé matando cualquier ápice de compasión.

—Los italianos son tozudos hasta la saciedad —señaló Borisov—. Hemos tenido que ser un poquito rudos. Espero que no os importe.

El comentario no sentó demasiado bien a Ciani e incluso a Kai y Nasser, que no compartían nacionalidad con nosotros. Pero Jimmy fue quien replicó.

Empezó cruzándose de brazos y moviéndose alrededor del ruso como si fuera una pantera lista para cazar. Tal fue la intimidación que brotó de su cuerpo que hasta Borisov se tensó.

—Me importa aún más que te atrevas a hablar de los italianos como si te creyeras de una raza superior —dijo en un tono muy peligroso.

El ruso levantó las manos en señal de paz.

—Jamás me atrevería a subestimaros.

—No te conviene, eso desde luego.

Con ese comentario bastó para concretar que, a pesar de estar en igualdad de condiciones, Jimmy podría aniquilarlos sin la intervención de los suyos.

—¿Ha firmado? —preguntó.

Borisov cogió aire y echó mano del bolsillo interior de su gabardina para sacar unos documentos que enseguida le entregó a Jimmy. El teniente los hojeó y advertí de inmediato de qué se trataba. Era la cesión de herencia que Alberto me había obligado a firmar. Ahora recaería en el ruso, que se convertiría así en el único administrador del imperio Fabbri y en el capo de Posillipo, además de Ponticelli y Secondigliano. Una jugada maestra que haría de él el camorrista con mayor influencia y poder en Nápoles.

—Bien, Marco y tú estáis en paz —sentenció Jimmy devolviéndole los documentos.

—En realidad, me tiene cogido de las pelotas, pero ¿quién soy yo para impedírselo? —bromeó sabiendo que nadie le sonreiría.

—Buen viaje.

Hizo una reverencia.

—Un placer. —Sonrió antes de mirarme—. Querida, espero que volvamos a coincidir en el futuro.

La verdad, yo esperaba lo contrario. Porque volver a cruzarme con él significaría que de algún modo seguía encadenada a una vida que odiaba con todas mis fuerzas.

Lo vi subirse con sus hombres al vehículo y alejarse por donde habían venido.

—Fabbri, ¿cómo te encuentras? —se mofó Jimmy acercándose a mi tío—. No tienes buen aspecto, amigo mío.

Alberto lo miró un instante. Amordazado como estaba se le oía resollar en busca de aire. La ira hervía en sus pupilas cuando me fulminó con ellas, pero también el miedo. El mismo que yo había sentido.

Me encogí abrazándome a mí misma sin saber que Ciani terminaría poniéndose a mi lado. El sargento se había ganado mi afecto con esos pequeños detalles, y me tentó inclinarme sobre él y pedirle que me sacara de allí. Pero le eché valor porque entendí que, de tener cualquier oportunidad, Alberto encontraría la forma de arrancarme la vida con sus propias manos. Era odio lo que hervía en los metros que nos separaban.

—No la mires a ella, sino el hoyo que te espera, y nosotros no hemos querido tener la amabilidad de ponerte un ataúd —masculló Jimmy.

Entonces echó mano de su cinturón y cogió su arma. Lo golpeó con la culata. Alberto se desequilibró y cayó al agujero de una forma muy aparatosa. Apenas tuvo tiempo de asimilar lo sucedido cuando Jimmy le apuntó y disparó.

Me atravesó un espasmo. No vi dónde le alcanzó la bala, pero sí escuché el lamento grave que brotó de su garganta.

Jimmy había dicho que sería breve. La rabia congelada en su rostro así lo indicaba, y fue él quien lanzó la primera pala de tierra. Pronto se le unieron Kai y Nasser, y yo tragué saliva notando que una fuerza invisible me empujaba hacia delante.

Caminé con lentitud, tanta que no creí que estuviera moviéndome. Me espoleaban el rencor, la decepción, la pesadumbre. De todo lo que podía haber sido y no fue porque prefirieron ser ruines con los de su propia sangre.

Me asomé. Alberto se agitaba, gruñía con todas sus fuerzas, ruegos que morían en la mordaza, que la llenaron de saliva, que lo asfixiaron un poco más. La tierra le salpicaba la cara, él se movía para sacudírsela de encima, pero le caía por todas partes. Iba a ser una muerte muy cruel. Me convertiría en una persona demasiado cuestionable. Perversa y retorcida, digna de castigo. Pero yo ya lo había recibido mucho antes de todo aquello.

«Vive esa vida que has elegido. Solo espero que no te arrepientas», me había escrito en su día. La frialdad de mis ojos le devolvían ahora un mensaje similar: «Esta es la muerte que tú mismo has elegido».

Y con el último grano de tierra que cayó sobre su cabeza supe que todo había acabado.

44

MARCO

El agotamiento empezaba a arañarme la piel. No había pegado ojo en los tres días que llevaba allí, a pesar de contar con protección. Confiaba en Tessari, aunque no tanto en nuestros compañeros de celda.

La vida en prisión era bastante más aburrida de lo que cualquiera podía imaginar. Sobre todo porque no abandonábamos la celda salvo para ducharnos o salir un rato al patio, siempre en grupos reducidos y solo dos veces al día. El resto era asunto nuestro. Ocho tíos matando el rato en un ridículo espacio mugriento, con una diminuta ventana de barrotes pegada al techo por la que apenas se colaba un tenue rayo de sol durante el día.

Si por esos reclusos hubiera sido, no habría sobrevivido a la primera noche. Destrozarme habría sido más divertido que seguir apostando pasta seca o los pocos billetes que habían podido reunir haciendo trapicheos con el resto de los convictos. Fingían no saber que existía, ni siquiera cruzaban miradas conmigo, pero podía sentir en el ambiente unas formidables ganas de darme una paliza que Tessari resolvía con un vistazo intimidatorio. Quizá buscaban entretenerse pegando al nuevo, o tal vez Emidio Tanni había hecho cundir el rumor de que un Berardi estaba preso en el módulo.

Al parecer, se les había puesto precio a mis huesos. Ya me lo había dicho el jefe de policía, que mi tía me quería vivo porque prefería castigarme de otro modo, y contaba con el apoyo de la fiscalía y el juez de instrucción para mantenerme allí hasta que ella pidiera lo contrario. Pero no se había dicho nada sobre los ataques. Y todavía me estaba recuperando del primero.

Hacía un rato que habían apagado las luces, pero cuatro de ellos seguían jugando. Otro estaba encerrado en el retrete, se le oía masturbarse a través de los muros que ocultaban el reducido espacio de aseo. Otro más trataba de conciliar el sueño en su catre y Tessari leía la misma revista por quinta vez. Así que nadie prestó atención a la coreografía que había hecho cada una de las noches desde que entré allí. Me acercaba a la ventana y miraba aquel pequeño pedazo de cielo.

Intenté ver mi constelación. Nada. Podía leer el nombre de Regina en las pocas estrellas que se veían, pero ninguna de ellas me ayudó a creer que esa mujer estuviera ahí fuera, esperándome. Echándome de menos tanto como yo a ella.

Después cerraba los ojos e imaginaba el cuerpo de Gennà tendido en mi cama, completamente desnudo, y mis manos acariciando su piel. Me lo permitía solo unos minutos, los suficientes para reunir fuerzas y encarar de nuevo la realidad que me rodeaba. Y me sentía satisfecho porque sabía que ellos estaban a salvo. Eso era lo único que importaba.

Se oyeron pasos acercándose por el corredor exterior. Tessari se levantó de golpe, se acercó a la puerta de la celda y miró por la pequeña ventanilla enrejada. Los reclusos que jugaban apagaron la vela que habían encendido y sus cigarrillos.

La cerradura de la celda chasqueó. El guardia me miró directamente a los ojos. Le importó un carajo todo lo demás.

—Berardi, muévete.

Una orden tan simple como la de la última vez. Quizá esa noche también me deparaba una sorpresa.

Obedecí y caminé hacia él ignorando todo, excepto aquellos ojos que tanto sabían y me escondían. Mi hombro rozó el enorme pecho de Tessari.

—Buena suerte, príncipe —me susurró.

Yo lo miré con estupor.

Fruncí el ceño. Era la primera vez que me hablaba. La primera también en que su rostro revelaba algo más que una cruda seriedad. Esa mueca parecía el amago de una sonrisa y logró aturdirme un poco más porque no sabía si aquello era una despedida por las razones obvias. La muerte.

—Vamos —instó el guardia.

Caminamos en silencio por el corredor. Él detrás de mí. Sus pasos al ritmo de los míos. La oscuridad del lugar se me antojó una tiniebla infinita capaz de devorarme. Y aun así no sentí miedo, sino una incertidumbre que me obligó a activar todos mis sentidos. Si aquello era una emboscada, no tendría modo de hacerle frente. Sin armas y desprovisto de cualquier otra defensa, por bien que se me diera el cuerpo a cuerpo, me harían picadillo.

Pero no intuía que algo así estuviera acechándome.

—¿Ya no preguntas? —dijo bajito el guardia.

Miré por encima de mi hombro.

—¿Me responderías?

Sonrió antes de ordenar:

—Izquierda.

Desvié mis pasos hacia el pasillo izquierdo y entorné los ojos. Esa dirección conducía a las duchas y el cuarto de limpiadores. Solo había dos puertas más que tenían acceso restringido e ignoraba adónde llevaban.

El guardia me adelantó para cortarme el paso frente a una de ellas. Echó un rápido vistazo a su alrededor mientras cogía la argolla de llaves que colgaba de su cinturón. La puerta se abría a una enorme sala rectangular. La pared del fondo tenía ventanas correderas sin enrejar por las que podía verse una galería.

Presté mucha atención. Parecía una zona polivalente, o tal vez la estancia que conectaba el espacio administrativo con la prisión. No estaba seguro, pero añadía confusión, desde luego.

—Vamos, entra. No tenemos tiempo.

Avancé, y él cerró detrás de nosotros y echó la llave. A continuación, se apresuró hacia el corredor y me hizo gestos para que lo siguiera. Perdió los formalismos. Caminamos uno al lado del otro como si no le importara el hecho de que en esa zona del módulo fuera mucho más sencillo que nos vieran. Era evidente que un preso no podía estar allí. Quizá de ahí la prisa.

—¿Sería mucho pedirte que tuvieras la bondad de decirme si tengo que prepararme para que me den una paliza? —pregunté con inquietud.

—¿Tan seguro estás de que no van a matarte? —bromeó.

—Cuántas molestias os estáis tomando entonces.

Unos minutos después, el viento frío de la noche me golpeó en la cara cuando el tipo empujó una puerta que daba a un pequeño patio de carga y descarga. Un coche esperaba con el motor encendido y los faros apagados.

—Buena suerte —dijo en el mismo tono de despedida que había usado Tessari.

—¿Voy a necesitarla?

—No lo creo —negó con la cabeza—. Estás bien cubierto.

Cogí aire y me atreví a caminar hacia ese coche. La puerta trasera se abrió. Me detuve frente a ella, atento a lo que me esperaba dentro. Imaginé a mi hermano, imaginé también a Jimmy o a cualquiera de sus hombres. Pero no esperé encontrarme con Draghi.

—Marco Berardi. —Sonrió al verme tomar asiento—. Tenía pensado sacarte de aquí por la puerta grande. Pero supongo que no te importarán los métodos, ¿cierto?

Solté el aire que no sabía que había estado conteniendo. Ese era el rostro de un amigo de verdad y su modo de hablarme logró neutralizar todas las malditas horas que me había pasado pensando en él y en todos los demás. Ni siquiera las palabras de mi hermano durante su visita habían conseguido que dejara de mortificarme.

—No sé por qué no me sorprende —ironicé.

Él me golpeó la rodilla y la pellizcó como un gesto de camaradería entre los dos, que permití porque en realidad me satisfizo tanto como ver su mueca fanfarrona. Dejé caer la cabeza sobre el respaldo, cerré los ojos y relajé mis sentidos.

—¿Cómo está la situación? —quise saber, notando que el aire me llegaba plenamente a los pulmones.

—Bueno, Roma está controlada y a salvo. Pero Gennà es terco como un demonio. Me ha costado bastante obligarlo a que se quede en el helipuerto del hospital de Betania.

El rostro de Gennaro llenó mis pensamientos, me apretó el pecho al tiempo que me calentaba la piel. Las manos me hormiguearon por la necesidad que sentí de abrazarlo.

—¿Betania tiene helipuerto? —pregunté fingiendo curiosidad para que no se me notaran las ganas.

Aunque Draghi se dio cuenta, me siguió el juego.

—No, pero tiene una pista de fútbol preciosa justo al lado.

Me eché a reír. Maldita sea, nunca creí que admitiría haberlo echado de menos, pero esa era la verdad indiscutible. Ese hombre era puro fuego, un guerrero innato que no se amedrentaba fácilmente. Y mi amigo. Sí, un gran amigo.

Así que se lo demostré en riguroso silencio. Estiré una mano y la enganché en la suya. Sus dedos temblaron, los miró aturdido. Yo seguía con la vista clavada enfrente, no esperaba ni buscaba una respuesta, pero esta llegó. Llegó en forma de apretón y la fuerza que desprendió me recorrió las venas.

Nos quedamos con las manos entrelazadas hasta que la pista de fútbol empezó a vislumbrarse. Nuestro vehículo se detuvo junto a otro. Sobre el capó estaba apoyado Attilio, que compartía cigarrillo con Matessi.

Me bajé raudo y caminé hacia ellos sin poder apartar los ojos del napolitano, de ese hombre al que también apreciaba. Attilio sonrió aliviado y se enderezó antes de levantar un brazo. Creyó que le estrecharía la mano o que simplemente movería la cabeza, quizá le entregara una sonrisa. Pero a ambos nos extrañó que mis impulsos me lanzaran a abrazarle. Y cerré los ojos cuando sus manos se apoyaron en mi cintura y suspiró.

—Eres difícil de matar, ¿eh? —le dije al oído antes de alejarme para mirarlo a los ojos.

—Veo que te alegra. —Sonrió.

—Joder, no sabes cuánto.

Me importaban un carajo sus heridas. Estaba en pie, dolieran lo que dolieran. Estaba en pie y respiraba, y ahora Regina sería un poco más feliz porque no tendría que lamentar su pérdida, ni yo tampoco.

Saludé a Matessi, que se animó y terminó por darme un abrazo él también. Yo me dejé. Lo cierto era que me agradaba ese tipo de contacto, me parecía bastante confortante.

Entonces lo vi.

Gennaro había estado mirando el horizonte y caminó hacia mí con lentitud. Su cara, tan pueril y hermosa, salpicada de pequeñas contusiones. Apreté los dientes, volví a verlo hincado de rodillas en el suelo a punto de ser fusilado.

Le oí jadear al ahogarse en mis ojos. Sus pupilas castañas temblaron y se empañaron casi de inmediato. Sentí que no podía abarcar lo suficiente de él, que un simple vistazo no colmaba mis ganas. Pero fue ese maldito crío que me había robado el corazón quien rompió la distancia y se abalanzó sobre mí.

Selló nuestros labios. Mis manos cogieron su rostro, presioné su boca un poco más. Dejé que su contacto me quemara y él, que mi lengua lo invadiera con una intensidad quizá desmesurada. Pero me olvidé del mundo, me olvidé incluso de respirar, solo podía hacerlo a través de Gennaro y de su cercanía.

Mis manos resbalaron por su espalda, se clavaron en sus nalgas y él se colgó de mis hombros para que pudiera impulsarlo. Sus piernas rodearon mi cintura, yo lo sostuve con fuerza y no lo pensé demasiado cuando me metí de nuevo en el coche, con él entre mis brazos.

Más tarde, cuando volviera en mí, culparía al agotamiento por mi reacción. Y también al aturdimiento. Pero en ese momento solo podía pensar en devorar un poco más a ese chico. Y lo hice casi con la misma desesperación que Gennaro.

Sus hambrientos gemidos me reclamaban. Era muy difícil pensar. Lo era aún más recapacitar y recordar que fuera esperaban nuestros compañeros, que no habíamos cerrado la puerta y que quizá estaban viendo que la intensidad crecía, y yo me moría por tender a Gennaro en aquel estrecho asiento para follarlo como si no hubiera un mañana.

—Marco...

—Estoy aquí, mi amor.

Sí, esas palabras salieron de mi boca y fueron a parar directamente a la suya. Surgieron susurradas y asfixiadas, tan necesitadas que me parecía imposible resistirlo.

Gennaro acarició mi rostro, me miró como solo él podía hacerlo, con una devoción firme y sincera. Todavía me costaba creer que el destino me hubiera recompensado con semejante criatura. No imaginaba las cosas que quería hacerle, las cosas que anhelaba compartir con él. Las horas que deseaba dedicar a su cuerpo y a su alma.

Sí, lo amaba. Y ya no me parecía un error admitirlo o que otros pudieran verlo.

Matessi me indicó que subiera al apartamento de Jimmy por petición expresa de su jefe. Me contó que Borisov había hecho muy buen trabajo encontrando a Alberto Fabbri, que la avaricia de este lo había dejado en una posición tan vulnerable que capturarlo fue tan sencillo como robarle un caramelo a un niño. Era cierto que el ruso había provocado un baño de sangre, pero no era nada que no hubiera esperado. A Borisov le iban las masacres, sobre todo si sus víctimas trataban de responder.

Lo único que lamentaba era no estar presente en el momento en que Alberto pereciera. Pero Regina lo estaría y ella lo disfrutaría por los dos. En realidad lo merecía más que ninguno, teniendo en cuenta que había estado a punto de morir por culpa de ese hombre.

Me tragué la rabia y accedí al apartamento ajeno al sentimiento que me golpearía. Fue como volver a casa. Había estado allí en una sola ocasión y apenas fue un momento, pero me acordaba a la perfección de cada detalle y de la satisfactoria sensación que me causaba la vivienda.

El gato me dio la bienvenida frotándose contra mis piernas. Lo interpreté casi como un aviso de lo que me esperaba. Una ducha, ropa limpia y una botella de Macallan que Jimmy había dispuesto con una nota que decía: «Guárdame una, Berardi».

Hice algo mejor. No me serviría hasta que él entrara con mi esposa por la puerta. Así que invertí el tiempo en subir al baño. No sin antes mirar a Gennaro. Bastó aquella sutil invitación para que me siguiera escaleras arriba.

Se quedó en el umbral mientras yo me acercaba a la ducha y abría el grifo de agua caliente. El vapor pronto invadió el baño y acrecentó el toque feérico que ya de por sí tenía el lugar.

Gennaro y yo nos miramos fijamente. Mis dedos se engancharon en la camiseta de mi uniforme de recluso. Me la arranqué ignorando el tacto recio de la tela. La lancé a un lado y continué con los pantalones y el calzado. Cuando estuve completamente desnudo, observé la reacción de Gennà. Tragó saliva, el rubor inundó sus mejillas y desvió la vista. Me tentó sonreír, pero escogí acercarme a él y empujarlo dentro hasta que pude cerrar la puerta.

La intimidad se cernió sobre nosotros y comencé a desnudarlo mientras me aseguraba de repasar todas sus contusiones. Gennaro fingía que no le dolían, pero ambos sabíamos que no podían escapar a mis ojos. Si me tragué la rabia fue por su boca cuando volvió a apoyarse en la mía, esa vez con una suavidad sedosa.

—He sido yo quien ha empujado la banqueta, y lo he mirado a los ojos mientras agonizaba —jadeó con la voz un poco rota y una carga emocional que pronto se instaló en el corto espacio que nos separaba.

—¿De quién hablas? —pregunté acariciándole la frente.

—De Tanni. Emidio Tanni.

—Entiendo.

Claro que lo entendía. Lo habían eliminado casi con la misma precisión que usaron para deshacerse de los demás implicados. Comprendía que aquello no era una reacción lícita para un grupo de policías, pero a quién coño le importaba. Esos tipos habían sufrido la misma suerte que sus víctimas.

—Me preocupa la falta de remordimientos —confesó Gennà cabizbajo.

—Es mejor así.

—Porque no lo lamentaré, ¿cierto?

—Exacto.

—Y es que no lo lamento, Marco —sentenció, a pesar de tener los ojos desenfocados—. No puedo hacerlo porque ese hombre... Esa mujer...

Hablaba de Tanni, de su padre, de mi tía, de todas las personas crueles con las que nos habíamos cruzado en el camino. Le cogí la mano porque no me gustó que estuvieran tan presentes entre nosotros. La apoyé sobre mi corazón.

—Estoy aquí. Me estás tocando. ¿Lo ves?

Nos miramos.

—Eres tan... hermoso.

Me aferré a él y lo empujé hacia la ducha. El agua pronto se unió a nuestro beso y nos encendió. Pero no le hice el amor. Quería dedicarle mucho más tiempo que un simple polvo rápido en el baño. Deseaba decirle sin palabras lo mucho que me había molestado la distancia entre los dos. Solo lo abracé con fuerza y disfruté del contacto de su cuerpo contra el mío.

Después de aquello, insistió en dejarme a solas con mis pensamientos, que curiosamente callaron por primera vez en los últimos días. Sin tensión ni preocupaciones por cómo estaba la situación en el exterior, pude disfrutar de la pulcritud de mi piel y del contacto de aquel traje negro. Lo estaba estrenando para esa noche, su delicado olor invadió mis fosas nasales y su solemnidad me aseguró que ocultaba unas intenciones muy concretas. Intenciones que me provocaron una sonrisa maliciosa. Me gustaba lo que prometía, me gustó cómo me hizo sentir. Ese poder despiadado que usaría en todo su esplendor.

Cuando terminé, salí del baño y bajé las escaleras. Encontré a Gennaro sentado en el sofá con el gato de Jimmy sobre el regazo. Churchill le exigía con ahínco caricias por todas partes.

—Siempre me gustaron los gatos. —Me sonrió con aire ausente mientras sus manos recaían una y otra vez en el lomo de Churchill.

—Podríamos adoptar uno —dije de pronto.

Él se asombró. Aunque a mí también me impresionó todo lo que escondía esa declaración.

—¿Podríamos? —murmuró.

De pronto me puse nervioso. Era una impresión muy extraña, una especie de presión en la boca del estómago, similar al vértigo.

—Había pensado... —Me detuve para tragar saliva. No me podía creer que estuviera dudando. Me rasqué la nuca—. Había pensado que, después de todo esto, te quedaras conmigo. Solo si tú... quieres.

Aquella sonrisa que Gennaro me regaló amenazó con pararme el corazón.

—Me gustaría que se llamara Ana.

Exhalé y asentí con la cabeza notando cómo se me ceñía el corazón.

—Ana, entonces.

Podría haberme perdido en la sensación que me produjo imaginar cómo serían los días despertando a su lado, criando a nuestros hijos, disfrutando del detalle más tonto. Pero oí el trote de unos pasos acelerados. Saltaban los escalones de la escalera comunitaria con una desesperación que enseguida me anunció quién se avecinaba.

El amor de mi vida abrió la puerta como un vendaval y me miró como si no existiera nada más, como si fuera el maldito centro de su universo. Y esperé que Regina comprendiera que era un sentimiento perfectamente recíproco, que no cambiaría ni un instante de toda mi condenada vida si ello me obligaba a no volver a conocerla.

Abrí los brazos y se le escapó un gimoteo cuando echó a correr hacia mí. Se estrelló con tanta fuerza que apenas pude contenerla y caímos en uno de los sofás enredados el uno en el otro. Cerré los ojos, me aferré a ella; deseaba cerciorarme de los latidos de su corazón contra mi pecho. Necesitaba empaparme de su cautivador y dulce aroma. Mi Regina. Mi preciosa esposa.

Me incorporé y guie su cuerpo hasta colocarlo a horcajadas sobre mi regazo. No me soltaba. Yo no quería que lo hiciera. Nos olvidamos del tiempo que estuvimos aferrados el uno al otro.

—Hola, mocosa —susurré.

—Hola, estirado. —Sonrió ella, sollozante y temblorosa.

Se alejó. Estudió mi cara con los dedos, tocó cada una de mis heridas con evidente preocupación. Después del amor, llegaba la preocupación.

—No es nada, de verdad —le aseguré enroscándome en sus muñecas—. Ya casi ni me duele.

Contuve un ramalazo de malestar cuando uno de sus dedos rozó la herida de la ceja.

—Mentiroso —protestó.

Las lágrimas empezaron a brotar gruesas de sus ojos. Atravesaban sus bellas mejillas.

—Ah, no. Ni se te ocurra. Lo tienes prohibido.

Cogí su rostro entre mis manos.

—De acuerdo.

Trató de sonreír, pero seguía llorando, y yo me dediqué a borrar cada lágrima con un beso.

La llené de besos mientras su risa se hacía más y más grande. Y volvimos a abrazarnos. Enterró el rostro en mi cuello y yo crucé mis brazos en su espalda. Era tan pequeña, tan cautivadora…

Mis instintos lo detectaron antes que mis ojos y me empujaron a mirar a Jimmy Canetti. Allí estaba, apoyado en la puerta, de brazos cruzados con un gesto de satisfacción en el rostro.

El rostro de un hombre que habló con su silencio y me dijo que estaba orgulloso de volver a verme. Solo esperé demostrar que yo también.

Jimmy, con las manos metidas en los bolsillos de su pantalón, observaba cómo las llamas de la hoguera consumían la leña. Regina y Gennaro nos habían dejado solos.

Me acerqué a la mesa para servirnos una copa de Macallan a cada uno. Ese gesto empezaba a volverse una costumbre bastante armónica entre los dos. Cuando se la pasé, apuré la mía de un solo trago y cerré los ojos disfrutando del ardor que invadió mi garganta y templó mi inquietud. No había razones para estarlo, pero ese hombre ya no era un mercenario y no estaba obligado a respetar mis ganas de cazar. Así que una muerte podía costarme muy cara.

—Dime, teniente, ¿cuánto me va a caer?

Fui contundente, haciendo énfasis en esa palabra al tiempo que masticaba su peso. Teniente de la Brigada de Operaciones Especiales del Departamento de Crimen Organizado de la Guardia di Finanza.

Un maldito oficial.

Sí, Jimmy Canetti era un policía militar.

Lejos quedaba ese disfraz de mercenario implacable con el que se había presentado y todo ese historial ficticio. De él solo su fiereza, su inteligencia y sus ineludibles habilidades se adivinaban ya.

Nos desafiamos en riguroso silencio, con los ojos clavados el uno en el otro. Jimmy no podía negarme lo difícil que era aceptar toda la verdad.

—Si fuera honrado en mi trabajo, entre treinta años y la perpetua.

Sonreí. Era muy irónico que acabara de sacarme de la cárcel e incluso se hubiera alegrado de ello.

—Qué suerte que no lo seas.

Desvió la vista de nuevo a las llamas. Ese fue un gesto que me extrañó. Jimmy se mostraba auténtico, no ocultaba esa tendencia natural a aislarse del mundo. El hombre que yo conocía habría hecho lo contrario, habría bromeado sarcásticamente, me habría acorralado y, sobre todo, se habría pavoneado. Pero allí estaba, aceptando mis dudas, asumiendo que la confianza entre nosotros era demasiado compleja, a pesar de toda la verdad. Que nos apreciábamos aunque nunca lo hubiéramos admitido.

—Sácame de dudas, anda. ¿Desde cuándo la GICO trabaja para Asuntos Internos de la Guardia di Finanza? —indagué.

Aquel era un buen momento para perfilar su nueva identidad. Conocía la verdad, me la había desvelado Sandro. Pero ahora la quería de su propia boca. Quería saber cuánto del Jimmy Canetti que conocía era real. Y no lo necesitaba solo por mí, sino para estar seguro de que aquel hombre era el que mi Regina se merecía.

—Desde que parte de su cúpula está involucrada con la mafia —espetó.

Lo observé atento, intentando deslizarme en su mente...

—Eres italoinglés. Te investigué... —masculló frustrado.

—Y yo sabía que lo harías porque un hombre como tú no deja títere con cabeza. Pero eludiste la parte más importante, la posibilidad de enfrentarte a alguien con tus mismas capacidades. Alguien acostumbrado a tratar con la chusma criminal. —Se acercó un poco más a mí—. Alguien que hace mucho tiempo que olvidó que tenía escrúpulos —rezongó.

La intimidación, por más que existiera, no entró en la ecuación. Ni Jimmy lo pretendía ni yo me amilanaría. Aquella forma de expresarse tan mordiente tenía más que ver con sus frustraciones, con la inevitable aceptación del hombre en el que se había convertido, con el remordimiento de no haber podido evitarlo. Un conflicto interior que arrastraba desde hacía mucho. Desde que perdió a su mentor.

Me dejó indagar en sus ojos. Me consintió descubrirlo sin impedimentos, y me fascinó que se entregara a mí, que me lo diera todo. Me había preparado para esa conversación, el aburrimiento en la cárcel daba para mucho, pero no creí que sería tan genuina.

—Entonces, ¿cuánta verdad hay en todo lo que sé sobre ti? —inquirí tirando de frialdad.

—Es cierto que pasé seis meses en una cárcel militar. También lo es que estuve tres años en el ejército y que me expulsaron por insurrección. Pero el objeto de la causa se pudre ahora en la misma cárcel en la que yo estuve, en la que tú has estado.

—Fue un montaje... Y Tessari y ese guardia te son leales.

Por eso me había pedido que no mencionara su nombre, por eso el guardia me había dicho que era mi único amigo allí dentro. Me habían protegido porque Jimmy se lo había pedido, porque lo seguirían a cualquier parte, y merecía la pena.

—Retocamos la verdad. —Hizo una mueca con los labios como quitándole importancia—. La Camorra tiene unos tentáculos de lo más escurridizos y llega a rincones que asombran. Sobre todo si se alían con terceros que casen con su forma de entender el crimen organizado. En ese caso, trabajaron en conjunto con unas de las bandas más problemáticas y agresivas de Inglaterra, ubicada en Liverpool.

—Cooperas con la Interpol —resoplé.

Eso complicaba las cosas. Porque mis ganas de arrancarle el

corazón a Saveria se verían eclipsadas por un operativo policial que involucraba a varios cuerpos oficiales.

—Digamos que se me da muy bien infiltrarme en los escenarios más controvertidos, y la Interpol sabe lo bueno que soy.

Por eso tenía gente extranjera en su equipo. Kai y Nasser eran agentes de incógnito, y el resto formaba parte del mismo organismo para el que Jimmy trabajaba.

Llegados a ese punto, entendí todo lo que Canetti había estado haciendo y que la relación de amistad con mi hermano era lo único que lo había separado de meterme en el lote de criminales que merecían un castigo. Pero no se había mostrado dispuesto a atraparme. Quizá había puesto a prueba mi capacidad de redención. Tal vez evaluaba si valía la pena salvarme de la inminente caída de mi imperio, y resolvió que sí, que Sandro llevaba razón y debía dárseme una oportunidad. Pero yo no lo entendía, como tampoco entendía que Regina se hubiera zambullido en mi alma o que Gennaro se hubiera enamorado de mí. Yo no veía en mí lo que ellos valoraban y apreciaban. Y me di cuenta en ese preciso momento.

—Dijiste que tienes confidentes en todas partes. —Mónica Esposito y mi hermano era los principales—. Asumí esa realidad porque yo también recurro a esas opciones, tú eres una buena prueba de ello. Sandro te dio suficiente información sobre mí y conoces los entresijos del Marsaskala.

Entornó los ojos y sus labios se contrajeron en una sonrisa perezosa.

—Ve al grano, Marco.

—¿Por qué no he sido tu objetivo a pesar de todo lo que sabes de mí?

Disponía de pruebas demasiado esclarecedoras y, por tanto, sabía cuáles habían sido mis posturas y reacciones día a día. Sin embargo, no parecía importarle.

Me serví otra copa. Volví a apurarla y la dejé sobre la repisa de la chimenea antes de guardarme las manos en los bolsillos del traje. Quería aparentar fortaleza, aunque esta se tambaleara por momentos.

—¿Crees que no pediré nada a cambio después de todo lo que he hecho? —espetó tras analizarme con esa mirada felina—. Tu nido da cobijo a las peores ratas de la sociedad. Las agasaja con lujos indiscriminados, se nutren de ellos, las inspiran a cometer atrocidades. —Apretó los dientes y alzó el mentón—. No tengo corazón, Marco. No me importará hacer pagar por la muerte de alguien noble.

Ahí estaba el origen de sus reacciones. La investigación en la que estaba involucrado tenía un componente personal y sobrepasaba lo extraoficial. Sandro me lo había contado, pero oírlo de Jimmy directamente cobraba un nuevo sentido.

En el fondo, me sentía como un estúpido títere, alguien manejable por unos y por otros. Todo eso había pasado a mi alrededor y a mí no me había importado o no había prestado la atención suficiente. Y me hirió. Sí, por inverosímil que fuera, me hirió descubrir que Jimmy y Sandro habían sufrido las consecuencias, porque era de necios seguir evitando admitir que me importaban.

—No tenía nada contra el Marsaskala. Ese no era mi trabajo, a pesar de que intuía lo que se cuece allí dentro. Pero no tenía órdenes de investigar ni ánimos de adentrarme en ello. Hasta que descubrimos que existían seis nombres que pertenecían a esa exclusiva lista de acceso —me reveló—. Seis nombres vinculados a los Fabbri. Sandro te lo ha contado, que dieron la orden de matar a quien escogió estar a la altura del honor del rango que ostentaba, alguien leal a sus principios, a su familia y sus amigos. Así que he puesto todas mis energías en darles caza y he dejado para el final el premio más importante.

Me produjo un placer muy inesperado toparme con esa realidad, que en los ojos de Jimmy parecía gritar que era inminente.

Pero antes necesitaba resolver las dudas entre él y yo.

—No has respondido a mi pregunta.

Esa vez sonrió ampliamente y se mordió el labio. El muy cabronazo no podía evitar ser tentador incluso cuando estábamos en medio de una conversación tan decisiva.

—¿Quieres saber antes por qué no he podido sacarte de inmediato de ese repugnante lugar? —Jugó al despiste.

—Emidio Tanni estaba implicado. Junto con la fiscalía general y una siniestra mayoría del Consejo del Poder Judicial del distrito de Campania.

—Todos ellos untados por la Camorra —canturreó en voz baja.

—Y que son clientes de Saveria.

—Por lo que ha sido increíblemente sencillo para ella sobornarlos para que se salten todas las vías oficiales al detenerte.

La rabia me atravesó como un cuchillo. Jimmy disfrutó de ella al reconocerla en mis ojos.

—Pero ya podemos hablar de ellos en pasado. —Sí, porque los había eliminado a todos—. Al final he tenido que ser un mercenario.

Pronunció la palabra a pesar de lo mucho que la odiaba.

—Arriesgar tu reputación por un mafioso.

—O por un amigo... Aunque el término te sea tan confuso.

Agaché la cabeza. Necesitaba tomarme un instante para coger aire. Pero este no me llegó a los pulmones tal y como necesitaba. Se me había formado un nudo terrible en la garganta.

—Te escondes tras una máscara impuesta, Marco. —Su voz sonó ronca e insoportablemente acogedora, como la de un maldito hermano.

—¿Es lo que dijo tu confidente? —ironicé.

—Es lo que piensa Sandro y lo que yo veo en tus ojos —corrigió—. Mientes bien, pero eso no te funciona conmigo. Esa maldita jaula de lujo te ha devorado cada día. Cada maldito día. Quieres destruirla no solo por Regina y por Gennaro. También lo quieres hacer por ti. Anhelas aquello que nunca te permitieron tener.

Cerré un instante los ojos. Me balanceé incómodo, inquieto, demasiado expuesto.

—Me propones expiar mis pecados, a pesar de conocer todas las barbaries que he consentido. Sigo sin entenderlo.

Nadie con un poco de sentido querría protegerme. Incluso lamentaba que Regina hubiera escogido quedarse a mi lado.

—¿Tenías opción? —dijo Jimmy—. Tu terapeuta dice que te empeñas en creer que has nacido para ser el regente de ese paraíso corrompido. Porque has sido criado para ello. Y no se equivoca. Tú nunca quisiste ese destino.

La mera idea de desligarme para siempre del Marsaskala me producía un vértigo atroz. Sería todo aquello que nunca me habían permitido ser, pero no estaba seguro de poder lograrlo. Quizá mis propios demonios no me dejarían.

—¿Cómo piensas limpiar mi historial?

En cuanto la noticia trascendiera, nadie podría desvincularme de la dirección del Marsaskala. Sería imposible librarme de las consecuencias, y podía asegurar que no me importaban, como si me pegaban un tiro, pero Regina estaba involucrada y no soportaba la idea de verla sufrir de nuevo.

—Soy teniente de las fuerzas especiales, amigo mío —se pavoneó—. Tengo mis recursos. Dicho esto, ¿hablamos del operativo que asaltará mañana ese maldito paraíso?

Fruncí el ceño.

—¿Qué puedo resolver yo que tú no tengas controlado ya, Jimmy?

—¿No te gustaría disfrutar de la decadencia? Por eso me has preguntado cuánto te va a caer, ¿verdad?

Entorné los ojos.

—¿Pretendes que mate a mi tía frente a más de un centenar de policías?

—Serán unos pocos más. —Sonrió—. A la Interpol no le gusta movilizarse por gusto.

—Qué alentador.

—Lo es. Porque yo mando en territorio italiano y todos están bajo mis órdenes.

Empezaba a entender su intención. Me estaba dando la oportunidad de vengarme, de cerrar aquel maldito capítulo de mi vida que había sido tan largo e insoportable.

—Me ofreces tiempo para atacar —susurré.

—No, eso déjamelo a mí. —Le brillaron los ojos. Parecían los de un depredador—. Lo que estoy haciendo es darte tiempo para morder a esa zorra. Como yo lo he tenido al enterrar vivo a ese hijo de puta que se atrevió a tocar a mi... a tu esposa.

Se corrigió en medio de la rabia que destilaron sus palabras, y reconocí que cada poro de su piel desprendía esa extraordinaria debilidad e intenso deseo que sentía por Regina. Su desesperación por acabar con todo aquello y poder encerrarse en una habitación hasta que sus cuerpos rogaran un descanso. Entendí también que reconocía los efectos de la piel, la sensación de sus caricias, la presión de sus besos.

—¿Qué ibas a decir, Jimmy? —presioné, travieso, sabiendo que lo ponía contra las cuerdas.

Suspiró y se frotó la cara.

—Me prometí que no hablaría de esto contigo, aunque fuera asombrosamente evidente.

—No la amamos de la misma manera.

—Eso está claro. —Sonrió cómplice.

Me quedé atrapado en ese silencio que compartimos, en todas las cosas que flotaban entre los dos y esa mirada sincera que tanto afecto estaba dispuesto a entregar. Eran esos ojos los que Regina había descrito. Fieros y salvajes pero también sinceros y leales, apasionados.

—Me debes una última verdad... —mascullé y fruncí el ceño antes de negar con la cabeza. Me había equivocado al formular la petición—. No, deber no. Podrías dármela como... amigo...

Era una bonita palabra. Amigo. Los tenía. Reales, leales, y me moría por volver a estar con ellos, por compartir todas las aventuras que estuvieran dispuestos a ofrecerme. Pero también las quería junto a Jimmy. Quería verlo a él haciendo feliz a mi esposa. Quería ver cómo se derretía ante ella sin temer las consecuencias.

Por primera vez lo vi dudar, y sus mejillas adquirieron un rubor destacable. Colmaron sus pómulos, hincharon sus labios. Estaba rabiosamente guapo con el rostro salpicado de sombras y luces, con el aliento un poco entrecortado y las palabras acariciándole la lengua.

—Estoy locamente enamorado de ella —murmuró—. La observé durante demasiado tiempo y la mera idea de alejarla de este tipo de vida se ha convertido en una necesidad tan fuerte como la sed de venganza, Marco.

Sus sentimientos por Regina no eran fruto de la química sexual y esa irremediable atracción. Habían nacido en la sombra, en un momento en que todo debería haber sido concentración e investigación. Sin embargo, lo invadieron sin control y reconocí las horas que había pasado negándose a ello, incluso cuando la besó y pudo verse reflejado en sus pupilas. Pero estaba dispuesto a perder, a mantener las distancias y verla alcanzar una felicidad muy lejos de él. Al fin y al cabo, solo era ese desconocido que se había cruzado una vez en su camino. Regina no habría conocido la verdad. Se olvidaría de él.

—Le dijiste que no corría peligro a mi lado —recordé.

—Sí —susurró.

—Le sugeriste el divorcio para alejarla de todo esto porque tenías miedo.

Asintió con la cabeza. No tuvo valor para afirmar con palabras porque odiaba lo vulnerable que se sentía en ese momento. Pero me dejó continuar atando cabos.

—Y estabas dispuesto a perderla con tal de protegerla. Ibas a pasarte la vida mirándola en la distancia.

Era demasiado doloroso, pero lo entendía. Yo habría hecho lo mismo, por ella y por Gennà.

—Me bastaba con saber que era feliz —admitió—. A tu lado lo consiguió. Lejos era probable que también lo hiciera.

—Jimmy... —suspiré.

—Lo sé... No tiene sentido, pero...

Levanté una mano para hacerlo callar. No quería explicaciones sobre si era o no coherente haberse enamorado. Eso pasaba, y la gente no tenía por qué preocuparse por el cómo o el porqué.

—Sabes que no pienso alejarme de ella, ¿verdad? —le advertí.

Jimmy no pudo por menos que esbozar una sonrisa.

—Tendrás que aguantarme orbitando a tu alrededor. Si le haces daño, aunque sea una gilipollez, te partiré las piernas.

Se carcajeó. Cuánto me agradó el rumor de esa risa y la complicidad que alcanzamos. No me costaba nada imaginarnos compartiendo un futuro juntos. Lo quería. Muchísimo.

Me extendió la mano.

—¿Qué me dices, compañero?

—Me gusta como suena esa palabra —confesé, y le cogí la mano.

Entraría en el Marsaskala una última vez y lo vería arder con la satisfacción de estar cumpliendo ese sueño oculto, el mismo que Regina había desenterrado de mis entrañas.

Cuánto placer me provocaría ese instante.

—Viajemos una vez más al infierno —sentencié.

—Qué gran idea.

45

REGINA

Me despertó el contacto perezoso de unos dedos vagando por mi espalda. No recordaba cuándo me había quedado dormida y mucho menos cómo había llegado a la habitación de Jimmy. Pero allí estaba, tendida en su cama, rodeada por su aroma y ese placentero calor enroscándose en mi vientre.

Era una sensación extraña que unas pocas horas de sueño me hicieran sentir tan descansada y aliviada, que coger aire ya no fuera una mera maniobra para sobrevivir, sino disfrutar de ello, del oxígeno entrando en mis pulmones. Y existía la culpa, todavía, porque Camila nunca experimentaría esa libertad tan sana y auténtica, pero estaba empezando a entender que lo haría a través de mí.

Me moví hasta terminar encajada entre los brazos de Jimmy.

—¿Cuánto tiempo llevas mirándome? —pregunté bajito.

Sus dedos viajaron hasta mis labios y los repasaron.

—Lo suficiente para disfrutar de tu cuerpo y divagar sobre las cosas que me muero por hacerte.

—Me asombra lo elegante que ha sonado —Sonreí con coquetería.

—Acordamos que mejoraría en el arte de la galantería.

Lo estaba logrando, así como contener cualquier emoción infecciosa. Jimmy era la clase de compañero que nunca dejaría de sorprender, que podía pasarse los días confeccionando una normalidad maravillosa y excitante.

Acarició mi cara. Sus ojos clavados en los míos. No había sexo en ellos ni tampoco deseo. Solo amor y verdad.

—Nos vamos —anunció.

—Lo sé —admití.

De lo contrario, no me habría despertado cuando ni siquiera amanecía ni tampoco esmerándose en las caricias.

Sabía perfectamente qué quería decir. Él, Sandro y Marco debían culminar una obra que acabaría con toda la miseria, que nos liberaría del yugo de la mafia. Y no solo a nosotros, sino a los centenares de esclavos que estaban encerrados en el Marsaskala. Faty podría abrazar a su hijo. Sandro honraría la muerte de su mujer, Jimmy, la muerte de su mentor. Marco cumpliría esa promesa que me había hecho: hundiría el Marsaskala, a pesar de que en otros rincones del mundo esa depravación seguiría, porque la maldad nunca dormía y era demasiado ambiciosa. Pero nosotros ya no formaríamos parte de ella y mucho menos la alimentaríamos.

—Le he pedido permiso a Marco para ser yo quien te lo diga, pero no creí que reaccionarías de un modo tan razonable —ironizó Jimmy.

Esa vez lo acaricié yo. Los párpados, la nariz, las mejillas. Disfrutó del contacto con los ojos cerrados y la respiración errática. Su piel empezaba a encenderse.

—Solo quiero que tenga un final —murmuré refiriéndome a Marco—. Y que vuelva a mí. Que todos volváis a mí.

—Entiendo por qué lo aprecias tanto. El cabronazo se te mete en el sistema. Pero no me asombra tanto como las cosas que tenemos en común.

—¿Cuáles son?

—La principal es esta extraña adicción a ti.

Su nariz frotó la mía. El corazón me saltó a la garganta.

—Creo que puedo vivir sabiendo que otro hombre te ama.

—No es el único que lo hace.

Quise hacerme la arrogante. Pero guardaba verdad. Todos los hombres que ahora me rodeaban me protegían y apreciaban sinceramente. Y no eran los únicos. Mis queridas Kannika y Faty me colmaban a diario de un afecto que solo había sentido de Atti. Por eso quería que todo terminara, para poder disfrutar de ellos en toda su plenitud.

—Cierto. —Jimmy sonrió—. Eres la reina de corazones. Tienes a Ciani y Matessi comiendo de la palma de tu mano. Por no hablar de Draghi y sus compañeros, a los que he tenido que doblarles la seguridad porque se mueren por participar. Y después está Verni...

—Mi Atti —suspiré.

El único compañero que había estado a mi lado en todas las circunstancias y siempre había tenido un gesto para regalarme. El único que me mantuvo en pie.

—Sí, tu Atti. ¿Crees que podrás soportar estar unos meses lejos de él?

Fruncí el ceño.

—¿Por qué?

—Lo he inscrito en la academia militar. Quiero que forme parte de mi equipo. Y Draghi también.

Una fuerte dicha me invadió el torrente sanguíneo. Esa era una noticia impresionante. Atti se lo merecía.

—¿Se lo has dicho? —pregunté.

—Espera tu reacción, pero deduzco que puede ir preparando la maleta.

Me aferré a él en un abrazo.

—Gracias —le dije.

Jimmy quizá no era consciente del bien que había hecho a nuestro alrededor.

—¿Te parece bien que lo lleve conmigo? —suspiré mientras sus manos me levantaban hasta subirme a horcajadas sobre su regazo.

Atti estaba convaleciente, pero era tan duro como una piedra, así que no podía oponerme a que quisiera participar. Que lo hiciera dejaba bien claro lo implicado que estaba con el grupo, nuestra nueva familia.

—Cuida de él, por favor. Y de Marco —le pedí.

—Voy a coger complejo de niñero.

Tragándome una carcajada, lo agarré del cuello de su jersey y lo atraje un poco más hacia mí.

—Como les pase algo, te mataré.

—Es la segunda amenaza de muerte que recibo en las últimas horas.

No preguntaría. Podía imaginar a Marco mirándolo a los ojos y pronunciando mis palabras. Jimmy sabía tan bien como yo que Berardi me adoraba.

—¿Vas a dejar que te robe un beso?

—Solo uno —le advertí.

Su rostro adoptó una mueca de lo más bribona.

—¿Por qué? ¿Temes no poder parar?

—Engreído.

Lo besé. Nuestros labios se enroscaron con una suavidad que pronto se convirtió en una codiciosa exigencia. Jimmy invadió mi boca con su lengua, rozó la mía, la tentó, y yo me derretí entre sus brazos cuando sus manos se clavaron en mis caderas.

Tocarlo era una experiencia que iba más allá de la carne, despertaba una necesidad dentro de mí que me empujaba a reclamar más piel, más contacto. Más de todo lo que ese hombre quisiera darme.

—Dime, ¿alguna vez has visto un amanecer en Roma? —preguntó repasando mi mandíbula con su boca.

—No. —Temblé.

—Se me ocurre que podría invitarte a cenar. Luego te llevaría a pasear por el Tíber, volveríamos a esta cama y te haría el amor. Y, más tarde, te despertaría con un beso para que vieras entre mis brazos uno de los amaneceres más hermosos que existen.

—Después querré más... —Porque no me bastaría con una sola noche, las querría todas.

—Y yo pienso dártelo. Pienso darte todo lo que me pidas —me aseguró.

En sus ojos no había ni una pizca de duda. Jimmy haría de nosotros una entidad sólida e indestructible. Me daría esa historia de amor que había imaginado para mis libros. En efecto, se inventaría todas las formas de hacerme feliz. Pero ya lo estaba haciendo en ese preciso momento en que mirarlo me detuvo el corazón y me llenó con un sentimiento voraz. No pensé hasta entonces que podía enamorarme de un modo tan demente y necesitado.

Enterré los dedos en su cabello y nos empujé un poco más a ese tentador precipicio. Sus labios se tornaron más salvajes, los míos más animales. Había urgencia, un deseo voraz entre los dos. Todos mis instintos se centraron en la presión que crecía contra mi centro, y me froté contra ella a pesar de saber que no teníamos tiempo para arrancarnos la ropa y devorarnos como ansiábamos.

Pero insistimos un poco más en nuestras bocas. Compartimos jadeos desesperados y besos urgentes que Jimmy deslizó por mi garganta. Incliné la cabeza para darle el mayor acceso posible y lamió la curva hacia la clavícula. Después depositó allí sus labios y sorbió, y yo me contorsioné porque me invadió una excitación impresionante.

—Descansa mientras puedas —jadeó Jimmy—. Cuando vuelva pienso pasarme la noche hundido en ti.

—Pues date prisa en regresar.

Nos devoramos una vez más. Solo un poco más.

Nunca sería suficiente.

GENNARO

Las pupilas de Marco titilaron cuando volvieron a clavarse en las mías, vidriosas y brillantes. Tenía su cuerpo entre mis brazos y mis piernas. Los temblores del placer que había estallado entre los dos menguaban lentamente, pero él continuaba enterrado dentro de mí. Y de pronto deseé que su dureza volviera a hacerme el amor tal y como lo había hecho, con vigor y una pasión incontenible.

—Es curioso. Quiero encontrar las ganas de salir de esta cama y subirme a un avión, pero no soporto la idea de alejarme de tu cuerpo —susurró rozando mis labios con los suyos.

No confiaba en que alguna vez pudiera acostumbrarme a esa versión de él, tan intensa y sentimental. Era como un sueño hecho realidad. Como si las estrellas hubieran decidido dejarse tocar.

Acaricié su rostro.

—Piensa qué haría el verdadero Marco Berardi, no este, que todavía está dentro de mí. Sino el real, el despiadado. Ese se marcharía sin mirar atrás, lo sabes.

—Puedo marcharme, pero miraría atrás y prometería volver. Querría un millón de besos —jadeó.

Se me cortó el aliento. Su boca jugó con la mía en un beso perezoso, de esos que solo buscan saborear y disfrutar desde la calma que sucede al placer, que todavía hervía en nuestra piel. Una de sus manos resbaló por mi pecho, se desvió hacia mi cadera y se aferró a una de mis nalgas obligándome a levantar la pierna. Rodeé su cintura con ella, su erección empezaba a crecer, se adentró un poco más en mí.

—Pues no pierdas el tiempo —jadeé—. Lárgate de aquí.

No sé de dónde saqué la fuerza para empujarlo, pero no me asombró tanto como su sonrisa.

—No imaginaba que fueras tan mandón —bromeó.

—Yo tampoco, la verdad.

Media hora más tarde, Marco me robó otro beso antes de abandonar el ascensor. Draghi esperaba en el vestíbulo junto con Sandro y Regina. Charlaban aparentando tranquilidad. En cierto modo la sentían, sabían que nada podía ir mal. Pero mi amiga estaba un tanto inquieta. Miraba hacia la calle con aire ausente y se estrujaba las manos con disimulo, como si nadie estuviera dándose cuenta de las ganas que tenía de ver regresar a los suyos.

—¿Jimmy? —preguntó Marco.

—Acaba de salir con su equipo.

Ellos viajarían en helicóptero. Aterrizarían en una localización próxima al aeródromo del Marsaskala y comandarían la redada de la Guardia di Finanza y la Interpol al resort desde el hangar. Porque antes de ser policías querían ser salvajes. No castigarían a Saveria Sacristano con la ley, sino con la ley de la mafia que ella había impuesto disfrazándose de empresaria de un paradisiaco infierno. Y un monstruo debía ser tratado como tal.

Ese era el trato que Canetti y Marco habían alcanzado, y yo

no podía estar más de acuerdo. Todos lo estábamos. A pesar de la inquietud y los anhelos.

Marco se acercó a Regina. Ella le sonrió con sinceridad, mostrándole a través del brillo de sus pupilas azules todo el afecto que él le despertaba. Mirarlos siempre era fascinante, lograban una conexión hechizante.

—¿Y esa cara? —preguntó Berardi pellizcándole la barbilla.

—No es preocupación, lo prometo.

—Entonces ¿qué es?

—Incredulidad, supongo. —Se encogió de hombros—. Y ansiedad por ver cómo vuelves.

—Con él...

Ella asintió con la cabeza, más avergonzada de lo que nunca la había visto. Pero no pudo evitar esconder lo que sentía.

Marco cogió su rostro entre las manos y juntó sus frentes. Regina cerró los ojos y enroscó los dedos en sus muñecas.

—He pensado en preparar los papeles de divorcio cuando regrese —comentó Marco provocándole una sonrisa de la que me contagié.

Qué matrimonio tan extraordinario compartían.

—Veintidós años y un divorcio. Soy una esposa horrible —se mofó ella.

—Más bien, revoltosa e infiel.

Lo golpeó cariñosamente.

—Tú fuiste infiel primero.

—Sí, pero también me enamoré de ti primero.

Regina negó con la cabeza y repasó la línea de sus fuertes hombros antes de rodearlos para acercarse un poco más a Marco, que la tenía sujeta por la cintura.

—No estés tan seguro.

Se dieron un beso muy casto, tan tierno que me provocó un satisfactorio escalofrío. Compartían amor, ese tipo de sentimiento que nada tenía que ver con la carne, que nacía de las entrañas y era puro, tan puro como aquel amanecer sin nubes.

—¿Has pensado qué nombre ponerle a tu hijo? —murmuró ella.

—¿Hablabas en serio?

—¿Contigo cuándo no?

Estaban mencionando un secreto que compartían. Uno que brilló en la mirada que se regalaron y que me dejó extasiado por su valor y las maravillosas intenciones que guardaba. Regina iba a convertirse en la madre del descendiente de Marco, y no podía creer cuán glorioso sería ese momento. La de horas que me pasaría con ese crío en brazos.

Miré a Draghi y Sandro. Ambos escuchaban permaneciendo a una distancia que les diera la suficiente intimidad, tal y como yo había hecho. Y sonrieron conmigo porque la posibilidad era preciosa.

Marco tembló al coger aire.

—Camila me parece hermoso —susurró.

Su esposa se estremeció y los ojos se le empañaron de inmediato.

De algún modo, su hermana sobreviviría a través de su hija.

—Creí que dirías Ana —gimió.

Marco me miró, sonriente.

—Gennà lo ha escogido. Quiere adoptar un gato.

Apreté los labios para evitar que la sonrisa de Regina se me pegara y agaché la cabeza. Pero pude ver cómo ella lo abrazaba de nuevo.

—Te quiero, Marco. Muchísimo.

—No, no lo digas ahora. Dímelo cuando regrese y cuando replique en estas tierras la casa en la que has sido feliz. Dímelo frente a la tumba de tu hermana y de tu madre, que descansarán bajo ese mausoleo que se convirtió en testigo de nuestras primeras conversaciones. Dímelo también cuando te marches con él.

—Y te lo digo ahora —volvió a mirarlo— porque nada podría cambiar lo que siento. Porque quiero que recuerdes mi voz cuando te cargues a esa maldita mujer. Y cuando regreses a mí, a tu única mujer, entonces hablaremos de la vida que pienso diseñar a tu lado.

Esa vez fue Marco quien la besó, y lo hizo como un hombre enamorado mientras mi corazón se hinchaba de puro orgullo.

—Te adoro, mocosa.

—Lárgate, estirado.

Fue entonces cuando Draghi y Sandro se acercaron a mí. El primero me dio un toquecito en la nariz; el segundo asintió con la cabeza mostrándome una respetuosa sonrisa. Ese detalle en su particular idioma significaba que me aceptaba como compañero de su hermano, y a mí me tentaron unas lágrimas muy inoportunas que Marco detuvo con un vistazo profundo. Nos miramos en la distancia, estaba a punto de subir a su coche, pero lo mencionó en silencio, otra vez.

«Te quiero», leí en su expresión, y mi sonrisa le respondió. Porque yo también lo quería, con todas mis fuerzas.

Sandro acarició la mejilla de Regina y siguió a su hermano. Pero Draghi no lo dudó. La cogió con tanta fuerza que hasta la levantó del suelo. El gesto les provocó una amplia carcajada, casi parecía que estábamos de nuevo en la mansión, en pleno jardín, ultimando los preparativos de la llegada de Camila.

Cuando ocupó su lugar frente al volante, me lancé sobre Regina y cogí su mano con desesperación. No dejamos de observar el vehículo hasta que desapareció en la distancia. Regresaría en unas horas, cuando pudiéramos palpar el final con nuestras propias manos, pero, por el momento, asumiríamos esa extraña soledad que, de pronto, nos invadió.

Nos miramos, pero yo fui el primero en reaccionar y me aferré a ella con tanta fuerza que estuvimos a punto de caernos al suelo. Me costó tanto frenar las ganas de llorar… Las vertí todas sobre mi amiga mientras ella me mecía, a pesar de ser un poco más pequeña que yo.

Un rato más tarde estábamos sentados en el sofá del apartamento de Jimmy, con su gato ocupando el espacio entre los dos, mientras el día asomaba y nuestros dedos jugaban a entrelazarse.

—No te he pedido disculpas —murmuré.

—¿Por qué?

Regina acomodó la cabeza en el respaldo del sofá y se encogió.

—No fui lo bastante fuerte como para protegerlo cuando más lo necesitaba.

Supo de qué instante hablaba, de aquel que ambos habíamos evitado desde que volvimos a encontrarnos. Y que me torturaba desde que la vi yacer dentro de aquel ataúd.

—¿De verdad crees que podría culparte? —dijo asfixiada—. Las pesadillas se llevarán mejor en compañía, Gennà.

Asentí. Apreté su mano. Tenía razón. Y al mirarnos, tan menudos en aquel sofá, me dije que no era justo tener pesadillas en su versión más intensa y destructiva cuando éramos tan jóvenes. Pero existían, formaban parte de nosotros y no podíamos hacer nada para evitarlo, más que soportarlas. Así que era mucho mejor que las compartiéramos. Con el tiempo quizá menguarían.

—Podríamos pasarnos las noches comiendo helado. —Me sonrió.

—Y hablando de amores que se hacen realidad.

—Sí, son una realidad —suspiró.

—Era él, ¿verdad? —dejé caer—. Jimmy Canetti... Cuando lo vi la primera vez, lo supe.

Esas palabras escritas me habían acompañado durante las noches en que era demasiado consciente de la cercanía de Marco y durante los días en que trataba de asimilar que algo tan maravilloso estuviera pasándome a mí. Y recuerdo que en más de una ocasión me pregunté quién demonios era capaz de transmitir semejantes emociones a una mujer que se pasaba las horas con la vista perdida en la nada cuando trataba de reflejar sus pensamientos en un papel.

Amor ilusorio, solía decirme, porque eso era lo que hacían los escritores, convencer de algo que en realidad no era posible. Pero cada palabra guardaba un sentimiento demasiado voraz y auténtico.

Y entonces apareció Jimmy.

—Todavía me cuesta asimilar todo lo que siento... por él —dijo bajito—. Y que sea recíproco. Qué locura, ¿no? Enamorarme en medio de toda esta mierda.

Se frotó la cara y trató de frivolizar. Regina era así, fingía arrogancia cuando en realidad las dudas la carcomían.

—Ya somos dos. —Le di un codazo cariñoso—. Pasé días castigándome con lo que sentía. Pero así es el corazón, no atiende a traumas ni situaciones. Ni siquiera busca que se le entienda. Simplemente sucede.

Regina se acercó un poco más a mí y apoyó la cabeza en mi hombro. Yo enseguida la abracé. Maldita sea, cuánto quería a esa mujer.

—Vas a quedarte conmigo, ¿verdad, Gennà? —susurró.

—¿Acaso lo dudas, enana?

46

MARCO

Sandro se había vuelto paciente. Quizá la relación con Jimmy Canetti y los demás le había enseñado a mostrarse estoico y tomar el control de sus emociones. Siempre había sido demasiado emocional e impulsivo, al menos así se manifestaba en presencia de los demás.

Alcohol, desenfreno y drogas lo convertían en una bomba de inconvenientes que ahora cobraba sentido, porque esa había sido su forma de soportar algo que odiaba. Lo que en el pasado creí que tenía que ver con el síndrome de abstinencia no era más que rechazo y angustia. Como en ese preciso instante en que trataba de disimular el sutil temblor en las manos. Las estrujaba mientras contemplaba por la ventanilla la silueta de la isla que nos había visto nacer.

Sabía qué estaba pensando, sabía cuánta inquietud flotaba ahora en su sistema. La compartía con él. Habíamos cambiado lo suficiente como para asumir que no estábamos diseñados para regresar al Marsaskala. Pero debíamos hacerlo.

Sería el final. Una última vez. Y todo acabaría para siempre. Ya no tendríamos que ser unos canallas ni fingir que estábamos cómodos con ese título.

Apoyé una mano en las suyas. El temblor cesó de inmediato y Sandro me miró aturdido, con un reflejo de debilidad fraternal en los ojos.

—Háblame —le dije.

Quería distraerlo, que se centrara solo en mí antes de tener que desempeñar su papel, el de un hombre capaz de traficar con la esposa de su hermano solo para ganar un poco más de influencia en la cúpula de su tía.

—¿Y qué quieres que te cuente? —suspiró con la voz entrecortada.

—¿Qué piensas hacer después? ¿Mañana, por ejemplo?

Se echó a reír. Supe que aquella conversación era lo último que esperaba de mí. Pero, honestamente, no había dejado de pensar en ello desde que habíamos despegado.

La idea de poder confeccionar una vida propia se me antojaba, cuando menos, extraordinaria. Sería quien quisiera ser. Y me apetecía dar abrazos, sonreír un poco más, disfrutar de una copa de vino en compañía, besar a Gennà, ver cómo se convertía en un hombre libre, ser testigo de todos los logros de mi Regina, de mi gente. Criar a mi hermano pequeño, que todavía ignoraba que esa misma noche dormiría ya entre los brazos de su madre. Adorar a mi sobrina. La vida que el doctor Saviano se había empeñado en describirme. La vida que no me permití anhelar.

—Iré a recoger a Sofía —se sinceró Sandro, que parecía haber leído mis pensamientos—. He comprado una finca en el barrio de Pinciano, en Roma. En una bonita calle sin salida. Sebastiano Conca, creo recordar. Dispone de ocho apartamentos. Hace tiempo que los estoy reformando. —Me observó cómplice y afectuoso, con un brillo casi infantil en los ojos—. Eres bienvenido allí. Bueno, todos lo sois. Hay espacio de sobra.

Asentí. Me parecía una muy buena idea. Mucho más atractiva que hospedarme en un hotel.

—Creo que aceptaré la oferta. Hasta que encuentre un terreno adecuado para construir.

—Me gusta tu intención de replicar tu casa.

No era lo único que pretendía. Ambicionaba proteger a todos los míos. Tenía recursos suficientes para garantizarles seguridad el resto de su vida. Jimmy se había encargado de ocultar mis cuentas durante la investigación policial para asegurar mi patrimonio; al fin y al cabo, ese dinero ya había sido robado, qué más daba robarlo una vez más.

Lo más desconcertante, sin embargo, era que no quería alejarme de ninguno de ellos. Me había acostumbrado a tenerlos pululando a mi alrededor. Me gustaba levantarme y oler a los bollos recién hechos de Faty o las reprimendas que Kannika les daba a los chicos. Quería a Gattari y Cassaro peleando constantemente y buscándose porque no podían pasar ni un instante solos mientras el amable Palermo los vigilaba. Y el humor raro de Conte, el tesón de Draghi o el descaro de Atti. Deseaba también conocer a Matessi y Ciani más fondo, y disfrutar de las conversaciones con Jimmy.

La idea de establecerme en Roma era maravillosa. Y me encandiló que mi hermano estuviera dispuesto a compartirla conmigo.

—Jimmy me dijo que era un lugar increíble —comentó en referencia a mi casa en Porto Rotondo—. Capannelle está rodeado de extensas zonas verdes. Podrían servirte, sé que te encanta estar aislado.

Me sobrevino la culpa y fruncí los labios, disgustado.

—Siento no haberte invitado nunca.

—No creías que lo mereciera, y está bien, eso significa que hice bien mi trabajo —admitió con orgullo—. Y ha valido la pena, ¿no te parece?

Sí, eso desde luego. Gracias a él podría asestar el golpe definitivo.

—Cuando éramos críos no fui el hermano que tú necesitabas —reconocí.

—Eso no implica que no puedas serlo ahora.

Enroscó una mano en la mía. Sandro clavó los ojos en mí con intensidad.

—¿Sigues necesitándolo?

—¿No ves que sí?

Tragué saliva. Me asombró lo dispuesto que estaba a complacerlo, a ser el compañero que él quería. Fue como recuperar de golpe un vínculo que se había marchitado. Como si ahora estuviera resplandeciendo entre los dos.

—Nos han robado muchas cosas, Marco. La inocencia fue una de ellas, la que más escoció. Nos la arrancaron demasiado pronto, ¿verdad?

Cuánta razón tenía.

—Cuando me di cuenta y lo entendí, ya era muy tarde. Me resigné a aceptar que estaba podrido por dentro. Igual que tú. Pero Sofía me recordó que era mi propio ejemplo, que podía construir algo con mis propias manos. —Agachó la cabeza, contempló la forma de sus dedos entre los míos—. Cuando las miro, no puedo evitar recordar la dulzura con la que acariciaban su preciosa piel.

Después de casi dos años de ausencia, su amor por esa joven seguía asombrosamente candente. Nunca dejaría de amarla. Quizá llegaría otra mujer y la querría con todo su corazón, pero Sofía siempre estaría presente. Siempre.

—Le debo la vida —dijo con solemnidad—. Esa en la que ella ahora no está, pero me ha dejado la huella perfecta, la que me guía y me enseña a reconocer qué quiero. Y, desde luego, no es un mundo cruel.

—Quieres sonrisas y júbilo. Por eso tiemblas. Porque será la última vez, te liberarás, me harás libre a mí también, y al fin podrás ser tu versión más auténtica.

Asintió con la cabeza, apretando los labios mientras sus ojos se empañaban.

—Me desharé de este disfraz tan horrible —murmuró.

—Lo ha sido, ¿cierto?

Mucho. A veces hasta nos dificultaba contemplarnos con libertad en un espejo.

—¿Y tú, qué harás después?

Era una buena pregunta.

Cogí aire e incliné la cabeza sobre el respaldo. El jet comenzó a descender. Los dedos de Sandro apretaron los míos. Necesitaba una respuesta lo bastante creativa como para que siguiera manteniendo el control y que el vértigo que sentía al enfrentarse a mi tía no se lo comiera por dentro.

—De todo. Improvisar. O no. No lo sé, y eso es lo más impresionante —me sinceré—. Seré hermano, amigo, guardián. Quizá, algún día, padre y esposo. Uno de verdad. Podría cuidar de mis caballos. Podría hasta ser abogado.

—Odias Derecho incluso más que yo —se mofó.

—Sí, pero me atrae la idea de ayudar a la gente.

No lo había meditado. Surgió espontáneo. Levantar un humilde imperio llevando a cabo actos lícitos.

—No estaría mal —asintió con la cabeza—. Seríamos el bufete más distinguido de la ciudad.

—Tenemos trabajo por delante, entonces —prometí.

Seríamos socios. Nos apoyaríamos el uno al otro. Contaríamos con la mejor de las asistencias, un gran equipo de leales.

Las ruedas del jet rayaron el asfalto. Sandro cerró los ojos. Una poderosa sensación me encogió el vientre. Era mi versión despiadada. La que quería sangre con urgencia. La que deseaba zanjarlo todo de una vez y ver cómo Jimmy daba luz verde a la redada policial que liberaría a los esclavos del Marsaskala y reventaría ese maldito infierno.

—Bien, allá vamos —suspiró Sandro.

Pero le impedí que se levantara.

—No hables demasiado. Quiero que sea rápido. Juega un poco y déjame a mí hacer el resto —le ordené.

Él sonrió.

—Como cuando te interponías entre el cinturón de papá y yo... No fuiste tan mal hermano, después de todo.

—Me encantará perfeccionarlo.

—Y a mí verlo.

Se puso en pie. Se ajustó la chaqueta de su traje y se irguió de hombros. Poco a poco dejó que la máscara de monstruosa elegancia, esa que fingía adicción a lo cruento, que sabía ser ruin, que podía ser degenerada, que lograba intimidar por su imprevisibilidad, asomara.

Las escalerillas tocaron tierra. Draghi fue el primero en levantarse y le entregó a Sandro el auricular que nos permitiría, a nosotros y a Jimmy, escuchar su conversación con Saveria.

Se lo puso echando un vistazo fuera. En el hangar esperaban varios vehículos. Siete, conté. Un total de veintitrés hombres, la escolta habitual que mi tía usaba cuando la situación era lo bastante decisiva. Quizá sospechaba algo, no estaba seguro. Sandro no le había dado razones.

Pero entonces recordé que ella esperaba ver a Regina bajar de ese avión y que le encantaba atemorizar. Solo una soberana como lo era Saveria disfrutaría con la tortura. Lo supe, lo había visto otras veces, en qué se convertiría aquel recinto situado a las espaldas del resort. Sandro le entregaría a mi esposa y Saveria chasquearía los dedos. La devorarían entre todos como mero castigo. Y después, cuando hubiera logrado satisfacer las ansias de sus hambrientas bestias, habría ordenado que la arrastraran a sus dependencias para convertirla en prisionera, en la herramienta con la que doblegarme y castigarme a mí por haber osado siquiera pensar en alejarme de todo.

Sin embargo, eso nunca sucedería. Regina jamás descendería de ese avión. Aguardaba en Roma, con los brazos abiertos. Contando las horas que nos separaban de una vida a la altura de su corazón.

La mujer que me motivó y me inspiró.

La mujer que amaría hasta el fin de mis días. Y quizá también en las próximas existencias.

La mujer que era una superviviente.

Sandro avanzó con firmeza. Bajó la escalerilla con ese aire canalla que tan bien se le daba mostrar. Se guardó las manos en los bolsillos del pantalón y caminó balanceándose con descaro hasta el centro de aquel intimidante círculo de coches negros. No se molestó en mirar alrededor, sabía que sus amigos estaban al acecho, ocultos en algún rincón lejos del alcance visual de los esbirros de nuestra tía. A la espera de recibir una orden para aniquilarlos a todos.

Dejarían a Saveria para el final. Me permitirían a mí asestar el último golpe.

Uno de los guardias se acercó a un vehículo. Abrió la puerta trasera. Saveria asomó una pierna y después la otra, antes de aceptar la mano que le ofrecía su siervo. Entonces se mostró, tan sofisticada y atractiva como siempre, luciendo un conjunto de falda de tubo y chaqueta entallada de color hueso. El cabello recogido en su habitual peinado. Y ese aire de cuchillo afilado, como el que yo ocultaba en el cinturón.

—Estableciendo comunicación —dijo Jimmy a través del auricular que me había puesto en la oreja—. Respuesta.

—En línea —anunció Attilio. Su voz hizo que mis pulmones se llenaran de aire.

De inmediato, le siguieron las afirmaciones del resto del equipo. Las escuché todas, me satisficieron todas. Estaban ahí fuera. Sandro no corría peligro.

—Bien, ¿cómo llevas la tensión, Berardi? —me preguntó el teniente en un tono irónico.

Sabía a qué tensión se refería, eran mis ganas de acabar con todo aquello, de enfrentarme a mi tía y castigarla con la gélida rabia que me invadía en ese momento.

—A flor de piel —reconocí, impertérrito.

Oí algunas risas.

—Unos minutos y podrás darle rienda suelta—intervino Matessi.

—Se van a hacer eternos.

Esa era la verdad. De haber sido por mí, habría mandado todo al carajo y el hangar ya se habría convertido en una masacre. No había razones para dilatar una acción completamente sentenciada. Pero Sandro quería disfrutar y yo no me negaría a darle ese placer. Bien lo merecía. En realidad, los dos nos merecíamos gozar de esos últimos minutos de aliento, de la ventaja de saber algo que Saveria ignoraba.

—Tan radiante como siempre, querida tía —la saludó mi hermano.

No había rastro de tensión o inquietud en su voz. Solo firmeza y ese toque insolente que le caracterizaba, como si nada le importara lo más mínimo, como si nada fuera capaz de captar su interés lo bastante. Se aburría con facilidad. Saveria lo sabía, en eso se parecían demasiado.

—Nunca dejarás de ser un adulador —sonrió ella.

—Pero te encanta, no hace falta que lo finjas.

—Cierto.

Me apoyé en la pared junto a la escotilla y clavé los ojos en el reflejo del hangar grabado en aquella mampara de cristal que separaba la zona de la azafata del acceso al jet. Saveria y Sandro se mostraban tranquilos, confiados. Los esbirros mantenían posturas erguidas y estrictas. Vigilaban el perímetro, pero no veían nada que les llamara la atención.

—Dime, ¿a qué debo este gesto? —señaló mi hermano—. No negaré que me ha asombrado que quisieras venir a recogerme.

Habíamos recibido el aviso un instante antes de despegar, cuando Sandro le advirtió que había conseguido lo que quería.

Saveria se encogió de hombros.

—Impaciencia, quizá.

Eso le provocó una carcajada a Sandro. Reverberó en mi oído y me produjo un estremecimiento. Maldita sea, cuántas ganas tenía de actuar. Me picaban los dedos. Sentía los ruegos de la afilada hoja de mi navaja.

—Puedes decirlo, todavía no te fías de mí.

—Lo cierto es que tengo mis razones —admitió Saveria—. Nunca demostraste ambición. Te bastaba con que te garantizara esa vida de hedonista que tanto te gusta.

—Tal vez no lo hice antes porque no creí tener la oportunidad.

—¿Y ahora sí?

—La lealtad de Marco se tambalea, ¿no? Eso me deja vía libre.

—No te hacía un estratega.

—Solo debía esperar el momento adecuado.

Se le estaba dando muy bien. Sandro lograba perfilarse como un buen candidato a formar parte de ese reducido número de lobos que componían la cúpula del Marsaskala. Saveria empezaba a convencerse de ello, y percibí cierto remordimiento en ella por no haber sabido detectar el potencial de mi hermano. Creyó que su carácter hedonista lo convertía en alguien mucho más predispuesto a la corrupción que yo.

Quizá él habría sido más fácil de dominar y convencer, más sencillo alimentar sus ambiciones, deformarlas a su antojo, convertirlo en la marioneta que yo nunca conseguí ser por más que lo intentó. Reconoció que Sandro poseía una inteligencia muy distinta a la mía, del tipo que incidía más en los movimientos que perpetuaban un estilo de vida degenerado y retorcido.

En mi caso, yo era bueno con los números y las leyes y con la intimidación, siempre recto e impertérrito. Cruel, sí, porque sabía callar y observar, porque no desviaba la vista ante algo que me producía rechazo y porque me había acostumbrado a la maldad, creía compartirla. Esos gestos bien confundían a la gente, y a mí también.

Pero había resultado ser demasiado independiente, demasiado imperativo, difícil de dominar. Un rey en la sombra que nunca quiso serlo.

—Marco solo necesita deshacerse del embrujo de esa zorra napolitana —masculló Saveria.

Sandro sonrió guardándose las ganas de actuar y omitiendo las protestas al otro lado del auricular.

«Un poco más», pensé sabiendo que compartiría ese pensamiento con mi hermano. Un poco más, y morderíamos.

—Aunque sea empleando la fuerza, ¿cierto?

—Ese es el mejor de los recursos —admitió mi tía—. Le enseñé a no tener puntos débiles, pero debo admitir que me alegra que ahora tenga uno. Su inoportuna insurgencia es lo único que se interpone entre Nápoles y yo.

—¿Y aun así sigues queriendo hacerlo rey?

—Nació para serlo.

En realidad, no le convenía que lo fuera si ella vivía. Porque entonces sabía que la haría pedazos. Por eso usaría a Regina e intentaría devolverme a mi estado anterior a conocer a mi esposa. Pero a Saveria le podían las ganas. Me deseaba demasiado, se había acostumbrado a poseerme.

—¿Sabemos algo de ese esclavo? —preguntó.

—Se lo han comido los cuervos de Secondigliano. —Sandro sonrió.

—Acordamos que me traerías su cabeza.

—El problema es que no la he encontrado. Ardió junto con los restos de su cuerpo.

Entornó los ojos. Se le congeló ese gesto tan cercano a una sonrisa cómoda. Saveria dudaba. Y sus hombres se enderezaron un poco más. Buscaron intimidar a mi hermano, que se tomó la licencia de encenderse un cigarrillo como si la vida le importara una mierda.

—No se me da bien creer a la mínima, pero lo haré —suspiró Saveria—. Muéstrame a la chica.

Un par de tipos, los que estaban más próximos a su jefa, se miraron entre ellos y sonrieron estirándose los cuellos. Otro más, un poco más alejado, se crujió los dedos. Estaban emocionados ante el festín que se les venía encima. Lo disfrutarían con todas sus ganas. Serían salvajemente obscenos mientras mi tía observaba, acaso atraída por unirse a ellos.

—Vaya, vienen preparados, ¿eh? —se mofó Sandro.

—Sabes cómo son, les encanta jugar.

Los tenía amaestrados. De hecho, muchos se postulaban cada año para formar parte de la guardia personal de Saveria. Sabían de la generosidad de sus recompensas.

—Sí, es cierto —resopló mi hermano.

Se rascó la nuca. Le dio una calada al cigarrillo y comenzó a asentir con la cabeza. Estaba perdido en sus pensamientos. Saveria frunció el ceño. No entendía qué ocurría, a qué venía esa escalofriante quietud.

—¿Sabes una cosa? —aventuró Sandro—. Te creía más lista.

Contuve el aliento.

—Vale, preparaos —ordenó Jimmy a través del auricular—. Objetivos fijados.

El lejano chasquido de las armas de mis compañeros me atravesó como una estaca. Mi pulso ascendió, la crueldad me hizo sonreír. Me preparó para acariciar la empuñadura de mi navaja.

—Todos estos años de reinado te han curtido en el arte de la maldad. Nunca pecaste de impulsiva ni te dejaste llevar por las emociones, decías que no tenías. O eso quisiste demostrar —comentó Sandro con el tesón y la rotundidad de quien sabía que llevaba las de ganar, a pesar de estar en minoría.

Los esbirros hicieron el amago de recurrir a sus armas. Estaban noqueados, escuchando cada palabra, sintiéndose amenazados. Acertaban al desconfiar. No les quedaba mucho tiempo y lo divertido era que no lo sabían.

—Lo cierto es que te salió bien —sonrió Sandro antes de dar una última calada. A continuación, lanzó el cigarrillo a los pies de su tía—. Fuiste capaz incluso de follarte a mi padre durante años pese a la inquina que os profesabais. Todo para mantenerlo bajo control. El control es lo más importante.

Sandro y Saveria se miraron. Se mataron en silencio.

—Pero has caído en la trampa, señora Sacristano. Igual que una perra hambrienta. Dices que Regina se ha convertido en el punto débil de Marco. Pero olvidas que Marco es el tuyo.

Un feroz placer me invadió. Había llegado mi momento y avancé con calma. Primero un paso, después otro. Salí al exterior. Los ojos de Saveria me descubrieron. Se abrieron asombrados y también espantados. Me creía encerrado en una celda, creía tener a Tanni bajo su influencia, ignoraba que ese hombre yacía en la morgue. Matessi había sido muy hábil al mandarle un informe falso de la situación, como hacía el jefe de policía cada mañana.

Y ella se lo creyó. Confió.

Empecé a bajar. Sus esbirros empuñaron sus armas, nos apuntaron a mí y a Sandro. Se prepararon para disparar. La lluvia los alcanzó rauda, tanto que apenas tuve tiempo de pestañear. Decenas de balas atravesaron sus cuerpos, salpicándolo todo de un rojo vivo que incluso alcanzó la refinada ropa de mi tía. Ella se llevó las manos a las orejas y se agachó completamente aterrorizada. No vio cómo cayó hasta el último de sus siervos. No contempló la fastuosidad de aquella dantesca masacre. Solo buscó de dónde provenían los disparos y temió ser alcanzada. Lo temió tanto que ni siquiera tuvo valor para esconderse.

Me observó de nuevo. Mis pasos se aproximaban a ella, leyó bien mi rostro, tan impávido, tan en sintonía con los estallidos. Tan fiero en su elegancia. Al alcanzar a mi hermano, apoyé una mano sobre su hombro. Nos miramos y él me sonrió y soltó el aire contenido. Era mi turno. Me lo hizo saber al retroceder.

Por el rabillo del ojo percibí que Jimmy salía de su escondite, se encaminaba hacia mi posición junto con su equipo. Todos con indumentaria de asalto y los fusiles listos para intervenir en caso necesario.

Saveria los vio. Contuvo un gemido y enseguida reaccionó. Echó a correr con torpeza. Sus tacones altos no la dejaban avanzar con la celeridad que exigía su miedo. Fue divertido observar cómo sentía lo mismo que sus víctimas habían sufrido en el pasado, cuando ella organizaba las cacerías y aquellas asquerosas orgías.

Jimmy apuntó, esperaba mi orden. Bastó con que asintiera con la cabeza para ver cómo una bala muy precisa salía disparada hacia una de las piernas de Saveria. Soltó un escalofriante alarido mientras se estrellaba contra el suelo. Enseguida comenzó a retorcerse de dolor.

Fue entonces cuando me acerqué. Sorteé los cadáveres. Me centré en su refinado cuerpo salpicado de sangre y en el orificio que Jimmy le había abierto en el muslo. Saveria se presionaba la herida, resollaba incapaz de administrar su aliento como tantas veces les había exigido a sus esclavos, a aquellos que ella ordenaba azotar hasta la extenuación.

La miré desde arriba, como si fuera un insecto al que estuviera a punto de aplastar. Curiosamente ella me sonrió, a pesar del terror en sus pupilas.

—¿Vas a matarme? ¿Tú, que eres igual que yo?

La risa creció hasta convertirse en un quejido lastimero que desembocó en unas lágrimas rabiosas.

—Ah, Marco, qué ingenuo has resultado ser —resopló—. Qué idealista.

—En realidad, siempre lo has sabido.

Me acuclillé a su lado y apoyé los brazos en mis muslos, muy consciente de la devota mirada que me soltó. Aun herida y consciente de la inminente muerte que iba a darle, Saveria no podía evitar la fascinación que sentía por mí.

—Sí... Llevas razón —jadeó—. Mirabas las estrellas con demasiada insistencia. Buscabas en ellas aquello que yo no te podía dar, aquello que realmente querías.

—Lo que nunca me dejaste tener.

—Y que parecías no necesitar.

Apreté los dientes. Me incliné un poco más hacia ella.

—Pero lo necesitaba y bastaba con que alguien me lo enseñara.

Mi Regina. Mi Gennaro.

Ella los reconoció a través de mis ojos. La rabia le carcomía las entrañas. Cuánto habría dado por matarlos con sus propias manos.

—Cometí el error de cerrar un acuerdo a través de tu enlace con esa napolitana. No valió de nada traicionar a los que quería traicionar.

Sí, a Vittorio Fabbri y a su hermano. Y también a los Confederados, que se equivocaron al confiar en ella.

—Te pudo la ambición —afirmé.

—Creía que la compartíamos.

—No. Era tuya, no mía. Te dije que odiaba esa tierra.

La Nápoles madre de la Camorra.

—Y, sin embargo, te has enamorado de uno de ellos.

—Porque ha sido esclavo de gente como nosotros. No pudo elegir.

Me importó un carajo a quién creyó ella que yo me refería. Esa descripción servía tanto para Regina como para Gennaro, incluso para Attilio.

—¿Ahora sí? —me desafió.

Eché mano de mi navaja. Acaricié la hoja desde la base hasta la punta notando su afilada belleza. La mirada de Saveria destelló. Entendió que la usaría porque siempre habían sido sus armas favoritas. Siempre gozó con el macabro arte que procuraban.

Bien, ahora lo sentiría ella. En su propia piel.

—Lleva su nombre inscrito —le aseguré—. El suyo, el de mi esposa y el de cada una de las personas que has torturado con un simple chasquido de dedos.

Apoyé la punta afilada en su gaznate. Saveria tragó saliva.

—No debiste aspirar a gobernar Nápoles. En eso Massimo tenía razón, se nos comerían vivos.

—Podría haberlo conseguido... Ya lo tenía...

—A costa de mí mismo —gruñí.

—A costa incluso de mi devoción por ti.

Asentí con la cabeza.

Después me acerqué lo bastante a su boca como para sentir su aliento entrecortado estrellándose contra mis labios. Sus pupilas bien clavadas en las mías.

—Mírame a los ojos, Saveria. Quiero que antes de caer en el infierno te lleves el recuerdo del alivio que siento con tu muerte.

Levantó una mano. Me tocó la mejilla.

—Tu cara... Maldita cara... —murmuró.

Entonces moví la navaja y dibujé una perfecta línea en su cuello, de la que brotó un poderoso hilo de sangre. Saveria gorjeó. Me observaba con los ojos muy abiertos. Una oleada de espasmos invadió su cuerpo, su pecho se contorsionó en busca de arañar un poco de oxígeno, un instante más de vida.

Y mi frialdad se quedó grabada en sus pupilas. Pero no duró. Expiró en cuanto la muerte la alcanzó por completo. Se transformó en una conciencia demasiado mordiente.

Luego se produjo el estallido.

Nadie más lo sintió, habitaba dentro de mí. Era solo mío. Mis propios tormentos, la evidencia de que algo de mí moría con mi tía. Una versión que había sido esencial, irremediable, mi fiel y asquerosa compañera. La que me dio forma, la que me persiguió, la que me obligó a resignarme, la que me robó cualquier oportunidad de elegir, de creerme un buen hombre. No lo era. Nunca lo sería, eso creía. Quizá era cierto, había matado y no lo lamentaba, no sentía ni un ápice de culpa. Solo el remordimiento de no haber sabido que dentro de mí, muy en el fondo, bien enterrado en mis entrañas, vivía un pobre niño que miraba las estrellas y no las entendía, que ansiaba alcanzarlas y no podía.

«¿Qué habrá lejos de aquí?», me había preguntado miles de veces. Hasta que descubrí que el lugar no tenía la culpa, que solo daba cobijo a las bestias y se nutría de ellas. Que yo también lo era. Que nunca podría escapar de esa realidad, me perseguiría eternamente. Tuve que asumirla y hacerla mía. Muy mía.

Sí, lo era. Un mal hombre, alguien despreciable y cruel que solo lloró el día en que vio caer a su querida yegua. Y ese día me prometí que no volvería a soltar una lágrima. Que estas no cambiarían nada. Vi cómo las derramaban muchos esclavos, y poco me importó.

Pero cuando en ese preciso instante sentí como una lágrima me atravesaba, mi piel respondió con una fuerte convulsión, y caí al suelo. Caí sin apartar la vista del cadáver de mi tía, la maldita mujer que me había hecho cruel.

Todo se redujo a ella, lo demás no importaba, se convirtió en un borrón difuso. Solo el rumor de mi mente, de los miles de recuerdos que se amontonaron en mi cabeza. Me gritaron, me arañaron. Lucharon dentro de mí por resistir, por recordarme que seguía siendo yo, Marco Berardi, el orgulloso heredero de un imperio perverso. Pero ya no lo era del mismo modo.

Porque Regina asestó el primer golpe sangrante. Fue ella quien empezó a matarme lentamente. Dio comienzo a la temida transformación, la que yo nunca me atreví a ejecutar. Cobardía, tal vez. Resignación, por supuesto. Aceptación, sin remedio. Y el fingimiento de un orgullo nefasto que me sirvió para mirarla a los ojos la primera vez.

Recordé ese día. El descaro con el que Regina me sonrió, todas las batallas que prometían sus preciosos ojos de azul infinito. Evoqué también la malicia de mi tía al exponerme su plan y asegurarme que un enlace con los Fabbri nos daría la gloria en Nápoles. Nos convertiría en los primeros en transformar la Camorra en una perfecta organización criminal comandada por una sola familia.

Debía estarle agradecido a Saveria por su ambición, por más que yo repudiara esa idea en su momento. Debía sentirme orgulloso de mi propia muerte, que era la suya, que era la de todo un imperio maldito que ya no me hostigaría cuando la noche cayera.

Sin embargo, la conciencia dolía. Me hería en lugares de mí mismo que no sabía que existían. En un alma que de pronto parecía llenarlo todo. Destruyó los barrotes que la habían contenido y se esparció como el resplandor de una bomba. Y era espléndida, vigorosa, ardiente. Me miró a los ojos, me confirmó que se clavaría en mi pecho y no consentiría que la volvieran a enterrar. Que su fulgor arrasaría con todo lo demás, lo podrido y nefasto.

Sentí un tirón. Unas fuertes manos me cogieron del cuello y me zarandearon.

—Marco, Marco, mírame.

Vislumbré a Jimmy tras pestañear un par de veces.

—Eh, mírame, eso es.

Pero seguía temblando. Me sentía tan vulnerable y extraño en mi propia piel. Tan auténtico, con los sentidos a flor de piel.

Descubrí preocupación en su rostro y en el de todos los demás. Mi hermano. Sí, Sandro lo entendió bien. Había vivido el proceso antes, cuando conoció a Sofía. Lo miré desconcertado, preguntándole en silencio si cada bocanada de aire era tan tortuosamente placentera para él como lo era para mí. Su sonrisa me dio la respuesta y, maldita sea, cuánto lo quise en ese momento.

—Ya está. Ya está. Se acabó —murmuró Jimmy.

Tragué saliva.

Era real. Nunca me había preparado para ello, por más que las últimas semanas lo hubiera planeado. Nunca creí que tendría las agallas y mucho menos consideré que todo culminaría de aquel modo, siendo gratificado con el mejor de los regalos. El amor y las decenas de emociones que me asaltaban a diario por culpa de esa jovencita que se empeñó en mostrármelas y de ese príncipe desdichado. Tenía tantas ganas de vivir…

—Soy yo —jadeé con asombro.

No me conocía. Pero ahora que me había visto de verdad no me parecía tan monstruoso como se me había contado.

—Sí, eres tú. —Jimmy sonrió—. Eres tú, compañero. Y voy a llevarte a tu hogar.

—¿Qué hogar?

Vi su rostro reflejado en aquellos ojos diamantinos.

—Regina —murmuró.

Yo asentí con la cabeza.

—Regina…

Me puso en pie. No le importó que me tambaleara, él me sostendría. Todos lo harían, y no debía avergonzarme por ello. Seríamos una familia. Ya lo éramos.

—Matessi...

—Yo me encargo, jefe —le interrumpió—. Marchaos.

Eso hicimos y yo no me opuse. No me exigí ver la caída del Marsaskala ni ser testigo de la redada. Sabía que los míos se encargarían de todo, que Sandro rescataría a nuestro hermano pequeño y vigilaría que todos los pasillos ocultos en las tinieblas fueran vaciados de esclavos. Sabía que Attilio cogería a Draghi de la mano y que me seguirían allá donde les pidiese.

Ni siquiera me di cuenta de cómo llegamos al interior del jet. Tan solo me dejé caer sobre mi asiento. Jimmy se colocó a mi lado y me miró esperando que pudiera verbalizar con palabras qué me había ocurrido.

—He sentido como si me hubiera arrancado algo... —Me señalé el pecho, me faltaba el aliento—. Como si... me hubiera matado a mí mismo.

—Porque lo has hecho —me aseguró mirándome con la complicidad del amigo en que se había convertido.

—Es cierto... He muerto —afirmé.

Entonces él se acercó un poco más y me cogió del cuello para apoyar su frente en la mía. Esa intimidad que alcanzamos lo significó todo.

—Para renacer como un hombre libre. Dueño de su propio futuro. Para liberar a Gennaro. Para hacerla libre a ella...

Su Regina. La mujer que nos había robado el corazón.

—Para hacerme libre incluso a mí —sentenció.

Las lágrimas brotaron: no me las tragué, no me avergoncé de ellas. Las mostré porque en el fondo todos sabíamos que llevaban mucho tiempo acumulándose.

Los errores, las locuras, las calamidades que todos habíamos sufrido, a nuestro modo, devorados por la soledad más pérfida, no habían sido en vano si ahora podía seguir ese camino que Jimmy me mostraba a través de sus ojos.

Descubrió en ellos cosas demasiado hermosas. Cosas que quise con toda mi alma. Cosas que cumpliría al lado de los míos, con orgullo y honor. Entregando y recibiendo un amor sincero e inquebrantable. Lejos del recuerdo de los días en que fui un corazón negro.

Libre del vacío.

Libre de la mafia.